Rebecca Donovan

Liebe VERRÄT

Aus dem Amerikanischen
von Christine Strüh

FISCHER Taschenbuch

Die ›Liebe‹-Trilogie von Rebecca Donovan:

Liebe verletzt

Liebe verwundet

Liebe verrät

Erschienen bei FISCHER Kinder- und Jugendtaschenbuch
Frankfurt am Main, August 2018

Die amerikanische Originalausgabe erschien 2013
unter dem Titel ›Out of Breath‹ bei
Amazon Children's Publishing, USA

Lektorat: Sarah Iwanowski
Satz: Dörlemann Satz, Lemförde
Druck und Bindung: CPI books GmbH, Leck
Printed in Germany
ISBN 978-3-7335-0434-2

Für meine geliebte Freundin
und Lebens-Schwester Emily.
Du bist mein Glück und die Wahl,
die ich niemals treffen musste.

ProlOg

Ich weiß nicht, warum ich mir überhaupt die Mühe gemacht habe dranzugehen. Ja, vielleicht rede ich irgendwann mal mit dir darüber, wenn du dich nicht mehr so idiotisch aufführst.«

Ich stand mit einer schweren Bücherkiste im Arm oben an der Treppe. Sara stöhnte frustriert, anscheinend hatte sie aufgelegt.

Ich näherte mich der Tür möglichst geräuschvoll, damit sie mich kommen hörte und sich wieder etwas in den Griff kriegen konnte. Sie hatte mir von ihrer Entscheidung erzählt, mit Jared Schluss zu machen, und ich hatte ihr zugehört. Aber im Grunde war ich nicht in der Lage, ihr irgendwelche Ratschläge zu geben. Sara vertraute sich mir in letzter Zeit nicht richtig an, weil sie Angst hatte, es könnte mich zu sehr aufregen. Nicht, dass ich so labil gewesen wäre, ich hatte nur keine Lust zu reden … egal, worüber.

»War's das?«, fragte Sara und lächelte betont fröhlich. Doch sosehr sie ihren Ärger auch zu überspielen versuchte, ich sah ihn trotzdem in ihren Augen flackern.

»Du kannst es mir ruhig sagen«, bot ich ihr an, denn ich wollte gern die Freundin sein, die sie gerade jetzt brauchte.

»Nein, das kann ich nicht«, entgegnete sie und wandte sich wieder den Kisten zu, die überall im Raum herumstanden. »Ich hab hier wirklich nicht viel Platz, um mich auszutoben, das Zimmer ist winzig.

Offensichtlich war sie entschlossen, das Thema zu vermeiden, und ich beließ es dabei.

»Ich brauche nichts, ehrlich. Mach dir keine Mühe.«

»Ich dachte mir schon, dass du das sagen würdest«, antwortete Sara mit einem kleinen Lächeln. »Deshalb habe ich auch nur ein einziges Dekoteil gekauft.« Sie griff nach ihrer Handtasche, die man genauso gut auch als Reisetasche hätte bezeichnen können, zog einen Rahmen heraus, drehte ihn um und hielt ihn sich strahlend vor die Brust. Es war ein Foto von Sara und mir im Haus ihrer Eltern, vor dem großen Erkerfenster, durch das der Vorgarten zu sehen war; Anna – Saras Mutter – hatte das Foto in dem Sommer gemacht, in dem ich bei der Familie gewohnt hatte. Unsere Augen funkelten, als könnten wir uns nur mit Mühe das Lachen verkneifen.

»O mein Gott«, meinte Sara schockiert, und ich sah sie verwirrt an. »Sehe ich da etwa ein Lächeln auf deinen Lippen, Emma Thomas? Ich hab mich schon gefragt, ob ich das jemals wieder erleben würde.«

Ich ignorierte sie und drehte mich zu dem eingebauten Schreibtisch in der Ecke um.

»Perfekt.« Sara stellte das Foto auf die Kommode und betrachtete es bewundernd, während ich die Bücher aus der Kiste holte und sie auf das Bord unter dem Schreibtisch stellte. »Okay, dann lass uns auspacken. Ich freue mich so, dass du endlich aus dem Wohnheim raus bist. Ich mochte Meg schon immer … und Serena natürlich auch, obwohl sie sich nicht von mir umstylen lassen will. Aber ich geb nicht auf. Was ist eigentlich mit Peyton?«

»Sie ist harmlos«, antwortete ich, während ich einen leeren Karton zusammenfaltete.

»Vermutlich braucht jede Wohngemeinschaft ein bisschen Dramatik«, bemerkte Sara und legte einen Stapel T-Shirts in eine offene Schublade. »Und solange Peyton das einzige Drama hier ist, kann ich gut damit leben.«

»Genau das hab ich auch gedacht«, antwortete ich und hängte ein paar Kleider in den winzigen Wandschrank.

Sara ließ einen schwarzen Schuhkarton aufs Bett fallen. »Sollen die Stiefel da drin bleiben oder lieber in den Schrank?« Sie wollte den Deckel wegschieben, aber ich knallte ihn so schnell wieder drauf, dass sie zusammenzuckte und mich erschrocken ansah.

»Da sind keine Stiefel drin.« Ich hörte selbst, wie scharf meine Stimme klang.

Sara sperrte erstaunt den Mund auf. »O-kay. Wo soll ich den Karton dann hintun?«

»Ist mir egal. Eigentlich will ich es gar nicht wissen«, erwiderte ich. »Ich hole mir was zu trinken, möchtest du auch was?«

»Wasser«, antwortete Sara leise.

Als ich ein paar Minuten später mit zwei Flaschen Wasser zurückkam, machte Sara gerade das Bett; der Karton war verschwunden. Jetzt musste ich nur noch meine Schuhe unten in den Schrank verfrachten. Manchmal war es echt von Vorteil, wenn man nicht allzu viel besaß.

Ich setzte mich auf den Drehstuhl am Schreibtisch, Sara legte sich bäuchlings aufs Bett und brachte all die Kissen, die sie gerade so kunstvoll arrangiert hatte, wieder durcheinander. Ich würde sie sowieso aufs oberste Regal verbannen, sobald Sara weg war.

»Du weißt, dass ich Schluss gemacht habe, weil ich keine Fernbeziehung führen kann, oder?«, fragte Sara. Ich wirbelte auf meinem Drehstuhl herum, überrascht, dass sie sich nun doch dazu entschlossen hatte, mit mir darüber zu reden.

»Ich weiß, dass es schwer für dich ist. War es schon die ganze Zeit«, antwortete ich. In der Highschool hatte sie bereits dasselbe Problem gehabt: Jared war an der Cornell University im Bundesstaat New York gewesen und wir in Connecticut. Aber damals hatte es funktioniert, weil Sara ihn in den Monaten vor unserem Abschluss fast jedes Wochenende besucht hatte.

»Ich gehe nach Frankreich, das kann ich uns einfach nicht zumuten«, fuhr sie fort. »Ich finde es nicht fair, wenn er auf mich warten muss.«

»Aber möchtest du denn, dass Jared was mit einer anderen anfängt, während du weg bist? Denn genau dafür gibst du ihm ja praktisch die Erlaubnis. Und was passiert, wenn du wieder zurückkommst?«

Sara schwieg einen Moment lang, das Kinn in die Hand gestützt, die Augen zu Boden gerichtet. »Ich möchte es jedenfalls nicht wissen, wenn er was mit einer anderen hat. Und wenn ich in Paris jemanden kennenlerne, muss Jared auch nichts davon erfahren. Denn letzten Endes sind wir füreinander bestimmt, das weiß ich. Mir ist nur nicht ganz klar, ob wir schon bereit sind, uns das auch einzugestehen.«

Mir leuchtete ihre Argumentation immer noch nicht ein, aber ich wollte sie nicht unter Druck setzen.

Ehe ich etwas sagen konnte, richtete Sara sich plötzlich auf. »Meinst du … weil ich ja so lange weg sein werde … dass ich Meg vielleicht ein bisschen was von dir erzählen kann? Nicht alles natürlich, nur so viel, dass sie weiß, was los ist. Es gefällt mir nicht, so weit weg zu sein, ohne dass sich jemand …«

»… um mich kümmert«, beendete ich ihren Satz.

»Ja«, antwortete sie und lächelte. »Ich möchte nicht, dass du allein bist. Du neigst dazu, dich tagelang einzuigeln, und das tut dir nicht gut. Natürlich rufe ich dich trotzdem jeden Tag an. Aber ich hasse es, nicht in deiner Nähe zu sein … falls du …« Sara sah wieder zu Boden und brachte den Satz nicht vollständig über ihre Lippen.

»Sara, ich werde schon nichts Schlimmes anstellen«, versprach ich lahm. »Du brauchst dir keine Sorgen um mich zu machen.«

»Schon klar. Aber das heißt nicht, dass ich es nicht trotzdem tue.«

1

diE BücHse der PaNdora

bonne Année!«, brüllte Sara über Musik und Stimmengewirr hinweg ins Telefon. Ich konnte sie kaum verstehen. Vielleicht lag es aber auch daran, dass sie von Paris aus anrief und die Verbindung nicht gerade die beste war.

»Dir auch ein frohes neues Jahr«, antwortete ich laut. »Obwohl es hier eigentlich noch neun Stunden dauert, bis es so weit ist.«

»Also, von meinem Standpunkt aus betrachtet, sieht das neue Jahr verdammt fabelhaft aus! Die Party ist irre. Ein Designer-Besäufnis«, rief sie kichernd, und es klang, als wäre auch sie nicht mehr ganz nüchtern. »Ich hab mein Kleid selbst entworfen, extra für heute Abend.«

»Es sieht bestimmt toll aus, ich wünschte, ich könnte es sehen.« Allmählich fragte ich mich, ob wir uns das ganze Telefonat über so anbrüllen wollten, aber Sara machte keine Anstalten, sich an einen ruhigeren Ort zurückzuziehen. Ich beschwerte mich trotzdem nicht, denn ich wollte unbedingt ihre Stimme hören, so albern Sara auch gerade drauf war. Seit im Herbst das Austauschprogramm gestartet war, hatte ich sie viel zu selten gehört.

Den letzten Sommer und überhaupt sämtliche Ferien unseres ersten Collegejahrs hatte sie mit mir in Kalifornien verbracht. Ihre Besuche alle paar Monate hatten mein Leben beinahe erträglich gemacht, aber das zweite Jahr hier war bisher ziemlich mies gelaufen. Wären meine Mitbewohnerinnen nicht gewesen, hätte ich außer Fußball und Uni nichts getan.

»Du wirst dich aber nicht wieder in dein Zimmer einschließen wie letztes Silvester, oder?«

»Ich werde mich nicht *einschließen*, aber ich bleibe hier«, erwiderte ich. »Wo ist eigentlich Jean-Luc?«

»Er holt gerade eine Flasche Champagner für uns. Ich schicke dir ein Bild von meinem Kleid, sobald wir aufgelegt haben.«

»Hey, Em …« Meg streckte den Kopf zur Tür herein, bemerkte aber sofort, dass ich telefonierte. »Sorry. Ist das Sara?«

Ich nickte.

»Hi, Sara!«, rief Meg laut.

»Hi, Meg!«, schrie Sara zurück.

»Hm, ich glaube, sie hat dich gehört, Sara«, erklärte ich und rieb mir mein schmerzendes Ohr. »Mir ist dafür allerdings das Trommelfell geplatzt.« Meg grinste.

»Ich muss Schluss machen«, schrie Sara unbeirrt weiter. Im Hintergrund erklang dröhnendes Gelächter. »Jean-Luc ist mit dem Champagner gekommen. Ich ruf dich morgen an. Hab dich lieb, Em!«

»Tschüs, Sara«, antwortete ich. O Mann, ich vermisste sie so. Manchmal fragte ich mich, ob ihr das klar war. Ich hatte es ihr nie gesagt. Aber ich vermisste sie … sehr.

»Klingt, als hätte sie eine Wahnsinnsnacht«, bemerkte Meg und setzte sich auf mein Bett. »Ich konnte die Party ja durchs ganze Zimmer hören.«

»Wann fährst du?«, fragte ich sie, denn ich wusste, dass sie sich mit ein paar Freunden in San Francisco treffen wollte.

»In einer Stunde. Wir wollen vor der Party noch was essen.«

Mein Handy piepte, und ein Bild von Sara erschien auf dem Display. Sie sah absolut umwerfend aus in ihrem dunkelgrün schimmernden Kleid. Es erinnerte an die zwanziger Jahre, entblößte ihre Schultern, schloss sich aber am Hals zu einem hohen Kragen. Ihre wilden Locken hatte sie im Nacken zusammengesteckt, die

Lippen waren leuchtend rot geschminkt, und ihre Augen funkelten, während Jean-Luc sie, in der Hand die Champagnerflasche, auf die Wange küsste.

Ich zeigte Meg das Foto. »Sexy. Hat sie das Kleid selbst entworfen?«

»Jawohl«, bestätigte ich.

»Unglaublich.«

»Stimmt.«

Ich legte das Handy auf den Schreibtisch, als Meg fragte: »Würdest du mir deine schwarzen Stiefel leihen?«

»Na klar«, antwortete ich und wandte mich wieder meinem Laptop zu. Eigentlich war ich gerade dabei, mir das Lesematerial fürs nächste Quartal herunterzuladen. »Sie sind in dem Karton unter dem Bett.«

»Du kannst es dir immer noch anders überlegen und doch mitkommen«, meinte Meg, und ich hörte, wie sie den Schuhkarton über den Teppichboden zog.

»Danke, aber ich hab mich schon darauf eingestellt, hierzubleiben. Ich bin kein großer Silvesterfan«, erklärte ich und bemühte mich, mir den wahren Grund dafür nicht anhören zu lassen. Als ich das letzte Mal gefeiert hatte, war das neue Jahr voller Verheißungen auf eine glückliche Zukunft gewesen. Jetzt war der 31. Dezember nichts weiter als ein Kalenderblatt, das abgerissen wurde, genau wie alle anderen.

»Em, ich flehe dich noch einmal an, bitte, bitte komm mit«, jammerte Peyton von der Tür her. »Ich möchte echt nicht mit Brook gehen. Du kommst nie mit, und heute ist Silvester. Mach doch wenigstens dieses eine Mal eine Ausnahme!«

Ich wirbelte mit meinem Drehstuhl herum und wollte zum tausendsten Mal ablehnen. Aber ehe ich ein Wort herausbrachte, leuchteten Peytons Augen auf, und ihre Aufmerksamkeit richtete sich auf Meg. »Oh, was ist denn das?«

Ich folgte ihrem neugierigen Blick, während sie ganz ins Zimmer trat. Meg hatte gerade den Deckel vom Karton genommen. Vom *falschen* Karton. Eine Wolke verdrängter Erinnerungen und unermesslichen Herzschmerzes breitete sich im Zimmer aus. Ich bekam keine Luft mehr.

Meg schnappte sich das weiße T-Shirt mit den blauen Handabdrücken, das Peyton in die Höhe hielt.

»Lass das, Peyton!«, schimpfte Meg laut, während ich wie gelähmt auf meine zur Schau gestellte Vergangenheit starrte.

Das Verschwinden ist anscheinend immer noch nicht deine Stärke.

Ganz deutlich hörte ich seine Stimme in meinem Kopf, und ich bekam eine Gänsehaut.

»Der ist ja toll«, meinte Peyton bewundernd und faltete meinen rosa Pulli auseinander. »Kann ich ihn haben?«

»Nein! Hör auf damit, Peyton!« Meg nahm ihr den Pulli weg und legte ihn zurück in den Karton. »Tut mir leid, Em.«

Eine Welle schmerzlicher Gefühle durchzuckte mich und zwang mich, mehr zu empfinden als in den gesamten letzten anderthalb Jahren. Es war, als würde ich ausgepeitscht, jeder einzelne meiner Nerven lag blank.

Ehe Meg den Deckel wieder auf meine Vergangenheit legen konnte, zog Peyton noch schnell eine kleine Schmuckschachtel aus dem Karton.

Die kriegen Sie nicht. Meinetwegen gebe ich Ihnen das Geld, aber die Kette bekommen Sie nicht!

Das Echo der Verzweiflung hallte in mir wider, die Erinnerung an kalte, harte Augen versetzte mich einen kurzen Moment lang in Panik und erlöste mich von meiner stummen Qual.

Ich sprang vom Stuhl auf und riss Peyton die blaue Schachtel aus der Hand. Erschrocken stolperte sie einen Schritt zurück, während ich die Schachtel mit einer blitzschnellen Bewegung in den Karton zurückwarf und den Deckel draufknallte. Mein Herz klopfte so schnell, dass meine Hände zitterten. Ich umklammerte den Deckelrand und wartete, dass der Schmerz endlich nachließ. Es war zu spät. Das Öffnen des Kartons hatte einen Sturm an Schuldgefühlen und Verzweiflung ausgelöst, an Empfindungen, die ich tief in mir vergraben hatte und die sich jetzt nicht einfach so wieder wegschließen ließen.

»Tut mir leid, Em«, flüsterte Peyton. Ich drehte mich nicht um, sondern schob den Karton wortlos zurück unter mein Bett und holte tief Luft. Mein Herz war in Brand geraten. Wie bei einem Blatt Papier züngelten die Flammen langsam zur Mitte vor. Ich schloss die Augen und versuchte, das Feuer zu löschen, doch es gelang mir nicht.

»Ich gehe joggen«, murmelte ich kaum hörbar.

»Okay«, antwortete Meg vorsichtig. Ich mied ihren Blick, aus Angst, was sie sonst darin entdecken könnte. Sie komplimentierte Peyton aus meinem Zimmer. »Bis dann.«

Ich schlüpfte in meine Laufklamotten, nahm meinen iPod und war innerhalb weniger Minuten draußen. Mit dröhnend lauter Musik in den Ohren lief ich los, steigerte das Tempo, bis meine Oberschenkel brannten, und rannte unbefahrene Seitenstraßen entlang, bis ich in den Park gelangte. Dort blieb ich stolpernd stehen, unfähig, den Gefühlssturm länger zu unterdrücken. Meine zitternden Hände ballten sich zu Fäusten, und ich stieß einen gellenden Schrei aus. Ich schrie und schrie, bis ich kurz davor war, zusammenzubrechen.

Dann rannte ich weiter, ohne mich darum zu kümmern, ob ich irgendwelche Aufmerksamkeit erregt hatte.

Als ich wieder zu Hause ankam, tropfte mir eine Mischung aus Tränen und Schweiß vom Gesicht. Die Erschöpfung hatte das Feuer zwar eingedämmt, aber in meinem Inneren glühte es weiter, egal, wie sehr ich mich auch dagegen wehrte. Was konnte ich tun, damit die Qual wieder in der Dunkelheit verschwand und ich mich in meine Gefühllosigkeit zurückziehen konnte? Allein würde ich es nicht schaffen, ich brauchte Hilfe.

»Peyton!«, rief ich die Treppe hinauf. Sie drehte die Musik in ihrem Zimmer leiser und streckte den Kopf aus der Tür.

»Hey, Em. Was gibt's?«

»Ich komme mit«, keuchte ich, noch immer außer Atem.

»Was?«, fragte sie. Offenbar glaubte sie, sie hätte sich verhört.

»Ich gehe mit dir auf die Party«, wiederholte ich etwas ruhiger und deutlicher.

»Ja!«, rief sie. »Ich hab auch das perfekte Tanktop für dich!«

»Großartig«, murmelte ich und ging in die Küche, um mir ein Glas Wasser zu holen.

»Du hast ja keine Ahnung, wie sehr ich mich freue, dass du es dir anders überlegt hast«, zwitscherte Peyton, als wir am Ende der völlig zugeparkten Straße aus ihrem roten Mustang stiegen. Selbst aus dieser Entfernung war die Musik schon deutlich zu hören.

»Schön«, antwortete ich zerstreut. Ich musste mich ablenken von den Stimmen in meinem Kopf. Ich musste den Weg zurück in die Gefühllosigkeit finden.

»Da drin kannst du dein Sweatshirt aber nicht anlassen«, ermahnte mich Peyton, als ich die Autotür schließen wollte.

»Aber es ist kalt draußen«, protestierte ich.

»Auf der Party garantiert nicht, und das Haus ist ganz nah. Komm schon, Em. Reiß dich zusammen.«

Widerwillig zog ich das Sweatshirt aus, warf es fröstelnd zurück ins Auto und stand nur noch in dem geliehenen Glitzertanktop da.

»Viel besser«, lobte Peyton mit einem strahlenden Lächeln, kam zu mir auf den Gehweg und hakte sich bei mir unter. »Dann mal los, lass uns so richtig feiern.«

Sie schlenderte munter neben mir her in ihrem schulterfreien roten Kleid. Die goldblonden Haare fielen ihr glatt und glänzend über den Rücken. Ihre blaugrünen Augen blitzten aufgeregt, während wir uns der Musik näherten, die mit jedem Schritt lauter zu werden schien. Ich fragte mich, warum noch niemand die Polizei gerufen hatte, aber als ich mich umschaute, wurde mir klar, dass es in dieser Gegend weit und breit nur Collegeunterkünfte gab. Wahrscheinlich waren die meisten Bewohner entweder in den Winterferien oder bei der Party.

Schließlich erreichten wir ein beigefarbenes Haus mit einem großen weißen Zelt im Garten. Ein paar Jungs verteilten am Eingang Diademe und Zylinder; Peyton setzte sich ein Diadem auf den Kopf, ich nahm mir einen Zylinder. Ein anderer Typ schöpfte eine rote Flüssigkeit aus einem Mülleimer und stellte jeweils einen Becher vor uns auf den Tisch.

Als ich mir meinen Becher griff, machte Peyton große Augen. »Du weißt schon, dass da Alkohol drin ist, oder?«

»Ja, ich weiß«, antwortete ich leichthin und trank unbeirrt einen Schluck. Das Zeug erinnerte mich an einen überzuckerten Früchtepunsch. Das war ja einfacher, als ich gedacht hatte. Warum hatte meine Mutter sich nur für Wodka pur entschieden, wenn es so etwas gab?

»Aber du trinkst doch keinen Alkohol.« Peyton war offensichtlich immer noch schockiert.

»Neues Jahr, neue Gewohnheiten«, erklärte ich lässig und hielt meinen Becher in die Höhe.

Sie grinste, und wir stießen an. »Auf alles Neue!« Als Peyton an ihrem Becher nippte, beschloss ich, meinen gleich auszutrinken, denn ich wollte den Alkohol möglichst schnell spüren. Schließlich war ich nur aus diesem Grund hier.

»Em!«, ermahnte mich Peyton. »Ich weiß, man schmeckt es nicht, aber da ist eine ganze Menge Alkohol drin! Vielleicht solltest du es lieber ein bisschen ruhiger angehen lassen.«

Ich zuckte die Achseln und nahm mir einen neuen Becher.

Dann traten wir in das überfüllte Zelt und drängten uns zur Bühne durch, auf der eine Band spielte. Die ohrenbetäubende Musik erstickte jedes Gespräch im Keim – was mir nur recht war.

»Hey!«, rief Peyton einem großen Typen mit welligem braunem Haar zu, der karierte Collegeklamotten trug. Offensichtlich kannte sie ihn.

»Ich hab schon auf dich gewartet«, antwortete der Karo-Typ.

»Ich hab dir doch gesagt, dass ich komme«, meinte sie fröhlich, deutete dann auf mich und fuhr fort: »Tom, das ist Emma, meine Mitbewohnerin, die du noch nicht kennst.«

»Wow«, meinte Tom. »Du bist also tatsächlich hier, kaum zu glauben.«

Ich rang mir ein Lächeln ab und fragte mich, was Peyton ihm wohl über mich erzählt hatte. Ich konnte es mir ungefähr vorstellen.

»Das ist Cole«, fügte Tom hinzu und lenkte meine Aufmerksamkeit auf einen breitschultrigen blonden Typen, der neben ihm stand.

»Hi«, sagte Cole mit einem Nicken und lächelte. Peyton stieß mich mit dem Ellbogen an. Ich ignorierte sie, erwiderte das Nicken bestenfalls ansatzweise und trank stattdessen rasch noch einen Schluck aus meinem Becher.

Aber Peyton ließ nicht locker, packte Tom am Arm und verkündete: »Ich brauche noch was zu trinken.« Verwirrt sah Tom auf ihren vollen Becher, ließ sich aber trotzdem mitziehen. Ich warf Peyton einen wütenden Blick zu, den sie mit einem Grinsen quittierte.

»Amüsierst du dich gut?« Cole musste schreien, um den Krach von der Bühne zu übertönen. Ihn schien die erzwungene Zweisamkeit nicht im Geringsten zu stören. Ich gab ihm mit einer Handbewegung zu verstehen, dass ich ihn nicht hören konnte, aber anstatt seine Frage zu wiederholen, beugte er sich zu mir und sagte: »Ich hab mich schon gefragt, ob du überhaupt wirklich existierst.

Ich hab viel von dir gehört, dich aber nie irgendwo gesehen.« Da ich ihn nicht dazu ermuntern wollte, noch näher zu kommen, wich ich ein Stück zurück und ließ den Blick über die Menge schweifen. »Du redest nicht viel, was?«, stellte Cole fest.

Ich schüttelte nur den Kopf und nahm einen weiteren großen Schluck, um endlich das Feuer in mir zu löschen. Es loderte immer noch unter der Oberfläche. Wie war ich bloß auf die Idee gekommen, diese Party könnte mir guttun?

Du bist wundervoll.

Womit hab ich dieses Kompliment verdient?

Mit allem, einfach allem – du bist wundervoll.

Alles an mir spannte sich an, als unsere Stimmen durch meinen Kopf schossen. Bilder meiner letzten Silvesterparty drohten aus der Tiefe aufzutauchen, aber ich ertränkte sie hastig mit einem weiteren Schluck der roten Flüssigkeit.

»Wirst du überhaupt irgendwann etwas sagen?«, fragte Cole und riss mich aus der schmerzlichen Erinnerung, wie ich in Evans Armen das Feuerwerk über unseren Köpfen beobachtet hatte.

»Hm?« Jetzt blickte ich doch zu ihm auf. »Was möchtest du denn gern hören?«, erwiderte ich herausfordernd.

»Na ja, das war zumindest ein Anfang«, meinte er spöttisch. Meine Unhöflichkeit beeindruckte ihn anscheinend nicht sonderlich. »Studierst du in Stanford?«

Ich nickte lediglich, bemerkte dann aber im letzten Moment seinen etwas vorwurfsvollen Blick und riss mich zusammen. »Du auch?«, fragte ich zurück.

»Ja, drittes Studienjahr«, antwortete er.

»Zweites«, erwiderte ich, deutete mit dem Finger auf meine Brust und kam der nächsten Frage gleich zuvor: »Medizin.«

Das schien ihn zu beeindrucken. »Wirtschaftswissenschaften«, erklärte er. Ich nickte. »Spielst du Fußball mit Peyton?«, fragte er weiter.

Ich seufzte und trank den nächsten Schluck. Diese banale Konversation gefiel mir überhaupt nicht. »Ja. Bist du auch in einer Sportmannschaft?«

»Nein. In der Highschool hab ich Lacrosse gespielt, aber hier mach ich keinen Sport.«

Ich war nicht auf dieser Party, um mich zu unterhalten oder um jemanden kennenzulernen, also musste ich weg von diesem Kerl. Und mir war es auch vollkommen egal, was er von mir dachte. Mit einem großen Schluck leerte ich meinen Becher.

»Ich brauch was zu trinken«, verkündete ich. »Bis dann.« Ehe er antworten konnte, war ich schon weg und suchte in der Menge nach einem Tisch mit Getränken. Die Band machte gerade Pause, stattdessen kam ein DJ auf die Bühne und zog sofort eine Schar Tanzlustiger an.

Ich fühlte immer noch zu viel. Bisher hatte ich in meinem Leben höchstens ein paar Schlucke Alkohol getrunken und demzufolge auch keine Ahnung, wann ich etwas davon merken würde. Ebenso wenig wusste ich, wie genau es sich anfühlen würde. Meine Mutter betäubte ihren Schmerz mit Alkohol, und obwohl ich geschworen hatte, die Finger davon zu lassen, wusste ich, dass der Leidensdruck nur groß genug sein musste, damit man dieses Gelübde brach. Und ich wollte meinen Schmerz nicht mehr fühlen.

Ich drängte mich durch die Menge zur anderen Seite des Zelts, wo auf einem Tisch reihenweise gefüllte Becher standen.

»Na, brauchst du was zu trinken?«, fragte eine Stimme dicht an meinem Ohr.

Als ich mich umdrehte, sah ich vor mir einen dünnen, aber durchtrainierten Typen mit dunklen Wuschelhaaren und einem schmalen Kinnbärtchen. Ein Tattoo zog sich von seinem Ohr den Nacken hinunter, neben ihm standen ein paar Typen in ähnlichen T-Shirts und zerrissenen Jeans. Anscheinend gehörte er zur Band.

»Redest du mit mir?«

»Ja«, antwortete der Typ mit einem selbstgefälligen Grinsen. »Ich bin Gev. Dein Becher ist leer, da dachte ich, ich könnte dir womöglich helfen.«

»Na ja, du hast ja nicht mal einen Becher, also sollte vielleicht eher ich dir helfen.«

Er lachte, aber ich ließ ihn stehen und ging weiter zum Tisch, holte zwei Becher und bot ihm einen davon an.

»Ich mag deinen Namen. Mal was anderes.«

»Ich hänge an ihm«, erwiderte er und zog kurz die Augenbrauen hoch. Ich lachte leise.

»Gehst du wieder rauf?«, fragte ich mit einer Kopfbewegung zur Bühne. Mit *irgendwem* konnte ich mich ruhig unterhalten, beschloss ich – und dieser Typ schien wenigstens einigermaßen interessant zu sein. Zumindest nicht berechenbar.

»Nein, für heute sind wir fertig. Jetzt hab ich ein bisschen was aufzuholen.« Mit zwei großen Schlucken leerte er seinen Becher. Amüsiert schaute ich ihm zu und reichte ihm den nächsten Drink, den er mit einem übertriebenen Lächeln entgegennahm.

»Wie heißt *du* denn?«, fragte er dann und zog sich aus dem Gedränge zurück, das sich am Tisch gebildet hatte.

»Emma.«

»Und – wie fühlst du dich?«

Vor einer Minute hätte ich noch geantwortet: *Als würde ich brennen.* Aber jetzt merkte ich auf einmal, dass das Feuer erloschen war. Stattdessen spürte ich ein dumpfes Summen. Flirrende Ruhe durchströmte mich und zog einen Schleier über meine Gefühle.

»Ruhig«, antwortete ich mit einem tiefen Atemzug, erleichtert, dass die aufgepeppte Limo endlich Wirkung zeigte.

Er lachte. »Das hab ich noch nie gehört.«

»Du hast mich ja auch gerade erst kennengelernt.«

»Stimmt. Aber das mag ich – ich meine, dass du sagst, was du denkst. Du redest keinen Schwachsinn. Das finde ich cool.«

Ich zuckte die Achseln.

»Darauf trinken wir – auf den fehlenden Schwachsinn!«, sagte Gev und hob seinen Becher. Ich stieß mit ihm an, und wir tranken beide in großen Schlucken.

»Gehst du zur …?«

»Keinen Schwachsinn!«, fiel ich ihm ins Wort.

»Okay«, meinte er nachdenklich. »Was für eine Farbe hat deine Unterwäsche?«

Seine Dreistigkeit überrumpelte mich. »Oh, keine Ahnung.« Ich zog meine Gürtelschlaufe ein Stück vom Bauch weg und spähte an mir hinab. »Violett.«

»Hübsch.« Gev nickte anerkennend.

»Und du?«, fragte ich. Mir gefiel dieses schwachsinnsfreie Gespräch. Es war viel interessanter als der übliche Smalltalk über Studienfächer und Sportteams.

Gev war mutiger als ich, knöpfte seine Hose auf und präsentierte ein Stück seiner Boxershorts. »Schwarz«, stellte er fest.

»Das sehe ich auch.« Ich verkniff mir ein Grinsen.

Dann kippte ich den Rest meines Drinks hinunter und genoss den Dunstschleier, der sich weiter in mir ausbreitete.

Gevs Hand strich über meinen Rücken, während er sich zu mir beugte und mich fragte: »Wen wirst du um Mitternacht küssen?«

»Wie viel Zeit hab ich noch?«, fragte ich zurück, obwohl das eigentlich keine Rolle spielte.

Er blickte auf seine Uhr. »Eine Stunde etwa«, antwortete er.

»Vermutlich küsse ich einfach denjenigen, der am dichtesten neben mir steht.«

»Dann bleibe ich wohl besser in deiner Nähe«, antwortete er mit hochgezogenen Augenbrauen.

»Emma!« Ich drehte mich in die Richtung, aus der Peytons Stimme gekommen war, und blinzelte. »Wo ist Cole?«, wollte sie wissen.

»Ich weiß nicht«, antwortete ich, als ich Peyton endlich neben mir stehen sah. Sie blickte von mir zu Gev und runzelte fragend die Stirn.

»Komm mal hier rüber«, verlangte sie, packte mich am Arm und zog mich weg. Ich folgte ihr stolpernd, auf die plötzliche Bewegung war ich überhaupt nicht gefasst gewesen. »Wer ist das?«

»Das ist Gev. Er gehört zur Band«, erklärte ich und winkte zu ihm hinüber. Als Antwort hob er seinen Becher.

»Was ist denn mit Cole passiert? Er ist ein heißer Typ.«

»Ach was, er ist stinklangweilig«, schnaubte ich. »Gev ist viel interessanter.«

»Wie viel Becher von dem Zeug hast du getrunken?«

»Drei.« Ich grinste, stolz auf meine Leistung. »Und ich bin total benebelt.«

»Drei? Em, wir sind grade mal eine Stunde hier! Du musst aufhören, sonst kippst du noch vor Mitternacht um. Und dieser Gev passt nicht zu dir.«

»Na und?« Ich suchte ja auch niemanden, der zu mir passte, sondern nur jemanden, mit dem ich mich einigermaßen gut unterhalten oder in Ruhe etwas trinken konnte. Aber ich wollte keine Worte an eine Erklärung verschwenden, die Peyton ohnehin nicht begreifen würde.

»Ach du Scheiße, du bist ja jetzt schon sturzbetrunken.«

Ich ließ mir ihren Vorwurf durch den Kopf gehen und grinste breit. Ich war von Kopf bis Fuß betäubt, nur meine Lippen prickelten. Es störte mich ganz und gar nicht, betrunken zu sein. Zwar war es anders als erwartet, aber absolut nicht schlecht.

»Okay«, antwortete ich. Ihre Einschätzung entsprach der Wahrheit. »Dann gehe ich jetzt mal lieber wieder zu Gev.« Von ihrer Moralpredigt hatte ich genug, sie machte keinen Spaß. Ich wandte mich ab, die rasche Bewegung ließ alles um mich herum verschwimmen. Einen Moment lang hielt ich inne, damit die Welt wieder ins Gleichgewicht kommen konnte, dann suchte ich Gevs dunklen Wuschelkopf zwischen all den Gesichtern.

»Na gut. Dann sehen wir uns um Mitternacht«, rief Peyton mir nach.

Im nächsten Moment spürte ich eine Hand auf meinem Arm. Als ich meinen schweren Kopf herumdrehte, sah ich direkt in Gevs dunkelblaue Augen. »Bin immer noch in deiner Nähe«, verkündete er und nahm meine Hand.

»Erzähl mir was Interessantes«, forderte ich ihn auf und nahm den Becher entgegen, den er mir hinhielt.

»Ich glaube, du bist die interessanteste Person, die ich seit langem getroffen habe«, antwortete er. Dann legte er den Arm um meine Taille und sagte: »Tanz mit mir.«

Ich wollte ihm gerade erklären, dass ich nicht tanzte, als wir auch schon zwischen lauter schwitzenden Körpern eingeklemmt waren. Seine Hand lag auf meinem Kreuz und drückte mich an ihn. Ich schlang meine Arme um seinen Hals, um das Gleichgewicht nicht zu verlieren, und ließ ihn einfach tanzen. Er tanzte sogar für mich mit und schwang meine Hüften im Einklang mit seinen.

Die Zeit verging schnell, und ehe ich wusste, wie mir geschah, brüllte ich im Chor mit allen anderen, während die letzten Sekunden des Jahres in die ersten des nächsten hinübertickten.

»Frohes neues Jahr!«, riefen wir wie aus einem Munde. Gev drehte mich zu sich um und vergewisserte sich, dass er derjenige war, der am dichtesten neben mir stand. Ich erlaubte ihm, seine feuchten Lippen über meine gleiten zu lassen. Gleich darauf spürte ich seine Zunge. Als ich die Augen schloss, wurde das Summen in meinem Kopf lauter, und ich lehnte mich an ihn. Er zog mich zu sich. Als ich stolperte, packte er mich fester und küsste mich fordernder. Ich wehrte mich nicht, aber ich dachte immer wieder, wie seltsam es sich anfühlte – ich konnte meine Lippen nicht spüren. Oder waren es seine? So oder so, ich hatte jedenfalls das Gefühl, wir würden uns gar nicht richtig küssen, und das beschäftigte mich viel mehr als die Tatsache, dass ich überhaupt jemanden küsste.

»Wollen wir verschwinden?«, fragte Gev. Sein Atem kitzelte mich am Hals. »Ich wohne nur ein paar Häuser weiter, und wir haben einen Whirlpool.«

Ein Whirlpool – das klang verlockend. Außerdem verspürte ich das dringende Bedürfnis, mich zu setzen. Meine Beine hatten große Schwierigkeiten damit, mich aufrecht zu halten.

»In Ordnung«, antwortete ich, und Gev führte mich durch das dichte Gedränge hinaus in die kühle Nacht. Allerdings musste es in den letzten Stunden deutlich wärmer geworden sein, denn ich brauchte mein Sweatshirt nicht mehr. Gev hielt meine Hand fest und führte mich den Gehweg entlang.

Ich hätte zwar schwören können, dass er behauptet hatte, er würde nur ein paar Häuser entfernt wohnen, aber mir kam es so vor, als hätte ich mindestens eine Million Gehwegritzen gesehen, bis wir endlich in seinem Garten ankamen. Andererseits konnte ich mich nicht an den Weg durch seinen Vorgarten erinnern. Vielleicht wohnte er tatsächlich ganz in der Nähe. Egal, wir waren da, und ich konnte es kaum erwarten, mich endlich hinzusetzen.

Gev deckte einen Whirlpool neben einem Zaun auf. Während er ihn einschaltete, überlegte ich, wie ich es schaffen sollte, mein Bein über den Beckenrand zu heben. Er erschien mir unglaublich hoch.

Dann zog Gev sich bis auf seine schwarzen Boxershorts aus, die ich vorhin schon hatte aufblitzen sehen. Ich folgte seinem Beispiel und ließ meine Jeans und mein Tanktop auf den Boden fallen. Dabei fiel mir auf, dass ich gar keine Schuhe anhatte, aber ich konnte mich nicht daran erinnern, wo sie waren.

»Ich liebe Violett«, verkündete er, zog mich an sich und

schmiegte sein Gesicht an meinen Hals, was mich von der Bewältigung des Beckenrandproblems ablenkte. Ich wollte Gev schon wegschieben, da entdeckte ich mit einem stolzen Lächeln endlich die Leiter am Pool.

Gev führte mich hin, und ich ließ mich mit einem Seufzer der Erleichterung ins Wasser gleiten – endlich musste ich nicht mehr stehen. Ich schloss die Augen und lehnte mich zurück. Sofort drehte sich alles.

Ich spürte Gevs Hände auf mir und seinen Mund an meiner Schulter. Als ich die Augen aufmachte, war er direkt neben mir und wollte mich weiterküssen. Ich neigte mich zu ihm und berührte seine gierigen Lippen. Aber ich fühlte sie immer noch nicht. Da ich jedoch ohnehin nichts mehr fühlte, war es mir egal.

Plötzlich hörte alles auf zu existieren, ich war wie gefangen in unseren Küssen und dem heißen, wirbelnden Wasser. Mein Kopf folgte den Bewegungen des Wassers, die dampfende Luft umschloss mich. Gev war wieder da, er drückte sich an mich, aber ich war zu abgelenkt, um seine Zärtlichkeiten zu erwidern. Ich hatte alle Hände voll damit zu tun, die Welt daran zu hindern, dass sie unter mir wegkippte. Dann spürte ich auf einmal einen Druck in meiner Kehle. Schlagartig wurde mir klar, dass ich sofort den Pool verlassen musste.

So schnell ich konnte, drängte ich mich an Gev vorbei, stolperte gerade noch rechtzeitig die Treppe hinunter und gab in einem Gebüsch die rote Flüssigkeit von mir. Die Welt drehte sich noch schneller. Ich sank auf die Knie und würgte erneut.

»Alles klar bei dir?«, rief Gev hinter mir. Ich schüttelte den Kopf und übergab mich noch einmal. Dann atmete ich tief die kalte Nachtluft ein, richtete mich mühsam auf und lehnte mich an den Gartenzaun, um nicht gleich wieder umzufallen.

»Ich muss mich hinlegen«, erklärte ich, ohne zu wissen, ob er überhaupt in meiner Nähe war.

Er nahm meine Hand, und ich stolperte hinter ihm her. Alles zog wie im Nebel an mir vorüber, ich konzentrierte mich ganz auf meine Füße, um mit ihm Schritt halten zu können. Schließlich waren wir in einem Haus, eine Tür erschien, öffnete sich, und ich stand in einem hell erleuchteten Badezimmer.

»Ich hol dir Shorts und ein T-Shirt«, sagte Gev und verschwand.

Verzweifelt umklammerte ich den Rand des Waschbeckens und versuchte, mein Gleichgewicht wiederzufinden. Meine vermeintliche Ruhe war in unendliches Chaos umgeschlagen. Und ich hatte einen ekelhaften Geschmack im Mund. Vorsichtig öffnete ich das Schränkchen über dem Waschbecken, holte eine Tube Zahncreme heraus und drückte mir etwas davon auf den Finger. Damit schrubbte ich meine Zunge, dann spülte ich meinen Mund mit Wasser aus.

Zusammengefaltete Klamotten erschienen vor mir. Ich zog meinen nassen BH und meinen Slip aus und schlüpfte in die trockenen Sachen. Das warme T-Shirt roch gut, als ich es über den Kopf zog. Dann griff Gevs Hand wieder nach meiner, und ich folgte ihm in ein dunkles Zimmer.

In Boxershorts stand er vor mir. Haltsuchend lehnte ich mich an ihn, die Hände an seine nackte Haut gepresst. Er verstand das als Einladung und beugte sich zu mir, seine Lippen fuhren über die Zahncreme auf meinem Mund. Seine Hände packten meine Hüften, er küsste mich heftig. Dank der Taubheit, die ich mir so sehnsüchtig gewünscht hatte, störte es mich nicht, dass er seine Hände unter mein T-Shirt gleiten ließ. Es störte mich nicht, dass er seine Zunge in meinen Mund schob. Es störte mich nicht, dass er seinen harten Körper an mich drückte und in mein Ohr stöhnte. Und es störte mich auch nicht, dass er mir das T-Shirt über den Kopf zog und ich auf sein Bett fiel.

2

ke*In* neu*E*r Ve*R*such

Mein Kopf zersplitterte in tausend Stücke, als ich langsam die Augen öffnete. Ich hielt ihn mit der Hand an meiner Stirn an Ort und Stelle, während ich mich auf die Ellbogen stützte.

Wo war ich?

Die kleinste Bewegung verstärkte das Gewitter in meinem Schädel. Während ich mich in dem muffigen Zimmer umschaute, versuchte ich, mich daran zu erinnern, was ich getan hatte und wie ich hierhergekommen war. Neben mir lag jemand. Unter der blaukarierten Decke lugten dunkle Haare hervor.

Doch so angestrengt ich auch nachdachte, die letzte Nacht zeigte sich nur in kurzen Momentaufnahmen von der Party – und von einem Typen. Bestimmt war es dieser hier gewesen. Vorsichtig hob ich die Decke hoch. Ich hatte nichts an. Mein Magen grummelte, als ich auf das dünne Kissen zurücksank. Dann schaute ich zum Nachttisch hinüber und sah die aufgerissene Verpackung. Mir wurde übel. Was hatte ich getan?!

Ich hob die Decke noch einmal an und betrachtete den schlanken nackten Körper, der darunter lag. Ein verschlungenes Tattoo wand sich seinen Rücken hinauf und endete hinter dem Ohr. Wer zur Hölle war dieser Kerl? Ich wusste noch, dass er mir seinen Namen gesagt hatte. Angestrengt durchforstete ich meine bruchstückhafte Erinnerung. Gev! So hieß er.

Ich wollte nur weg und ihn nie wiedersehen. Aber ich hatte keine Ahnung, wo meine Klamotten waren. Unter Qualen kroch ich übers Bett. Dabei versuchte ich, Gev, der mit offenem Mund schwer atmete, so wenig wie möglich zu stören. Zum Glück sah er aus, als würde ihn so schnell nichts wach bekommen.

Auf dem Boden fand ich ein T-Shirt und Shorts und schlüpfte hastig hinein. Ich schaute mich in dem kleinen Zimmer um, ganz behutsam, damit die Äxte in meinem Kopf mir nicht das Hirn spalteten. Das breite Bett nahm den größten Teil des Raums ein, die Wände waren mit Rockpostern zugepflastert, aus den halboffenen Schubladen einer ziemlich ramponierten Kommode hingen Kleidungsstücke.

Ich öffnete die Tür und spähte in den Flur. Irgendwo lief ein Fernseher, ansonsten war es still. Als ich am Badezimmer vorbeikam, blieb ich abrupt stehen: Am Türknauf hingen mein violetter BH und der dazu passende Slip. Ich konnte mich nicht daran erinnern, die Sachen ausgezogen zu haben, und klemmte sie mir mit einem tiefen Seufzer unter den Arm. Dann ging ich leise weiter den Flur hinunter.

Schließlich fand ich auch das Zimmer, aus dem die Geräusche kamen. Auf der Couch lag ein Typ, in der Hand hielt er die Fernbedienung, am Boden war eine Tüte Chips umgekippt, über die Mattscheibe flimmerten die Morgennachrichten. Ich schlich an ihm vorbei nach draußen und zuckte heftig zusammen, als die Tür laut quietschte. Das mit Tau bedeckte Gras kühlte meine nackten Füße, während ich über den Rasen wanderte. Neben dem Whirlpool entdeckte ich meine Klamotten. Ich zog das Handy aus der Hosentasche, ehe ich mir auch meine Jeans und das Tanktop über den Arm warf.

Fröstelnd ging ich weiter Richtung Straße, drückte das Handy ans Ohr und lauschte dem Klingeln. Am Rand des Rasens standen meine Schuhe, als hätten sie dort die ganze Zeit auf mich gewartet. Seufzend griff ich nach den Schnürsenkeln und setzte meinen Weg fort.

»Emma?«, hörte ich dann endlich Peytons Stimme, heiser, noch im Halbschlaf. »Ich hab dich verloren. Wo bist du denn?«

»Ich weiß es nicht«, flüsterte ich. Dennoch klang meine Stimme in der frühmorgendlichen Stille schrecklich laut. Auf einmal bemerkte ich all die Plastikbecher auf dem Gehweg. »Ich glaube, ich bin ganz in der Nähe der Party. Und du?«

»Auf der Couch«, murmelte sie, stöhnte und fuhr fort: »Warte, ich suche meine Schuhe, dann treffen wir uns draußen.«

Kurz darauf entdeckte ich ein paar Häuser weiter tatsächlich Peytons rotes Kleid und bewegte mich langsam auf sie zu.

»Hey«, krächzte ich, als ich sie schließlich erreicht hatte.

»Hey«, antwortete sie, setzte mir meinen Zylinder auf den Kopf und schob ihr Diadem zurecht. Dann hakte sie sich bei mir unter und legte den Kopf auf meine Schulter. So schleppten wir uns zu ihrem Mustang, der mindestens eine Million Meilen entfernt zu stehen schien.

Vorsichtig ließ ich mich auf den Beifahrersitz sinken; ich wollte die wenigen Gehirnzellen, die in meinem Schädel überlebt hatten, nicht unnötig durcheinanderwirbeln. Peyton nahm hinter dem Steuer Platz. Sie setzte ihre überdimensionale Sonnenbrille auf und seufzte erleichtert – obwohl es kaum hell genug war, um ohne Scheinwerferlicht irgendetwas zu sehen.

Als wir zu Hause ankamen, stiegen wir leise die Treppe hinauf und verschwanden in unseren Zimmern. Ich zog das T-Shirt und die Shorts aus, ich wollte sie keine Sekunde länger auf der Haut spüren. Beides landete im Mülleimer, dann schlüpfte ich in eigene Boxershorts und ein bequemes Tanktop, zog die Decke über den Kopf und schlief ein.

»Emma?«, fragte Peyton sanft. Meine Matratze senkte sich, als sie sich darauf niederließ. »Lebst du noch?«

»Nein«, grummelte ich unter meiner Decke hervor. »Eigentlich warte ich immer noch auf den Tod.« Ich zog die Decke enger um meinen Kopf. »Saufen ist scheiße.«

Peyton kicherte leise. »Jedenfalls wenn man so trinkt wie du gestern. Es ist fast Mittag, lass uns frühstücken. Dann fühlst du dich bald besser.«

»Das glaub ich nicht«, jammerte ich, ohne mich zu rühren. »Ich würde mich nur besser fühlen, wenn mir jemand den Kopf abschlägt.«

»Fett ist eine Wunderkur gegen Kater«, versprach sie.

Vorsichtig spähte ich unter der Decke hervor. Peytons Haare waren völlig zerzaust, ihre verquollenen Augen mit Mascara verschmiert. Ich konnte mir ungefähr vorstellen, wie ich selbst aussah, und warf einen verstohlenen Blick in den Spiegel über meiner Kommode. Halbblind fuhr ich mit den Fingern durch das verfilzte Nest, in das sich meine Haare verwandelt hatten, und wischte an den schwarzen Streifen unter meinen blutunterlaufenen Augen herum. Mein Mund war trocken, und ich hatte einen ekligen Geschmack auf der Zunge.

»Lass mich erst mal duschen«, sagte ich.

Peyton stand auf und ging zur Tür. »Das muss ich auch noch tun. Wir treffen uns dann unten.«

Ich zerrte irgendwelche Klamotten aus den Schubladen, unfähig, die Augen weiter als zu einem schmalen Schlitz zu öffnen. In der Dusche ließ ich das Wasser heiß laufen, bis es mich fast verbrühte, und stellte mich dann unter den reinigenden Strahl. Während das Wasser auf meine Haut niederprasselte, kam allmählich die Erinnerung an letzte Nacht zurück.

Du bist so ekelhaft, hallte Carols hasserfüllte Stimme durch meinen Kopf. Mit fest zusammengekniffenen Augen vertrieb ich sie und schrubbte mich noch heftiger ab.

Doch sosehr ich auch versuchte, das Gefühl seiner Hände auf meinem Körper und den Geschmack seiner Zunge in meinem

Mund wegzuwaschen, ich widerte mich immer noch an, als ich das Wasser abstellte.

Nachdem ich mir Jeans und einen weiten Kapuzenpulli angezogen und meine Haare unter eine Baseballkappe gestopft hatte, ging ich nach unten und fand Peyton zusammengesackt auf der Couch. Als sie mich sah, stand sie auf. Wir machten uns gerade auf den Weg zur Tür, da kam Meg herein. Auch sie sah müde aus, aber längst nicht so fertig wie wir. Ihr Blick wanderte von Peyton zu mir und dann wieder zurück zu Peyton.

»Du hast sie abgefüllt«, stellte sie vorwurfsvoll fest.

»Das hat sie ganz alleine hingekriegt«, konterte Peyton. »Wir gehen frühstücken, kommst du mit?«

Ich senkte beschämt den Kopf, spürte Megs Blick aber immer noch auf mir ruhen, als sie antwortete: »Klar.«

»Gut.« Peyton hielt Meg ihre Autoschlüssel hin. »Dann kannst du fahren.«

Als wir vor dem Café parkten, erwartete uns bereits eine lange Schlange. Der Innenraum wirkte wie ein Mosaik aus bleichen Gesichtern, die sich mühsam im neuen Jahr zurechtzufinden versuchten. Zum Glück bewegte sich die Schlange rasch vorwärts, und schon fünfzehn Minuten später ließen wir uns in eine Nische gleiten.

Meg setzte sich mir gegenüber und musterte mich kopfschüttelnd. »Unglaublich, dass du dich dermaßen betrunken hast. Du trinkst doch nie Alkohol. Was ist passiert?«

Ich zuckte die Achseln und murmelte nur: »Pandora.« Als Meg mich daraufhin mitfühlend ansah, blickte ich schnell aus dem Fenster.

»Was hat denn Musik mit Saufen zu tun?«, fragte Peyton, die meine Anspielung nicht verstanden hatte. »Redest du von dem Musiker, der dich gestern Abend abgeschleppt hat? Wolltest du mysteriös sein, oder was?«

»Warte – du warst mit jemandem im Bett?!«, fragte Meg so laut, dass ein paar Typen, die gerade an uns vorbeigingen, neugierig die Köpfe wandten und leise lachten. Ich zog mir mein Käppi tiefer ins Gesicht und wünschte, ich könnte mich unsichtbar machen.

»Meg!«, sagte Peyton streng. »Warum verkündest du es nicht gleich dem ganzen Lokal?«

»Sorry.« Meg schnitt eine Grimasse. »Aber ich …«

»Ich möchte wirklich nicht darüber reden«, unterbrach ich sie hastig. Meg und Peyton öffneten den Mund, machten ihn aber gleich wieder zu. Zum Glück wurde in diesem Moment unser Essen gebracht, und wir konnten uns mit etwas anderem beschäftigen als meinen betrunkenen Eskapaden.

»Wo bist *du* denn eigentlich gelandet, Peyton?«, fragte Meg nach einer Weile.

»Auf Toms Couch«, antwortete sie. »Allein. Er ist so gegen drei verschwunden, und ich konnte Emma nicht finden. Da bin ich auf der Couch eingeschlafen.«

Während wir unsere Speck-und-Eier-Sandwiches aßen, berichtete Meg von ihrer Silvesterparty – die längst nicht so ereignisreich gewesen war.

Wie sich herausstellte, wirkte das fettige Essen tatsächlich Wunder. Jedenfalls fühlte ich mich wieder etwas mehr wie ein Mensch, als wir das Lokal verließen.

Auf der Haustreppe klingelte mein Handy. Ich ahnte, was mir bevorstand, und fühlte mich nicht bereit dafür. Trotzdem holte ich tief Luft und nahm den Anruf entgegen. »Hi, Sara.«

»Frohes neues Jahr!«, brüllte sie mir sofort ins Ohr. Ich zuckte zusammen und hielt das Telefon ein Stück weg.

»Nicht so laut bitte!«, flehte ich.

»Oh. Okay«, antwortete Sara verwundert. »Warte. Hast du gestern etwa gefeiert?«

»Ja«, antwortete ich leise. »Aber ich möchte nicht darüber reden.

Sara schwieg einen Moment. »Weiß Meg davon?«

Ich setzte mich auf die Couch und lehnte den Kopf ans Polster. »Ja.«

»Darf ich sie danach fragen?«

Ich schluckte schwer. »Nur wenn du versprichst, dass wir dann nie wieder darüber reden müssen.«

Ich hörte sie förmlich nachdenken. »In Ordnung, versprochen.« Dann legte sie auf. Keine dreißig Sekunden später klingelte Megs Telefon. Sie warf mir von der anderen Ende der Couch einen fragenden Blick zu.

»Sara möchte wissen, was mir gestern Nacht passiert ist, und ich hab ihr gesagt, ich will nicht darüber reden.«

»Aber ich kann es ihr erzählen, ja?«, vergewisserte sie sich.

»Solange ich es nicht mit anhören muss.«

Meg erhob sich, nahm das Gespräch an und ging die Treppe hinauf. »Hi, Sara.«

»Warte, ich komme mit«, rief Peyton ihr nach und rannte, zwei Stufen auf einmal nehmend, ebenfalls nach oben. Offensichtlich ging es ihr besser.

Ich schluckte zwei Aspirin und spülte sie mit einem Vitamindrink hinunter, blieb den ganzen Nachmittag über auf der Couch sitzen und schaute mir Filme an.

Am frühen Abend schlich ich in mein Zimmer und ließ die beiden anderen allein mit einem Horrorfilm, den ich mir wirklich nicht antun wollte. Mein Schlaf und ich hatten viel zu lange gebraucht, um endlich zueinanderzufinden, und ich wollte unsere Beziehung ungern wegen eines Films aufs Spiel setzen.

Ich hatte mich gerade hingelegt, als es leise an meine Tür klopfte. »Herein!«, rief ich, und Meg kam ins Zimmer.

»Hey.« Sie setzte sich ans Fußende meines Betts. »Fühlst du dich immer noch beschissen?«

»Sag mir, dass es irgendwann vorbeigeht«, bat ich sie, ohne die Augen zu öffnen.

»Morgen geht es dir garantiert schon viel besser«, versicherte sie. »Peyton hat mir erzählt, wie viel du getrunken hast – beziehungsweise, wie viel sie dich hat trinken sehen.«

Ich schwieg. Dann rückte Meg endlich mit dem heraus, was sie eigentlich auf dem Herzen hatte. »Ich weiß, du willst nicht darüber reden, und das verlange ich auch nicht. Ich verspreche, dass ich nie wieder davon anfange. Aber ehe du dich in Grund und Boden schämst, denk daran, dass wir alle Fehler machen. Und ich finde, dass Ev …«

»Nicht!«, fiel ich ihr ins Wort, ehe sie den Namen vollständig aussprechen konnte.

»Sorry«, sagte sie und biss sich auf die Lippe. »Ich wollte nur sagen, das zählt nicht. Es war ein Fehler, und es zählt nicht.«

Ich hatte Meg nie von meinem Leben in Weslyn erzählt und ihr auch nie erklärt, warum ich nicht ausging und keinen Alkohol trank – bis gestern jedenfalls. Aber ich hatte Sara, kurz nachdem ich eingezogen war, erlaubt, Meg von mir zu erzählen. Meg erwähnte nie etwas von ihrem Gespräch mit Sara, doch es half ihr offensichtlich, zu verstehen, warum ich andere Menschen auf Distanz hielt. Ich vertraute Meg.

Ich hatte sie im ersten Studienjahr kennengelernt, gleich beim ersten Fußballtraining. Sie stammte aus Pennsylvania, wir waren also beide fremd in Kalifornien. Meg akzeptierte meine Verschlossenheit und verspürte instinktiv den Drang, sich um mich zu kümmern. Das erinnerte mich an Sara, und wir fühlten uns sofort miteinander verbunden.

Im Lauf der Saison merkten wir, dass Peyton unsere Nähe suchte – aber ehrlich gesagt suchte Peyton die Nähe zu fast jedem. Sie tauchte direkt vor einem auf und weigerte sich, ignoriert zu werden. Entweder hasste oder liebte man sie, und sie ließ sich von beidem nicht beirren. Ich glaube, ihre dreiste Art war der Grund, warum ich sie gern um mich hatte.

Und dann war da noch Serena. Wie Peyton stammte sie aus Kalifornien; zurzeit verbrachte sie die Winterferien bei ihrer Familie. Aber wenn sie bei uns war, vervollständigte sie unser seltsames Vierergespann nahezu perfekt. Serena war der netteste Mensch, den ich kannte – und der direkteste. Sie hätte selbst einen Priester in die Schranken gewiesen, wenn er ihr dumm gekommen wäre. Ihr überzeugter Gothic-Lifestyle faszinierte mich und erfüllte mich mit Respekt.

So dankbar ich Peyton und Serena für ihre Geduld und ihre Akzeptanz auch war (obwohl Peyton durchaus Momente hatte, in denen sie einfach zu sehr … na ja, zu sehr Peyton war), nur Meg kannte die Wahrheit über meine Vergangenheit. Sie wurde meine Stimme der Vernunft, sie sorgte dafür, dass ich nicht zu sehr abdriftete. Wenn ich mich am Abgrund entlanghangelte, sorgte Meg dafür, dass ich nicht abstürzte.

Deshalb hätte ich ihr gern geglaubt, dass mein One-Night-Stand nicht zählte, ich hätte ihre Worte gern wie eine Tablette gegen meine nagenden Schuldgefühle geschluckt. Aber der Versuch wäre sinnlos gewesen – alles bröckelte auseinander, seit sie die Box unter meinem Bett geöffnet hatte. Mein erbärmlichs Techtelmechtel in der Silvesternacht war nur eine weitere zerstörerische Entscheidung, die ich getroffen hatte und nicht mehr ungeschehen machen konnte.

3

Neues Jahr, neue Erfahrungen

Die Kurse des nächsten Quartals begannen in der kommenden Woche, und ich tastete mich im Schutz von Büchern, Vorlesungen und Lernen vorsichtig weiter ins neue Jahr. Alles schien wieder so zu sein wie immer. Aber das stimmte nicht, und ich wusste es.

Meg und ich fuhren zusammen zur Uni. Wir wollten beide auf die Medizinische Fakultät und hatten viele gemeinsame Kurse, allerdings steuerte Meg auf die Arbeit im Krankenhaus zu, während ich eher Zuflucht in den Laboren suchte.

Peyton flitzte wie üblich durchs Haus und platzte, ohne anzuklopfen, ins Bad oder in unsere Zimmer. Ihr war es egal, womit wir möglicherweise gerade beschäftigt waren – nur bei Serena nicht. Sie hatte als Einzige einen festen Freund und brachte wenig Verständnis für Peytons Eindringen in ihre Privatsphäre auf. Ganz zu schweigen davon, dass Peyton ihr auch sonst oft den letzten Nerv raubte.

»Okay, hör zu.« Als Peyton in die Küche kam, machte ich mir gerade ein Sandwich. Ich wollte gleich mit Meg zum Fußballplatz fahren. »Ich weiß, die Party vor ein paar Wochen war eine Katastrophe, aber du solltest noch mal mit mir ausgehen. Ich verspreche, besser auf dich und deinen Alkoholpegel aufzupassen.«

Ich lachte über ihren absurden Vorschlag. »Peyton, das Trinken war eine einmalige Sache. Ich bin durch damit, danke.«

»Em, du hattest eine einzige schlimme Nacht«, erwiderte sie leidenschaftlich. »Du solltest deswegen nicht gleich dein ganzes Sozialleben an den Nagel hängen. Immerhin sind wir auf dem College! Das ist die Zeit, in der man herausfindet, wer man ist … und austestet, wie viel man verträgt. Ich schwöre dir, es ist auch möglich, in Maßen zu trinken und nicht mit irgendeinem Kerl im Bett zu landen.«

Ich wirbelte herum und warf ihr ein Stück Brot an den Kopf. »Halt verdammt nochmal den Mund, Peyton!«

Sie wehrte das Brot mit der Hand ab. »Sorry. Das war doof. Tut mir echt leid«, versuchte sie einzulenken. »Das hätte ich nicht sagen sollen.« Ehe sie die Küche wieder verließ, bettelte sie noch: »Denkst du wenigstens darüber nach?«

»Na gut«, antwortete ich ungeduldig, damit sie mich endlich in Ruhe ließ. »Ich denk drüber nach.«

»Großartig! Am Samstag gibt es nämlich eine tolle Party«, zwitscherte sie und drehte sich schnell um, ehe ich protestieren konnte.

»Du gehst zur Party im College Green?«, fragte Meg, die im selben Augenblick um die Ecke kam, einen Fußball unter dem Arm.

»Ich hab nicht …«

»Du kommst doch auch mit, richtig?«, fiel Peyton mir ins Wort.

»Ich denke schon«, antwortete Meg achselzuckend und sah mich an. »Keine Sorge, wir werden Spaß haben.«

Ich schnaubte resigniert. »Na schön.«

Peyton grinste triumphierend und klopfte gleich an Serenas Tür.

»Was denn?«, rief Serena von drinnen.

»Gehst du mit uns am Samstag auf eine Party? Emma kommt auch mit.«

Serena steckte den Kopf aus der Tür und sah verwundert in meine Richtung. »Ach ja?«

»Sieht wohl so aus.«

»Okay, dann komme ich auch mit«, versprach sie und knallte die Tür vor Peytons Nase zu.

»Bitte sag mir, dass du das nicht anziehen willst.« Peyton verzog das Gesicht, als sie sah, was ich trug: verwaschenene Jeans und ein ausgebleichtes Band-T-Shirt über einem Langarmshirt.

»Soll ich mitkommen oder nicht?«

Murrend verzog sie sich wieder ins Bad, um sich fertig zu schminken, während ich nach unten ging.

Als ich die letzte Stufe erreichte, kam Serena mit einer großen Papiertüte im Arm zur Haustür herein. Sie trug eine enge schwarze Hose und eine kurze Lederjacke über einem schwarzen Tanktop, dazu schwarze Kampfstiefel. Ihre kurzen schwarzen Haare standen wild in alle Richtungen ab, ein dicker schwarzer Lidstrich betonte ihre großen braunen Augen in dem blass gepuderten Gesicht. Serenas Look war mehr als ein Style, er war ein Statement.

Mit einer Bierflasche in jeder Hand kam sie aus der Küche zurück und bot Meg, die sich, über den Couchtisch gebeugt, die Nägel lackierte, eine davon an.

»Nein danke, ich fahre«, erklärte Meg und schüttelte den Kopf. Serena hielt mir die Flasche hin.

»Ich kann auch fahren«, bot ich an.

»Schon in Ordnung«, sagte Meg. »Es macht mir nichts aus. Du kannst ruhig was trinken. Du bist ja mit uns allen unterwegs, nicht nur mit Peyton, wir passen auf dich auf.«

»Hey!«, rief Peyton gekränkt von oben.

Nachdenklich betrachtete ich die Flasche in Serenas Hand. Das erste Mal hatte ich nicht wegen des Alkohols an sich getrunken. Und ich wollte nie mehr so betrunken sein … auf gar keinen Fall.

»Okay«, sagte ich schließlich und nahm die Flasche. Überrascht sah Meg mich an. Aber dann widmete sie sich wieder ihren Fingernägeln, als ginge meine Entscheidung sie nichts an.

Serena dagegen benahm sich, als würden wir ständig zusammen trinken. Andererseits nahm sie immer alles, wie es kam, ohne mit der Wimper zu zucken. Ich hatte noch nie erlebt, dass etwas sie überraschte.

Nach dem ersten Schluck verzog ich das Gesicht – ich mochte kein Bier. »Das schmeckt ja grässlich.«

Serena grinste. »An den Geschmack muss man sich eben gewöhnen.«

»Warum sollte man sich an so einen Geschmack gewöhnen wollen?« Ich rümpfte angeekelt die Nase.

»Ich mach dir einen Drink«, sagte Serena lachend und verschwand in die Küche.

»Gib mir dein Bier, ich trink es«, erklärte Peyton, die gerade die Treppe herunterkam. Ihre glänzenden blonden Haare wallten über ihren Rücken, keine Strähne lag am falschen Platz. Sie achtete sehr auf ihr Äußeres – von den rosa schimmernden Lippen bis hin zu den lackierten Zehennägeln war alles aufeinander abgestimmt. Sie war perfekt gestylt. Außer uns bekam sie niemand je anders zu Gesicht. Wenn ich nur daran dachte, wie viel Zeit sie das kostete, überfiel mich bereits eine tiefe Erschöpfung.

»Du trinkst sowieso alles«, spottete Meg und drehte den Deckel auf ihr Nagellackfläschchen. »Ich glaube, du hast so ungefähr alles probiert, was es gibt.«

»Sehr lustig«, gab Peyton zurück, setzte die Bierflasche an und nahm einen großen Schluck.

»Hier, versuch das mal.« Serena händigte mir ein Glas mit einer roten Flüssigkeit aus. Unwillkürlich zog sich mein Magen zusammen. Als Serena merkte, wie ich zurückzuckte, beruhigte sie mich: »Das ist Cranberrysaft mit Wodka, und die Mischung ist ziemlich schwach.«

Ich nahm das Glas entgegen und nippte daran. Tatsächlich schmeckte es hauptsächlich nach Cranberry, dazwischen lag nur ein Hauch von etwas anderem. »Danke.«

Während Meg sich im oberen Bad fertig machte, saßen wir im Wohnzimmer – und tranken. Was ich, ganz ehrlich, niemals von mir gedacht hätte.

Sollte ich mein Glas in der Hand behalten oder auf dem Couchtisch abstellen? Ich beobachtete Serena und entschied mich für Ersteres, nippte allerdings nur daran, denn ich wollte auf gar keinen Fall wieder zu schnell trinken. Natürlich wusste ich, dass ich etwas paranoid war – vermutlich musste ich mich einfach nur entspannen.

»Wo ist James eigentlich heute Abend?«, fragte ich Serena, um mich abzulenken.

»Er muss arbeiten«, antwortete Serena, trank ihr Bier aus und stand auf. »Peyton, magst du auch noch eines?«

James arbeitete als Türsteher in einem der Clubs, in dem lokale Rocktalente auftraten. Mit seinem rasierten Kopf, seinem breiten Körperbau und dem Tattoo am Hinterkopf gab er den perfekten Türsteher ab. Ansonsten studierte er in Stanford und strebte einen Abschluss in Pädagogik an. Wenn ich daran dachte, dass James irgendwann mit Jugendlichen arbeiten würde, musste ich immer grinsen.

»Na klar, her damit«, rief Peyton.

Ich hatte kaum die Hälfte meines Drinks getrunken, und die beiden anderen waren schon beim zweiten Bier. Vielleicht trank ich jetzt zu langsam? Vielleicht musste ich mich aber auch nur zusammenreißen und mir nicht so einen Kopf machen.

»In zwei Wochen gibt es übrigens ein tolles Konzert«, teilte mir Serena mit und drückte Peyton dann das Bier in die Hand.

Durch Serena erfuhr ich von den besten Rockkonzerten in der Gegend, und ich war sehr dankbar, dass eine meiner Mitbewohnerinnen mein Bedürfnis nach schnellen Beats und wuchtigen Gitarren verstand. Meg und Peyton konnten dieser Musik nichts abgewinnen. Sie bevorzugten Songs, zu denen sie die Hüften kreisen lassen konnten – obwohl Meg mich in letzter Zeit ein paarmal zu Konzerten begleitet und es durchaus gemocht hatte.

»Sag mir Bescheid, wann genau es ist, dann kann ich nachschauen, ob ich da gerade einen Test habe oder so.« Ich nippte an meinem Glas.

»Em, du hast in den Ferien doch schon sämtliche Texte für den nächsten Monat gelesen«, meinte sie vorwurfsvoll. »Du hast absolut nichts zu befürchten. Außerdem wird es bestimmt nicht spät.«

»Fertig?«, rief Meg, die so schnell die Treppe herunterstürmte, dass ihre kastanienbraunen Ringellocken nur so um ihren Kopf flogen. Wir tranken aus und verließen alle zusammen das Haus.

Als wir in eine Straße kamen, in der es keinen Parkplatz mehr gab, wussten wir, dass wir richtig waren. Wir mussten ein paarmal um den Block fahren, bevor direkt vor uns endlich ein Auto aus einer Lücke fuhr. Zusammen mit einigen anderen Leuten traten wir durch einen Torbogen in einen großen Innenhof.

Meg stieß mich an. »Schau mal, da drüben ist ein Pool.«

»Hör bloß auf«, erwiderte Peyton drohend.

»Entspann dich, Peyton«, fauchte Meg. »Hier würden wir das nicht machen.« Ich grinste.

Ein zweigeschossiges Apartmentgebäude umgab den Innenhof, die Leute standen auf den Balkonen und überall im Hauptbereich der Anlage. Ungefähr ein halbes Dutzend Wohnungstüren standen offen und gewährten Zutritt, im Freien war eine Anlage aufgebaut, aus der der neueste Hiphop dröhnte.

»Lasst uns was zu trinken organisieren!«, rief Peyton, reckte die Arme in die Luft und schwang die Hüften zur Musik.

Wir folgten ihrem figurbetonten grünen Pulli durch die Menge. Zahlreiche Köpfe wandten sich nach ihr um, als sie vorbeiwackelte, aber sie war so auf ihr Ziel konzentriert, dass sie es gar nicht bemerkte.

Wir stiegen die Treppe hinauf und traten durch die nächste offene Tür.

»Wartet am besten hier«, befahl Peyton. »Ich hole uns allen was.«

Wir hätten uns ohnehin nicht alle hineinquetschen können, der Raum war gerappelt voll. Nach einer Weile tauchte Peyton wieder auf, ein paar kleine Plastikbecher mit Götterspeise in den Händen. Sie gab jedem von uns einen. Ich sah etwas verwundert in meinen Becher und überlegte, wie ich die Götterspeise ohne Löffel essen sollte. Schließlich drückte ich die Ränder des Plastikbechers zusammen und schlürfte ihn aus.

»Nicht kauen, nur schlucken.« Meg lachte, als ich versuchte, mir die klebrige Götterspeise von den Lippen zu lecken.

»Immer ein guter Rat«, meinte Peyton kichernd.

Meg schnitt eine Grimasse. »Igitt! Wir reden bloß über Götterspeise, Peyton.«

Ich brauchte einen Moment, um zu begreifen, worauf sie anspielten, dann verzog auch ich angeekelt das Gesicht. Natürlich bemerkte Peyton meine verzögerte Reaktion. »Ach Emma. Bist du dir sicher, dass du mit diesem Band-Typen geschlafen hast? Ich könnte schwören, du bist noch Jungfrau.«

»Ich hol eine neue Runde, dann kannst du es noch mal probieren«, lenkte Meg ab und zog Peyton mit sich.

Als sie zurückkamen, nahm ich zwei der kleinen Becher und wartete auf Anweisungen.

»Du musst das Zeug am besten mit dem Finger vom Rand lösen und es dir dann schnell in den Mund kippen.« Peyton machte es vor. Ich folgte ihrem Beispiel, und diesmal landete der größte Teil der Götterspeise in meinem Mund. Meg lachte über meine Tollpatschigkeit. Aber beim nächsten Mal klappte es noch besser.

»Jetzt lass das sacken und warte auf ›den Kitzel‹, ehe du noch was trinkst«, erklärte Serena.

»›Den Kitzel‹?«, fragte Peyton und sah Serena fragend an. »Du bist so seltsam, Serena.«

»Wie auch immer«, erwiderte Serena und wandte sich ab.

»Tom!«, rief Peyton plötzlich zum gegenüberliegenden Balkon. Zu meiner Überraschung hörte er sie und winkte. Sie packte mich am Handgelenk und schlängelte sich durch die Menge. Ich folgte ihr stolpernd. Entweder bemerkte sie es nicht, oder es war ihr egal.

»Wir warten hier!«, rief Meg uns nach.

»Ich hab gehofft, dich hier zu finden«, jubelte Peyton, als wir bei Tom ankamen, und umarmte ihn.

»Du hättest es gewusst, wenn ihr euch gelegentlich mal anrufen würdet«, murmelte ich leise. Tom und Peyton hatten eine sehr sonderbare Beziehung: Sie erzählte mir ständig von ihm und ihren Begegnungen auf Partys, offensichtlich war sie also an ihm interessiert. Aber anscheinend hatten sie noch nicht einmal Handynummern ausgetauscht, was wir alle sehr verwirrend fanden.

»Hey.«

Als ich aufblickte, stand Cole vor mir. Ich rang mir ein Lächeln ab, jetzt wusste ich, warum Peyton so hartnäckig darauf bestanden hatte, mich zu dieser Party mitzuschleppen.

»Wow, schon die zweite Party, ich bin beeindruckt«, neckte mich Cole.

»Partys sind nicht mein Ding«, erwiderte ich ärgerlich.

»Offensichtlich«, stellte er fest. »Sonst hätte ich dich ja schon früher wiedergesehen.«

»Stimmt«, gab ich mit einem kurzen Nicken zu. »Na ja, im neuen Jahr probiere ich eben neue Dinge aus.«

»Was steht denn als Nächstes auf deiner Liste?«, fragte Cole und fixierte mich mit seinen klaren blauen Augen. Ich mied seinen Blick und musterte die Menge.

»Äh … Stagediving«, antwortete ich, ohne groß darüber nachzudenken. In Wahrheit hatte ich überhaupt keine Liste. Aber in dem Moment, in dem ich es aussprach, hatte ich auf einmal tatsächlich Lust, von einer Bühne zu springen.

»Schön. Bitte sag mir Bescheid, wenn du weißt, wo du es ausprobierst, ich würde nämlich gerne zugucken.«

»Mal schauen.« Ich legte keinerlei Wert darauf, ihn wiederzusehen, ganz gleich, wie gut er aussah, und als er endlich den Kopf abwandte, schlich ich mich schnell davon. Ich hörte noch, wie Peyton meinen Namen rief, ignorierte sie aber geflissentlich.

Serena und Meg standen nicht mehr an derselben Stelle wie vorhin. Suchend sah ich mich in der Menge um, entdeckte sie am Pool und griff mir in einem der offenen Apartments schnell noch einen Becher mit einem sprudligen, nach Trauben schmeckenden Getränk. Da ich »den Kitzel« noch so gut wie gar nicht spürte, wähnte ich mich in Sicherheit.

Meg sah mich oben an der Treppe stehen und winkte. Ich nickte und folgte den Leuten vor mir die Stufen hinunter. Als ich unten ankam, legte sich plötzlich ein Arm um meine Taille und zog mich beiseite.

»Hey, meine Hübsche«, murmelte Gev in mein Ohr und küsste mich auf den Nacken. »Ich hab gehofft, dich wiederzusehen.«

»Oh, hi«, stammelte ich. Mein ganzer Körper war erstarrt unter seiner Berührung. Panisch sah ich mich um, konnte aber zunächst weder Meg noch Serena in der Nähe ausmachen. Doch dann entdeckte ich Megs Lockenkopf, und unsere Blicke trafen sich. Sie sah von mir zu Gev und drängte sich sofort zu mir durch, ohne dabei auf irgendwen Rücksicht zu nehmen.

»Und, wie läuft's so?«, fragte ich Gev bemüht höflich.

»Bin leider noch nüchtern«, beklagte er sich. »Ich wollte gerade nach oben und mir was zu trinken holen. Kommst du mit?«

»Emma!«, rief Meg in diesem Moment. Ihr strahlendes Lächeln verhüllte nur notdürftig ihren sorgenvollen Blick. »Da bist du ja.

Wir dachten schon, wir hätten dich verloren.« Sie bemerkte sofort, wie unangenehm mir Gevs Nähe war. »Hi, ich bin Meg, und das ist Serena.« Serena nickte nur und machte sich nicht einmal die Mühe, ein Lächeln aufzusetzen.

»Gev«, stellte er sich selbst vor. »Na, wir sehen uns dann wohl später«, meinte er und küsste mich auf die Wange, ehe er die Treppe hinauf verschwand. Ich bemühte mich zu lächeln und meinen Ekel hinunterzuschlucken.

»Alles klar mit dir?«, fragte Meg, nahm meine Hand und führte mich weg.

»Ja, mir geht's gut«, antwortete ich kleinlaut und nahm ein paar große Schlucke von dem violetten Zeug in meinem Becher.

»Er sieht toll aus«, bemerkte Serena neben mir. »Schade, dass er so ein kompletter Idiot ist.«

Ich verschluckte mich vor Lachen fast an meinem Drink.

Meg grinste. »Wir lassen ihn einfach nicht in deine Nähe«, versprach sie und machte neben dem Pool halt.

»Hey!«, rief Peyton theatralisch, als sie ein paar Minuten später zu uns stieß. »Em, warum bist du denn schon wieder einfach verschwunden? Im Ernst – ich finde, du könntest Cole ruhig eine Chance geben.«

»Er ist nicht mein Typ.«

»Warte, redest du von dem Kerl, mit dem du sie seit einer Ewigkeit verkuppeln willst?«, hakte Meg nach.

»Ich hab ihn bei der Silvesterparty getroffen«, erklärte ich.

»Aber ich wollte, dass du ihn schon viel früher triffst.« Peyton seufzte. »Ich möchte Tom gern näherkommen, und die beiden sind ständig zusammen, da dachte ich, du würdest bestimmt gut zu Cole passen.«

»Offensichtlich kennst du mich nicht besonders gut.«

»Ach komm schon«, sagte Peyton schmollend. »Cole ist doch *jedermanns* Typ.« Dann sah sie nachdenklich zu Serena hinüber und verbesserte sich: »Na ja … Serena mal ausgenommen. Er ist nicht freakig genug.«

»Du kannst mich mal, Peyton«, konterte Serena. Meg lachte über ihr Geplänkel. Peyton und Serena warfen sich ständig bissige Bemerkungen an den Kopf, manchmal fragte ich mich, ob sie sich überhaupt mochten.

»Im Ernst, Em«, fuhr Peyton fort. »Er ist hinreißend. Und intelligent. Und er surft.«

»Ich stehe nicht so auf Surfer. Also lass es einfach gut sein, ja?« Auf einmal schoss ein heftiger Stich durch meine Brust, und ich trank den letzten Schluck meiner hochprozentigen Traubenlimo, um ihn wieder loszuwerden. »Ich könnte was zu trinken gebrauchen. Sonst noch jemand?«

»Ich komme mit«, bot Serena an und führte mich in eine andere offene Wohnung. »Peyton ist einfach egoistisch, wie immer«, tröstete sie mich. »Lass dich von ihr bloß nicht zu irgendetwas zwingen.«

»Schon gut«, sagte ich leise.

Ich wartete auf dem Balkon, während Serena die Getränke organisierte, und ließ den Blick unruhig über die Menge schweifen. Ich wollte Gev nicht noch einmal in die Arme laufen. Ein paar Minuten später kam Serena zurück und drückte mir einen roten Plastikbecher in die Hand.

»Jack Daniel's mit Cola«, erklärte sie.

Ich trank einen Schluck, und mein Magen fing sofort Feuer. »Hoppla.« Ich schüttelte mich. »Starkes Zeug.«

»Sorry«, meinte Serena. »Ich hab es nicht selbst gemixt. Schmeckt es dir nicht?«

»Ist nicht gerade mein Lieblingsgetränk«, gestand ich, während sich mein Mund mit Speichel füllte, »aber ich trinke es.«

Als wir uns umschauten, sahen wir Peyton und Meg in der Menge beim Pool tanzen.

»Großartig«, grummelte Serena und dirigierte mich an den Rand des Gedränges. Ich lehnte mich unter dem Balkon an die raue Gebäudemauer und nippte langsam an meinem Whisky, der bestenfalls mit einem Hauch Cola vermischt war. Der Kitzel verwandelte sich in einen vagen, schwindelerregenden Dunst.

»Irgendwann gehen wir mal auf eine Party mit Musik, zu der *wir* tanzen können«, versprach Serena. »Das Zeug hier ist doch scheiße.« Ich lachte.

Inzwischen waren hinter Meg und Peyton zwei Typen aufgetaucht, die sich an sie drückten und ihnen die Hände auf die Hüften legten. Peyton drehte sich mit einem koketten Lächeln um und schlang ihrem Typen die Arme um den Hals. Meg dagegen wich zurück. Nach einer Weile begriff der Kerl und verschwand wieder in der Menge. Ich grinste amüsiert.

»Ich hole mir noch was zu trinken«, verkündete Serena. »Kannst du einen Moment lang allein hierbleiben, oder magst du mitkommen?«

Inzwischen war die Party auf ihrem Höhepunkt, und ich wollte mich eigentlich nicht schon wieder durch die Menge drängen. »Ich warte hier.«

»Aber bleib, wo du bist«, ermahnte mich Serena. Ich nickte und trank noch einen Schluck. Serena drehte sich auf der Treppe ein paarmal nach mir um, und ich verdrehte genervt die Augen.

»Ich hab dich gefunden!« Kaum war Serena verschwunden, tauchte aus dem Nichts Gev vor mir auf, beugte sich über mich und drückte seine Lippen auf meine. Ich erstarrte. Als er merkte, dass ich den Kuss nicht erwiderte, zog Gev sich verwundert zurück. »Bist du etwa sauer auf mich?«

»Äh, nein«, antwortete ich. Mit dieser Frage hatte ich überhaupt nicht gerechnet.

»Liegt es daran, dass ich beim letzten Mal mittendrin praktisch das Bewusstsein verloren habe?«, fuhr er fort. »Du weißt schon, bevor wir richtig Sex haben konnten. Ich verspreche dir, dass ich heute nicht so viel trinke.«

Mir blieb die Spucke weg. *Wir haben nicht miteinander geschlafen. O mein Gott! Wir haben gar nicht miteinander geschlafen!*

»Nein, das ist es nicht«, erwiderte ich. Ganz allmählich lockerten sich meine Schultern. »Ich glaube, du hast einen falschen Eindruck von mir gewonnen.«

»Ah.« Gev nickte. »Du stehst also nicht auf mich.«

»Ich steh momentan auf niemanden«, stellte ich klar, weil ich nicht so grob klingen wollte. »Nimm es bitte nicht persönlich.«

»Kein Problem.« Er zuckte die Achseln. Offenbar nahm er meine Abfuhr tatsächlich nicht persönlich – sie schien ihm rein gar nichts auszumachen. »Tja, dann noch viel Spaß. Und falls du irgendwann mal ein bisschen was von deiner Anspannung loswerden möchtest, sag einfach Bescheid.«

»Oh. Alles klar«, erwiderte ich ausdruckslos und sah ihm nach, als er im Gedränge verschwand.

»Ach du Scheiße, Emma«, stöhnte Serena. »Tut mir leid! Ich hab den Blödmann total vergessen. Was ist passiert?«

»Wir haben nicht miteinander geschlafen«, erklärte ich.

»Na ja … offensichtlich nicht«, antwortete sie etwas irritiert. »Du stehst schließlich mitten auf einer Party.« Dann sah sie mich prüfend an. »Oh! Du meinst … damals?«

Ich nickte. Ich hatte mich so fest an meine Schuldgefühle geklammert, dass es mir jetzt schwerfiel, sie loszulassen. Allerdings fiel mir ein riesiger Stein vom Herzen, das konnte ich nicht leugnen. Oder der gute Jack Daniel's tat seine Wirkung. Ich sah Meg immer noch am Pool tanzen und fing an zu grinsen.

»Pass auf«, sagte ich zu Serena, ließ meinen leeren Becher auf den Boden fallen und begann, auf Meg zuzutanzen. Ich hatte sie gerade erreicht, da wandte sie sich um und lächelte. Doch dann sah sie das verschmitzte Funkeln in meinen Augen. Sie stieß einen leisen Schrei aus, als ich sie wortlos in den Pool schubste. Ich lachte triumphierend, doch im nächsten Moment hatte sie mich am Handgelenk gepackt und zog mich mit sich in die Tiefe. Mit einer mächtigen Fontäne landeten wir beide im Wasser.

»Jetzt sind wir quitt«, prustete sie und griff nach dem Poolrand.

»Für den Augenblick vielleicht«, gab ich höhnisch zurück.

Sämtliche Partygäste hatten das Schauspiel verfolgt, einige amüsiert, andere verärgert. Als wir uns aus dem Wasser hievten, sahen wir, dass auch Peyton uns mit vor der Brust verschränkten Armen wütend anstarrte. »Jetzt werden wir garantiert rausgeschmissen.«

»Warum?« Meg lachte. »Weil wir im Pool sind?«

Mit einem genervten Seufzer drehte Peyton sich um und stürmte zum Tor.

»Ich glaube, der Hausmeister hier hat im Grunde nichts gegen Partys«, erklärte Serena grinsend, »aber er hat was gegen zusätzliche Arbeit beim Poolreinigen. Deshalb darf bei einer Party niemand rein.«

Die Menge teilte sich, um uns durchzulassen, alle glotzten, ein paar kicherten. Als wir auf dem Gehweg ankamen, hörten wir die Ansage. »Es ist strengstens untersagt, den Pool zu benutzen. Falls noch jemand ins Wasser geht, ist die Party vorbei.«

Meg und ich fingen an zu lachen.

»Na, ihr habt jedenfalls Eindruck gemacht«, meinte Serena und lachte mit.

»Unfassbar, was ihr getan habt«, schimpfte Peyton. »Dabei habt ihr versprochen, euch zu benehmen!«

»Meg hat es versprochen«, konterte ich. »Keine Sorge, wir werden das Auto schon nicht nass machen. Hast du noch die Müllsäcke im Kofferraum?«

»Klar«, antwortete Peyton genervt. »Euretwegen können wir jetzt nach Hause gehen.«

Während wir uns aus unseren nassen Sachen schälten und sie in die Plastiksäcke stopften, verkündete Serena: »Übrigens – gute Neuigkeiten! Emma hat gar nicht mit dem Idioten geschlafen!«

»Was?!«, riefen Meg und Peyton wie aus einem Mund.

»Er ist weggekippt, bevor was passieren konnte«, erklärte ich und wandte den Blick ab.

»Das verstehe ich nicht«, entgegnete Peyton kopfschüttelnd. »Wieso hast du das denn nicht gemerkt?«

Verständnislos starrte ich sie an. Was meinte sie damit?

»Hast du denn nicht gespürt, dass du keinen Sex hattest?« Sie seufzte. »Wow, Em. Du hast echt keine Ahnung.«

»Peyton!«, wies Meg sie zurecht, als wir einstiegen.

»Ich hatte nur einmal in meinem Leben Sex«, verteidigte ich mich. »Ich hatte keine Ahnung, dass ich jedes Mal danach wund sein sollte.«

Jetzt lachten alle. »Nicht … wund«, versuchte Serena zu erläutern. »Aber du merkst auf jeden Fall, wenn jemand eingedrungen ist.«

»Serena!«, rief Meg entsetzt. »Das klingt ja … fürchterlich.«

»Verstehe«, stellte ich leise fest, denn ich wollte ebenso wenig an mein erstes Mal denken wie an das halbe Mal mit Gev.

»Oh, übrigens, Em – ich hab Cole deine Nummer gegeben«, teilte Peyton mir mit. Auf einmal war es ganz still im Auto.

»Was zur Hölle sollte das denn, Peyton?!«

4

blindeR SpruNg

Während ich fieberhaft unter dem Bett nach meinem zweiten Schuh tastete, fiel mein Blick zufällig auf ein Foto, das halbversteckt unter meinem Nachttisch lag. Auf allen vieren starrte ich auf *sein* Gesicht, aber ich konnte das Bild nicht anfassen.

Ich hatte dieses Foto gemacht, im Wald hinter seinem Haus. Ich hatte ihm die Kamera geklaut und eine ganze Bilderserie von ihm geschossen. Sonst war er immer der Fotograf, und weil er nur ungern als Motiv herhielt, hatte er mich gejagt, um die Kamera zurückzuerobern. Das Foto unter meinem Nachttisch war eine Schwarzweißaufnahme, auf der er die Hand nach der Kamera ausstreckte, aber hinter seinen Fingern konnte man seine Augen sehen, grau und durchsichtig auf dem Fotopapier. Sie strahlten, das Licht reflektierte in ihnen. Er lächelte. Um das zu wissen, brauchte ich den Rest seines Gesichts nicht zu sehen.

Ich liebe dieses Bild.

Mein Herz zog sich zusammen, als seine flüsternde Stimme mich daran erinnerte, wie sehr ich ihn vermisste.

Seit ich ihn in jenem Haus zurückgelassen hatte, erlaubte ich mir nicht, irgendetwas zu fühlen. Doch jetzt trafen mich die Gefühle plötzlich mit solcher Macht, dass mir der Atem stockte.

»Emma, bist du fertig …?« Serena verstummte.

Ich zwang mich auszuatmen und mich von dem Bild abzuwenden.

»Ja.« Meine Stimme brach, unsicher stand ich auf. »Ich bin fertig.«

Serena musterte mich. Dann fiel ihr Blick auf das Bild am Boden, aber sie sagte nichts. Ich zwang mich erneut auszuatmen und ballte meine zitternden Hände zu Fäusten.

So schnell ich konnte, schlüpfte ich in meinen Schuh, band ihn hastig zu und meinte mit einem gezwungenen Lächeln: »Gehen wir.« Die tiefe, schwarze Leere in mir, die mich die ganze Zeit geschützt hatte, wollte mich einfach nicht umhüllen. Das Verdrängen klappte nicht mehr richtig.

Mit einem Blinzeln verschwand der nachdenkliche Ausdruck in Serenas Augen, und ein breites Lächeln erschien auf ihrem Gesicht. »Okay, los geht's!«

Als wir bei dem Club ankamen, standen die ungeduldigen Fans bereits auf dem Gehweg Schlange.

»Hey, Guy«, begrüßte Serena den Türsteher, der mit ausdruckslosem Gesicht vor dem Eingang stand. Die Muskeln unter seinem engen Shirt hoben und senkten sich, als wollten sie es sprengen. Er schien jederzeit bereit, jemandem in den Arsch zu treten.

»Hallo, Serena«, grüßte er zurück und trat zur Seite, um uns einzulassen. Als wir durch die Tür schlüpften, ertönte hinter uns ein kollektives Proteststöhnen.

Serena kam gern früh zu solchen Veranstaltungen, um die letzten hektischen Vorbereitungen auf der Bühne zu beobachten, bevor es richtig losging. Und sie wollte James sehen, ehe er seinen Posten vor der Bühne einnehmen musste.

Er kam zu unserem üblichen Platz auf der Samtcouch, setzte sich zwischen uns und kuschelte sich nach einem Begrüßungsküsschen in Serenas Armbeuge.

»James, lässt du Emma heute Abend von der Bühne springen?«, fragte Serena, während sie ihm liebevoll über seinen glattrasierten Schädel streichelte.

»Möchtest du das wirklich machen?«, fragte James mich mit einem skeptischen Grinsen. »Für gewöhnlich werden Mädels dabei ziemlich übel angegrabscht. Und dann muss ich den betreffenden Idioten die Fresse polieren.«

»Na, dann vielleicht doch lieber nicht«, antwortete ich. Ich hatte so verzweifelt nach einer Möglichkeit gesucht, um wieder atmen zu können, dass ich gar nicht daran gedacht hatte, jemand könnte mich begrabschen. Ich hatte den Adrenalinstoß einfach für eine bessere Wahl gehalten als Alkohol. Wenn ich die Gefühle nicht betäuben konnte, würde das Herzklopfen den Schmerz vielleicht vorübergehend etwas lindern. Von Wildfremden befummelt zu werden klang allerdings nicht gerade verlockend. Frustriert ließ ich mich auf die Couch zurücksinken.

»Was, wenn sie rückwärts fällt?«, sagte Serena. Ich blickte auf.

»Meinetwegen kannst du es probieren. Das machen nicht viele Leute, weil man nicht sehen kann, wer einen auffängt – ein Vertrauensproblem. Aber dein Hintern wird trotzdem angegrabscht. Warum probierst du es nicht mit Crowdsurfing, dann musst du dich wenigstens nicht fallen lassen.«

Ich überlegte, wusste aber gleich, dass es nicht dasselbe wäre. »Nein, ich muss fallen«, erklärte ich. »Und mit dem Gegrabsche am Hintern kann ich leben.«

James runzelte die Stirn. »Warum willst du das eigentlich unbedingt machen?«

»Weil ich keine Luft kriege«, erklärte ich rundheraus. Die beiden starrten mich an.

James schüttelte den Kopf und lachte. »Ich versteh dich nicht. Gehst du nicht mit Typen aus, weil du …«

»James!«, unterbrach Serena ihn und schlug ihm mit der flachen Hand auf den Hinterkopf.

»So hab ich es nicht gemeint«, verteidigte er sich. »Sie ist bloß so … anders. Was nichts Schlechtes ist.« Er wandte sich mir zu. »Du weißt, dass ich dich cool finde. Aber ich versteh dich trotzdem nicht.« Serenas Augen wurden schmal.

»Schon okay«, antwortete ich ungerührt. »Ich versteh mich selbst auch nicht.« James grinste.

»Gleich stürmen die Massen rein«, informierte er uns dann und legte die Hand über den Knopf in seinem Ohr. »Ich muss los, wir sehen uns dann nach der Show.« Er gab Serena einen Kuss und begab sich auf seinen Posten.

»Willst du dich wirklich rückwärts von der Bühne fallen lassen?«, fragte Serena. Aus ihren dunklen Augen sah sie mich unverwandt an.

Ich schaute weg. »Ja.« Beim Gedanken daran setzte mein Herz einen Schlag aus, und der Schmerz in mir ließ für den Bruchteil einer Sekunde nach. Ich *musste* es tun, um irgendetwas zu fühlen, irgendetwas anderes.

»Vielleicht sollten wir uns ein paar Shots genehmigen«, schlug sie vor. »Damit es wenigstens nicht so weh tut, falls du auf den Boden knallst.« Ehe ich antworten konnte, war sie schon aufgestanden und zu der Bar gelaufen. Dort redete sie ein paar Minuten mit den Mädchen hinter dem Tresen, und als sie zurückkam, hatte sie zwei bis zum gezuckerten Rand gefüllte Schnapsgläser und zwei Zitronenscheiben in der Hand.

Eigentlich hatte ich nicht vorgehabt, Alkohol zu trinken. Aber wenn es mir half, auf diese Bühne zu klettern …

»Auf das Luftholen!« Serena stieß ihr Glas gegen meines. Meine Brust zog sich bei ihren Worten zusammen. Ich kippte meinen Schnaps in einem Zug hinunter, wie ich es bei anderen schon so oft in meinem Leben beobachtet hatte. Aber dann musste ich husten und mich schütteln. Die Zitrone half ein bisschen gegen die Schärfe des Wodkas, aber mein Magen brannte, als der Alkohol tiefer sickerte.

»Schmeckt nicht«, gab ich zu und verzog den Mund.

»Man gewöhnt sich dran«, versprach Serena lächelnd. Irgendwie hatte ich das Gefühl, dass sie nicht den Wodka meinte. »Komm, wir suchen uns einen guten Platz vor der Bühne, ehe es zu voll wird.« Sie sprang von der Couch und zog mich hinter sich her.

Während die Vorband spielte, holte Serena noch ein paar weitere Shots. Die ganze Zeit über redete ich mir ein, dass ich nichts davon spürte, aber ehrlich gesagt konnte ich es einfach nicht einschätzen.

Dann kam der Hauptact auf die Bühne, und die Menge begann zu drängeln. Wir hüpften, warfen die Köpfe und reckten die Hände in die Luft. Serena holte den nächsten Wodka. Ich war so in die Musik vertieft, dass ich ihre Abwesenheit nicht einmal bemerkte.

»Es ist so weit, Em!«, rief sie plötzlich und hielt die Gläser in die Höhe. »Jetzt oder nie!« Wir kippten die klare Flüssigkeit hinunter, was mir inzwischen keinerlei Probleme mehr bereitete – anscheinend war ich wirklich auf den Geschmack gekommen.

Unter Serenas aufmunternden Rufen ging ich zu James, der mir mit einem leichten Nicken die Bühne überließ. Wild pochend erwachte mein Herz zum Leben, in meinem Körper summten die Nerven. James murmelte: »Viel Glück!«, dann schwang ich mich auf die Plattform.

Ich schob mich zur Mitte der Bühne vor. Aus dem Augenwinkel sah ich, dass ein paar Leute auf mich deuteten. Der Türsteher auf der anderen Seite bewegte sich auf mich zu, und mir war klar, dass ich nicht viel Zeit hatte. Wenn ich springen wollte, dann jetzt. Mein Atem ging schneller. Ich spürte, wie das Adrenalin durch meinen Körper schoss. Dann war plötzlich alles andere verschwunden, und ich fühlte nur noch dieses Rauschen.

Ich wandte mich mit dem Rücken zum Publikum und hoffte, dass sie die Arme nach mir ausstrecken würden. Der Leadsänger brüllte weiter seinen Text, schaute mich dabei aber neugierig an. Ich grinste ihm zu, nur ganz leicht, und dann … ließ ich mich fallen.

Mein Magen sackte nach unten, ich stieß einen Schrei aus.

Hände griffen nach mir, schubsten und schoben mich über die Köpfe hinweg. Um mich herum dröhnte die Musik, unter mir kreischten die Leute, und ich schaukelte über sie hinweg. In einem Farbennebel flogen die Lichter an mir vorbei, ich glitt über das turbulente Meer von Händen, bis ich sanft wieder auf die Füße gestellt wurde. Einen Augenblick lang stand ich ganz still da und orientierte mich, während vor mir Gesichter aufblitzten. Die Menge wogte, ihre Energie glitt über meine Haut wie ein warmer Luftstrom.

Ich warf die Arme in die Luft, und dann begann auch ich zu grölen und mit den anderen auf und ab zu springen. Serena tauchte in der Menge auf und brüllte: »Das war verdammt geil!« Nebeneinander hüpften wir weiter, bis der Schweiß uns in Strömen über den Körper lief und es keine Musik mehr gab, die uns auf den Beinen hielt.

Während die anderen sich nach draußen drängten, brachen wir auf unserer Couch zusammen. Das Lächeln wollte nicht mehr von meinem Gesicht verschwinden, ich war voller Euphorie. Allerdings drehte sich der Raum um mich herum, Bilder verrutschten vor meinen Augen, und sosehr ich auch blinzelte, es fiel mir schwer, den Kopf gerade zu halten.

»Ich suche James, damit er uns ein bisschen Wasser bringt«, sagte Serena. Vermutlich nickte ich. Wenn nicht, hatte ich wenigstens die Absicht, es zu tun.

Einen Augenblick später gab die Couch neben mir nach. Als ich vorsichtig den Kopf drehte, sah ich einen schlanken Typen mit kurzgeschnittenen kastanienbraunen Haaren und einem Kinnbart.

Ich lächelte. Vielleicht hatte ich auch nie damit aufgehört.

»Hi«, sagte er und legte den Arm hinter meinem Kopf auf die Couchlehne. »Ich bin Aiden.«

»Hey, Aiden«, begrüßte ich ihn mit lauter Stimme. »Ich bin Emma.«

»Emma, du solltest hier nicht alleine rumsitzen, sondern lieber mit mir und meinen Freunden auf eine Party gehen.«

»Ach ja?« Ich lachte.

»Ja, allerdings«, bestätigte er mit einem charmanten Lächeln.

»Ich warte auf meine Freundin«, erklärte ich. »Ich weiß nicht, wo sie ist.« Mir war entfallen, wohin Serena verschwunden war. Der Nebel in meinem Kopf war zu dicht, ich konnte mich einfach nicht daran erinnern, was sie gesagt hatte. »Wenn sie wiederkommt, gehen wir … mit euch … auf die Party.« Ich lächelte wieder – oder weiter.

»Du bist süß«, meinte er und rutschte noch ein Stück näher.

»Du bist auch nicht schlecht«, antwortete mein Mund. Aiden beugte sich zu mir und bedankte sich mit einem Kuss bei meinem Mund. Ich hinderte ihn nicht daran. Aber ich merkte, dass ich seine Lippen nicht spüren konnte. Oder vielleicht waren es auch meine Lippen, die ich nicht spürte. Das musste ich unbedingt rausfinden. Mir wurde klar, dass ich betrunken war. Aber das war für mich auch in Ordnung.

»Emma!«

Aiden wich zurück, was mich etwas verwirrte. Als ich die Augen öffnete, stand Serena vor mir. Sie sah wütend aus. Warum war sie wütend? »Serena!«, rief ich erfreut. »Da bist du ja! Das ist Aiden. Wir gehen gleich mit ihm auf eine Party.«

»Hi«, sagte Aiden.

»Nein, wir gehen auf keine Party«, entgegnete Serena scharf. Wow. Sie war echt wütend. »Verschwinde, Aiden.«

Aiden stand auf. »Bis später, Emma«, sagte er und ging.

»Wo will er denn hin?«, fragte ich verwirrt.

»Wen kümmert das?«, murmelte Serena. »Lass uns heimgehen, Emma.«

»Bist du sauer auf mich, Serena?«, fragte ich und verlor mein Lächeln.

»Nein, Em.« Sie seufzte. »Ich hab Mist gebaut und dir zu viele Shots gegeben. Du bist betrunken und musst schleunigst ins Bett.«

»Ja, ich bin müde.«

Auf der Heimfahrt war mir schwindlig, deshalb hielt ich die Augen geschlossen. Trotzdem drehte sich alles. Ich legte die Stirn an die Fensterscheibe und betete, das Karussell möge endlich anhalten. Dann hielten wir an.

»Em, wir sind zu Hause«, verkündete Serena.

»Hä?« Ich versuchte, den Kopf zu heben, aber er war zu schwer. Mühsam öffnete ich die Augen, Serena erschien neben mir an der offenen Tür. Auf sie gestützt, stolperte ich zur Veranda. Meine Füße waren schwer, fast so schwer wie mein Kopf.

»Hilf mir«, sagte Serena.

»Ich versuch's ja.«

»Wie ist das passiert?«, fragte Meg und nahm mich in den Arm.

»Meine Schuld«, sagte Serena. Ich schleppte mich die Treppe hinauf in mein Zimmer, war mir aber nicht sicher, ob meine Beine sich überhaupt bewegten.

»So ist's gut, Em«, sagte Meg, und ich fühlte, wie mein Kopf in mein Kissen sank.

»Ich bin von der Bühne gefallen«, erklärte ich ihr mit schwerer Zunge.

»Du bist was?«

»Sie hat sich rückwärts von der Bühne fallen lassen«, erläuterte Serena.

Meine Augen wollten nicht offen bleiben, deshalb sah ich nicht, wie Meg reagierte. In meinem Hirn wütete ein Tornado, der das Zimmer unter meinen Lidern einfach weiterdrehte. Ich stöhnte und legte den Arm über meine Augen, um mich auf dem Bett zu halten.

»Schlaf dich aus«, sagte Meg und zog die Decke über mich.

Als ich am nächsten Tag aufwachte, drohte mein Kopf zu zerspringen. Serena entschuldigte sich mehrfach und erklärte, sie wäre wegen meines Stagedives so nervös gewesen, dass sie ein paar Drinks gebraucht hätte. Zwar verstand ich nicht ganz, warum es ihren Nerven half, wenn sie *mich* abfüllte, aber das Messer in meinem Kopf erlaubte mir keine Diskussion darüber. Ich schwor mir – erneut –, nie wieder zu trinken.

5

NiCht lanGweilig

Während ich mich mit lauter Musik in meinen Ohren über mein Anatomiebuch beugte, spürte ich plötzlich, dass jemand mich anstarrte. Ich hob den Kopf und entdeckte Cole auf der anderen Seite des Gruppentischs. Mit ihm hatte ich überhaupt nicht gerechnet, nachdem ich ihn zweimal stehengelassen hatte.

Wortlos nahm ich die Ohrstöpsel heraus und blickte ihn neugierig an.

»Wie läuft's mit deiner Liste neuer Erfahrungen?«, flüsterte er. »Das war ein beeindruckender Stagedive im The Grove vor zwei Wochen.«

»Du warst dort?« Ich war mir nicht sicher, ob es mir gefiel, dass er den zweiten Punkt auf meiner Liste miterlebt hatte. Bevor ich ihm begegnet war, hatte diese Liste überhaupt nicht existiert. »Ich hätte nicht gedacht, dass du diese Art von Musik magst.«

»Ich bin eigentlich offen für alles«, erwiderte er lässig. »Du solltest keine voreiligen Schlüsse ziehen.«

Das stimmte. Ich hatte Cole gleich bei unserer ersten Begegnung in eine Schublade gepackt. »Es überrascht mich, dass du überhaupt noch mit mir redest.«

»Mich auch«, erwiderte er. »Ich hab dich aus gutem Grund nicht angerufen, nachdem Peyton mir deine Nummer gegeben hat. Irgendwann kapiert auch ein Kerl, dass er 'ne Abfuhr bekommen hat.«

»Und warum redest du dann jetzt mit mir?«

»Vielleicht weil ein Teil von mir davon überzeugt ist, dass du nicht durch und durch eine Zicke bist«, antwortete er mit einem ironischen Zwinkern.

»Sondern nur fast.« Meine Lippen zuckten, als wollten sie lächeln.

»Na ja, ich lass dich jetzt weiterlernen. Ich glaube, meine Zeit ist gleich abgelaufen.« Er schob den Träger seines Rucksacks auf der Schulter zurecht und wandte sich ab.

»Was soll das denn heißen?«

»Die Zeit, die ich habe, bevor du verschwindest – die ist ungefähr jetzt vorbei.« Er grinste schief.

»Nett«, erwiderte ich schmunzelnd.

Ohne ein weiteres Wort ging Cole davon, und ich ertappte mich dabei, wie ich seinem lässig über der Hose hängenden weißen T-Shirt nachsah. Darunter zeichnete sich sein muskulöser Rücken ab. Doch dann rief ich mich innerlich zur Vernunft, steckte die Ohrstöpsel zurück in die Ohren, wandte mich wieder den Herzventrikeln zu und dachte nicht mehr an ihn. So gut wie nicht.

Ich packte gerade meinen Laptop ein, um in die Bibliothek aufzubrechen und dort meine Hausarbeit in Soziologie fertig zu schreiben, als mein Handy klingelte. Auf dem Display wurde eine kalifornische Nummer angezeigt, wahrscheinlich hatte sich jemand verwählt.

»Hi. Hier ist Cole.«

Ich musste grinsen. »Ich dachte, du wolltest mich nicht anrufen«, neckte ich ihn.

»Ich hab beschlossen, es zu riskieren«, entgegnete er. »Keine Ahnung, warum, ich mach's einfach.«

Ich lachte beleidigt auf. »Na, vielleicht sollte ich dann besser auflegen.«

»Nein, warte«, sagte er hastig. »Bleib dran, bitte.«

»Ich telefoniere nicht besonders gern. Und ich bin auf dem Weg in die Bibliothek.«

»Es ist Samstagabend.« Er klang etwas verwirrt. »Warum gehst du nicht aus?«

»Weil ich trotz meiner Liste wirklich nicht oft auf Partys gehe«, erklärte ich ihm. »Du bist nur zufällig bei jeder einzelnen Party aufgetaucht, auf der ich im neuen Jahr gewesen bin. Und auch bei jedem Konzert.«

»Da hatte ich ja enorm viel Glück«, antwortete er. Unwillkürlich runzelte ich die Stirn und fragte mich, warum ich das Gespräch mit ihm nicht schon längst abgebrochen hatte. »Triff dich mit mir.«

»Was?« Seine Direktheit verblüffte mich. Es klang wie eine Aufforderung. »Hast du nicht gehört, dass ich in die Bibliothek will?«

»Dann treffen wir uns eben unterwegs«, schlug er vor. »Nur für fünfzehn Minuten, mehr nicht.«

Ich holte tief Luft und ließ mir seinen Vorschlag durch den Kopf gehen. »Okay.«

»Du lässt mich aber nicht sitzen, oder?«, fragte er. Ich unterdrückte ein Lachen.

»Nein, tu ich nicht.«

»Ich bin bei Joe's.«

Er legte auf, so abrupt, dass ich fassungslos auf den Button *Anruf beendet* starrte. Warum hatte ich mich zu diesem Treffen bereit erklärt? Ich sah mich im Spiegel an, zuckte die Achseln und schlüpfte so, wie ich war, in meine Flipflops. Es war mir wirklich gleichgültig, dass dieser Typ mich ohne Make-up sah, in einem löchrigen T-Shirt und in einer Cargo-Hose. Ich zog den Reißverschluss meiner Kapuzenjacke hoch und eilte zur Treppe.

Als Peyton mich hörte, kam sie neugierig aus ihrem Zimmer, den Kopf voller Lockenwickler. »Wo gehst du hin?«

»Zu Joe's und dann in die Bibliothek«, antwortete ich und sprang die Treppe hinunter.

»Warum gehst du zu Joe's?«

»Ich treffe mich da mit Cole«, rief ich zurück und schloss die Haustür hinter mir.

Als ich in der Sportsbar ankam, war die Stoßzeit fürs Abendessen schon vorbei, aber für die Collegetrinker war es noch zu früh. An den Tischen saß so gut wie niemand. Auf den Flachbildschirmen, die in jedem Winkel hingen, wurden diverse Sportveranstaltungen gezeigt. Cole saß auf einem Hocker an der Bar und sah sich auf dem größten Bildschirm ein College-Basketballspiel an. Wortlos setzte ich mich neben ihn, die Augen auf den Fernseher gerichtet.

»Wow, du bist tatsächlich gekommen«, staunte er und wandte sich mir zu.

»Fünfzehn Minuten«, erinnerte ich ihn und erntete dafür wieder einmal ein schiefes Grinsen.

»Na gut.« Er trank einen Schluck aus seinem Bierglas, ich beobachtete stumm weiter das Spiel. »Oh, ich soll also immer noch das ganze Reden erledigen, was?«, meinte er und lachte leise.

»Ich rede schon mit dir. Aber du wirst wahrscheinlich enttäuscht sein, denn ich hab nicht viel preiszugeben.«

»Solltest du tatsächlich langweilig sein, ruf ich dich einfach nie wieder an.« Er grinste schief, und ich zog beleidigt die Augenbrauen hoch.

»Ich bin alles andere als langweilig«, erwiderte ich scharf, ganz auf seine klaren blauen Augen fokussiert.

»Das hab ich vermutet«, murmelte er und hielt meinem Blick stand. Ich wandte mich wieder dem Spiel zu, obwohl ich keine Ahnung hatte, wer auf dem Platz war, und mich auch nicht genug konzentrieren konnte, um herauszufinden, wer vorne lag. Ich rutschte auf meinem Hocker herum und kämpfte gegen den Impuls an zu gehen. Was das Richtige gewesen wäre.

»Und – hast du dir schon überlegt, was auf deiner Liste als Nächstes drankommt?«

»Äh …« Nachdenklich starrte ich zur Decke und platzte mit dem Erstbesten heraus, das mir in den Sinn kam. »Nacktbaden.« Zugegeben, ich hatte noch nie den Wunsch verspürt, meine Klamotten fallen zu lassen und ins Wasser zu springen, aber ich hatte es auch noch nie ausprobiert – deshalb kam es einfach so über meine Lippen.

»Du nimmst nur große Projekte in Angriff, was? Alles oder nichts.«

Wenn schon, denn schon, was?

Ein heißer Schmerz durchzuckte meine Brust; seine Worte klangen wie das Echo einer Stimme aus meiner Vergangenheit.

»Genau das ist der Punkt«, antwortete ich ruhig, trotz der Anspannung in mir.

Cole lachte leise und schüttelte den Kopf. Offenbar fand er mich unterhaltsam. »Solange du es nicht bei einer Party machst – das wäre vielleicht ein bisschen zu viel des Guten.«

»Und nicht mein Stil.«

»Aber vollständig bekleidet in den Pool zu springen schon?«

»Eigentlich war das nicht vorgesehen«, erklärte ich. »Aber ich hatte ein bisschen zu viel getrunken und konnte nicht schnell genug reagieren, als meine Mitbewohnerin mich gepackt hat.«

»Dann hast du sie also tatsächlich reingeschubst?«, hakte er nach, und ich nickte.

Er lachte. »Du bist verrückt.«

»Ja, kann schon sein.«

Der amüsierte Ausdruck blieb noch einen Moment lang auf Coles Gesicht, aber dann begriff er, dass ich keinen Witz gemacht hatte, und runzelte die Stirn. »Ist das dein Ernst?« Ich zuckte die Achseln.

Ich stand auf, es war Zeit zu gehen – dieser Typ zeigte viel zu viel Interesse.

Aber Cole sah auf seine Uhr und meinte: »Wir haben noch sechs Minuten!«

»Jetzt nicht mehr«, entgegnete ich und ging entschlossen zur Tür. Er stieß einen genervten Seufzer aus. Vielleicht hörte ich aber auch nur meinen eigenen tiefen Atemzug. Auf dem Hocker hatte ich die ganze Zeit die Luft angehalten. Ich hätte überhaupt nicht herkommen sollen. Mir war es nur darum gegangen, Cole davon zu überzeugen, dass ich es nicht wert war. Es lohnte sich einfach nicht, Zeit mit mir zu verbringen – nicht mal fünfzehn Minuten.

»Du hast mir aber fünfzehn Minuten versprochen«, verkündete er, als er mich kurz darauf einholte.

»Wow, du bist entweder der hartnäckigste Mensch, den ich kenne, oder du lässt dich gern beschimpfen. An meiner charmanten Persönlichkeit kann es jedenfalls nicht liegen.«

Das schiefe Lächeln erschien wieder. »Ich denke, es ist krankhafte Neugier, denn deine Gesellschaft ist tatsächlich nicht gerade angenehm.«

Ich seufzte ärgerlich. »Ich verstehe dich nicht.«

»Was möchtest du denn von mir wissen?«, fragte er. Anscheinend meinte er es ehrlich. »Ich erzähle dir alles.«

Ich beschleunigte meine Schritte.

»Geh ein Stück mit mir«, schlug er vor. »Noch ...« – er warf einen Blick auf seine Uhr – »... noch viereinhalb Minuten.«

»Na schön. Ich beuge mich deiner krankhaften Neugier und gebe dir deine vier Minuten«, sagte ich scharf. »Erzähl mir was über dich. Etwas, das es sich zu wissen lohnt.«

»Das es sich zu wissen lohnt? Wow, das setzt mich unter Druck«, meinte er nachdenklich, aber als ich demonstrativ auf meine Uhr schaute, platzte er heraus: »Ich surfe.«

»Das war ungefähr so vorhersehbar wie der Sonnenaufgang jeden Morgen«, spottete ich. »Tust du irgendwas, das nicht halb Kalifornien macht?«

»Na ja, ich bin nicht so adrenalinsüchtig wie du«, konterte er. »Ich bin in meinem Leben nicht ständig auf der Suche nach dem nächsten Abenteuer, tut mir leid, dich zu enttäuschen.«

Er hätte sauer sein müssen. Er hätte sich umdrehen und verschwinden müssen. Aber er blieb. Er ließ sich meine Frage ernsthaft durch den Kopf gehen. Vor einem Haus mit einem ziemlich traurigen Garten blieb er stehen.

»Hm … okay.« Er hielt inne. »Ich lausche der Stille.« Damit ging er weiter. Ich starrte ihm nach. Im ersten Moment dachte ich, er wollte mich mit seiner kryptischen Bemerkung verärgern, aber dann wurde mir klar, dass er es ernst meinte. Ich holte ihn wieder ein.

»Das kann ich ziemlich gut. Vielleicht, weil ich vier Schwestern habe und früher nie zu Wort gekommen bin. Ich wurde ein Experte darin, auf das zu lauschen, was niemand gesagt hat. Ich habe gespürt, wenn meine große Schwester Krach mit ihrem Freund hatte oder wenn die kleinere wütend auf meine Mutter war oder wenn die jüngste frustriert war, weil sie in Leichtathletik nicht so schnell laufen konnte, wie sie es von sich erwartete. Ich wusste schon lange vorher, dass meine Eltern sich scheiden lassen würden, obwohl meine Schwestern schwören, dass sie keine Ahnung hatten.« Cole blieb stehen und wandte sich mir wieder zu. »Ich lausche der Stille. Und du …« – sein Mund verzog sich zu einem Schmunzeln – »… du hast eine Menge zu sagen. Obwohl ich noch nicht rausgefunden habe, was genau es ist.«

Stirnrunzelnd starrte ich in seine Augen. Ich hatte nichts zu sagen. Ich wollte kein Rätsel sein, das er zu lösen versuchte. Oder dem er *zuhörte*.

»Die Zeit ist um«, verkündete ich, machte kehrt und ging zurück zu meinem Auto. Irgendetwas regte sich in mir, etwas, das mir extrem unangenehm war.

Im Laufschritt holte Cole mich wieder ein. »Ich finde, wir sollten uns wiedersehen«, sagte er und ging neben mir her.

»Ach ja? Warum? War es denn heute nicht schlimm genug?«

Er lachte nur.

»Ich verspreche dir, deinem lauten Schweigen nicht auf den Grund zu gehen – vorausgesetzt, du versprichst mir, mich nicht einfach stehenzulassen.«

Ich hätte nein sagen, weitergehen und mich nicht in sein Leben einmischen sollen. Aber das tat ich nicht.

Stattdessen verschränkte ich die Arme und schnaubte ungeduldig. »Na gut. Sehen wir mal, wie interessant du tatsächlich bist.«

Er schüttelte mit einem ironischen Lächeln den Kopf und antwortete: »Ich lass mich von dir nicht dazu drängen, irgendwelche verrückten Dinge zu tun. Ich möchte einfach nur Zeit mit dir verbringen – mehr nicht.«

»Dann sollte ich meine Erwartungen wohl nicht zu hoch schrauben«, stichelte ich.

Aber er ignorierte meine schnippische Bemerkung einfach und sagte: »Ich hab gerade nicht viel Zeit, weil ich nächste Woche eine wichtige Hausarbeit abgeben muss. Aber wie wäre es danach?«

»Vielleicht sehen wir uns in der Bibliothek. Da verbringe ich so gut wie mein ganzes Leben.« Ich blieb stehen, und er sah mich neugierig an. »Von hier aus schaffe ich es auch allein zu meinem Auto.«

»Richtig. Die Zeit ist abgelaufen.« Er wandte sich um und ging in die entgegengesetzte Richtung davon, ohne sich zu verabschieden – genau wie beim letzten Mal.

Cole sagte nichts, als er am nächsten Abend in der Bibliothek mir gegenüber Platz nahm. Über meinen Laptop hinweg beobachtete ich, wie er Bücher aus seinem Rucksack holte, dann wandte ich mich wieder dem Bildschirm zu und tippte weiter.

Er würdigte mich keines Blickes, sondern konzentrierte sich ausschließlich auf seine Arbeit. So ging es die ganze Woche. Jeden

Abend saß ich am selben Tisch und Cole mir gegenüber. Ich hätte gar nicht gewusst, dass er überhaupt da war, wenn mir seine strohblonden Haare nicht bei der kleinsten Bewegung sofort ins Auge gesprungen wären. Wir sprachen nicht miteinander, kein einziges Wort. Wenn er fertig war, klappte er seine Bücher zu und verließ stumm die Bibliothek – es war ein wenig seltsam, aber das kümmerte mich wenig.

»Wollen wir was essen gehen?«, flüsterte er mir am Freitag über den Tisch hinweg zu. Ich brütete über einer Statistikaufgabe und musste extrem viel radieren. Ich hasste Statistik.

Geschockt vom plötzlichen Klang seiner Stimme sah ich auf und direkt in seine fragend dreinblickenden blauen Augen.

»Hast du Hunger? Ich hole mir was zu essen und hab dich gefragt, ob du mitkommen möchtest.«

»Ich bin noch nicht fertig, das dauert noch eine Weile.« Ich beugte mich über meine Notizen und rechnete damit, dass Cole wortlos weggehen würde wie sonst auch.

»Wie wäre es mit morgen?«, bohrte er stattdessen weiter. Misstrauisch blickte ich auf.

»Ich gehe nie mit jemandem aus.«

»Ich will auch gar nicht mit dir ausgehen«, erklärte er, wurde dabei aber ein bisschen rot. »Ich hab dich nur gefragt, ob wir zusammen was essen wollen – du musst doch gelegentlich was essen, richtig?«

»Ja, schon.« Ich überlegte. »Aber ich möchte morgen trotzdem nicht mit dir essen gehen.«

»Versuchst du, gemein zu sein, oder liegt es bloß an mir?«

»Es liegt bloß an dir.« Ich wandte mich wieder der mathematischen Gleichung zu.

Als er nichts erwiderte, blickte ich erneut auf und sah, dass er mich aufmerksam musterte. Für einen kurzen Moment wurden seine Augen schmal, als würde er herauszufinden versuchen, ob ich mich tatsächlich mit ihm anlegen wollte. Dann stand er auf und wandte sich ab.

Ich atmete hörbar aus und sagte: »Na gut, ich treffe mich morgen Abend im The Alley mit dir … zum Essen.«

»Ja, nur zum Essen.« Sein schiefes Lächeln machte mich nervös, denn ich hatte keine Ahnung, was es bedeuten sollte. Als er um die Ecke bog, erwischte ich mich dabei, dass ich ihm noch immer nachstarrte. Anscheinend konnte ich nicht gemein genug sein, damit er sich von mir fernhielt, aber ich war mir sicher, dass er es besser tun sollte. Ich senkte den Kopf und kehrte zu meiner elendigen Aufgabe zurück.

6

mEhr alS TauseNd WoRte

Meine Ohren registrierten die Melodie, die von meinem Nachttisch herüberklang, bevor mein Hirn irgendwas begriff. Ich drückte auf den *Snooze*-Knopf, aber das Geklimper erstarb nicht. Mit zusammengekniffenen Augen spähte ich zum Wecker. Es war kurz nach drei Uhr früh. Die Melodie verstummte, und ich ließ mich wieder auf mein Kissen zurückfallen.

Gleich darauf klingelte mein Handy erneut und forderte hartnäckig, dass ich endlich dranging. Stöhnend griff ich danach und hielt es mir ungeschickt vors Gesicht.

»Sara?«, brummte ich verschlafen.

»Emma!«, schluchzte sie mit gebrochener, schmerzerfüllter Stimme. Sofort saß ich kerzengerade im Bett. Um mich herum war es stockfinster.

»Was ist los, Sara?«, fragte ich eindringlich. Mein Herz klopfte wie verrückt, aber ich versuchte, so ruhig wie möglich zu bleiben, während sie nach Atem rang. »Sara, bitte sag es mir!«

»Er ist verlobt!«, schrie sie gequält. Ich erstarrte. Ein Moment verstrich, in dem ich nur ihr ohrenbetäubendes Schluchzen hörte.

»Wer ist verlobt?«, erkundigte ich mich flüsternd. Aber ich kannte die Antwort.

»Jared«, wimmerte sie. Plötzlich drang ihr Schluchzen nur noch gedämpft an mein Ohr, vermutlich hatte sie sich aufs Kissen fallen lassen. Ich wartete. Schließlich stieß sie hervor: »Ich hab es gesehen … in der *Times* …«

Und dann herrschte Schweigen.

»Sara?« Auf meinem Display erschien die Mitteilung, dass die Verbindung abgebrochen war. »Scheiße.« Ich wählte Saras Nummer, aber es kam nur das Besetztzeichen. Frustriert und immer noch durcheinander, warf ich meine Decke zurück und knipste die Nachttischlampe an.

Beim zweiten Versuch war noch immer besetzt. Also kletterte ich aus dem Bett, ging zu meinem Schreibtisch und fuhr den Laptop hoch.

Ich gab »Mathews« und »New York Times« in die Suchmaschine ein und gelangte sofort zu einem Link. Die Seite öffnete sich auf dem Verlobungsteil der *Times*, ein großes Schwarzweißfoto von Jared und einem Mädchen erschien. Fassungslos starrte ich auf den Bildschirm.

Es war kein professionell gemachtes Verlobungsfoto. Auf dem Bild schlenderten die beiden Hand in Hand zwischen förmlich gekleideten Leuten herum, vermutlich bei irgendeiner Feier. Jared grinste, das Mädchen neben ihm lachte aus vollem Herzen – sie strahlte geradezu. Ihre dunklen Augen funkelten selbst auf dem Schwarzweißbild. Die braunen Haare waren locker hochgesteckt, nur ein paar Strähnen umrahmten elegant ihr unbestreitbar atemberaubend schönes Gesicht. Sie hatte eine Hand gehoben, als wollte sie ihr Lachen verdecken – und da war er, der Ring. Ein riesiger viereckiger Diamant an ihrer linken Hand.

Ich konnte mich nicht auf den Text konzentrieren, der ihre Verlobung bekanntgab. Es interessierte mich auch nicht, wann sie heiraten wollten, es war mir auch vollkommen gleichgültig, wie das Mädchen hieß. Sara war das Herz aus der Brust gerissen worden – und ich konnte nicht bei ihr sein und sie nicht trösten. Noch einmal versuchte ich, sie zu erreichen. Während es tutete, ließ ich meinen Blick über das Bild schweifen. Und entdeckte Evan.

Er stand im Hintergrund, mitten in der Menge. Der größte Teil seines Gesichts war abgeschnitten, aber er war es, eindeutig, das erkannte ich an seinem markanten Kinn, an seinem Mund. Das Mädchen, das sich an seinen linken Arm klammerte, war allerdings voll im Bild. Das abstoßende, selbstgefällige Lächeln von Catherine Jacobs ließ sich nur schwer vergessen – sie hatte sich Evan schon vor Jahren, bei diesem Abendessen im Haus ihrer Eltern, praktisch an den Hals geworfen. Und sie schien sich an seinem Arm ausgesprochen wohl zu fühlen. Offenbar war sie vollkommen überzeugt, dorthin zu gehören.

»Emma?«, hörte ich Saras Stimme. »Bist du da?« Aber ich konnte nicht antworten.

Mein Inneres war in einen bodenlosen Abgrund gestürzt, mein Hals fühlte sich wie zugeschnürt an.

»Emma?«

Ich ließ das Handy fallen und rannte ins Bad, riss die Tür auf und erreichte gerade noch rechtzeitig die Toilette, um meinen Mageninhalt loszuwerden. Kalter Schweiß brach mir aus, und ich musste mich an der Klobrille festhalten, so heftig krümmte sich mein Körper.

»Emma?«, erklang Megs tröstliche Stimme von der offenen Tür her. »Alles klar mit dir?« Dann hörte ich sie sagen: »Sie ist hier, Sara, aber sie ist krank.«

»Nein.« Ich hustete und schüttelte den Kopf. »Nein, ich bin hier.« Hastig warf ich das Papiertaschentuch, mit dem ich mir den Mund abgewischt hatte, in die Kloschüssel, klappte den Deckel zu und spülte. Dann ließ ich mich an die Wand gelehnt zu Boden sinken. Ich zitterte, als säße ich draußen in einem Schneesturm. »Lass mich mit ihr reden.« Unsicher streckte ich die Hand aus.

Meg musterte mich einen Moment lang, trat dann in das kleine Bad und reichte mir ihr Handy. Danach ging sie jedoch nicht wieder hinaus, sondern setzte sich auf den Badewannenrand.

»Sara«, sagte ich heiser. »Es tut mir so leid.« Ich wischte mir mit dem Handrücken den Schweiß von der Oberlippe. Das Zittern wollte einfach nicht aufhören. Mein Shirt war feucht, meine Haare klebten mir am Gesicht, als wäre ich gerade aus einem Albtraum aufgeschreckt. Aber ich war hellwach.

»Du hast die Anzeige gesehen«, flüsterte sie.

»Ja«, antwortete ich leise. »Ich wünschte, ich wäre bei dir.«

»Das wünschte ich auch«, seufzte sie. Vor meinen Augen verschwamm die Welt, heiße Tränen rannen über meine kalte, klamme Haut.

»Aber ich bin hier. Ich gehe nirgendwohin. Schließ die Augen, dann ist es, als wäre ich direkt neben dir. Wir schauen uns an, und ich halte deine Hand. Ich bin da, Sara.«

»Ich versteh das nicht«, schluchzte sie. »Ich verstehe nicht, warum er mir nichts davon gesagt hat. Warum musste ich es aus der verdammten Zeitung erfahren?« Wieder stieß sie einen qualvollen Schrei aus, voller Wut, voller Schmerz. Ich blieb still. »Er wusste, dass ich es sehen würde. Er wusste, dass es mir das Herz brechen würde.« Ihr versagte die Stimme, und sie weinte hemmungslos. Ich schloss die Augen, lautlos rannen die Tränen über mein Gesicht.

Ich hatte fast vergessen, dass Meg im Bad war, bis ich auf einmal ihre Hand in meiner spürte. Vorsichtig legte ich meinen Kopf an ihre Schulter und lauschte Saras Weinen. Mein Rücken schmerzte, so angestrengt versuchte ich, meine eigenen Tränen zurückzuhalten. Das konnte ich Sara nicht antun. Sie brauchte mich. Ich musste meinen eigenen Schmerz wegschieben, damit ihrer genügend Raum hatte.

»Emma?«, flüsterte sie.

»Ich bin da«, antwortete ich leise. »Ich weiß nur nicht, was ich sagen soll.«

»Du musst gar nichts sagen«, antwortete sie und schniefte leise. »Bleib einfach mit mir am Telefon, ja?«

»Solange du mich brauchst«, versprach ich.

»Emma!«, rief Meg leise und holte mich aus meinem leichten Schlaf. Blinzelnd stellte ich fest, dass mein Kopf auf ihrem Schoß lag und ich noch immer mein Handy ans Ohr hielt. Aber am anderen Ende war es still. Ich setzte mich auf. Mein Nacken war vollkommen verspannt.

»Sorry«, murmelte ich.

»Ist schon okay.« Meg streckte sich und gähnte. »Ich bin auch eingeschlafen.

»Wie spät ist es denn?«, fragte ich und hievte mich mühsam vom Badezimmerboden hoch.

»Gleich sieben«, stöhnte sie und stand ebenfalls auf. Ich gab ihr das Handy zurück. »Ich geh ins Bett. Kommst du klar, Em?« Ich blinzelte, meine Augen waren ganz verquollen.

»Ja, mir geht's gut«, antwortete ich automatisch, ohne auch nur eine Sekunde lang darüber nachzudenken. Dabei wusste ich genau, dass es mir nicht gutging. Der bittere Geschmack der Erinnerung brannte noch immer in meiner Kehle. Ich schleppte mich in mein Zimmer, hob mein Handy vom Boden auf und schickte Sara eine Nachricht, dass sie mich anrufen sollte, wann immer sie mich brauchte. Dann krabbelte ich ins Bett, zog mir die Decke über den Kopf und blendete alles aus, bis ich wieder gezwungen sein würde, mich damit auseinanderzusetzen.

Ein paar Stunden später griff ich beim ersten Klingeln nach meinem Handy. Ehe ich fragen konnte, wie es ihr ging, legte Sara schon los: »Er ruft mich dauernd an! Was soll denn der Scheiß?«

»Hast du mit ihm geredet?«, fragte ich vorsichtig. Ihr giftiger Ton erschreckte mich.

»Himmel, nein! Er kann mich doch nicht einen Tag nachdem die Anzeige in den Zeitungen erschienen ist, anrufen und erwarten, dass ich mir seine Erklärungen anhöre. Der kann mich mal! Ich bin so wütend, Emma, so verdammt wütend!«

»Das höre ich«, bemerkte ich mitfühlend. »Und ich kann es verstehen.«

Sie fuhr fort, als hätte ich nichts gesagt. Ich wusste, dass ihr Worte nicht helfen würden. Ich musste ihr nur zuhören – und das tat ich, so hilflos ich mich dabei auch fühlte.

»Sie ist so eine Schickeria-Tussi aus New York. Ich glaube, sie war nicht mal auf dem College. Wie erbärmlich ist das denn? Was zur Hölle sieht er denn in ihr? Sie ist vermutlich schon attraktiv, nehme ich mal an, aber na und? Sie hat eine Schmuckkollektion, auf die sie ihren Namen schreibt, und behauptet, sie wäre eine *Designerin*. Ja klar! Ich kann echt nicht glauben, dass er so eine heiraten will. Was zum …«

Sie brach ab, anscheinend bekam sie noch einen Anruf.

»Musst du drangehen?«, fragte ich leise.

Sie zögerte. »O mein Gott! Das ist schon wieder er! Ich muss seine Anrufe und Mails blockieren. Ich ruf dich später noch mal an.« Und weg war sie.

Ihr Wutanfall und meine Rolle als stumme Zuhörerin ließen mich erschöpft zurück. Ich wollte, dass sie sich besser fühlte. Dass sie wieder die quirlige, energische Person wurde, die ich wie eine Schwester liebte. Sara war stärker als ich, deshalb hatte ich die Hoffnung, sie würde sich davon wieder erholen. Aber nur weil man sich etwas wünschte, musste es noch lange nicht wahr werden.

Jede Entscheidung hatte ihre Konsequenzen. Und ich hatte jeden schmerzhaften Schlag in meiner Brust verdient.

Emma!

Seine Rufe, als er verprügelt und verlassen auf dem Boden im Haus meiner Mutter lag, hallten in mir wider. Nur ich selbst war schuld an meinem Elend.

Ich schaute auf meine Hände und bewegte die Finger. Sie zitterten noch immer, wenn auch nur ganz leicht. Ich schloss die Augen. Die Tränen waren schon da, aber meine Lider hielten sie zurück. Ich biss die Zähne zusammen und atmete stoßweise, um die Gefühllosigkeit wieder heraufzubeschwören.

»Em, wir gehen eine Runde laufen.« Serena streckte den Kopf durch die Tür. Ich öffnete meine glasigen Augen. Ohne meinen gequälten Gesichtsausdruck zu beachten, ordnete sie an: »Zieh dich um und komm mit.«

Ich wehrte mich nicht, denn ich wusste, eine Joggingrunde würde mir mehr helfen, als zu schlafen.

Meg stand schon in der Diele und band sich gerade die Turnschuhe zu, als ich aus meinem Zimmer kam.

»Hey«, begrüßte sie mich mit einem tröstlichen Lächeln. »Konntest du schlafen?«

»Ein bisschen«, antwortete ich. Sie erwähnte das Bild aus der *Times* mit keinem Wort. Es war nicht mehr auf meinem Bildschirm zu sehen, Und ich wusste, dass sie es weggeklickt hatte. Ich wusste auch, dass entweder sie oder Serena das Foto unter meinem Nachttisch weggeräumt hatten. Mir entgingen ihre beschützenden Gesten nicht, selbst wenn wir nicht darüber sprachen.

»Wie geht es Sara?«, fragte Meg.

»Mies. Jared sollte darauf hoffen, dass sie ihn nicht in die Finger bekommt.«

Meg lächelte, wahrscheinlich sah sie Sara in ihrer ganzen Rachsucht vor sich.

»Fertig?« Peyton kam die Treppe heruntergehüpft, die blonden Haare zu einem wippenden Pferdeschwanz hochgebunden.

Serena und Meg sprachen nicht viel beim Laufen. Ich fragte mich, ob Meg Serena erzählt hatte, was passiert war, aber ich wollte nicht nachfragen. Peyton bemerkte die angespannte Stille wahrscheinlich gar nicht. Stattdessen erzählte sie von der Verbindungsparty, auf der sie am vorigen Abend gewesen war. In allen

Einzelheiten beschrieb sie die nach unterschiedlichen Buchthemen dekorierten Zimmer. Zu jedem hatte es das jeweils passende Getränk gegeben.

»Ich glaube, ich hab was von jedem Buch getrunken.« Sie lachte. »Ich meine natürlich, was von jedem Getränk.«

»Schockierend«, meinte Serena spöttisch, aber Peyton ignorierte ihre Bemerkung.

»Wann gehst du endlich mit Cole aus?«, fragte sie stattdessen und lief ein wenig schneller, um mit mir Schritt zu halten.

»Was?« Ihre Stimme dröhnte in meinem Kopf wie ein rhythmisches Summen.

»Was läuft da zwischen euch? Ich konnte dich noch gar nicht fragen, was bei eurem Treffen bei Joe's passiert ist.«

»Hm … eigentlich gar nichts«, antwortete ich ausweichend. »Einfach … nichts.«

»Triffst du dich noch mal mit ihm?«, drängte sie.

»Ich … äh …«

Ich brachte keinen Satz zustande, geschweige denn einen klaren Gedanken. Ich war voll und ganz darauf konzentriert, mich aufrecht zu halten und nicht gleich hier auf dem Gehweg in Flammen aufzugehen.

»Gehst du denn irgendwann mal mit Tom aus?«, mischte Meg sich ein. »Ihr beiden flirtet seit einer Ewigkeit miteinander. Hat er überhaupt deine Telefonnummer?«

»Ja«, fauchte Peyton. »Er hat meine Nummer. Wir nehmen uns nur … ein bisschen Zeit.«

Ich verlängerte meine Schritte, ließ die anderen hinter mir und steigerte an der nächsten Ecke mein Tempo, bis ich sprintete. Irgendwie musste ich das Inferno löschen, ehe es mir auch noch den letzten Rest Luft nahm. Serena blieb mit fest entschlossener Miene dicht hinter mir.

Dadurch trieb ich mich noch härter an, inzwischen war unser

Haus in Sichtweite. Meine Oberschenkel schmerzten, meine Lungen brannten. Als ich die Eingangstreppe hinter mir hatte, wurde ich langsamer und ging im Schritttempo weiter. Serena blieb vornübergebeugt stehen, die Hände auf die Beine gestützt. Schweiß lief ihr übers Gesicht.

»Scheiße, Em«, keuchte sie. »Das war ganz schön happig.«

Mit tiefen Atemzügen ging ich weiter im Kreis und wartete darauf, dass meine Herzfrequenz sich wieder normalisierte und in mir endlich Ruhe einkehrte. Langsam schloss ich die Augen; unter den Lidern tanzten noch immer unerbittlich die Flammen. Sie ließen mich nicht zu Atem kommen.

»Serena?«, fragte ich, verzweifelt um Erleichterung kämpfend.

»Ja?« Sie saß auf der untersten Treppenstufe und hatte die Ellbogen hinter sich aufgestützt.

»Kann ich dich um etwas bitten?«

Sie stand auf. »Alles.«

»Ich will mir ein Tattoo machen lassen – kommst du mit mir?«

»Heute?«, fragte sie, und ihre Augen wurden eine Spur schmaler, während sie meine betont gelassene Miene musterte.

»Ja«, antwortete ich ruhig. Ich wusste, dass mein Wunsch ziemlich drastisch war, aber wenn ihn jemand verstehen konnte, dann sie.

»Na klar.« Sie lächelte strahlend. »Ich möchte wahnsinnig gern dabei sein, wenn du dein erstes Tattoo bekommst. Vielleicht lass ich meine Sammlung auch noch erweitern.«

»Danke.«

Nachdem wir geduscht und uns umgezogen hatten, machten Serena und ich uns auf den Weg zum Tätowierstudio, ohne Peyton oder Meg etwas zu sagen.

»Hast du ein bestimmtes Motiv im Sinn?«, fragte Serena, und in ihren dunklen Augen blitzte freudige Erwartung auf. Das war genau der Grund, warum ich sie mit dabeihaben wollte.

Ich zog ein Blatt Papier aus meiner Tasche und gab es ihr. Die Zeichnung darauf hatte ich vor ungefähr einem Jahr angefertigt, als ich nachts noch von meinen Albträumen aufgeschreckt war. Zwar hatte ich damals nicht daran gedacht, mir die Skizze in die Haut stechen zu lassen, aber es schien mir angemessen.

»Wow«, meinte Serena bewundernd. »Hast du das gezeichnet?« Ich nickte. »Ich wusste gar nicht, dass du so begabt bist. Das ist echt toll, Em. Aber mit all den feinen Schriftzügen wird das Tattoo eine Weile dauern. Dafür wäre Spider der Beste. An welche Stelle willst du es denn haben?«

»Hier.« Ich deutete auf eine Stelle über meiner linken Hüfte.

Sie zuckte zusammen. »Das wird höllisch weh tun.«

Genau das hatte ich mir erhofft.

Ich schaffte es nicht ins The Ally, wo ich mich mit Cole verabredet hatte. Wahrscheinlich hätte ich ihn anrufen sollen, aber ich tat es nicht. Und auch er meldete sich nicht.

7

ZuSammenprall dEr WeLten

Wie fühlst du dich heute?«, fragte ich Sara eine Woche nach ihrem Zusammenbruch.

Als sie sich im Sommer vor ihrem Parisaufenthalt von Jared getrennt hatte, war sie nicht davon ausgegangen, dass er einfach weitermachen würde – zumindest nicht so, das wusste ich.

»Er kann mich mal. Zur Hölle mit ihm und seiner kleinen Schlampe! Ist mir doch egal.«

»Hm, okay.« Seit Sara die Verlobungsanzeige entdeckt hatte, telefonierten wir täglich. Seitdem hatte sie die gesamte Gefühlspalette durchlebt; ihre Bitterkeit heute kam einem Akzeptieren bisher am nächsten. Ich wusste, sie wollte nicht darüber reden. Das konnte ich respektieren.

»Jean-Luc und ich fahren in den Ferien nächste Woche nach Italien«, erzählte sie jetzt aufgeregt, als hätten wir davor übers Wetter gesprochen.

»Oh, okay«, antwortete ich und versuchte, mich auf den plötzlichen Themenwechsel einzulassen.

»Seine Freunde haben in Süditalien ein Haus direkt am Meer«, fuhr sie fort. »Ich kann es kaum erwarten, ich muss unbedingt eine Weile raus aus der Stadt. Endet bei dir das Quartal nicht auch in ein paar Wochen? Was hast du vor in den Ferien?«

»Äh, nichts.«

»Fahren deine Mitbewohnerinnen weg?«

»Ja, ich glaube schon.« Ich versuchte, mich zu erinnern. »Serena fliegt mit ihrer Schwester nach Florida. Meg trifft sich seit ein paar Wochen mit irgendeinem Typen, und er nimmt sie mit nach Tahoe. Was Peyton vorhat, weiß ich nicht genau, aber sie fährt auf jeden Fall auch weg.«

»Dann bist du also ganz allein?«, hakte Sara nach.

»Ja.«

»Und kommst du damit zurecht?« Ich wusste, dass sie sich Sorgen um mich machte. Und ich wusste, dass sie und Meg mehr über mich sprachen, als sie mich glauben ließen.

»Na klar«, antwortete ich nicht sehr überzeugt.

In der Woche, in der wir die Abschlussklausuren für das Winterquartal schrieben, stürzte Peyton zu mir ins Zimmer, ließ sich auf mein Bett fallen und verkündete: »Du kommst in den Ferien mit mir nach Santa Barbara.«

»Wie bitte?« Ich wirbelte mit meinem Drehstuhl herum. »Warum sollte ich mit dir nach Santa Barbara fahren?«

»Weil ich nicht allein in der Wohnung meiner Tante und meines Onkels bleiben will und du nichts vorhast. Deswegen kommst du mit.«

»Das ist also keine Frage?«, hakte ich nach. Langsam begriff ich, dass es bereits beschlossene Sache war.

»Nein. Wir fahren nach deiner letzten Prüfung am Donnerstag.« Damit sprang Peyton wieder auf und verließ mein Zimmer. Verblüfft starrte ich ihr nach. Bestimmt steckte Sara dahinter.

»Habt ganz viel Spaß!« Meg umarmte mich, bevor ich ins Auto stieg.

»Und lass dich nicht von Peyton verrückt machen«, fügte Serena mit einem spöttischen Grinsen hinzu.

»Ach, leck mich doch«, schoss Peyton mit zuckersüßer Stimme, aber bissigem Unterton zurück. »Jag du den alten Damen in Florida bloß keine Angst ein«, flötete sie noch, dann schloss sie das Fenster und grinste breit, als Serena ihr den Stinkefinger zeigte.

»Ihr beiden bringt mich um.« Ich lachte kopfschüttelnd.

»Was soll's«, sagte Peyton und fuhr los.

Ich stöpselte mein iPhone ein, scrollte mich durch meine Musikauswahl und entschied mich für eine Playlist, die ein guter Kompromiss zu sein schien. Peyton und ich hatten einen komplett anderen Musikgeschmack. Da sie sich nicht beklagte, ging ich davon aus, dass meine Wahl okay war.

»Ich weiß, dass wir unsere Frühlingsferien nicht im angesagtesten Ort verbringen, aber ich hoffe, wir finden trotzdem ein paar vernünftige Partys«, sagte sie, als wir auf den Highway fuhren. »Vor allem, wenn es zu kalt ist, um am Strand zu liegen.«

»Ich bin mir sicher, du findest was zu tun.«

»Nein, *wir* finden was zu tun. Glaub bloß nicht, dass du dich so leicht abseilen kannst.«

Ich hatte es kommen sehen. Natürlich erwartete sie von mir, dass ich mit ihr ausging. Ich seufzte, dann fragte ich: »Wie machst du das?«

»Was denn?«, fragte sie zurück. Offensichtlich hatte sie keine Ahnung, was in meinem Kopf vorging.

»Ständig zu feiern, Fußball zu spielen und trotzdem gute Noten zu bekommen. Du willst schließlich Jura studieren, also musst du gut sein.«

Peyton lachte leise. »Emma, nur weil du mich nicht lernen siehst, heißt das noch lange nicht, dass ich es nicht tue. Du bist sowieso ständig in der Bibliothek. Mein Notendurchschnitt ist zwar nicht ganz so perfekt wie deiner, aber ich bin mir sicher, dass ich fürs Jurastudium zugelassen werde. Das nennt man Balance – je davon gehört?«

»Möglicherweise schon.«

»Im Ernst, Emma. Ich würde draufgehen, wenn ich am Wochenende nicht mal Dampf ablassen könnte. Ich spiele Fußball, weil es mir dabei hilft, mich zu fokussieren, und während der Saison können wir *nie* ausgehen. Die Uni ermöglicht es mir, später das Leben zu führen, das ich mir wünsche. Und in der wenigen Freizeit, die mir bleibt, will ich mich amüsieren. Ich muss mir nicht die Kante geben und mich zum Affen machen, aber: Wir sind auf dem College. Ich weiß, dass ich dir das dauernd sage, aber es stimmt doch: Wann sonst kommen wir mit so etwas durch? Das ist die einzige Zeit in unserem Leben, in der wir nicht verurteilt werden, wenn wir Mist bauen. Im Gegenteil, es wird praktisch von uns erwartet.«

»Ich glaube, im Mistbauen bin ich schon ganz gut.«

Peyton lachte. »Wenn du mir die Chance gibst, zeige ich dir eine Seite des Collegelebens, die du noch nicht kennst. Ich weiß, dass du auch etwas Fröhliches an dir hast.«

»Wow«, erwiderte ich und tat, als wäre ich gekränkt. »Ich hab mich schon immer gefragt, warum wir eigentlich befreundet sind.«

»Weil du echt unterhaltsam sein kannst, wenn du nicht gerade damit beschäftigt bist, unglücklich zu sein.«

»Das war rhetorisch gemeint, Peyton. Aber danke.« Ich schüttelte den Kopf über ihre unverblümte Ehrlichkeit. Einen Augenblick später lenkte ich ein: »Na gut. Ich gebe dir eine Woche.« Jetzt war ich eine Spielfigur in Peytons »ausbalancierter Welt«, eigentlich hätte mich das nervös machen müssen. Sie kümmerte sich um ihre Freizeitgestaltung noch hingebungsvoller als Sara. Andererseits waren wir damals noch in der Highschool gewesen, und Sara hatte mit Einschränkungen zu kämpfen gehabt, die man Eltern nannte. Vielleicht war es wirklich Zeit, dass ich mich amüsierte. Ich wollte nicht mehr unglücklich sein.

»Morgen Abend gehen wir zu einer Party«, verkündete Peyton am nächsten Tag noch vor dem Frühstück.

»Wow. Das ging ja fix«, bemerkte ich, während ich im Schrank nach einer Müslischale suchte.

»Tom hat mir von dieser Party erzählt, die in seiner Straße stattfindet«, fuhr Peyton fort. »Anscheinend gibt es da die besten Partys, die Familie ist reich, manchmal kommen Hunderte von Leuten.«

»Tom?«, fragte ich mit scharfem Unterton. »Ich wusste gar nicht, dass er auch hier ist.«

»Er ist heute früh angekommen«, antwortete sie leichthin. »Wir gehen heute Abend zusammen essen, das ist unser erstes offizielles Date.«

Ich biss die Zähne zusammen und versuchte, mir meinen Ärger nicht anmerken zu lassen. »Wo wohnt er denn?«

»In Santa Barbara«, antwortete sie und zog eine Schachtel Frühstücksflocken aus dem Schrank. »Wenn der Nebel sich verzogen hat, möchte ich raus in die Sonne, mir macht es nichts aus, wenn es ein bisschen kühl ist. Ich kann nicht zurück an die Uni, ohne wenigstens etwas Farbe bekommen zu haben.«

Wir wohnten in Carpinteria, einer Stadt direkt am Strand, ungefähr fünfzehn Minuten südlich von Santa Barbara. Peytons Tante und Onkel hatten ein gemütliches Drei-Zimmer-Häuschen, nur zwei Blocks vom Meer entfernt.

»Meinetwegen.« Es war sinnlos und viel zu anstrengend, sich über Peyton aufzuregen. Jetzt wusste ich, dass sie wegen Tom hier war, mich hatte sie nur aus Pflichtgefühl mitgeschleppt. Aber ich hatte nicht vor, das fünfte Rad am Wagen zu sein. Lieber saß ich eine Woche lang herum, sah aufs Meer hinaus und las.

Und genau das tat ich auch, als Peyton am Abend abgeholt wurde. Den Nachmittag über hatten wir den kühlen Temperaturen am Strand getrotzt und waren überraschenderweise mit rosigen Wangen und Bräunungsstreifen zurückgekommen. Peyton war eine leidenschaftliche Sonnenanbeterin, aber ich musste immer wieder aufstehen und herumlaufen. Wenn ich zu lange stillsaß, wurden die Stimmen in meinem Kopf unruhig, und das war das Letzte, was ich diese Woche gebrauchen konnte.

Gegen Mitternacht bekam ich eine SMS von Peyton: *Verbringe die Nacht bei Tom. Bis morgen!*

Sie flirteten schon seit einer Ewigkeit miteinander, deswegen überraschte es mich nicht sonderlich, dass ihr »erstes Date« so gut lief. Mich überraschte nur, dass sie gleich bei ihm einzog. Ich hatte das Gefühl, diese Nachricht war das Letzte, was ich eine Weile lang von ihr hören würde.

Bin mit Tom am Strand. Sehen uns nachher bei der Party. Nimm mein Auto. Zieh ein KLEID an! Mit dieser SMS wurde ich am nächsten Tag geweckt.

Ich besitze kein KLEID, antwortete ich.

Aber ich hab eine Menge, zieh an, was du magst. DU WIRST AUF DER PARTY SEIN, UND ICH WERDE DICH FINDEN!

Anscheinend würde ich also doch zu der Party gehen, aber … nicht in einem Kleid! Peyton schrieb mir die Adresse und blieb für den Rest des Tages unsichtbar. Ich sah mir ihre Klamotten an, fand aber nur körperbetonte Kleider oder solche, die mir kaum über den Hintern reichten. Da ich mir geschworen hatte, wenigstens zu versuchen, mich zu amüsieren, beschloss ich, nach Santa Barbara zu fahren und mir in den Läden dort etwas zum Anziehen zu kaufen, das ich tatsächlich tragen konnte.

Nachdenklich betrachtete ich das Mädchen im Ganzkörperspiegel. Die weiße Caprihose und das bunt bestickte Neckholder-Top wirkten verspielt und sommerlich, obwohl der Sommer theoretisch ja noch gar nicht da war. Das Outfit betonte meine leichte Bräune von den letzten beiden Tagen am Strand. Vor allem aber gefiel es mir.

Der dunkle Lidstrich und der sanft schimmernde Lidschatten betonten meine mandelförmigen Augen. Ich trug noch etwas Lipgloss auf und grinste das ungewohnt feminin wirkende Mädchen im Spiegel freundlich an – es unterschied sich ziemlich von dem Mädchen, das normalerweise T-Shirts und Jeans anzog und sich weigerte, Make-up zu tragen. Zufrieden griff ich nach meinem hellblauen Cardigan und dem Schlüssel von Peytons Mustang und verließ das Haus.

Den ganzen Tag über hatte ich mich mental auf die Party vorbereitet. Die Leute dort kannten mich nicht, also konnte ich lustig und extrovertiert sein und vielleicht sogar mit irgendwem reden. Einen Abend lang würde das sicher klappen. Außerdem – was hatte ich zu verlieren?

An der Straße standen bereits jede Menge Autos, als ich ankam. Ich parkte, klappte die Sonnenblende herunter und sah mir im Spiegel noch ein letztes Mal tief in die braunen Augen. »Okay, Em. Du kannst das. Du wirst dich heute Abend gut amüsieren. Tief Luft holen.« Ich klappte die Blende wieder hoch, atmete ein und rasch wieder aus. Dann verließ ich das Auto und ging mit all den anderen Leuten auf die Musik zu. Ich straffte die Schultern und versuchte, möglichst selbstbewusst zu wirken – so, als würde ich ständig auf Partys gehen. Aber in meinem Inneren klopfte mein Herz, und ich hatte Angst, vor Nervosität zu schwitzen.

Als ich mich der Tür näherte, sah ich vor mir auf dem Gehweg eine Gruppe von Mädchen. Ich schlüpfte dicht hinter ihnen durch die Eingangstür – lächelnd, als wäre alles, was sie sagten, sehr lustig. Sie begafften das riesige Haus, aber ich war davon nicht sonderlich beeindruckt. In meiner Heimatstadt in Connecticut gab es ähnliche Villen.

Die Mädchen kicherten eindeutig zu viel für meinen Geschmack. So gut konnte ich mich nun doch nicht verstellen, und ich machte mich auf den Weg nach unten, während sie noch staunend die

Hälse verrenkten, um die offene Architektur und die hohen Decken zu bewundern.

Nach mehreren geschlossenen Türen gelangte ich in einen voll ausgestatteten Freizeitraum, der in wohlhabenden Familien gang und gäbe zu sein schien – Pooltisch, Tischfußball, riesiger, an der Wand befestigter Flachbildfernseher, darunter eine Auswahl an Spielkonsolen. Ich ging durch die Glastür auf eine große Terrasse hinaus. Hier drängten sich noch mehr Leute als drinnen. Aus den Lautsprechern am Pool kam Gute-Laune-Musik, Fackeln brannten, und an der gegenüberliegenden Seite entdeckte ich eine Bar.

Obwohl es ziemlich kühl war, wurde viel nackte Haut gezeigt. Die meisten der spärlich bekleideten Mädels hatten Plastikbecher in der Hand. Ich versuchte, Peytons blonde Haare in der Menge ausfindig zu machen, aber wir waren schließlich in Kalifornien – da schien das so gut wie unmöglich.

Ich holte mein Handy aus der Tasche und schrieb ihr eine SMS, die ich aber nicht abschicken konnte – ich hatte kaum Empfang hier, das Anwesen lag abseits an einem Hügel direkt am Meer.

Statt nach einem Platz mit stärkerem Empfang zu suchen, machte ich mich auf den Weg zur Bar. Vielleicht war Peyton ja dort. Hinter der Theke stand ein Typ in einem bunten Hawaiihemd. Nachdem er dem Typen vor mir seine Bierflasche überreicht hatte, hielt er plötzlich inne. Ein Ausdruck des Wiedererkennens huschte über sein Gesicht. Irritiert schaute ich mich um, fand aber keine Erklärung für sein Verhalten. Als ich mich ihm wieder zuwandte, lächelte er charmant und fragte: »Was darf ich dir geben?«

»Irgendwas mit Wodka«, sagte ich, weil ich noch nicht genau wusste, was mir eigentlich schmeckte. Also griff ich einfach auf das Lieblingsgetränk meiner Mutter zurück.

»Das krieg ich hin.« Der Typ begann, Eis aus einem Eimer in ein Glas zu schaufeln. »Wen kennst du von den Leuten hier?«

»Niemanden«, antwortete ich und trat nervös von einem Fuß auf den anderen. Er sah mich weiter mit diesem albernen Lächeln an, als ginge es um irgendeinen Insiderwitz, in den ich nicht eingeweiht worden war. »Ich treffe mich hier mit einer Freundin, aber ich glaube, sie ist noch nicht da.«

»Also, ich bin Brent«, verkündete er und streckte mir die Hand hin. »Das Haus gehört meinem Freund, ich und ein paar andere Jungs sind übers Wochenende bei ihm.« Er reichte mir meinen Drink.

»Ich bin Emma. Und jetzt kenne ich *dich*. Wenn jemand fragt, sage ich, dass wir befreundet sind.«

»Sind wir ja auch«, antwortete er bestimmt, als wäre das eine Tatsache. Stirnrunzelnd ließ ich mir seine seltsame Antwort durch den Kopf gehen.

»Ich glaube, ich geh dann mal meine Freundin suchen«, erklärte ich ihm, schaute zum Pool und nippte dabei an dem klaren, prickelnden Drink, in dem eine Limonenscheibe schwamm. Es schmeckte nicht schlecht. »Was trinke ich denn da?«, wandte ich mich wieder an Brent.

»Wodka Soda. Ich hab es einfach gehalten«, antwortete er, während er einen Drink für ein Mädchen mixte, das an der Bar lehnte. »Du kommst mir nicht vor wie ein Mädchen, das gerne supersüße Drinks trinkt.«

»Gute Entscheidung«, bemerkte ich mit einem leisen Lachen.

»Lass uns später reden. Ich bin nicht den ganzen Abend an der Bar. Wir haben uns viel zu erzählen, schließlich hab ich dich … überhaupt noch nie gesehen«, meinte er mit einem strahlenden Lächeln. Ich nickte und erwiderte sein Lächeln – ich konnte nicht anders –, bevor ich zur Treppe ging.

»Emma!« Auf halber Höhe hörte ich zwischen all dem Lärm jemanden meinen Namen rufen. Ich versuchte, mich umzudrehen, wurde jedoch von den Leuten hinter mir weiter nach oben gedrängt. Immerhin schaffte ich es, mich übers Geländer zu beugen. Unten stand Peyton und winkte mir wild zu. »Ich komme rauf!«

Ich schob mich in eine Ecke auf der oberen Terrasse, um auf sie zu warten. »Wie lange bist du schon hier?«, fragte sie, als sie es endlich zu mir nach oben geschafft hatte.

»Noch nicht lange«, antwortete ich. »Diese Party ist ja gigantisch.« Am Pool wurde das Gedränge immer dichter, und im Haus war es gerappelt voll mit Leuten, die tanzten.

»Ich weiß«, antwortete sie. »Übrigens siehst du super aus.« Ich lächelte unbehaglich. »Aber … es ist kein Kleid«, fügte sie hinzu.

»Ich trage keine Kleider«, erklärte ich. »Wo ist Tom?«

»Er holt uns was zu trinken.« Sie nickte zur Bar auf der Terrasse, aber es war schwer, Tom im Gedränge auszumachen. Peyton schien allerdings genau zu wissen, wo er war. Ihre Lippen verzogen sich zu einem verträumten Lächeln.

»Wie es aussieht, war euer Date ein voller Erfolg, was?«

»Du hast ja keine Ahnung«, seufzte sie. Dann winkte sie, und ich sah, wie Tom in unsere Richtung nickte. Kurz darauf war er bei uns, gab Peyton ihren Drink und legte dann sofort den Arm um ihre Schulter. Peyton schmiegte sich an ihn und schlang den Arm um seine Taille. Äußerlich versuchte ich, gelassen zu bleiben, aber die verliebte Aura, die sie umgab, war mir unangenehm.

»Also … Tom, ich hab gehört, du wohnst zurzeit in Santa Barbara«, sagte ich schließlich, um das unangenehme Schweigen zu beenden.

Seine Augen zuckten, und er sah zu Peyton hinunter. »Ich hab's ihr nicht gesagt«, hörte ich sie murmeln. Wortlos starrte ich sie an, damit sie endlich mit der Sprache rausrückte.

»Ja«, antwortete Tom zögernd. »Gleich die Straße runter. Das Haus ist nicht sehr groß, aber direkt am Strand. Ziemlich nett.«

»Großartig«, meinte ich etwas gezwungen und sah dabei immer noch Peyton an, die meinem Blick auswich.

Dann hörte ich eine andere Stimme: »Du willst mich wohl verarschen.« Hinter Tom stand Cole und starrte mich fassungslos an. *Scheiße.*

Ich brachte kein Wort heraus. Mein Blick wanderte von Cole zurück zu Peyton, aber sie schaute mich immer noch nicht an. Ich kippte den Rest meines Drinks hinunter, verkündete: »Ich glaube, ich brauche noch was zu trinken«, und verschwand im Haus. Nachdem ich mich mühsam an den schwingenden Hüften und fliegenden Haaren vorbeigedrängt hatte, fand ich auf der anderen Seite des leergeräumten Wohnzimmers eine Bar.

Der Barkeeper hier trug ein blaues Hawaiihemd. Seine braunen Dreadlocks waren zu einem Pferdeschwanz zurückgebunden. Er musterte mich und begann zu lächeln. Allmählich fragte ich mich, ob mir irgendetwas im Gesicht klebte. »Kann ich dir was zu trinken geben?«, fragte er. Ich orderte das Gleiche, was Brent für mich gemixt hatte, dann stellte er mir die Frage des Abends: »Wen kennst du hier?«

»Brent«, antwortete ich automatisch.

»Echt?« Er reichte mir meinen Drink.

»Ja, wir sind befreundet«, fuhr ich mit einem schiefen Grinsen fort.

»Du kommst mir bekannt vor«, bemerkte er mit einem nachdenklichen Nicken. Ich überlegte, ob das Ganze vielleicht ein seltsames Partyspielchen war, aber er sah mich an, als würde er mich tatsächlich kennen. Höchst sonderbar.

»Wie heißt du?«

»Ren«, antwortete er, während er mich weiter musterte und wahrscheinlich im Geiste Brents Freundinnen durchging.

»Du kennst mich tatsächlich, oder?«, sagte ich neckend und hoffte, ihn damit noch mehr zu verwirren.

»Ja, ich kenne dich«, versicherte er, aber ehe er weitersprechen konnte, erschien eine Gruppe aufgeregter Mädchen an der Bar und wollte Drinks bestellen. Ich verdrückte mich und machte mich auf den Weg zurück zur Terrasse.

Ich überlegte, Cole den Abend über aus dem Weg zu gehen, aber das Universum war einfach zu grausam: In dem Fall würden wir uns bestimmt erst recht in die Arme laufen. Wenn ich jedoch auf ihn zuging, würde er sich vielleicht zurückziehen, und ich konnte in Ruhe weiter so tun, als würde ich mich amüsieren. Er stand am Geländer und blickte aufs Meer hinaus. Ich stellte mich neben ihn. Er nahm mich zwar nicht zur Kenntnis, aber er ging auch nicht weg.

»Ich war immer noch nicht nackt baden«, erklärte ich und stützte mich betont lässig aufs Geländer.

»Dann mal los«, fauchte er, schaute mich aber immer noch nicht an. »Das Jahr vergeht schnell.« Er umklammerte den Becher, den er in der Hand hielt, so fest, als wollte er ihn zerdrücken. Ich überlegte, ob ich ihn doch lieber in Ruhe lassen sollte. Vielleicht wäre es besser gewesen. Aber ich tat es nicht.

»Es ist noch nicht mal April«, widersprach ich. Er zuckte die Achseln. Schweigend standen wir eine Weile nebeneinander, ich nippte an meinem Wodka und wartete ab. Und dann …

»Was zum Teufel soll das, Emma? Warum redest du überhaupt mit mir? Ich bin dir doch offensichtlich scheißegal. Also, warum suchst du dir nicht einen anderen, den du quälen und als Trottel hinstellen kannst?«

Sein Wutausbruch erschreckte mich, ich schluckte schwer, seine Worte lagen mir wie Steine im Magen. Aber ich hatte jedes einzelne davon verdient und ertrug sie, ohne mit der Wimper zu zucken.

»Soll ich dir was zu trinken holen?«, bot ich an. »Der Barkeeper am Pool ist ein Freund von mir und macht einen superleckeren Wodka Soda.«

Ungläubig starrte Cole mich an. »Ich versteh dich einfach

nicht.« Fassungslos schüttelte er den Kopf und schwieg einen Moment lang. Dann gab er jedoch nach. »Ja. Ich hätte gern was zu trinken. Mit dir in meiner Nähe kann ich einen Drink bestimmt gebrauchen.«

»Ich nehme das als verkapptes Kompliment«, meinte ich schmunzelnd und ging vor ihm die Treppe hinunter.

Am Pool stand inzwischen ein anderer Typ hinter dem Tresen. Seine dunkelblonden Haare waren gut geschnitten, nach vorn gekämmt und über der Stirn stylisch hochgeschoben. Er trug ein rotes Hawaiihemd. Offensichtlich waren diese Hemden eine Art Uniform der Jungs, die hier wohnten.

Während ich näher kam, kniff auch er die Augen zusammen, als würde er mich erkennen. Allmählich machte mich das ziemlich nervös.

»Hi«, sagte er vorsichtig. »Du bist Emma, richtig?«

»Ja«, antwortete ich. Vielleicht hatte Brent ihm etwas von mir erzählt, als er die Bar übernommen hatte. »Und wie heißt du?«

»Nate.« Er zog die Augenbrauen hoch. Anscheinend erwartete er irgendeine Reaktion von mir, aber ich hatte keine Ahnung, welche. Ratlos streckte ich die Hände in die Luft.

»Warte. Nehmt ihr mich auf den Arm?«, fragte ich vorwurfsvoll. »Hat Brent euch aufgefordert, mich zu veräppeln?«

»Nein«, antwortete Nate scheinbar verwirrt. »Weißt du wirklich nicht, wer ich bin? Du bist doch Emma Thomas, richtig?« Die Tatsache, dass er meinen vollen Namen wusste, beunruhigte mich.

»Ja, die bin ich. Warum? Müsste ich dich kennen?«, fragte ich und musterte sein Gesicht genauer. Dann sah ich zu Cole, der unseren Wortwechsel neugierig verfolgte. Hinter mir hatte sich bereits eine Schlange durstiger Leute gebildet, aber Nate schien das nicht zu kümmern.

»Unmöglich!« Jetzt näherte sich ein Typ mit zerzausten blonden Haaren. Nate warf ihm einen warnenden Blick zu, aber er achtete nicht darauf, dafür war er viel zu sehr auf mich konzentriert. Inzwischen war ich wirklich kurz davor auszuflippen, mir gefiel dieses Spielchen überhaupt nicht mehr. »Emma! Du bist wirklich hier!«

Reglos stand ich da und sah zwischen dem Typen und Nate hin und her.

»Komm schon, TJ«, ermahnte ihn Nate. »Mach das nicht, Mann. Lass es einfach.«

»Was geht hier vor?«, fragte ich leise. Hinter mir spürte ich Coles Gegenwart, aber er sagte kein Wort.

»Du bist Emma Thomas? Evans Emma?« TJ lachte ungläubig.

Sprachlos sah ich zu Nate hinüber, der ein zerknirschtes Gesicht machte.

»Er war in den Ferien hier«, sagte TJ kichernd. Offenbar verstand er überhaupt nicht, was sich da vor seiner Nase abspielte. »Ernsthaft – er ist erst letztes Wochenende wieder gefahren. Das ist doch total irre.«

Das waren *seine* Freunde! Seine Freunde aus Kalifornien, mit denen er in San Francisco zur Schule gegangen war. Die Freunde, mit denen er in den Ferien unterwegs war.

Ich sah Nate ins Gesicht, und langsam fügte sich alles zusammen. Das war also Nate. Evans bester Freund. Und hierher hatte Evan mich mitnehmen wollen, vor unserem ersten Studienjahr. Ich musste mich an der Theke festhalten.

»Kann ich bitte einen Shot haben?«, stieß ich mühsam hervor. TJ half Nate, die Leute in der Schlange zu bedienen. Sie wurden allmählich ungeduldig, weil ich ihrem Vergnügen im Weg stand.

»Klar«, antwortete Nate, der mich aufmerksam musterte, als fürchtete er, ich könnte vor seinen Augen in Flammen aufgehen. »Was möchtest du?«

»Ist mir egal«, antwortete ich, und obwohl ich kaum atmen konnte, riss ich mich zusammen, denn ich wollte nicht, dass Nate meinen inneren Aufruhr sah. »Und kannst du das hier bitte noch mal auffüllen? Wodka und Soda.«

»Okay«, sagte er, nickte langsam und ließ den Blick über die Flaschen vor ihm wandern. »Oh, ich glaube, wir haben kein Sodawasser mehr.«

»Dann eben Wodka pur«, murmelte ich und zwang mich zu schlucken. Er hielt mir ein Schnapsglas mit klarer Flüssigkeit hin und legte eine Limonenscheibe auf eine Serviette. Der Geruch ließ mir das Wasser im Mund zusammenlaufen. »Was ist das?«

»Tequila«, antwortete er, als wäre er überrascht, dass ich es nicht wusste.

Ich kippte den Shot hinunter, biss in die Limone und schüttelte mich.

»Danke«, sagte ich, nahm meinen mit Wodka gefüllten Becher und ging zittrig davon. Ich wusste, dass Cole und Nate mich beobachteten. Jetzt, mit dem Rücken zu ihnen, begann ich zu hyperventilieren. Aber so schnell ich die Luft auch einsog, ich hatte trotzdem das Gefühl zu ersticken. Wie sollte ich diesen brennenden Schmerz in den Griff bekommen? Ich konnte hier unmöglich ausflippen, ich musste mich beruhigen, verdammt nochmal! Und zwar schnell.

Ich drängte mich die Treppe hinauf und ins Haus, rempelte die tanzenden Leute an und ging auch sonst allen, an denen ich vorbeikam, auf die Nerven, bis ich endlich bei der zweiten Bar ankam.

»Hi, Brent«, begrüßte ich den Barkeeper.

Er schenkte mir ein strahlendes Lächeln. »Emma, meine Freundin! Wie geht es dir?«

»Großartig«, antwortete ich. »Kann ich bitte einen Shot kriegen? Oder noch besser – magst du einen mit mir trinken?«

»Na klar«, meinte er mit Nachdruck. »Was hättest du denn gerne?«

»Deine Wahl.« Ich gab mir Mühe, sein Lächeln zu erwidern. Ich wollte meine gelassene Fassade um jeden Preis aufrechterhalten und nippte an meinem Wodka, aber als ich den Becher zum Mund führte, zitterten meine Hände so, dass die Flüssigkeit über den Rand schwappte.

Genau wie Nate entschied auch Brent sich für einen Tequila.

Dann hob er das Plastikglas und prostete mir zu. »Auf die Freundschaft.« Ohne zu zögern, kippte ich das Zeug hinunter und biss dann kräftig in die Limone, um mich nicht schütteln zu müssen.

»Noch einen?«

Er zog die Augenbrauen hoch, zuckte dann aber die Achseln und meinte: »Klar. Warum nicht?«

Diesmal hob ich das Glas und prostete: »Auf gestern.« Er sah mich verwirrt an, fragte aber nicht nach. Ich hätte es ihm auch nicht erklärt. Wieder musste ich den Drang, mich zu schütteln, unterdrücken, als der Tequila heiß meine Kehle hinunterrann.

»Danke, Brent. Wir unterhalten uns dann später, ja?«

»Warte«, rief er mir nach, aber ich ging weiter, als hätte ich ihn nicht gehört.

Auf der oberen Terrasse stand Cole, in jeder Hand einen Drink. Wortlos bot er mir einen davon an. Wir blieben nebeneinander stehen und beobachteten ein paar Songs lang die Leute unter uns.

»Wirst du zurechtkommen?«, fragte er schließlich.

Ich schüttelte den Kopf. Er blieb einfach neben mir stehen und sah mich gelegentlich an, während ich mich auf meine Atmung konzentrierte. Kurzentschlossen kippte ich den Inhalt des Bechers, den er mir gegeben hatte, in meinen, nippte langsam daran und wartete.

Schon kurz darauf drehte sich alles, und die Taubheit breitete sich wie eine Decke über das züngelnde Feuer in mir. Ich schloss die Augen und hieß die alkoholbedingte Ruhe willkommen.

»Emma!«, rief Peyton, und ich wirbelte herum – keine gute Idee in meinem Zustand. Gerade noch rechtzeitig konnte ich mich am Geländer festhalten.

Sie beäugte Cole neben mir und grinste breit, wahrscheinlich ging sie davon aus, dass wir wieder miteinander redeten. Was eigentlich nicht stimmte.

»Peyton!«, erwiderte ich ihre Begrüßung ebenso laut und schloss sie energisch in die Arme.

»Bist du betrunken?«, fragte Peyton schockiert.

»Das will ich doch hoffen«, antwortete ich, atmete tief durch die Nase ein und aus und genoss das Summen des Nichts.

»Bist du dafür verantwortlich?«, erkundigte sich Peyton bei Cole.

»Nein.« Er schüttelte den Kopf und hielt abwehrend die Hände in die Höhe.

»Na ja, aber mach bitte keine Dummheiten«, ermahnte mich Peyton. »Wir holen uns noch was zu trinken, komm später nach.« Und dann war sie verschwunden, einfach so.

»Wo gehst du hin?«, rief Cole ihr nach, aber die Menge hatte sie bereits verschluckt.

»Ich brauche keinen Babysitter«, knurrte ich und sah zu ihm hoch. »Aber was zu trinken wäre nicht schlecht.« Ich schaute nachdenklich in meinen Becher, der noch halbvoll war.

»Ach wirklich?«, meinte Cole herausfordernd.

»Japp.« Im Nu trank ich aus. »Siehst du?«, meinte ich triumphierend und hielt ihm den Becher hin, damit er hineinschauen konnte. Als ich mich auf den Weg zu der Bar im Haus machte, folgte er mir. Ich drehte mich um und wollte ihn fortschicken, doch im selben Moment knickte mein Knöchel weg. Ich war noch immer nicht an Absätze gewöhnt, nicht einmal an Keilabsätze. »Blöde Schuhe.«

Ich bückte mich, um sie auszuziehen, strauchelte aber erneut.

»Brauchst du Hilfe?«, fragte Cole.

Ehe ich antworten konnte, kniete er auch schon vor mir und löste die Riemen an meinen Sandalen. Ich schlüpfte aus den Schuhen, erleichtert, meine Füße endlich flach auf den Boden setzen zu können. Cole stand auf und ließ die Sandalen von seinen Fingern baumeln. Auf einmal wirkte er sehr groß.

»Wow«, staunte ich. »Du bist ja gewachsen.«

»Oder du bist geschrumpft«, erwiderte er mit seinem schiefen Lächeln. »Gehen wir.« Er nickte in Richtung Haus.

Ich drehte mich um und betrachtete all die möglichen Hindernisse zwischen der Terrasse und der Bar am anderen Ende des Raums. Die Leute tanzten und schwangen die Arme – ein Durchkommen würde sehr viel Konzentration erfordern. Ich atmete erst einmal tief durch.

Cole packte meine Hand, ich sah ihn überrascht an.

»Du siehst aus, als könntest du ein bisschen Unterstützung gebrauchen.«

»Ja, das stimmt. Ich brauche eindeutig Unterstützung.« Cole führte mich ohne einen Zwischenfall durch den Hindernisparcours, wohlbehalten kam ich am anderen Ende an. Kurz überlegte ich, die Arme triumphierend in die Höhe zu reißen, aber Cole hielt noch immer meine Hand, und ich glaubte nicht, dass er mitmachen würde.

»Emma!«, rief TJ fröhlich, als er mich entdeckte.

»TJ!«, antwortete ich ebenso begeistert.

Dann änderte sich sein Gesichtsausdruck schlagartig, verblüfft sah er mich an. »Willst du etwa schon gehen?«

Cole war mit mir in Richtung Haustür gegangen, ohne dass ich etwas davon bemerkt hatte.

»Bis später, TJ«, sagte Cole zu ihm und öffnete die Tür für mich.

»Gehen wir schon?«, fragte ich verwirrt.

Gleichzeitig meinte TJ: »Bis später, Cole.«

Da schaltete ich endlich. »Warte! Du kennst die Jungs hier?«

»Ja. Und ja«, antwortete Cole geduldig, während wir auf die Straße zugingen. »Mein Dad hat ein Haus die Straße runter.«

»Du verarscht mich!«, schimpfte ich, und Frust durchdrang die Taubheit. Warum passierte mir so etwas? Das musste doch ein schlechter Witz sein! »Natürlich kennst du sie! Natürlich musste ich ausgerechnet auf diese Party gehen. Ihn kennst du wahrscheinlich auch, richtig?«

»Du meinst …« Er wollte den Namen sagen, hielt aber inne, als er meinen wütenden Blick sah. »Ja, ich bin ihm mal begegnet.«

»Fick dich, Karma!«, brüllte ich zum Himmel hinauf.

Da ich nicht gleichzeitig brüllen und gehen konnte, blieb ich stehen. Cole beobachtete mich amüsiert.

»Verdammtes, doofes Karma«, brummte ich leise und verschränkte die Arme vor der Brust.

»Du bist echt angepisst, oder?«, fragte er lachend.

»Ach, halt den Mund, Cole«, fauchte ich. »Verfluchtes Karma.«

»Du solltest das Karma lieber nicht so beschimpfen, sonst verpasst es dir noch einen Tritt in den Arsch.« Er schien sich köstlich über mich zu amüsieren.

»Oh, das soll es ruhig mal versuchen! Komm schon!«, rief ich zu den Sternen hinauf. »Zeig, was du kannst!«

Cole grinste immer noch. »Okay, du Heldin, beruhig dich mal wieder.«

Auf einmal war ich total erschöpft, ließ die Schultern sacken und setzte mich auf den Bordstein.

»Was machst du denn da?«, fragte Cole hoch über mir.

»Ich bin müde«, stöhnte ich, zog die Knie an den Bauch und legte den Kopf auf die verschränkten Arme.

»Komm schon«, ermunterte mich Cole und streckte mir die Hand hin. »Wir sind fast da. Dann kannst du schlafen.« Ich nahm seine Hand, und er zog mich hoch. Sofort begann ich zu straucheln und packte haltsuchend seinen Arm.

Auf ihn gestützt, schleppte ich mich weiter. Ich war so müde … und mir war so schwindlig. Der Boden wollte einfach nicht ruhig bleiben, er hielt mich zum Besten. Ich biss mir auf die Lippen, um mich zu konzentrieren. Dann merkte ich, dass ich meine Lippen nicht mehr spürte, und musste ans Küssen denken.

»Cole?«

»Ja, Emma?«

»Küsst du mich?«

»Äh, nein«, antwortete er unverblümt.

»Aber ich möchte wissen, ob du meine Lippen spürst«, drängte ich.

»Trotzdem: nein. Ich will dich nicht küssen.«

»Warum denn nicht?«, sagte ich schmollend.

Eine Minute lang herrschte Schweigen. Dann erklärte er: »Weil ich nicht mal sicher bin, ob ich dich mag.«

»Guter Grund«, pflichtete ich ihm schläfrig bei. »Aber du musst mich ja auch nicht mögen. Du sollst mich nur küssen. Ich spüre nämlich meine Lippen nicht.«

»Hör auf, auf ihnen rumzubeißen«, befahl er. Ich blinzelte und merkte, dass wir auf ein Haus zugingen.

»Cole?«

»Ja, Emma.«

»Es tut mir leid, dass ich so eine Zicke bin.« Er holte einen Schlüssel aus der Tasche und schloss die Tür auf. Inzwischen konnte ich mich kaum noch aufrecht halten. »Und es tut mir leid, dass du mich nicht magst.« Er hielt mir die Tür auf.

»Es gibt extra ein …«

Aber ich hatte bereits Kurs auf die Couch genommen. Mit einem tiefen Seufzer sank ich in die Polster und ließ mich von der Welt in den Schlaf schaukeln.

8

diE stille einFangen

Metallisches Klirren hallte durch meinen Kopf, und ich stöhnte laut. »Sorry«, sagte eine Männerstimme.

Fuck!

Ich kniff die Augen fest zusammen, fuhr mir mit den Händen über die Hüften – und atmete erleichtert aus, als ich dort Stoff fühlte. Vorsichtig sah ich mich um. Ich lag auf einer Couch, über mir eine blaue Wolldecke. Am Fußende der Couch ging der Raum in eine offene Küche über, und dort stand Cole, mit dem Rücken zu mir. Mir lag immer noch der Geschmack von Tequila auf der Zunge – wahrscheinlich drang er mir auch aus allen Poren.

Ich setzte mich auf und erwartete, einen stechenden Schmerz zu spüren, doch stattdessen ergriff mich ein überwältigender Schwindel. Ich versuchte, meinen Blick zu fokussieren. Das weiße Zimmer war so hell, dass ich blinzeln musste.

»Hey«, begrüßte Cole mich, der in der Küche mit irgendwas herumhantierte. »Verkatert?«

»Nein«, antwortete ich etwas heiser und fuhr mir mit den Fingern durch die Haare. Auf einer Seite standen sie wild vom Kopf ab. Hastig versuchte ich, sie glattzustreichen und hinter die Ohren zu schieben. »Ich glaube, ich bin immer noch betrunken.«

Cole lachte leise. »Würde mich nicht wundern. Ich mache übrigens gerade Pfannkuchen, falls du welche magst.«

Neugierig schaute ich mich in dem kleinen Raum um. Eine Wand wurde komplett von einem Regal voller Bücher, Bilder,

Schachteln und Meereskrimskrams eingenommen. Außerdem gab es einen großen beigefarbenen Sessel, passend zu der Couch, auf der ich aufgewacht war, dahinter stand ein quadratischer Holztisch mit ein paar Stühlen. Die Küche war durch eine kleine Theke mit drei Holzhockern vom übrigen Raum abgetrennt.

Mühsam stand ich auf und schlurfte hinüber zu der Glasschiebetür, um den Meerblick zu bewundern, machte die Tür dann auf und ging hinaus auf die Holzterrasse. Die Wolken hingen dicht über dem Wasser und tauchten die kaum sichtbaren fernen Inseln in ein düsteres Halbdunkel. Ich verschränkte die Arme, wappnete mich gegen die kühle Brise und atmete mit geschlossenen Augen die feuchte Luft ein. Ganz langsam legte sich der Schwindel.

Cole kam ebenfalls ins Freie, stellte sich neben mich und legte die Hände aufs Geländer. Er sah zu den Möwen auf, die übers Wasser flogen und am Strand landeten, um dort nach Futter zu suchen.

»Mieser Tag«, bemerkte er und warf mir einen Blick zu. Ich blinzelte träge durch den Nebel in meinem Kopf, bevor ich mich ihm zuwandte.

»So fühle ich mich auch«, stöhnte ich und erntete ein Lächeln. Dann ging Cole wieder nach drinnen, während ich weiter aufs dunkle Wasser hinausstarrte. Das gleichmäßige Rauschen der Brandung, die sich kaum von dem grauen Himmel abhob, hatte etwas Einladendes. Ich wollte darüber hinweggleiten und den Nebel einatmen.

Als ich durch die Scheibe ins Haus blickte und sah, dass Cole immer noch mit den Pfannkuchen beschäftigt war, schlich ich die Treppe hinunter und bewegte mich vorsichtig über die Steine, die sich unter meinen bloßen Füßen glatt und kalt anfühlten. Schließlich erreichte ich den grobkörnigen Sand des Strandes. Die angrenzenden Häuser waren dunkel und anscheinend menschenleer.

Ich blickte aufs Wasser hinaus, und auf einmal zog sich mein Herz zusammen. Mit einem kurzen Blick zurück zum Haus vergewisserte ich mich, dass Cole mir nicht folgte. Ich holte tief Luft, schlüpfte aus meiner Hose, streifte mein Top ab und ließ beides mit meiner Unterwäsche zusammen im Sand liegen. Ehe ich es mir anders überlegen konnte, watete ich ins kalte Wasser, bis es mir an die Oberschenkel reichte, und stürzte mich dann in eine heranrollende Welle.

Japsend kam ich wieder an die Oberfläche. Sofort türmte sich die nächste Welle über meinem Kopf auf. Ich tauchte unter ihr hindurch und kam wieder zum Vorschein. Dichter Nebel hüllte mich ein und ließ die Häuser der Umgebung miteinander verschmelzen. Ich legte mich auf die unruhige Wasseroberfläche und stieß mich mit den Füßen weiter vom Ufer weg. Das Wasser drang an meine Ohren, löste die Welt auf, und meine Gedanken wurden ruhig, das Getöse in meinem Kopf wich besänftigender Stille. Nichts war mehr wichtig.

Die vernünftige Stimme in meinem Kopf forderte mich auf zurückzuschwimmen, ehe die Strömung mich in die Tiefe zog – aber ich wollte die Stille nicht aufgeben und blieb noch eine Weile liegen. Wie es wohl wäre, mich verschlingen zu lassen, mich für immer der Stille hinzugeben?

Mit einem zittrigen Atemzug glitt ich unter die Wasseroberfläche, eine Welle ergriff mich und beförderte mich Richtung Ufer, ich tauchte wieder auf und füllte meine Lungen mit kühler Luft. Eine Welle nach der anderen trug mich näher ans Ufer heran, bis meine Knie über den Sand strichen.

»Bist du irre?«, schimpfte Peyton, die mich mit einem Handtuch am Strand erwartete. »Deine Lippen sind ganz blau, du bist nackt – was zur Hölle geht bloß in deinem Kopf vor?«

Ich blickte mich um und vergewisserte mich, dass nur wir beide am Strand waren. Erst dann stand ich auf.

»Du meinst jetzt, in diesem Augenblick?« Ich lächelte, was Peyton noch mehr irritierte, und antwortete: »Gar nichts.« Dann nahm ich ihr das Handtuch ab und wickelte es um meinen schlotternden Körper. Selbst unter dem Handtuch blieben meine Muskeln hart und schmerzten vor Kälte. Peyton hob meine Klamotten auf.

»Ich hab deine Tasche mitgebracht, damit du dir was Warmes überziehen kannst«, erklärte sie.

»Du hast meine Tasche dabei?« Ich sah sie an, und sie wandte hastig den Blick ab.

»Ich hab gehofft, du könntest ein, zwei Tage hierbleiben, damit Tom und ich ein bisschen Zeit für uns haben«, antwortete sie kleinlaut. Ich zog die Augenbrauen hoch. »Cole hat nichts dagegen, obwohl du dich so seltsam benimmst.«

»Er findet mich also seltsam?«, fragte ich neugierig.

»Nein, aber ich. Er hat nur gesagt, dass du ›was Neues‹ ausprobieren willst, und hat mir ein Handtuch gegeben.«

Ich lachte.

Als wir das Haus erreichten, hielt Peyton mich noch einmal auf, um zu überprüfen, ob ich auch alles verhüllt hatte, was ihrer Meinung nach verhüllt werden musste, denn drinnen saß Tom auf der Couch. Ich verdrehte die Augen und drängte mich an ihr vorbei ins Haus.

»Deine Tasche ist im Schlafzimmer rechts«, teilte Peyton mir mit.

Als ich an der Couch vorbeikam, fragte Tom: »Wie ist das Wasser?«

»Halt den Mund, Tom«, fauchte Peyton. Cole lehnte am Küchentresen und beobachtete mich. Ich warf ihm einen Blick zu, und als ich die Zimmertür hinter mir schloss, merkte ich, dass ich grinste.

Ich blieb so lange unter der warmen Dusche, bis ich endlich auftaute. Die Wellen hatten den letzten Rest Alkohol aus meinem

Körper vertrieben, und ich holte tief Luft, glücklich über die belebende Klarheit, die ich durch den Sprung ins Wasser spürte. Als ich angezogen und mit trockenen Haaren in die Küche marschierte, fühlte ich, wie sehr meine Haut strahlte.

»Hungrig?«, fragte Cole, während ich mich an den Küchentresen setzte.

»Und wie.« Er stellte einen Teller mit einem Pfannkuchenberg vor mich hin.

»Wo sind Peyton und Tom geblieben?«, fragte ich verwundert und sah mich in dem kleinen Raum um.

»Die sind zurück zu Peyton gefahren«, antwortete Cole, während er eine Schüssel auswusch. »War es so, wie du es erwartet hast?« Er warf mir einen verschmitzten Blick zu.

Ich schluckte einen Bissen von meinem Pfannkuchen hinunter. »Wie meinst du das?«

»Na, das Nacktbaden.«

Unbehaglich rutschte ich auf meinem Hocker herum. »Eigentlich war es sogar noch besser«, antwortete ich dann leise und hörte, wie er mit dem Rücken zu mir in sich hineinlachte.

Bevor er in seinem Zimmer verschwand, um zu duschen, legte er noch Musik für mich auf.

Der Nebel war dichter geworden. Auf einmal wurde mir bewusst, dass ich den ganzen Tag mit Cole in diesem Haus verbringen würde … allein. Ich sah mich um. Es gab keinen Fernseher. Kurz spielte ich mit der Idee, mich ins Gästezimmer einzuschließen und den ganzen Tag zu lesen, doch dann entdeckte ich auf dem Regal einen Stapel Puzzles. Ich hatte noch nie gepuzzelt, aber der Gedanke reizte mich. Tausend Puzzleteile boten bestimmt genügend Ablenkung. Ich würde über nichts anderes nachdenken müssen als darüber, welche Teile zusammenpassten.

Ich entschied mich für eine Schachtel, auf deren Deckel eine malerische Gebirgslandschaft abgebildet war, setzte mich auf die

Couch, zog das Tischchen dicht zu mir und breitete die Teile darauf aus.

Einen Moment später kam Cole ins Zimmer. Er duftete wie eine frische Meeresbrise; seine nassen blonden Haare sahen aus, als hätte er sie nur mit den Fingern zurückgestrichen. Mein Blick wanderte ganz automatisch weiter nach unten, aber dann ertappte ich mich dabei und machte mich schnell wieder daran, die Puzzleteile richtig herum zu drehen.

»Ich hab seit Jahren kein Puzzle mehr zusammengesetzt«, sagte er, stellte sich neben mich und nahm den Deckel in die Hand.

»Ich hab überhaupt noch nie gepuzzelt«, gestand ich, ohne aufzublicken.

»Ehrlich?«, staunte er. »Soll ich dir helfen? Oder möchtest du die ganzen tausend Teile lieber alleine zusammensetzen?«

»Wenn du Lust hast, kannst du mir gerne helfen.«

Er setzte sich im Schneidersitz neben mich und begann, die Randteile von denen aus der Mitte des Bilds zu trennen. Als er sich vorbeugte, berührte sein Knie meinen Oberschenkel, und sofort begann meine Haut zu prickeln. Plötzlich war ich mir nicht mehr sicher, ob das hier eine gute Idee war.

»Alles klar bei dir?«, fragte Cole, als er merkte, wie ich mich verkrampfte.

»Äh, ja«, stieß ich halberstickt hervor und hustete.

»Magst du was trinken?« Er stellte sich auf die Couch und sprang über die Rückenlehne, damit er den Tisch nicht verrücken musste.

»Gern«, antwortete ich und ergriff die Gelegenheit, ein Stück von ihm abzurücken. »Egal, was.«

»Cola?«, schlug er vor. Ich nickte, sah ihn aber nicht an, sondern konzentrierte mich auf die Puzzleteile.

Der Nebel verschleierte den Ozean, und wir verbrachten den ganzen Nachmittag in angenehmem Schweigen. Nur Coles Musik drang durch die Stille. Wir schoben Puzzleteile auf dem Tisch herum und arbeiteten Seite an Seite, ohne jegliches Gesprächsbedürfnis. Ich war mir jeder seiner Bewegungen bewusst. Wenn er sich vorbeugte, mit seinen langen, schlanken Fingern Teile zusammensetzte, innehielt und einen davon nachdenklich an die Lippen drückte, spürte ich die Hitze, die von ihm ausging. Wenn er über meine Hände hinweggriff, mit mir in den Puzzleteilen wühlte und dabei zufällig meinen Arm streifte, kribbelte jedes Mal meine Haut.

»Hungrig?« Als seine Stimme nach langer Zeit die Stille durchbrach, erschrak ich richtig.

»Ja, ich könnte was zu essen vertragen.« Ich streckte die Arme über den Kopf. Mein Rücken war steif vom stundenlangen Sitzen.

Vorsichtig schob Cole den Tisch weg, stand auf und streckte sich ebenfalls. Sein Shirt rutschte ein Stück nach oben, und seine durchtrainierten Bauchmuskeln blitzten hervor. Ich drehte schnell den Kopf weg. Ich hatte es so gut geschafft, ihm aus dem Weg zu gehen, hatte mir so gut eingeredet, dass ich mich nicht für ihn interessierte, dass ich mich nicht für ihn interessieren *durfte*. Aber hier saß ich, eingesperrt mit ihm in diesem Haus und kurz davor, aus den Latschen zu kippen vor lauter Anstrengung, meine unfreiwilligen Reaktionen unter Kontrolle zu halten. Ich musste Peyton anrufen und hier so schnell wie möglich verschwinden.

»Okay?«, fragte Cole und riss mich aus meinen Gedanken.

»Wie bitte?« Ruckartig hob ich den Kopf. Ich hatte keinen blassen Schimmer, was er gesagt hatte.

»Ich hab gefragt, ob mexikanisch okay für dich ist.« Er hielt inne und musterte mich. »Bist du dir sicher, dass mit dir alles in Ordnung ist? Hast du doch einen Kater?«

»Nein, ich glaube, mir schwirrt nur ein bisschen der Kopf, weil ich den ganzen Nachmittag auf dieses Puzzle gestarrt habe. Sorry. Mexikanisch ist wunderbar.«

Ich ging ins Gästebad, spritzte mir kaltes Wasser ins Gesicht und ließ mir einen Moment Zeit, um mich zu beruhigen. Dann entdeckte ich mein Handy und schrieb schnell eine SMS an Peyton: *Kann hier nicht bleiben, hol mich ab.*

Schon einen Augenblick später kam die Antwort: *Warum? Streitet ihr euch?*

Nein.

Komm schon, Emma. Eine Nacht. BITTE!!!

Frustriert starrte ich auf ihre Antwort und knirschte mit den Zähnen.

Eine Nacht. Mehr nicht. Hol mich morgen früh ab.

Danke!!, erschien sofort auf dem Display. Ich setzte mich aufs Bett und fuhr mir durch die Haare. Vielleicht sollte ich früh schlafen gehen. Gleich nach unserer Rückkehr vom Abendessen. Was mich augenblicklich mit neuem Grauen erfüllte. Was zur Hölle sollte ich beim Essen bloß mit ihm reden?

»Bist du so weit?«, rief Cole aus dem Wohnzimmer.

Ich seufzte tief. »Japp.«

»Du … du hast also vier Schwestern?«, fragte ich, nachdem wir bestellt hatten. Hoffentlich signalisierte ich ihm damit, dass ich gesprächsbereit war. Unmöglich, ihm beim Essen stumm gegenüberzusitzen.

»Ja«, bestätigte er. Dann schwieg er, bis er endlich merkte, dass ich auf eine Fortsetzung wartete. Er machte den Eindruck, als wäre er … erleichtert. »Missy ist die Älteste, sie ist schon siebenundzwanzig. Dann kommt Kara, sie ist fünfundzwanzig. Liv ist zwanzig und Zoe sechzehn. Tja, fünf Frauen in der Familie, plus mein Dad und ich – das war ganz schön … dramatisch. Aber jetzt leben sie überall im Land verstreut – Zoe wohnt bei meiner Mom in Seattle. Liv studiert an der Florida State. Kara ist in Oakland, Missy in Washington und mein Dad in San Diego.«

»Ja, echt überall verstreut«, pflichtete ich ihm bei. Er nickte, und ich machte mich darauf gefasst, dass er jetzt nach meiner Familie fragte.

»Mit wem bist du am engsten befreundet?«

Mit dieser Frage hatte ich im Traum nicht gerechnet.

Die Antwort war leicht. »Mit Sara. Sie ist zurzeit in Paris, bei einem Austauschprogramm von der Parsons School in New York. Sie ist wie ein Teil von mir, fast noch wichtiger als ein lebenserhaltendes Organ.«

»Wow, das ist aber echt eng«, stellte er mit hochgezogenen Augenbrauen fest. »Kommt sie manchmal nach Kalifornien?«

»Eigentlich immer in den Ferien, nur eben jetzt nicht, weil sie so weit weg ist. Aber im Mai kommt sie wieder und bleibt den Sommer über.«

Danach erzählte Cole mir weiter von seiner Familie. Er beschrieb dabei ihre Eigenarten so lebendig und charmant, dass ich seine Schwestern fast vor mir sah. Und ich erzählte ihm so detailliert von Sara, dass ich fast ihre Stimme hören konnte. Ich vermisste sie so sehr.

»Eines Tages hat Liv beschlossen, Vegetarierin zu werden«, berichtete Cole auf der Heimfahrt. »Nur wenn wir in ihrem Lieblingsrestaurant aßen, machte sie eine Ausnahme. Da mein Dad nicht selbst kocht, sind wir ständig auswärts essen gewesen, und weil jedes Restaurant plötzlich ihr Lieblingsrestaurant war, ist Liv eigentlich gar keine Vegetarierin. Aber wenn du sie je kennenlernst, wird sie trotzdem behaupten, sie sei Vegetarierin, und mich wird sie beschimpfen, weil ich es dir nicht gesagt habe.«

Ich lachte und dachte, ich würde dieses Mädchen wahrscheinlich mögen. Wir hatten zwei Stunden im Restaurant gesessen und geredet, und nun betrachtete ich nervös die Haustür – es hatte mir tatsächlich Spaß gemacht, mich mit Cole zu unterhalten. Schlimmer noch, ich mochte ihn. Und das durfte nicht sein.

Ich fragte mich, warum er sich überhaupt nicht nach meiner Familie erkundigt hatte. Oder danach, warum ich mich auf der Party am Abend davor so benommen hatte. Aber ich hatte das Gefühl, ich schuldete ihm irgendeine Erklärung, vor allem, weil er mich in meinem Zustand nach Hause gebracht hatte.

»Es tut mir leid wegen letzter Nacht«, platzte ich heraus, als er seinen Schlüssel auf den Küchentisch legte. »Ich hab …«

»… versucht, die Situation zu bewältigen«, beendete er den Satz für mich. Ich lachte leise über seine Wortwahl. »Du musst das nicht erklären. Ich hab es mehr oder weniger verstanden.«

»Oh, du hast also *zugehört*«, neckte ich ihn und dachte daran, was er mir über sein Talent erzählt hatte.

»Ja, das hab ich«, bestätigte er ohne die geringste Spur von Verlegenheit. »Und ja, ich hab es kapiert. Keine Sorge.«

»Ich sollte vermutlich etwas an meinen Bewältigungsstrategien feilen und nicht bei der Schnaps-Therapie bleiben.«

»Das wäre wahrscheinlich gut für dich.« Er lachte leise.

»Na ja … danke jedenfalls, dass du dich mit mir abgegeben hast«, erwiderte ich ernst und sah in seine strahlend blauen Augen.

»So schlimm warst du gar nicht«, sagte er und hielt meinem Blick ein bisschen zu lange stand.

»Hm«, erwiderte ich nur, sah weg und streckte mich. »Schlechtes Wetter macht mich immer müde. Ich glaube, ich gehe früh ins Bett und lese, bis mir die Augen zufallen.«

»Okay«, meinte Cole mit einem leichten Achselzucken.

Als ich die Tür zum Gästezimmer öffnete, rief er noch: »Emma?«

Zögernd drehte ich mich um.

»Ich bin zu dem Schluss gekommen, dass du in Ordnung bist«, verkündete er.

Ich verzog den Mund. Meinte er das ironisch? »Dann glaubst du also nicht, dass ich eine Zicke bin?«

Er grinste breit, und seine Augen leuchteten. »Das hab ich nicht gesagt.«

»Wie nett«, stichelte ich.

»Gute Nacht, Emma.«

Ich biss mir lächelnd auf die Lippen. »Gute Nacht, Cole.«

9

RückkeHr deR GefühLe

Am nächsten Morgen stand ich spät auf. Ich hatte fast die ganze Nacht wach gelegen und daran gedacht, dass Cole im Zimmer gegenüber schlief und … na ja, das war alles, woran ich hatte denken können.

Auch beim Duschen und Anziehen ließ ich mir reichlich Zeit und hoffte, Peyton würde endlich auftauchen. Meine Tasche war fertig gepackt, ich brauchte sie nur zu nehmen und zu gehen.

Als ich schließlich aus meinem Zimmer kam, saß Cole auf der Couch, tief in das Puzzle versunken, das nur ungefähr zu einem Drittel fertig war.

»Guten Morgen«, sagte er, ohne sich mir zuzuwenden. »Ich bin süchtig nach diesem blöden Puzzle. Hast du Hunger?«

»Ich kann mich selbst darum kümmern«, schlug ich vor. »Mach ruhig weiter. Hast du vielleicht Müsli da?«

»Ja. Aber ich hab auch Eier und English Muffins, falls du das lieber magst.«

»Ich kann nicht kochen.« Ich öffnete die Küchenschränke auf der Suche nach einem Frühstück, das ich zubereiten konnte.

Cole war still. Unheimlich still. Als ich mich zu ihm umdrehte, sah ich, dass er mich neugierig beobachtete. »Du kannst nicht kochen? Ehrlich nicht?«

»Nein.«

»Hm. Das hätte ich nicht gedacht.« Er wandte sich wieder dem Puzzle zu. Warum waren die meisten Menschen, die mich kannten, so überrascht, dass ich nicht kochen konnte? Ich schob die Frage beiseite, schüttete die Flocken in eine Schüssel und goss Milch darüber.

Dann setzte ich mich auf die Armlehne der Couch, aß und sah Cole beim Puzzeln zu. Wenn ich ein passendes Teil entdeckte, beugte ich mich über den Tisch und legte es an seinen Platz.

»Du könntest dich auch richtig hinsetzen, weißt du«, ermunterte mich Cole.

»Äh, ich glaube, Peyton kommt gleich, um mich abzuholen«, erklärte ich verlegen und ging in die Küche, um meine leere Schüssel in die Spülmaschine zu stellen.

»Nein, sie kommt nicht«, entgegnete Cole.

»Wie meinst du das?«

»Sie und Tom sind nach Catalina gefahren.«

Panik stieg in mir auf. Das bedeutete, ich musste auch den heutigen Tag mit Cole verbringen.

»Komm, hilf mir doch«, bettelte er. Als er bemerkte, wie blass ich geworden war, wurden seine Augen schmal. »Hat sie dir nichts davon gesagt?«

Ich schüttelte stumm den Kopf.

»Wenn du nicht mit mir rumhängen möchtest, ist das vollkommen in Ordnung«, sagte er hastig und gab sich Mühe, so zu klingen, als wäre es ihm tatsächlich egal. »Ich meine, ich hatte sowieso vor, surfen zu gehen.«

»Tut mir leid.« Ich fühlte mich grässlich, weil ich meine Reaktion nicht vertuscht hatte. »Ich hatte nur etwas anderes erwartet, weißt du.«

»Ich bin mir zwar nicht sicher, was genau du damit sagen willst, aber ich bin nicht beleidigt.« Er lächelte und wandte sich wieder dem Puzzle zu.

Ich atmete tief durch und versuchte, mich zu entspannen. Mit verschränkten Händen ging ich zur Terrassentür. Was sollte ich jetzt machen? Der Himmel war dunstig, es war bestimmt zu kalt, um gemütlich draußen zu sitzen, zumindest so lange, bis die Sonne den Nebel weggebrannt hatte.

Schließlich ging ich zurück zur Couch, kletterte über die Armlehne und setzte mich im Schneidersitz so weit wie möglich von Cole weg.

»Was steht als Nächstes auf deiner Liste?«, fragte er und drückte dabei ein Puzzleteil an seine Unterlippe. Einen Moment lang konnte ich mich auf nichts anderes konzentrieren, und als er mir das Gesicht zuwandte, musste ich mich zwingen, den Blick von seinen Lippen loszureißen. Er zog gespannt die Augenbrauen hoch.

»Ich …«, begann ich. »Ich weiß nicht. Fällt dir vielleicht was für mich ein?« Nicht gerade die klügste Frage.

»Was meinst du damit? Ich dachte, du hättest eine Liste. Wie sich das für Neujahrsvorsätze so gehört …«

»Nein, nicht wirklich«, gestand ich. »Wenn du mich danach fragst, sage ich einfach immer das Erstbeste, das mir in den Sinn kommt. Nichts davon wollte ich tun, bevor du mich dazu gebracht hast, es auszusprechen. Aber dann wollte ich es plötzlich. Deshalb denke ich, du könntest jetzt das Nächste aussuchen. Es ist deine Schuld, dass ich überhaupt diese Liste habe, und anscheinend bist du ja sowieso immer dabei.«

Cole sah mich an, offenbar war er sich nicht sicher, ob ich es ernst meinte. Dann fing er an zu lachen.

Und lachte immer lauter.

»Hör auf!« Ich stieß gegen seine Schulter und versuchte, böse auf ihn zu sein. Aber je mehr er lachte, desto schwieriger fiel es mir, und schließlich grinste mein Mund praktisch von allein. »Okay! Dann such es eben nicht aus. Ich muss ja auch nicht mit dieser blöden Liste weitermachen.«

»Was wäre denn geeignet?«, fragte er, nachdem er sich wieder einigermaßen gefasst hatte.

»Hä?«

»Was ist es wert, auf die Liste zu kommen? Welche Kriterien gibt es?«, erläuterte er.

»Tja …« Ich dachte einen Moment lang angestrengt nach. »Es muss etwas sein, das mein Herz schneller schlagen lässt und jede Menge Adrenalin freisetzt.«

»Na, das ist offensichtlich ein Muss«, neckte er mich. Ich verdrehte die Augen.

»Es sollte etwas sein, das mich hundertprozentig packt und mich alles andere vergessen lässt. Etwas, das jeden Gedanken auslöscht und den Schmerz einfach wegfegt.«

»Den Schmerz?«

»Ich meine, äh …« Verzweifelt versuchte ich zurückzurudern. Innerlich verfluchte ich mich dafür, dass ich so ehrlich gewesen war. »Ich meine damit alles, was mich belastet – wenn ich beispielsweise einen schlechten Tag habe, den ich einfach nur vergessen will. Es geht mir um eine Erfahrung, die alles andere verdrängt. Verstehst du?«

»Klar versteh ich das.« Coles Augen flackerten. Er musterte mich, als wollte er mich etwas fragen, behielt es dann aber doch für sich. »Ich glaube, mir wird schon etwas einfallen. Hab ich ein bisschen Zeit nachzudenken?«

»Klar«, antwortete ich lässig, obwohl ich innerlich kurz davor war auszuflippen.

Wir arbeiteten noch eine ganze Stunde an dem Puzzle. Aber heute schnitt Cole das Thema Musik an, und daraus entwickelte sich ein angeregtes Gespräch. Schon bald wurde mir klar, dass wir viel mehr gemeinsam hatten, als ich anfangs gedacht hatte.

»Wolltest du nicht surfen gehen?«, fragte ich, als ich plötzlich bemerkte, dass die Sonne den Nebel vertrieben hatte.

»Das kann ich auch morgen noch machen«, antwortete er leichthin. »Heute hänge ich lieber mit dir rum.«

Ich starrte reglos auf das Puzzle. Ich wollte nicht, dass er mit mir rumhing, denn ich wünschte es mir viel zu sehr.

»Und warum machst du jetzt ein Gesicht, als müsstest du dich übergeben?«

»Ich, äh …«, stotterte ich. Am liebsten wäre ich aufgesprungen und weggelaufen. Aber ich hatte kein Auto und hätte auch nicht gewusst, wohin. »Ich, äh …«

»Schon okay«, beruhigte er mich mit einem amüsierten Kopfschütteln. »Wenn du lieber für dich sein möchtest, dann sag es einfach. Ich hätte dich nur ungern alleingelassen, bis Peyton irgendwann heute Abend zurückkommt. Aber ich kann auch Freunde besuchen.«

»Sorry. Ich benehme mich dämlich. Vermutlich ist mir einfach noch nicht klar, wie ich mich in deiner Nähe verhalten soll.«

»Du sagst sehr seltsame Dinge, ehrlich. Kein Wunder, dass ich dich manchmal nicht verstehe«, meinte er mit einem leisen Lachen. »Sei doch einfach du selbst, Emma. Entspann dich. Ich werde dir nicht weh tun.«

Aber ich vielleicht dir.

Allerdings würde heute Abend Peyton zurückkommen. Wie viel Schaden konnte ich innerhalb eines einzigen Tages wohl anrichten? Cole mochte mich kaum, da musste es für mich doch möglich sein, einen Tag lang die Anziehung zu ignorieren, die er auf mich ausübte. Nur einen einzigen Tag!

»Okay«, gab ich seufzend nach. »Woran hast du gedacht?«

Er sprang von der Couch. »Lass uns in den Zoo gehen.«

»In den Zoo?«, fragte ich stirnrunzelnd.

»Ich bin kein Typ, der auf Fallschirmspringen und Dragracing steht, Emma. Das hab ich dir doch schon gesagt. Also – gehen wir in den Zoo!«

Stunden später kamen wir zurück, vollgefressen mit Pommes und Eis.

»Das war gar nicht so schlecht, oder?«, meinte Cole und warf seinen Schlüssel auf den Tisch.

»Nein.« Ich lachte. »Ich hätte nie gedacht, dass ich mal eine Giraffe füttern würde, also – vielen Dank!« Eine Pause entstand, und Cole grinste sein absurd schiefes Grinsen. Mit diesen Lippen, die in mir den Wunsch weckten, ihn zu …

»Ich glaube, ich geh eine Runde laufen.« Nach einem ganzen Tag mit Cole brauchte ich eine Entgiftungstherapie. Jedes Mal, wenn sein Arm unterwegs zufällig meinen gestreift hatte, war ein Prickeln über meine Haut gelaufen, das ich noch immer spürte. Und natürlich waren wir durch einen der hübschesten Zoos der Welt geschlendert, was den Drang, Coles Hand zu halten, noch gesteigert hatte. Mein Kopf schwirrte, mein moralischer Kompass war außer Rand und Band. Ich musste weg von diesem Typen.

»Ich werfe in der Zwischenzeit was auf den Grill«, verkündete er. »Wenn du zurückkommst, gibt es Abendessen.«

Ich verschwand den Strand hinunter, während er auf der Terrasse den Grill anheizte.

Seit ich nach Kalifornien gezogen war, hatte ich keinen Menschen wirklich an mich herangelassen. Nicht einmal meine Mitbewohnerinnen kannten mich richtig.

Im ersten Studienjahr hatte ich praktisch wie eine Einsiedlerin gelebt – ich hatte mich von jedem Menschen und jedem Gefühl abgeschottet. Dieses Jahr strengte ich mich an, die Kontrolle zu behalten, und hatte sie trotzdem schon mehrmals verloren. Zufällig hatte es genau an dem Abend angefangen, an dem Cole in mein Leben getreten war. Und jetzt … jetzt fühlte ich auf einmal wieder etwas. Viel zu viel. Und ich hatte Angst. Schreckliche Angst davor, was als Nächstes passieren könnte, wenn ich all die Gefühle nicht wieder ins Dunkel zurückschieben konnte, wo sie hingehörten.

Wir sind genauso schlimm wie die anderen, mit all unseren Lügen und Täuschungen. Wir zerstören das Leben anderer Menschen.

Ich stieß meine Füße fest in den Sand und zwang meine Beine, sich schneller zu bewegen. Die Stimmen in mir mussten verstummen, sie erinnerten mich an all die Gründe, weshalb ich es nicht wert war, einen anderen Menschen in meine Nähe kommen zu lassen. Unter ihnen auch meine eigene Stimme. Ich kämpfte um Fassung, um Kontrolle, die mir mit jedem keuchenden Atemzug weiter entglitt, aber selbst als ich stolpernd stehen blieb, wusste ich, dass ich meinem eigentlichen Selbst nicht davonlaufen konnte.

»Du nimmst dich ganz schön hart ran«, bemerkte Cole, als ich schwer atmend unter der Terrasse stand. Erschrocken blickte ich auf. »Ich mache Hähnchen. Für Sandwiches. Ist das okay?«

»Klar«, antwortete ich, während ich mich zu erholen versuchte. Langsam stieg ich die Treppe empor und zog auf der Terrasse meine sandigen Schuhe aus. Dann ging ich weiter ins Gästezimmer, um zu duschen. Vielleicht würden sich die Gefühle, die sich in mir regten, ja wegwaschen lassen.

Später saßen wir auf der Terrasse und blickten aufs Meer hinaus. Schweigend. Mir fiel auf, wie viel unserer gemeinsamen Zeit wir bisher so verbracht hatten. Cole stellte mir keine Fragen über mich. Er erlaubte mir, ihm das zu erzählen, was ich wollte. Ihn störte die Stille nicht. Aber mich.

Ohne ablenkendes Gespräch war ich mir seiner einfach zu deutlich bewusst. Alles an ihm nahm ich wahr. Seinen versunkenen Blick aufs Meer, der sich in seinen ruhigen Augen widerspiegelte. Seine entspannte Haltung, in der er dasaß, die Füße lässig auf die untere Stange des Geländers gelegt. Die mühelose Kraft, die von seinem Körper ausging. Wenn wir so ruhig dasaßen, entfaltete sich zwischen uns eine Energie, die ich so noch nie erlebt hatte.

Nach dem Essen kehrten wir auf die Couch zurück und beschäftigten uns wieder mit dem Puzzle, das immer mehr der Bergszenerie mit den Wolkenfetzen am strahlend blauen Himmel ähnelte, die auf dem Deckel der Schachtel abgebildet war.

»Das hat wirklich einen großen Suchtfaktor«, bemerkte ich, während ich eine weitere Gruppe von Teilchen zusammenfügte. »Ich versteh es selbst nicht, aber ich kann einfach nicht aufhören. Vielleicht ist es das: Man muss das Bild unbedingt fertig machen, ganz egal, wie schwierig es ist.«

»Vielleicht liegt es eher daran, dass man, wenn man alles richtig zusammengesetzt hat, etwas so Wunderschönes vor sich hat.« Ein leichter Schauer lief mir über den Rücken, als ich aufblickte und sah, dass seine blauen Augen auf mir ruhten.

»Ich glaube, jetzt weiß ich den nächsten Punkt auf deiner Liste«, sagte er leise und nahm mich gefangen mit seinem Blick.

»Ja?«, flüsterte ich fragend.

»Etwas, das dein Herz schneller schlagen lässt«, fuhr er fort. »Etwas, wodurch du alles andere um dich herum vergisst. Ich könnte mich irren, aber ich glaube, ich weiß, was das ist.«

»Ja?«, wiederholte ich leise, und mein Puls raste. Alles um uns herum kam zum Stillstand, er war nur ein paar Zentimeter von mir entfernt. Ich fokussierte mich ganz auf die intensive Farbe seiner Augen, unfähig, mich zu rühren, bis ich seinen Atem auf meinem Gesicht spürte, ein leichtes Kitzeln. Ich schloss die Augen, und seine Lippen berührten sanft, ganz sanft meinen Mund. Alles andere hörte auf zu existieren, es gab nur noch diese Zärtlichkeit, diesen Kuss, die langsame Bewegung seiner Lippen auf meinen. Ich dachte nicht nach, ich war erfüllt von dem Prickeln, das wie ein Rausch durch meinen Körper jagte. Als er sich zurückzog, hielt ich die Augen noch eine ganze Weile geschlossen, völlig hingerissen.

Dann hob ich meine Lider, und er wartete schon auf mich, die Mundwinkel zu einem neckischen Lächeln verzogen. Ich atmete aus und ließ mich auf die Couch zurücksinken.

»Das war absolut listenwürdig.« Meine Stimme klang brüchig. Ganz allmählich schwächte sich das berauschende Prickeln ab. »Es wird nicht leicht, das zu überbieten.«

Cole lachte.

An diesem Abend lag ich noch lange wach im Bett. *Ich kann das nicht* – diese Worte gingen mir gebetsmühlenartig durch den Kopf, und mit jedem untätigen Augenblick wuchs meine Panik. Schließlich setzte ich mich auf und fixierte die Tür.

Unentschlossen fuhr ich mir mit den Fingern durch die Haare und kaute auf der Unterlippe herum. Ich musste gehen. Weg von hier. Weg von ihm … und diesem Kuss. Von diesem Kuss, der ein Verlangen in mir geweckt hatte, das ich nicht unterdrücken konnte. Ich sehnte mich danach, etwas zu fühlen, die bodenlose Leere zu füllen, die sich in mir aufgetan hatte, als ich Weslyn verließ. Ich wollte etwas fühlen … irgendetwas. Selbst wenn es falsch war.

Schließlich kroch ich aus dem Bett und beschloss, Cole zu bitten, mich zu Peyton zu fahren. Sie und Tom hatten erst spät aus Catalina zurückkommen wollen, aber inzwischen waren sie bestimmt wieder da. Es kümmerte mich nicht, dass es mitten in der Nacht war. Die Fahrt dauerte nur fünfzehn Minuten.

Ich zog mich an und stellte meine Tasche im Wohnzimmer ab, bevor ich zu Coles Zimmer ging. Ich blieb eine volle Minute vor der Tür stehen und nahm heftig atmend all meinen Mut zusammen. Schließlich schaffte ich es, die Hand zu heben und leise zu klopfen.

»Cole?«, rief ich. Falls er nicht reagierte, konnte ich immer noch kehrtmachen und in mein Zimmer zurückgehen. So wartete ich vor seiner Tür, das reinste Nervenbündel. Was zur Hölle dachte ich mir bloß dabei?

»Ja«, antwortete er. »Du kannst ruhig reinkommen.«

Ich schluckte schwer und öffnete die Tür. »Bist du wach?« Gab es eine dümmere Frage?

»Was ist los?«, fragte er. Im Dunkeln sah ich seine Silhouette; er lag, auf den Ellbogen gestützt, im Bett. Ich machte zwei Schritte ins Zimmer, dann blieb ich wie angewurzelt stehen.

»Ich kann nicht schlafen«, erklärte ich kleinlaut und zupfte am Saum meines T-Shirts herum. »Und, äh …« Der Satz, den ich in meinem Kopf so oft geprobt hatte – *ich muss gehen* –, wollte mir nicht über die Lippen.

Cole musterte mich einen Moment lang schweigend. »Leg dich doch zu mir, Emma.«

Ich zögerte.

»Du brauchst ja nicht zu mir unter die Decke zu kriechen«, schlug er vor. »Wir unterhalten uns einfach ein bisschen, vielleicht schläfst du dann ein.«

»Okay«, stieß ich heiser hervor und näherte mich vorsichtig dem Bett. Es roch nach ihm. Er rutschte ein Stück zur Seite, damit ich genügend Platz hatte. Ich ignorierte mein laut protestierendes Gewissen, strich die Decke glatt und legte mich darauf.

Cole war nur bis zur Taille zugedeckt, so dass ich die Konturen seines breiten Brustkorbs deutlich sehen konnte, als er sich auf die Seite rollte, um mich anschauen zu können. Ich entschied mich dafür, auf dem Rücken liegen zu bleiben und an die Decke zu starren, denn ich fürchtete, wenn ich ihn direkt ansah, würde ich die Nerven verlieren und nicht mehr fähig sein, auch nur einen einzigen zusammenhängenden Satz zu bilden.

Einen Augenblick lang sagte er nichts, dann flüsterte er: »Wir müssen auch nicht unbedingt reden.«

Aber ich wusste, dass ich ihm eine Erklärung schuldig war. Schließlich hatte ich mitten in der Nacht an seine Tür geklopft.

»Sorry«, murmelte ich. »Ich bin so durcheinander.«

»Durcheinander?«

»Cole, ich möchte nicht, dass du mich magst«, gestand ich atemlos.

Er reagierte nicht, und auf einmal fühlte ich mich sehr verletzlich. Als ich mich ihm zuwandte, sah ich, dass ihm meine Erklärung nicht genügte. Er musterte mich so eindringlich, dass ich den Blick abwenden musste.

»Ich … ich habe Angst«, hauchte ich und biss mir, erschrocken über meine eigene Ehrlichkeit, sofort auf die Zunge.

»Hast du Angst, dass ich dir weh tue?«, fragte er mit leiser, beschwichtigender Stimme.

»Nein, dass *ich* dir weh tue«, erwiderte ich. »Ich bin so verkorkst. Total verkorkst. Ich kann … ich kann nicht mit dir zusammen sein. Ich kann keine Nähe zulassen. Und …«

»Emma«, unterbrach er mich. »Das ist okay.«

Ich drehte mich zur Seite, zitternd, aber ich musste sein Gesicht sehen.

»Du verstehst das nicht«, fuhr ich verzweifelt fort und presste die Arme auf meine Brust. »Ich sollte nicht hier sein. Es erfordert meine ganze Willenskraft, nicht aus der Tür zu rennen. Das ist alles, woran ich gedacht habe, seit wir uns begegnet sind – dass ich dich in Ruhe lassen muss. Weil es das ist … was ich tun sollte.« Ich verkrampfte mich, der Schmerz in meiner Brust wurde immer stärker. »Ich bin ein schrecklicher Mensch.«

»Das bezweifle ich«, flüsterte er zurück. »Aber wenn du gehen musst, dann tu es, Emma. Ich verlange nichts von dir. Ich mag es so, wie es zwischen uns ist. Ich stelle keine Ansprüche. Also, wenn du es über dich bringst … nur diese Woche, dann würde ich mich freuen, wenn du nicht weggehst.«

Ich wollte ihn berühren. Mit der Hand über sein markantes Kinn streichen. Mein Gesicht an seinen Hals schmiegen und mich von seinem Geruch umhüllen lassen. Ihm erlauben, die Arme um mich zu legen, so dass meine Haut mit diesem Prickeln zum Leben erwachte, das seine Berührung in mir auslöste. Aber ich tat es nicht. Verschlossen und starr blieb ich auf der Seite liegen, nur den Blick konnte ich nicht von ihm abwenden.

»Was meinst du? Bleibst du, Emma?«, flüsterte er und streichelte sanft mit dem Handrücken über meine Wange. Ich schloss die Augen, mein ganzer Körper zitterte.

»Ja, ich bleibe«, antwortete ich kaum hörbar. Und dann lag ich neben ihm und nahm die Energie in mich auf, die auch jetzt wieder zwischen uns aufkeimte.

10

vorhErseh*bar*

Ich wusste, dass ich die Augen aufmachen sollte. Ich konnte das Licht fühlen, das durch meine Lider drang. Aber es war so gemütlich hier unter der warmen Decke, mit Cole neben mir. Ich blinzelte zu ihm hinüber. Er sagte nichts, lag nur da und beobachtete mich mit dem Hauch eines Lächelns.

Seine Haut schien zu strahlen in dem Licht, das durch die große Glastür hinter ihm fiel, wie immer lag ein sanfter Farbhauch auf seinen hohen Wangenknochen. Am liebsten hätte ich sie berührt, sie waren bestimmt ganz warm – aber ich widerstand der Versuchung.

Ich lag immer noch auf Coles Bettdecke, allerdings mit einer Wolldecke. Er lag mit nacktem Oberkörper unter den Laken.

»Kann ich dich was fragen?« Sein minziger Atem stieg mir in die Nase. Ich schüttelte den Kopf und machte den Mund fest zu. »Musst du dir erst die Zähne putzen?« Ich nickte, und er lachte. »Das Bad ist gleich da drüben.«

Ich überlegte, ob ich meine Zahnbürste aus meiner Tasche im Wohnzimmer holen sollte, aber nach kurzem Zögern entschied ich mich dafür, hier zu bleiben, und putzte mir mit dem Finger die Zähne. Dann kletterte ich wieder ins Bett zurück. Cole wartete geduldig.

»Jetzt kannst du fragen«, ermutigte ich ihn und legte den Kopf aufs Kissen.

»Warum hast du mich an dem Abend damals versetzt?«

Ich zögerte. Es schien mir schon so lange her zu sein. »Ich hab mir ein Tattoo stechen lassen.« Noch näher konnte ich der Wahrheit nicht kommen.

»Und das hatte nicht Zeit bis zum nächsten Tag?«

»Nein.«

Er sah mir tief in die Augen und nickte schließlich.

»Darf ich es sehen?«

Ich schob mein Shirt ein Stück hoch, damit er die Tätowierung über meiner Hüfte in Augenschein nehmen konnte.

Cole studierte sie eingehend, zog mit den Fingern die Mondsichel nach, fuhr nachdenklich über das friedliche männliche Profil, die geschlossenen Augen. Seine Berührung hinterließ eine prickelnde Spur auf meiner Haut, mein Atem bebte.

»Was hat das zu bedeuten?«

»Ich musste mich an eine bestimmte Zeit erinnern«, erklärte ich.

»Sieht aus, als hätte es weh getan«, stellte er fest, ohne die Augen abzuwenden, und versuchte, den Schriftzug am Rand des Bildes zu entziffern.

»Nicht genug«, murmelte ich leise.

»Du sagst wirklich die seltsamsten Dinge.« Es klang fast bewundernd. Behutsam legte er seine Hand auf meine nackte Haut.

Ich zuckte schüchtern die Achseln.

»Machst du heute etwas ganz Vorhersehbares mit mir?« Die Wärme seiner Hand kreiste unter meiner Haut. Mein Körper summte. *Alles*. Aber ich kannte die richtige Antwort auf seine Frage.

»Ja, ich gehe gern mit dir surfen.«

Er lachte, setzte sich auf, und als sich seine Hand von meiner Haut löste, nahm sie das Knistern mit – und in mir war es wieder dunkel und leer.

An diesem Tag schaffte ich es kaum ins Wasser. Zuerst erklärte Cole mir die Bewegungsabläufe an Land, und als er mir dann endlich erlaubte, ein Brett mit ins Meer zu nehmen, ging es hauptsächlich darum, wie ich darauf liegen oder sitzen und wann ich lospaddeln sollte, um eine Welle zu erwischen. Nicht ein einziges Mal ließ er mich auch nur *versuchen*, auf dem Brett zu stehen. Aber das »Vorhersehbare« weckte mein Interesse, also stimmte ich gerne zu, am folgenden Tag noch einmal herzukommen.

Als Peyton mich an diesem Abend anrief, um zu fragen, wann sie mich abholen sollte, schloss ich mich ins Gästezimmer ein und erklärte ihr, meinetwegen könne sie die ganze Woche allein mit Tom verbringen. Natürlich formulierte ich es so, als täte ich ihr einen Riesengefallen, und versuchte, desinteressiert zu klingen, als sie mich fragte, wie Cole und ich miteinander klarkämen. Ich wusste, es war nicht die richtige Entscheidung. Aber ich konnte nicht weggehen. Noch nicht.

Jeden Morgen ging ich ein paar Stunden mit Cole in etwas ruhigerem Wasser surfen. Im Anschluss daran bestand ich darauf, dass er an einem seiner üblichen Spots surfte, damit er auch auf seine Kosten kam. Am dritten Tag konnte ich mich aufrichten und die Balance zumindest … ganz kurz halten.

An den Nachmittagen arbeiteten wir an unserem Puzzle, lasen, oder ich ging joggen. Abends lag ich neben Cole auf der Decke. Ehe er die Augen zumachte, ließ er seine Hand eine Weile auf meinem Tattoo ruhen, als könnte er die dort eingestochenen Worte aufsaugen. Immer wieder fuhr er mit den Fingern die Umrisse nach, immer wieder erschauerte ich unter seiner Berührung. Die Funken, die dabei übersprangen, warfen flackerndes Licht in mein Dunkel, und ich bemühte mich, das Prickeln festzuhalten, auch nachdem er seine Hand längst weggezogen hatte.

Wenn Cole eingeschlafen war, schlich ich ins Gästezimmer zurück. Nach der ersten Nacht wachte ich nie wieder neben ihm auf –

auf diese Weise wollte ich Schuldgefühle vermeiden. Leider funktionierte es nicht. Ich hätte einfach weggehen sollen.

Cole fragte mich nie, warum ich mich jede Nacht davonschlich. Und er versuchte auch nie wieder, mich zu küssen.

»Du warst heute ziemlich gut.« Nach einem komplett im Wasser verbrachten Tag bogen wir in die Auffahrt ein. »Sei nicht so streng mit dir, Surfen erfordert eine Menge Übung.«

»Ich sehe, wie viel besser es noch werden kann, wenn ich dich und die anderen Jungs beobachte. Ich wäre eben auch gern schon so weit.«

»Du brauchst ein bisschen Geduld«, beschwichtigte er mich. »Falls du überhaupt weißt, was das ist.«

»Oh, du bist ja so witzig!«, stöhnte ich, und er lachte.

»Emma!«, hörte ich Peytons Stimme, als ich aus dem Auto stieg. Ich drehte mich um und sah sie vom Gehweg auf uns zukommen, dicht gefolgt von Tom. »Wo wart ihr denn? Wir wollten euch vorhin besuchen, aber ihr wart nicht da.«

»Surfen.«

»Du bringst ihr Surfen bei?«, fragte Tom. Cole nickte und holte die Surfbretter vom Dach seines Geländewagens. Mir fiel Peytons Teint auf. Offensichtlich war sie wild entschlossen, braungebrannt aus den Ferien zu kommen – trotz des kühlen Wetters.

»Wir wollten fragen, ob ihr vielleicht Lust habt, heute auszugehen – es ist schließlich unser letzter Abend. An einem Privatstrand ganz in der Nähe von uns findet eine Party statt.«

»Meinetwegen.« Ich zuckte gleichgültig die Achseln.

Tom warf Cole einen Blick zu, und er nickte zustimmend.

Dann folgten sie uns ins Haus.

»Ihr wart also surfen … und habt ein Puzzle zusammengesetzt«, bemerkte Tom etwas verwundert, während er auf einem Sessel Platz nahm. »Das klingt echt aufregend.«

»Ich geh duschen«, verkündete ich. Peyton folgte mir ins Gästezimmer.

»Also … ihr zwei kommt ja echt gut miteinander klar«, stellte sie mit einem vielsagenden Lächeln fest.

»Es ist nicht so, wie du denkst«, schnaubte ich und zerrte frische Klamotten aus meiner Reisetasche.

»Wie denn dann?«

»Wir kommen einfach nur gut miteinander klar«, antwortete ich ausdruckslos.

»Das sieht man«, sagte sie ein bisschen spöttisch. Ich verdrehte die Augen, ging ins Bad und ließ Peyton mit ihrem anstößigen Lächeln allein.

Die Party war gut besucht, laut und nach der ruhigen Woche mit Cole ein ziemlicher Schock für mich. Als ich zum x-ten Mal angerempelt wurde, sah Cole mich an und fragte: »Magst du ein Stück spazieren gehen?«

»Ja«, antwortete ich, ohne zu zögern.

Wir schlenderten am Strand entlang und entfernten uns immer weiter von den ausgelassenen Stimmen und der lauten Musik. Das also war nun unser letzter Abend. Und keiner von uns beiden hatte den Mut, es auszusprechen.

Coles Arm streifte meinen, und ich erzitterte so heftig, dass ich hätte schwören können, einen Funken gesehen zu haben. Cole hielt abrupt inne, als hätte auch er etwas gespürt.

»Wollen wir uns hinsetzen?«, schlug er vor, und ich nickte stumm.

Eine Weile saßen wir schweigend nebeneinander, meine Schultern lockerten sich, und die Ruhe hüllte uns in ihre tröstliche Umarmung.

»Hast du je das Bedürfnis, in dein Auto zu steigen und einfach loszufahren, immer weiter?«, fragte ich schließlich, ohne den Blick von dem im Mondlicht schimmernden Meer abzuwenden.

»Wie würdest du wissen, wann du anhalten solltest?«, fragte Cole herausfordernd. Wir saßen so dicht beieinander, dass sich unsere Arme beinahe berührten.

»Vermutlich, wenn ich etwas sehe, für das es sich anzuhalten lohnt«, antwortete ich und war mir der Hitze, die von unseren Körpern ausging, mehr als deutlich bewusst.

»Ich frage mich, wie lange du fahren müsstest, bis das passiert«, meinte Cole nachdenklich und fügte nach einer kurzen Pause hinzu: »Warum machst du eigentlich die Sachen auf deiner Liste – vor allem, da du doch gar keine Liste hast?«

Ich lächelte, wurde aber gleich wieder ernst. »Damit ich weiß, dass ich lebe.«

»Du bist die lebendigste Person, die mir je begegnet ist«, erwiderte er leise. Ich hob den Kopf und sah, dass er mich durchdringend musterte.

Das flackernde Licht in seinen Augen zog mich in seinen Bann, zwischen uns knisterte es stärker, und meine Brust hob sich mit einem heftigen Atemzug.

»Warum hast du mich nie wieder geküsst?«, flüsterte ich und wünschte mir, er würde sich zu mir beugen.

»Weil ich Angst habe, dich zu küssen«, gestand er. Seine Worte schwebten durch die Stille. »Ich habe Angst, dass ich nicht mehr aufhören kann, wenn ich dich küsse. Jedes Mal, wenn wir uns berühren, spüre ich, wie du dich anspannst, und ich möchte dich nicht dazu bringen, dass du weggehst, um keinen Preis. Ich habe Angst, dass alles vorbei ist, wenn wir wieder am College sind. Ich weiß, wir vermeiden es beide, darüber zu reden. Aus dem gleichen Grund, aus dem wir auch das Puzzle nicht schon vor drei Tagen fertig gemacht haben. Weil es dann vorbei ist. Bist du schon bereit dafür?«

Ich versuchte einzuatmen, aber nichts bewegte sich. Kein Laut kam über meine Lippen. Stumm starrte ich in seine Augen und flehte mich an, *irgendetwas* zu sagen.

»Was macht ihr denn da?«, rief Peyton. Wenn sie ein paar Bier getrunken hatte, klang ihre ohnehin burschikose Stimme noch lauter als sonst. Cole und ich zuckten zusammen und wandten uns zu ihr um. »Oooh, hab ich euch gestört?« Sie hielt sich den Finger an die Lippen, als ermahnte sie sich selbst, leiser zu sein. Aber es war zu spät.

Am nächsten Morgen fuhren wir schweigend zurück, und mit jeder Meile wurde die Anspannung größer. Unsere Ferienwoche war zu Ende, aber ich brachte es immer noch nicht übers Herz, das laut auszusprechen. Hin und wieder spürte ich Coles Blick auf mir ruhen. Es würde so schwierig für mich sein, das Richtige zu tun.

Die Wolken hingen tief, und als wir in der Stadt ankamen, öffnete der Himmel seine Schleusen. Ich ließ das Fenster herunter, streckte den Arm hinaus, um den warmen Frühlingsregen auf der Haut zu spüren, und atmete die feuchte, nach frisch gemähtem Gras und erdigen Blumen duftende Luft tief ein.

Als Cole an einer roten Ampel nicht weit von meinem Haus anhielt, öffnete ich rasch meine Tür und trat in den Regen hinaus.

Ich will dein Leben nicht auch noch zerstören.

Meine Abschiedsworte von damals hallten in meinem Kopf wider, als ich ohne einen Blick zurück die Straße überquerte. Der Regen wurde immer stärker, und mein Shirt war im Nu durchnässt. Kurzentschlossen zog ich meine Schuhe aus und ging barfuß weiter, ließ das kühle Wasser über meine Zehen, über Haare und Gesicht rinnen und von mir hinabtropfen.

Ich war noch ein paar Blocks von unserem Haus entfernt, als ich hinter mir eilige Schritte durchs Wasser platschen hörte. Ich drehte mich um und entdeckte Cole, der schwer atmend ein kleines Stück von mir entfernt stehen geblieben war. Sein Anblick – das Shirt, das an seinem muskulösen Brustkorb klebte, die nassen, jetzt dunkler wirkenden blonden Haare – ließ mich lächeln.

Ich beobachtete, wie das Wasser über seine Nase und seine wunderschönen vollen Lippen lief. Ich wusste, was ich eigentlich tun sollte. Aber er war so nah, er blickte so intensiv zu mir herunter, und ich sehnte mich so danach, dass seine Funken Besitz von mir ergriffen, dass sie die Leere, die mich innerlich zerfraß, ausfüllten. Ich verzehrte mich nach der Wärme seiner Berührung, nach dem Rausch unserer Verbindung. Ganz gleich, ob ich es verdient hatte oder nicht. Ganz gleich, ob er für mich der Falsche war. Ich konnte nicht länger widerstehen.

Ich trat auf ihn zu, legte endlich die Hände auf seine Wangen, um ihre Wärme zu spüren, und drückte meine Lippen so fest auf seine, dass es fast weh tat. Cole packte meine Taille und zog mich an sich. Ich schlang die Arme um seinen Hals. Unsere Lippen glitten übereinander, und ich spürte die Berührung wie einen Stromstoß durch meinen Körper schießen. Ich war vollkommen überwältigt.

Verlangen verdrängte den Schatten, nichts anderes zählte mehr. Nicht die Stimme, die mir erklärte, dass es falsch war. Nicht die Schuldgefühle. Nicht die Warnungen, die in meinem Kopf widerhallten. Ich schob alles beiseite und überließ dem verzweifelten Verlangen die Oberhand.

Keuchend beendete ich den Kuss, packte Coles Hand und zog ihn hinter mir her Richtung Haus. Gemeinsam rannten wir durch den Regen.

Vor der Haustür blieb ich stehen und wandte mich wieder zu ihm um, küsste ihn mit einem solchen Verlangen, dass mein ganzer Körper pulsierte. Sein Mund war noch auf meinem, als ich die Tür öffnete, und er schloss sie blind hinter sich, ganz auf mich konzentriert, darauf, mich zu berühren. Ich riss mich los und rannte die Treppe hinauf, er folgte mir dicht auf den Fersen.

Noch bevor wir meine Zimmertür erreichten, hatte ich mir mein T-Shirt über den Kopf gezogen, Cole warf seines ab, während er die Tür hinter sich schloss und mich dagegendrückte. Ich ließ meine Schuhe fallen, die ich immer noch in der Hand hielt, und dann wanderte seine Zunge über meinen nassen Hals, so zärtlich, dass ich leise, halberstickt aufstöhnte. Er griff mit einer Hand nach dem Verschluss meines BHs und hakte ihn auf, unsere nassen Körper glitten übereinander, während unsere Lippen sich unersättlich immer wieder von neuem suchten und fanden.

Ich küsste seinen Hals, als auch er seine Schuhe von sich schleuderte, dann umfassten seine starken Hände mein Gesicht, er beugte sich zu mir und küsste mich, bis ich die Lippen öffnete und seine Zunge spürte. Forschend wanderten seine Hände über meine Hüften, in den Bund meiner Jeans. Als ich es endlich geschafft hatte, den Reißverschluss nach unten zu zerren, zog Cole sie mir von den Beinen. Nackt stand ich vor ihm. Mit einer raschen Bewegung hob er mich hoch, ich schlang meine Beine um ihn und stieß mit dem Rücken so unsanft gegen die Tür, dass ich nach Luft schnappte.

Cole trug mich zum Bett, legte mich sanft auf die Decke und ließ seinen Blick über meinen Körper schweifen, während er seine Hosentaschen nach einem Gummi durchsuchte und dann seine Shorts zu Boden fallen ließ. Ich biss mir vor Ungeduld auf die Lippen. Er riss die Verpackung auf, zog mich an den Hüften nach oben und drückte seine Knie gegen die Bettkante. Ich atmete tief ein und griff nach seiner Hand, als er langsam auf mir niedersank und in mich eindrang. Mit immer tieferen Bewegungen erforschte er mich, und ich umklammerte seinen harten, muskulösen Rücken. Die Erregung ergriff alle meine Sinne, ich fühlte nichts anderes mehr, sie war alles, was ich brauchte, sie durchströmte jede Zelle meines Körpers. Keine Leere mehr – ich hätte alles darum gegeben, niemals wieder von ihr verschlungen zu werden.

Ich zitterte am ganzen Körper, Cole bewegte sich schneller, und plötzlich strafften sich meine Beine, und ich kam laut stöhnend zum Höhepunkt. In einem einzigen Atemzug löste ich mich auf. Mit einem kaum hörbaren Stöhnen gab auch Cole sich hin, spannte sich an, erstarrte fast – und sank dann über mir zusammen. Atemlos ineinander verschlungen, lagen wir da. Nach einer Weile hob Cole den Kopf, um mich anzusehen. Die Röte in seinen Wangen hatte sich über Hals und Nacken ausgebreitet, und ich strich mit der Hand darüber.

»Dann … magst du also den Regen?«, fragte er mit einem Funkeln in den Augen.

Ich lachte, denn ich hatte nicht damit gerechnet, dass ausgerechnet das seine ersten Worte sein würden seit unserer Abfahrt aus Santa Barbara. »Ja, du etwa nicht?«, fragte ich und strich mit den Lippen über sein Kinn. Mein Puls raste noch immer.

»Nein«, erwiderte er mit einem leisen Lachen. »Ich glaube, ich *liebe* den Regen.« Er küsste mich unendlich zärtlich, dann legte er den Kopf auf meine Brust. »Ich bin noch nicht bereit dafür, dass dies hier zu Ende ist, Emma.«

»Em«, brüllte Peyton in diesem Moment von draußen. »Em, bist du da?« Der Türknauf bewegte sich.

Ich erstarrte, und auch Cole hob unruhig den Kopf.

»Lass sie in Ruhe!«, rief Serena die Treppe hinauf. Cole und ich sahen uns an.

»Was denn?«, fragte Peyton überrascht.

»Sie ist nicht allein.«

11

WovOr haSt du AngsT?

freust du dich auf die Kanutour am Wochenende?«, fragte Sara vom Computerbildschirm und vermittelte mit ihrem lebhaften Lächeln und ihren blitzenden Augen genau die Begeisterung, die mir fehlte. »Hast du nicht gesagt, das ist eine Riesensache?«

»Ja, das hat man mir zumindest gesagt«, antwortete ich mit einem leichten Nicken. »Anscheinend erobern die Studenten von Stanford und ein paar anderen Colleges das Wochenende über einen ganzen Campingplatz. Es ist eine exklusive Sache, nur geladene Gäste. Ich weiß nicht, nach welchen Kriterien eingeladen wird, aber ja, es wird bestimmt … riesig.«

»Was ist los mit dir?«, fragte Sara, die meine Angst offenbar spürte. »Du flippst doch nicht aus wegen der vielen Leute, oder? Ich dachte, das hättest du hinter dir. Warte … ist Cole der Grund?« Sie feuerte ihre Fragen auf mich ab, ohne zwischendurch auch nur Luft zu holen.

»Nein, es ist gar nichts.« Aber ich spürte, wie sich meine Brust bei den Worten zusammenzog.

»Mich kannst du nicht belügen, Emma. Ich merke es sofort, wenn du flunkerst, auch wenn du glaubst, du kommst damit durch. Es ist Cole, oder nicht?«

Ich sah vom Bildschirm weg und biss mir auf die Lippen.

»Em, es lief doch so gut die letzten zwei Monate«, fuhr Sara beruhigend fort. »Es ist okay, glücklich zu sein. Es ist okay, wenn du die Vergangenheit hinter dir lässt. Du brauchst nicht …«

Ehe sie mit ihren Beschwichtigungen weitermachen konnte, unterbrach ich sie: »Wir sollen in einem Zelt schlafen.«

Widerwillig wandte ich meine Aufmerksamkeit wieder dem Bildschirm zu. Sara schwieg.

»Ich kann nicht in einem Zelt schlafen, Sara«, fuhr ich fort, und hörte selbst die Panik in meiner Stimme. »Die Nacht mit …« Ich durfte nicht daran denken. Ich konnte nicht. In jener Nacht war ich das letzte Mal wirklich glücklich gewesen. »Ich kann einfach nicht … ich kann nicht mit Cole im Zelt schlafen.«

»Ich weiß.« Ich sah Saras verständnisvollen Blick. »Dann schlaf eben nicht im Zelt. Sag Cole, du möchtest lieber in seinem Auto übernachten. Du kannst die Rückbank umklappen und eine Luftmatratze drauflegen. Das funktioniert, ich hab es ausprobiert.« Ein verschlagenes Grinsen erschien auf ihrem Gesicht beim Gedanken daran.

»Wirklich, Sara? Das hätte ich echt nicht so genau wissen müssen!«

»Was denn? Ihr nutzt doch selbst jede Gelegenheit, um euch die Klamotten vom Leib zu reißen!«, blaffte sie scherzhaft zurück.

»Ich wusste genau, dass ich dir nichts davon hätte erzählen dürfen.«

»Aber erst dann wird es doch real«, erwiderte sie und erinnerte mich damit an den Schwur, den wir uns in der Highschool gegeben hatten – dass nichts wirklich passiert war, wenn ich es ihr nicht erzählte. Manchmal wünschte ich mir, es wäre tatsächlich so einfach – so vieles aus meiner Vergangenheit wäre damit ausgelöscht. »Ich mag das. Dass du wieder mit einem Typen zusammen bist … und wilden Sex hast.«

»Wir sind nicht zusammen«, betonte ich, »und wir sind auch nicht immer … ich meine, wir gehen auch manchmal surfen.« Ich konnte nicht weitersprechen, denn so verbrachten Cole und ich tatsächlich den größten Teil unserer gemeinsamen Zeit. Entweder lernten wir in wohltuendem Schweigen, oder wir gingen surfen, oder wir hatten wilden Sex. Ich seufzte.

»Wie auch immer. Du behauptest zwar dauernd, ihr wärt nicht zusammen, aber es ist okay, wenn ihr es seid«, stellte Sara nachdrücklich fest. »Du kannst die Vergangenheit ruhig hinter dir lassen, Em. Ich mag Cole. Schreib ihn nicht so schnell ab.«

Mein ganzer Körper verspannte sich, und ich starrte Sara an, deren Mund offen stehen blieb, als sie begriff.

»Tut mir leid, so hätte ich das nicht ausdrücken sollen.«

Genau das Gleiche hatte Sara schon mal zu mir gesagt. Damals hatte sie mich in ihrem Zimmer in Weslyn davon zu überzeugen versucht, dass ich Evan noch eine Chance geben sollte.

»Du kommst also nächsten Freitag, richtig?« Ich wechselte abrupt das Thema und versuchte, mich davon zu erholen. Aber mir war immer noch eng um die Brust.

»Ja«, erwiderte Sara und beobachtete mich aufmerksam. »Am Montag fliege ich nach Connecticut zu meiner Familie, und dann verbringe ich den Sommer bei dir in Kalifornien. Ich kann es kaum erwarten!«

Eigentlich wollte ich lächeln, aber ich schaffte es nicht. »Ich freue mich auch wahnsinnig darauf, dass du endlich wieder hier sein wirst. Dieses Quartal muss ich keine Vorlesungen besuchen, ich gehöre also hundertprozentig dir.«

»Phantastisch!«, rief Sara, und ihre gute Laune kehrte zurück.

»Ich muss los«, erklärte ich. »Packen.«

»Dieses Wochenende wird dir guttun, ganz bestimmt. Ich weiß das. Ruf mich an, wenn du wieder da bist.«

»Mach ich«, antwortete ich und zwang mich zu lächeln. »Bye, Sara.«

»Ich liebe dich, Em!«, verkündete Sara, ehe der Bildschirm schwarz wurde. Ich saß auf meinem Stuhl und starrte ihn einen Moment lang an, dann schob ich mich vom Schreibtisch weg.

»Aber wie wär's, wenn du über Nacht bleibst? Es soll ein lauer Abend werden, wir können im Freien schlafen.«

»Wie beim Campen?«

»Besser. Ich habe ein Zelt in der Garage. Wir können hier im Garten schlafen oder auf die Wiese rausfahren. Da draußen sieht der Himmel ganz besonders schön aus, weil es in der Nähe keine Lichter gibt. Was meinst du?«

»Emma! Cole ist hier!«, rief Peyton.

Ihre Stimme riss mich aus meinen Erinnerungen. Ich blinzelte die Tränen weg und holte tief Luft.

»*Wo* ist sie?«, hörte ich ihn fragen. Ehe ich mich rühren konnte, kam er schon aufs Dach geklettert. Ich hob den Kopf.

»Was machst du denn da?« Ich fuhr mit dem Finger über meinen Augenwinkel und bemühte mich, das Gefühl zu verbannen.

»Äh, abgesehen davon, dass ich mir Mühe gebe, nicht abzustürzen?« Cole rutschte neben mich, sein Atem ging etwas flach. »Ich klettere zu dir rauf.«

»Ich wollte schon runterkommen.«

»Na ja, jetzt bin ich hier, also lass mich erst mal verschnaufen.« Er beäugte die Entfernung zum Boden, rutschte ein Stück zurück und stützte die Arme auf die Knie. Offensichtlich bemühte er sich um eine lässige Haltung, doch sein angespannter Rücken verriet ihn. »Warum bist du überhaupt hier oben?«, fragte er. Dann bemerkte er meinen amüsierten Gesichtsausdruck. »Oh, du findest es also lustig, dass es mir hier oben nicht sonderlich gut gefällt?«

»Ja«, sagte ich lachend. »Komm, leg dich neben mich.«

Cole schmiegte sich an mich, und selbst bei dieser leichten Berührung erwachten meine Sinne. Er verschränkte die Hände unter dem Kopf und blickte in den dunklen Himmel empor.

»Es ist so still«, bemerkte er nach einer Weile.

»Stimmt.«

»Dann geht es dir also weniger um die Höhe als vielmehr um die Stille?«

»Ja.«

Nur leider hatte ich sie nicht gefunden. Ich fröstelte, als ich Evans Stimme aus meinen Gedanken vertrieb.

Wir sogen die Ruhe in uns auf, als könnte sie mit der kühlen Abendbrise in unsere Haut einsickern. Auf einmal fiel mir mein Gespräch mit Sara wieder ein. Was zum Teufel tat ich hier? Seit zwei Monaten kämpfte ich darum, meine Beziehung zu Cole zu beenden. Aber jedes Mal, wenn ich es versuchte, wurde ich von neuem von dem erregenden Gefühl überwältigt, das er in mir auslöste, und ich kapitulierte. Ich war unfähig, ihn zu verlassen.

»Warum willst du bei mir bleiben, Cole?«, flüsterte ich, während ich mich auf die blinkenden Lichter eines über uns hinwegfliegenden Flugzeugs konzentrierte.

»Abgesehen von der Tatsache, dass ich mich unwiderstehlich zu dir hingezogen fühle?«, neckte er mich, und ich stieß ihn mit dem Ellbogen an. »Autsch«, knurrte er und lachte.

»Ich meine es ernst.«

»Das weiß ich.« Er nahm sich zusammen und fuhr fort: »Du möchtest also wissen, warum ich in deiner Nähe sein will, obwohl ich damit rechnen muss, dass du mich eines Tages einfach sitzenlässt?«

»Hm … ja«, antwortete ich, überrascht von seiner Offenheit.

»Ich glaube, ich wache einfach jeden Morgen mit der Hoffnung auf, dass heute nicht der Tag ist, an dem du beschließt, mich zu verlassen«, antwortete er. »Ich bin kein besonders emotionaler Mensch, ich rede nicht viel über meine Gefühle, und du akzeptierst das. Wir müssen überhaupt nicht reden, und es ist trotzdem angenehm. Die meisten Mädchen wollen ständig wissen, was ich denke, fühle, möchte … Du nicht.«

»Aber ich bin so verkorkst«, wandte ich ein, ich kannte die Zerstörungskraft in mir nur zu genau.

»Das sagst du ständig. Aber so sehe ich dich nicht. Okay, du bist manchmal ein bisschen leichtsinnig und machst irgendwelche extremen Dinge, nur wegen des Nervenkitzels. Das verstehe ich zwar nicht, aber ich finde es auch nicht schlimm. Schließlich erwartest du nicht, dass ich mitmache oder so. Ich weiß nicht genug über dich und über dein Leben, um zu behaupten, du wärst verkorkst. Aber wenn du mir jemals erzählen möchtest, warum du das so fest glaubst, dann höre ich dir gerne zu. Denn ich rede zwar nicht so viel, aber zuhören kann ich gut. Wann immer du dich dazu bereit fühlst. Und ich bin gern mit dir zusammen. Beantwortet das deine Frage?«

»Ja, schon – aber was auch immer das genau zwischen uns ist, ich kann dir nicht mehr geben«, warnte ich. »Wir sind nicht zusammen. Wir ...«

»... hängen bloß gern zusammen rum«, beendete Cole meinen Satz leichthin.

Ich stützte mich auf den Ellbogen und blickte grinsend auf ihn hinunter. Cole musterte mich und fügte dann mit einem verschmitzten Lächeln hinzu: »Und da ich mich wirklich sehr zu dir hingezogen fühle, können wir doch auch manchmal ... nackt rumhängen.«

Ich setzte zu einer spielerischen Beleidigung an, aber ehe ich ein Wort herausbrachte, zog er mich an sich und verschloss meinen Mund mit seinen weichen Lippen. Ich gab nach, und einfach so lösten sich meine Zweifel in Luft auf.

Ich lehnte mich an seine muskulöse Brust, sein Kuss wurde drängender, und ich packte sein Shirt, überwältigt von dem Rausch, den er jedes Mal in mir auslöste. Er liebkoste meinen Hals, schmeckte meine Haut, und ich stöhnte auf. Vorsichtig begann er, mich auf den Rücken zu drehen, doch dann hielt er plötzlich inne.

Als ich die Augen öffnete, sah ich die Panik in seinem Gesicht – offenbar war ihm plötzlich wieder bewusst geworden, wo wir waren. Ich biss mir auf die Lippen, um nicht zu lachen.

»Wir sind auf dem Dach«, sagte er, mehr zu sich selbst als zu mir, dann fiel ihm auf, dass ich mir das Lachen verkneifen musste. »Du hättest es vermutlich großartig gefunden, hier Sex zu haben, was? Aber wir sind auf dem verfluchten Dach, Emma!«

Jetzt konnte ich mich nicht länger zusammenreißen und prustete los.

»Komm«, drängte er mit einem genervten Seufzer und rutschte auf den Ziegeln zu Megs Fenster. Immer noch lachend folgte ich ihm.

Cole fragte nicht nach, als ich ihm sagte, dass ich lieber im Geländewagen übernachten wollte als im Zelt. Letztlich war man im Auto ja auch ungestörter – und von dieser Ungestörtheit machten wir gleich in der ersten Nacht ausgiebig Gebrauch.

Auf dem Campingplatz ging es genauso verrückt zu, wie ich erwartet hatte. Jedes College hatte seinen eigenen Bereich, Stanfords war am größten. Soweit ich wusste, hatte eine Gruppe von Freunden aus unserer Universität dieses Event vor Jahren zum ersten Mal organisiert, und seither wurde es immer größer. In den letzten Jahren hatte man die Teilnehmerzahl begrenzt, um die Exklusivität aufrechtzuerhalten, aber es waren Leute von der USC, der UCLA und aus Berkeley da, die ihre Colleges mit Emblemen, Sweatshirts, Bannern und sogar Stühlen und Zelten feierten.

Als ich am ersten Morgen aus dem Fenster von Coles Geländewagen spähte, sah ich verkaterte Gestalten, die mit verstrubbelten Haaren und zusammengekniffenen Augen unterwegs zu den Duschräumen waren. Da Cole noch schlief, zog ich den Schlafsack bis zur Nase hoch, kuschelte mich in mein Kissen und starrte zu den Bäumen empor, die uns umgaben.

Du bist so schön. Mein Herz krampfte sich zusammen, als die Erinnerung mich überrollte. Ich schloss die Augen, um seine Stimme zum Schweigen zu bringen. Um das Gefühl seiner Hände zu vertreiben, die über meine Wangen streichelten. Um die Intensität auszublenden, mit der seine stahlgrauen Augen in mein Innerstes blickten.

Ich liebe dich.

Meine Unterlippe begann zu zittern. »Wie bitte?«, fragte Cole hinter mir mit schlaftrunkener Stimme. Ich erstarrte und verfluchte mich, dass mir die Worte herausgerutscht waren.

Cole wälzte sich zu mir, griff mir von hinten um die Taille und zog mich an sich, das Gesicht in meine Haare gedrückt. »Guten Morgen«, murmelte er. Mein Körper entspannte sich etwas, als ich seine warme Haut spürte, seine Berührung war wie ein tröstliches Beruhigungsmittel.

»Guten Morgen«, antwortete ich und schmiegte mich an seinen muskulösen Körper.

Coles Hand fuhr über meine Hüfte und schob meine Jogginghose nach unten. Ich strampelte sie keuchend weg, rieb mich an ihm und spürte seinen heißen Atem an meinem Ohr. Er glitt von hinten in mich, und ich stöhnte auf vor Lust.

Diese Nähe zu ihm füllte die Leere, die mein Inneres seit zwei Jahren zerfraß. Ich brauchte ihn. Ich brauchte ihn auf eine Art und Weise, die für uns beide nicht gesund war. Er war meine Droge. Und genau deswegen würde er mir niemals wirklich helfen können.

Sein Griff wurde fester, seine Muskeln zogen sich zusammen, und er drang mit einem hörbaren Ausatmen tiefer in mich ein. Mein Puls war genauso unregelmäßig wie mein Atem, ich stöhnte und packte Coles Hand, während ich ihn immer enger umschloss. Mein ganzer Körper bebte. Er hielt mich fest, umklammerte meine Hand, und dann wich langsam die Spannung aus seinem Körper. Ich spürte seinen Herzschlag an meinem Rücken.

»Das ist wirklich ein guter Morgen«, sagte er nach einer Weile, und ich lachte leise.

Als wir ein paar Minuten später aus dem Geländewagen stiegen, wurden wir von frischer Waldluft begrüßt … und von überall auf dem Boden herumliegenden Bierdosen. Vom Lagerfeuer des gestrigen Abends hing noch Rauch in der kühlen Morgenbrise.

Als wir aus den Duschräumen zurückkehrten, bereit für den Tag, trafen wir Peyton, Tom, Meg und Luke, den Typen, mit dem sie ausging. »Ihr beiden habt wohl ausgeschlafen«, bemerkte Meg. Als sie Coles noch immer geröteten Nacken sah, warf sie mir einen vielsagenden Blick zu. Ich wurde rot und schaute schnell weg, denn ich wusste, dass sie durch die Wand in unserem Haus ohnehin schon viel zu viel von Cole und mir gehört hatte.

»Wollen wir los?«, fragte Peyton munter, während Tom Eis zu den Bierflaschen in der Kühltasche packte. »Der Shuttlebus kommt in zehn Minuten.«

Cole schulterte den Rucksack mit unseren Strandtüchern und den wichtigen Dingen für unser Kanu. »Fertig«, antwortete er für uns beide. Dann griff er nach meiner Hand. Ich erstarrte. Sofort ließ er mich los und ging weiter.

Schuldbewusst verzog ich das Gesicht. Wir zeigten unsere Zuneigung nicht in der Öffentlichkeit. Wir hielten nicht Händchen und verzichteten auch sonst auf jegliches Pärchengehabe. Wir waren nicht zusammen, und das rief ich auch allen ständig in Erinnerung. Gestern hatten wir seit Santa Barbara zum ersten Mal wieder eine Nacht miteinander verbracht … aus gutem Grund. Und jetzt fürchtete ich, es könnte *kompliziert* werden, trotz unseres Gesprächs auf dem Dach.

Ich ging schneller, holte Cole ein und lief so dicht neben ihm her, dass unsere Arme sich streiften.

»Soll ich das Steuer übernehmen?«, bot ich scherzhaft an.

»Damit wir am nächstbesten Felsen enden?«, gab Cole zurück, und ein Lächeln erschien auf seinem Gesicht. »Nein, nein, ich steure. Du sitzt einfach nur vorne und … ach, ich weiß nicht. Und passt auf, dass du nicht rausfällst.«

»Sehr witzig!«, rief ich spöttisch. »Ich falle nur raus, wenn du uns zum Kentern bringst.«

Cole lachte und knuffte mich sanft. Ich grinste und war froh, dass die unbehagliche Stimmung zwischen uns verschwunden war.

Eine halbe Stunde später trieben wir den Fluss hinunter. Das Spritzen, Rufen und Lachen, vermischt mit der lauten Musik, die von mehreren Kanus dröhnte, bildete einen krassen Gegensatz zu der Schönheit der Natur, die uns umgab. Ich streckte der Sonne mein Gesicht entgegen, sog die Wärme in mich auf und fühlte mich entspannt, trotz all der Ablenkung um mich herum. Als mir plötzlich Wasser ins Gesicht spritzte, öffnete ich die Augen wieder. Zwischen zwei Kanus war ein Wasserkampf entbrannt.

»Möchtest du ein Bier?«, fragte Cole und öffnete den Kühlbehälter, der auf dem Boden unseres Kanus stand.

»Ich mag immer noch kein Bier«, erklärte ich. »Wahrscheinlich hätte ich noch etwas anderes einpacken sollen. Aber Wasser oder Sprudel genügt mir eigentlich.« Cole zog eine Wasserflasche aus dem Kühler und gab sie mir.

Da es immer wärmer wurde, zog ich mein T-Shirt aus. Darunter trug ich einen farbenfrohen karierten Bikini, und ich hörte, wie Cole sich an seinem Bier verschluckte.

»Was ist denn?«, fragte ich und wandte mich hastig zu ihm um. Auf einmal hatte ich Angst, er könnte die verblassten Narben auf meinem Rücken gesehen haben. Ich wusste zwar, dass sie kaum mehr zu erkennen waren und eher fleischfarbenen Kratzern ähnelten, aber mir waren sie immer noch allzu deutlich bewusst.

»Ich, äh …«, stotterte Cole und wurde rot. »Ich erinnere mich gar nicht an diesen Bikini.«

Ich lachte. »Heißt das, er gefällt dir?«

»O ja«, bestätigte er. »Ich wünschte, wir wären schon wieder im Auto.«

Ehe ich antworten konnte, rief Tom: »Cole, lass uns zu der Stelle fahren, die wir letztes Jahr gefunden haben, und dort eine Mittagspause einlegen.«

»Gute Idee«, rief Cole zurück und folgte Peytons und Toms Kanu. Meg und Luke schlossen sich uns an.

Wir steuerten um eine enge Kurve, die praktisch vollständig hinter herabhängenden Ästen verborgen war. Nach mehreren weiteren Kurven öffnete der Fluss sich in einen großen, von zerklüfteten, rostroten Klippen umgebenen See. Fast war es, als gelangten wir in eine Höhle ohne Dach. Felswände umschlossen das kristallklare Wasser, in dem einige Leute herumwateten oder -schwammen, während andere auf Felsbrocken am Rand aßen und tranken.

Wir stiegen aus dem Kanu ins kalte Wasser, und ich bekam sofort eine Gänsehaut. Plötzlich ertönte lautes Rufen, und als ich mich umdrehte, sah ich gerade noch, wie jemand mit einem lauten Platschen aufs Wasser schlug. Es spritzte hoch auf, so dass die Mädchen in der Nähe kreischend davonliefen. Ich blickte zurück zur Absprungstelle oben auf dem Felsen, wo eine ganze Reihe von Leuten offenbar darauf wartete, sich ebenfalls in die Tiefe zu stürzen. Allein bei dem Gedanken daran begann mein Herz schneller zu schlagen.

»Kommst du?«, rief Cole.

Ich riss mich vom Anblick der Klippe los. »Ja, ich komme gleich.« Cole war bereits ausgestiegen und watete, in der Hand den Kühlbehälter, aufs Ufer zu. Wieder blickte ich zur Spitze der Klippe empor. Meine Haut begann heftig zu kribbeln.

Was hält dich nachts wach? Woher kommen deine Albträume? Wovor hast du Angst? Ich hörte Jonathans Stimme, als stünde er direkt neben mir, und ballte die Fäuste, um sie zu vertreiben. Die Klippe ließ ich dabei nicht aus den Augen.

»Emma!«, rief Peyton. Mit einem Ruck drehte ich mich um –

meine beiden Freundinnen standen auf einem schrägen Felsklotz. »Was machst du denn da? Komm essen!«, rief nun auch Meg.

Ich ging weiter und kletterte zu ihnen auf den Felsen. Die Jungs öffneten die Bierdosen, Meg verteilte die Sandwiches. Peyton suchte Musik auf ihrem iPhone, und kurz darauf dröhnte ein Song aus dem kleinen, tragbaren Lautsprecher.

Im Handumdrehen entspann sich ein Gespräch über den bisherigen Verlauf des Ausflugs und die Albernheiten, die wir unterwegs gesehen hatten. Doch die Stimmen entfernten sich, als ich wieder zu der Klippe sah. Sie zog meine Aufmerksamkeit unwiderstehlich an.

Spring, Emma. Mein Herz setzte einen Schlag aus. *Emma, entweder springst du jetzt, oder ich schubse dich runter.*

»Ich bin gleich wieder da«, murmelte ich. Ohne darauf zu achten, ob die anderen mich gehört hatten oder nicht, stand ich auf und wanderte über die Gesteinsbrocken zu dem Pfad hinüber, der zur Klippe führte. Als ich mich dem Rufen und Lachen näherte, bemerkte ich, dass der Weg eine Biegung machte. Von dort, wo ich jetzt stand, konnte ich mein Ziel nicht sehen, aber der Weg führte nach oben, und ich folgte ihm.

Der Pfad bröckelte unter meinen Füßen, so dass ich ein paarmal ins Stolpern geriet, aber schließlich gelangte ich auf einen schmalen Felsvorsprung, der über das Wasser hinausragte. Vorsichtig näherte ich mich dem Rand. Als ich hinunterblickte, packte mich der Schwindel. Unter mir war nichts als frisches, klares Blau.

Die Wasseroberfläche war spiegelglatt und reflektierte das Sonnenlicht. Mein Puls beschleunigte sich, als ich mich Stück für Stück nach vorn arbeitete und den Mut sammelte, um den Schritt zu machen, nach dem es kein Zurück mehr gab.

Emma, wovor hast du Angst?

12
übEr deN Rand

Ich hatte Angst, Jonathan hinter mir zu entdecken, wenn ich mich umdrehte. Mit einem tiefen Atemzug schloss ich die Augen und versuchte, meinen rasenden Herzschlag zu beruhigen. Als ich die Augen wieder öffnete, zitterte ich nicht mehr, und auch der Schwindel war verschwunden. Ich sah zu der kupferfarbenen Felswand gegenüber.

Wieder reckte ich den Hals und spähte in die Tiefe. »Wovor hast du Angst, Emma?«, murmelte ich und wiederholte die Frage, die Jonathan mir an jenem Tag auf einer anderen Klippe gestellt hatte.

Vor nichts.

Ich wusste es … ich hatte keine Angst. Ich war komplett ausgehöhlt, auf diesem Felsen stand lediglich die leere Hülle meines früheren Selbst. Nur wenn ich etwas zu verlieren hatte, gab es etwas zu fürchten. Und ich hatte nichts mehr zu verlieren.

In meinem Kopf war es ganz still geworden. Ich starrte auf den See hinunter, der mich einlud, den letzten Schritt in den Abgrund zu wagen.

»Emma?« Coles Stimme durchbrach die Stille. Steine knirschten auf dem Pfad, als er sich näherte. Ich wusste, dass meine Zeit knapp wurde, und warf einen Blick über die Schulter, gerade als Cole in Sichtweite kam. Erschrocken riss er die Augen auf. »Emma, was machst du denn da?« Ich wandte mich ab. Unter mir verschwamm alles, Tränen verschleierten meinen Blick.

»Emma, was zur Hölle hast du vor?«, fragte Cole, und seine

Stimme klang panisch. »Du kannst nicht runterspringen! Aus dieser Höhe bringst du dich um.«

Doch ich blickte nicht zurück, sondern machte den letzten Schritt nach vorn, über den Rand der Klippe hinweg. Sofort hatte mich das Rauschen des Winds verschluckt. Ich stürzte dem Wasser entgegen, und durch meinen Körper tobte das Adrenalin. Die vorbeirasende Luft raubte mir den Atem, mein Magen sank nach unten, aber in diesen wenigen Sekunden war nichts mehr wichtig, nicht Jonathan, nicht Evan, nicht Cole, nicht einmal ich selbst. Alles war verloren, und ich ergab mich der allgegenwärtigen Stille.

Der Augenblick des Friedens endete abrupt. Meine Füße durchbrachen die Wasseroberfläche, und mein Inneres bekam die Wucht des Aufpralls gewaltsam zu spüren. Die Geschwindigkeit meines Sturzes riss mich hinab in die Tiefe, bis ich auf den felsigen Grund des Sees stieß. Ein grausamer Schmerz durchzuckte mein Bein, als es heftig über den unnachgiebigen Stein schleifte, und ich musste einen Schrei unterdrücken.

Dann stieß ich mich entschlossen vom Felsgrund ab, hinauf zum Licht. Meine Lungen brannten, sie lechzten nach Sauerstoff, und ich kämpfte mich mit verzweifelten Stößen in Richtung Wasseroberfläche.

Ein verführerisches Flüstern lockte mich aufzugeben. Nicht mehr zu kämpfen. Es nicht mehr zu versuchen. Einfach …

Nach Atem ringend und hustend brach ich durchs Wasser. Ich brauchte einen Moment, um mich zu orientieren, gierig sog ich die Luft ein.

Dann blickte ich empor zu dem zerklüfteten Felsvorsprung, an dem ich soeben den Tod herausgefordert hatte. Dort, am Rand der Klippe stand Cole, aber ich konnte sein Gesicht aus der Ferne nicht deutlich sehen. Die aufgerissene Haut unterhalb meines Knies protestierte heftig, während ich schwamm, und lenkte mich von Cole ab. Ich hatte Angst, die Wunde zu begutachten.

Als ich wieder nach oben schaute, war Cole verschwunden.

Von der anderen Seite der Klippe her hörte ich Lachen und Rufen. Mit zusammengebissenen Zähnen arbeitete ich mich weiter in Richtung der Boote und der anderen Schwimmer vor. Meg und Peyton saßen noch auf dem Felsen und sonnten sich. Als ich mich unserem Kanu näherte, hörte ich Cole heftig das Paddel schwingen. Wahrscheinlich beeilte er sich, zu mir zu kommen.

»Heilige Scheiße, Emma! Was hast du dir bloß dabei gedacht? Ich fasse es nicht. Ist alles okay mit dir?«, wollte er sofort wissen. Eigentlich brauchte er mich nur anzusehen, um Bescheid zu wissen. »Du bist verletzt. Wo denn?«

»Am Bein«, murmelte ich, duckte mich und klammerte mich an den Rand des Kanus. »Ist nicht so schlimm. Können wir bitte zurück zum Campingplatz fahren?«

Cole antwortete nicht sofort. »Ja«, sagte er dann, wandte sich zum Strand und rief den anderen zu: »Wir fahren schon mal und sehen euch dann nachher auf dem Campingplatz!«

Meg runzelte irritiert die Stirn, aber ehe sie eine Frage stellen konnte, rief Peyton schon: »Okay, bis nachher!«

Vorsichtig kletterte ich ins Kanu. Inzwischen schmerzte mein ganzer Körper von dem Aufprall. Ehe Cole sich die Wunde unter meinem Knie ansehen konnte, wickelte ich schnell ein Handtuch um mein Bein. Aber während er mich aus der Bucht paddelte, hinterließ ich eine Blutspur auf dem Boden des Kanus.

»Lass es mich anschauen, Emma«, verlangte Cole ernst. »Lass mich sehen, wie schlimm es ist.«

Ich zögerte einen Moment lang, wandte mich ihm dann aber langsam zu und entfernte vorsichtig das Handtuch.

Erschrocken sog er Luft durch die Zähne. »Scheiße, du hast dich ja ziemlich übel geschnitten.« Schnell wickelte ich das Handtuch wieder um mein Bein. Ich musste die Zähne gegen den stechenden Schmerz zusammenbeißen.

Cole schwieg, während wir an Booten voller betrunkener, lachender Studenten vorüberfuhren. Als wir schließlich bei der Verladestation ankamen, pochte mein Bein, und das Handtuch war blutdurchtränkt. Cole half mir aus dem Kanu, ich humpelte zu unserem Van, und er hob mich hinein.

»Auf dem Campingplatz gibt es eine Erste-Hilfe-Station«, erklärte der Fahrer und beäugte das blutige Handtuch. »Ich kann euch dort absetzen, wenn ihr wollt.«

»Danke«, antwortete Cole für mich.

In angespanntem Schweigen fuhren wir, nachdem mein Bein ordentlich gesäubert und verbunden worden war, zurück zum Stanford-Camp. Die Wunde pochte heftig.

»Emma, weißt du eigentlich, was für eine beschissene Idee das war?«, fragte Cole. Sein ungewohnt heftiger Tonfall ließ mich aufhorchen. »Du hättest dich ernsthaft verletzen und dich sogar umbringen können. Ich kann einfach nicht glauben …« Er fuhr sich ärgerlich durch die Haare und schüttelte fassungslos den Kopf. »Ich versteh dich einfach nicht.«

Ich schwieg.

Cole biss die Zähne zusammen und fuhr sich erneut durch die Haare. »Ich muss einen klaren Kopf kriegen.« Damit wandte er sich ab und ging auf dem Kiesweg davon.

Ich sah ihm nach. Im selben Moment hörte ich lautes Gelächter an einem Van, aus dem gerade die Insassen ausstiegen. Cole verdiente wirklich eine Erklärung. Aber ich hatte keine, die ihn zufriedenstellen würde. Ich verstand mein Verhalten ja selbst nicht.

Resigniert schloss ich die Augen und ließ mich auf einen Klappstuhl sinken.

Irgendwo hinter mir redeten ein paar Jungs in der unerträglich aufdringlichen Lautstärke, die für betrunkene Collegekerle so typisch war. »Hey, Mann, danke, dass du mich gestern Abend angerufen hast. Die Party war echt abgefahren!«

»Warst du letzte Woche auf Reeves Party?«, fragte ein anderer.

»Meinst du die von Jonathan?« Ich riss die Augen auf. »Ja, das war die beste Party, auf der ich je gewesen bin. In welchem Fach hat er noch mal seinen Abschluss gemacht?«

»Architektur, glaube ich. Aber er war schon im Masterstudium.« Donnernd schlug mein Herz gegen meinen Brustkorb.

Verstohlen drehte ich mich um, ich wollte sehen, wer sich da unterhielt. Mehrere Jungs saßen an einem Picknicktisch und stopften sich mit Burgern voll.

»Wie auch immer, jedenfalls muss er einen Superjob in New York gefunden haben, denn die Party hat ihn garantiert eine Stange Geld gekostet«, sagte der Typ im grauen T-Shirt.

Ich beugte mich vor, presste die Ellbogen gegen die Oberschenkel und versuchte, meinen hektischen Puls zu beruhigen. Das konnte doch nicht mein Jonathan sein! Aber als ich mich wieder umdrehte und das USC-Käppi sah, wusste ich Bescheid.

Warte nicht auf mich. Ich will nicht, dass du für mich da bist – niemals! Verschwinde aus meinem Leben.

Meine harten Worte drehten mir fast den Magen um. Seit jener Nacht, in der ich ihn aus meinem Leben verbannt hatte, hatte ich nicht mehr an ihn gedacht. Bis heute. Aber bei der bloßen Erwähnung seines Namens kamen alle sorgfältig verdrängten Gedanken an ihn mit einem Schlag zurück.

Wir haben uns Geheimnisse anvertraut, von denen sonst niemand etwas weiß.

Ich schlug die Hände vors Gesicht. Obwohl seine Geheimnisse schwer auf meinem Gewissen lasteten, hatte ich sie gehütet wie meine eigenen. Ich hatte niemandem verraten, was er mir in jener Nacht gestanden hatte. Ich hatte versucht, es auszublenden und all das Schreckliche zu vergessen, das er so vielen Menschen angetan hatte. Aber das war unmöglich.

»Wann wollte er noch mal fahren?«

»Ich weiß es nicht genau – entweder heute oder morgen, glaube ich.«

»Zurück nach New York?«

»Ja, vermutlich wohnt er da irgendwo.«

Einem Impuls folgend, stand ich auf und ging zu dem Picknicktisch hinüber.

»Hey«, sagte ich, »habt ihr gerade über Jonathan Reeves gesprochen?«

Der Typ im grauen T-Shirt bekam ein Halblächeln hin und antwortete: »Ja. Kennst du ihn?«

»Allerdings«, bestätigte ich. »Ich hab es letztes Wochenende nicht zu der Party geschafft und wollte mich gern von ihm verabschieden. Aber ich finde die E-Mail nicht mehr, die er mir geschickt hat. Habt ihr sie vielleicht noch?«

Der Kerl mit dem Käppi zog sein Handy aus der Tasche. »Ja, ich hab sie hier. Soll ich sie dir weiterleiten?«

»Das wäre toll.« Ich lächelte schwach, er gab mir sein Telefon, ich tippte meine Adresse ein und drückte auf *Senden*. »Danke.«

»Darf ich dir gelegentlich auch mal eine Mail schicken?«, fragte er augenzwinkernd. Ich zuckte unangenehm berührt zusammen.

»Äh, ich bin nicht allein hier«, erwiderte ich mit einem entschuldigenden Achselzucken und trat schnell den Rückzug an. »Aber danke für die Info.«

Ich überquerte den gesamten Stanford-Bereich und setzte mich ans entgegengesetzte Ende, möglichst weit von den Jungs entfernt. Erst dort zog ich mein Handy aus der Tasche, öffnete meine Mails und klickte die weitergeleitete Einladung an.

Sie gab eine Abschluss-/Abschiedsparty bekannt, ziemlich unspektakulär – Datum, Zeit Ort … und Telefonnummer. Ich starrte auf die Nummer, die auf meinem Display erschien.

Seit ich vor fünf Monaten die Kiste unter meinem Bett geöffnet hatte, war meine Welt Stück für Stück zusammengebrochen. Niemand verstand, wie es war, von einer Dunkelheit verschlungen zu werden, gegen die ich nicht ankämpfen konnte. Niemand begriff wirklich die allumfassende Hoffnungslosigkeit, die langsam, aber sicher das Gewebe meiner Seele zersetzte. Niemand außer Jonathan. Er war der Einzige gewesen, der es jemals verstanden hatte. Deshalb hatte ich auch niemandem verraten, was er getan hatte – weil ich *ihn* verstand. Im Lauf unseres Lebens hatten wir beide schreckliche Dinge getan, und das würde uns auf ewig miteinander verbinden.

Ich hab das Gefühl, dir Dinge sagen zu können, die ich normalerweise für mich behalte, weil die meisten Leute sie nicht verstehen.

Ich schnappte nach Luft, als ich seine Stimme laut und deutlich in meinem Kopf hörte. Es brach mir das Herz, wenn ich daran dachte, wie sehr ich dieses Vertrauen missbraucht hatte. Ich hatte seine Ängste und Unsicherheiten benutzt, um ihn zu vernichten. Ich wusste, warum er niemals von sich aus den Kontakt zu mir gesucht hatte, als wir beide in Kalifornien lebten. Dafür hatte ich gesorgt.

Niemand wird dich jemals lieben können.

Beim Klang meiner eigenen Stimme lief mir vor Abscheu ein Schauer über den Rücken. In jener Nacht hatte ich sie beide verraten und mich für dieses trostlose Leben entschieden. Aber jetzt bekam ich die Chance, es wieder in Ordnung zu bringen. Und wenn Jonathan mir nicht vergeben konnte, dann konnte es niemand.

Nervös drehte ich mein Telefon in den Händen herum und dachte nach. Jedes Mal, wenn ich all meinen Mut zusammennahm, um seine Nummer zu wählen, sah ich seinen gebrochenen Gesichtsausdruck vor mir und verscheuchte das Bild hastig wieder. Wahrscheinlich hasste er mich. Aber ich musste herausfinden, ob es eine Chance gab, dass er mir verzieh, was ich damals gesagt hatte.

Hi. Ich bin's, Emma. Ich hab mich gefragt, wie es dir geht.

Als ich auf *Senden* drückte, war mir so übel, dass ich befürchtete, mich übergeben zu müssen. Ein paar Minuten vergingen, in denen ich kaum atmen konnte, dann vibrierte das Handy.

Emma? Wow. Damit hab ich nicht gerechnet.

Ich atmete aus. Allein beim Anblick seiner Antwort wich die Spannung aus meinen Schultern.

War nicht leicht, dir zu schreiben. Aber ich hab an dich gedacht.

Dann biss ich mir auf die Lippen und wartete.

Ich denke dauernd an dich. Hab schon überlegt, dich zu suchen, dachte aber, du willst mich nie wiedersehen.

Ein Schauer durchzuckte mich. Ehe ich antworten konnte, kam schon die nächste SMS: *So viel ist inzwischen passiert. Ich hatte Zeit zum Nachdenken. Entscheidungen zu treffen.*

Als nichts mehr kam, fragte ich: *Was für Entscheidungen?*

Ich hab einiges wiedergutzumachen. Deshalb bedeutet es mir viel, von dir zu hören. Würde gern auch deine Stimme hören, kann aber momentan nicht sprechen.

Ich schrieb: *Warum nicht?*

Die Versuchung, ihn anzurufen, war groß. Schon beim Gedanken daran, seine Stimme zu hören, schlug mein Herz schneller.

Muss gleich weg. Glaub mir bitte, dass es mir leidtut. Ich wollte dich nicht verletzen.

Das klang so endgültig, dass sich in meinem Inneren alles zusammenzog. *Wo gehst du hin?* Plötzlich fürchtete ich, dass seine Reise nach New York nicht nur eine Karrierechance war.

Dinge in Ordnung bringen. Das schulde ich meiner Familie. Es ist Zeit. Will nicht mehr das Leben anderer Menschen kaputtmachen.

Erschrocken starrte ich auf das Display. War er dabei, etwas zu tun, das sein Leben zerstörte … und womöglich auch meines?

Kurzentschlossen drückte ich auf *Anrufen*. Während ich darauf wartete, dass er abnahm, bemühte ich mich, meinen hektischen

Atem unter Kontrolle zu bekommen. Nach mehrmaligem Klingeln sprang die Mailbox an.

Bitte rede mit mir. Was hast du vor? Ich tippte so schnell, dass meine Finger über die Tasten stolperten.

Sorry, Emma. Es ist zu spät, ich muss los. Bitte vergib mir.

Noch einmal versuchte ich anzurufen, und diesmal kam sofort die Mailbox.

Jonathan, was hast du vor?

Ich konnte nicht mehr stillsitzen und begann, nervös auf und ab zu gehen, während ich auf eine Antwort von ihm wartete. Mein Magen rebellierte, während ich auf das leere Display starrte. Aber Jonathan reagierte nicht.

Als ich schließlich zu Coles Auto zurückging, fand ich dort Cole, der im Kofferraum in seiner Tasche wühlte. Offensichtlich war er immer noch verärgert, denn er würdigte mich keines Blickes.

»Ich muss weg«, erklärte ich. »Ich muss weg und möchte mir dein Auto leihen. Bitte.« Ich versuchte nicht einmal, meine Panik zu überspielen.

»Was ist denn los?«, wollte Cole wissen und sah mir nun doch ins Gesicht.

Ich senkte die Augen und hielt einen Moment lang inne. »Du bekommst dein Auto zurück, versprochen, aber ich muss etwas sehr Wichtiges erledigen. Ich muss einfach … bitte vertrau mir, Cole.«

Er stand vor mir und musterte mein Gesicht, während ich von einem Fuß auf den anderen trat und meine Verzweiflung nicht verbergen konnte. »Nimm den Wagen.« Er zog den Schlüssel aus der Tasche und ließ ihn in meine ausgestreckte Hand fallen. Ich wollte ihm danken, aber er wandte sich ab, schloss den Reißverschluss seiner Tasche und knallte den Kofferraum zu.

»Danke«, flüsterte ich, wusste aber, dass er mich nicht hören konnte.

Ich setzte mich ans Steuer, umklammerte das Lenkrad ganz fest, damit meine Hände nicht so zitterten, und fuhr los. Als ich einen Blick in den Seitenspiegel warf, bemerkte ich, dass Cole mir nachsah. Sofort spürte ich mein schlechtes Gewissen wie eine ätzende Säure im Magen, und ich musste den Blick abwenden.

In einer Staubwolke raste ich über den Campingplatz, wild entschlossen, Jonathan zu finden.

13

Zu sPät

Emma, wo zur Hölle steckst du? Meg hat angerufen und gesagt, du bist gestern abgehauen, aber niemand weiß, wohin. Ich steige gleich ins Flugzeug und bin total am Ausflippen wegen dir. Wenn ich lande, sollte auf meiner Mailbox besser eine Nachricht von dir sein. Sonst dreh ich nämlich durch.«

Allein der Gedanke an das, was ich Sara eigentlich sagen *müsste*, versetzte mir einen Stich, also rief ich sie an und sagte nur: »Es geht mir gut. Ich bin im Haus. Hoffe, du hast einen angenehmen Flug. Ruf mich an, sobald du kannst.« Einfach. Sachlich. Aber nicht die Wahrheit.

Ich fühlte mich so schwer wie ein Sack Zement. Langsam stieg ich aus dem Auto und ging auf unser Haus zu. Ich war die ganze Nacht wach gewesen und zu müde, um mein Gepäck aus dem Kofferraum zu holen. Als ich näher kam, sah ich Cole auf der Treppe warten. Offensichtlich hatte er meine SMS bekommen, in der ich ihm geschrieben hatte, er könne seinen Wagen irgendwann nach elf Uhr abholen. Ich senkte den Blick. Ich wollte ihm erst ins Gesicht sehen, wenn es sich gar nicht mehr vermeiden ließ.

Als ich die Treppe erreichte, hob ich langsam den Kopf und schaute ihn an. Sein Gesicht wirkte glatt und emotionslos, seine blauen Augen blickten direkt in meine.

»Ich schulde dir einen Ölwechsel«, sagte ich ausdruckslos und reichte ihm den Schlüssel.

»Wo warst du denn?«, fragte er mit betont neutraler Stimme.

»Ich hab versucht, etwas mit einem Freund zu klären«, antwortete ich und starrte dabei auf die verblasste Farbe der Treppe.

»Und – hast du es geklärt?«

»Nein«, flüsterte ich und schluckte schwer. »Ich bin zu spät gekommen.« Meine Unterlippe zitterte. Ich schloss die Augen, um meine Tränen zurückzuhalten, doch sie rannen nichtsdestotrotz über meine Wangen. Ich hätte meine Empfindlichkeit auf die Erschöpfung schieben können, aber das hätte nicht gestimmt. Der Schmerz saß tiefer, viel tiefer, als die Tränen auf meinem Gesicht es je hätten preisgeben können.

»Das tut mir leid«, sagte Cole aufrichtig. Langsam erhob er sich, kam auf mich zu und nahm mich in den Arm.

Ich konnte nur nicken, denn ich hatte Angst, sonst würde alles, was ich so mühsam in mir verschlossen hatte, plötzlich herausströmen. Mich machte es fertig, dass ich Jonathan nicht gefunden hatte, dass ich ihn nicht aufgehalten und alles in Ordnung gebracht hatte, ehe er verschwand. Er hatte auf keine meiner Nachrichten reagiert, sosehr ich ihn auch angefleht hatte, mich anzurufen.

Die letzte Nachricht, die ich ihm heute früh um fünf Uhr, vor meiner Rückreise, hinterlassen hatte, klang noch in meinem Kopf nach: »Ich bin es schon wieder, aber das ist meine letzte Nachricht. Ich bin die ganze Nacht durchgefahren und habe daran gedacht, was in jener Nacht damals passiert ist. Ich wünschte, ich könnte es zurücknehmen, jedes einzelne Wort. Denn ich war im Unrecht. Das hätte ich dir so gern persönlich gesagt, aber ich weiß nicht, wo du bist. Bitte geh nicht weg. Ruf mich an.«

Jonathan war verschwunden. Als ich durchs Fenster in sein verlassenes Apartment gespäht und gesehen hatte, dass es vollständig leergeräumt war, hatte ich fast den Boden unter den Füßen verloren. Ich wollte ihn sehen. Ich vermisste ihn.

Ich vermisste es, mit ihm zu reden, vermisste seine Fähigkeit, mich genau in dem Moment, in dem ich es am meisten brauchte, zum Lachen zu bringen. Ich vermisste unsere nächtlichen Begegnungen, wenn wir beide nicht schlafen konnten und uns über die Werbesendungen im Fernsehen lustig machten. Mehr als alles andere auf der Welt wünschte ich mir, noch einmal seine Stimme am Telefon zu hören und zu merken, dass er schon auf meinen Anruf gewartet hatte … ganz gleich, zu welcher Zeit und aus welchem Grund ich anrief. Jetzt wartete er nicht mehr.

Ich hatte es vermasselt. Richtig vermasselt. Die Schuldgefühle nagten an mir mit jeder Meile, die ich fuhr. Aber es war zu spät. Wie so oft hatte ich die Wahrheit erst zu spät erkannt.

Cole strich mir tröstend über die Haare, während die Tränen weiter über meine Wangen rannen und in mein Shirt sickerten.

»Es tut mir leid, dass ich gestern einfach so abgehauen bin«, schluchzte ich an seiner Brust. »Ich hatte Panik, und ich wusste nicht, wie ich dir erklären sollte …«

»Schon in Ordnung«, murmelte er in mein Ohr. »Es tut mir auch leid, dass ich so sauer geworden bin. Es war nur … ich wollte nicht, dass dir etwas zustößt. Und du hast mir Angst eingejagt, als du gesprungen bist. Du hast nicht mal richtig darüber nachgedacht, du warst einfach nur … verschwunden.«

Ich hob den Kopf und sah die Sorge in seinem Blick. Langsam ließ ich meine Hand über die rauen blonden Stoppeln auf seinem Kinn gleiten.

Cole wischte mit dem Daumen die Tränen von meinen Wangen. »Ich mag es nicht, wenn du so traurig bist.«

Seine Worte trafen mich mitten ins Herz. Er beugte sich zu mir, küsste mich unendlich zärtlich, und wieder einmal ließ die Berührung seiner Lippen die Funken zwischen uns sprühen.

Ich umfasste seinen Nacken und presste meinen Mund so hart gegen seinen, dass es beinahe weh tat. Ich musste ihn fühlen, schmecken, ich wollte seine Hände auf mir spüren, damit ich den Schmerz loslassen konnte – und sei es nur für eine kleine Weile.

Cole zog mich an sich und beantwortete mein stummes Flehen mit einem schweren Atemzug voller Verlangen. Er umschloss mich so fest, dass ich seinen Herzschlag fühlte. Dann ergriff er meine Hand, führte mich ins Haus und sofort die Treppe hinauf. In meinem Zimmer angekommen, zog er rasch die Tür hinter uns zu und schloss sie ab. Dann wandte er sich mir zu, vergrub die Finger in meinen Haaren und überwältigte mich mit einem Kuss, der meinen ganzen Körper wie ein Stromschlag durchfuhr.

Seine Rückenmuskeln spannten sich an, als ich meine Hände unter sein Hemd gleiten ließ. Blitzschnell zerrte er das Shirt über den Kopf, und nachdem er auch mir mein Shirt ausgezogen hatte, küsste er mich weiter, meinen Mund, meinen Hals, meine Schulter, als könnte er den Schmerz wegküssen, als könnte er mich wieder zusammensetzen. Ich wusste, selbst wenn er mich für den Rest meines Lebens jede Sekunde küssen würde – ich würde trotzdem kaputt bleiben. Aber ich wollte nicht, dass er aufhörte.

Ich verschlang ihn, als wäre er eine Droge, voller Verzweiflung, nur darauf bedacht, der Traurigkeit zu entrinnen. Sein Geschmack, der Geruch seiner Haut und die Hitze seines Körpers, der sich an mich presste, befriedigte die Sucht und füllte für einen Moment die Leere.

Danach lagen wir auf dem Bauch unter der Decke, die Wange aufs Kissen gedrückt, und schauten uns an. Nach einer Weile beugte ich mich zu ihm und küsste ihn aufs Kinn.

»Warum gibst du dich eigentlich mit mir ab?«, fragte ich. Meine Stimme war kaum lauter als ein Flüstern.

»Vielleicht mag ich es, gequält zu werden«, antwortete er scherzhaft.

Ich lachte.

»Ich mag es, wenn ich dich zum Lachen bringe.« Sein Mund verzog sich zu seinem wunderbar schiefen Lächeln. »Es ist nicht leicht, aber die Mühe lohnt sich. Und ich ziehe dich so gern aus.« Er beugte sich zu mir und küsste mich, fuhr mit seiner warmen Hand über meinen Rücken. »Was in den letzten zwei Tagen passiert ist, hat mir überhaupt nicht gefallen. Ich dachte ehrlich … es wäre aus mit uns.« Er rutschte ein Stück von mir weg, um mir in die Augen schauen zu können. »Ist es das, was du willst? Dass es zwischen uns vorbei ist?«

Ich schüttelte den Kopf, aber nur ganz leicht. Es war nicht die Antwort, die ich hätte geben sollen, aber es war die Wahrheit. »Ich kann dich nicht an mich heranlassen, und das ist einfach nicht fair dir gegenüber.«

»Lass das bitte mich entscheiden.«

Ich seufzte resigniert. »Versprich mir eines.«

»Was denn?«

»Dass du gehst, dass du einfach weggehst, wenn ich dir zu viel werde. Ehe ich dir weh tue. Ich möchte dich nicht verletzen, aber ich bin nicht stark genug, um dich aufzugeben.«

»Ich werde mich nicht von dir verletzen lassen, Emma. Das schwöre ich.« Wieder einmal nahm mich sein Blick gefangen. Er beugte sich erneut zu mir und drückte seine Lippen auf meinen Mund. Dann legte er sich aufs Kissen zurück. Ich sah zu, wie er die Augen schloss und kurz darauf einschlief.

Während ich Cole neben mir beobachtete, wanderten meine Gedanken zu Jonathan. *Niemand wird dich jemals lieben können.*

Ich kniff die Augen zu, um dem Hass zu entgehen, der damals in meiner Stimme gelegen hatte. Jonathan würde sich nicht melden, und ich konnte es ihm nicht verdenken.

Meine Suche nach Erlösung war vergeblich. Worte konnten nicht zurückgenommen werden, und der Schaden, den sie anrichteten, war nie mehr wiedergutzumachen. Das wusste ich besser als die meisten anderen Menschen.

Aber ich konnte aus noch einem anderen Grund nicht einschlafen. Jonathan hatte etwas vor, das er nicht mehr würde ungeschehen machen können – ich musste ihn finden. Ich musste nach New York. Wenn er dort war, dann musste ich ebenfalls dorthin.

Das Vibrieren meines Handys schreckte mich aus dem Schlaf. Mühsam hob ich meinen Kopf und spähte auf die Uhr. Es war kurz nach vier Uhr morgens. Gerade als ich mich wieder in Coles schützenden Arm kuscheln wollte, ergriff mich Panik. *Jonathan.*

Das Telefon verstummte. Ich schlüpfte aus dem Bett, kniete mich auf den Boden und klaubte mühsam die Klamotten zusammen, die wir dort liegen gelassen hatten. Hastig schlüpfte ich in ein T-Shirt, das nach Cole roch. Ich hatte gerade meine Shorts gefunden, als das Handy erneut vibrierte. Ich hielt es hoch und sah die Nummer der McKinleys auf dem Display.

Ich seufzte und machte mich auf eine Moralpredigt gefasst. Wahrscheinlich war Sara nach Hause gekommen und wollte mich so früh wie möglich anrufen – die drei Stunden Zeitverschiebung hin oder her. Aber im selben Moment, als ich »Hallo« sagte, fiel mir ein, dass Sara unmöglich schon zu Hause sein konnte. Die Angst traf mich wie ein Schlag in den Magen.

»Emma?«, fragte die weibliche Stimme. »Emma, Schätzchen, hier ist Anna.«

»Ich konnte nicht atmen.

»Hi, Anna«, brachte ich nach einer Weile heraus. Sie klang aufgelöst, das hörte ich schon an den wenigen Worten.

»Emma, es ist etwas Schreckliches passiert«, fuhr Anna mit erstickter Stimme fort. »Es geht um deine Mutter.« Sie hielt inne. »Sie hat sich letzte Nacht das Leben genommen.«

Ich saß in einem tiefen dunklen Loch, und es war furchtbar kalt. Ich konnte nichts sehen. Ich konnte nichts hören. Ich fühlte nichts außer der Kälte. Krampfhaft zog ich die Knie an die Brust und begann, meinen zitternden Körper hin und her zu schaukeln.

»Emma? Bist du noch da?«

Ihre Stimme war ein fernes Summen in meinem Ohr. »Schätzchen, kannst du bitte etwas sagen?«

»Sie ist tot«, murmelte ich, und meine Stimme klang seltsam fremd, als käme sie nicht aus mir heraus.

»Ja. Es tut mir so leid.« Annas Stimme schwankte. »Wir holen dich nach Hause, sobald es geht. Ich organisiere sofort einen Flug, okay?«

Dann verschwand ihre Stimme, und ich saß wieder allein in der Dunkelheit. Ich legte das Handy weg und wappnete mich gegen die Kälte, die mich umfing.

Ich hasse sie, Sara, ich hasse sie … ich wünsche mir, sie wäre tot.

»Emma?« Meg übertönte die Stimmen in meinem Kopf, und ich blickte verwirrt zu ihr auf. Das Deckenlicht tauchte das Zimmer in eine solche Helligkeit, dass es mir vorkam, als würde ich in die Sonne starren. »Emma, kannst du mich hören?« Sie kniete sich neben mich und gelangte langsam in meinen Fokus. Erschrocken blickte ich mich um und sah, dass noch mehr Leute in meinem Zimmer waren. Peyton saß auf der Bettkante, Serena kauerte zu meiner anderen Seite am Boden und hielt meine Hand.

Als ich aufschaute, entdeckte ich auch Cole, der im Türrahmen stand und mich beobachtete. Luke und James unterhielten sich leise auf dem Korridor.

Konfus wanderte mein Blick von einem Gesicht zum anderen. Dann fiel mir alles wieder ein, und Luft strömte aus meiner Lunge, als hätte jemand meinen Brustkorb angestochen. »Hab ich euch geweckt?«, fragte ich und konzentrierte mich auf Megs besorgte grüne Augen.

»Nein, du hast uns nicht geweckt«, beruhigte sie mich. »Saras Mum hat mich angerufen. Es tut mir so leid, Emma.«

Sie nahm mich in den Arm, Serena drückte meine Hand. Ich

klopfte ihr sanft auf den Rücken und versuchte, sie zu trösten, aber ich befand mich immer noch im Dunkeln und fand keinen Bezug zu dem, was passierte. Also ließ ich mich von ihr festhalten, solange sie es brauchte.

»Wir sehen uns, wenn ich wieder da bin.« Ich umarmte Meg und Serena. Sie hatten mich am Flughafen abgesetzt. Dann wandte ich mich Cole zu. Er musterte mich, als wäre ich aus Glas und könnte bei der leichtesten Berührung zerbrechen. »Wird nicht lange dauern, dann bin ich in Santa Barbara.«

»Ich wünschte, du würdest mich mitkommen lassen«, meinte er und fuhr mit dem Daumen sanft über meine Wange.

»Ich weiß«, erwiderte ich leise. »Aber wenn ich nicht müsste, würde ich diese Reise selbst nicht machen. Und du musst dich auf deine Abschlussprüfungen vorbereiten, du kannst keine Vorlesungen verpassen. So ist es besser. Sara wird schon auf mich aufpassen.«

»Rufst du mich an?«

Ich nickte. Er beugte sich zu mir und gab mir einen sanften Kuss.

Dann ließ ich meine Freunde hinter mir, ein vorgetäuschtes Lächeln auf den Lippen, das ihnen den Eindruck vermitteln sollte, mir ginge es besser, als es tatsächlich der Fall war. Als ich durch die automatischen Türen ins Flughafengebäude trat, durchfuhr mich die Panik wie ein Wirbelsturm. Ich konzentrierte mich ganz auf meine Atmung und durchquerte die Sicherheitskontrolle. Halb erwartete ich, wegen verdächtigen Benehmens zur Seite genommen zu werden. Schweiß rann mir über die Stirn.

Ich setzte mich auf einen Platz mit Blick aufs Rollfeld, unsicher, wie ich es schaffen sollte, in ein Flugzeug zu steigen, das mich an den Ort brachte, an den ich niemals hatte zurückkehren wollen. Seit ich vor zwei Jahren von dort geflohen war, hatte ich keinen

Fuß mehr nach Weslyn gesetzt, und ich war drauf und dran, aus dem Terminal zu rennen. Aber da klingelte mein Handy.

»Hi«, sagte ich leise.

»Wie geht es dir?«, fragte Sara.

»Willst du das wirklich wissen?«

»Ja, stimmt, blöde Frage. Ich hole dich am Flughafen ab. Ich werde dir helfen, diese Sache durchzustehen.«

»Danke«, sagte ich und wünschte mir, es wäre schon vorbei. Die letzten Tage hatte ich dafür gesorgt, dass ich beschäftigt war; ich hatte mit meinen Professoren Kontakt aufgenommen, ihnen erklärt, warum ich diese Woche nicht an meinen Kursen teilnehmen konnte, und arrangiert, dass ich die Abschlussprüfungen später im Sommer ablegen konnte. Zum Nachdenken war keine Zeit geblieben – erst jetzt, nachdem ich durch die Flughafentür getreten war, ließ sich die Realität dessen, was passierte, nicht länger verdrängen.

»Sara, ich werde aber nicht in Weslyn übernachten.«

»Was? Wie meinst du das? Meine Eltern gehen fest davon aus, dass du bei uns wohnst.«

»Das kann ich nicht«, stieß ich mühsam hervor. »Am Stadtrand gibt es ein Motel, direkt am Highway, da werde ich übernachten. Echt … ich kann nicht in Weslyn wohnen.«

»Okay«, meinte Sara geduldig. »Jetzt konzentrier dich erst mal darauf, ins Flugzeug zu steigen. Den Rest überlegen wir uns, wenn du hier bist.«

Aus dem Lautsprecher ertönte die Durchsage, das Boarding für meinen Flug würde demnächst beginnen.

»Ich muss aufhören«, sagte ich. »Bis später, Sara.«

»Ich werde da sein«, versprach sie.

Ich stieg in die Maschine, verstaute mein Handgepäck im Gepäckfach, entschuldigte mich bei den beiden Geschäftsmännern mittleren Alters und drängte mich an ihnen vorbei zu meinem

Fensterplatz. Schwer atmend und ohne wirklich etwas zu sehen, starrte ich nach draußen.

»Sie fliegen wohl nicht gern, was?«, fragte der Mann neben mir, der wahrscheinlich gesehen hatte, wie nervös ich meine Hände auf dem Schoß ineinander verflocht.

»Es ist mehr die Landung, die mir zu schaffen macht«, murmelte ich ehrlich.

»Ich fliege dauernd, Sie brauchen sich wirklich keine Sorgen zu machen«, versicherte er mir.

Ich nickte und versuchte, meine Lippen zu einem Lächeln zu verziehen, wodurch ich wahrscheinlich nur noch ängstlicher wirkte. Schließlich schloss ich die Augen, ballte die Fäuste und versuchte, mich mit purer Willenskraft zu beruhigen. Ich stand kurz vor einer ausgewachsenen Panikattacke.

»Ich glaube, Sie könnten was zu trinken gebrauchen«, bemerkte der Mann mit einem leisen Lachen.

»Schade, dass ich erst neunzehn bin.«

Er beäugte mich, als hätte ich den Verstand verloren. Was ja nicht sehr weit von der Wahrheit entfernt war. »Ich kauf Ihnen einen Drink, wenn es Ihnen sonst den ganzen Flug über so geht.«

»Gut«, sagte ich, denn ich wollte meine Angst unbedingt abschütteln.

Als wir in der Luft waren, bestellten die beiden Männer Wodka mit Soda, ich orderte ein Wasser, doch zu meiner Überraschung überreichten sie mir ihre Drinks. Vermutlich war ich nicht die angenehmste Gesellschaft.

»Danke«, sagte ich und griff nach meinem Portemonnaie, um zu bezahlen.

Aber der Mann neben mir hob die Hand. »Lassen Sie nur.«

Hektisch kippte ich den Wodka hinunter und stellte die Gläser mit den kaum geschmolzenen Eiswürfeln auf die Tischchen der beiden Männer zurück. Die beiden lachten, und als ich ungefähr eine Stunde später immer noch die Armlehnen umklammert hielt, als würde ich jede Sekunde mit dem Absturz rechnen, erschienen zwei weitere Drinks vor mir.

»Miss!« Eine Stimme durchbrach den Nebel in meinem Kopf. »Miss, wir sind gelandet.« Sanft berührte eine Hand meine Schulter. Ich hob mein Gesicht vom Fenster und blickte mich verwirrt blinzelnd um. Es dauerte eine Weile, bis ich wieder wusste, wo ich war.

»Scheiße«, seufzte ich, und die Stewardess mit den grellblond gefärbten Haaren zog etwas verwundert die Augenbrauen hoch. »Äh, danke«, verbesserte ich mich hastig.

Ich schnallte meinen Sicherheitsgurt ab, stand auf und konzentrierte mich ganz darauf, nicht gleich wieder umzufallen. Die Wirkung des Wodkas war noch längst nicht verflogen. Zum Glück war das Flugzeug fast leer, und ich musste mich nicht mit anderen Passagieren streiten, um an mein Gepäck zu kommen. Allerdings schlug ich mich selbst um ein Haar k. o., als der Koffer unsanft auf meinem Kopf landete.

»Kann ich Ihnen helfen?«, bot ein vorbeieilender Steward an und musterte mich nervös.

»Nein, es geht schon«, wehrte ich ab und wurde rot. »Danke.« Ich holte tief Luft und strengte mich an, nicht allzu betrunken zu wirken, während ich das Flugzeug verließ, den Koffer im Schlepptau.

Ich ging die Gangway hinunter auf das Flughafengebäude zu. Doch plötzlich wurden meine Knie so weich, dass ich stehen bleiben musste. Der Nebel verzog sich aus meinem Kopf, und die Panik setzte wieder ein. Wenn ich es durch diesen Flughafen schaffen wollte, ohne zusammenzubrechen, war ich auf Hilfe angewiesen.

14

geNau wiE deine MutteR

Wie ich es erwartet hatte, vibrierte mein Handy, sobald ich den Flugmodus ausschaltete.

»Hi«, sagte ich, schloss die Augen und lehnte den Kopf gegen die Wand.

»Wo bist du?«, fragte Sara mit zwar fester, aber eindeutig besorgter Stimme.

»Äh …« Ich stockte und versuchte, den Kloß in meinem Hals hinunterzuschlucken. »Ich weiß es nicht. Auf einer Bank vor irgendeiner Bar.«

»Hast du getrunken?«

Ich schwieg und wartete, dass der Wodka mein Inneres betäubte.

»Tut mir leid«, flüsterte ich und biss mir auf die Unterlippe, die einfach nicht aufhören wollte zu zittern. »Ich kann das nicht, Sara. Ich … ich kann das nicht …«

»Schon okay. Ich komme zu dir. Sag mir einfach, wo du bist.«

»Äh … immer noch im Ankunftsterminal«, erklärte ich und sah mich um, ohne die neugierigen Blicke der vorbeieilenden Reisenden zu beachten.

»Geh den Wegweisern zur Gepäckausgabe nach. Ich bin hier«, wies sie mich ruhig an.

»Okay«, stieß ich halberstickt hervor, packte den Koffergriff und stand von der Bank auf. Ich schwankte und brauchte einen Moment, um das Gleichgewicht zu finden, doch dann trugen meine

Füße mich zum Laufband. Auf einmal merkte ich, dass ich immer noch das Handy ans Ohr drückte. »Sara?«

»Ja, ich bin noch da«, antwortete sie. »Kommst du?«

»Ja«, hauchte ich und schloss die Augen. Meine Eingeweide zogen sich zusammen, und ich lehnte mich an das Geländer des Förderbands, weil ich Angst hatte umzufallen. »Ich … ich kann das nicht.«

»Doch, du kannst«, ermunterte sie mich. »Ich helfe dir.«

»Scheiße!« Stolpernd erreichte ich das Ende des Laufbands und ließ mich von anderen Passanten überholen, die mir genervte Blicke zuwarfen. »Bin gleich da.«

Am Ende der Rolltreppe wartete Sara auf mich. Sobald ich auf den Teppich trat, zog sie mich an sich. Ich musste die Augen fest zusammenkneifen, um nicht loszuheulen.

»Ich hab dich so vermisst«, murmelte sie in mein Ohr und hielt mich ganz fest, damit ich nicht doch noch umkippte. Als sie mich losließ, begann ich wieder zu schwanken. Sie betrachtete mich von oben bis unten. »Du siehst beschissen aus.«

Ich stieß ein humorloses Lachen aus. »Und ich fühle mich sogar noch beschissener. Genaugenommen …« Ich zögerte und überlegte. »… genaugenommen fühle ich gerade gar nichts mehr.«

»Ach Emma.« Sara schüttelte den Kopf und sah mich besorgt an. »Kaum lass ich dich ein paar Monate allein, da fängst du schon an zu saufen. Was soll ich bloß mit dir machen?« Sie packte meine Hand und meinen Koffer und zog uns beide zum Ausgang. »Du musst nüchtern werden oder jedenfalls so tun, als wärst du es. Wir treffen nämlich gleich meine Mom.«

»Ach du Scheiße – ernsthaft?« Ich stöhnte. »Das wusste ich nicht … tut mir leid.«

»Schon okay.« Sara seufzte. »Aber bitte versuch, die nächsten Tage die Finger vom Alkohol zu lassen, in Ordnung?«

Ich versprach nichts, ließ mich aber von ihr weiterziehen. Saras

Gegenwart und der Strudel, in den der Alkohol mich sog, beruhigten meine Nerven … für den Moment jedenfalls.

Eine Stunde Fahrt war bei weitem nicht lange genug. Nicht lange genug, um wieder nüchtern zu werden, nicht lange genug, um mich auf das vorzubereiten, weshalb ich nach Weslyn zurückgekommen war.

Wir bogen in den kleinen Parkplatz neben einem hellblauen viktorianischen Haus ein. Von außen wirkte es so freundlich und einladend, aber ich wusste, dass es in seinem Innern den Tod beherbergte. Mir lief ein Schauer über den Rücken.

»Wir brauchen nicht lange«, versicherte mir Sara, als ich stehen blieb und das Schild auf dem Rasen anstarrte – *Lionels Beerdigungsinstitut*. Sie zog mich weiter. »Komm, Em. Meine Mom wartet. Charles ist auch da, um uns mit den juristischen Details zu helfen.«

Keine Ahnung, was danach geschah. Ich hätte schwören können, dass ich das Bewusstsein verloren hatte, denn das Nächste, was ich wusste, war, dass wir wieder im Auto saßen.

»Ich hab dir doch gesagt, es geht ganz schnell«, sagte Sara und klickte ihren Sicherheitsgurt zu.

»Ja.« Ich atmete ein, und es fühlte sich an, als täte ich es zum ersten Mal, seit wir hier geparkt hatten.

»Ich muss nur kurz zu Hause vorbei und meine Tasche holen«, erklärte Sara, als wir losfuhren.

»Was? Nein!«, rief ich laut.

»Was ist los?«, fragte Sara erschrocken.

»Ich kann nicht noch weiter nach Weslyn rein«, antwortete ich heftig. Ich war dankbar, dass das Beerdigungsinstitut am Stadtrand lag, damit die Stadtbewohner den Schmerz nicht wahrnehmen mussten, der sich sozusagen in ihren Hinterhöfen abspielte. »Bitte, Sara, fahr mich zum Motel.«

Sara schwieg. Nach einer Weile antwortete sie schließlich: »Na gut. Ich setze dich ab und komme dann zurück, um meine Sachen zu holen.«

»Danke«, sagte ich erleichtert, presste den Kopf an die Scheibe und sah zu, wie die Bäume vorbeihuschten. Allmählich ließ die Taubheit nach, stattdessen fühlte ich mich immer erschöpfter. »Vielleicht lege ich mich erst mal eine Weile hin.«

»Keine schlechte Idee.«

Ein paar Minuten später schien es, als überschritten wir eine unsichtbare Grenze, denn von jetzt auf gleich befanden wir uns in einer Welt aus Plakatwänden und Neonlichtern, über uns das Brausen des Verkehrs, der auf dem Highway entlangbretterte. Sara fuhr auf den schäbigen Parkplatz.

»Hier sollen wir wohnen?«, fragte Sara. Ihr war deutlich anzumerken, dass sie das Etablissement widerlich fand. Sicher, es machte nicht viel her: Der blaue Anstrich war verblichen und blätterte ab, an manchen Türen waren die ursprünglichen Nummern offenbar abgefallen und willkürlich durch andere ersetzt worden. Um den Pool war ein Maschendrahtzaun gezogen, das Wasser hatte eine unnatürliche grüne Farbe, die mich an einen Science-Fiction-Film erinnerte, in dem auf dem Grund eines Schwimmbeckens Alien-Eier ausgebrütet wurden.

»Willst du das wirklich? Bist du dir sicher?« Ich wusste, dass sie mich damit indirekt bat, es mir doch noch anders zu überlegen.

»Du musst ja nicht bleiben«, sagte ich und öffnete die Tür.

»Doch, ich muss«, entgegnete sie resigniert. »Ich checke uns ein, wenn du währenddessen dein Gepäck aus dem Kofferraum holst.«

Als sie zurückkam, folgte ich ihr eine Betontreppe mit wackeligem Geländer hinauf und ließ sie die Tür zu Zimmer 212 öffnen. Die letzte Zahl hing ziemlich schief auf dem Metall, das Zimmer roch nach scharfem Putzmittel, abgestandenem Zigarettenrauch und … Moder. Als hätte es viel zu lange zwischen den verrotteten Wänden vor sich hin geschimmelt.

Sara riss die dicken dunkelblauen Vorhänge auf, um die Sonne hereinzulassen. Aber es half nicht viel, das Zimmer wirkte immer noch dunkel, ganz so, als würde es sich vor dem Licht in permanentem Schatten verkriechen. Mir war das gerade recht, denn ich fühlte mich sofort mit der Dunkelheit hier verbunden. Sie war mir lieber als die grelle Maisonne draußen.

Ich setzte mich auf das am weitesten vom Fenster entfernte Bett, zog die Schuhe aus und überlegte, mich hinzulegen. Der Nebel waberte immer noch durch meinen Kopf.

»Ich brauch nicht lange«, versprach Sara und drehte sich an der Tür noch einmal zu mir um. »Und ich bring was zu essen mit.«

»Ich komme schon zurecht«, sagte ich und beruhigte sie damit anscheinend so weit, dass sie mich alleinlassen konnte. Mit einem schwachen Lächeln drehte sie sich um und ging. Ich starrte lange auf die beigefarbene Metalltür, die hinter ihr ins Schloss gefallen war.

Emma, es tut mir so leid.

Ich blinzelte, um das Gefühl von Annas Umarmung zu vertreiben. Das Bild ihrer rotgeweinten Augen.

Du siehst so dünn aus.

Ich kniff die Augen noch fester zusammen und verjagte die Stimmen. Jetzt, da ich langsam wieder nüchtern wurde, drangen Fragmente meines Aufenthalts im Beerdigungsinstitut an die Oberfläche meines Bewusstseins.

Schläfrig stand ich vom Bett auf, ging hinüber zu dem großen Fenster und schaute zu dem eingezäunten Pool hinunter, an dem mehrere Plastikstühle herumstanden.

Wir haben Bilder ausgesucht, die wir morgen zeigen können. Möchtest du sie kurz durchschauen und uns sagen, was du von ihnen hältst?

Deine Mutter wollte eingeäschert werden … welche Urne wäre dir am liebsten?

Ein Schauer durchlief mich, ich schlang die Arme fest um mich und schüttelte heftig den Kopf. Ich wollte diese Stimmen nicht hören, ich wollte die glänzenden Behälter und verschnörkelten Vasen nicht sehen.

Wo hätte deine Mutter wohl ihren Grabstein haben wollen?

»Stopp!«, schrie ich laut und griff mir an den Kopf. »Seid endlich still!« Ich schlug mit der Hand gegen das Glas, das unter meinem Stoß erzitterte.

Auf einmal fiel mein Blick auf die verblassten Pappschilder in den Fenstern des Schuppens gegenüber. Sie warben für Bier und Schnaps.

Ich biss die Zähne zusammen, atmete durch die Nase ein und versuchte, mich zusammenzunehmen. Aber ich wusste, es würde nicht mehr lange dauern, bis ich gänzlich durchdrehte. Wieder betrachtete ich den Laden. In so einer Spelunke würde man mich wahrscheinlich nicht nach meinem Ausweis fragen, aber ich wollte kein Risiko eingehen. Ich brauchte Gewissheit.

Mein Blick wanderte über den Parkplatz und verharrte bei einer Gestalt am Pool. Ein Typ in einem weißen ärmellosen Shirt und ausgebleichten Jeans saß auf einem ramponierten Plastikstuhl, riesige Kopfhörer auf den Ohren. Er war garantiert über einundzwanzig. Ich holte tief Luft, der Lärm in meinem Kopf musste verstummen.

Kurzentschlossen packte ich die Tasche mit meinem Geldbeutel und dem Zimmerschlüssel, machte mir aber nicht die Mühe, in meine Schuhe zu schlüpfen. Der Kerl dort unten schien kein Typ zu sein, der Urteile fällte – wenn überhaupt, punktete ich bei ihm, wenn ich barfuß auftauchte. Mit diesem Gedanken im Kopf steckte ich meinen Pony mit einer Haarklammer zurück, lockerte meine Haare mit den Fingern auf und zog den Pulli aus, der mein knappes Tanktop verdeckte. Zu guter Letzt ließ ich noch einen Träger über die Schulter rutschen, dann ging ich mit dem Mut der Verzweiflung die Treppe hinunter und in Richtung Pool.

Es dauerte nicht lange, bis der Typ mich entdeckte. Er taxierte mich von oben bis unten und ließ den Kopfhörer langsam von den Ohren rutschen. Ich musste einen Schauer unterdrücken, während er mich vollkommen schamlos mit den Augen auszog.

»Hey.« Ich lächelte kokett. »Was treibst du so?«

»Nicht viel«, antwortete er und fuhr sich mit seiner fettigen Hand durch die dicken aschblonden Haare. »Und du?«

»Meine Freunde und ich schmeißen nachher in unserem Zimmer eine Party«, erklärte ich so einschmeichelnd ich konnte, »aber ich kann keinen Alkohol kaufen. Meinst du, du könntest mir helfen? Wenn du magst, kannst du nachher natürlich auch deine Freunde mitbringen.«

»Klar.« Er grinste, leckte sich über die Oberlippe, und ich musste mich anstrengen, mir meinen Ekel nicht anmerken zu lassen. »Ich denke schon, dass ich dir helfen könnte. Was möchtest du denn?«

»Wodka«, antwortete ich etwas überstürzt. Hoffentlich hatte er die Verzweiflung in meiner Stimme nicht gehört. Ich holte einen Teil des Bargelds, das Charles Stanley mir vorhin im Beerdigungsinstitut gegeben hatte, aus meinem Portemonnaie und drückte es dem Kerl in die Hand.

»Oh, schön«, meinte er bewundernd. »Du willst also das gute Zeug?« Ich zuckte gleichgültig die Achseln, als er die Scheine entgegennahm und seine Finger dabei ganz zufällig meine streiften. Am liebsten hätte ich die Hand sofort weggezogen. »Brauchst du auch irgendwas zum Mixen?«

»Äh, nein, eigentlich nicht«, antwortete ich. Der Alkohol musste so stark wie möglich sein, wenn ich die nächsten Tage überleben wollte. »Vielleicht ein paar Limonen?«

»Aber sicher, Süße.« Er zwinkerte. »Ich bin übrigens Kevin.«

»Na, dann vielen Dank für deine Hilfe, Kevin«, antwortete ich und klimperte mit den Wimpern, so jämmerlich ich mich dabei auch fühlte.

»Bin gleich zurück«, versicherte er mir und gab mir im Vorbeigehen einen Klaps auf den Hintern. Ich stieß einen spitzen Schrei aus, und er lachte geschmeichelt.

Solange er weg war, füllte ich einen Beutel mit Eis und fand auch ein paar verpackte Plastikbecher. Gerade als er mit einer Papiertüte im Arm über den Parkplatz stolziert kam, kehrte ich zum Pool zurück.

»Hier, bitte schön.« Er hielt mir zwei Wodkaflaschen hin. »Ich hab auch gleich eine für mich gekauft.«

»In Ordnung«, antwortete ich, drehte den Deckel von der Flasche, ließ die klare Flüssigkeit über die Eiswürfel laufen und kippte gleich die Hälfte des Drinks hinunter. Vor Erleichterung hätte ich fast aufgestöhnt. Mein Magen fing sofort Feuer, das Wasser lief mir im Mund zusammen.

Kevin setzte sich, eine nicht angezündete Zigarette im Mundwinkel, auf einen der Gartenstühle, nahm sich einen Becher und schaufelte Eis aus der Tüte hinein. Dann begann er zu reden. Ich kapierte nichts von dem, was er sagte, nickte aber in unregelmäßigen Abständen. Ansonsten starrte ich auf das grüne Wasser, nippte an dem kühlen Wodka, wartete auf das Taubheitsgefühl und füllte meinen Becher vor lauter Ungeduld noch zwei- oder dreimal nach.

Möglichst nahe bei meinem Vater. Sie hätte ihren Grabstein bestimmt gern am selben Ort wie mein Vater gehabt.

Ich biss die Zähne zusammen und kämpfte gegen das hartnäckige Stimmengewirr, das noch immer die Taubheit durchdrang. Ich trank meinen Becher leer und kippte erneut Wodka auf die Eiswürfel.

Es wäre schön, wenn du über ein paar besondere Momente sprechen würdest, die du mit deiner Mutter erlebt hast.

Ich stand am Rand des Pools und starrte ins trübe grüne Wasser. Mein Körper war endlich gefühllos, aber die Stimmen redeten unbeirrt weiter, sie wollten einfach nicht aufhören. Langsam schüttelte ich den Kopf. Ich musste sie loswerden.

Ich schloss die Augen und machte einen Schritt nach vorn. Das Wasser war kühl, das Chlor brannte in meiner Nase, als ich eintauchte. Schnell zog ich die Knie an und ließ mich sinken, bis meine Füße auf dem rauen Beton aufkamen, die Augen hielt ich fest geschlossen. Und endlich … endlich war es still. Ich zog meine Knie noch dichter an mich heran und sog die Stille in mich auf.

Kleine Luftblasen stiegen blubbernd von meiner Nase nach oben. Nach einer Weile begannen meine Lungen zu brennen, aber ich rührte mich nicht, sondern ließ mich von dem kühlen Wasser gefangen halten. Anders als in meinen Träumen fühlte ich keine Panik. So viele Male war ich im Schlaf schon ertrunken, und immer hatte ich voller Angst nach Luft gerungen. Aber hier … hier war es einfach still. Es war wie eine Einladung zu bleiben.

Ich achtete einfach nicht auf den Drang einzuatmen, ich ignorierte den wachsenden Druck in meinem Brustkorb. Um mich herum murmelte das Wasser, und ich öffnete die Augen und lauschte. Es klang wie … wie ein Rufen, und als ich den Kopf hob, sah ich zwei Gestalten, die sich über den Rand des Pools beugten. Eine davon hatte lange rote Haare.

Ich stieß mich vom Boden des Pools ab. Als ich die Oberfläche durchbrach, holte ich tief Luft. Das chemisch verunreinigte Wasser, das ich zusammen mit der Luft schluckte, ließ mich husten. Ich würgte, bis ich dachte, ich müsste mich übergeben. Doch dann beruhigte sich mein Atem endlich etwas. Ich klammerte mich an den Beckenrand, und plötzlich, als hätte jemand den Ton eingeschaltet, verstand ich auch das Rufen.

»Heilige Scheiße, Emma!«, schimpfte Sara. Sie hatte ihre Schuhe weggekickt, wahrscheinlich wäre sie gleich ins Wasser gesprungen. »Was zur Hölle hast du da unten gemacht?«

»Das Mädchen spinnt doch, die ist total übergeschnappt!«, schrie Kevin hinter ihr. »Wie ein verfluchter Zombie hat sie dagestanden und ist dann einfach ins Wasser spaziert. Ein Fall für die Klapsmühle, wenn du mich fragst, Kleine.«

»Halt den Mund!«, brüllte Sara ihn über die Schulter hinweg an, während ich mich aus dem Wasser hievte und auf den Rand setzte. »Verschwinde hier, lass uns gefälligst in Ruhe!«

»Das musst du mir nicht zweimal sagen«, knurrte er. »Verdammte Irre.« Er schimpfte weiter vor sich hin, während er den Parkplatz überquerte, die Papiertüte fest in der Hand.

»Alles in Ordnung?«, fragte Sara, als ich wieder anfing zu husten und Wasser zu spucken.

Ich nickte, und Sara seufzte schwer. »Emma, das war wirklich eine total beschissene Aktion.« Kopfschüttelnd half sie mir auf die Beine.

Sie wartete am Zauntor, während ich meine Tasche einsammelte, aber als ich die fast leere Wodkaflasche einpacken wollte, rief sie laut: »Lass sie stehen!« Ich gehorchte und folgte ihr kleinlaut ins Motelzimmer. Meine klatschnasse Jeans hinterließ bei jedem Schritt kleine Pfützen.

Im Bad zog ich die Klamotten aus und stellte mich unter die heiße Dusche, so lange, bis sie kalt wurde. Ich empfand nichts. Keinen Schmerz, kein Gefühl. Keinen Gedanken. Die Stimmen waren besiegt.

Ich tastete nach einem Handtuch für meine Haare und wickelte mich in ein zweites ein. Die kratzigen weißen Lappen waren kaum groß genug. Sara saß auf einem mit fleckigem Stoff bezogenen Stuhl an dem kleinen runden Tisch. Als ich in einer Dampfwolke aus dem Bad trat, hob sie den Kopf.

Ich mied ihren Blick, das Zimmer drehte sich, und meine Beine hielten mich nur mit Mühe aufrecht. Also ließ ich mich aufs Bett plumpsen und drückte meine Hände auf die Augen.

»Ich weiß, dass du nicht hier sein willst«, sagte Sara leise. Offensichtlich hatte auch sie mit ihren Gefühlen zu kämpfen. »Es muss unvorstellbar schwer für dich sein. Aber du bist nicht allein, Emma. Und du musst begreifen, dass es Menschen gibt, denen du sehr am Herzen liegst und die dir helfen wollen.«

Ich blinzelte und richtete meinen Blick mühsam auf sie.

»Du kannst nicht immer alle wegstoßen.« Ich sah ihre Anspannung, als sie aufstand. »Wenn du so weitermachst, wirst du eines Tages aufwachen und niemanden mehr haben.«

Ich sah mit zusammengekniffenen Augen zu ihr auf, und ihre Worte hallten in meinem Kopf wider. »Was?«

»Ich werde das nicht zulassen.« Mit jedem Wort wurde Sara leidenschaftlicher. »Mich wirst du nicht auch noch von dir wegstoßen.« Als ich immer noch nicht reagierte, presste sie den Mund zu einem schmalen Strich zusammen, und ihre Augen wurden nass. »Hörst du eigentlich, was ich sage? Emma, schau mich an!«

Ich rollte den Kopf zur Seite. Es war gar nicht so einfach, ihn auf den Schultern zu balancieren.

»Herrgott nochmal, Em!«, schrie Sara, ihr Kiefer spannte sich an, sie ballte die Fäuste. »Ich werde dich das nicht alleine durchziehen lassen! Ich werde dich nicht enden lassen wie deine Mutter!«

Ich erstarrte. Mein Blick richtete sich auf sie, und ihr Gesicht wurde blass, als ihr klar wurde, was sie da gerade gesagt hatte. »Raus!«, sagte ich ganz ruhig.

»Emma, es tut mir leid«, schluchzte sie. »So hab ich es doch nicht gemeint.«

»Raus!«, brüllte ich, und sie zuckte heftig zusammen.

Doch dann wischte sie sich die Tränen aus den Augen, nahm

den Zimmerschlüssel und ihre Tasche. Sie warf mir einen letzten sorgenvollen Blick zu, bevor sie die Tür hinter sich zuzog.

Ich zitterte am ganzen Körper, fiel zurück aufs Bett und hüllte mich notdürftig in die muffigen weißen Laken ein. Das Zimmer drehte sich immer noch, ich starrte stumpf an die Wand. In mir blieb alles still. Schließlich schloss ich die Augen und gab mich dem Nichts hin.

15

AndErs

Ich stand im Hauptraum des Beerdigungsinstituts, ganz in der Ecke, abseits der anderen Trauergäste, die um mich herumschwirrten. Auf einmal fiel mir von der anderen Seite des Zimmers ein Lichtschimmer ins Auge, und ich starrte durch das kleine Fenster ganz oben an der Wand hinauf zum sanftblauen Himmel, an dem kleine Wolkenfetzen trieben. Sie wirkten so weiß am blauen Himmel, und sie glitten dahin wie auf einem Fluss. Gelegentlich flatterte auch ein Vogel vorüber, und ich verspürte jedes Mal sofort den Wunsch, ihn zu begleiten – einfach fortzuschweben, weg von dem Flüstern, von den tröstenden Worten, von den Händen, die an mir zupften, und von den Armen, die mich an wildfremde Körper drückten. Ich musste den bekümmerten Gesichtern und tränennassen Augen entkommen.

Hast du gehört, dass sie sich erhängt hat?

Ich blinzelte, meine wohlige Ruhe war durchbrochen, und ich ließ den Blick über die Gesichter der Menschen wandern, die einfach nicht aufhören wollten, mich zu beobachten.

»Emma, es tut mir so leid.« Auf einmal stand eine schlanke ältere Frau vor mir. Ich erschrak, bemühte mich aber um ein freundliches Lächeln und ließ mich widerwillig in den Arm nehmen. »Ich habe mit Rachel gearbeitet, sie war immer so fröhlich. Ich werde sie sehr vermissen.« Ich nickte geistesabwesend.

Hat das Seil ums Geländer gebunden und ist runtergesprungen. Hat sich sofort den Hals gebrochen.

Meine Augen huschten von einem Gesicht zum anderen und suchten die Quelle des Flüsterns. Bei der Bewegung schoss ein stechender Schmerz durch meinen Kopf, eine Nachwirkung des Wodka-Exzesses tags zuvor am Pool. Mein Blick trübte sich, ich hob die Hand an den Kopf und war mir plötzlich sicher, dass ich mir das Flüstern nur einbildete.

»Emma, hast du was gegessen?«

»Hm?« Ich schreckte auf. Zum ersten Mal an diesem Tag hörte ich Saras Stimme. Seit sie in der Nacht ins Motelzimmer zurückgekehrt war, hatten wir kein Wort miteinander gesprochen.

»Emma?« Sara musterte mich aufmerksam. »Was ist los?«

»Äh ... nichts.« Ich versuchte, ruhig zu atmen. »Ich glaube ... ich glaube, ich brauche mal eine Pause.«

»Ja, und du solltest etwas essen«, ermunterte sie mich. »Meine Mom macht in der Küche gerade einen Teller für dich zurecht.«

Ich nickte unkonzentriert. Meine Augen huschten noch immer über die Gesichter, und ich hatte das Gefühl, dass ich dabei war durchzudrehen. Mein Kopf schmerzte so, dass ich gar nicht richtig verstehen konnte, was man mir sagte.

Ich versuchte, mir unauffällig einen Weg durch die Menge der Trauergäste zu bahnen, wurde aber immer wieder von Umarmungen und Beileidsbekundungen aufgehalten. Inzwischen hatte ich mein »Danke schön« so perfektioniert, dass es mir automatisch über die Lippen kam, ohne jegliche Empfindung.

Du hast nie an einen anderen Menschen gedacht, immer nur an dich selbst. Du bist keine Mutter, du warst nie eine!

Diese Leute wussten nicht, wer die Frau gewesen war, um die sie hier trauerten, sie kannten die Wahrheit nicht. Aber ich kannte sie nur allzu gut, und deshalb brachten mich die mühevoll eingefangenen Sekunden vergangenen Glücks, die überall im Zimmer ausgestellt waren, fast um den Verstand.

So schnell ich konnte, schlüpfte ich in die Küche am Ende des

Korridors. Dort suchte ich mir ein großes Glas, füllte es mit Eis und zog mich dann verstohlen in das Büro zurück, in dem ich gestern gewesen war. Hinter dem großen Schreibtisch befand sich ein Wandschrank, in dem ich meine Tasche abgestellt hatte. Und sie enthielt das Einzige, was meine Kopfschmerzen heilen und all diese Menschen aus meiner Wahrnehmung verbannen konnte.

Ich schraubte die Flasche auf, kippte den Wodka in das Glas und trank ein paar Schlucke. Mit einer kleinen Dose Pfefferminzpastillen in der Tasche verließ ich den Raum wieder, das Glas fest in der Hand. Ich schlich mich zurück in meine Ecke und stellte den Wodka auf ein Tischchen in meiner Nähe. Hier blieb ich, starrte aus dem Fenster und murmelte »Danke schön« für die Schar Menschen, die sich versammelt hatte, um der Frau, die nie meine Mutter gewesen war, die letzte Ehre zu erweisen.

Ich wollte nicht hier sein. Wahrscheinlich genauso wenig wie sie. Aber ich war nicht wegen Rachel Wallace gekommen. Als wir das mit Fotos und Blumen geschmückte Beerdigungsinstitut betraten, manövrierte ich mich durch die Menge, ohne die Bilder eines Blickes zu würdigen. Ich versuchte, nicht aufzufallen, damit sie mich nicht entdeckte, bevor ich dafür bereit war. Und ich war nicht überzeugt, dass das sehr bald der Fall sein würde.

»Sie ist im anderen Raum.«

Als ich aufblickte, sah ich das freundliche Gesicht von Ms Mier vor mir.

»Hi, Ms Mier, freut mich, Sie zu sehen.« Ich lächelte der Frau zu, die sich immer Zeit für uns genommen und oft genug mehr verstanden hatte, als uns klar gewesen war.

»Schön, dich zu sehen, Evan, obwohl ich wünschte, es wäre unter weniger traurigen Umständen. Ich hoffe, es geht dir gut in Yale.« Sie tätschelte meinen Arm, und kurz bevor sie weiterging, sagte sie leise: »Sie steht ganz hinten in der Ecke. Du solltest mit ihr reden.«

»Danke«, antwortete ich und nickte.

Ich wollte wirklich mit ihr reden, seit zwei Jahren wartete ich darauf. Aber dies war nicht der richtige Ort.

»Evan ...« Auf einmal stand Sara mir gegenüber und betrachtete mich streng. »Was willst du ...« Sie unterbrach sich und atmete lange aus. »Ich verstehe, dass du kommen musstest. Ehrlich. Aber sie sollte dich lieber nicht sehen.«

Diese Reaktion hatte ich erwartet, aber sie gefiel mir trotzdem nicht.

»Hi, Sara«, erwiderte ich. »Kann ich irgendwie helfen?«

Sie seufzte. »Nein, wir kommen zurecht. Aber Evan, du solltest wissen, dass ... dass sie sich sehr verändert hat«, murmelte sie, dann verschwand sie in der Menge. Erschüttert sah ich ihr nach.

Schließlich ging ich weiter den Korridor entlang, der bei der Küche endete und durch den man auch in den Hauptraum gelangte. Ich blickte mich um. Viele Gesichter kannte ich aus der Highschool, andere waren mir völlig fremd. Ich suchte sie – ich musste sie sehen, ob ich nun dafür bereit war oder nicht.

»Emma, Liebes.« Ihre Stimme beruhigte mich ein wenig. »Es tut mir so leid.«

Ich starrte direkt in die lebhaften blauen Augen von Vivian Mathews, brachte aber kein Wort heraus.

Sie strich mit ihren schmalen, kühlen Händen über meine Wangen. »Du bist so eine starke junge Frau. Ich hätte dir gewünscht, du müsstest das nicht durchmachen.«

Schnell wandte ich den Blick ab, damit sie nicht sah, dass meine vermeintliche Stärke kaum ausreichte, um mich auf den Beinen zu halten.

»Das mit deiner Mutter tut mir sehr leid«, drückte mir kurz darauf mit tiefer Stimme auch Jared sein Beileid aus. Wieder spürte ich den Drang zu fliehen und nickte nur stumm.

Behutsam schloss Vivian mich in die Arme, drückte mich an sich und flüsterte mir ins Ohr: »Wenn du irgendetwas brauchst, ich bin immer für dich da.«

Zitternd erwiderte ich ihre Umarmung.

Als die beiden in der Menge verschwanden, sah ich ihnen nach, denn ich war mir sicher, wenn sie gekommen waren, konnte auch Evan nicht weit sein. Hastig wandte ich mich zu meinem Glas um und nahm ein paar große Schlucke. Ich war noch nicht so weit, ihm gegenüberzutreten. Ich bezweifelte stark, dass ich jemals so weit sein würde, aber das hinderte mich nicht daran, im Raum nach seinen blaugrauen Augen zu suchen.

Und dann sah ich sie. Im selben Moment entdeckte sie mich, und ihre hellbraunen Augen wurden starr, wie bei einem Tier, das in eine Falle geraten ist. Die Spuren der kalifornischen Sonne auf ihrer Haut standen ihr gut, aber sie sah erschöpft und zerbrechlich aus in ihrem dunklen Kleid. Sie hatte sich die Haare abschneiden lassen und trug sie jetzt kinnlang, mit einem dichten Pony. Außerdem war sie deutlich dünner geworden. Ihre Konturen und Wangenknochen traten viel deutlicher hervor. Fast hätte ich mir einreden können, dass sie es gar nicht war, aber dann sah ich, wie ihr Gesicht glühte, und ich musste unwillkürlich lächeln. Noch immer war sie atemberaubend schön. Abgesehen von der Leere in ihren Augen.

»Evan, du bist tatsächlich hier!«

Ich riss den Blick von Emma los und wandte mich der Stimme zu. »Hi, Jill. Wie geht's?« Ich musste gegen den Wunsch ankämpfen, das unsensible Mädchen einfach zu ignorieren. Höflich lächelte ich ihr zu.

Verstohlen blickte ich wieder zu Emma hinüber. Aber sie war verschwunden.

»Hast du in letzter Zeit mal mit Analise gesprochen?«, fragte sie neugierig – typisch Jill, sie hatte die Privatsphäre anderer Leute nie respektiert.

»Nein, schon länger nicht mehr«, antwortete ich und sah mich vorsorglich nach Fluchtmöglichkeiten um.

»Sie würde sterben, wenn sie wüsste, dass du hier bist«, brabbelte Jill weiter. »Hast du Emma gesehen? Ich wette, sie hat einen Kater.«

»Ihre Mutter ist gerade gestorben, Jill«, entgegnete ich scharf, versuchte aber, mir meinen Ärger nicht allzu deutlich anmerken zu lassen.

»Ich verstehe immer noch nicht, warum du eigentlich hier bist«, fuhr sie unbeirrt fort. »Ich meine, nach allem, was sie dir angetan hat ... o mein Gott.«

Ich ging nicht auf ihre Bemerkung ein. »War nett, dich wiederzusehen, Jill. Ich schau jetzt mal, ob Mrs McKinley vielleicht meine Hilfe braucht.« Damit drängte ich mich tiefer in den Raum hinein und ließ meinen Blick suchend über die Menge schweifen. Aber Emma war und blieb verschwunden.

»Ich dachte, du wolltest nicht mit ihr sprechen«, sagte Jared und trat neben mich.

»Will ich auch nicht«, lenkte ich schuldbewusst ein. »Ich hab nur nach dir Ausschau gehalten.«

»Aha, klar«, meinte er spöttisch. Doch dann wurde seine Aufmerksamkeit unwiderstehlich von einer roten Mähne in der Menge angezogen.

»Wirst du etwa mit ihr sprechen?«

Er sah mich wütend an.

»Was soll ich denn sagen? Außerdem ist das hier wirklich nicht der beste Ort, um sich in Ruhe zu unterhalten.« Ich wusste genau, was er meinte. Seine Augen folgten ihr immer noch, und als hätte sie es gespürt, sah Sara auf. Ihre Blicke trafen sich. Stumm starrte Jared sie an. Ich stieß ihn an, damit er zu ihr ging, aber sie wirbelte herum und marschierte energischen Schrittes in die entgegengesetzte Richtung.

»Das lief ja hervorragend«, stellte ich sarkastisch fest.

»Sei bloß still«, brummte er. »Emma hat dich gesucht. Sobald sie Mom und mich gesehen hatte, hat sie sich nach dir umgeschaut. Was hast du jetzt vor?«

»Ich weiß es noch nicht«, gab ich zu. Mein Blick schweifte immer noch über die Menge, auf der Suche nach dem Mädchen, das mir das Herz gebrochen hatte.

Als ich Vivian gesehen hatte, war mir sofort klar gewesen, dass er auch da sein würde. Nervös ging ich in meinem Versteck im Büro auf und ab. Ich konnte nicht wieder hinausgehen. Erst wenn Evan weg war. Mein Herz klopfte, als wollte es aus meiner Brust springen, und ich blickte irritiert auf die silberne Urne, die ich mir auf dem Weg aus dem Saal unter den Arm geklemmt hatte.

»Was zur Hölle hat er hier zu suchen?«, fragte ich den schimmernden Gegenstand. Immer größer wurde die Panik, ich konnte mich nicht mehr beruhigen. Auf der anderen Seite der Tür hörte ich Leute reden und erkannte unter ihnen den Chef des Beerdigungsinstituts an seiner getragenen Stimme. Da ich nicht erklären wollte, was ich mit der Asche meiner Mutter in seinem Büro zu suchen hatte, lief ich schnell zum Wandschrank hinter seinem Schreibtisch und versteckte mich dort.

Mit angehaltenem Atem wartete ich darauf, dass die Stimmen wieder aus dem Büro verschwanden. Als das Licht endlich gelöscht und die Tür geschlossen wurde, atmete ich erleichtert aus und lehnte mich an die Wand. Suchend tastete ich über meinem Kopf durch die Luft und fand eine Schnur. Als ich daran zog, erleuchtete eine nackte Glühbirne den langen, schmalen Wandschrank. An der Stange hing mein Mantel zusammen mit denen von Sara, Anna und Carl. Mir gegenüber lehnte ein Stapel brauner Klappstühle aus Metall. Mein Fuß stieß gegen meine Tasche, die auf dem Boden lag.

»Warum eigentlich nicht?«, murmelte ich. »Ich meine, es ist ja *deine* Trauerfeier.«

Langsam ließ ich mich an der Wand hinuntergleiten und streifte meine Schuhe von den Füßen. Durch das Glas Wodka, das ich im Saal ausgetrunken hatte, war ich bereits leicht betäubt. Aber noch nicht genug. Ich schraubte die Flasche auf.

»Prost, Mom.« Ich stieß mit der Flasche an die Metallurne, kippte einen großen Schluck hinunter und hieß das Schwirren in meinem Kopf willkommen.

Ohne die Augen von dem glänzend silbernen Behälter abzuwenden, nahm ich noch einige weitere Schlucke.

»Hast du dich wirklich erhängt?« Ich hielt inne, als könnte sie mir tatsächlich antworten. »Warum? Warum hast du das getan? Warst du echt so unglücklich?« Ich stieß einen tiefen Seufzer aus und legte den Arm auf die Urne. »Na ja ... ich hoffe, jetzt hast du, was du wolltest. Ich hoffe, der Schmerz ist nicht mehr da.«

»Sara«, unterbrach ich ihr Gespräch mit einem Elternpaar, das ich nur vom Sehen kannte. »Hast du vielleicht einen Moment Zeit für mich?«

Sara entschuldigte sich und kam auf mich zu. »Was ist?«

»Hast du Emma gesehen?«

Sie dachte kurz nach. »Hm ... nein, schon eine ganze Weile nicht mehr. Ich hab sie in die Küche geschickt, damit sie sich was zu essen holt. Aber das war schon vor ungefähr einer halben Stunde.«

»Wo könnte sie denn sein?« Sara mied meinen Blick, und ich machte mir noch mehr Sorgen. »Sara, meinst du, es ist alles in Ordnung mit ihr?«

Noch immer konnte Sara mir nicht in die Augen sehen, sondern suchte angestrengt die Menge nach Emma ab.

»Ich schau mal in der Küche nach ihr«, erklärte sie dann. »Sag mir bitte Bescheid, falls du sie findest.«

Sara war beunruhigter, als ich erwartet hatte. Ich wusste nicht, warum, aber ich wusste, dass wir Emma finden mussten, bevor es jemand anderes tat.

»Cole!«, rief ich laut, als er dranging. Meine Stimme dröhnte in dem engen Raum. »Ups, das war laut, was? Pst!« Ich drückte mir den Finger auf die Lippen.

»Emma? Was ist los? Wo ist Sara?« Er schien nicht sonderlich erfreut über meinen Anruf, und ich fragte mich, ob er womöglich immer noch sauer auf mich war.

»Ich weiß nicht, wo Sara ist«, antwortete ich schlicht. »Bestimmt irgendwo draußen. Cole, bist du noch sauer auf mich?«

»Was?« Er klang verwirrt. »Nein. Aber im Moment mache ich mir Sorgen um dich. Wo bist du denn?«

»In einem Wandschrank. Mit meiner Mom. Wir trinken Wodka.«

Einen Augenblick lang war Cole still. »Äh … was hast du gerade gesagt?«

Ich lachte. »Das klang lustig, was?«

»Emma, wo ist Sara?«

»Magst du nicht mit mir reden?«, fragte ich beleidigt. »Warum willst du denn lieber mit Sara telefonieren?«

»Ich dreh grad ein bisschen am Rad, weil ich hier in Kalifornien sitze und keine Ahnung habe, was du momentan durchmachst. Und die Tatsache, dass du dich in einen Wandschrank eingeschlossen hast, um Wodka zu trinken, klingt nicht gut.«

»O mein Gott, ist die Tür abgeschlossen?«, fragte ich hektisch. Ich griff nach oben, drehte am Türgriff und schob die Tür einen Spaltbreit auf. »Nein, nein, ich bin nicht eingeschlossen«, sagte ich lachend.

»Emma.« Cole seufzte. »Ich kann morgen bei dir sein.«

»Nein!«, rief ich und fügte dann mit fester Stimme hinzu: »Ich will dich nicht hierhaben. Du gehörst hier nicht her. Ich gehöre auch nicht hierher. Aber ich sitze fest. Ich sitze fest im Gestern, und du bist Morgen. Und ich sehe dich in zwei Morgen. Alles klar?«

»Ich habe keine Ahnung, was du damit meinst.«

Ich lehnte den Kopf an die Wand, presste das Telefon ans Gesicht und die fast leere Flasche zwischen meine Beine. »Cole?«

»Ja, Emma?«

Ich schloss die Augen und konnte sie nicht wieder öffnen.

»Emma?«

Ich hörte ihn durch den Nebel, konnte ihn aber nicht finden. »Emma?«

»Emma?«, flüsterte Sara in das Büro hinein. Unter der Tür des Wandschranks war ein Lichtstreifen zu sehen. »Scheiße.«

Ich schloss die Tür hinter uns, ehe ich auch im Zimmer das Licht anknipste. Auf einmal hatte ich Angst, was wir in diesem Wandschrank vorfinden würden. Sara schob die Tür zurück. Kopfschüttelnd blickte sie hinein. »Das muss ein Witz sein.«

Ich stand hinter ihr, und es dauerte einen Moment, bis ich begriff, was ich sah. Emma lehnte zusammengesunken an der Wand, neben sich eine umgekippte Wodkaflasche, deren Inhalt auf den Boden gelaufen war. In der Hand hielt sie ein Handy.

»Ist sie betrunken?«, fragte ich fassungslos.

»Ich hab dir ja gesagt, sie hat sich verändert.« Sara bückte sich und strich Emma die Haare aus dem Gesicht. Dann nahm sie das Handy, hielt es sich ans Ohr und lauschte.

Ich konnte ihr nur zuschauen, mir fiel es schwer, mit dem Anblick fertigzuwerden. Wut kochte in mir hoch, ich runzelte die Stirn.

»Hallo?«, rief Sara in das Handy. Ihre Augen wurden groß, und sie lauschte. »Cole. Hey. Ja, ich hab sie gefunden.« Wieder lauschte sie. »Sie ... sie ist ohnmächtig. Aber ich bringe sie jetzt zurück ins Motel und sorge dafür, dass sie dich morgen früh gleich anruft.« Sara beendete das Gespräch und warf das Telefon in die blaugestreifte Stofftasche, die neben Emma auf dem Boden lag.

»Scheiße«, murmelte sie wieder, während sie Emmas schlaffen Körper betrachtete. »Wie zum Teufel bringe ich sie hier raus, ohne dass meine Mutter etwas davon mitkriegt?«

»Hast du gerade gesagt, dass ihr in einem Motel wohnt?«, fragte ich. »Warum seid ihr nicht bei dir zu Hause?«

»Weil Emma nichts mit Weslyn zu tun haben will.« Saras Antwort leuchtete mir ein, trotzdem fühlte ich mich, als hätte mir jemand einen Schlag in den Magen verpasst. »Offensichtlich ist es ihr schon schwergefallen, überhaupt *hier* zu sein.« Sie wedelte Emma mit den Händen Luft zu.

»Sie kann nicht zurück ins Motel, vor allem nicht in diese Absteige am Highway, falls du von der sprichst.«

Sara sah mich frustriert an. »Hast du vielleicht eine bessere Idee? Meine Mutter darf nicht erfahren, was sie gemacht hat. Sie würde komplett ausrasten.«

»Sie kann bei uns bleiben«, sagte ich, ohne wirklich darüber nachzudenken. »Im Gästezimmer.«

»Kommt gar nicht in Frage«, entgegnete Sara bestimmt. »Das ist die blödeste Idee, die ich je gehört hab.«

»Wenn ich dir helfen soll, sie hier rauszubringen, dann kommt sie mit zu mir.«

»Evan, warum willst du das?« Ich antwortete nicht. Aber nachdem ich Emma so gesehen hatte, war mir klar, dass sich hier mehr abspielte, als ich verstand. Allein die Fragen, mit denen ich vor zwei Jahren zurückgeblieben war, zerrissen mich fast innerlich, und das hier war mehr, als ich ertragen konnte.

Sara bestand nicht auf einer Antwort, die ich nicht hatte. Immer wieder schüttelte sie den Kopf, offensichtlich ratlos.

»Dann bleibe ich auch«, sagte sie schließlich.

»Gut. Du kannst das zweite Gästezimmer haben.«

»Aber du weißt hoffentlich, dass sie außer sich sein wird, wenn sie aufwacht«, meinte sie warnend.

»Ich denke, wo sie aufwacht, wird ihre geringste Sorge sein.« Ich machte eine Kopfbewegung zu dem bewusstlosen Mädchen, unfähig, diese Emma mit der, die ich gekannt hatte, unter einen Hut zu bringen. Es konnte unmöglich ein und dieselbe Person sein.

»Fahr mein Auto zum Hintereingang«, ordnete ich an. »Wenn der Weg durch die Küche frei ist, komm rein und hole uns. Ich glaube, die meisten Leute sind inzwischen sowieso schon gegangen.«

Sara starrte mich an, ihr war deutlich anzusehen, wie wenig ihr das Ganze gefiel. »Aber nur eine Nacht, Evan, ja? Mehr nicht.«

Ich zuckte die Achseln. »Schön. Du bist diejenige, die sie morgen überreden muss, mit zu dir zu kommen, denn dieses Motel kommt nicht in Frage.«

Sara griff sich die Schlüssel, die ich ihr hinhielt, machte ein paar Schritte, zögerte, drehte sich um und nahm die silberne Box mit.

Ich lehnte mich an den Türrahmen und lauschte Emmas tiefen Atemzügen. Auf nichts von alldem war ich gefasst gewesen.

»Was ist denn bloß mit dir passiert, Emma?« Ich zog mein Handy heraus, um die Uhrzeit nachzusehen, und starrte dann seufzend wieder auf das bewusstlose Mädchen.

»Wir sind so weit«, hörte ich Sara kurz darauf aus dem Büro rufen, und ich wandte mich rasch von dem nicht wiederzuerkennenden Menschen vor mir ab. Sara hob Emmas Schuhe und die gestreifte Tasche auf, ich kniete mich neben die reglose Gestalt, schob einen Arm unter ihre Knie und schlang den anderen um ihre Rippen. Ihr Körper sackte gegen mich, ein Arm baumelte schlaff herunter. Sie schien nichts davon zu merken, auch nicht, als ich aufstand. Sara stopfte Emmas Rock fest, dann führte sie mich zur Tür hinaus.

Ich spürte Emmas Atem an meinem Hals, und meine Schultern verkrampften sich. Irgendwie mochte ich diese Nähe nicht. Ich schluckte und versuchte, mich etwas zu entspannen, während ich Sara durch die Küche in die kühle Frühlingsnacht hinausfolgte.

Ich legte Emma sanft auf den Beifahrersitz, und Sara schloss rasch die Tür. »Ich fahre ins Motel und hole unsere Taschen. Dauert nicht lange.« Ich schüttelte mit einem angedeuteten Grinsen den Kopf, denn ich wusste, sie wollte unbedingt da sein, wenn Emma aufwachte.

Dann setzte ich mich ans Steuer und schaute zu Emma hinüber. Das blasse Licht der Nacht ließ ihre Gesichtszüge weicher erscheinen, und jetzt erinnerte sie mich plötzlich wieder an das Mädchen, das ich einmal gekannt hatte. Ihr gehetzter Blick war unter den geschlossenen Lidern verborgen. Man hätte auch ohne weiteres denken können, dass sie einfach nur schlief. Und als ich so ihr friedliches Gesicht beobachtete, regte sich etwas in mir. Auf einmal wusste ich, dass ich in Schwierigkeiten steckte.

16

gesteRn

Ich könnte hier mal ein bisschen Hilfe gebrauchen«, rief ich durch die Fliegengittertür. Kurz darauf hörte ich laute Schritte, die sich aus dem Hausinneren näherten.

»Was zum Teufel ...?«, rief Jared.

»Mach einfach die verdammte Tür auf, Jared.« Endlich ließ er mich ins Haus.

»Was ist passiert?«, fragte er und folgte mir durch die Küche.

»Wodka«, murmelte ich. »Wir haben sie bewusstlos in einem Wandschrank gefunden.«

»Ach du Scheiße«, sagte Jared verblüfft. Als ich die Treppe hinaufstieg, blieb er einen Schritt hinter mir. »Und da hast du gedacht, es wäre das Beste, sie hierherzubringen?«

»Nur für eine Nacht.« Ich wartete darauf, dass Jared die Zimmertür für mich öffnete, aber er stand nur da und starrte mich an. »Komm schon. Mach die Tür auf.«

Missbilligend schüttelte er den Kopf. »Ich kann einfach nicht glauben, dass du Emma zu uns ins Haus schleppst ... besinnungslos.« Endlich öffnete er doch die Tür, folgte mir ins Zimmer und knipste das Licht an.

»Du klingst wie Sara«, murmelte ich und fügte hinzu: »Sie übernachtet übrigens auch hier.« Grinsend wartete ich auf seine Reaktion.

»Was?« Jared riss die Augen auf. »Meinst du das ernst, Evan?«

»Schlag die Decke zurück«, ordnete ich mit einem leisen Lachen an. »Dann hast du wenigstens Gelegenheit, dich mit ihr auszusprechen.« Behutsam legte ich Emma auf das frische weiße Laken.

»So hab ich mir das eigentlich nicht vorgestellt.«

Emmas schwarzer Rock breitete sich auf dem Bett aus, und ich bemerkte das breite Pflaster unterhalb ihres rechten Knies. Etwas Blut war durchgesickert. Mein Magen krampfte sich instinktiv zusammen, während ich ihren Körper mit den Augen nach weiteren Verletzungen absuchte.

»Und Emma zu entführen scheint mir auch nicht die beste Idee, sie zu einem Gespräch mit dir zu bewegen«, fauchte Jared.

Ich beugte mich hinunter und strich Emma die Haare aus dem Gesicht, dann breitete ich die Decke über ihren reglosen Körper.

»Ich hab sie nicht entführt«, konterte ich und wandte mich zu meinem Bruder um. Er ging vor mir her aus dem Zimmer, und ich warf noch einen Blick zurück zu Emma, ehe ich das Licht löschte und die Tür hinter uns schloss.

»Natürlich nicht. Wenn sie die Wahl hätte, würde sie am allerliebsten genau hier in diesem Zimmer aufwachen«, meinte Jared spöttisch.

»Ich konnte sie nicht in diesem schäbigen Motel am Stadtrand übernachten lassen. Das ist nun wirklich nicht das, was man unter einem sicheren Ort versteht.«

Jared lachte. »Ich glaube aber, das wäre ihr lieber gewesen.«

»Ach, sei still, Jared.«

»Evan? Bist du das?«, rief in diesem Moment meine Mutter von unten. Wahrscheinlich war sie in ihrem Arbeitszimmer gewesen, als wir gekommen waren.

»Er hat Emma mitgebracht«, platzte Jared heraus. Wütend wirbelte ich zu ihm herum. Wenn meine Mutter nicht gewesen wäre, hätte ich ihm einen Seitenhieb verpasst.

»Könntest du bitte mal runterkommen, Evan?«, bat sie mich ruhig, aber mit einem solchen Ernst, dass ich unwillkürlich den Rücken durchstreckte. Jared warf mir einen Blick zu, den ich nur als ein »Siehst du wohl« verstehen konnte. Leise fluchend ging ich an ihm vorbei nach unten.

Dort folgte ich meiner Mutter in die Küche. Obwohl sie mir nur bis zum Brustkorb reichte, hatte sie die Fähigkeit, mich mit einem einzigen Blick in einen fünfjährigen Jungen zurückzuverwandeln.

»Setz dich«, sagte sie und stellte sich an die Küchentheke. Ich ließ mich auf einem Hocker nieder, stützte die Hände auf die Oberschenkel und machte mich auf eine Moralpredigt gefasst.

»Warum ist Emma hier?« Prüfend musterte sie mein Gesicht, und ich wusste, dass mir nichts anderes übrig blieb, als ihr ehrlich zu antworten.

»Sara und ich haben Emma bewusstlos im Büro des Beerdigungsinstituts gefunden. Da konnten wir sie ja nicht liegen lassen. Und Sara wollte ihre Mutter nicht beunruhigen. Also hab ich sie hierhergebracht.«

Meine Mutter nickte nachdenklich. »Und was passiert morgen, wenn sie aufwacht?«

Ich schluckte und zuckte die Achseln. Meine Mutter schüttelte den Kopf.

»Es ist wichtig, dass du weißt, was du angestoßen hast, Evan. Diese Entscheidung wird dich dazu zwingen, noch eine ganze Reihe anderer und wesentlich schwierigerer Entscheidungen zu treffen.«

»Wie meinst du das?«

»Du musstest eingreifen, als du sie so gesehen hast, das kann ich verstehen. Aber was wird passieren, wenn es Zeit für sie ist, wieder ins Flugzeug zurück nach Kalifornien zu steigen? Wirst du sie gehenlassen können, ohne zu wissen, wie es mit ihr weitergeht? Du musst das zu Ende denken.«

Ich nickte und wog ihre Worte sorgfältig ab.

»Du musst eine Entscheidung treffen. Und diesmal allein. Ich werde dir nicht im Weg stehen.«

Ein Klopfen an der Tür unterbrach uns. Ich sprang auf. »Das ist bestimmt Sara.«

Ich öffnete die Tür, und Sara kam herein, zwei Koffer hinter sich herziehend, eine Tasche über dem Arm, eine andere über der Schulter. Ich nahm ihr die Taschen ab und stellte sie auf einen Esszimmerstuhl.

»Sara, Liebes«, begrüßte meine Mutter sie und lächelte herzlich. »Ich hab gehört, du bleibst heute Abend bei uns.« Sie legte Sara die Hand auf die Schulter und beugte sich zu ihr, um sie auf die Wange zu küssen.

»Ich hoffe, ich störe nicht.« Sara lächelte meiner Mutter zu und bedachte mich aus dem Augenwinkel mit einem tödlichen Blick.

»Überhaupt nicht. Du bist uns immer willkommen«, versicherte meine Mutter. Dann wandte sie sich an mich, und ihre scharfen blauen Augen blickten mich warnend an. »Evan und Jared geben dir alles, was du brauchst.« Wie aufs Stichwort erschien im selben Moment Jared an der Tür. »Wenn ihr mich jetzt entschuldigt, es ist schon spät, ich gehe in mein Zimmer«, fügte sie abschließend hinzu.

Dann kam sie kurz zu mir, um sich von mir auf die Wange küssen zu lassen. »Du darfst nicht nur an dein eigenes Leben denken«, flüsterte sie noch, dann ging sie und tätschelte im Vorbeigehen Jareds Wange.

Als sie außer Sichtweite war, fauchte Sara ungeduldig: »Wo ist Emma? Ich will sie sehen.«

»Sie ist oben«, erklärte ich. Sara ließ Jared einfach links liegen und stürmte an uns vorbei die Treppe hinauf.

Seufzend folgte ich ihr. »Nimm die Taschen«, sagte ich zu Jared, der mir einen ungehaltenen Blick zuwarf, aber trotzdem das Gepäck der beiden Mädchen aus der Küche holte.

»Was ist mit Emmas Bein passiert, Sara?«, fragte ich, bevor Sara die Tür aufmachen konnte.

Sie hielt inne. Ich konnte sehen, dass sie es mir erzählen wollte, aber nicht wusste, wie. Schließlich schüttelte sie abwehrend den Kopf und öffnete die Tür zum Gästezimmer. Ohne das Licht anzuschalten, setzte sie sich auf die Bettkante neben ihre beste Freundin. Ich beobachtete von der Tür aus, wie sie beruhigend über Emmas Haare strich.

Emma rollte sich auf die Seite und sah Sara mit zusammengekniffenen Augen an. Ich blieb mucksmäuschenstill stehen. »Hey.«

»Hey«, antwortete Sara und lächelte auf mich herab. »Wie geht es dir?«

»Ich glaube, ich bin betrunken«, stieß ich mit schwerer Zunge hervor, blinzelte und versuchte, mich zu konzentrieren. Aber der Wodka machte es mir schwer.

»Das glaube ich auch«, nickte Sara. »War kein guter Tag für dich, was?«

»Kein gutes Leben.« Ich kicherte freudlos, zog die Decke bis zur Nase hoch und holte tief Luft. Sie roch so gut. So … sauber. Mit einem Ruck setzte ich mich auf.

Das dunkle Zimmer begann, Form anzunehmen. Ich sah auf die weiße Tagesdecke mit den rosa Blumen.

»O nein!«, schrie ich erschrocken. »Sara, was zur Hölle mach ich hier?«

»Entspann dich, Em.« Sara legte mir beschwichtigend die Hände auf die Schultern. »Nur für eine Nacht.«

»O nein, nein, nein«, wiederholte ich und schüttelte heftig den Kopf. Das Zimmer begann sich zu drehen, ich konnte mich nicht mehr aufrecht halten und fiel auf das Kissen zurück. Da sah ich seine Silhouette im Türrahmen. »Ich darf nicht hier sein«, jammerte ich. »Ich darf nicht im Gestern bleiben.«

»Ich weiß«, flüsterte Sara und strich mir die Haare hinter die Ohren. »Alles ist in Ordnung, ich bin im Nebenzimmer, wenn du mich brauchst.«

Ich wollte die Augen offen halten, wollte darauf bestehen, dass sie mich wegbrachte. Aber ich konnte nicht mehr denken. Warum hörte das Zimmer nicht endlich auf, sich zu drehen? Resigniert schloss ich die Augen.

Sara blieb noch eine Weile neben Emma sitzen, um sicherzugehen, dass sie wirklich eingeschlafen war. Dann wirbelte sie wieder zu mir herum und starrte mich wütend an. Ich zog mich in den Korridor zurück.

»Ich hab dir doch gesagt, es ist eine scheußliche Idee.« Sara schloss die Tür hinter sich.

Auf einmal sah sie erschöpft aus und rieb sich das Gesicht. »Warum hab ich mich bloß von dir beschwatzen lassen? Das ist wirklich das Letzte, was sie braucht.«

»Das Letzte, was sie braucht? Was zum Teufel ist mit ihr passiert, Sara? Wie konntest du zulassen, dass sie trinkt?«, erwiderte ich heftig.

»Wie bitte?! Ich weiß, dass du wegen der letzten zwei Jahre wütend auf mich bist, aber wag es nicht, mir das hier auch noch in die Schuhe zu schieben! Wenn du sie hergebracht hast, um sie zurückzugewinnen, dann gehen wir sofort! Ich werde nicht zulassen, dass du ihr den Rest gibst, Evan!«

»Tut mir leid. Das hätte ich nicht sagen sollen.« Ich senkte den Kopf, holte tief Luft und versuchte, den Ärger hinunterzuschlucken. Alles in mir hatte sich verkrampft. »Und ich mache das nicht, um ihr weh zu tun.«

Sara atmete angespannt aus.

»Hat sie mit dir darüber geredet?«, fragte ich vorsichtig. »Über Rachels Selbstmord?«

»Redet sie jemals über irgendwas?«, gab Sara mit einem genervten Seufzer zurück. »Wir haben ihr die Einzelheiten noch nicht erzählt. Sie war nicht gerade ... in bester Verfassung, als wir sie gestern vom Flughafen abgeholt haben.«

»Das Trinken ist also nicht neu?«, fragte ich und blickte fest in Saras blaue Augen, die meine mieden. Dennoch offenbarten sie mehr als ihre Worte. »Glaubst du, sie hat ein Problem?«

»Ein Alkoholproblem?« Sara zuckte die Achseln. »Evan, Emma hat ein Problem mit dem Leben.« Sie schüttelte den Kopf und wollte sich abwenden. »Ich sollte mit dir sowieso nicht darüber reden.«

»Und warum nicht?«, fragte ich herausfordernd. »Warum soll ich das nicht wissen? Hab ich nicht wenigstens das verdient? Erzähl mir, was mit ihr passiert ist, Sara!«

Jetzt sah sie mich endlich direkt an, und ihre Augen waren voller Tränen. »Sie ist einfach ... gebrochen.« Ihr versagte die Stimme. »Und ich weiß nicht, wie ich ihr helfen kann.« Sie wandte sich ab, ließ die Schultern sacken und verschwand in ihrem Gästezimmer. Ich blieb auf dem Korridor stehen und sah ihr nach, während alles, was sie gesagt hatte, in meinem Kopf widerhallte.

Mit geballten Fäusten kämpfte ich den Schmerz und die Wut in mir nieder. Ich stellte mich vor Emmas Tür, stemmte die Hände gegen den Türrahmen und senkte den Kopf. »Ich versteh das nicht. Warum bist du mit ihm weggegangen, Emma?«, flüsterte ich. Dann wandte ich mich ab und ging zu meinem Zimmer am Ende des Korridors.

Den größten Teil der Nacht lag ich wach. Die Hände hinter dem Kopf verschränkt, starrte ich an die Decke und versuchte zu entscheiden, was ich tun sollte, wenn die Sonne aufging und wir alle einen neuen Tag beginnen mussten.

Ich öffnete langsam die Augen. Im Zimmer war es noch dunkel. Eigentlich hätte ich die Augen gern wieder geschlossen, aber ich musste dringend zur Toilette. Stöhnend schob ich die dicken Decken zurück. Ich war in Evans Haus. Im Gästezimmer mit den Blumen. *Scheiße*. Wieder stöhnte ich und stieg vorsichtig aus dem Bett. Dann standen meine Füße auf dem kühlen Holzboden.

Ich brauchte kein Licht, um das Bad zu finden, ich wusste genau, wo alles war, obwohl meine Beine zittrig waren vom Wodka, den ich immer noch spürte.

Als ich zurückkam, starrte ich auf das Bett.

Wie geht es deinem Knie?

Du bist doch nicht gekommen, um mich nach meinem Knie zu fragen. Ich spürte förmlich, wie seine Hand über mein Bein glitt.

Unmöglich, ich konnte mich nicht wieder in dieses Bett legen.

Auf Zehenspitzen schlich ich zur Tür, öffnete sie behutsam und spähte auf den Korridor. Alles war dunkel und still. Vor Evans Tür hielt ich inne. Mein Herz zog sich zusammen.

»Ich sollte nicht hier sein«, murmelte ich, ging weiter und dann die Wendeltreppe hinunter.

Ich hörte die Treppe knarren, setzte mich auf und lauschte. Emma war wach. Leise stand ich auf. Kurz darauf meinte ich ihre Stimme zu hören, aber vielleicht bildete ich es mir auch nur ein.

Als ich die Tür ein Stück aufmachte, sah ich ihren Schatten den Flur hinunter verschwinden. Ich folgte ihr.

Ich nahm die vertrauten Gerüche in mich auf, mein Herz flatterte. Ich musste dieses Haus verlassen. Auf der Stelle.

Leise ging ich weiter in die Küche und schloss die Tür auf, die auf die rückwärtige Veranda hinausführte. Ein leichter Wind strich über das hohe Gras der großen Wiese, die sich über den Garten bis hin zum Wald erstreckte. Als ich mich der Treppe zuwandte, sah ich die mächtige Eiche vor mir. Und die Schaukel, die an einem ihrer dicken Äste hing.

Mein Hals war wie zugeschnürt, ich atmete schwer. Doch ich blinzelte die Tränen weg, das feuchte Gras streifte über meine bloßen Füße. Der Baum zog mich unwiderstehlich zu sich. Ich strich über seine raue Rinde und blickte hinauf in die Äste, die sich über meinem Kopf in der sanften Brise wiegten.

»Ich habe diesen Baum immer geliebt«, hörte ich mich sagen, allein die Berührung tröstete mich.

Ich habe diesen Baum immer geliebt, dachte ich, während ich zusah, wie sie die Finger über den Stamm gleiten ließ. Dann hob sie den Kopf, wie um alles in sich aufzunehmen. Auch sie hatte immer eine besondere Verbindung zu diesem Baum gehabt, und er war der perfekte Ort für die Schaukel gewesen, die ich für sie gebaut hatte.

Ich hatte gehofft, wegen dieser Schaukel würde sie immer wiederkommen. Zurück zu mir.

Als ich sah, wie sie die beiden Seile packte und sich auf das schwankende Brett schwang, hielt ich unwillkürlich den Atem an. Einen Augenblick lang glaubte ich sie im schwachen Mondlicht lächeln zu sehen.

Der Impuls, zu ihr zu gehen, mit ihr zu reden, war stark, aber ich kämpfte ihn nieder. Trotz der Freude, die sie mit ihren hin und her schwingenden Beinen ausstrahlte, musste ich mir ins Gedächtnis rufen, dass sie doch eigentlich gar nicht hier sein wollte. Und dass ihr Gesicht sich verändern würde, sobald sie mich entdeckte. Deshalb blieb ich auf der verglasten Veranda und sah zu, wie sie höher und immer höher in die Luft stieg.

Die Grillen sangen auf der Wiese, während ich mit jedem Mal mehr Schwung nahm und den wiegenden Rhythmus genoss. Die Haare wehten mir ins Gesicht und dann gleich wieder nach hinten. Höher und höher flog ich. Schließlich schloss ich die Augen und lehnte mich zurück. Mit durchgestreckten Armen legte ich den Kopf in den Nacken, als wollte ich den Boden herausfordern, mich zu berühren. Mein Magen flatterte. Mein Mund verzog sich zu einem Lächeln.

Immer weiter schwebte sie durch den Schatten der Eiche, lehnte sich so weit zurück, dass es aussah, als würde sie das Gleichgewicht verlieren. Sie streckte die Beine aus, der Wind blähte ihren Rock auf, und ich grinste über diesen vertrauten Anblick. Ein warmer Schauer durchzuckte mich, ich lehnte mich an die offene Tür der Veranda und verschränkte die Arme.

Das war das Mädchen, das ich kannte. Das Mädchen, das ich liebte. Und obwohl ich nicht wusste, was mit ihr passiert war, wusste ich, dass ich es herausfinden musste.

17

NiCht dieselbE

die Sonne blendete mich, als ich auf dem Rattansessel erwachte. Ich brauchte einen Moment, um zu begreifen, wo ich war, aber als es mir klar wurde, sprang ich erschrocken auf. Emma! So schnell ich konnte, eilte ich über die Terrasse, am Pool vorbei und durch das Holztor.

Dort blieb ich stehen. Sie lag zusammengerollt im Gras unter der Eiche, ihre Haut glänzte im goldenen Licht, das durch die Äste schimmerte. Sie hatte den Rock über ihre angezogenen Beine gebreitet und die Hände unter ihrer Wange gefaltet. Ihr Anblick raubte mir den Atem. Ich wurde nervös; ich wollte sie nicht wieder so anschauen, wie ich es einst getan hatte. Sie war nicht mehr dieselbe. Und auch ich hatte mich verändert.

Ich ging zu ihr, schließlich konnte ich sie nicht im feuchten Gras liegen lassen. Behutsam hob ich sie hoch.

Sie stöhnte leise, wachte aber nicht auf, als ich sie ins Gästezimmer zurücktrug und dort aufs Bett legte. Ich blieb nicht, um ihr beim Schlafen zuzuschauen, ich wusste, ich musste mich auf den Moment vorbereiten, in dem sie aufwachte, nüchtern und ... vollkommen unberechenbar.

Ich lag wieder im Bett. Bei der kleinsten Bewegung schmerzte mein ganzer Körper. Als hätte ich auf Steinen geschlafen. Ächzend strich ich mir übers Gesicht.

Kurz darauf klingelte mein Handy. Blind tastete ich in der Tasche herum, die neben meinem Bett auf dem Boden lag.

»Hallo?«, brummte ich.

»Wie fühlst du dich?«, fragte Cole.

»Erschieß mich am besten sofort«, antwortete ich heiser und legte den Arm über meine Augen. »Ist es bei dir nicht superfrüh?«

»Ja, aber ich weiß, dass du dich bald auf den Weg zur Kirche machen wirst«, erklärte er. »Ich wollte nur hören, wie es dir geht. Erinnerst du dich daran, dass du gestern mit mir gesprochen hast?«

Ich konnte nicht denken, in meinem Kopf wütete ein allumfassender Schmerz. »Hab ich irgendwas Blödes gesagt?«

Cole lachte leise. »Ich hole dich und Sara morgen am Flughafen in Santa Barbara ab. Die Mädels haben deine Sachen für dich gepackt und treffen uns dann morgen Abend dort. Ruf mich später an, wenn du kannst.«

»Okay«, antwortete ich, obwohl ich seinen Ausführungen nicht wirklich hatte folgen können. »Bis morgen.«

Mit einem Mindestmaß an Bewegung ließ ich das Handy wieder in die Tasche fallen, aber mein Mund war voller Speichel, und mein Magen drehte sich um. Ich richtete mich auf, stolperte durchs Zimmer und gelangte gerade noch rechtzeitig ins Bad. Vor der Toilette fiel ich auf die Knie und übergab mich.

Ich hielt die Augen fest geschlossen, damit kein Licht in mein schmerzendes Hirn drang, und lehnte den Kopf an das kühle Porzellan.

»Emma?«, rief Sara aus dem Nebenzimmer. »Emma?« Ich hörte, wie die Badezimmertür vorsichtig geöffnet wurde. »O Gott, Emma.« Sie schnappte erschrocken nach Luft, aber ich konnte den Kopf nicht heben, um sie anzusehen. »Wir müssen gleich los.«

»Lass mich einfach hier liegen und sterben«, flehte ich. Wieder überrollte mich eine Übelkeitswelle, gefolgt von einem kalten Schweißausbruch, und ich beugte mich erneut über die Toilette, während mein Magen sich krampfhaft zusammenzog.

Sofort war Sara neben mir und strich mit ihrer kühlen Hand über meine Stirn.

Die Tür zum Gästezimmer stand einen Spaltbreit offen. »Sara?« Ich klopfte leise, denn ich hörte von weitem ihre Stimme. »Der Wagen, der euch zur Kirche bringen soll, ist da.«

»Wir sind hier drin«, rief Sara, und ich trat vorsichtig ins Zimmer, ich wusste ja nicht, was genau mich dort erwartete.

»Ach du Scheiße.« Die Worte rutschten mir heraus, als ich Sara im Schneidersitz auf dem Badfußboden sitzen sah. Auf ihrem Schoß lag Emma, gespenstisch bleich. »Kann sie aufstehen?«

Emma zuckte zusammen. »Nicht so laut, bitte«, flehte sie.

Ich atmete aus und fragte leise: »Sara, was machen wir denn jetzt? In vierzig Minuten sollt ihr in der Kirche sein.«

»Ich weiß«, antwortete Sara gequält. »Hm ... ich stell sie unter die Dusche. Wärst du so nett, meine Mutter anzurufen und ihr zu sagen, dass wir ein bisschen mehr Zeit brauchen?«

»Klar«, antwortete ich und nahm den Anblick noch einmal in mich auf, ehe ich mich umdrehte und das Zimmer verließ. Meine Finger umschlossen fest den Griff, als ich die Tür hinter mir zuzog.

»Komm, Emma. Lass uns versuchen aufzustehen«, ermunterte Sara mich sanft und richtete sich langsam auf. Ich zwang meinen Körper, ihrem Beispiel zu folgen. Meine Hände zitterten, als ich den Badewannenrand umklammerte.

Sara half mir, mein Kleid auszuziehen, und entfernte das Pflaster von meinem Bein, während ich mich in die Badewanne sinken ließ, zu schwach, um ihr irgendwie behilflich zu sein.

»Mein Kopf tut so furchtbar weh.«

»Wann hast du das letzte Mal etwas gegessen?«, fragte Sara und schob die BH-Träger über meine Schultern.

Ich zuckte die Achseln, ehrlich gesagt konnte ich mich nicht daran erinnern, überhaupt etwas gegessen zu haben, seit ich in Kalifornien ins Flugzeug gestiegen war.

Als Sara mich abzuduschen begann, zuckte ich erschrocken zusammen.

»Hier.« Sie reichte mir ein Stück Seife, die ich ein paarmal in den Händen drehte und den Schaum dann blind auf meiner Haut verteilte.

»Ich hab deine Mutter angerufen«, rief Evan aus dem Nebenzimmer. »Sie hat gesagt, ihr sollt sie anrufen, wenn ihr unterwegs seid. Wir sehen uns dann in der Kirche.«

»Evan«, rief Sara und ließ mich mit dem herabbaumelnden Duschkopf allein. Wasser spritzte wild auf meine Beine.

»Mir ist klar, dass du keinen Grund hast, das zu tun, aber ich brauche deine Hilfe«, stieß Sara hektisch hervor, und ihre sonst so strahlenden Augen schienen trübe vor Traurigkeit.

»Womit denn?«, fragte ich gezwungen ruhig.

»Wir müssen sie irgendwie in die Kirche kriegen, und ich schaffe das nicht alleine. Würdest du bei uns bleiben? Hilfst du mir?«

Ich nickte, unfähig, etwas zu sagen. Mein Kiefer spannte sich an. Allmählich wurde mir klar, dass Emmas Zustand weit schlimmer war, als ich jemals gedacht hätte. »Ich warte unten«, sagte ich schließlich. »Sag Bescheid, wenn du mich brauchst.«

»Kannst du eine Kopfschmerztablette organisieren und vielleicht auch was zu essen? Sie hat schon seit zwei Tagen nichts mehr zu sich genommen.« Saras Stimme klang so zerbrechlich. Ich nickte wieder und verließ das Zimmer.

Als ich die Tür schloss, überwältigte mich plötzlich die ganze Wut, die sich in mir aufgestaut hatte, seit wir Emma bewusstlos auf dem Boden des Wandschranks gefunden hatten. Mir war zwar nicht ganz klar, auf wen ich eigentlich wütend war, aber ich konnte nicht leugnen, dass sich seit diesem Augenblick alles falsch anfühlte.

Ich ging die Treppe hinunter. In der Küche traf ich auf Jared, der gerade meiner Mutter in den Mantel half. Ich hielt sofort inne und versuchte, meine geballten Fäuste wieder zu lockern.

»Analise, was machst du denn hier?«, fragte ich und sah zu dem zierlichen Mädchen, das an der Tür stand.

Sie blickte mich mit großen, traurigen Augen an. »Ich wollte dich sehen.« Ihre Augen wanderten zu meiner Mutter – vermutlich wollte sie das Gespräch nicht in ihrer Gegenwart führen.

»Ist oben alles okay?« Die Stimme meiner Mutter klang ruhig, aber ihre Braue zuckte nach oben, als wollte sie mir mitteilen, dass sie sich meiner misslichen Lage durchaus bewusst war.

»Ja«, antwortete ich bedächtig. »Alles unter Kontrolle.«

»Nun, Jared und ich müssen auf dem Weg zur Kirche noch etwas erledigen. Sehen wir uns dann dort?« Sie hielt mir ihre Wange hin, und ich beugte mich hinunter und gab ihr einen Kuss.

»Ja, bis bald«, sagte ich, warf Analise einen Blick zu und bemühte mich, die Fassung zu bewahren.

Jared hielt den Blick gesenkt, als er und meine Mutter das Haus verließen, aber ich konnte mir lebhaft vorstellen, was ihm durch den Kopf ging.

Ich wandte mich Analise zu. »Ich weiß immer noch nicht, warum du hier bist – und dann auch noch ausgerechnet heute.«

»Tut mir leid, dass ich gestern nicht bei der Totenwache war«, sagte sie leise und trat einen Schritt auf mich zu. Dann streckte sie die Hand nach mir aus, ließ sie aber sofort wieder fallen, als sie merkte, dass ich ihr auswich. »Ich hab nicht damit gerechnet, dass du hingehst.«

»Wirklich? Ich hab keine Sekunde lang daran gedacht, *nicht* hinzugehen.«

Sie senkte den Blick. Ihr war deutlich anzumerken, dass ihr diese Bemerkung ganz und gar nicht gefiel. »Ich dachte ... ich dachte, du wolltest nichts mehr mit ihr zu tun haben?«

Ich antwortete nicht. Sicher, das hatte einmal gestimmt, und Analise wusste das besser als alle anderen. Ich war gekränkt und wütend und vor allem verwirrt gewesen, und in diesem Zustand hatte ich mehrmals behauptet, dass es zwischen mir und Emma aus und vorbei wäre. Dass es mir vollkommen egal wäre, wenn ich sie nie wiedersehen würde. Aber ... als meine Mutter mich wieder verreisen ließ – und ich in Emmas Nähe war, auch wenn sie nichts davon wusste –, begann sich dieses Gefühl zu verändern.

»Also, Analise, jetzt mal ehrlich: Was willst du?« Sie hob den Kopf, offensichtlich überrascht von meinem Tonfall. »Wir haben seit letztem Sommer nicht mehr miteinander geredet. Mir fällt kein Grund ein, aus dem du hier sein könntest, außer der, dass Emma in Weslyn ist.«

Analises Augen schimmerten feucht, und ihre Unterlippe schob sich schmollend nach vorn. »Ich wollte nicht, dass du wieder verletzt wirst. Ich hab mir Sorgen um dich gemacht, weil du mir nämlich immer noch am Herzen liegst, Evan. Und ich dachte ... ich dachte, du könntest vielleicht eine Freundin brauchen. Und ich hatte gehofft, ich könnte diese Freundin für dich sein, wie früher.«

Auf einmal bereute ich meinen ungeduldigen Tonfall. Ich glaubte ihr, dass sie nur mein Wohl im Kopf hatte, aber ich wollte sie trotzdem nicht hier haben. »Ich glaube nicht, dass wir wieder befreundet sein können, Analise. Nicht nach all dem, was passiert ist. Tut mir leid.«

Sie nickte, kämpfte jedoch mit den Tränen. »Sie wird dich zerstören, Evan.« Damit wandte sie sich ab und floh aus der Küchentür.

Ich saß auf dem Bett, als Evan im Türrahmen erschien, in der einen Hand ein Kokosnusswasser, in der anderen eine Packung Aspirin und einen Muffin. Sara war gerade dabei, den Schnitt an meinem Bein unter dem Schaft eines hohen Stiefels zu verstecken, und ich stellte entgegen meinen Befürchtungen fest, dass der Druck auf die langsam abheilende Wunde angenehm war.

Evan legte die Sachen auf den Nachttisch, ohne mich eines Blickes zu würdigen. Wenn mein Gesicht auch nur ansatzweise widerspiegelte, wie ich mich fühlte, musste ich schlimmer aussehen als der Tod.

»Fertig?«, fragte er Sara.

Sie stand auf und inspizierte mich wie einen leblosen Gegenstand. »Ich glaube schon. Allerdings weiß ich wirklich nicht, was wir mit deinen Augen tun sollen, Em. Die sind ziemlich angeschwollen und rot.« Sie überlegte einen Moment, dann wühlte sie in ihrer Tasche und holte eine überdimensionale Sonnenbrille heraus. »Hier, setz die auf.«

Ich tat es und spürte sofort Erleichterung. Das Licht schmerzte nicht mehr so in meinen Augen. Sara reichte mir zwei Tabletten, die ich mit dem Kokosnusswasser hinunterspülte. Dann hielt sie mir noch den Muffin hin, aber ich schüttelte mit einer abwehrenden Grimasse den Kopf. Allein der Gedanke, etwas zu essen, versetzte meinen Magen in Aufruhr.

»Irgendwann musst du wieder etwas essen«, sagte Sara streng.

»Aber nicht jetzt.« Ich zuckte zurück und schluckte die Übelkeit hinunter, so gut es ging.

»Kannst du aufstehen?«, fragte Sara.

Ich nickte und erhob mich vorsichtig, auf ihren Arm gestützt. Evan machte eine Bewegung auf uns zu, als ich schwankte, hielt aber inne, als ich das Gleichgewicht wiederfand. Dann ging er voraus, und ich folgte ihm an Saras Arm aus dem Zimmer.

Sosehr ich mich auch dagegen wehrte, ich konnte den Blick nicht von ihm abwenden. Ein Teil von mir war davon überzeugt, dass er nicht real war. Aber er sah aus wie immer, höchstens vielleicht ein bisschen … muskulöser. Ansonsten war er absolut derselbe. Gefasst und erwachsen in einem dreiteiligen Anzug, der seinen Körper auf eine Art zur Geltung brachte, die auf ein *GQ*-Cover gehörte. Vielleicht war es das. Vielleicht saß ich ja noch im Flugzeug, las *GQ*, und alles war nur ein Traum.

Dann holte mich ein stechender Schmerz zurück in die Realität. Ich war hier, in Weslyn, weil meine Mutter tot war. Auf einmal gaben meine Knie nach, und ich stürzte zu Boden. Sara schrie auf, Evan kam die Treppe wieder herauf, schlang den Arm um meinen Rücken und stützte mich.

»Alles okay mit dir?«, fragte Sara sie. Emmas Körper fühlte sich schlaff und zerbrechlich an, sie lehnte sich schwer gegen mich.

»Ja«, stieß sie hervor und setzte sich auf. »Mir war nur plötzlich so schwindlig. Tut mir leid.«

»Emma, du machst mir Angst«, sagte Sara und hielt ihr die Hand hin. »Bist du sicher, dass du klarkommst?«

Emma nickte schwach. Dabei sah sie mich an, aber da die große Sonnenbrille ihre Augen verdeckte, hatte ich keinen blassen Schimmer, was sie dachte. Sie hielt sich wieder an Sara fest, und ich nahm ihren anderen Arm, um sie zusätzlich zu stützen. So schafften wir es mit vereinten Kräften die Treppe hinunter.

Wenn der Wodka das Einzige war, was sie in den letzten zwei Tagen zu sich genommen hatte, war sie wahrscheinlich dehydriert und stark unterzuckert. Wie zum Teufel sollten wir die ganze Trauerfeier überstehen, ohne dass sie umkippte?

»Emma, kannst du vielleicht wenigstens das Kokosnusswasser trinken auf dem Weg zur Kirche?«

Es war das erste Mal, seit ich angekommen war, dass er mich direkt ansprach. Ich nickte und versuchte, meinen Herzschlag auf eine normale Frequenz herunterzufahren, obwohl ich seinen Arm an meinem fühlte. Ich wollte ihm nicht so nahe sein, wollte ihn nicht berühren, nicht seinen süßen, reinen Geruch einatmen, von dem mir nur noch schwindliger wurde. Aber mein Körper machte schlapp und rebellierte gegen die schlechte Behandlung der letzten Tage. Wenn Evan mich losließ, würde ich mich nicht aufrecht halten können.

Die Limousine hielt vor einer malerischen weißen Kirche mit spitzem Turm und bunten Glasfenstern, ein für New England typisches Gotteshaus. Der Bestattungsunternehmer kam sofort auf uns zu, als die Autotüren geöffnet wurden. Jeder Muskel in meinem Körper weigerte sich, mich in das historische Kirchengebäude zu tragen, zum Gedenkgottesdienst für meine Mutter. Die Panik hielt mich im Auto gefangen.

Sara kletterte wieder zu mir und nahm meine Hand. »Ist dir übel?«

Ich schüttelte den Kopf. Auch Evan beugte sich zu uns herein.

»Was ist es dann?«, fragte Sara leise.

»Sie ist tot.« Meine Stimme zitterte. Ich packte die Sonnenbrille und drückte sie fest an die Augen, als könnte ich so meine Tränen zurückhalten. »O mein Gott, o mein Gott, o mein Gott. Sie ist tot.« Der Kloß in meinem Hals wuchs, bis ich das Gefühl hatte zu ersticken.

Ich schloss die Augen. Sara drückte meine Hand. Dann atmete ich tief durch die Nase ein und durch den Mund wieder aus, und allmählich verebbte die Panik.

»Ich glaube, es geht wieder«, sagte ich schließlich, und Sara stieg aus.

»Du schaffst das«, ermutigte sie mich, und als auch ich neben dem Auto stand, nahm sie wieder meine Hand. »Ich bleibe die ganze Zeit dicht neben dir.« Ich konnte nur stumm nicken.

Evan bot mir wieder seinen Arm an, ich hakte mich bei ihm unter und hielt mich an ihm fest.

Zum ersten Mal sah ich von ihr eine Reaktion auf den Tod ihrer Mutter – und ich konnte nichts tun. Ich stand nur da und half ihr die Treppe hinauf, wo Mr und Mrs McKinley uns bereits erwarteten. Anna umarmte Emma und flüsterte ihr etwas ins Ohr, dann ging sie vor uns her in die Kirche hinein.

Emmas Griff wurde fester, und ich spürte ihre Panik, als sie über die Schwelle trat. Instinktiv legte ich meine Hand auf ihre und konzentrierte mich ganz auf ihre Schritte. Ich wollte ihr die Kraft geben, die sie selbst immer mehr zu verlieren schien.

Ich setzte mich neben sie in die erste Bankreihe, Sara nahm auf ihrer anderen Seite Platz, Saras Eltern saßen am Rand. Emma beugte sich von mir weg, ließ meinen Arm los, lehnte sich an Sara und ließ den Kopf auf ihre Schulter sinken. Traurig senkte ich die Augen; offensichtlich war ich nicht derjenige, bei dem sie in dieser Situation Halt suchte.

Der Gottesdienst begann, das allgemeine Gemurmel verstummte. Ich sah kein einziges Mal zu Emma hinüber, während der Pfarrer seine Gebete sprach und fremde Menschen freundliche Geschichten über eine Frau zum Besten gaben, die sie eigentlich nicht verdient hatte.

Schließlich stieg der Pfarrer wieder von der Kanzel herunter, wandte sich an die Gemeinde und meinte: »Als Nächstes möchte ich Rachels Tochter Emma einladen, ein paar Worte zu sagen.«

Ich erstarrte und wandte den Kopf zu Sara, die mich ebenfalls erschrocken ansah.

Aber Emma erhob sich langsam und ging auf die Treppe zu, die zur Kanzel führte.

»O nein«, murmelte Sara neben mir.

»Weißt du, was sie sagen wird?«, fragte ich atemlos.

»Nein, aber ich habe Angst davor, es zu hören«, flüsterte Sara zurück, ohne Emma eine Sekunde aus den Augen zu lassen.

Meine Hände zitterten, als ich oben auf der schwarz verhangenen Kanzel ankam. Fast zufällig blickte ich in Saras Richtung, und auf einmal durchzuckte mich die Erinnerung an ihren leidenschaftlichen Appell.

Sie hat dir weh getan, Emma. Immer wieder. Jetzt kannst du sie loslassen. Du darfst ihr nie mehr erlauben, dir weh zu tun.

Ich richtete meine Aufmerksamkeit auf die Gesichter, die mich erwartungsvoll ansahen. Aber ich hatte nichts vorbereitet. Also beschloss ich, einfach … ehrlich zu sein.

»Ich wünschte, ich wäre nicht hier.« Meine Stimme klang angestrengt und schwach. »Keiner von uns sollte hier sein.« Ich räusperte mich und blickte erneut zu Sara, die mit großen Augen jede meiner Bewegungen verfolgte, ohne zu blinzeln, die Hand fest um die Armlehne der Bank geklammert.

Sie kann dir nicht immer wieder weh tun und dich als emotionalen Punchingball benutzen. Wie oft willst du ihr noch verzeihen, bevor sie dich endgültig fertigmacht?

»Meine Mutter hat mich auf so vielfältige Weise geformt, ich könnte die einzelnen Aspekte gar nicht aufzählen. Sie hat mich zu dem Menschen gemacht, der ich heute bin, und wenn ich morgens aufwache, erinnere ich mich jeden Tag daran, inwiefern sie zu meiner Existenz beigetragen hat. Ich gebe einem unerbittlichen Schicksal die Schuld an …« Ich stockte, räusperte mich wieder und biss die Zähne zusammen. »… an ihrem frühen Tod. Tragödien waren uns beiden nur allzu vertraut. Eine Tragödie hat vor vielen Jahren meinen Vater von uns genommen. Ihr Leben war so lange von Schmerz erfüllt. Ein Schmerz, den ich jahrelang hilflos mit ansehen musste. Vielleicht findet sie jetzt den Frieden, den sie sich so sehr gewünscht hat – jetzt, da sie endlich bei ihm sein kann.«

Es geht doch immer nur um dich – was du willst, wie es dir geht, mit wem du zusammen sein möchtest.

Warum hängst du so an einem Mann, der dich nie geliebt hat?

Ich riss meine Hände von der Kanzelbrüstung los und stieg, am ganzen Körper zitternd, die Stufen wieder hinunter. Die McKinleys standen auf, um mich an meinen Platz zu lassen, aber ich senkte den Kopf und ging weiter den Mittelgang entlang.

»Wohin geht sie?«, flüsterte Sara voller Angst.

»Ich weiß es nicht«, antwortete ich und blickte Emma zusammen mit allen anderen Kirchenbesuchern nach. Zielstrebig ging sie auf die große Flügeltür am Ende des Mittelganges zu, öffnete sie, trat hindurch und war verschwunden.

»Geh an der Seite raus«, wies ich Sara an. Auf den Bänken wurde aufgeregt getuschelt.

Ich folgte Sara über den dunklen Teppich zum rückwärtigen Teil der Kirche, als die gebieterische Stimme des Pfarrers die Aufmerksamkeit der versammelten Gemeinde wieder auf die Kanzel lenkte, von wo aus er aus der Bibel vorzulesen begann.

Wir drängten uns durch die schweren Holztüren nach draußen und eilten die Steinstufen hinunter. Nach dem Halbdunkel der Kirche erschien uns die Sonne unglaublich hell, und ich musste mir die Hand über die Augen halten, um mich nach Emma umzusehen.

Aber die Limousine war verschwunden.

18

immeR noch hieR

Ich öffnete die Tür und machte sie hinter mir leise wieder zu. Emma saß mit angezogenen Beinen auf dem Fenstersims und starrte hinaus.

Während ich auf sie zuging, stieß ich gegen einen Stuhl, weil ich auf nichts anderes achtete als auf sie. Endlich wandte sie sich zu mir um. Ihr Blick war gedankenverloren und erfüllt von einem Schmerz, der mir fast das Herz brach.

»Du solltest nicht hier sein«, sagte sie, ihre Stimme rau vor Kummer. »Nicht du solltest mich finden.«

Ihr bissiger Tonfall hielt mich davon ab, mich ihr noch weiter zu nähern. »Aber ich bin der Einzige, der wissen konnte, dass du hier sein würdest.«

Emma schloss die Augen, ich konnte sehen, wie ihre Kiefermuskeln hervortraten, als sie versuchte, ihre aufwallenden Gefühle zu unterdrücken. Ich wollte ihr sagen, dass sie sie herauslassen sollte. Dass sie aufhören sollte, gegen sie anzukämpfen.

»Ich weiß, warum du aus der Kirche weglaufen musstest«, sagte ich stattdessen.

Sie schüttelte den Kopf, als könnte sie mit purer Willenskraft alles von sich fernhalten.

»Ich werde nicht um sie weinen«, stieß sie hervor. »Ich werde nicht um sie weinen.« Sie schluckte schwer. »Sie hat meine Tränen nicht verdient. Sie hat sich das selbst angetan. Sie hat es so gewollt. Sie wird mich nicht dazu kriegen, um sie zu weinen!« Vor Schmerz und Wut krümmte sich ihr ganzer Körper zusammen. Sie zitterte, so verzweifelt strengte sie sich an, die Trauer in Schach zu halten.

Ich trat auf sie zu, und alles in mir schrie danach, sie in die Arme zu nehmen, sie zu trösten. Doch ich blieb außer Reichweite. Deswegen war ich nicht gekommen.

Emma vergrub das Gesicht zwischen ihren Knien, bis das Zittern nachließ. Dann hob sie den Kopf und atmete mit geschlossenen Augen die vertrauten Gerüche des Kunstraums ein. Ich wartete darauf, dass sie die Augen wieder öffnete, und sah, dass ich immer noch hier war.

»Bist du hergekommen, um mich zu Sara zu fahren?«, fragte sie mit ruhiger Stimme und ausdruckslosem Blick. Ich nickte, überrascht von ihrer plötzlichen Verwandlung.

»Ich habe dem Chauffeur gesagt, er soll zurück zur Kirche fahren, um Sara abzuholen.«

»Okay.« Sie atmete langsam aus. »Gehen wir.«

Ich stürzte durch die Haustür, ohne auch nur in eins der vielen Gesichter im unteren Stockwerk zu sehen. Die weiße Papiertüte fest in der Hand, hastete ich die Treppe hinauf.

»Ihr habt euch unterwegs Burger geholt?«, hörte ich Sara ärgerlich fragen.

»Na und? Sie hat seit zwei Tagen nichts gegessen. Also haben wir uns Burger geholt, ja.« Evans Stimme verklang allmählich, während ich die Treppe hinauflief.

In Saras Freizeitraum ließ ich mich auf die weiße Ledercouch fallen, holte meinen Burger aus der Tüte und schaufelte mir die wenigen Pommes in den Mund, die ich im Auto noch nicht verschlungen hatte. Ich konnte mich nicht erinnern, in meinem Leben jemals so hungrig gewesen zu sein.

Kurz darauf erschien Sara. »Fühlst du dich besser?«

Ich nickte lediglich, denn ich hatte den Mund voll mit dem fettigen Burger, der mir in diesem Moment wie das Leckerste vorkam, was ich je gegessen hatte. Dann wischte ich mir den Ketchup von den Lippen und trank einen Schluck Cola.

»Es tut mir leid«, sagte ich, als Sara sich neben mich setzte.

»Was?«, fragte sie, als hätte sie keine Ahnung, wovon ich redete.

»Ist das dein Ernst?« Ich schnaubte. »Ich hab mich die letzten zwei Tage aufgeführt wie eine Geisteskranke. Und du musstest mich nicht nur in dieser erbärmlichen Verfassung ertragen, sondern mich auch noch die ganze Zeit rumkutschieren und dich um mich kümmern. Es tut mir echt leid, dass ich so eine schlechte Freundin bin.«

Sara schüttelte den Kopf und stieß mich leicht mit der Schulter an. »Du brauchtest mich, und ich war für dich da. So einfach ist das. Aber es wäre mir trotzdem lieber, wenn du keinen Alkohol mehr trinkst … nie mehr.«

Ich lachte leise. »Wodka rühre ich jedenfalls ganz bestimmt nie wieder an, so viel steht fest.«

»Ich auch nicht«, stimmte mir Sara grinsend zu. »Und es tut mir leid, dass ich … du weißt schon …« Sie musterte mich zaghaft – offensichtlich wusste sie nicht, wie sie den Satz beenden sollte. »Was ich im Hotel gesagt hab … und als wir bei Evan waren …«

»Wir müssen nicht darüber reden«, meinte ich und biss erneut in meinen Burger. Nicht zum ersten Mal fragte ich mich, wo Evan steckte. War er noch unten? Oder war er schon gefahren?

»Danke. Ich weiß deine Hilfe wirklich zu schätzen«, sagte ich, dann legte ich auf. Als ich mich umdrehte, stand Jared hinter mir.

»Wer war das?«, fragte er, schielte dabei aber auf den Teller, den Anna mir in die Hand gedrückt hatte, als ich gekommen war. Ich hatte das Essen noch nicht angerührt. »Isst du das noch?«

»Nur zu, bedien dich«, forderte ich ihn auf. »Ich hätte nicht gedacht, dass du hier bist.« Hoffentlich würde ihn das von seiner ursprünglichen Frage ablenken.

»Was soll das heißen?« Er setzte sich an den Glastisch auf der Terrasse und machte sich gierig über das Knoblauchbrot her.

»Du bist im Haus von Saras Eltern«, erklärte ich. »Das ist ... mutig von dir. Dich hier blicken zu lassen.«

»Ich glaube, ihr Vater hätte mir gerne die Tür vor der Nase zugeschlagen, als er mich gesehen hat.«

Ich lachte. »Denkst du wirklich, du würdest Pluspunkte sammeln, indem du hierbleibst und beim Aufräumen hilfst?«

»Ich sollte mein Glück wohl lieber nicht zu sehr auf die Probe stellen«, antwortete er und schob sich einen Bissen Lasagne in den Mund.

»Kannst du mich dann morgen zum Flughafen fahren?«

Ich knüllte die Papiertüte zusammen und ließ meinen Kopf auf die Sofalehne sinken.

»Da seid ihr ja«, erklang im selben Moment Annas Stimme vom Treppenabsatz. Als ich aufblickte, sah ich sie näher kommen. »Sara, könntest du uns ein paar Minuten alleinlassen?«

Ihre Bitte machte mich nervös.

»Ich warte unten«, sagte Sara, wie um mich zu beruhigen. Sie stand auf, damit ihre Mutter sich neben mich setzen konnte.

»Komm her, Emma«, forderte Anna mich lächelnd auf und streckte mir den Arm entgegen. Ich zögerte, doch dann lehnte ich mich an ihre Schulter und ließ mich von ihr umarmen. Ich atmete ihr blumiges Parfüm ein und schloss die Augen, während sie mir durch meine kurzen Haare fuhr. »Du musstest in den letzten Tagen verdammt viel durchmachen, und das tut mir leid.«

Auf einmal war mein Hals wie zugeschnürt, ich brachte kein Wort heraus.

»Wir kümmern uns um dich«, murmelte sie und küsste mich zärtlich auf den Kopf. »Aber ich finde, du solltest mit jemandem darüber reden, was in dir vorgeht. Das Ganze muss unvorstellbar schwer für dich sein.«

Alles in mir sträubte sich dagegen, über die explosive Gefühlsmischung zu sprechen, die mein Inneres zu zerreißen drohte – also schwieg ich.

»Ich mache mir Sorgen um dich«, fuhr Anna fort. »Ich weiß nicht, was ich tun kann, damit du dich geborgen fühlst. Und als Mutter wünsche ich mir vor allem das für dich und Sara. Dass ihr euch geliebt und geborgen fühlt.«

»So fühle ich mich auch«, flüsterte ich. »So fühle ich mich immer, wenn ich hier bei euch bin.«

»Aber ich wünschte, dieses Gefühl würde auch anhalten, wenn du woanders bist.«

Einen Moment lang saßen wir schweigend beisammen. Mein Kopf ruhte an ihrer Brust, und ich lauschte ihrem Herzschlag. Ihre schlanken Arme hielten mich so fest, dass ich mich tatsächlich geliebt und geborgen fühlte.

»Darf ich dich was fragen?«, sagte ich nach einer Weile leise.

»Natürlich.«

»Hat sie sich … hat sie sich wirklich erhängt?« Ich schloss die Augen und wappnete mich für ihre Antwort.

»Ja, das hat sie«, antwortete Anna sanft, aber bestimmt.

»Wo?«

»In ihrem Haus in der Decatur Street.«

Mir blieb die Luft weg. »Am Balkongeländer?«

»Ja.«

Plötzlich fühlte sich meine Brust so eng an, als wäre darin nicht genügend Platz, um zu atmen. Als würde ich an meinem Kummer ersticken.

»Hat sie sehr gelitten?«

»Nein«, flüsterte Anna mit erstickter Stimme.

Ich zog mich ein Stück zurück, um sie anzusehen: Tränen rannen ihr übers Gesicht.

»Warum?« Auch meine Augen brannten bei jedem Blinzeln.

Anna schüttelte nur den Kopf. »Ich weiß es nicht. Sie hat keinen Abschiedsbrief hinterlassen. Und selbst wenn sie es getan hätte, bezweifle ich, dass sie hätte erklären können, warum sie sich das Leben nehmen wollte. Es tut mir so leid, Emma.«

»Danke«, flüsterte ich. Meine Unterlippe bebte, so angestrengt versuchte ich, die Tränen zurückzuhalten. Anna weinen zu sehen war nahezu unerträglich. »Du warst immer so nett zu ihr … egal, was passiert ist. Und danke für alles, was du letzte Woche für mich getan hast. Ich weiß, dass ich keine große Hilfe war, und das tut mir sehr leid.«

»Du brauchst dich wirklich nicht zu entschuldigen«, meinte Anna nachdrücklich und wischte sich die Tränen von den Wangen. »Du liegst Carl und mir sehr am Herzen, Emma. Wir freuen uns, wenn wir dir helfen können, das durchzustehen.«

»Danke«, wiederholte ich.

»Musst du morgen nach Kalifornien zurück?«

Ich nickte.

»Das dachte ich mir schon«, sagte sie traurig, aber voller Verständnis. »Bitte überleg dir, ob du nicht doch mit jemandem reden möchtest, ja?«

Ich nickte erneut, obwohl ich wusste, dass ich es nicht tun würde.

»Ich bin dir echt dankbar für alles, was du heute getan hast«, sagte Sara, als sie sich zu mir auf das große Sofa im Freizeitraum setzte. »Für dich war das Ganze bestimmt auch schwer.«

Ich schwieg einen Moment lang. »Ja, es war nicht leicht«, antwortete ich bedächtig. »Tust du mir im Gegenzug einen Gefallen?«

»Kommt drauf an. Worum geht es denn?«

»Lass mich und Jared euch beide morgen zum Flughafen fahren.«

Sara starrte mich an und versuchte offensichtlich zu ergründen, ob ich irgendwelche Hintergedanken hatte. Was natürlich der Fall war.

»Warum?«, fragte sie argwöhnisch.

»Ich will mich nur vergewissern, dass es ihr gutgeht, bevor sie wieder fliegt.« Das war eine zumindest einigermaßen ehrliche Antwort.

»Okay«, stimmte Sara zu. »Aber Emma und ich sitzen hinten – allein.«

Ich hatte Mühe, ein Grinsen zu unterdrücken. »Das geht in Ordnung.«

»Was macht ihr denn hier?«, hörte ich Carls Stimme unten an der Treppe – er knurrte regelrecht. Ich lief die letzten Stufen hinunter und wäre fast gestolpert, als ich Evan sah. Er schaute zu mir hoch, erschrocken zunächst, doch nachdem ich mich wieder gefangen hatte, erschien dieses atemberaubende Lächeln auf seinen Lippen – dieses Lächeln, mit dem er mich unzählige Male genau hier begrüßt hatte.

»Hey«, sagte er und wandte den Blick ab, während ich ihn weiter verdutzt anstarrte.

»Was ist los?« Ich richtete meine Aufmerksamkeit wieder auf Carl, der von Jareds und Evans Auftauchen offensichtlich ebenso überrascht war wie ich.

»Unsere Taschen sind im Wohnzimmer«, verkündete Sara, die im selben Moment die Treppe heruntergehüpft kam, wobei sie weder mein missmutiges Gesicht noch den fragenden Blick ihres Vaters beachtete. »Oh, Dad, ich hab ganz vergessen, dir zu sagen, dass du uns nicht zum Flughafen fahren musst.«

»Das sehe ich«, antwortete er, immer noch skeptisch. »Bist du dir auch *sicher*?«

»Ja, natürlich«, beteuerte Sara lächelnd und küsste ihren Vater auf die Wange. Dann lehnte sie sich vor, und ich hörte sie flüstern: »Sie fahren uns nur zum Flughafen, weiter nichts.«

Carl erwiderte ihren Kuss, dann sah er Jared an, und seine Augen wurden schmal.

Jared lächelte unbehaglich und eilte an ihm vorbei, um unsere Taschen zu holen.

»Was zum Teufel hast du dir dabei gedacht?«, raunte ich Sara zu, als sie sich ihre Reisetasche über die Schulter warf.

»Sie fahren uns nur, Emma. Keine Sorge. Das dauert nicht mal eine Stunde.« Sie lächelte beruhigend, aber mich beschlich trotzdem ein ungutes Gefühl – hier war irgendetwas im Busch.

Nachdem ich Anna und Carl zum Abschied umarmt hatte, drängte ich mich an Evan vorbei und folgte Sara zum Auto.

Die Farbe war in ihr Gesicht zurückgekehrt, und obwohl ich den Ausdruck in ihren Augen immer noch nicht recht deuten konnte, war sie … wunderschön. Ich hatte Mühe, nicht über beide Ohren zu grinsen, als sie bei meinem Anblick fast die Treppe hinunterfiel. Normalerweise konnte ich mir einreden, dass ich über sie hinweg war und mein Leben weiterleben musste, aber wie sollte ich das anstellen, wenn sie direkt vor mir stand?

Auf der Fahrt zum Flughafen sagte niemand ein Wort, also suchte ich Musik aus, um die Stille zu übertönen. Als ich mich Jared zuwandte, sah ich, wie Sara Emma aus dem Augenwinkel beobachtete. Sie machte sich Sorgen. Irgendetwas ging hier vor, von dem ich nichts wusste. Sara verschwieg mir etwas. War ich wirklich bereit dafür … selbst wenn ich am Ende womöglich noch schlimmer verletzt werden würde? Andererseits konnte ich mir einfach nicht vorstellen, dass das überhaupt möglich war.

Wie von selbst kehrte mein Blick immer wieder zu seinem Nacken zurück und glitt über seinen sauber getrimmten Haaransatz. Hin und wieder wandte er sich ein Stück zur Seite, um unauffällig zu Sara hinüberzuschielen, so dass ich für einen Moment sein perfektes Profil vor mir hatte: die lange, schmale Nase, die leicht hervortretenden Wangenknochen, die markanten Augenbrauen. Jedes Mal machte mein Herz einen Satz, und ich musste schnell wegschauen, um nicht knallrot anzulaufen. Aber eine Stunde lang würde ich das schon überleben … hoffentlich.

Als wir schließlich vor dem Flughafengebäude hielten, stiegen Jared und Evan ebenfalls aus, um uns mit unserem Gepäck zu helfen. Da sah ich die anderen Taschen im Kofferraum.

»Soll das ein Witz sein?!«, schrie ich Sara an, in der festen Überzeugung, dass sie davon gewusst hatte. Doch sie blickte genauso verwirrt drein wie ich.

Gemeinsam drehten wir uns zu Evan um und starrten ihn vorwurfsvoll an.

»Ich hab dir doch gesagt, das ist keine gute Idee«, murmelte Jared. »In letzter Zeit hast du dafür echt ein Händchen.«

»Halt die Klappe, Jared«, erwiderte Evan, dann wandte er sich Sara und mir zu und zuckte die Achseln. »Ich verbringe die Sommerferien bei Nate in Santa Barbara.«

Vor Verblüffung blieb Sara der Mund offen stehen. »Ist das dein Ernst?«

»Wo ist das Problem?«, fragte er. »Ihr fliegt doch nach Palo Alto, oder nicht?« Ich wusste, dass er nicht die volle Wahrheit sagte. Er war ein furchtbar schlechter Lügner.

»Komm, Emma, lass uns gehen.« Wutschnaubend griff Sara sich unsere Taschen und marschierte davon.

Ich eilte ihr mit meinem Rollkoffer nach. »Das kann doch nicht wahr sein«, flüsterte ich aufgebracht.

»Keine Sorge«, versuchte sie, mich zu beruhigen. »Das wird schon.«

»Geschickt …«, meinte Jared, als die beiden Mädchen wütend davonstürmten, und schloss den Kofferraum. »Auffälliger ging es nicht, was?«

»Na ja … früher oder später hätten sie es sowieso erfahren.«

»Hast du überhaupt eine Ahnung, worauf du dich da einlässt?«, fragte er kopfschüttelnd.

»Nicht wirklich«, musste ich zugeben, obwohl ich mich die ganze letzte Nacht davon zu überzeugen versucht hatte, dass ich das Richtige tat. »Aber das hab ich nie, wenn es um Emma geht. Warum sollte das jetzt anders sein?«

Jared seufzte. »Ich komme in ein paar Wochen nach. Hast du Nate gesagt, dass du schon früher da bist?«

»Ja, ich hab ihn gestern Abend angerufen. Es ist niemand im Haus, aber ich weiß, wo der Schlüssel liegt, also ist das keine große Sache.«

»Viel Glück«, sagte Jared, umarmte mich kurz und klopfte mir auf den Rücken. Er warf mir einen letzten amüsierten Blick zu, dann stieg er leise lachend und immer noch kopfschüttelnd in sein Auto.

Ich versuchte nicht, die Mädchen zu finden. Ich wusste, dass wir dieselbe Flugverbindung nach Santa Barbara gebucht hatten. Dafür hatte ich gesorgt, nachdem ich ihren Reiseplan am Kühlschrank der McKinleys hatte hängen sehen. Was ich nicht wusste, war, wo sie in Santa Barbara wohnen würden ... und wer sonst noch da sein würde.

»Nate wohnt in derselben Straße wie Cole«, erklärte ich Sara. Ich war mit den Nerven völlig am Ende. Mir war kotzübel.

»Was?!«, rief Sara so laut, dass die Passagiere um uns herum irritiert herübersahen. »Warum erfahre ich das erst jetzt? Und woher weißt *du* das?«

»Äh … in den Frühlingsferien war ich mal auf einer Party bei Nate – in der Woche, die ich mit Cole verbracht habe. Er hat mir geholfen, die Nacht zu überstehen, nachdem ich erfahren hatte, dass ich im Haus von Evans bestem Freund war, und mich mit Tequila davon ablenken wollte.«

»Heilige Scheiße!« Sara blieb vor Verblüffung der Mund offen stehen. »Ich … ich kann immer noch nicht fassen, dass du mir nichts davon erzählt hast. Aber … ach du Scheiße. Also kennen sich Cole und Nate?«

»Cole kennt *Evan*!«, gestand ich, wandte den Blick ab und starrte aus dem Fenster.

»O mein Gott! Emma, das …«

»… das wird der schlimmste Sommer meines Lebens«, beendete ich ihren Satz und ließ meinen Kopf gegen die Scheibe sinken.

»Wir müssen nicht in Santa Barbara bleiben«, meinte Sara. »Vielleicht fahren wir zurück nach Palo Alto, wenn in ein paar Wochen für Cole das Sommerquartal losgeht.«

Ich seufzte enttäuscht. Aus meinem ruhigen Sommer mit Sara würde wohl nichts werden. »Vielleicht.«

»Wir stehen das durch«, versicherte sie mir. Aber ich glaubte ihr nicht.

Als wir die Landebahn zu dem kleinen Flughafengebäude entlangrollten, standen die Passagiere auf und holten ihre Taschen aus der Gepäckablage. Sara und Emma hatten ein paar Reihen vor mir gesessen und waren schon weg, als ich ausstieg. Auf dem Weg zur Gepäckausgabe rückte ich meinen Rucksack zurecht und atmete tief die warme Luft ein. Ich hatte Kalifornien vermisst.

Saras Haare waren kaum zu übersehen. Ich hatte die beiden gerade entdeckt, als ich eine Stimme rufen hörte: »Hey, Emma.« Ich blieb so abrupt stehen, dass der Mann hinter mir fast in mich hineingelaufen wäre.

Emma trat näher an ihn heran, er beugte sich zu ihr und küsste sie.

»O nein.« Mir stockte der Atem, doch nach einem Moment, der mir vorkam wie eine Ewigkeit, schaffte ich es irgendwie, zum Gepäckkarussell weiterzugehen – auf so engem Raum konnte ich den dreien unmöglich aus dem Weg gehen.

»Evan?« Als ich mich umdrehte, sah ich in Coles verwundertes Gesicht. »Ich wusste gar nicht, dass du auch herkommst.«

»Hey, Cole«, antwortete ich und versuchte, ruhig und freundlich zu klingen. »Ja, ich verbringe den Sommer bei Nate.« Ich sah von ihm zu Emma, die meinem Blick auswich, und sagte: »Mir war nicht klar, dass ihr beiden euch kennt.«

Coles Augenbrauen zogen sich zusammen, als er die Situation allmählich zu begreifen begann. »Ja, wir kennen uns«, meinte er und nahm ihren Koffer vom Laufband. »Äh, sollen wir dich mitnehmen?«

»Was?!«, platzte Emma heraus, und ihre Wangen färbten sich tiefrot.

»Er wohnt doch in der gleichen Straße wie wir. Also ... sollen wir dich mitnehmen?«

»Gerne«, antwortete ich, überrascht von seiner Lässigkeit. Ich blickte zu Sara hinüber, die aussah, als würde sie jeden Moment in Ohnmacht fallen.

Cole legte seinen Arm um Emmas Schultern, und sie hob ruckartig den Kopf.

Dieser Sommer würde der schlimmste meines Lebens werden.

19

gib miR eInen grund

Das Auto hatte kaum angehalten, da sprang ich schon hinaus, schlug die Tür zu und zerrte mein Gepäck so hastig aus dem Kofferraum, dass ich mich um ein Haar auf den Hintern gesetzt hätte. Ich stürmte zur Haustür und drehte am Knauf: Sie war verschlossen. Natürlich war sie verschlossen! Ungeduldig trippelte ich mit den Füßen, während ich auf Cole wartete, der sich verdammt viel Zeit ließ.

Mein Blick war starr auf die Tür gerichtet. Ich sah Cole nicht an, der mich auf der Fahrt *erneut* betrogen hatte, indem er Evan auf einen Burger eingeladen hatte. Ich sah auch Evan nicht an, der ohne Zögern zugestimmt hatte. Und ich sah auch Sara nicht an, die es anscheinend nicht lassen konnte, jedes Mal verblüfft den Mund aufzusperren, wenn die beiden Jungs miteinander redeten, als wären sie gute Freunde, die sich viel zu erzählen hatten. Ich starrte nur die Tür an und wartete darauf, dass sie aufging.

Als Cole *endlich* aufschloss, drängte ich mich sofort an ihm vorbei und rollte meinen Koffer ins Gästezimmer. Sara hastete mir nach.

»Äh … teilen wir uns das Zimmer?«, fragte sie mit einem Blick auf das einzige, wenn auch breite Bett. Dann sah sie mich verwirrt an.

»Äh …«, stammelte ich.

»Emma.« Cole streckte seinen Kopf zur Tür herein. »Du kannst deine Sachen in mein Zimmer bringen.«

Einen Augenblick lang blieb mir die Luft weg, dann nickte ich und zog meinen Koffer zurück ins Wohnzimmer.

»Willst du ein Bier, Evan?«, fragte Cole.

»Gern«, antwortete Evan. Er schaute sich interessiert um und strich mit den Fingern über die Puzzles im Bücherregal.

Ich ertrug es keine Sekunde länger, ihn hier zu sehen, also ließ ich meinen Koffer in der Küche stehen und ging auf die Terrasse, wo ich mich mit verschränkten Armen auf einen Stuhl setzte und aufs Meer hinausstarrte.

»Hey«, sagte Sara zaghaft und schloss die Glastür hinter sich. »Sorry, Emma, das … das ist echt ätzend.«

»Die Untertreibung des Jahrhunderts«, stieß ich zwischen zusammengebissenen Zähnen hervor. »Warum ist er hier? Warum konnte er nicht einfach wegbleiben …?« Ich kniff die Augen zu. »Das kann doch nicht wahr sein.« Meine Welt war so aus den Fugen geraten, dass ich kaum noch aufrecht stehen konnte.

Sara stellte sich vor mich ans Geländer, rückte dann aber ein Stück zur Seite, damit ich weiter der Brandung zusehen konnte.

»Warum bist du mit deinen Sachen automatisch ins Gästezimmer gegangen?«

Überrascht sah ich zu ihr auf.

»Ich … äh, na ja, da habe ich letztes Mal gewohnt«, erklärte ich. »Wir … schlafen nicht im selben Zimmer, Sara. Wir sind nicht zusammen. Das weißt du doch.«

»Ach ja.« Sie nickte. »Im Flughafen sah das aber anders aus.«

Ich konnte mich nicht einmal mehr richtig daran erinnern, was im Flughafen zwischen Cole und mir vorgegangen war. Ich hatte an nichts anderes denken können als daran, dass Evan irgendwo hinter mir gewesen war.

»Vielleicht solltest du …« Sara stockte mitten im Satz. Ihr Kopf ruckte hoch, und sie blickte mich wachsam an.

»Was ist?«, fragte ich irritiert.

Doch da hörte ich es auch: »Warum warst du dann nicht auf der Beerdigung?« Mir verschlug es die Sprache.

»Sie wollte nicht, dass ich mitkomme«, erklärte Cole, immer noch merkwürdig gelassen. »Ich wollte für sie da sein, hab aber ihre Wünsche respektiert. Darum bin ich hiergeblieben.«

»Verstehe.«

»Du warst also da, nehme ich an?«, fragte er mit leicht hochgezogenen Augenbrauen.

»Ja.« Emmas Wünsche hatten mich nicht davon abbringen können.

»Und sie war total fertig«, sagte Cole, als hätte er nichts anderes erwartet.

»So kann man es auch ausdrücken.« Ich nickte und fragte mich innerlich, wohin dieses Gespräch wohl führen mochte.

»Sie reden über mich«, stieß ich fassungslos hervor. »Warum reden sie über mich? Wissen sie denn nicht, dass ich sie hören kann?«

»Pst«, machte Sara nur und lauschte angestrengt.

»Bist du deswegen mit ihr hergekommen?«, erkundigte sich Cole.

Ich erstarrte. Jede Faser meines Körpers wartete auf Evans Antwort.

»Ich hatte sowieso geplant, den Sommer hier zu verbringen«, antwortete ich, was nicht gelogen war, aber auch nicht die ganze Wahrheit. »Ich dachte nur, ich komme ein bisschen früher – weiter nichts.«

»Ach ja?«, erwiderte Cole skeptisch. »Hör zu, ich weiß, dass ihr eine gemeinsame Vergangenheit habt, du und Emma. Ich kann dich verstehen. Sie war fix und fertig auf der Beerdigung, und du machst dir Sorgen um sie. Das leuchtet mir ein. Du wusstest ja auch nicht, dass ich mich um sie kümmere. Aber ich bin für sie da, du kannst vollkommen beruhigt sein.«

Ich trank einen Schluck Bier und schaute hinaus auf die Terrasse zu

Sara und Emma. Ich begegnete Saras Blick, doch sie wandte sich schnell ab und tat so, als wäre sie ins Gespräch mit Emma vertieft.

»Verdammt«, murmelte Sara. »Evan hat mich erwischt.«

»Ich fasse es nicht, dass wir uns das anhören. Ich meine, diese Unterhaltung sollte überhaupt nicht stattfinden. Er sollte nicht hier sein. Sie sollten nicht über mich reden. Scheiße. Können sie sich nicht denken, dass ich jedes Wort verstehe?« Mein Puls raste, und ich ballte wütend die Fäuste.

»Ich werde mich nicht einmischen«, sagte ich und drehte mich wieder zu Cole um. »Ich wollte nur ... ich hatte gehofft, ein paar Dinge klären zu können. Emma und ich sind nicht gerade im Guten auseinandergegangen.«

»Das dachte ich mir«, meinte er achselzuckend.

»Hat sie dir davon erzählt?« Ich musterte ihn prüfend – wie viel wusste er über Emma und ihr Leben in Weslyn? Ich kam nicht dahinter, wie nahe sich die beiden standen; ihre Körpersprache war total widersprüchlich. Aber ich war auch nicht darauf vorbereitet gewesen, dass Emma einen neuen Freund hatte.

»Nicht wirklich«, sagte er mit einem leisen Lachen. »Sagen wir einfach, ich habe es selbst rausgefunden.« Er schwieg einen Moment lang. »Will sie, dass du hierbleibst?«

Ich zögerte – wenn ich jetzt das Falsche sagte, würde ich alles noch viel komplizierter machen.

Schließlich entschied ich mich dafür, ehrlich zu sein. »Das habe ich sie nie gefragt. Wir hatten keine Gelegenheit, miteinander zu reden, als wir noch in Weslyn waren.«

»Dann solltest du sie vielleicht jetzt fragen.« Cole runzelte die Stirn, und ich erkannte die Warnung in seinem Blick. »Und wenn sie dich nicht hierhaben will, dann solltest du sie in Ruhe lassen.«

»Emma, wo willst du hin?«, hörte ich in dem Moment Sara rufen. Sofort sprang ich auf und ging zur Terrassentür.

»Wissen sie nicht, dass ich sie hören kann?!«, schrie ich und

stürmte die Treppe hinunter. Ich wollte dem Gespräch der beiden Jungs nur noch entkommen. Hastig stolperte ich über die Steine zum Strand.

»Emma!«

Meine Füße gruben sich trotzig in den Sand. Ich trat so fest auf, dass ich mit jedem Schritt eine kleine Delle zurückließ.

»Emma, warte!«

Mein Herz klopfte immer noch wie verrückt. Ich schüttelte den Kopf.

»Emma, bitte!«

Der Wind peitschte mir die Haare ins Gesicht, als ich zu Evan herumwirbelte. »Lass mich in Ruhe, Evan!«

»Komm schon, Emma. Bitte. Sprich mit mir«, flehte er und lief auf mich zu.

»Du solltest nicht hier sein!«, fuhr ich ihn an, und meine Augen füllten sich mit Tränen.

Ich blieb wie angewurzelt stehen. Eine Träne löste sich von ihren Wimpern und kullerte ihre Wange hinunter. Sie war so angespannt, dass sie am ganzen Körper zitterte.

»Es tut mir leid, dass ich dir nicht gesagt habe, dass ich herkomme. Das hätte ich nicht tun sollen.«

»Du solltest in Connecticut sein!«, schrie sie. »Du solltest überhaupt nicht hier sein! Geh einfach zurück! Geh einfach ... weg.« Ihre Stimme stockte, als die Gefühle, die sie so lange unterdrückt hatte, endlich hervorbrachen.

Ich schloss die Augen. Was sie da sagte, war nicht leicht zu verdauen.

»Das kann ich nicht«, flüsterte ich – fast ging meine Stimme im Rauschen des Windes unter. »Noch nicht.«

»Du solltest mich hassen!« Ich konnte die Tränen nicht länger zurückhalten, und ein Zittern durchlief meinen Körper. »Warum hasst du mich nicht, Evan?«, schluchzte ich.

Meine Worte schienen ihn tief zu treffen. Er zuckte zusammen, als hätte ich ihn geschlagen, und der Blick, den er mir zuwarf, war schmerzerfüllt. »Dich hassen?«, formte er lautlos mit den Lippen.

Ich ließ mich in den Sand sinken und starrte aufs Meer hinaus, die Arme fest um meine Beine geschlungen, mein Gesicht tränennass.

»Wie kommst du darauf, dass ich dich hassen könnte?«, fragte er so leise, dass ich ihn nur mit Mühe verstand. Er ging neben mir in die Hocke, und ich spürte, wie er mich ansah, doch ich konnte mich ihm nicht zuwenden.

Mit feuchten Augen starrte sie aufs Meer hinaus. »Emma, ich könnte dich nie hassen. Das habe ich dir schon einmal gesagt, und daran wird sich nie etwas ändern.« Dass sie glaubte, ich könnte sie hassen, war wie ein Stich mitten ins Herz. »Aber ich musste dich wenigstens noch einmal sehen, damit ich einen Schlussstrich ziehen kann.«

Endlich drehte Emma sich zu mir um. Ein gequälter Ausdruck erschien auf ihrem Gesicht. »Es wäre leichter, mich zu hassen.«

Ich sah ihr in die Augen, und die Traurigkeit, die ich dort fand, brach mir das Herz. Als hätte ich bereits zu viel gesehen, wandte sie sich sofort wieder ab. Sie hatte ihre Gefühle immer unter Verschluss gehalten, sie tief in ihrem Inneren vergraben. Doch ihre Augen logen nie. Ich hasste sie nicht, natürlich hasste ich sie nicht. Aber ich hatte ihr auch noch nicht wirklich verziehen, dass sie an jenem Abend weggegangen war ... mit Jonathan.

»Gib mir einen Grund, warum ich dich hassen sollte«, verlangte ich, obwohl ich keine Antwort erwartete.

Ihr Gesicht verhärtete sich, und ihre Stimme war kalt und schneidend, als sie fragte: »Wie war dein Geburtstag, Evan?«

Schmerz blitzte in seinen Augen auf. Ich wusste, dass ich einen Nerv getroffen hatte, genau wie ich es beabsichtigt hatte. Er musste es wissen. Er musste verstehen, warum er mich hassen sollte. Und ich musste ihn daran erinnern, egal, wie weh es tat, die Erinnerung in seinem Gesicht aufflackern zu sehen.

Mit dem dreisten Grinsen, das einen Moment später auf seinem Gesicht erschien, hatte ich allerdings überhaupt nicht gerechnet.

»Der war ehrlich gesagt ziemlich beschissen. Ja, Geburtstage hast du mir schon ein bisschen versaut.«

Verwirrt sah ich ihn an. Warum war er nicht wütend?

Evan schüttelte lachend den Kopf. »Und Schokolade hast du mir auch versaut.«

»Schokolade?« Er reagierte überhaupt nicht wie erwartet. Aber das tat er ja nie.

»Das ganze Haus hat an dem Abend nach Schokolade gerochen«, erinnerte er mich. »Darum kann ich jetzt keine Schokolade mehr essen.«

»Das ist echt blöd.« Ich schaute wieder aufs Meer hinaus und wischte mir die Tränen von den Wangen.

»Du hast ja keine Ahnung«, meinte er sarkastisch.

»Sosehr du dir auch wünschst, ich würde dich hassen – das kann ich nicht. Aber ich bin auch nicht hier, um dich zurückzugewinnen.«

Emmas Schultern verspannten sich. Ich hätte nicht gedacht, dass ihr das etwas ausmachen würde. Schon gar nicht, nachdem sie mich gerade regelrecht angefleht hatte, sie zu hassen. Ich hatte geglaubt, das würde sie erleichtern.

»Darf ich versuchen, dir zu verzeihen?«, fragte ich.

»Ich glaube, es ist leichter, mich zu hassen«, erwiderte sie. »Es ist leichter, als du denkst.«

Sie glaubte wirklich, was sie da sagte, das hörte ich an der absoluten Gewissheit in ihrer Stimme. Und es beunruhigte mich zutiefst.

»Lass uns eine Abmachung treffen«, schlug ich vor – vielleicht würde ich so doch noch die Antworten bekommen, die ich mir von dieser Reise erhofft hatte.

Emma schüttelte den Kopf.

»Moment, lass mich ausreden.«

»Also gut. Was für eine Abmachung?« Sie rieb sich die tränennassen Augen und wandte sich mit einem leisen Seufzen wieder mir zu.

Ich grinste. »In zwei Wochen kommen Nate und die anderen Jungs. Also hast du zwei Wochen, um mich davon zu überzeugen, dich zu hassen. Aber du musst mit mir reden und meine Fragen beantworten. Alle meine Fragen. Lass mich versuchen, dir zu verzeihen.«

»Alle deine Fragen?«, hakte ich vorsichtig nach, denn mein Herz fing schon beim Gedanken daran, was er womöglich alles wissen wollte, zu hämmern an.

»Ja. Und du musst mir die Wahrheit sagen. Danach werde ich dich entweder hassen, wie ich es deiner Meinung nach tun sollte, oder ich habe die Möglichkeit, mit all dem abzuschließen.«

Wortlos sah ich ihn an und versuchte herauszufinden, ob er es ernst meinte. Die Spur eines Lächelns lag auf seinen Lippen, ganz so, als wollte er mich herausfordern, und das verwirrte mich nur noch mehr.

»Warum ist dir das so wichtig?«, fragte ich schließlich.

»Emma?«

Erschrocken blickte ich auf. Erst jetzt wurde mir bewusst, dass ich in Evans Augen gestarrt hatte, während ich darauf gewartet hatte, dass er mir sagte … was immer er mir sagen wollte. Als ich Cole meinen Namen sagen hörte, riss ich mich von Evans durchdringendem Blick los und holte tief Luft, um mich von dem warmen Prickeln in meinem Nacken zu befreien.

»Alles in Ordnung?«, erkundigte sich Cole und musterte uns argwöhnisch.

»Ja«, antwortete Evan für uns beide, stand auf und klopfte sich den Sand von der Jeans. Ich setzte ein gezwungenes Lächeln auf. Bevor Evan ging, wandte er sich noch einmal zu mir um. »Also … sehen wir uns morgen?«

Ich wusste, dass das seine Art war, mich zu fragen, ob ich seinem Vorschlag zustimmte. Obwohl ich immer noch nicht verstand, warum er das wollte, erklärte ich mich mit einem Achselzucken einverstanden. »Ja, bis morgen.«

Ich sah ihm nach, bis Cole sich direkt vor mich setzte und mir die Sicht versperrte.

»Bist du sicher, dass alles okay ist?«, fragte er und nahm zärtlich meine Hand. Ich hätte sie am liebsten weggezogen.

Zu gehen war schwerer, als ich erwartet hatte. Und es ärgerte mich, dass ich Emma mit Cole alleinlassen musste. Aber wenigstens hatte sie sich bereit erklärt, mir die Wahrheit zu sagen. Ich würde endlich erfahren, was passiert war. Warum sie sich für Jonathan entschieden hatte. Warum sie sich ihm anvertraut hatte und nicht mir. Ich schluckte die Wut hinunter, die mich beim Gedanken an ihn überkam – hätte er doch bloß nie einen Fuß in ihr Leben gesetzt ...

Ich begab mich kopfüber ins Ungewisse. Doch so war das Leben mit Emma schon immer gewesen. Womöglich würde ich die Wahrheit nicht ertragen können, aber ich wusste, sie würde alles verändern.

Ich lief die Treppe zur Terrasse hoch und zog die Glastür auf, blieb dann jedoch abrupt stehen. Ich hatte nicht damit gerechnet, einen Raum voller Mädchen vorzufinden.

»Wo ist Emma?«, fragte Sara, die auf einem Sessel mir gegenüber saß. Ich deutete mit dem Daumen in Richtung Strand, während ich meinen Blick über die fremden Gesichter schweifen ließ.

»Hi, ich bin Serena«, sagte ein Mädchen mit pudrig weißer Haut und schwarzumrandeten Augen fröhlich, sprang auf und streckte mir ihre zarte Hand entgegen. Sie verschwand fast in meiner. Strahlend lächelte Serena mich an.

»Freut mich, dich kennenzulernen«, sagte ich, obwohl ich absolut keine Ahnung hatte, wer sie war.

»Das sind Emmas Mitbewohnerinnen«, erklärte Sara, der mein verwirrter Gesichtsausdruck anscheinend nicht entgangen war.

»Oh«, sagte ich überrascht. Aus irgendeinem Grund war ich davon ausgegangen, dass Emma allein wohnte.

»Ich bin Meg.« Das Mädchen mit den lockigen, rotbraunen Haaren und den wachsamen grünen Augen winkte mir von der Couch aus zu, offensichtlich nicht halb so begeistert, mich zu sehen, wie Serena.

Die kleine Blondine funkelte mich nur wortlos an.

»Das ist Peyton«, flüsterte Serena mir zu. »Sie mag dich nicht besonders.«

Ihre Ehrlichkeit verblüffte mich so, dass mir der Mund offen stehen blieb.

»Halt die Klappe, Serena«, brauste Peyton auf.

»Okay«, sagte ich – die beurteilenden Blicke gaben mir nicht unbedingt das Gefühl, hier willkommen zu sein. »Ich glaube, ich sollte gehen.«

»Ich fahre dich«, bot Serena mir hastig an. »Peyton, gib mir deine Schlüssel.«

Peyton verdrehte die Augen, warf Serena die Schlüssel aber trotzdem zu.

»Bis später, Sara«, verabschiedete ich mich – warum machte mich der Gedanke, mit Serena ins Auto zu steigen, so nervös? Sara nickte mir zu. Ich holte mein Gepäck und folgte dem ganz in Schwarz gekleideten Mädchen nach draußen.

»Du warst also auf der Beerdigung?«, fragte Serena und stieg in den roten Mustang, der am Straßenrand parkte. Sie klang munter und freundlich – ganz anders, als ich bei ihrem Gothic-Style gedacht hätte.

»Ja«, antwortete ich bedächtig, denn ich wusste, dass sie mich nicht nur aus Höflichkeit nach Hause fuhr.

»Und sie war ziemlich am Ende, oder?« Sie klang, als wüsste sie die Antwort bereits.

Ich nickte, beäugte sie aber weiterhin argwöhnisch.

»Wir hätten auch hingehen sollen, selbst wenn Emma uns nicht dabeihaben wollte. Ich hab's den anderen Mädels gesagt.«

»Ich weiß nicht, ob ihr das geholfen hätte.«

»Trotzdem. Wir hätten für sie da sein sollen.« Dieses Versäumnis schien sie sehr zu beschäftigen.

Nate wohnte wirklich nicht weit weg. Es überraschte mich, wie schnell wir da waren. Ich hätte locker zu Fuß gehen können.

Serena hielt am Straßenrand und wandte sich mir zu. »Ich bin froh, dass du hingegangen bist – und für sie da warst. Danke.«

»Danke fürs Mitnehmen«, erwiderte ich, immer noch nicht ganz überzeugt davon, dass sie nur freundlich sein wollte. Ich holte meine Taschen vom Rücksitz und ging auf das große Strandhaus zu.

»Evan«, rief Serena mir nach. Ich drehte mich um. »Wir kriegen sie schon wieder hin.«

Ein strahlendes, zuversichtliches Lächeln breitete sich auf ihrem Gesicht aus, bevor sie das Auto wendete und in die entgegengesetzte Richtung davonbrauste.

Ich sah ihr nach, und langsam begann auch ich zu lächeln.

20

SChuldgEfühle

»Guten Morgen«, flüsterte Cole, als ich die Augen aufschlug. Er lag neben mir im Bett und hatte offensichtlich nur darauf gewartet, dass ich endlich aufwachte.

Aber ich war noch so verschlafen, dass ich lediglich ein unverständliches Grummeln von mir geben konnte.

»Ich hab mich gestern unmöglich benommen«, gestand er und sah mich zerknirscht an. »Bitte entschuldige.«

Als ich gestern Abend – nachdem die Mädels gefahren waren und Sara sich in ihr Zimmer zurückgezogen hatte – zu ihm unter die Decke gekrochen war, hatte er sich nicht gerührt. Obwohl er mir den Rücken zugewandt hatte, war ich mir sicher gewesen, dass er nicht schlief.

Ich wollte ihm antworten, schloss den Mund aber schnell wieder, als mir bewusst wurde, dass ich mir noch nicht die Zähne geputzt hatte.

Cole lachte leise. »Okay, geh erst mal ins Bad, aber komm danach bitte noch mal zu mir ins Bett.«

Ich beeilte mich und kroch ein paar Minuten später wieder zu ihm, ein bisschen nervös, weil ich nicht wusste, was er mir sagen wollte.

»Also«, begann ich. »Der Abend gestern war wirklich sehr unangenehm.«

»Ich glaube, ich war … eifersüchtig«, erklärte er. »Ich wäre so gern mit dir zur der Beerdigung deiner Mutter nach Connecticut gefahren, um bei dir zu sein, aber das wolltest du nicht. Und ... *er* war da. Ich werde eigentlich nicht schnell eifersüchtig ... ich fand es schrecklich, wie ich mich gestern aufgeführt hab. Tut mir echt leid.«

Ich merkte deutlich, wie unbehaglich ihm zumute war. Er redete normalerweise nicht über seine Gefühle.

Ich lächelte ihm beruhigend zu und legte eine Hand auf seine gerötete Wange. Bei meiner Berührung schloss er die Augen – offensichtlich spürte auch er das vertraute Prickeln, das meinen Körper wie ein Stromstoß durchlief und mein Herz schneller schlagen ließ. Es tröstete mich und machte meine innere Qual, die mich die letzten Tage fast erdrückt hatte, wenigstens für den Moment erträglich. Ich brauchte dieses Gefühl ... ich brauchte *ihn* ... um zu vergessen.

Ich rückte dichter an ihn heran, und er schlang den Arm um meine Taille.

»Ich wollte dich nicht dabeihaben«, flüsterte ich nahe an seinem Mund, »weil ich wusste, dass ich dich hier brauche, wenn ich zurückkomme.« Ich fuhr mit der Zunge über seine Unterlippe, und er atmete ruckartig ein.

Zärtlich strich ich mit den Fingerspitzen über seine muskulöse Brust, rieb meine Nase an seinem Hals und ließ die Lippen über seine pulsierende Schlagader wandern. Er umfasste meine Taille fester. »Sei nicht eifersüchtig«, flüsterte ich. »Du hast überhaupt keinen Grund dazu. Sei bitte nicht so wie gestern Abend. Das hat mir nicht gefallen.«

»Ich weiß«, hauchte er in meine Haare, während seine warmen Hände über meinen Rücken glitten und mir schließlich das T-Shirt über den Kopf zogen. »So bin ich eigentlich gar nicht.«

»Nein, bist du nicht«, stieß ich hervor und schnappte nach Luft, als er mit der Zungenspitze über meinen Hals fuhr. Er streifte mir die Shorts von den Hüften, und ich kickte sie weg. Sein Mund kehrte zu meinem zurück, und es kam mir vor, als würden unsere Lippen miteinander verschmelzen.

Plötzlich konnte ich gar nicht genug von ihm kriegen, vergrub meine Finger in seinen Haaren und küsste ihn stürmisch.

Ich spürte, wie er seine Boxershorts runterzog, schob ihn auf den Rücken und schwang mit einem lustvollen Stöhnen ein Bein über seine Hüfte. Unter der Berührung seiner Hände drückte ich den Rücken durch und ließ mich auf ihn herabsinken. Mein Atem ging schnell vor Leidenschaft.

»Emma«, keuchte er, als ich mich langsam zu bewegen begann. Ich schloss die Augen, griff hinter mich und umfasste seine Schenkel, während er meine Hüften packte und mich sanft lenkte.

Hitze breitete sich prickelnd in mir aus und drang in jede Faser meines Körpers vor. Cole setzte sich auf, und ich schlang die Beine um ihn, während unsere Bewegungen langsamer und tiefer wurden. Meine Lippen öffneten sich. Im selben Augenblick spürte ich seine Zunge in meinem Mund, als wollte er meinen Atem einfangen. Mein Körper umklammerte ihn, während er mich immer enger an sich drückte, bis ich mit einem lustvollen Stöhnen meinen Oberkörper von seinem löste. Er bedeckte meine Brust mit Küssen, seufzte dann plötzlich auf unter mir und krallte die Finger in meinen Rücken. Ich wartete, bis sein Zittern nachließ, ehe ich mich wieder neben ihn aufs Bett sinken ließ und meinen Kopf an seine Brust schmiegte.

»Guten Morgen«, sagte ich mit einem zufriedenen Seufzen. Cole lachte.

»Verbringst du den Tag mit mir?«, erkundigte er sich und streichelte meinen nackten Rücken.

»Woran hast du gedacht?«, fragte ich zurück, obwohl ich die Antwort bereits wusste.

Ich konnte es kaum erwarten, mit ihr zu reden. Eine Zeitlang lenkte ich mich mit Nates Xbox ab, aber selbst das langweilte mich irgendwann. Schließlich hielt ich es nicht mehr aus und machte mich auf den Weg zu dem kleinen weißen Haus am Fuß des Hügels. An der Tür zögerte ich einen Augenblick lang – hoffentlich würde nicht Cole aufmachen –, dann klopfte ich. Wenige Sekunden später schwang die Tür auf.

»Hi«, begrüßte mich das Mädchen mit den rotbraunen Haaren. Ich ging im Kopf die Namen durch, mit denen sich Emmas Mitbewohnerinnen gestern Abend vorgestellt hatten ...

»Meg, richtig?«, fragte ich freundlich, weil sie mich immer noch ansah, als würde sie mir nicht über den Weg trauen.

»Ja«, antwortete sie, machte jedoch keine Anstalten, mich hereinzubitten. »Emma ist nicht da.«

»Evan!«, rief Sara aus dem hinteren Teil des Zimmers. »Wir sitzen am Strand. Komm rein!«

Meg trat beiseite und ließ mich mit einem verkniffenen Lächeln ins Haus.

»Emma ist unterwegs, aber du kannst dich gerne zu uns setzen«, bot Sara an, bevor sie mit einem Badehandtuch über dem Arm und einer Zeitschrift in der Hand wieder auf die Terrasse hinausging. Als sie die Tür öffnete, drang Musik von draußen herein.

Ich wollte fragen, wo Emma war und wann sie zurückkommen würde. Allerdings wusste ich, mit wem sie zusammen war, schließlich waren alle ihre Freundinnen hier. Plötzlich war ich mir nicht mehr sicher, ob ich wirklich auf sie warten wollte.

»Sie ist mit Cole unterwegs«, sagte eine kalte Stimme hinter mir. Als ich mich umdrehte, sah ich in Peytons hämisch grinsendes Gesicht. Sie machte keinen Hehl daraus, dass sie mich nicht leiden konnte. Dabei kannte sie mich doch überhaupt nicht. Vermutlich war sie mit Cole befreundet und wollte verhindern, dass ich ihm und Emma dazwischenfunkte.

»Das hab ich mir gedacht.« Ich versuchte, gelassen zu klingen, ganz so, als würde mir ihre Feindseligkeit nichts ausmachen. »Immerhin sind sie, na ja ... ein Paar.«

»Sie sind kein Paar«, erwiderte Serena hinter mir fröhlich. Sie trug einen Sonnenschirm in der Hand und hatte einen schwarzen Bikini an, der mich an die alten Filme denken ließ, die Emma liebte. Ihre Haut war so schockierend weiß, dass sie fast zu leuchten schien.

»Ach, sei doch still, Serena«, blaffte Peyton. »Sie sind zusammen, und das ist alles, was zählt.«

Serena schüttelte genervt den Kopf. »Hilfst du mir, den Schirm aufzuspannen?« Ohne eine Antwort abzuwarten, drückte sie mir den Schirm in die Hand und stolzierte zurück auf die Terrasse. Ich blieb einen Moment lang reglos stehen und versuchte zu verarbeiten, was sie mir gerade gesagt hatte.

»Du solltest nicht hier sein«, brummte Peyton, als sie an mir vorbeiging und durch die Glasschiebetür nach draußen verschwand.

Auf einmal fand ich den Gedanken an Nates Xbox ziemlich verlockend.

»Evan, kommst du?«, rief Sara von draußen.

Ich schaute zu Meg hinüber, die schweigend auf dem Sofa saß und so tat, als würde sie lesen. Ich konnte mich nicht erinnern, mich jemals so unwillkommen gefühlt zu haben.

»Ja!«, antwortete ich und machte mich auf den Weg in Richtung Strand.

Ich folgte den Mädchen zu der Stelle, die sie für ihre Liegestühle und Strandtücher ausgesucht hatten, und stellte den Schirm so auf, dass er Serenas gespenstisch blasse Haut vor der Sonne schützte.

Jetzt war alles bereit für einen Nachmittag in der Sonne (oder im Schatten), aber angesichts der Feindseligkeit, die mir entgegenschlug, erschien mir der Gedanke, mich zu ihnen zu legen, nicht sonderlich reizvoll.

»Ich gehe eine Runde joggen«, verkündete ich – ohne die geringste Absicht zurückzukommen.

»Echt?«, fragte Sara überrascht, doch als sie zu mir aufblickte, verstand sie sofort und nickte.

Ich trabte den Strand hinunter, war jedoch noch nicht weit gekommen, als jemand rief: »Evan, warte!«

Als ich mich umdrehte, sah ich Serena auf mich zulaufen.

»Was hast du heute Abend vor?«

»Viel Spaß mit deinen Mädels«, sagte Cole, beugte sich zu mir und küsste mich, obwohl Sara schon an der Tür stand und auf mich wartete.

»Danke«, antwortete ich lächelnd. Nach einem ganzen Tag auf dem Surfbrett waren meine Beine schwer, aber genau das hatte ich gebraucht: draußen auf dem Meer zu sein, wo man nichts hörte als das Rauschen der Wellen. »Wir sehen uns später.«

»Ich treffe mich auch mit Freunden. Vielleicht bin ich noch nicht wieder da, wenn du zurückkommst, aber ich leg dir den Schlüssel unter die Fußmatte.« Er küsste mich erneut, leidenschaftlicher diesmal, und als er mich losließ, schwirrte mir der Kopf. »Bis später.«

Etwas desorientiert stolperte ich aus der Tür zu Sara. »Bereit?«, fragte sie grinsend.

»Ja«, nickte ich und versuchte, wieder zu Atem zu kommen.

»Das wird ein Spaß!« Sie lächelte. »Wir *brauchen* Spaß.«

»O ja, unbedingt«, stimmte Serena zu, die in einem altmodischen hellblauen Cabrio mit offenem Verdeck saß.

»Wo sind Peyton und Meg?«, erkundigte ich mich. Sara klappte die Lehne des Beifahrersitzes für mich nach vorn, und ich kletterte auf die Rückbank.

»Noch in Carpinteria. Sie treffen uns dort«, erklärte Serena.

Als sie nicht in die Straße einbog, die uns zum Highway geführt hätte, wurde mir klar, dass sie irgendetwas im Schilde führte. Und als wir vor dem Haus hielten, stieß ich einen tiefen Seufzer aus.

»Wer wohnt denn hier?«, fragte Sara. »Wow, dieses Haus ist ja umwerfend.«

»Nate«, murmelte ich, und genau in dem Moment öffnete Evan die Tür.

Mit meiner Jacke in der Hand ging ich auf das Auto zu und lächelte, als ich die Mädchen entdeckte. Sobald ich Emmas Gesichtsausdruck sah, verging mir das Lächeln jedoch. Sie hatte nicht gewusst, dass ich mitkommen würde.

»Hey«, sagte ich und sah von Serena, die mich anstrahlte, zu Sara, die verwirrt dreinschaute, weiter zu Emma, die meinem Blick auswich. »Äh, du hast ihnen nicht gesagt, dass du mich eingeladen hast, was, Serena?«

»Oh!«, rief Serena. »Das hab ich wohl vergessen. Aber na ja, jetzt, wo du schon mal hier bist, kannst du genauso gut mitkommen. Steig ein.«

Ich zog die Augenbrauen hoch, dann sah ich Emma fragend an. Sie erwiderte meinen Blick zaghaft und zuckte die Achseln. Sara stieg aus und flüsterte mir zu: »Sei vorsichtig, Evan.« Sie kletterte zu Emma auf die Rückbank und überließ mir den Beifahrersitz. Ich zögerte und schaute ihr noch einmal in die Augen: Sie meinte ihre Warnung ernst, daran bestand kein Zweifel. Als ich einstieg, machte Serena das Radio an, und ein Punk-Rock-Song dröhnte aus den Lautsprechern. Ich erkannte das Lied sofort und wandte mich automatisch zu Emma um, doch sie mied meinen Blick noch immer.

Natürlich kam ausgerechnet ein Song von der Band, die Evan und ich live gesehen hatten, im Radio. Mit einem bitteren Lachen schüttelte ich den Kopf. Evan hatte sich zu mir umgedreht und versuchte, ein Grinsen zu unterdrücken – ohne Erfolg. Es war leichter, ihn nicht anzuschauen.

»Meinst du, du kommst klar … mit ihm?«, flüsterte Sara mir zu, als wir den Highway erreichten und beschleunigten.

»Sicher«, meinte ich achselzuckend. »Ich meine, schließlich hab ich ihm zwei Wochen versprochen, richtig?«

»Aber du brauchst das nicht durchzuziehen, wenn du nicht willst«, erwiderte Sara. »Du hast diese Woche schon genug durchgemacht, da musst du dir von ihm nicht auch noch Schuldgefühle einreden lassen.«

»Ich weiß«, antwortete ich. Sie wollte mich beschützen, und ich war ihr dankbar dafür. Vorsichtig linste ich zu Evan hinüber. Er hatte den Ellbogen aufs heruntergelassene Fenster gelegt und hörte Serena zu. Sie erzählte, dass irgendeine Band, die sie schon seit langem live sehen wollte, demnächst ein Konzert in Kalifornien geben würde. Sein Blick wanderte zu mir, und ich schaute hastig weg, als sich erneut dieses vertraute amüsierte Grinsen auf seinem Gesicht ausbreitete. Ich drückte eine Hand auf meine Wange und spürte sie zum ersten Mal seit langem wieder erröten. Was ebenso überraschend wie ärgerlich war.

Als sie rot wurde, konnte ich mir das Grinsen nicht verkneifen. Ich wusste, wie sehr sie das frustrierte – weshalb mich der Anblick noch mehr amüsierte. Ich wandte mich Serena zu, die gemerkt hatte, dass ich Emma beobachtete, und lachte verlegen. Aber sie lächelte nur noch breiter. Ich hatte keine Ahnung, was Serena vorhatte, um Emma »wieder hinzukriegen«, ging aber davon aus, dass sie von mir Unterstützung erwartete. Ich hatte Angst, dass ich sie enttäuschen würde, zumal ich selbst nicht sonderlich gefestigt war.

Schließlich parkten wir, und ich ging mit Serena auf ein großes Restaurant direkt am Meer zu. Sara und Emma folgten uns in einigem Abstand, so dass wir nicht hören konnten, worüber sie redeten.

»Ich dachte, wir fahren nach Carpinteria, um ins Freiluftkino im Park zu gehen?«, fragte ich leicht beunruhigt, als wir auf ein Restaurant zusteuerten.

»Ja, äh, die Mädels wollten was trinken gehen«, erklärte Sara. »Das hab ich ganz vergessen, dir zu sagen. Aber ich trinke nichts Alkoholisches … dann bist du, na ja, nicht die Einzige.«

»Sara …«, sagte ich eindringlich. »Ich habe kein Alkoholproblem.

Ich trinke heute Abend nichts, aber du brauchst dir wirklich keine Sorgen um mich zu machen. Ich hab Mist gebaut, keine Frage. Aber daran war nicht der Alkohol schuld, sondern ich. Und ich verspreche dir, dass ich nie wieder versuchen werde, den Scheiß, mit dem ich nicht klarkomme, auf diese Weise zu verdrängen.«

Sara musterte mich nachdenklich. »Es macht mir trotzdem Angst, wenn du trinkst.«

»Wegen meiner Mutter.« Das verstand ich vollkommen. »Ich weiß.«

»Aber du bist nicht wie sie«, fügte Sara schnell hinzu. »Ganz und gar nicht, Emma. Was ich im Motel zu dir gesagt habe, war falsch. Ich war … wütend und ängstlich. So hatte ich dich noch nie gesehen.«

Wir standen mitten auf dem Bürgersteig, wo ständig Leute an uns vorbeischlenderten. Ich senkte den Kopf und nickte, denn dieses heikle Gespräch wollte ich nur ungern in aller Öffentlichkeit führen. Wenn ich ehrlich war, hätte ich am liebsten überhaupt nicht darüber geredet.

»Sorry«, sagte Sara – anscheinend war ihr ein ähnlicher Gedanke gekommen. »Lass uns lieber reingehen.« Sie hakte sich bei mir unter und meinte mit einem strahlenden Lächeln: »Wir sollten doch Spaß haben.« Sie stieß mich leicht mit der Schulter an und zog mich mit in das gutbesuchte Restaurant.

Wir erspähten die Mädchen … und Evan an einem Tisch auf der Terrasse. Peytons missmutigem Gesicht nach zu urteilen hatten sie wohl auch nicht gewusst, dass er mitkommen würde. Nein, das war allein Serenas Werk. Ich sah sie nachdenklich an – was hatte sie nur vor? Als unsere Blicke sich trafen, lächelte sie, aber das beruhigte mich keineswegs. Ihre Einmischung konnte alles noch viel schlimmer machen, auch wenn sie mit Sicherheit nur gute Absichten hatte.

Nach dem Essen kam der Kellner noch einmal zu uns herüber

und stellte zwei Schokoladendesserts auf den Tisch. Die Mädels schienen vor Glück dahinzuschmelzen, als sie ihre Löffel eintauchten. Das genussvolle Stöhnen, das sie bei jedem Bissen von sich gaben, brachte mich zum Lachen, doch dann bemerkte ich Evans leicht gequälten Gesichtsausdruck. Er sah aus, als müsste er sich gleich übergeben.

Offenbar hatte ich ihm den Geschmack auf Schokolade tatsächlich versaut. Ich biss mir auf die Lippe. Eigentlich hätte ich mich schrecklich fühlen müssen, aber sein angeekeltes Gesicht war irgendwie lustig. Gerade als er zu mir aufblickte, entfuhr mir ein leises Lachen. Er starrte mich verblüfft an, dann schob er seinen Stuhl zurück, verließ unseren Tisch und ging zur anderen Seite der Terrasse.

»Scheiße«, murmelte ich und lief ihm nach, so schnell ich konnte.

»Tut mir leid«, sagte Emma leise und lehnte sich neben mich ans Geländer. »Das war nicht witzig, ich weiß. Aber ... du hättest dein Gesicht sehen sollen.«

»Ist das echt alles, was du mir sagen wolltest? Vielen Dank auch, Emma.«

»Siehst du? Noch ein Grund, mich zu hassen. Ich bin herzlos. Total herzlos.«

»Allerdings.« Ich seufzte. Ihre Worte erinnerten mich daran, dass wir unser versprochenes Gespräch heute noch nicht geführt hatten. Mit einem Schmunzeln drehte ich mich zu ihr um.

Sie beäugte mich argwöhnisch. »Was ist?«

»Da du schon mal hier bist, kannst du mir ruhig noch einen Grund nennen.«

»Jetzt?«, fragte sie entgeistert und blickte sich in dem vollbesetzten Restaurant um.

»Es muss ja nichts Schlimmes sein«, beruhigte ich sie. »Aber sag mir wenigstens irgendwas. Warum sollte ich dich hassen, Emma?«

Ein nachdenklicher Ausdruck trat in ihre karamellbraunen Augen. Sie sah zu ihren Freundinnen hinüber, die lachten und nichts von ihrer schwierigen Lage ahnten. Ich wartete geduldig und machte mich auf alles gefasst, denn ich wusste, dass sie mir eine ehrliche Antwort geben würde.

»Jonathan hat mich geküsst – zweimal«, platzte sie heraus und hielt die Luft an, während sie auf meine Reaktion wartete.

Ich wollte etwas erwidern, aber mein Herzschlag geriet ins Stocken, und ich brachte kein Wort heraus. Emma wandte für keine Sekunde die Augen von mir ab. Sie schien sich darauf vorzubereiten, dass ich sie anschreien würde.

»Hast du ... mich betrogen?«, stieß ich heiser hervor. Sie sah mir weiterhin direkt in die Augen und schüttelte den Kopf.

»Aber ich hab dir nie von dem Kuss erzählt«, flüsterte sie, und ihr Blick war fast herausfordernd. »Ich hab es verdient, dass du mich hasst, Evan.«

Ich musste mich am Geländer festhalten, so widerlich war der Gedanke, dass Jonathan sie berührt hatte. Ich konnte es vor mir sehen, verdrängte das Bild aber sofort. Emma schaute mich immer noch erwartungsvoll an. Sie hatte mit einer heftigeren Reaktion gerechnet, das wusste ich. Aber die würde sie nicht kriegen, ganz gleich, was in meinem Inneren vor sich ging.

»Jetzt bin ich dran«, sagte ich und versuchte, die Anspannung abzuschütteln. »Bist du an dem Abend damals mit ihm gegangen?«

Sie warf mir einen Blick zu, den ich nicht recht deuten konnte. »Nein. Bin ich nicht. Ich habe ihn vernichtet.«

Mit dieser Antwort hatte ich nicht gerechnet. Emma schaute wieder weg, doch ich sah die tiefe Traurigkeit in ihrem Blick.

Es war nicht leicht, über Jonathan zu reden und mich daran zu erinnern, was er uns angetan hatte. Aber wenn ich darüber hinwegkommen wollte, dann musste ich verstehen, was zwischen den beiden vorgefallen war.

»Emma!«, hörte ich in diesem Moment Coles Stimme. Erschrocken drehte ich mich um. »Oh, und Evan ist auch da.« Mit hochrotem Gesicht kam er auf uns zu, stieß unterwegs gegen mehrere Stuhllehnen, baute sich schließlich vor Evan auf und stellte lakonisch fest: »Du bist kein Mädchen.«

»Nicht, dass ich wüsste, nein«, erwiderte Evan spöttisch.

»Und ich dachte, das wäre ein Mädchenabend.« Cole wandte sich zu mir um und legte demonstrativ den Arm um meine Schultern.

»Cole …«, warnte ich ihn und musterte ihn mit strengem Blick – einen Eifersuchtsanfall konnte ich jetzt wirklich nicht gebrauchen.

»Ach, richtig«, stieß er ungeduldig hervor – anscheinend erinnerte er sich an sein Versprechen – und zog seinen Arm zurück.

»Ich gehe lieber Schokolade essen«, verkündete Evan mit schneidender Stimme und ließ uns stehen.

»Was in aller Welt sollte das denn?«, fuhr ich Cole an. »Ich dachte, das hätten wir geklärt.«

»Ja, haben wir«, sagte er, beugte sich vor und drückte seine Lippen auf meine. Sein feuchter Kuss schmeckte wie eine Whiskyflasche. »Das heißt aber nicht, dass es mir gefällt, wenn er hier ist.«

Ich seufzte. »Du bist betrunken.«

»Könnte sein«, meinte er mit einem trägen Lächeln.

Als er sie noch einmal küssen wollte, wich Emma ihm aus und zog ihr Handy aus der Tasche. Er versuchte sich zu entschuldigen, aber sie ignorierte ihn und schrieb sichtlich verärgert weiter an ihrer SMS.

»Lust auf ein Schlückchen?«, fragte Serena und setzte sich mit zwei Schnapsgläsern in den Händen neben mich.

»Klar.« Ich stieß mit ihr an, dann kippte ich den Bourbon in einem Zug hinunter. »Danke.«

Als ich erneut zu Emma und Cole hinübersah, streckte er gerade wieder die Hand nach ihr aus, doch sie schob ihn weg. Er war offenkundig betrunken. Und sie war …

»Serena, du hast doch gesagt, die beiden wären kein Paar. Was hast du damit gemeint?«

Serena folgte meinem Blick, und ein verschmitztes Grinsen erschien auf ihrem Gesicht. Dann beugte sie sich vor und begann zu erzählen.

21

ZwöLf Tage

Ich beobachtete, wie Cole sich zu ihr beugte, während sie mit ihrem Handy beschäftigt war, und ihr irgendetwas ins Ohr flüsterte. Sie knuffte ihn lachend in den Arm. Die beiden gingen völlig anders miteinander um als gestern Abend im Restaurant.

Ich stand mit einer Bierflasche in der Hand im Haus, die beiden lehnten nebeneinander am Terrassengeländer und wandten mir den Rücken zu, so dass ich sie unbemerkt beobachten konnte. Er hatte ein schiefes Grinsen im Gesicht, und sie schüttelte immer noch lachend den Kopf. Wenn sie kein Paar waren und er nicht mehr von ihr wollte, warum waren sie dann ständig zusammen?

»Sie haben sehr viel Sex«, sagte eine hämische Stimme dicht an meinem Ohr. Peyton. »Danke für die Einladung, Evan. Das Haus ist toll, auch wenn es nicht dir gehört.«

Ich nickte nur, immer noch sprachlos.

»Du hast dich gerade gefragt, warum die beiden so oft zusammen sind, richtig? Ich hab gesehen, wie du sie beobachtest«, sagte Peyton mit einem gehässigen Grinsen. »Sie haben die ganze Zeit Sex. Wenn sie sich treffen, können sie die Finger nicht voneinander lassen. Ich weiß, das klingt oberflächlich, aber so ist es nun mal. Du solltest dir nicht einbilden, dass du ihn so leicht loswerden wirst. Er mag sie. Und früher oder später wird sie erkennen, was sie an ihm hat. Also lass sie in Ruhe, Evan.«

»Du bist also mit ihm befreundet«, folgerte ich und musterte die zierliche Blondine.

»Cole und mein Freund sind beste Kumpels«, stellte sie klar.

»Aha.« Das erklärte einiges. »Und du kannst mich nicht leiden.«

»Du hast Emma weh getan.« Ihre Augen wurden schmal. Wenn ich nicht so viel größer gewesen wäre als sie, hätte sie mich wahrscheinlich geohrfeigt.

»Wie kommst du darauf? Ich hab die letzten zwei Tage kaum mit ihr geredet.«

»Sie war deinetwegen völlig am Ende, lange bevor du hier aufgetaucht bist«, fauchte sie. »Und ich kann dich wirklich nicht leiden, nein.« Mit diesen Worten marschierte sie in Richtung Terrasse und griff sich unterwegs ein Bier.

»Wenigstens bist du ehrlich«, murmelte ich, als sie außer Hörweite war. »Und sie hat übrigens mich verlassen.«

»Peyton ist ein Biest.« Serenas Stimme erklang hinter mir. »Lass dich von ihr bloß nicht verrückt machen.«

Als ich mich umdrehte, sah ich sie an der Treppe zum Untergeschoss stehen. »Ich dachte, du wärst mit ihr befreundet.«

»Mit Peyton?«, fragte sie und machte ein Gesicht, als wäre das völlig absurd. »Sie macht mich wahnsinnig. Ich bin mit Meg und Emma befreundet. Peyton *toleriere* ich, aber auch nur mit Mühe. Komm, lass uns eine Runde Tischfußball spielen.« Bevor ich antworten konnte, hatte sie sich schon abgewandt und lief die Treppe hinunter. Ich schüttelte mit einem leisen Lachen den Kopf und folgte ihr.

»Du spielst Tischfußball?«, fragte ich skeptisch und stellte mein Bier auf dem Rand des Kickertischs ab.

»Nein«, antwortete sie, ohne die Miene zu verziehen.

»Hab ich mir fast gedacht«, meinte ich grinsend und legte den Ball auf den weißen Punkt.

»Ich liebe dieses Haus«, seufzte Sara und ließ ihre Füße in den Pool baumeln. »Können wir nicht hier wohnen?«

»Sara!«, ermahnte ich sie und vergewisserte mich mit einem schnellen Blick, dass Cole uns nicht gehört hatte. Er war noch drinnen und holte sich etwas zu trinken.

»Ja, ja, schon klar«, meinte sie. »Ich bin echt dankbar, dass wir bei Cole wohnen können, aber dieses Haus ist wirklich große Klasse.«

»Allerdings«, stimmte ich zu und sah mich bewundernd auf der großen Terrasse um, die den Pool umschloss – hier gab es sogar eine richtige Outdoor-Küche. Das Haus selbst hatte drei Stockwerke, war geräumig und wunderschön eingerichtet, mit einem Freizeitraum, der jenem in Saras Haus in nichts nachstand. Eigentlich unglaublich, dass es nur als Ferienhaus genutzt wurde – und kein Wunder, dass hier ständig Partys stattfanden, auch wenn die letzte ein ziemliches Desaster für mich gewesen war.

»Warum können wir nicht die ganze Zeit hierbleiben?«, sagte Sara schmollend.

»Wir wohnen direkt am Strand«, erwiderte ich. »Du bist echt nie zufrieden, was?«

»Ich weiß, ich bin verwöhnt.« Sie schwieg einen Moment lang und musterte mich prüfend. »Und – wie läuft es mit dem Zwei-Wochen-Plan?«

»Hey, Ladys«, unterbrach uns Peyton, bevor ich antworten konnte.

»Hi. Komm, setz dich zu uns«, sagte Sara zu ihr. Peyton schlüpfte aus ihren Sandalen, ließ sich neben mir nieder und tauchte ihre Füße ins Wasser. »Kommst du auch in zwei Wochen wieder?«

»Nein, mein Praktikum fängt morgen an«, antwortete Peyton, dann wandte sie sich mir zu. »Aber ich hab ja nichts zu befürchten, oder?«

Verwirrt starrte ich sie an.

»Fuck!«, ertönte in diesem Moment Serenas Stimme aus dem Freizeitraum. Als wir uns umdrehten, sahen wir Meg im Türrahmen stehen, die das Geschehen drinnen interessiert verfolgte.

»Seit wann kann Serena Tischfußball spielen?«, fragte Sara überrascht.

»Hört sich nicht so an, als könnte sie es«, erwiderte ich. Mein Herz setzte einen Schlag aus, als ich Evans Lachen hörte. Dann sah ich Cole die Terrassentreppe herunterkommen und wandte schnell den Blick ab.

»Ich bin total unfähig«, schimpfte Serena und drehte in einem gespielten Wutanfall wild an einem der Griffe.

»Jedenfalls bist du nicht besonders gut«, pflichtete ich ihr bei.

»Hey!«

»Was? Das hast du doch gerade selbst gesagt.«

»Ich glaube, ich brauche noch ein Bier«, sagte Serena schmollend. »Meg, wann müssen wir los?«

»Etwa in einer halben Stunde«, antwortete Meg von der Tür her. »Aber ich kann fahren, wenn du noch ein Bier trinken willst.« Sofort erschien ein Lächeln auf Serenas Gesicht, und sie flitzte die Treppe hinauf.

Jetzt schlenderte Meg ins Zimmer, die Arme vor der Brust verschränkt. Ich wartete darauf, dass sie etwas sagte, aber nichts dergleichen geschah. Stattdessen drehte sie beiläufig, und ohne mich anzusehen, an einem Griff des Kickertischs.

»Kannst du mich auch nicht leiden?«, erkundigte ich mich.

Die Frage überraschte sie offensichtlich. »Na ja, du scheinst ganz ... nett zu sein. Ich möchte nur nicht, dass Emma verletzt wird.«

»Darüber scheint ihr euch alle Sorgen zu machen.« Ich lehnte mich an die Couch und trank einen Schluck Bier. »Es freut mich, dass sie euch so am Herzen liegt.«

»Was passiert eigentlich, wenn die zwei Wochen um sind, Evan?«, wollte sie wissen. Jetzt war sie es, die direkt zur Sache kam.

Ich hielt inne und ließ die Bierflasche sinken. »Du weißt davon?«

»Sara hat es mir gesagt«, erklärte Meg und steckte die Hände in die Gesäßtaschen ihrer Jeans.

»Bist du mit Sara befreundet?«, fragte ich in der Hoffnung, endlich etwas Genaueres über die Beziehung der Mädchen untereinander herauszufinden – zum Beispiel, wer sich wem anvertraute.

»Ja, wir reden über so ziemlich alles.«

Ich nickte, so langsam begann ich zu begreifen. Meg übernahm anscheinend Saras Rolle, wenn Sara in New York war ... oder in Paris. Nur so konnte Sara mitbekommen, was in Emmas Leben tatsächlich vor sich ging, denn Emma selbst rückte mit Informationen bekanntlich nicht freiwillig heraus – jedenfalls nicht mit der Art von Informationen, die für Sara wichtig waren. Aber wovor hatten sie alle solche Angst?

»Warum müsst ihr Emma unbedingt beschützen?«, fragte ich. »Was ist denn mit ihr los?«

Meg straffte die Schultern und musterte mich durchdringend. Dann wandte sie sich abrupt ab und drehte wieder an einem der Griffe.

»Meg, ich bin nicht hier, um die Situation zu erschweren. Ich versuche nur zu verstehen, was passiert ist. Warum Emma so überstürzt gegangen ist.«

»Ich hasse dich wirklich nicht, Evan«, sagte Meg, ohne auf meine Frage einzugehen. »Wir fliegen heute Abend nach Hause, um noch ein bisschen Zeit mit unseren Familien zu verbringen, bevor das Sommerquartal anfängt. Wir kommen zurück, wenn eure zwei Wochen um sind. Sorg einfach dafür, dass es Emma dann nicht noch schlechter geht als ohnehin schon ... bitte.«

Ihre Bemerkung brachte mich total durcheinander. Ich hatte nicht damit gerechnet, dass Emma so ... labil war. Zwar wusste ich, dass sie eine verzerrte Sicht auf die Welt und ihren Platz darin hatte. So war es immer schon gewesen – dafür hatten die beiden Frauen gesorgt, die alles darangesetzt hatten, sie zu zerstören. Aber tief im Inneren war sie stark, sie konnte alles erreichen, was sie wollte – auch wenn sie sich selbst dessen nicht bewusst war. Sara beobachtete sie deshalb ständig mit Adleraugen, Peyton feindete mich an, Meg wollte, dass ich vorsichtig war, und Serena hatte sich der Aufgabe verschrieben, Emma zu retten – doch das alles passte nicht zu der Emma, die ich kannte und an die ich glaubte. Jene Emma war voller Leben und Selbstvertrauen, auch wenn es ihr manchmal schwerfiel, das zu sehen. Ich hatte immer gewusst, dass sie diesen Kern in sich trug. Genau deswegen hatte ich mich von Anfang an zu ihr hingezogen gefühlt. Aber jetzt ... schien er verschwunden zu sein.

Wer war das Mädchen, das vor über zwei Jahren nach Kalifornien gekommen war, und was hatte es alles in Weslyn zurückgelassen?

Etwa eine halbe Stunde später brachen die anderen auf. Die Mädchen fuhren zurück nach Palo Alto, bevor sie sich auf den Weg zu ihren Familien machen würden. Sara, Cole und Emma wollten nach Hause. Doch ehe sie ins Auto stiegen, fragte ich Emma, ob sie Lust auf einen Spaziergang mit mir hatte.

Ich sah Cole an, der ungeduldig und mit finsterem Gesicht auf meine Antwort wartete. Er warf Evan einen grimmigen Blick zu.

»Komm, Cole«, schaltete Sara sich ein und ergriff seinen Arm. »Begleite mich nach Hause.«

Ich folgte Evan zu einer Treppe, die mich eher an eine Leiter erinnerte. Ich klammerte mich an das verwitterte Holzgeländer und nahm vorsichtig eine Stufe nach der anderen. Evan lief einfach zum Strand hinunter, als würde er sich auf flachem Boden bewegen, und wartete unten auf mich.

»Serena mag dich«, bemerkte ich, vergrub die Hände in den Taschen meiner Kapuzenjacke und senkte den Kopf, als wir losgingen. »Wenn sie keinen Freund hätte, würde ich denken, sie steht auf dich.«

Evan lachte. »Er ist bestimmt ein interessanter Typ.«

»Das kannst du laut sagen«, stimmte ich zu und musste grinsen.

»Ich hab noch nie jemanden kennengelernt, der so optimistisch ist wie sie.« Evan sah kurz zu mir herüber. »Ich mag ihre Einstellung. Sie ist überhaupt nicht so, wie ich sie mir von ihrer Aufmachung her vorgestellt habe.«

»Ich weiß. Gerade deshalb ist sie ja so toll.«

Wir schlenderten weiter den Strand entlang auf Coles Haus zu, das hinter der nächsten Kurve lag.

»Nate hat mich vorhin angerufen. Weil ich schon hier bin, haben er und die anderen Jungs beschlossen, früher zu fahren. Sie wollen nächsten Samstag eine Party geben, darum kommen sie am Freitag.«

Ich nickte, doch was er damit meinte, verstand ich erst, als er fortfuhr: »Aber ich hoffe, wir nehmen uns trotzdem wie vereinbart zwei Wochen Zeit füreinander.«

Ich blieb abrupt stehen und zwang ihn damit, sich zu mir umzudrehen.

»Du hasst mich immer noch nicht, oder?«, fragte Emma, und plötzlich war ihr Gesicht wieder angespannt und verschlossen.

»Mir bleiben immer noch zwölf Tage«, witzelte ich, weil ich diesen Ausdruck in ihren Augen keine Sekunde länger ertragen konnte. »Warum nennst du mir nicht noch einen Grund?«

»Ich sage das nicht zum Spaß, Evan«, erwiderte sie ungehalten. Der Wind wehte ihr die Haare ins Gesicht, und sie starrte mich mit zusammengekniffenen Augen an.

»Ich weiß, dass du es ernst meinst. Ich wünschte nur, du wüsstest es besser.« Dann wiederholte ich meine Frage, aber diesmal ohne eine Spur von Humor: »Sag mir, warum ich dich hassen soll, Emma.«

Die Wut, die sein scherzhafter Tonfall in mir ausgelöst hatte, verflüchtigte sich, als ich in seine graublauen Augen blickte. Mein Herz krampfte sich zusammen. Ich musste ihn irgendwie dazu bringen, auf mich zu hören, ich musste ihm begreiflich machen, dass er nur glücklich werden konnte, wenn er sich von mir fernhielt und sein Leben ohne mich weiterlebte.

»Ich habe dich verlassen.« Er zuckte zusammen. »Ich habe dich im Haus meiner Mutter zurückgelassen, allein und verletzt. Ich habe dich ignoriert, als du nach mir gerufen hast. Ich habe dich gehört, ja, ich habe dich genau gehört, aber ich bin trotzdem gegangen. Ich hab dich alleingelassen, als du mich am dringendsten gebraucht hast, und ich habe kein einziges Mal zurückgesehen.«

Tränen traten mir in die Augen, als ich mich daran erinnerte, wie er auf dem Boden gelegen hatte, blutüberströmt und kaum bei Bewusstsein.

Emma rang um Fassung, ihre Stimme bebte, als sie diese letzten Worte hervorstieß. Und genau deswegen würde ich sie niemals hassen können. Weil ich sehen konnte, wie sehr sie unter dem litt, was sie getan hatte, wie sehr es sie quälte, diese Entscheidung getroffen zu haben.

Auch ich fühlte mich in jene Nacht zurückversetzt. Die Wut, die mich dazu getrieben hatte, auf Jonathan loszugehen, war mit jedem Schlag gewachsen, bis ich zu keinem klaren Gedanken mehr fähig gewesen war. Der Ausdruck in seinen Augen, als er Emma zu Boden gestoßen hatte. Dann dieser stechende Schmerz in meinem Kopf, und anschließend ... Dunkelheit.

»Hass mich, Evan«, flehte sie mich an, und ihre Unterlippe zitterte. Es war nicht leicht, zu sehen, wie die Schuldgefühle sie innerlich zerrissen. »Bitte hass mich.«

»Ich habe noch zwölf Tage«, entgegnete ich so ruhig wie möglich, obwohl mir ihre Worte im Herzen weh taten. Die Erinnerung ließ mich nicht los. Ich hasste Jonathan. Ich hasste ihn dafür, dass er sie manipuliert und sich ihr Vertrauen erschlichen hatte. Dafür, dass er ihr die Stütze war, die ich immer für sie hatte sein wollen. Dafür, dass er in kürzester Zeit die Mauern überwunden hatte, die ich jetzt erst einzureißen begann. Ich war alleine aufgewacht, mit Schmerzen am ganzen Körper. Aber das war nichts gewesen im Vergleich zu dem Moment, in dem ich herausgefunden hatte, dass Emma sich für ihn entschieden hatte. »Wo bist du hingegangen, nachdem du mich verlassen hast?« Ich musste alles über jene Nacht erfahren, auch wenn das Ende immer dasselbe bleiben würde.

»Das ist es, was du wissen willst?«, fragte sie, sichtlich verwirrt. Ich nickte.

»Ähm ...« Ich schluckte schwer und riss mich los von der Qual, die sich in seinen Augen widerspiegelte, obwohl er nach außen hin so ruhig und gefasst wirkte. Er war wieder dort, im Haus meiner Mutter, blutend und gebrochen. Dort, wo ich ihn zurückgelassen hatte. Ich drängte die Gefühle zurück, die mir die Kehle zuschnürten.

»Ich bin weggefahren. Ich weiß nicht, wohin, ich bin einfach immer weitergefahren.« Nur zu genau erinnerte ich mich daran, wie aufgelöst ich durch die Nebenstraßen der stillen Stadt gerast war – wie ich vor Wut auf mich selbst geschrien hatte. Tränen schossen mir in die Augen, als ich daran zurückdachte, aber ich blinzelte sie weg. Ich verdiente kein Mitleid.

»Irgendwann habe ich es zu Sara zurückgeschafft. Sie ist total ausgerastet, weil sie dachte, mir wäre etwas Schreckliches passiert.« Meine Stimme versagte, und ich musste einen Moment lang innehalten. »Anna hat sich solche Sorgen gemacht. Sie hat kein Wort von dem verstanden, was ich ihr gesagt habe, weil ich nicht aufhören konnte zu weinen.« Eine Träne kullerte mir aus dem Augenwinkel. Ich schlang die Arme um mich und unterdrückte ein Frösteln.

»Ich habe ihnen gesagt, dass ich wegmuss, dass ich nicht in Weslyn bleiben kann, dass ich es einfach nicht mehr aushalte. Ich wollte mich nur noch ins nächstbeste Flugzeug setzen und verschwinden. Anna hat mich schließlich so weit beruhigt, dass ich mich dazu bereit erklärt habe, wenigstens noch ein, zwei Tage zu warten. Mir es eventuell doch anders zu überlegen. Aber das ist nicht passiert. Zwei Tage später saß ich im Flugzeug nach Kalifornien. Sara war der Meinung, ich würde den größten Fehler meines Lebens begehen. Sie hat zwei Monate lang kein Wort mehr mit mir geredet.«

Emma öffnete die Augen, und wieder rollte eine Träne über ihre Wange. »Beantwortet das deine Frage?«

Ich nickte und beobachtete mit stiller Verzweiflung, wie das Licht in ihren Augen erlosch. Zurück blieb die Dunkelheit ihres Kummers. Ich musste wegschauen, denn ich konnte sie nicht leiden sehen, ohne sie berühren zu wollen.

Ich räusperte mich und atmete tief die frische Meeresluft ein, um den Schmerz zu vertreiben. »Also, ich weiß nicht, wie es dir geht, aber noch mehr Ehrlichkeit halte ich heute echt nicht aus.« Irgendwie schaffte ich es, mir ein mattes Lächeln abzuringen, doch es verblasste schnell, als Evan mich durchdringend musterte. Sein Schweigen und der Blick, mit dem er mich taxierte, waren so intensiv, dass ich ihn kaum anschauen konnte.

»Mach's gut, Evan«, sagte ich leise und wandte mich ab.

»Wir sehen uns morgen«, versprach er mit belegter Stimme. Ich antwortete nicht. Während ich mich von ihm entfernte, spürte ich, dass er mir nachsah.

Als ich beim Haus ankam und auf die Terrasse trat, saß Cole dort auf einem Stuhl, die Füße lässig aufs Geländer gelegt.

»Hi«, sagte ich und setzte mich neben ihn.

»Hey«, antwortete er mit einem kleinen Lächeln. »Wie geht's?«

Ich zuckte die Achseln. »Ganz okay.«

Er suchte mein Gesicht nach allem ab, was ich ihm verschwieg. »Hast du Lust, morgen wieder surfen zu gehen?«

»Eigentlich schon, aber … erinnerst du dich an den Freund, dem ich vor einiger Zeit so dringend helfen wollte?«, fragte ich, starrte aufs Meer hinaus und umklammerte mein Handy in der Hosentasche – ich hatte immer noch nichts von Jonathan gehört, obwohl ich ihn im Restaurant gestern anzurufen versucht und ihm dann eine SMS geschickt hatte. Das Gespräch mit Evan hatte mich an die Nacht erinnert, in der ich mich auf die Suche nach ihm gemacht hatte, und jetzt fragte ich mich unentwegt, wo er wohl war und ob es ihm womöglich meinetwegen schlechtging.

»Ja«, antwortete Cole zögernd.

»Ich glaube, ich muss es noch mal versuchen«, murmelte ich und warf ihm einen schnellen Blick zu.

Er sah mir forschend in die Augen, dann fragte er: »Wo musst du hin?«

»Nach New York. Aber das wird Sara überhaupt nicht gefallen.«

»Warum?«, hakte er nach. »Mag sie diesen Freund nicht?«

»Nein, nicht wirklich. Also … verrätst du ihr bitte nicht, was ich vorhabe?« Mein schlechtes Gewissen nagte an mir, aber ich hatte keine andere Wahl. »Ich muss ihn sehen. Ich muss es wenigstens versuchen.«

»Wie lange bleibst du in New York?«

»Ehrlich gesagt weiß ich das noch nicht genau. Ich fliege morgen und bin hoffentlich in ein paar Tagen wieder zurück. Aber ich schätze, das hängt ganz davon ab, wie die Dinge sich entwickeln.«

Cole schwieg einen Moment lang. »Okay, ich verrate Sara nichts. Soll ich dich zum Flughafen fahren?«

»Ja. Danke«, antwortete ich leise.

Wir wandten uns wieder dem Meer zu, während der Tag um uns herum sich langsam seinem Ende zuneigte – rechts von uns sank die Sonne immer tiefer und hinterließ eine goldene Spur am Horizont, gesprenkelt mit Rosa und Lila. In der Ferne glitzerten die Lichter der Bohrinseln, während die Wellen hypnotisierend ans Ufer schlugen. Stille hüllte uns ein, doch anders als früher tröstete sie mich nicht. In meinem Inneren tobte ein Sturm und wirbelte Erinnerungen und Gefühle auf, die ich zwei Jahre lang tief in mir vergraben hatte. Mein Blick wanderte über den Strand zu dem großen Haus auf den Klippen. Ich wusste, dass es noch schlimmer werden würde.

22

vOn ihR mitgeRissen

Irgendwo hinter den Hügeln ging die Sonne auf, aber sie hatte sich noch nicht durch die Wolken gekämpft, die den Himmel bedeckten. Nebel hing über dem Wasser, ich fröstelte in der kühlen Morgenluft und zog meine Decke fester um mich.

Ich sehnte mich nach Schlaf. Die ganze Nacht hatte ich mich unruhig hin und her gewälzt, wach gehalten vom Schreien und Weinen in meinem Kopf. Irgendwann war ich aufgestanden, um Cole nicht länger zu stören.

Mit müden Augen spähte ich zum Strand und entdeckte im dichten Dunstschleier eine Gestalt. Jemand joggte am Rand des Wassers entlang. Allein der Gedanke an so einen großen Energieaufwand machte mich noch müder.

Als der Jogger sich dem Haus näherte, wurde er langsamer, zögerte offensichtlich, setzte sich dann aber wieder in Bewegung und kam auf mich zugelaufen. Ich erstarrte und versuchte, im Nebel zu verschwinden, aber er wusste, dass ich da war.

Als er näher kam, kniff ich verwirrt die Augen zusammen. »Evan?«

»Hi«, antwortete ich. Plötzlich war ich mir unsicher, ob ich nicht doch hätte weiterlaufen und sie in Ruhe lassen sollen. Aber ich wollte wissen, warum sie schon auf war. Sie saß, bis zur Nasenspitze in eine blaue Decke gehüllt, auf der Terrasse und spähte zu mir herunter.

Ihre Haare standen in alle Richtungen ab, und ich musste grinsen. Ich hatte mich immer noch nicht ganz an den Kurzhaarschnitt gewöhnt, aber irgendwie gefiel er mir – er betonte die exotische Form ihrer Augen.

»Ich wusste, dass du ein Frühaufsteher bist, aber das geht echt zu weit«, meinte sie.

Ich lachte. »Ich konnte nicht schlafen. Da dachte ich, Joggen würde vielleicht ... helfen. Aber was machst du hier? Normalerweise kriechst du doch nicht vor Mittag aus den Federn, wenn es sich vermeiden lässt.«

»Ich konnte auch nicht schlafen.«

»Albträume?«, fragte ich, ohne nachzudenken, denn das war der Grund, weshalb *ich* durch den Nebel rannte – um der Panik zu entfliehen, mit der ich aus dem Schlaf geschreckt war.

Ihr Blick huschte von mir weg, und sie zuckte ausweichend die Achseln. Vermutlich war es meine Schuld, dass sie hier draußen war und nicht im Bett, unter ihrer warmen Decke ... bei Cole. Ich zwang mich, meine Schultern zu lockern. Obwohl Peyton meine Sammlung unwillkommener Gedanken um einige unschöne Details bereichert hatte, hatte ich mir fest vorgenommen, mir die beiden nicht zusammen vorzustellen.

»Geh mit mir joggen.«

Emma sah mich an, als hätte ich sie aufgefordert, nackt im eiskalten Meer zu baden. »Komm schon, um diese Zeit hast du doch bestimmt keine anderen Pläne.«

Ich konnte nicht fassen, dass ich tatsächlich über seinen Vorschlag nachdachte. Eine Sekunde später schob ich meinen Stuhl zurück und stand auf. »Also gut«, brummte ich. »Ich zieh mich nur schnell um.«

Ohne das Grinsen zu beachten, das sich auf seinem Gesicht ausbreitete, schlich ich zurück ins Haus. Was war nur in mich gefahren?

Als ich ein paar Minuten später zurückkam, saß Evan unten auf der Treppe.

»Erwarte lieber nicht zu viel.« Bei meinen Worten sprang er auf und drehte sich zu mir um. Als er mich in meinem Jogging-Outfit sah, erschien erneut dieses Lächeln auf seinen Lippen – das Lächeln, das ich nicht länger als zwei Sekunden anschauen konnte, ohne dass sich mein Herzschlag rapide beschleunigte und ich heiße Wangen bekam.

Ich lief die paar Stufen hinunter und folgte ihm dicht ans Wasser, wo der Sand fester war. Langsam setzten wir uns in Bewegung. Meine Muskeln protestierten – für sie war es auch noch viel zu früh.

»Siehst du, so schlimm ist es doch gar nicht«, meinte Evan.

Ich stöhnte. »O doch – mein Körper spielt total verrückt.«

Evan lachte, offensichtlich amüsierten ihn meine Qualen.

Aber allmählich lockerten sich die Muskeln in meinen Beinen, und ich bekam besser Luft. Das Adrenalin vertrieb die Müdigkeit, und ich wurde ganz von selbst schneller.

»Da ist wohl jemand wach geworden, was?«

Mein Herzschlag pochte in meinen Ohren, und ich steigerte mein Tempo, um mit ihr Schritt zu halten. Die Müdigkeit verschwand aus ihren Augen, und an ihre Stelle trat eine große Entschlossenheit; plötzlich war sie völlig auf den vor ihr liegenden Weg fixiert. Das gefiel mir.

»Ich war schon viel zu lange nicht mehr laufen«, erklärte sie, und es klang nicht halb so atemlos, wie ich mich fühlte. »Das tut echt gut.« Auf ihren Lippen erschien ein verspieltes Lächeln, das ich wiedererkannte, aber eine ganze Weile nicht mehr gesehen hatte. »Trotzdem: Ich hasse den Morgen.«

Ich lachte. Wir liefen bis zu einer Felsformation, die den Strand durchschnitt, und kehrten dann um. Sosehr mich dieser Lauf auch erschöpfte, ich wollte trotzdem nicht, dass er endete. Zum ersten Mal, seit ich sie wiedergesehen hatte, wirkte Emma im Reinen mit sich, und ich wollte nicht, dass dieser friedliche Ausdruck in ihrem Gesicht verschwand, sobald wir uns nicht mehr bewegten.

Als das Haus in Sicht kam, wurde sie noch schneller; ihre Füße gruben sich tief in den Sand, und sie holte weiter aus. Mit diesem Tempo konnte ich unmöglich mithalten, also ließ ich sie alleine vorauslaufen. Sie holte alles aus ihrem Körper heraus, trieb ihn zu Höchstleistungen an, und der Anblick war atemberaubend. Um ein Haar wäre ich über einen Stein gestolpert, so fasziniert war ich von der Anmut und der Kraft, mit der sie den Strand entlangsprintete. Hinter hier blieb eine Spur aus kleinen energischen Fußabdrücken zurück.

Als ich sie einholte, ging sie bereits, die Hände in die Hüften gestemmt, vor dem Haus auf und ab, um wieder zu Atem zu kommen. Ich blieb stehen und sah sie einfach nur an: Der Schweiß lief ihr übers Gesicht, der Wind peitschte ihre kurzen Haare umher. Sie drehte sich zu mir um und musterte mich, als würde sie versuchen, meine Gedanken zu lesen. Ich wünschte, ich hätte ihr sagen können, was mir durch den Kopf ging.

»Dann laufe ich mal zurück«, sagte ich schließlich. »Danke, dass du ein Stück mitgekommen bist.«

Sie nickte. »Gern geschehen.«

Ich zwang meine Beine, sich in Bewegung zu setzen, und joggte allein weiter den Strand hinunter. Im Laufen blickte ich noch einmal über die Schulter zurück und stolperte fast, als ich sah, wie Emma sich das T-Shirt über den Kopf zog. Immer wieder spähte ich zurück zu der Stelle, an der sich ihre Silhouette dunkel im Nebel abzeichnete. Meine Schritte wurden langsamer. Ich konnte nicht wegsehen. Als sie aus ihren Schuhen schlüpfte und die Shorts über die Hüften streifte, blieb ich stolpernd stehen. Der Nebel war so dicht, dass sie nur als Schatten erkennbar war, doch auch so verschlug mir der Anblick ihres schlanken, drahtigen Körpers den Atem. Sie ging zum Meer hinunter und watete ins Wasser, ohne sich im Geringsten an der Kälte zu stören.

Mit einem kleinen Sprung tauchte sie unter einer Welle hindurch und kam auf der anderen Seite wieder an die Oberfläche. Ihr Kopf wippte im Wasser auf und ab, das den Rest ihres Körpers wie ein grauer

Schleier umgab. Ich war so fasziniert, dass ich gar nicht merkte, dass ich auf sie zuging. Aber dann nahm ich aus dem Augenwinkel plötzlich eine Bewegung wahr. Schlagartig erwachte ich aus meiner Trance: Cole war mit einem Handtuch in der Hand auf die Terrasse getreten.

Hastig wandte ich mich um und joggte in entgegengesetzter Richtung davon – hoffentlich hatte mich der Nebel vor seinem Blick verborgen. Mein Herzschlag hatte sich immer noch nicht beruhigt, und ich wusste, dass ich das, was ich gerade gesehen hatte, verdrängen musste, wenn ich mich weiter in Emmas Nähe aufhalten wollte. Als Nates Haus in Sicht kam, sprintete ich in vollem Tempo darauf zu.

Am ganzen Körper zitternd lief ich den Strand hoch.

»Guten Morgen«, begrüßte mich Cole, als ich ihn erreichte, und hüllte mich in ein großes Badehandtuch. Der warme Stoff und seine Umarmung vertrieben die Kälte, das Zittern ließ nach.

»Na, so was sieht man doch gern als Erstes am Morgen.«

»Sehr witzig«, erwiderte ich mit einem ironischen Grinsen und schmiegte mich an seine Brust. »Du bist aber sehr früh wach.«

»Ich gehe mit den Jungs surfen«, erklärte er und drückte mich an sich. Als ich zu ihm aufblickte, beugte er sich zu mir und streifte mit dem Mund über meine nassen, bebenden Lippen. Er war so warm. Ich ließ meine Zunge in seinen Mund gleiten, und er zog mich noch enger an sich. Mein Puls beschleunigte sich, als er den Kuss vertiefte, und ein Schauer der Erregung durchlief meinen Körper.

»Ich könnte auch ein bisschen zu spät kommen«, flüsterte er mir ins Ohr.

Ich lachte und trat einen Schritt zurück. »Nein, nein, du solltest lieber gehen. Wir sehen uns dann später.«

Er drückte seine Stirn an meine und sagte: »Ich bin heute Nachmittag rechtzeitig wieder da, um dich zum Flughafen zu fahren. Bleib bis dahin für mich nackt, ja?« Er drückte mir noch einen kleinen Kuss auf die Lippen, dann sammelte er meine Klamotten auf und zog mich mit ins Haus. Lächelnd folgte ich ihm.

Als Cole weg war, duschte ich und zog mich an, bevor ich mich ans Packen machte. Jetzt würde ich ganz bestimmt keinen Schlaf mehr finden, auch wenn es eigentlich immer noch zu früh war, um wach zu sein. Ich hatte keine Ahnung, wie ich nach New York kommen sollte, ohne dass Sara etwas davon mitbekam, und auch bei meiner geplanten Suche nach Jonathan plagte mich die Ungewissheit. Sein Umzug war schon eine Woche her. Hoffentlich würde ich nicht zu spät kommen.

Als ich kurze Zeit später geduscht, aufgewärmt und erstaunlich erfrischt ins Wohnzimmer kam, stand Saras Tür offen. Ich warf einen Blick in ihr Zimmer, aber sie war nicht da. Auch auf der Terrasse fand ich keine Spur von ihr. Als ich in die Küche zurückging, sah ich auf der Theke eine Nachricht in Saras unverkennbarer Krakelhandschrift liegen:

Bin einkaufen. Wir machen heute ein Picknick am Strand … Vielleicht erlaube ich Dir sogar, mit mir Händchen zu halten. Ha!

Ich freute mich nicht gerade auf Saras Reaktion, wenn sie herausfand, dass ich mich ohne ihr Wissen aus dem Staub gemacht hatte. Seufzend legte ich den Zettel wieder hin. Als ich den Küchenschrank aufmachte, um das Müsli herauszuholen, schoss mir plötzlich ein Gedanke durch den Kopf: Wie war Sara zum Laden gekommen? Sie hatte doch kein Auto.

»Hast du ein Auto, das ich mir leihen könnte?«, fragte Sara, sobald ich die Tür aufmachte. Ich hatte gerade geduscht und rubbelte mir mit einem Handtuch die Haare trocken.

»Guten Morgen, Sara. Wie schön, dich zu sehen«, antwortete ich sarkastisch. Sie ging an mir vorbei ins Haus.

»Ich weiß, dass ich nicht nett zu dir war, und das tut mir leid«, sagte sie, die Hände in die Hüften gestemmt. »Ich möchte die letzten zwei Jahre, in denen du dich benommen hast wie ein richtiger Mistkerl, gerne hinter mir lassen. Und ich verspreche, dich nicht mehr ständig anzuzicken. Aber nur unter der Bedingung, dass du Emma in

Ruhe lässt, falls dein katastrophaler Zwei-Wochen-Plan zu viel für sie wird.«

Ihre Direktheit verblüffte mich, aber eigentlich hätte ich von Sara nichts anderes erwarten sollen. »Wovor hast du Angst? Was könnte sie tun?«, fragte ich.

»Ich bin nicht hier, um mit dir über Emmas Psyche zu reden, Evan. Ich möchte Frieden schließen.«

»Und dir ein Auto leihen«, merkte ich grinsend an.

»Ja, und mir ein Auto leihen«, erwiderte sie etwas patzig.

Sie verschränkte die Arme vor der Brust und wartete ungeduldig auf meine Zustimmung. Erst da wurde mir richtig bewusst, worum sie mich gebeten hatte. Ich war nach Kalifornien gekommen, um Antworten zu finden. Jetzt musste ich entscheiden, was mir die Wahrheit wert war.

Ich holte tief Luft. »Okay, ich werde sie in Ruhe lassen, wenn sie nicht damit klarkommt. Und in der Garage steht ein Audi. Der Schlüssel ist in der Schale auf der Küchentheke.«

»Danke.« Sara lächelte erleichtert. Sie ging in Richtung Küche, drehte sich dann aber noch einmal zu mir um. »Evan, es tut mir wirklich leid, was vor zwei Jahren passiert ist. Mit dem, was Emma getan hat, war ich nie einverstanden – wenn du mich fragst, war es die schlechteste Entscheidung, die sie je getroffen hat. Und ich glaube, das weiß sie auch, obwohl sie steif und fest behauptet, sie hätte es getan, um dich zu schützen.«

»Um mich zu schützen? Was ...?«

Sara verzog das Gesicht. »Äh ... danke, dass ich mir den Audi ausleihen darf.«

»Sara, was soll das heißen?«, hakte ich nach.

»Ach, Mist«, grummelte sie und schloss ihre Hand fest um den Schlüssel. »Das hätte ich nicht sagen sollen. Sorry. Emma wird es dir irgendwann erzählen. Aber du musst ihr Zeit lassen.«

Ich biss die Zähne zusammen und nickte, wohl wissend, dass ich die

Erklärung – worin auch immer sie bestehen mochte – von Emma selbst hören musste. Aber wie hatte sie sich einreden können, sie würde mich beschützen, indem sie einfach wegging und mich alleinließ?

»Was zur Hölle hast du dir dabei gedacht, Emma?«, murmelte ich, als ich auf dem Gehweg stand und zusah, wie Sara aus der Garage fuhr.

»Ich brauch bestimmt nicht lange!«, rief sie mir zu, als sie auf der Straße vor mir hielt. Sie zögerte einen Moment lang, dann fügte sie hinzu: »Ich will nur ein paar Sachen einkaufen, Emma und ich machen nämlich nachher ein Picknick am Strand. Willst du mitkommen?«

Ihr Friedensangebot brachte mich zum Lächeln. »Danke. Ich überlege es mir.«

»Ach ja, und ... Emma ist gerade zu Hause – allein.« Sara warf mir ein kleines verschwörerisches Grinsen zu, bevor sie davonbrauste. Ich lachte – subtile Andeutungen waren noch nie ihre Stärke gewesen.

»Wer braucht denn bloß so viele Kreditkarten?«, seufzte ich und warf den nächsten Umschlag in den Mülleimer, den ich aus dem Badezimmer geholt hatte. Vor meiner Abreise hatte Anna mir einen dicken Stapel Briefe in die Hand gedrückt, und jetzt holte ich einen nach dem anderen aus meiner Reisetasche, um darin Platz für einen Zweitagesbedarf an Klamotten zu schaffen. Ich griff mir den nächsten Umschlag und wollte ihn schon unbesehen wegwerfen, als mir die Handschrift ins Auge fiel. Normalerweise hätte ich den Brief sofort entsorgt, genau wie all die anderen, die sie mir geschickt hatte. Aber diesmal brachte ich es nicht fertig.

Ich zog das weiße Blatt Papier heraus und klappte es auf. Als ich zu lesen begann, wurde mir eng ums Herz, ich atmete aus und bekam auf einmal keine Luft mehr.

Ich klopfte an die Haustür und wartete. Emma machte nicht auf, also klopfte ich noch einmal – wieder keine Reaktion. Verwirrt blickte ich mich um, dann griff ich nach dem Türknauf und drehte ihn. Die Tür war nicht abgeschlossen. Kurz zögerte ich, doch dann drückte ich sie auf.

»Emma?«, rief ich und trat vorsichtig ein, um sie nicht zu erschrecken. »Emma?« Alles blieb still.

Ich schloss die Tür hinter mir, ging ins Wohnzimmer und spähte hinaus auf die Terrasse. Aber dort war sie auch nicht. Als ich auf die Schlafzimmertür zusteuerte, sah ich ihren Fuß über den Bettrand baumeln.

»Hey, Emma«, sagte ich im Näherkommen, »Sara hat mir erzählt ...«

Als ich sie sah, blieb ich abrupt stehen und musste mich am Türrahmen festhalten. »Emma, was ist passiert?«

Sie zitterte am ganzen Körper und starrte mit glasigen, ausdruckslosen Augen auf den Zettel, den sie in der Hand hielt. Ihr Mund war leicht geöffnet, und ihre Brust hob und senkte sich ruckartig bei jedem keuchenden Atemzug.

»Emma?«, versuchte ich erneut, ihre Aufmerksamkeit auf mich zu lenken. Ihr Kinn bebte, sie bewegte die Lippen, doch heraus kam nur ein leises Wimmern. »Lass mich mal sehen«, sagte ich und nahm ihr den Zettel sanft aus der Hand. Sie schaute zu mir auf. Ich zuckte zusammen, als ich den Schmerz in ihrem Blick sah. Sie gab keinen Laut von sich. Tränen schimmerten in ihren starren Augen. Sie sah aus, als wäre sie dabei, zu ertrinken.

Ich las die Nachricht. Schon beim ersten hastig hingekritzelten Wort biss ich die Zähne zusammen: »Emily«. Ich schaute kurz zu Emma hinunter, doch sie rührte sich immer noch nicht, gelähmt vor Schmerz.

Emily,

vielleicht wirst du diesen Brief endlich lesen. Schließlich ist es der letzte.

Inzwischen solltest Du wissen, was Du mir angetan hast. Ja, Du hast mir das angetan. Ich kann den Schmerz nicht mehr ertragen. Es tut zu weh, allein zu sein. Es tut zu weh, ignoriert und von niemandem geliebt zu werden – nicht einmal von meiner eigenen Tochter. Deinetwegen habe ich die einzige Person verloren, die mich je wirklich geliebt hat. Diese Liebe hast Du am Tag deiner Geburt zerstört. Du hättest nie geboren werden dürfen. Du bereitest den Menschen in Deinem Leben nichts als Kummer. Selbst diesen beiden unschuldigen Kindern, die versucht haben, Dich zu lieben. Sieh doch nur, was aus Dir geworden ist. Wie erträgst Du es überhaupt noch, Dich im Spiegel anzusehen, nach allem, was Du angerichtet hast?

Du hast mich umgebracht mit Deinen kalten, gehässigen Worten. Du hast mich umgebracht mit jedem Brief, den Du nie beantwortet hast. Wie konntest Du zu Deiner eigenen Mutter so kalt und gehässig sein? Ich habe Dir so viel gegeben, aber das war Dir egal. Ich war nie gut genug für Dich. Jetzt musst Du mit der Schuld leben – mit dem Wissen, dass ich allein deinetwegen nicht weiterleben kann.

In Liebe,
Deine Mutter

Unbändige Wut stieg in mir hoch, doch ich schluckte sie hinunter. »Nein«, sagte ich mit fester, eindringlicher Stimme. »Nein, Emma, nein, das ist nicht wahr.« Fassungslos schüttelte ich den Kopf.

Dann setzte ich mich neben Emma, aber auch darauf reagierte sie nicht. Ihr Zittern ließ nicht nach, im Gegenteil, es wurde immer stärker. Ich ließ den Brief fallen, als hätten Rachels niederträchtige Worte mich verbrannt.

Zärtlich schlang ich die Arme um Emma und zog sie an mich. Sie sank an meine Brust, und ich hielt sie fest. »Hör nicht auf sie«, flehte ich. Das Zimmer um uns herum verschwamm vor meinen Augen. »Glaub das nicht, kein einziges Wort davon.« Doch sie hörte mich nicht.

23

stilleR SchmerZ

Alles, was Emma hervorbrachte, war ein leises, regelmäßiges Schluchzen. Sie konnte nicht aufhören zu zittern, ganz gleich, wie fest ich sie hielt. Widerstandslos ließ sie zu, dass ich mich mit ihr aufs Bett legte. Ich lehnte mich an das gepolsterte Kopfende, zog Emma auf meine Brust und schloss sie in die Arme. »Jedes Wort in diesem Brief ist gelogen, Emma. Bitte lass nicht zu, dass sie dich verletzt«, flüsterte ich so nahe an ihrem Kopf, dass meine Lippen ihre Haare streiften.

Das Zittern ließ nicht nach, und ich fühlte mich, als hätte mir jemand eine brennende Fackel ins Herz gerammt. Hass erfüllte mich beim Gedanken an Rachel – wie konnte sie nur so egoistisch, so rachsüchtig sein? Sogar ganz zum Schluss hatte sie noch alles darangesetzt, ihre Tochter zu vernichten – der einzige Mensch, der trotz allem nie aufgehört hatte, sie zu lieben. Ich atmete tief durch, um mich zu beruhigen. Das war es, was Emma jetzt brauchte: Ruhe und Trost.

Eine Weile lagen wir so beieinander, eingehüllt in stillen Schmerz, dann hörte ich auf einmal die Haustür aufgehen.

»Emma?«, rief Sara. »Evan?«

Ich öffnete den Mund, um ihr zu antworten, doch da stürzte sie auch schon ins Zimmer, sah Emma auf meiner Brust liegen und funkelte mich wütend an. »Was machst du ...?« Mitten im Satz unterbrach sie sich, musterte Emma mit zusammengekniffenen Augen und kam vorsichtig näher. »Was ist passiert? Emma?« Sichtlich erschrocken schaute sie mich an. »Was ist passiert, Evan? Was hast du getan?«

Ich schüttelte heftig den Kopf. »Sie hat einen Brief bekommen. Er liegt irgendwo auf dem Boden.«

Sara fand ihn sofort, bückte sich und hob ihn auf. Ich konnte kaum mit ansehen, wie sie ihn las.

»Dieses verdammte Miststück!«, fluchte sie, als sie fertig war, so laut, dass ich zusammenfuhr. Ich sah zu Emma hinunter. Aber sie lag nur da, immer noch fest an mich geschmiegt, und zuckte nicht mit der Wimper. »Wie konnte sie nur ...?« Sara knüllte den Brief zusammen und stürmte aus dem Zimmer. Ich hörte Schubladen zuknallen und immer wieder ihr Gemurmel: »Dieses verdammte Miststück ...« Dann roch es plötzlich verbrannt, und ich wusste genau, was sie getan hatte.

Kurz darauf kam Sara zurück und legte sich so aufs Bett, dass sie Emma ins Gesicht sehen konnte. Sie beugte sich ganz nahe zu ihr, blickte in ihre glasigen Augen und streichelte sachte ihre Wange.

»Emma«, flüsterte sie, »Rachel war ein schrecklicher Mensch, sie wollte dich nur verletzen. Lass dich nicht von ihr unterkriegen. Hörst du, Em? Du darfst das nicht zulassen. Dafür bist du viel zu stark. Das weiß ich. Bitte, Emma.«

Die Augen voller Tränen, sah sie mich an und meinte: »Sie darf diesen Schwachsinn nicht glauben, Evan, wir dürfen nicht zulassen, dass Rachel sie mit ihren Lügen fertigmacht.«

»Ja, ich weiß«, antwortete ich leise und strich Emma sanft über den Rücken.

Unter meiner Berührung zuckte sie plötzlich heftig zusammen. Ich legte den Kopf schräg, um ihr besser ins Gesicht sehen zu können. »Emma?«

Ein unterdrücktes Schluchzen erschütterte ihre Brust. Auf einmal machte sie sich von mir los, rollte sich zusammen und schrie laut: »Nein!«

Sara erstarrte.

»Nein! Nein!« Emma ballte die Fäuste, schlug in blinder Wut auf die Matratze ein und schrie immer und immer wieder dasselbe Wort:

»Nein! Nein! Nein!« Dann brachen alle Dämme, und sie fing so heftig an zu weinen, dass ihr ganzer Körper sich krümmte. Sara sah mich an, Angst flackerte in ihren Augen auf.

Ich beugte mich zu Emma und umfasste sanft ihre Schultern. »Alles wird gut, Emma.«

»Nein, wird es nicht!«, rief sie. »Sie ist tot! Sie ist tot!« Dann sank sie zurück an meine Brust und ließ den Tränen endlich freien Lauf. Mit schwacher Stimme stieß sie hervor: »Meine Mutter ist tot.«

»O Emma ...« Sara kniete neben dem Bett; ihr war deutlich anzumerken, wie weh es ihr tat, das Leid ihrer besten Freundin hilflos mit ansehen zu müssen.

Behutsam legte ich mich hinter Emma und zog sie an mich, um die Krämpfe zu lindern, die sie immer noch schüttelten. Sie umklammerte meinen Arm so fest, als könnte ich sie vor dem Ertrinken retten.

Wir sagten kein Wort. Sara und ich blieben einfach bei Emma und ließen sie um ihre Mutter weinen, die eine Tochter wie sie nicht verdient hatte. Ich wusste, dass sie um Rachel trauerte, wahrscheinlich zum ersten Mal, seit sie von ihrem Tod erfahren hatte. Wie sehr ich mir doch wünschte, ich könnte Emma vor allem beschützen, was sie verletzte ... Unwillkürlich musste ich an die Nacht zurückdenken, in der sie sich in meinen Armen bitterlich weinend an den Tod ihres Vaters erinnert hatte. Damals hatte ich ihren Schmerz nicht lindern können, und ich wusste, dass ich es auch jetzt nicht konnte. Doch obwohl ich ein ums andere Mal gescheitert war, würde ich niemals aufhören, es zu versuchen.

Irgendwann ließ das Schluchzen nach, und Emmas Körper entspannte sich. Ich spürte, wie sie sich ausstreckte und ihr Atem sich vertiefte.

Sara blickte zu mir auf und flüsterte: »Sie schläft.« Ich nickte. Vorsichtig und steif vom langen Sitzen, stand Sara auf und streckte die Arme über den Kopf.

Sie machte sich auf den Weg zur Tür, blieb aber kurz davor stehen.

»Evan, jetzt komm schon«, wisperte sie und signalisierte mir mit einer ungeduldigen Handbewegung, ihr zu folgen.

Ich zögerte, ich wollte eigentlich nicht gehen. Aber Sara hatte mir offensichtlich etwas unter vier Augen zu sagen, also zog ich behutsam meinen Arm unter Emmas Körper hervor und bewegte die Finger, um die Durchblutung wieder in Gang zu bringen. Ein Zittern durchlief sie, als ich mich von ihr löste, und bevor ich das Zimmer widerwillig verließ, deckte ich sie warm zu. Dann schloss ich die Tür und ging ins Wohnzimmer, wo Sara schon auf mich wartete.

Sie lief unruhig auf und ab, die Lippen fest aufeinandergepresst. Als ich hereinkam, blieb sie sofort stehen. Ihre Besorgnis schlug mir wie ein Fausthieb entgegen. »Evan, ich habe Angst.«

Ich wartete und hoffte, sie würde mir das näher erläutern.

»Du kannst dir nicht vorstellen, wie sehr sie sich in den letzten zwei Jahren verändert hat«, fuhr sie hektisch fort. »Sie hält es kaum noch aus, und ich mache mir echt Sorgen, dass dieser Brief ihr den Rest gibt.«

»Wovor hast du Angst, Sara?«, fragte ich. »Denkst du, sie wird wieder anfangen zu trinken?«

Ein nachdenklicher Ausdruck erschien auf Saras Gesicht, dann ließ sie sich auf die Couch sinken. »Ich weiß nicht, wie ich es beschreiben soll.« Ihre Stimme klang zaghaft. »Seit sie Weslyn verlassen hat ... existiert sie irgendwie nur noch. In ihren Augen ist kein ... kein Licht mehr. Kein Wille. Kein Antrieb. Früher hat sie immer danach gestrebt, mehr zu sein, mehr zu erreichen, aber jetzt ... jetzt lebt sie kaum noch.« Wieder kamen ihr die Tränen, und sie musste einen Moment lang innehalten, um sich zu fassen. »Ich hab das Gefühl, als würde ich sie langsam, aber sicher verlieren. Als würde sie mir entgleiten, und ich kann sie nicht festhalten, egal, wie sehr ich mich auch bemühe. Ich habe Angst, dass sie sich endgültig von uns abschottet. Ich weiß, das ist schwer zu verstehen, aber ich kann es nicht besser erklären. Ich hab einfach Angst.«

Ich setzte mich auf den Stuhl ihr gegenüber. »Was ist mit ihr passiert, Sara?«

Sara warf mir einen traurigen Blick zu. »Sie hat dich verlassen.«

Verwirrt starrte ich sie an, doch bevor ich nachfragen konnte, was sie damit meinte, fuhr sie fort: »Ich weiß ehrlich nicht, warum sie von dir weggegangen ist, Evan. Das kann sie dir nur selbst erklären.«

In diesem Moment hörten wir die Haustür aufgehen. Wir unterbrachen unser Gespräch, und als wir uns umdrehten, sahen wir Cole hereinkommen. Er trug Badeshorts und war am ganzen Körper nass. Offensichtlich kam er vom Surfen.

»Hey.« Er nickte uns flüchtig zu und schaute sich um. »Wo ist Emma?«

Sara und ich sahen einander an und seufzten beide. Schließlich sagte sie: »Ich rede mit ihm.«

Ich nickte und stand auf, denn ich legte keinerlei Wert darauf, Coles Reaktion mitzubekommen, wie auch immer sie ausfallen mochte. Stattdessen zog ich mich auf die Terrasse zurück und schloss die Schiebetür, damit ich Saras Stimme nicht hörte.

Gedankenverloren starrte ich aufs weite, unruhige Meer hinaus und holte tief Luft. Plötzlich wurde mir bewusst, wie erschöpft ich war.

Eine Weile später ging die Tür wieder auf, und Sara trat zu mir heraus. Sie atmete die salzige Luft ein, als könnte sie ihr neue Kraft verleihen – genau wie ich es vorhin getan hatte.

»Er sieht nach ihr«, erklärte sie und lehnte sich neben mir ans Geländer. Einen Moment lang lauschte sie schweigend der Brandung, dann fuhr sie fort: »Es ist bestimmt nicht einfach für dich, die beiden zusammen zu sehen.«

»Sie sind doch nicht wirklich zusammen«, erwiderte ich.

»Aber sie ist auch nicht mehr mit dir zusammen. So oder so ist es nicht einfach.«

»Ich bin nicht hergekommen, um sie zurückzugewinnen, Sara. Das ist die Wahrheit. Ich habe die ganzen letzten zwei Jahre versucht zu verstehen, was in ihr vorgegangen ist, was eigentlich passiert ist, warum sie wegwollte. Ich brauche Antworten. Deswegen bin ich hier.«

Sara stützte den Ellbogen aufs Geländer und wandte sich zu mir um. »Das glaube ich dir nicht.«

Schockiert starrte ich sie an. »Wie bitte?«

»Evan Mathews, rede dir und auch allen anderen ruhig weiter ein, dass du hier bist, weil du Antworten brauchst, um einen Schlussstrich ziehen zu können. Aber die Wahrheit ist doch, dass du sie liebst. Du hast sie immer geliebt. Du wirst sie immer lieben. Und du bist hier, weil du sie nicht im Stich lassen kannst. Du hast gesehen, wie traurig, innerlich leer und resigniert sie bei der Beerdigung ihrer Mutter war, und deshalb musstest du ihr hierher folgen. Du wirst sie nie loslassen können. Du bist hier, weil ... weil du hierhergehörst, zu ihr.«

Mein Herz krampfte sich zusammen; ich fühlte mich, als hätte Sara mein Innerstes berührt und all das hervorgeholt, was ich mir selbst nicht eingestehen konnte. Ich brachte kein Wort heraus. Stumm starrte ich aufs Wasser und rang um Fassung. Schließlich wandte ich mich von Sara ab und ging ins Haus zurück – ich musste nach Emma sehen.

Cole hatte sich Shorts und ein T-Shirt übergezogen, saß mit verschränkten Händen auf einem Sessel im Wohnzimmer und wippte nervös mit dem Fuß.

»Alles okay?«, erkundigte ich mich.

Er nickte, aber der besorgte Ausdruck in seinen Augen sprach eine andere Sprache. Ich ging an ihm vorbei ins Schlafzimmer. Emma lag immer noch zusammengerollt unter ihrer Decke und zuckte hin und wieder im Schlaf. Ich setzte mich neben sie und strich ihr die Haare aus dem Gesicht.

»Ich bleibe heute Nacht bei ihr«, sagte Sara von der Tür her. »Mach dir keine Sorgen. Ich kümmere mich um sie.«

Ich überließ Emma ihren unruhigen Träumen und ging ins Wohnzimmer zurück. »Cole, ist es okay für dich, wenn ich heute hier übernachte? Auf der Couch?«

Ich konnte sehen, dass er nicht recht wusste, was er davon halten sollte, aber er zuckte die Achseln und antwortete: »Ja, klar.«

Als ich aufwachte, war es stockdunkel. Neben mir hörte ich jemanden leise atmen. Alles tat mir weh, und mein Kopf fühlte sich wie betäubt an, als hätte ich ein Mittel gegen Erkältung genommen.

Dann erinnerte ich mich. Unwillkürlich biss ich die Zähne zusammen, versuchte aber, ruhig und gleichmäßig zu atmen. Noch immer spürte ich das Gewicht ihres Briefes in meiner Hand. Die Worte bohrten sich in mein Herz wie Dolche.

Du hättest nie geboren werden dürfen. Du bereitest den Menschen in deinem Leben nichts als Kummer.

Meine Mutter hatte oft schreckliche Dinge gesagt, meistens dann, wenn sie getrunken hatte. Sie hatte immer gewusst, wie sie mich verletzen konnte. Aber diese Worte … die Worte, die sie kurz vor ihrem Selbstmord geschrieben hatte. Diese Gedanken hatten sie in den Tod getrieben. Sie hatte mich nicht nur verletzen wollen, sie hatte versucht, mich mit sich ins Unglück zu reißen.

Jetzt musst du mit der Schuld leben – mit dem Wissen, dass ich allein deinetwegen nicht weiterleben kann.

Ich konnte ein ersticktes Schluchzen nicht unterdrücken.

»Alles wird gut«, flüsterte Evans Stimme mir zu. Er rutschte näher zu mir und nahm mich in die Arme. Ich drückte das Gesicht an seine Brust, atmete seinen tröstlichen Geruch ein und ließ den Tränen freien Lauf. Hemmungslos weinend klammerte ich mich an ihn – mein Herz tat so weh, dass ich wünschte, ich könnte es herausreißen.

»Emma, wir sind bei dir«, flüsterte Sara hinter mir und strich mir sanft über den Rücken. »Wir stehen das zusammen durch. Wir sind für dich da, und das werden wir immer sein.«

Irgendwann wurde mein gebrochenes, von Dolchen durchstoßenes Herz vom Schlaf überwältigt, und ich sank in die Dunkelheit des Vergessens.

Immer noch schlaflos, ließ ich meinen Blick durchs dunkle Zimmer schweifen. Ich spürte Emmas warmen Atem an meiner Brust, Sara lag zusammengerollt hinter ihr, eine Hand auf ihren Rücken gelegt. Ab und an zuckte Emma zusammen und stöhnte leise auf. Ich konnte mir nur zu gut vorstellen, was sie in ihren Träumen plagte.

Vorsichtig, um die beiden nicht zu wecken, schlich ich mich aus dem Zimmer und zurück zur Couch, auf der ich kein Auge zugetan hatte. Die Tür zum Gästezimmer, in dem Cole übernachtete, blieb geschlossen. Ich setzte mich aufs Sofa, starrte benommen in die Dunkelheit und wartete darauf, dass die Sonne den Himmel erhellte.

Ein paar Stunden später, als der Strand endlich unter der dichten Nebeldecke auftauchte, kam Sara aus dem Schlafzimmer. Sie gähnte und streckte die Arme über den Kopf, sichtbar erschöpft.

»Schläft sie noch?«, wollte ich wissen und versuchte zu entscheiden, ob ich mich wieder zu ihr legen sollte, damit sie nicht alleine aufwachte.

»Wenn du es so nennen willst«, antwortete Sara. Ihre Worte wurden gedämpft von einem weiteren Gähnen. Dann bemerkte sie meine Unentschlossenheit. »Evan, sie schläft. Momentan brauchst du nicht wieder zu ihr zu gehen. Lass uns frühstücken. Bist du nicht angeblich ein begnadeter Koch?«

»Na gut«, willigte ich ein, stand auf und streckte meinen verspannten Rücken durch. »Ich mach uns was.«

Ich blieb zusammengekuschelt unter meiner Decke liegen und sah nur kurz auf, als Sara sich neben mir aufs Bett setzte. Selbst die geringste Bewegung tat mir weh – am ganzen Körper.

»Hast du Hunger?«, erkundigte sie sich sanft. »Evan hat Omeletts gemacht. Wenn du magst, bereitet er dir auch eins zu.«

Ich versuchte, den Kopf zu schütteln, war mir aber nicht sicher, ob ich es auch tatsächlich tat. Dann starrte ich wieder ins Nichts. In mir war nur tiefe, schwarze Dunkelheit. Sie versengte und ver-

stümmelte mich innerlich, getrieben von Schuld und Hass, die schon vor langer Zeit in meinem Inneren Wurzeln geschlagen hatten. Stück für Stück hatte diese Dunkelheit sich jeder Faser meines Körpers bemächtigt, und nun gab es kein Entrinnen mehr. Ich konnte nichts fühlen. Ich konnte nichts denken. Ich konnte mich nicht rühren, ohne diesen unvorstellbaren Schmerz zu fühlen, der mich früher oder später dazu treiben würde, mich nach dem Tod zu sehnen – genau wie meine Mutter es gewollt hatte.

»Sie starrt nur vor sich hin. Es ist ... es ist, als würde sie mich überhaupt nicht sehen«, sagte Cole, als er sich zu uns setzte. Seine Stimme klang verunsichert, fast panisch, und er rang fahrig die Hände. »Wie können wir ihr bloß helfen?«

Sara sah besorgt von ihm zu mir. Wir hatten uns darauf geeinigt, Emma trauern zu lassen – ihr Zeit zu geben, den Tod ihrer Mutter zu verarbeiten. Aber sie wurde immer verschlossener, aß nicht mehr, redete nicht mehr, und keiner von uns wusste, wie er zu ihr durchdringen konnte.

»Äh, ich ... ich gehe eine Weile spazieren«, verkündete Cole und warf uns einen schuldbewussten Blick zu. »Kommt ihr hier auch ohne mich klar?«

Sara nickte. Cole sah mich fragend an, und als auch ich nickte, nahm er seinen Schlüssel und ging.

»Er tut mir irgendwie leid«, meinte Sara, als er weg war, den Blick immer noch auf die Tür gerichtet, hinter der er verschwunden war. »Er hatte keine Ahnung, worauf er sich mit Emma einlässt. Irgendwie ist das schon blöd.«

»Irgendwie?«, erwiderte ich und zog die Augenbrauen hoch. Ich wollte kein Mitleid mit Cole haben. Offensichtlich war er der Situation überhaupt nicht gewachsen, aber das bestätigte mich nur darin, dass er nicht mit Emma zusammen sein sollte.

»Was können wir tun, Evan?«, fragte Sara, hörbar bedrückt und erschöpft. »Wie holen wir sie zurück? Meinst du, wir sollten sie ins Krankenhaus bringen?«

Ich schüttelte den Kopf. »Es ist erst zwei Tage her, dass sie den Brief gefunden hat«, meinte ich, obwohl ich mich genauso hilflos fühlte wie sie. »Lass uns noch bis morgen warten, dann fassen wir einen Entschluss.«

Sara rieb sich die Augen. »Ich wünschte, wir könnten ihr irgendwie klarmachen, dass sie stärker ist, als sie denkt.«

Plötzlich traf es mich wie ein Schlag.

»Ich hab's«, sagte ich, und allein bei dem Gedanken wurde mir leichter ums Herz.

»Was denn?« Sara hob ruckartig den Kopf.

»Ich bin gleich zurück«, versprach ich ihr.

Ich klammerte mich an das Einzige, was mir noch blieb: Hoffnung.

24
immer fÜr sie da

»Em, du musst aufstehen.«

Ihre Augen öffneten sich ein wenig. Sie blinzelte zu mir hoch, sagte aber kein Wort und machte auch keine Anstalten aufzustehen.

»Ich meine es ernst«, sagte ich ein bisschen strenger. »Auf jetzt, raus aus den Federn.« Sie blieb reglos liegen, als würde sie überhaupt nicht verstehen, was ich sagte. »Wenn du nicht sofort aufstehst, werde ich dich aus dem Bett tragen.«

Vor Staunen blieb ihr der Mund offen stehen. Wenigstens wusste ich jetzt, dass sie mich gehört hatte.

»Warum?«, stieß sie heiser hervor.

»Weil ich dir helfen werde«, erklärte ich. »Aber das kann ich nur, wenn du aus dem Bett kommst.«

Sie sah sich nachdenklich um – die stärkste Reaktion seit Tagen, abgesehen vom Weinen.

»Du wirst mich nicht in Ruhe lassen, bis ich aufstehe, stimmt's?«

»Nein«, antwortete ich und unterdrückte ein Grinsen, obwohl es mir schwerfiel. »Vertrau mir, Emma.«

Sie überlegte einen Moment lang, dann holte sie tief Luft und schlug die Decke zurück. Diesmal konnte ich meine Freude nicht verbergen.

»Mach nicht so ein selbstgefälliges Gesicht«, knurrte sie und schwang die Beine über die Bettkante. Ihre angriffslustige Bemerkung brachte mich zum Lachen. Das war ein gutes Zeichen – oder zumindest ein Zeichen der Besserung.

»Willst du erst duschen?«, erkundigte ich mich. Ihre Haare waren verfilzt, und auf ihrer Wange war noch der Kissenabdruck zu sehen. Seit zwei Tagen hatte sie dieselben Sachen an, deshalb dachte ich, sie würde sich sicher gerne wieder … sauber fühlen wollen.

»Nein«, erwiderte sie trotzig. »Wenn du mich aus dem Bett scheuchst, musst du mich genau so ertragen.«

Ich lächelte. »Okay, gehen wir«, sagte ich und schickte mich an, das Zimmer zu verlassen.

»Moment. Wir gehen raus?«

»Ja. Bist du dir sicher, dass du dich nicht waschen oder dir die Zähne putzen willst?«, fragte ich noch einmal nach.

Sie musterte mich nachdenklich – offensichtlich versuchte sie dahinterzukommen, was ich im Schilde führte. Ich grinste noch breiter, und ihre Augen wurden schmal. »Nein, nicht nötig.«

Wieder musste ich lachen – selbst ihre Sturheit hatte mir gefehlt. Sie hatte sich nie herumkommandieren lassen, was einer der Gründe dafür war, warum ich sie so sehr …

Ich verdrängte den Gedanken, bevor er richtig Gestalt annehmen konnte. Deshalb war ich nicht hier, und das musste ich mir immer wieder in Erinnerung rufen – obwohl ich inzwischen selbst Mühe hatte, mir zu glauben.

Emma schlurfte mir nach. Ihre Bewegungen waren steif, vermutlich weil sie so lange zusammengekauert dagelegen hatte. Im Wohnzimmer kamen wir an Sara vorbei, die auf dem Sofa eine Zeitschrift las. Sie versuchte, gelassen zu wirken, aber ich wusste es besser. Innerlich war sie ein Nervenbündel.

»Viel Spaß«, sagte sie mit demonstrativer Fröhlichkeit und setzte ein Lächeln auf.

Emma warf ihr einen grimmigen Blick zu. »Natürlich steckst du mit ihm unter einer Decke.«

Ich grinste Sara zu und sah für eine Sekunde ganz deutlich die Besorgnis in ihren Augen. Sie war längst nicht so zuversichtlich wie ich, dass mein Plan aufgehen würde.

Das Licht draußen erschien mir zu hell, obwohl es bereits dämmerte. Mein ganzer Körper fühlte sich an, als wäre er zu Eis erstarrt und müsste erst langsam wieder auftauen. Mein Kopf schien voller Watte, und ich war so müde, dass ich mich am liebsten auf den Gehweg gelegt und geschlafen hätte.

Evans Grinsen wollte einfach nicht verschwinden, egal, wie böse ich ihn auch anfunkelte. Ich verdrehte die Augen. Warum hatte ich mich nur von ihm dazu beschwatzen lassen? Wenn ich ehrlich war, wusste ich den Grund genau: Er hatte mich gebeten, ihm zu vertrauen, und diese Bitte hatte ich ihm noch nie ausschlagen können.

Ich ließ mich auf den Beifahrersitz des Cabriolets plumpsen, und Evan drückte die Tür hinter mir zu. Schweigend fuhren wir die zwei Minuten zu Nates Haus. Dort angekommen, ging Evan wieder voraus, blickte auf dem Weg die Treppe hinauf aber immer wieder über die Schulter, um zu sehen, ob ich noch hinter ihm war.

Wir gingen in den zweiten Stock und blieben vor einer geschlossenen Tür stehen.

»Mach die Augen zu«, sagte er mit seinem Dauergrinsen.

Ich runzelte die Stirn. »Ist das dein Ernst?«

»Ja«, antwortete er ohne Zögern. »Mach die Augen zu.«

Ich seufzte, kam seiner Aufforderung aber nach. Einen Moment später spürte ich, wie er mir die Augen verband.

»Muss das sein?«, fuhr ich ihn an. Evans einzige Antwort war ein leises Lachen. Wären meine Augen nicht geschlossen gewesen, hätte ich sie erneut verdreht.

»Vertrau mir«, flüsterte er, und die Worte beschwichtigten mich. Seine Worte. Mein Herz schlug schneller, sobald ich sie hörte.

Evan griff nach meiner Hand. Warm und kräftig umschloss er sie, drückte sie leicht und sagte: »Okay, geh ein paar Schritte nach vorn.«

Ich ließ mich von ihm führen, konnte den Aufruhr in meiner Brust aber nicht niederkämpfen.

Ich brachte sie in die Mitte des Zimmers, ließ dann ihre Hand los und schloss die Tür. Ich gab ihr einen Moment lang Zeit, bevor ich mich über ihre Schulter beugte und flüsterte: »Atme, Emma. Atme tief ein.«

Kurz zögerte sie, wahrscheinlich weil sie nicht verstand, was das alles sollte. Doch dann sog sie die Luft durch die Nase ein, hielt einen Moment lang inne, als wäre sie überrascht, und atmete gleich noch einmal ein. Auf ihrem Gesicht breitete sich ein wundervolles, umwerfendes Lächeln aus. Eine bessere Reaktion hätte ich mir nicht erträumen können.

Emma zog das Tuch von ihren Augen, so dass es um ihren Hals fiel, und ließ den Blick durchs Zimmer schweifen. Als sie sich zu mir umdrehte, sah ich zum ersten Mal seit langem einen Lichtschimmer in ihren sanften braunen Augen.

»Danke«, hauchte sie.

Ich konnte nur nicken, denn plötzlich hatte ich einen dicken Kloß im Hals. Ich schluckte schwer und sagte: »Lass einfach alles raus, Emma, und finde deinen Weg zu uns zurück.«

Emma begann zu strahlen, und endlich konnte ich ihr Lächeln erwidern. »Okay«, sagte sie schlicht und wandte sich ab. Ich ging hinaus und ließ sie allein.

Eine Träne kullerte über meine Wange, ich atmete noch einmal tief durch und sog die beruhigenden Gerüche in mich auf. Ich hatte keine Ahnung, wie Evan es geschafft hatte, dass das Zimmer so roch, aber beim Gedanken daran, dass er das alles nur für mich getan hatte, weitete sich mein Herz, bis ich das Gefühl hatte, es würde in meiner Brust zerspringen.

Als ich mich vor die Staffelei setzte und die leere Leinwand betrachtete, erinnerte ich mich an seine Worte: *Lass einfach alles raus, Emma.* Gedankenverloren drehte ich den Pinsel zwischen den Fingern, während ich mich mit ruhigen Atemzügen sammelte. Sein letzter Satz hallte in mir nach: *Finde deinen Weg zu uns zurück.*

Wärme durchströmte meinen Körper. Auf einmal wusste ich genau, was ich malen wollte, nahm eine der Tuben und drückte grüne Farbe auf die Palette.

Mein Blick schweifte durchs Zimmer, und da sah ich, dass Evan sogar eine kleine Snackbar für mich aufgebaut hatte, mit einer Kühlbox voller Wasserflaschen und einem Tablett, auf dem ein Sandwich, ein Müsliriegel und ein Apfel lagen. Außerdem hatte er mir frische Klamotten auf den Tisch gelegt, die ich nach dem Malen anziehen konnte. Mir ging das Herz auf – ein Gefühl, das ich seit Jahren nicht mehr empfunden hatte. Im selben Moment grummelte mein Magen, und ich nahm mir den Müsliriegel, während ich die anderen Farben auf meiner Palette verteilte. Ich wollte mich nur noch in den Bewegungen meines Pinsels verlieren, wollte das Chaos, das mich innerlich zerriss, in den Griff bekommen. Und mich an dem einzigen Ort wiederfinden, an dem ich mich immer sicher und geborgen fühlen würde.

»Ich habe Saras Nachricht bekommen«, erklärte Cole, als ich die Tür öffnete.

»Ja, komm rein.« Ich ging die drei Stufen in den Wohnbereich hoch.

»Und … wo ist sie?«, fragte er und blickte sich leicht verunsichert um.

»Sie malt«, antwortete ich. Er machte ein verwirrtes Gesicht. »Wusstest du nicht, dass sie malt?«

»Ich glaube, sie hat damit aufgehört, als … nun, als sie Weslyn verlassen hat«, meinte Sara, die im Schneidersitz auf dem kleinen Sofa saß. Sie hatte den Film, den wir uns gerade anschauten, auf Pause gestellt, als es an der Haustür geklopft hatte. »Evan dachte, das Malen hilft ihr vielleicht dabei, den Tod ihrer Mutter zu verarbeiten. Mit einem Pinsel kann sie sich besser ausdrücken als mit Worten. Auf der Highschool hat das früher immer funktioniert.«

»Oh«, sagte Cole und nickte. »Das war also deine Idee.«

»Ja«, antwortete ich. »Ich hatte keine Ahnung, ob es klappt, aber wenigstens ist sie schon mal aus dem Bett gekommen.«

»Ja, das ist vermutlich ein gutes Zeichen.«

Ich wusste, dass er trotz des Gesprächs, das wir direkt nach meiner Ankunft geführt hatten, immer noch herauszufinden versuchte, was ich hier eigentlich wollte. Und ich kam nicht richtig dahinter, was genau er für Emma empfand. Ich wusste nur, dass er auf alles, was in den letzten zwei Tagen passiert war, ziemlich überfordert reagiert hatte.

»Sie ist oben, wenn du nach ihr sehen möchtest«, sagte Sara ihm.

Cole schaute zur Treppe, die Hände tief in den Hosentaschen vergraben. »Warst du schon bei ihr, Sara?« Sie schüttelte den Kopf. »Dann warte ich auch lieber. Ruft ihr mich, wenn sie runterkommt?«

»Ja, okay«, antwortete sie.

»Danke.« Damit verließ er das Zimmer.

Sara sah mich mit hochgezogenen Augenbrauen an. »Äh ... was war das denn?« Ich zuckte die Achseln und ließ mich neben sie aufs Sofa sinken, um den Film weiterzuschauen.

»Du kannst ruhig ins Bett gehen, wenn du magst«, meinte Sara, als ich einzunicken drohte. Im Fernsehen wurden die Highlights des Baseball-Spieltags gezeigt. Ich hatte die letzten paar Tage kaum geschlafen. Mit jedem Wimpernschlag musste ich darum kämpfen, die Augen offen zu halten.

»Nein, geht schon«, murmelte ich und setzte mich aufrecht hin, um wacher zu wirken.

»Evan, du kannst in einem richtigen Bett schlafen«, wiederholte Sara nachdrücklicher. »Du musst nicht hier rumsitzen. Es ist schon nach zwei.«

Ich schaute die Treppe hinauf. Sie war immer noch oben und malte, was immer sie zu malen beschlossen hatte. Wir hatten nichts von ihr gehört, seit ich das Zimmer verlassen hatte, nur ein paarmal war sie über den Flur zur Toilette gegangen. Keiner von uns hatte nach ihr gesehen, denn wir wussten, dass sie ihren Freiraum brauchte, um ... wieder gesund zu werden.

»Du kannst auch ins Bett gehen«, sagte ich zu Sara. »Hier gibt es mehrere Gästezimmer.« An ihren rotgeränderten Augen konnte ich erkennen, dass sie genauso müde war wie ich.

Aber sie schüttelte entschieden den Kopf und richtete ihre Aufmerksamkeit wieder auf das Buch, das aufgeschlagen auf ihrem Schoß lag. Keiner von uns wollte die Couch verlassen. Von hier aus hörte man Emmas Tür auf- und zugehen, und – was noch viel wichtiger war – hier würde sie uns auf jeden Fall sehen, wenn sie endlich die Treppe herunterkam.

Ich trat ein Stück zurück, um mein Bild zu begutachten, und lächelte stolz. In jedem Strich auf der Leinwand pulsierten die Gefühle. Meine Augen brannten, meine Hände zitterten noch leicht von dem Adrenalin, das mich die ganze Nacht wach gehalten hatte.

Doch als ich meinen Pinsel weglegte, war die ganze Energie plötzlich verschwunden, und ich spürte, wie erschöpft ich war. Ich hielt meine mit Farbe verschmierten Hände hoch. Ich musste dringend duschen, seit drei Tagen hatte ich mich nicht einmal mehr gewaschen. Auf einmal fühlte ich mich richtig eklig.

Also nahm ich die Klamotten vom Tisch und schlich mich in den Flur. Am Fuß der Treppe brannte Licht, und ich hörte den Fernseher laufen. Wahrscheinlich war Evan wie üblich in aller Herrgottsfrühe aufgestanden. Ich würde nie verstehen, was er daran so toll fand.

Ich fuhr auf, als ich die Tür mit einem leisen Klicken ins Schloss fallen hörte. Als meine Füße den Boden berührten, wurde auch Sara mit einem Ruck wach.

»Was ist?«, sagte sie, strich sich die Haare aus dem Gesicht und setzte sich auf. »Was ist los?«

Im Stockwerk über uns hörten wir die Dusche rauschen.

»Sie ist fertig«, meinte ich aufgeregt, warf die Decke von mir und lief, zwei Stufen auf einmal nehmend, die Treppe hoch.

»Warte auf mich, Evan!«

Wir betraten das Arbeitszimmer mit den riesigen Fenstern, die aufs Meer hinausgingen. Ich hatte gehofft, dass dieser Ausblick Emma beim Malen inspirieren würde. Doch als ich ihr Gemälde sah, wurde mir klar, dass sie keine Inspiration gebraucht hatte.

Ich schaute zu Sara. »Es gefällt mir«, sagte ich und betrachtete strahlend das Bild vor mir. Die Sonnenstrahlen, die durch das dichte Blätterdach schimmerten, wirkten so real, dass ich die Augen zusammenkneifen wollte. Und beim Anblick der Baumrinde verspürte ich den Wunsch, mit dem Finger über die raue Textur der schweren Pinselstriche zu fahren.

»Natürlich gefällt es dir.« Sara warf mir einen amüsierten Blick zu. »Sie hat ja auch den Baum in deinem Garten gemalt, mit der Schaukel, die du für sie gebaut hast.«

»Stimmt genau«, bestätigte ich stolz.

Sara lachte.

Ich blieb noch eine ganze Weile vor der Staffelei stehen und bewunderte die Ausdruckskraft von Emmas Bild. Sie war an den Ort zurückgekehrt, der immer für sie da sein würde.

25

eIn bisscheN ehrliChkeit

Mein Kopf war klar und ruhig, ich hörte nur den Rhythmus meines Atems. In meiner Brust klopfte mein Herz rasend schnell. Wenn ich mich noch ein bisschen mehr anstrengte, konnte ich vielleicht entkommen und Licht in mein Inneres dringen lassen. Vielleicht wäre es dort dann nicht mehr ganz so dunkel.

Ich grub die Füße in den Sand und rannte schneller, ohne auf meine protestierenden Muskeln zu achten. Ruhe erfüllte mich, als die Sonne sich durch den Morgendunst kämpfte. *Nur noch ein bisschen schneller.*

Als die Treppe in Sicht kam, die den Hügel hinaufführte, erhöhte ich nochmals mein Tempo. Meine Verzweiflung trieb mich an, ich gab alles, was ich hatte. Ein Stück vor mir ragte ein glatter, grauer Stein aus dem Sand, und ich beschloss, ihn mir als Ziel zu setzen – wenn ich ihn erreichte, würde ich Erlösung finden. Als ich ihn passiert hatte, blieb ich taumelnd stehen. Meine Lungen brannten, und ich musste ein paarmal auf und ab gehen, die Hände in die Hüften gestemmt, um mein hämmerndes Herz zu beruhigen.

Sosehr ich mir auch einzureden versuchte, ich könnte der Dunkelheit davonlaufen, ich wusste doch, dass sie immer noch da war. Jederzeit drohte sie mich zu verschlingen. Mich erwartete hier keine Erlösung. Aber immerhin fand ich durch die körperliche Anstrengung einen Abglanz des ersehnten Trostes – zumindest bis die Nacht hereinbrach und das Wispern in meinem Kopf von neuem begann.

Als ich mich umdrehte, sah ich Evan mit letzter Kraft auf mich zustolpern. »Heilige Scheiße«, keuchte er, beugte sich vornüber und stützte die Hände auf die Oberschenkel. »Du kannst mir nie wieder weismachen, dass du kein Morgenmensch bist.«

Ein kleines Lächeln erschien auf seinen Lippen, während er nach Atem rang.

»Ich bin kein Morgenmensch.«

Evan machte ein skeptisches Gesicht, Schweiß tropfte ihm von der Nase.

»Ich bin ein Mensch, der nicht schlafen kann«, erklärte ich.

Er nickte verständnisvoll.

Ich senkte den Blick. Irgendwie bezweifelte ich, dass er es wirklich verstand. Mir gefiel die Ruhelosigkeit nicht, die mich Nacht für Nacht wach hielt, ich hasste die Gedanken, die sich immer dann in meinen Kopf schlichen, wenn ich einfach an gar nichts denken wollte. Es waren keine Albträume, sondern flüsternde Stimmen, die mich im Dunkeln heimsuchten, mich nicht zur Ruhe kommen ließen, die mich packten und es mir unmöglich machten zu vergessen.

»Tut mir leid, dass ich gestern nicht vorbeigekommen bin«, lenkte Evan meine Aufmerksamkeit wieder auf sich.

»Das ist schon in Ordnung.« Ich versuchte, gleichgültig zu klingen, obwohl ich mich den größten Teil des Tages gefragt hatte, wo er nur steckte. Meine Zerstreutheit war weder Sara noch Cole entgangen. Ich hatte so getan, als wäre ich einfach noch müde – nach allem, was in der letzten Woche passiert war. Aber Sara hatte mich durchschaut, auch wenn sie mich bis jetzt noch nicht darauf angesprochen hatte.

»Du kommst doch zu der Party heute Abend, oder?«, fragte Evan auf dem Weg zur Treppe.

Beim Gedanken an ein Wiedersehen mit seinen Freunden bekam ich rote Wangen. »Ja, ich komme, mit Sara.«

»Okay.« Er zögerte kurz, als wollte er noch etwas sagen, wandte sich dann aber wortlos ab.

»Evan«, rief ich ihm nach, und er blieb ein paar Stufen über mir stehen. »Wir sind die letzten Tage nicht zum Reden gekommen, also haben wir eigentlich noch elf Tage übrig. Wir können uns jetzt unterhalten … wenn du magst.« Seit Anfang der Woche hatten wir kein offenes Gespräch mehr geführt. Ich wusste selbst nicht recht, warum ich ihm das jetzt anbot. Schließlich genoss ich es nicht gerade, mich mit der Erinnerung an all meine schlechten Entscheidungen zu quälen.

»Nein.« Evan schüttelte den Kopf. »Ich will dich nicht mehr mit Fragen löchern.« Überrascht starrte ich ihn an. »Ich hasse dich nicht, Emma, und ich will dich auch nicht hassen. Ich werde dich nicht dazu zwingen, mir Dinge zu verraten, die du lieber für dich behalten möchtest. Natürlich würde ich gern wissen, warum du damals gegangen bist und warum du dich entschieden hast wegzubleiben. Aber nur, wenn du es mir sagen möchtest.«

»Okay«, flüsterte ich bedrückt.

»Wir sehen uns später«, sagte er und ging die Treppe hoch.

Ich nickte, dann machte ich mich auf den Weg zurück zu Coles Haus. Plötzlich fühlten sich meine Füße bleischwer an. Ich hätte erleichtert sein sollen, dass Evan mich nicht mehr dazu zwingen wollte, mich ihm zu öffnen. Aber das war ich nicht. Ich verstand nicht, warum er seine Meinung geändert hatte. Es fühlte sich fast an, als wäre er … fertig mit mir. Ich hatte nicht erwartet, dass er so schnell aufgeben würde. Aber das war ja von Anfang an sein Ziel gewesen – einen Schlussstrich zu ziehen. Bei dem Gedanken krampfte sich mein Herz zusammen. Ich hätte darauf vorbereitet sein müssen. Aber ich war es nicht.

»Wie war das Joggen?«, fragte Nate, der an der Küchentheke einen Kaffee schlürfte.

»Schön«, antwortete ich mit einem leichten Schmunzeln.

»Was guckst du so?«, wollte er sofort wissen. Er kannte mich einfach zu gut. »Lass mich raten. Du warst nicht alleine joggen.«

»Nein.« Ich lachte leise. »Ich war mit Emma joggen, und es war echt ... gut.« Ich konnte mein Grinsen nicht länger unterdrücken. »Es ist großartig, ihr beim Laufen zuzusehen. Ich weiß nicht, wie ich das beschreiben soll.« Unwillkürlich hatte ich wieder ihre schlanken, muskulösen Beine vor Augen, die kraftvoll Tempo aufnahmen, als könnten sie ewig weiterlaufen. In solchen Momenten schien sie mit sich und der Welt absolut im Reinen zu sein. Ich zuckte erschrocken zusammen, als mir jemand auf den Rücken klopfte.

»Guten Morgen«, rief Brent strahlend. Er war immer viel zu munter, egal, wie früh oder spät es war. »Was machen wir heute?«

»Äh, wir bereiten eine Party vor«, antwortete Nate, als hätte er noch nie eine so dumme Frage gehört. »Unsere Vorräte im Schrank unten sind fast aufgebraucht. Wir müssen einkaufen gehen. Und ich habe keine Ahnung, wo die Fackeln abgeblieben sind, also müssen wir vielleicht neue besorgen.«

»Was ist das Motto?«, erkundigte sich Brent und goss sich eine Tasse Kaffee ein.

»Sommer«, antwortete Nate schlicht. »Das reicht mir als Motto. Aber wir fangen früh an, das heißt, es wird eine Poolparty.«

»Also werden die Mädels im Bikini am Pool sitzen«, folgerte Brent mit einem fiesen Grinsen. »Genial.«

»Du denkst immer nur an das eine«, sagte ich leicht genervt und holte mir einen Isodrink aus dem Kühlschrank.

»Ja, klar.« Er sah mich an, als hätte ich sie nicht mehr alle. »Warte es nur ab. Du denkst bestimmt auch an nichts anderes mehr, wenn die Mädels nachher so gut wie nackt hier aufkreuzen.«

Nate warf mir einen amüsierten Blick zu. »Das glaube ich kaum.«

»Halt die Klappe, Nate.« Ich funkelte ihn wütend an.

»Was ist los?«, wollte Brent wissen.

»Emma ist hier«, erklärte Nate, und Brent erstickte fast an seinem Kaffee.

»Wenn du nicht aufhörst zu schmollen, lass ich dich hier«, schimpfte Sara, während sie mir die Haare aufdrehte.

»Ich schmolle überhaupt nicht. Und ich will auf die Party gehen.« Zu meinem eigenen Erstaunen stimmte das sogar. Nervös knetete ich meine Hände im Schoß. Ich würde die Jungs wiedersehen … und Evan.

»Irgendetwas ist passiert, und du willst es mir nicht verraten. Ich weiß …«

»Die zwei Wochen sind vorbei«, platzte ich heraus und beobachtete ihre Reaktion im Spiegel. Manchmal machte es mich wahnsinnig, dass sie mich so mühelos durchschaute.

»Äh, nein, sind sie nicht«, widersprach Sara sichtlich verwirrt. »Ihr habt noch ungefähr zehn Tage.«

»Evan meinte, er will das nicht mehr«, sagte ich leise. »Das heißt … es ist vorbei.«

Mit dem Lockenstab in der Hand stand Sara reglos da und musterte mich im Spiegel. »Und warum wühlt dich das so auf? Bist du nicht erleichtert, dass du ihm nicht all das beichten musst, was du ihm damals gleich hättest sagen sollen?«

Ich verzog das Gesicht und wollte sofort abstreiten, dass mich seine Entscheidung beunruhigte, aber ich wusste, sie würde mir nicht glauben. Ich begegnete ihrem Blick im Spiegel und zuckte die Achseln. Mehr brauchte sie nicht, um mich zu verstehen. Sie lächelte mir beruhigend zu. »Es ist nicht vorbei, Emma.«

»Hey«, rief Cole in diesem Moment aus dem Wohnzimmer, und wir zuckten beide zusammen. »Wann wollen wir eigentlich los?«

»Äh, wir sind gleich fertig«, antwortete ich und warf Sara einen schuldbewussten Blick zu.

»Ihr seid nicht zusammen«, bemerkte sie.

»Sara!«

»Was ist? Das hast du selbst gesagt«, erwiderte sie mit Unschuldsmiene.

Ich seufzte. Das Ganze wurde immer komplizierter. »Du siehst umwerfend aus«, stellte Sara fest und bewunderte mich im Spiegel. »Jetzt lass uns gehen und absurd viel Spaß haben. Diesen Sommer haben wir noch nicht ansatzweise genug gelacht.«

Lächelnd betrachtete ich Saras Werk. »Danke, Sara.« Ich drehte mich zu ihr um. »Für alles.«

Sara lächelte zurück. Ich sprang auf und schlüpfte in ein Paar Sandalen mit Keilabsätzen. »Na, dann mal los.«

»Evan, kannst du mir noch ein paar Coronas holen?«, rief Nate von der anderen Seite des Pools. Ich nickte und bahnte mir zwischen nackten Schultern und Badeshorts einen Weg zum unteren Hauseingang. Die Menge teilte sich für mich, als ich kurz darauf mit ein paar Sixpacks in den Armen zurückkam.

»Ich liebe eure Partys«, säuselte ein Mädchen an der Bar Nate zu, während ich die Bierflaschen in die Eiswanne legte.

»Wir freuen uns auch immer, wenn du kommst, Reese«, antwortete Nate aufrichtig und ohne mit ihr zu flirten. Einen Augenblick später hörte ich ihn fluchen: »Ach du Scheiße, Evan.«

»Was ist?«, fragte ich und schaute beunruhigt auf in der Annahme, es ginge um eine Prügelei oder etwas Ähnliches. Nate starrte zur Terrasse hoch, und als ich seinem Blick folgte, stockte mir der Atem.

»Mann, du steckst echt in Schwierigkeiten«, murmelte Nate mit großen Augen.

Das konnte ich nicht bestreiten, als ich Emma hinter Sara die Treppe herunterkommen sah. Sie trug einen Wickelrock mit einem rosa- und orangefarbenen Blumenmuster. Er saß ihr tief auf der Hüfte und teilte sich bei jedem Schritt, so dass ein wohlgeformtes, gebräuntes Bein zum Vorschein kam. Ihr trägerloses, ebenfalls orangefarbenes Top ließ einen schmalen Streifen nackter Haut um ihre Taille frei, die sonst glatten Haare waren gelockt und auf einer Seite mit einer rosafarbenen Blume hochgesteckt. Viel zu lange starrte ich sie an, während sie und Sara sich zu uns durchschlängelten – bis Nate mir seinen Ellbogen in die Rippen stieß und mich mit einem Ruck aus meiner Trance holte.

Da begegnete Emma meinem Blick, und ich begrüßte sie lächelnd. »Hi, Em. Du siehst toll aus.«

»Danke«, antwortete sie, schaute zu Boden und wurde puterrot.

»Hey, Evan«, sagte Sara, und in ihren Augen tauchte eine stumme Frage auf. Was hatte das wieder zu bedeuten?

Jetzt funkelte sie mich an, als hätte ich irgendetwas falsch gemacht. »Was ist?«, formte ich lautlos mit den Lippen und hob in einer hilflosen Geste die Hände.

Doch Saras einzige Antwort war ein vernichtender Blick. Emma sah verwirrt von mir zu ihr und wieder zurück – offenbar hatte sie das Ende unserer stummen Unterhaltung mitbekommen.

»Was soll ich dir zu trinken holen, Emma?«, durchbrach Nate endlich das angespannte Schweigen.

»Äh …« Ich musterte Sara noch einen Moment länger, aber was auch immer gerade zwischen ihr und Evan vorgefallen war – jetzt ließ sie sich nichts mehr davon anmerken. »Was ist das?«, fragte ich und deutete auf einen rosafarbenen Drink, den ein Mädchen hinter Sara in der Hand hielt.

»Das ist ein Mixgetränk mit Limonade, das wir extra für heute kreiert haben«, antwortete Nate.

»Das nehme ich«, erklärte ich und sah, wie Evan überrascht die Augenbrauen hochzog.

Meine Wangen wurden heiß. Ich erinnerte mich an das letzte Mal, dass Evan mich hatte trinken sehen. »Wir haben darüber geredet«, schaltete sich Sara ein. Bevor wir gegangen waren, hatte ich ihr mein Wort gegeben, verantwortungsbewusst zu trinken. Jetzt hatte ich die Chance, es ihr zu beweisen.

Nate machte uns beiden einen rosafarbenen Drink mit einem

neongrünen Strohhalm und einem kleinen Schirmchen. »Danke, Nate.« Ich konnte nicht länger als eine Sekunde zu Evan schauen, der mit freiem Oberkörper an der Bar stand. Meine Wangen fühlten sich an, als würden sie jeden Moment Feuer fangen. Ich hatte zwar gewusst, dass sie eine Poolparty schmeißen würden, aber *damit* hatte ich trotzdem nicht gerechnet. Es war das erste Mal seit meiner Flucht nach Kalifornien, dass ich ihn ohne Hemd sah – in den zwei Jahren war er deutlich muskulöser geworden. Ich atmete tief durch, um meine Wangen abzukühlen, und blickte mich am Pool um. »Wow, hier sind ja eine Menge Mädels, und alle so gut wie nackt.«

Sara lachte und zog mich hinter sich her, um ein schattiges Plätzchen für uns zu suchen. Schließlich fanden wir zwei freie Liegestühle unter einem Sonnenschirm. Wir legten uns darauf, schlürften unsere Cocktails und beobachteten die Leute um uns herum, die sich mit ölig glänzender Haut im Pool tummelten oder auf Luftmatratzen treiben ließen. Mir war nicht bewusst gewesen, dass Badeanzüge dermaßen … knapp ausfallen konnten. Ich traute meinen Augen kaum, als ich ein Mädchen in einem Tanga sah, der wirklich nur das Nötigste bedeckte. Dann drehte sie sich um, und ich musste feststellen, dass nicht einmal das zutraf.

»Gilt eine Schnur zwischen den Pobacken schon als Bikini?«

»Na ja, mit der Figur kann sie alles tragen, was sie will«, meinte Sara lässig.

Cole gesellte sich zu uns, nachdem er auf dem Weg haltgemacht hatte, um sich mit ein paar Freunden zu unterhalten. Er zog sein Hemd aus und hängte es über einen Liegestuhl, den er näher an meinem heranrückte, allerdings nicht bis in den Schatten. Auch er zog einige Blicke auf sich – die Mädchen hier waren nicht gerade subtil.

»Warst du schon mal auf so einer Party?«, fragte ich ihn. Mich schockierte es wirklich, wie schamlos die Mädchen ihn beäugten.

»Das ist ganz normal in Kalifornien«, erklärte er gelassen.

»Im Ernst?«, hakte ich nach und staunte.

»Bist du zum ersten Mal auf einer Poolparty?« Cole lachte leise, und ich nickte. »Das ist hier nichts Besonderes.«

»Wie schaffst du es, nicht dauernd hinzustarren?«, wollte ich wissen. Mir erschien das nahezu unmöglich.

»Ich mag es nicht, wenn mir alles so aufdringlich präsentiert wird, vor allem nicht, wenn ich dich …« Er ließ seinen Blick langsam über meinen Körper gleiten.

»Okay, verstehe«, unterbrach ich ihn und schlug schnell meinen Rock über mein entblößtes Bein, während Sara sich an ihrem Drink verschluckte. Cole lachte erneut, dann beugte er sich vor und küsste mich sanft auf den Mund. Aus dem Augenwinkel konnte ich sehen, dass Evan uns nicht beobachtete, aber ich erwiderte den Kuss trotzdem nur sehr zögerlich. Sichtlich irritiert löste Cole sich von mir.

Ich sah mich demonstrativ um und zog die Augenbrauen hoch, als wäre es mir einfach unangenehm, ihn vor so vielen Leuten zu küssen.

»Sorry«, murmelte er und lehnte sich in seinem Liegestuhl zurück.

Sara nippte an ihrem Drink, um ihr Grinsen zu verbergen, aber ich sah es genau.

Ich musste einfach nach ihr Ausschau halten. Ganz gleich, mit wem ich auch redete und wo ich gerade stand, immer suchten meine Augen wie von selbst nach Emma. Cole hatte mich schon mehrmals dabei erwischt, wie ich sie anstarrte, was mir ziemlich unangenehm war.

»Du bist Evan, richtig?« Ich wandte meinen Blick von Emma ab, die ans Terrassengeländer gelehnt ihren Cocktail schlürfte, und sah zu der großen Blondine vor mir.

»Äh, ja. Kann ich dir was zu trinken machen?«, erkundigte ich mich und fragte mich, wann TJ zurückkommen und mich an der Bar ablösen würde.

»Trinkst du einen Shot mit mir?« Sie stützte die Ellbogen auf den Tresen, beugte sich vor und bot mir einen perfekten Ausblick auf ... alles.

Ich sah ihr weiterhin in die Augen, denn ich verspürte nicht das geringste Bedürfnis, meinen Blick woandershin schweifen zu lassen.

»Mir ist es noch zu früh für einen Shot, sorry«, antwortete ich, und sie zog eine Schnute, was überhaupt nicht attraktiv wirkte. »Willst du trotzdem einen?«

»Ja, okay«, antwortete sie beleidigt. »Tequila.« Ich füllte eins der Schnapsgläser aus Plastik und stellte es mit einer Limette vor sie hin. »Ich heiße übrigens Kendra.«

»Nett, dich kennenzulernen, Kendra«, sagte ich mit einem etwas gezwungenen Lächeln.

»Du hast echt schöne Augen«, sagte sie flirtend, leckte sich langsam den Handrücken ab und streute Salz darauf.

»Danke«, antwortete ich schlicht. Auf einmal sah ich, dass Emma hinter ihr wartete und sich unbehaglich umschaute. Ich musste grinsen.

»Hey, Em«, rief er mir zu, obwohl die Blondine sich immer noch an den Tresen lehnte. Ich war fest davon überzeugt, dass sie ein Model war mit ihrem mageren, hochgewachsenen Körper. »Brauchst du noch einen Drink?«, erkundigte sich Evan.

Ich streckte den Kopf an der knochigen Schulter der Blondine vorbei und nickte. »Ja, bitte. Und ein Wasser.«

Die langbeinige Blondine schob Evan eine Serviette hin und sagte: »Für später, wenn du so weit bist«, dann ging sie mit schwingenden Hüften davon, um ihre nicht vorhandenen Kurven zu betonen.

»Äh ...«, stammelte ich, als ich sah, dass sie ihm ihre Telefonnummer auf die Serviette geschrieben hatte.

Aber Evan benutzte die Serviette in aller Ruhe, um ihre Limette vom Tresen zu klauben, steckte sie dann in das leere Schnapsglas und warf alles zusammen weg.

»Gefällt dir die Party?«, fragte er. Ihn schien die Anmache nicht im Geringsten zu beeindrucken, aber mir war die Situation so unangenehm, dass ich nur nicken und stumm auf meinen Drink warten konnte.

Evan fiel mein Schweigen natürlich sofort auf, und das vertraute, leicht amüsierte Lächeln erschien auf seinem Gesicht. »Du hast das Ganze eben mitgekriegt, was?«

Ich presste die Lippen zusammen und nickte erneut. Zu mehr war ich noch nicht fähig.

»Ich hab kein Interesse«, meinte Evan achselzuckend und grinste mich an. Dann holte er eine Flasche aus dem Eisbehälter hinter ihm und fing an, meinen Drink zu mixen. Ich wartete und blickte in der Gegend rum, weil ich ihn nicht anglotzen wollte. Schließlich reichte er mir einen in eine Serviette gewickelten Becher mit einem Cocktailschirmchen.

»Danke«, sagte ich fast unhörbar und ging davon.

Als ich zu meinem Liegestuhl zurückkam, entfernte ich die Serviette, die schon etwas nass war. Ich wollte sie gerade zusammenknüllen, als ich die blaue Schrift darauf bemerkte. Dort stand eine Telefonnummer, und darunter: *Für später, Evan.* Ich lachte. Sofort wurde Sara hellhörig.

»Was ist denn so lustig?«, wollte sie wissen und musterte mich eindringlich.

Ich schüttelte den Kopf, konnte aber nicht aufhören zu grinsen. So unauffällig wie möglich faltete ich die Serviette zusammen und versteckte sie unter dem Saum meines Tops. Ich hatte seine Telefonnummer noch nicht in meinem Handy eingespeichert, also hob ich sie besser auf. Außerdem war es eine lustige Idee.

»Du willst es mir nicht verraten, oder?«, fragte Sara gespielt verärgert. Ich warf einen Blick zu Cole hinüber, der sich mit einem Typen übers Surfen unterhielt. Sara verstand meine stumme Antwort sofort. »Später?« Ich nickte.

Nach einem Tag voller Drinks und Sonne brach die Nacht herein, und die Stimmung wurde ausgelassener. Einige der Mädchen zogen sich etwas Wärmeres über, während andere unbeirrt weiter im Bikini rumliefen. Die Typen, die den Nachmittag über surfen gewesen waren, kamen zurück und glichen das Geschlechterverhältnis etwas mehr aus – sehr zu Brents Leidwesen.

Wie vorgesehen, verwandelte sich das Innere des Hauses in eine Tanzfläche. Ich lehnte mich an die Wand, sah mich um und setzte gerade die Flasche an die Lippen, als ich ganz in meiner Nähe Emma sah. Ich hielt inne. Sie drehte sich lachend unter Saras Arm hindurch – ein Anblick, der mir den Atem raubte. Mittlerweile trug sie knappe weiße Shorts. Geschmeidig bewegte sich ihr Körper im Rhythmus der Musik, sie schwang die Hüften und schwenkte die Arme in der Luft, so dass ihr Top ein ganzes Stück hochrutschte und ihren flachen Bauch entblößte.

»Du musst wegschauen, und zwar sofort«, sagte Nate direkt an meinem Ohr. Mit einem Ruck drehte ich mich zu ihm herum.

»Was?«

»Mann, er haut dir gleich eine rein«, warnte er mich leise und sah unauffällig zur anderen Seite des Raums. Als ich seinem Blick folgte, entdeckte ich Cole, der mich wütend musterte.

»Scheiße«, murmelte ich und wandte mich schnell ab. »Ich konnte nicht anders. So hab ich sie noch nie tanzen sehen.«

»Vielleicht solltest du lieber wieder Drinks mixen.« Ich nickte und drängte mich zur Bar am entgegengesetzten Ende des Zimmers durch.

»Hey, Evan!«, begrüßte mich TJ. »Löst du mich ab?«

»Ja«, antwortete ich und versuchte, mich zu beruhigen.

»Wollen wir einen Shot trinken, bevor ich gehe? Du siehst aus, als könntest du einen gebrauchen.«

»Gern«, sagte ich, ohne zu zögern, und TJ goss uns ein.

Dann hob er sein Glas, kippte den Tequila hinunter und schüttelte sich. »Emma sieht übrigens verdammt heiß aus.«

»Ja, danke, TJ«, murmelte ich.

Er lachte. »Deswegen brauchtest du den Shot, oder? Scheiße, Mann. Wenn du sie nicht die ganze Zeit anstarren willst, brauchst du dringend ein paar mehr. Ich trinke noch einen mit dir – nur um dir zu helfen natürlich.«

»Danke, dass du dich für mich aufopferst«, erwiderte ich grinsend, goss uns einen weiteren Shot ein, stürzte auch den hinunter und atmete mit zusammengebissenen Zähnen aus. »Ich bin mir nicht sicher, ob das hilft.«

»Na ja, zumindest betäubt es den Schmerz, wenn Cole nachher mit ihr nach Hause geht«, meinte TJ lachend.

»Halt den Mund, TJ«, brauste ich auf, doch er lachte nur noch lauter. »Mach, dass du wegkommst.«

»Alles klar«, sagte er und verschwand in der Menge.

»Willst du noch einen Drink?«, rief Sara über den Lärm hinweg.

Ich schwieg einen Moment lang und überlegte, wie betrunken ich eigentlich schon war. »Teilst du dir einen mit mir?«

»Ja«, antwortete sie, nahm meine Hand und zog mich zur Bar. Bevor wir auch nur in die Nähe der Theke kamen, ergriff Cole meine andere Hand und fragte: »Willst du tanzen?«

Überrascht wandte ich mich zu ihm um und nickte. Ich hatte ihn noch nie tanzen sehen. Er führte mich durch die Menge auf die Tanzfläche und umfasste meine Taille. Als ich die Arme um seinen Nacken schlang, kitzelte sein warmer Atem meine Haut. Langsam begannen wir, uns im Takt der Musik zu bewegen, unsere Körper schmiegten sich aneinander.

»Hast du immer noch vor, deinen Freund in New York zu suchen?«, fragte er dicht an meinem Ohr.

»Ehrlich gesagt weiß ich nicht mal, wo ich anfangen soll zu suchen«, antwortete ich und schaute betreten zu Boden. »Vermutlich komme ich schon wieder zu spät.«

Cole spürte meinen Stimmungsumschwung, zog mich noch enger an sich und küsste meinen Hals. »Das tut mir leid.«

Seine Hüfte drückte sich an meine. Ich ließ meine Finger über seine Brust gleiten und fühlte, wie sein Herz schneller schlug. Im selben Augenblick wurde mir bewusst, dass meines keinerlei Regung zeigte: Mein Puls blieb ruhig und gleichmäßig, und auch meine Haut kribbelte nicht wie sonst, wenn er mich berührte. Verdutzt schaute ich zu ihm auf. Seine klaren blauen Augen taxierten mich aufmerksam. Er wusste es auch.

Mitten in der Bewegung hielt er inne und ließ die Hände sinken. Er starrte mich an und wartete darauf, dass ich etwas sagte. Doch ich blieb stumm. Ich war wie gelähmt, unsere Verbindung existierte nicht mehr, sie war einfach verschwunden. Und er hörte jedes unausgesprochene Wort.

Fassungslos schüttelte er den Kopf. »Im Ernst? Das war's?« Ich streckte die Hand nach ihm aus, aber er wich zurück. »Lass gut sein.« Damit drängte er sich an mir vorbei durch die Menge. Ich stand regungslos auf der Tanzfläche und sah ihm nach.

In Windeseile hatten die Tanzenden die Lücke geschlossen. Ich rührte mich nicht – was war da gerade passiert?

»Hey«, rief Sara, als sie mit unserem Drink in der Hand im Gedränge erschien. »Hier.« Sie reichte mir den Becher, und ich trank einen großen Schluck. »Wo ist Cole?«, fragte sie und blickte sich suchend um.

»Er ist gegangen.«

Ihre Augenbrauen zogen sich zusammen. »Warum? Was ist passiert?«

»Nichts«, antwortete ich schlicht. »Nichts ist passiert.« Und genau das war das Problem. Ich seufzte schuldbewusst.

»Tanz mit mir«, forderte Sara mich auf, nahm meine Hand und wirbelte mich herum, um mich abzulenken. Tatsächlich wich mein schlechtes Gewissen einem leichten Schwindelgefühl. Sie bot mir erneut von dem Getränk an, doch ich schüttelte entschieden den Kopf – ich hatte eindeutig genug.

Leise schloss ich die Schlafzimmertür hinter mir und sperrte damit das Gelächter und die Musik aus, die vom oberen Stockwerk herunterdrangen. Die Bar am Pool hatte ich aufgeräumt, um den Tresen oben konnten sich TJ und Brent kümmern, die beide immer noch die Partygäste »bedienten«. Nate und Ren hatten schon vor einer Weile schlappgemacht und schliefen ihren Rausch aus. Ren hatte ich den ganzen Abend kaum gesehen, aber das war bei ihm nichts Neues.

Ich zog mein Hemd aus und warf es achtlos in die Ecke, dann leerte ich meine Hosentaschen und legte den Inhalt zusammen mit meinem Handy auf den Nachttisch. Nachdem ich auch noch meine Schuhe abgestreift hatte, ging ich ins Badezimmer, um mir die Zähne zu putzen.

Als ich ins Schlafzimmer zurückkam, leuchtete eine SMS auf meinem Handydisplay auf: *Ist es schon später?* Ich zögerte einen Moment lang, denn die Nummer kannte ich nicht. Hatte einer der Jungs etwa meine Telefonnummer rausgerückt?

Dann erinnerte ich mich plötzlich, dass ich es selbst getan hatte.

Ja, es ist später. Wo bist du?

Ich wartete auf ihre Antwort. Als kurze Zeit später die nächste SMS mein Display erhellte, hob ich überrascht die Augenbrauen: *Draußen vor deinem Zimmer.*

Sofort ging ich zur Terrassentür, zog den Vorhang auf und begann zu strahlen: Da stand Emma und winkte mir zu.

»Hi«, sagte ich, als er die Tür öffnete. Mein Herz raste, als wollte es zerspringen. Ich hatte mich die letzte halbe Stunde davon zu überzeugen versucht, dass dieser späte Besuch eine schlechte Idee war, aber meine Füße hatten mich trotzdem den Strand entlang, die Treppe hinauf und bis zu seiner Terrasse getragen. Als drinnen das Licht angegangen war, hatte ich ihm eine SMS geschrieben. Zweifellos wäre ich auf der Stelle gestorben, wenn er ein anderes Mädchen dabeigehabt hätte.

»Hi«, antwortete Evan mit seinem atemberaubenden Grinsen. »Was machst du hier?«

»Äh … nichts.«

Er lachte. »Hast du dich verlaufen?«

»Wahrscheinlich«, sagte ich leise und senkte den Blick hinunter auf meine nackten Füße.

»Magst du reinkommen?«, erkundigte er sich und hielt den Vorhang auf. Ich schaute kurz zu ihm, obwohl es mich schrecklich nervös machte, dass er schon wieder kein Hemd anhatte. Mein Herz setzte gleich mehrere Schläge aus, und mein komplettes Gesicht schien in Flammen aufzugehen. »Wir können auch hier draußen bleiben.«

»Nein, schon okay«, murmelte ich und wandte die Augen schnell wieder ab, ehe ich mich in den ausgeprägten Konturen seiner Brust- und Bauchmuskeln verlieren konnte. Ich atmete tief ein und zwang mich, rasch an ihm vorbei hineinzugehen.

Evan schloss die Tür und zog den Vorhang wieder zu. Ich blickte mich nervös im Zimmer um und sammelte all meinen Mut, um ihm das zu sagen, was ich mir in den letzten anderthalb Stunden am Strand zurechtgelegt hatte.

Sie war nervös. Bezaubernd nervös. Ich hatte keine Ahnung, weshalb sie hier war, aber ich würde sie ganz bestimmt nicht wegschicken. Die Haarklammer mit der Blume war von ihrem Kopf verschwunden, und die Locken umrahmten wild ihr Gesicht. Ihre nackten Füße waren voller Sand. Sie ließ den Blick durch mein Zimmer schweifen und vermied es sorgfältig, mich anzusehen.

»Emma?«

Sichtlich widerwillig wandte sie sich mir zu, schaute zu mir hoch und fast sofort wieder weg. Ich versuchte, nicht zu lachen, obwohl ich das Ganze ziemlich amüsant fand. »Bist du betrunken?«

»Ein bisschen«, gestand sie verlegen. »Und du?«

»Ein bisschen«, erwiderte ich. Die Shots hatten ihren Zweck erfüllt.

»Das ist gut«, meinte Emma und knabberte an ihrer Unterlippe herum. Mir fiel es ziemlich schwer, ihr nicht dabei zuzusehen.

»Warum?«

»Das macht es leichter«, antwortete sie kryptisch. Sie ließ sich wirklich jedes Wort aus der Nase ziehen. Ich atmete tief durch, anscheinend musste ich mich noch etwas gedulden.

»Was macht es leichter?«, fragte ich freundlich nach.

»Können wir, äh, vielleicht das Licht ausmachen?«, bat sie unvermittelt. Damit hatte ich nicht gerechnet.

»Meinetwegen«, antwortete ich. »Aber dann stehen wir im Dunkeln da.«

Ich ärgerte mich über mich selbst. Aber wie sollte ich sonst mit ihm reden, ohne ihn anzusehen? Denn ich konnte ihn nicht ansehen, solange er kein Hemd anhatte. Bevor ich es mir anders überlegen oder ihn bitten konnte, sich etwas überzuziehen – was sich noch lächerlicher angehört hätte –, meinte Evan: »Wenn du magst, können wir uns aufs Bett setzen … im Dunkeln … und, äh, na ja … weshalb bist du hergekommen, Emma?«

Ich konnte kaum atmen, geschweige denn seine Frage beantworten. Also nickte ich wortlos und ging zum Bett. Mir schwirrte der Kopf, ich war panisch und nicht in der Lage, einen einzigen klaren Gedanken zu fassen. Wahrscheinlich würde ich in Ohnmacht fallen, bevor ich auch nur ein einziges Wort herausbringen konnte. Dann hätte ich ganz umsonst all meinen Mut zusammengenommen, um hierherzukommen.

Mit einem lautlosen Seufzen ließ ich mich aufs Bett sinken und wartete darauf, dass Evan das Licht ausschaltete.

Als ich das Licht ausgeknipst hatte und mich umdrehte, sah ich, dass sie sich nicht aufs Bett gesetzt, sondern sich der Länge nach ausgestreckt und den Kopf auf das Kissen neben meinem gelegt hatte. Ich rutschte zu ihr, sie rührte sich nicht. Es war zu dunkel, um ihr Gesicht zu sehen, aber ich hörte ihren hektischen Atem, sie schien total aufgeregt. Ich wusste, dass ihr Gehirn auf Hochtouren arbeitete und sie fieberhaft zu entscheiden versuchte, was sie tun sollte.

»Ist es so besser?«, flüsterte ich.

»Ja«, antwortete sie, ohne zu zögern. Schon bald hatten sich meine Augen an die Dunkelheit gewöhnt. Der schwache Lichtschein, der durch den Vorhang hereinfiel, reichte aus, um ihre Silhouette zu erkennen.

Emma rollte sich auf den Rücken und fing an, ihre Finger zu kneten – wie immer, wenn sie nervös war. Ich wartete, aber sie blieb stumm. Schließlich drehte sie sich wieder zu mir um und rückte ein winziges Stück näher. Ich konnte ihren Atem auf meinen Lippen spüren.

»Bist du immer noch ein bisschen betrunken?«, fragte sie leise, und ich lachte.

»Ein bisschen, ja«, antwortete ich. Sie schwieg wieder. »Warum?«

»Bist du ehrlicher, wenn du ein bisschen betrunken bist?«

»Äh ... ja, ich glaube schon.« Ich war neugierig, worauf sie hinauswollte.

»Ich auch«, platzte sie heraus. »Verrätst du mir irgendwas, das du für dich behalten würdest, wenn du nicht betrunken wärst, damit ich weiß, dass du es wirklich bist?«

Ihre Bitte amüsierte mich. »Okay.« Ich spürte, wie mein Körper auf ihre Nähe reagierte, und holte tief Luft. »Ich würde dich sehr gerne küssen«, flüsterte ich mit wild klopfendem Herzen.

Sie hielt den Atem an, als ich die Hand ausstreckte und mit den Fingerspitzen über ihre Wange strich.

Unter seiner Berührung schloss ich die Augen, und plötzlich bekam ich keine Luft mehr. Ich war mir nicht einmal sicher, ob ich überhaupt noch atmete. »Ich will nicht, dass du mich küsst«, stieß ich leise hervor, obwohl mein Herz flatterte und meine Worte Lügen strafte.

»Okay«, sagte er und zog seine Hand weg.

Als die Wärme seiner Berührung verschwand, bereute ich fast, was ich gesagt hatte, aber ich nahm mich zusammen und erklärte: »Weil ich ... weil ich dir ... etwas sagen muss.«

Evan war ganz still. Fast zu still. Ich war kurz davor, die Nerven zu verlieren, als er murmelte: »Ich bin ganz Ohr.«

Ich holte tief Luft und sagte dann: »Ich bin gegangen, um dich zu beschützen.«

Wieder schwieg er einen Moment lang. Im Dunkeln konnte ich vage erkennen, wie seine Schulter sich mit jedem Atemzug langsam hob und senkte. »Wovor?«

»Vor mir«, antwortete ich mit halberstickter Stimme. Ich hatte mir eingeredet, ich könnte es ihm sagen, könnte ihm die Antwort geben, die er am dringendsten brauchte, ohne dass dabei all die aufgestauten Gefühle aus mir hervorbrachen. Aber jetzt erkannte ich, dass das unmöglich war.

»Das verstehe ich nicht«, sagte er bedächtig.

»Ich denke immer, ich tue das Richtige, aber es gelingt mir nie. Jede Entscheidung, die ich getroffen habe, um die Menschen, die ich liebe, zu beschützen, war falsch. Am Ende verletze ich sie alle nur.« Die letzten Worte blieben mir fast im Hals stecken.

Wir beide machen das ständig. Wir tun anderen Menschen weh.

Ich rang um Fassung. »Wie oft hätte ich dir sonst noch weh getan, Evan? Wie oft wärst du zu mir zurückgekommen, nur um immer wieder von mir enttäuscht zu werden?« Tränen rollten mir über den Nasenrücken und tropften aufs Kopfkissen. »Ich hätte dir dasselbe angetan, was meine Mutter mir angetan hat. Und das konnte ich nicht zulassen. Ich konnte dich nicht länger verletzen, ich musste dich verlassen, um dich vor mir zu retten – das war die einzige Möglichkeit.«

Dieses Zugeständnis – dass ich genauso zerstörerisch war wie meine Mutter – zerriss mich innerlich. Ich hatte niemals so sein wollen wie sie. Aber durch meine Adern strömte mehr von ihrem Gift, als ich mir je eingestanden hatte. Ich musste Evan von mir fernhalten, bevor ich ihn genauso unglücklich machte, wie ich selbst es war.

Ich vergrub das Gesicht im Kissen, damit er mein Schluchzen nicht hörte. Mein ganzer Körper verkrampfte sich, so weh taten mir meine eigenen Worte. So weh tat die Ehrlichkeit.

Evans Schweigen quälte mich, und ich weinte immer heftiger.

Ich wusste nicht, was ich sagen sollte. Ich kämpfte gegen den Drang, sie in die Arme zu nehmen, denn ich war mir nicht sicher, ob es das Richtige gewesen wäre. Mein Rücken war ganz starr, ich konnte nicht leugnen, dass ich wütend war. Widerstreitende Gefühle zerrissen mich: Auf der einen Seite wollte ich nichts lieber, als sie zu trösten und ihren Kummer zu lindern, auf der anderen war ich immer noch zornig, weil sie mich verlassen hatte – weil sie mich hatte leiden lassen, ohne sich auch nur ansatzweise klarzumachen, wie weh sie mir tat.

Gedämpft drang ihr Schluchzen unter dem Kissen hervor, und ich sah, dass sie zitterte. In diesem Moment wusste ich, welche Seite gewinnen würde: Ich rückte näher zu ihr, zog sie an mich und flüsterte beruhigend auf sie ein, trocknete ihre Tränen. Sie weinte an meiner Brust, ich hielt sie in den Armen und versuchte, ihre Schuldgefühle zu lindern. Dieselben Schuldgefühle, die mir vor zwei Jahren das Herz gebrochen hatten. Die Schuldgefühle, die ich bekämpfen musste, um uns beide zu retten.

26

loslasseN

ich schmiegte meine Nase in ihre Haare und sog ihren zarten, frischen Geruch ein. Seit Emma endlich eingeschlafen war, lauschte ich ihrem gleichmäßigen Atem. Mittlerweile war es auf der anderen Seite des Vorhangs Tag geworden, bestimmt würde sie bald aufwachen. Auch diese Nacht hatte ich keinen Schlaf gefunden. Die letzten Stunden hatte ich damit zugebracht, jede Sekunde meiner Zeit mit ihr in Gedanken noch einmal zu durchleben, auf der Suche nach dem Moment, in dem sie angefangen hatte, sich von mir zu entfernen. Und ich landete jedes Mal wieder bei Jonathan.

Sie war gestern Abend zu mir gekommen – ganz offensichtlich nervös –, um mir meine wichtigste Frage zu beantworten. Ihre Worte hallten noch in meinen Gedanken nach – sie hatte mich verlassen, um mich zu schützen. Um mich nicht noch mehr zu verletzen.

Emma hatte die Welt und ihren Platz darin immer anders wahrgenommen als ich. Ich hatte von Anfang an gewusst, dass es mir einiges abverlangen würde, sie wirklich zu verstehen. Aber das war einer der Gründe, warum ich mich zu ihr hingezogen fühlte. Ich wollte sie verstehen, ich brannte darauf, schlau aus ihr zu werden.

Und sie hatte mich an sich rangelassen. Mit jeder Frage von mir hatte sie sich mir ein wenig mehr geöffnet. Genau das hatte ich mir immer gewünscht. Doch jetzt hatte sie wieder dichtgemacht, und ich fand keine andere Erklärung dafür als ihre Schuldgefühle. Die Schuldgefühle hatten sie völlig verändert.

Ich blickte auf sie hinunter und schlang einen Arm um ihre Taille. Sie sah sogar anders aus als früher, und das nicht nur, weil sie jetzt kurze Haare trug und deutlich abgenommen hatte. Sie wirkte so ... zerbrechlich. Mein Körper umgab sie wie ein Schutzschild, doch das, was sie zu zerstören drohte, kam von innen. Und diese Zerstörung war seit dem Tod ihrer Mutter – seit dem Moment, in dem ich sie reglos aus dem Fenster des Bestattungsinstituts hatte starren sehen – unaufhaltsam weiter fortgeschritten.

Ich wusste nicht, wie ich sie vor sich selbst retten sollte. Ich fühlte mich hilflos – ein Gefühl, das ich nur schwer ertragen konnte, das mich aber allzu oft überkam, wenn es um Emma Thomas ging. Ihre Frage ließ mir keine Ruhe – wie oft musste sie mich noch verletzen, bevor ich endgültig genug hatte?

Ich zog sie an mich und atmete erneut ihren Geruch ein. »Aber wie kann ich dich loslassen, Emma?«, flüsterte ich. Noch immer kannte ich nicht die ganze Wahrheit.

Ich beugte mich über sie und strich ihr die Haare aus dem Gesicht. Sie sah so friedlich aus, wenn ihre dunklen Wimpern den Schmerz in ihren Augen verbargen. Ich konnte nicht genug bekommen von ihrer leicht schrägen Nase und ihren weichen, vollen Lippen. Ich konnte nicht fassen, wie schön sie war.

»Ich weiß nicht, was ich tun soll«, murmelte ich, und im selben Moment vibrierte mein Handy, das neben dem Kleingeld auf dem Nachttisch lag. Hastig drehte ich mich um und brachte es zum Schweigen, aber Emma regte sich nicht einmal.

Es war eine SMS von Sara: *Hast du Emma gesehen? Sie war nicht mehr da, als ich aufgewacht bin. Und sie geht nicht an ihr Handy.*

Ich nahm das Telefon, das neben Emma lag, und drückte auf den Homebutton. Das Display blieb schwarz.

Sie ist hier. Ihr Akku ist leer.

Ich legte wieder den Arm um Emma und war kurz davor einzunicken, als mein Handy erneut vibrierte: *Ich komme sie abholen.*

Ich seufzte. Sara würde bestimmt einfach reinkommen, wenn ich sie nicht abfing, und ich wollte mir keine Moralpredigt von ihr anhören müssen, wenn sie Emma und mich zusammen im Bett sah und daraus voreilige Schlüsse zog. Widerwillig löste ich mich von Emma und stand auf. Ich breitete die Decke über sie, dann schleppte ich mich die Treppe hinauf ins Obergeschoss. Hoffentlich würde Sara sich schnell beruhigen lassen, damit ich wieder bei Emma sein konnte, bevor sie aufwachte.

Ich rollte mich auf den Rücken, als sich die Tür mit einem leisen Klicken schloss.

Evan hatte entschieden, mich loszulassen.

Obwohl es unmöglich schien, fühlte ich mich dadurch noch elender. Ich atmete langsam aus und starrte an die Decke. Ich musste weg von hier, ehe er zurückkam. Ich konnte ihm nicht mehr unter die Augen treten.

Entschlossen schlug ich die Decke zurück, setzte mich auf und stieg aus dem Bett. Ohne einen Blick zurück schlüpfte ich durch die Glastür, holte meine Schuhe von der Terrasse und machte mich auf den Weg hinunter zum Strand.

»Wow, du siehst ja echt übel aus«, lachte Brent, als ich in die Küche trat.

Ich fuhr mir mit der Hand durch die Haare und brummte: »Danke.«

Ren schälte sich an der Küchentheke eine Orange. »Anstrengende Nacht?«

»Wohin bist du gestern Abend verschwunden?«, erkundigte ich mich, um seiner Frage auszuweichen. »Ich hab dich nur ganz kurz gesehen.«

»Ich war mit ein paar Kumpels am Strand.« Was so viel hieß wie: Wir haben rumgesessen, übers Surfen geredet und den ganzen Abend lang gekifft.

»Dann hast du die Party also sausenlassen?«, hakte Brent nach.

Ren zuckte träge die Achseln. »Wollt ihr mit surfen gehen?«

»Ich fahre in ein paar Stunden zum Flughafen«, antwortete ich.

»Ich komme mit«, rief Brent, wie nicht anders zu erwarten.

In diesem Moment erschien Nate auf der Treppe. Seine Augen waren halbgeschlossen, und er bewegte sich so schwerfällig, dass ich glaubte, er würde schlafwandeln, bis er murmelte: »Scheiße. Hier sieht's aus, als hätte eine Bombe eingeschlagen.«

Im ganzen Haus roch es nach schalem Bier, überall lagen Plastikbecher und anderer Müll herum – das übliche Chaos nach einer Party. Ich hatte schon Schlimmeres gesehen.

»Wir räumen den Müll weg«, versprach Brent. »Wann kommen die Putzleute?«

»Gegen Mittag.« Nate gähnte ausgiebig und rieb sich das Gesicht.

Auf einmal hörten wir ein lautes Klopfen an der Haustür. »Heilige Scheiße! Wer zum Teufel ist das denn?«, fluchte Nate und hielt sich den Kopf, als könnte der Lärm seinen Schädel platzen lassen.

»Ich gehe schon«, sagte ich, denn ich wusste genau, wer es war.

»Wo ist sie, Evan?«, wollte Sara wissen, kaum dass ich die Tür geöffnet hatte, und schubste mich mehr oder weniger aus dem Weg.

»Sie schläft noch«, erklärte ich und schloss die Tür hinter ihr.

»Wer denn?«, fragte Ren verständnislos. Brent und Nate starrten mich an, als hätte ich gerade ein Verbrechen gestanden.

»Das ist nicht dein Ernst«, stieß Brent kopfschüttelnd hervor.

»Bitte sag mir, dass du nicht getan hast, was ich denke, dass du getan hast«, flehte Nate.

»Regt euch ab.« Ich hob abwehrend die Hände. »Wir haben nur geredet. Dann ist sie eingeschlafen. Das war's.«

»Sie ist also in deinem Bett eingeschlafen«, fuhr Sara mich an. Dann flüsterte sie so leise, dass nur ich sie hören konnte: »Mit ihr zu schlafen bringt nichts wieder in Ordnung.«

»Jetzt reicht es aber«, erwiderte ich verärgert. »Es ist überhaupt nichts passiert.«

Ohne ein weiteres Wort lief Sara die Treppe hinunter. Ich wandte mich den Jungs zu, die mich immer noch fassungslos anstarrten. »Wollen wir jetzt aufräumen, oder was?«

»Emma!«, hörte ich Sara rufen. Als ich mich umdrehte, sah ich sie über die Terrasse auf mich zulaufen. Ich wartete, bis sie mich eingeholt hatte, bevor ich weiter die Treppe hinunterstieg.

Schweigend gingen wir nebeneinanderher, bis wir den Strand erreichten. »Ist alles okay?«

Ich zuckte nur die Achseln, denn ich hatte keine Ahnung, wie ich diese Frage beantworten sollte. Ich fühlte mich alles andere als okay. Ich fühlte mich … verloren.

»Warum bist du gestern Abend zu Evan gegangen?«, fragte Sara und musterte mich aufmerksam. Ich senkte den Blick und sah zu, wie die zurückweichenden Wellen im Sand versickerten.

»Ich habe beschlossen, ihm zu sagen, warum ich ihn verlassen musste. Er wollte es wissen. Er hat es verdient, die Wahrheit zu erfahren. Also habe ich es ihm gesagt.«

»Was genau hast du ihm gesagt?«

Ich wiederholte, was ich ihr schon vor zwei Jahren erklärt hatte: »Ich habe ihn verlassen, damit ich ihm nicht noch einmal weh tue.« Meine Brust schmerzte, als ich es aussprach.

»Und … wie hat er reagiert?«, fragte Sara vorsichtig nach, als hätte sie Angst, ich würde ihr nicht antworten, wenn sie etwas Falsches sagte.

Aber mein Hals war wie zugeschnürt, ich brachte keinen Ton heraus. Mit Mühe hielt ich die Tränen zurück, die mir in den Augen brannten, und blinzelte zum wolkenverhangenen Himmel hoch.

»Nichts«, brachte ich schließlich mit erstickter Stimme hervor. »Er hat gar nichts gesagt.«

»Du willst nicht mehr, dass er dich hasst, oder?«, fragte Sara schlicht. Ich schüttelte den Kopf.

»Aber ich glaube auch nicht, dass er mir je verzeihen kann. Du hattest recht …«

»Womit?« Saras Stimme war voller Mitgefühl.

»Ihn zu verlassen war der schlimmste Fehler meines Lebens.«

Abrupt blieb ich stehen und schlug die Hände vors Gesicht. Ein lautloses Schluchzen schüttelte mich.

»Sagst du mir, was passiert ist?«, fragte Nate. Er stand im Türrahmen, während ich wahllos Klamotten in meine Tasche warf.

»Nein«, antwortete ich, denn ich wollte Emmas Geständnis für mich behalten. »Aber ich muss nachdenken.«

»Hast du deine Meinung geändert?« Er lehnte sich mit verschränkten Armen gegen das Holz.

»Du meinst, was diesen Trip angeht? Nein, dafür hatte ich mich schon immer entschieden. Das hat nichts mit Emma zu tun«, erklärte ich wahrheitsgemäß. Die Entscheidung war gefallen, lange bevor sie mich gestern Abend besucht hatte. »Aber ich bin mir nicht sicher, was passieren wird, wenn ich zurückkomme.«

»So schlimm?«

»Nein, ich muss nur ... ich muss nur nachdenken.«

»Egal, was auch passiert, Evan«, sagte Nate bedächtig, »ich werde nicht zulassen, dass du wieder dieser Kerl wirst. Ich habe gesehen, was sie mit dir gemacht hat, und ich werde tun, was nötig ist, um zu verhindern, dass so etwas noch einmal geschieht – auch wenn du mich dann hasst.«

»Das verstehe ich«, sagte ich. »Aber mir wird es nie wieder so schlechtgehen wie damals, das verspreche ich.«

»In Ordnung.« Er nickte. »Hey, geht dein Flug nicht ziemlich bald?«

»Nein, ich fliege erst heute Nachmittag«, antwortete ich und stopfte eine Jacke in meine Tasche. »Ich muss noch kurz bei Emma vorbei, bevor wir losfahren.«

»Kein Problem«, meinte er. »Aber ich könnte schwören, du hättest gesagt, du fliegst heute Morgen.«

»Moment, ich sehe nach.« Ich nahm mein Handy und rief den Reiseplan auf, den meine Mutter mir zugeschickt hatte. »Ach du Scheiße. Mein Flug geht in einer Stunde. Wir müssen los.«

»Er braucht nur ein bisschen Zeit, Em«, versuchte Sara mich zu trösten. Wir saßen zusammen auf der Terrasse und sahen zu, wie die Wellen an den Strand schlugen. Ich nickte zerstreut. »Evan wird dir verzeihen.«

Da war ich mir keineswegs sicher. Warum sollte er? Ich hatte ihn im Stich gelassen. Ich hatte sie beide im Stich gelassen. Ich hatte mich von Evan abgewendet, anstatt mich ihm zu öffnen. Und ich hatte Jonathan weggejagt, aus Angst, er könnte mir zu nahe gekommen sein. Keiner von ihnen hatte einen Grund, mir zu vertrauen. Jetzt war ich überzeugt, dass ich sie beide verloren hatte.

Ich sah zu Sara. Sie erwiderte meinen Blick mit trauriger Miene, und ich fragte mich unwillkürlich, wie lange es dauern würde, bis ich auch sie das nächste Mal verletzte. Bisher hatte sie es immer geschafft, mir zu verzeihen, selbst wenn ich nicht ganz ehrlich zu ihr gewesen war. Aber eines Tages würde ich mit Sicherheit auch sie endgültig vergraulen.

»Ich gehe duschen«, verkündete sie unvermittelt und stand auf.

»Okay«, sagte ich und blieb allein auf der Terrasse sitzen. Ich blinzelte die Tränen weg und zwang mich, in gefühlloser Benommenheit zu versinken. Doch tief in meinem Inneren spürte ich den Schmerz trotzdem noch.

Geistesabwesend griff ich in die Tasche und suchte nach meinem Handy, um zu sehen, ob Jonathan auf eine meiner Mailbox-Nachrichten oder SMS reagiert hatte. Im Grunde wusste ich, dass er mir nicht antworten würde, aber das hielt mich nicht davon ab, ständig nachzuschauen. Doch ich fand mein Handy nicht, ich hatte es bei Evan liegen lassen. Verdammt, was sollte ich jetzt tun? Ich war noch nicht bereit, dorthin zurückzugehen. Vielleicht konnte Sara das Telefon ja für mich abholen.

Als ich das Haus betrat, fiel mir auf, dass Coles Zimmertür immer noch geschlossen war. Normalerweise war er um diese Zeit längst wach. Trotzdem ließ ich ihn lieber in Ruhe, so aufgebracht, wie er gestern wegen mir gewesen war. Ich ging weiter zu Saras Zimmer.

»Ich hab mein …« , setzte ich an, hielt aber abrupt inne, als ich Sara mit verweinten Augen auf dem Bett sitzen sah. »Was ist los?«

»Meine Mutter hat angerufen«, begann Sara. Ich setzte mich neben sie und wartete geduldig darauf, dass sie weiterredete. »Mein Großvater ist gestorben.«

»O Sara, das tut mir so leid«, sagte ich voller Mitgefühl und nahm ihre Hand. Sie legte den Kopf an meine Schulter.

»Danke. Er war schon alt. Wir wussten, dass es nur noch eine Frage der Zeit ist.« Sie seufzte. »Er hat sich ständig über irgendwelche Wehwehchen beklagt.« Einen Moment später fügte sie gedankenverloren hinzu: »Gott, er war die reinste Nervensäge«, und wir mussten beide lachen. »Aber er war mein Großvater, und ich hab ihn geliebt.«

»Ich weiß.« Ich lehnte meinen Kopf an ihren.

»Ich muss weg«, murmelte sie. »Meine Mutter hat mir ein Taxi bestellt, das mich zum Flughafen in Los Angeles fährt.«

Im Lauf der Jahre hatte ich Saras Großvater mehrmals getroffen. Vor allem erinnerte ich mich daran, wie unangenehm es mir gewesen war, dass er ständig irgendwelche zynischen Bemerkungen gemacht und sich pausenlos darüber beschwert hatte, dass ein Körperteil nach dem anderen nicht mehr richtig funktionieren würde. Er schien niemanden wirklich gemocht zu haben – bis auf Jared, paradoxerweise. Sara atmete tief durch, dann ließ sie meine Hand los und stand auf. Obwohl sie den Verlust ganz gut zu verarbeiten schien, hätte ich sie so gern ein wenig aufgebaut.

»Ich komme mit«, sagte ich in der Hoffnung, mich wenigstens ein bisschen für ihre Unterstützung in Weslyn revanchieren zu können.

»O nein.« Sie schüttelte entschieden den Kopf. »Du brauchst

echt nicht noch mehr Drama. Glaub mir, du möchtest jetzt wirklich nicht mit meiner verrückten Familie zusammen sein. Ich bin in ein paar Tagen wieder da.«

»Okay, wie du magst«, gab ich nach.

Etwa eine halbe Stunde später hatte sie fertig gepackt. Ich ging gerade mit ihr ins Wohnzimmer, als draußen ein Hupen ertönte. »Das Taxi«, sagte Sara. »Ich muss los.« Sie zögerte einen Moment lang und sah mich prüfend an. »Sprich dich mit ihm aus, Emma. Gib ihm eine Chance, deine Erklärung zu akzeptieren, aber dann geh zu ihm und sprich dich mit ihm aus.«

Ich konnte nur nicken. Sara umarmte mich fest. »Ich bin bald zurück. Ich ruf dich an, wenn ich ankomme, ja?«

»Okay«, sagte ich so leise, dass ich mich selbst kaum hörte. Schweren Herzens sah ich zu, wie Sara mit ihrem Rollkoffer zur Tür ging und verschwand.

Ihre Zurückweisung hatte weh getan. Wie ein Stromschlag durchzuckte der Schmerz meinen Körper. Ich war so am Ende, dass ich nicht einmal mehr meine beste Freundin trösten konnte. Sie brauchte mich nicht.

Wieder fiel mein Blick auf Coles Tür, und ich seufzte. Ich hatte weder den Willen noch die Kraft, ihm zu erklären, was letzte Nacht passiert war, zumal wir es beide genau wussten.

Doch plötzlich beschlich mich ein ungutes Gefühl. Ich ging zu seinem Zimmer und klopfte leise. Keine Reaktion, nur Stille. Zögernd öffnete ich die Tür. Sein Bett war ordentlich gemacht, und das Zimmer wirkte … viel zu aufgeräumt. Als ich näher trat, sah ich, dass meine Klamotten nach wie vor im Schrank hingen, auf dem Boden lagen Schuhe und meine Reisetasche, doch Coles Sachen waren allesamt verschwunden. Ich warf einen Blick ins Badezimmer. Bis auf meine Zahnbürste war auch hier alles leergeräumt.

Ich wollte gerade wieder gehen, als ich auf dem Kissen, auf dem ich normalerweise schlief, einen zusammengefalteten Zettel liegen sah. Einen Moment lang starrte ich ihn an, ohne mich zu rühren. Wollte ich wirklich wissen, was daraufstand? Mir graute vor dem, was Cole mir nach seinem wütenden Abgang gestern Abend zu sagen hatte. Aber schließlich fasste ich mir doch ein Herz, nahm den Zettel und faltete ihn auseinander.

Ich habe beschlossen zu gehen, bevor du mich verletzen kannst. Ich werde nicht zulassen, dass du mir weh tust, Emma.

Ich ließ mich auf die Bettkante sinken, wie betäubt von diesen zwei einfachen Zeilen.

»Cole, es tut mir so leid«, murmelte ich niedergeschlagen, als ich die Wahrheit in seinen Worten erkannte. Ich hatte ihn bereits verletzt. Aber das tat ich ja immer.

Ich ließ mich auf die Couch sinken und zog die Decke über mich. Plötzlich war mir kalt. Doch die Eiseskälte in meiner Magengrube ließ nicht nach, als ich mich hinlegte und ins Leere starrte.

Wieder überkam mich dieses Gefühl von Verlorenheit, das ich so gut kannte. Ich gehörte nirgendwohin. Meine Familie wollte mich nicht haben. Evan konnte mir nicht verzeihen. Sara brauchte mich nicht. Die anderen Mädchen kannten mich kaum. Jonathan war verschwunden. Und auch Cole war gegangen, weil er erkannt hatte, wer ich wirklich war.

Ich war so … müde. Schließlich gab ich mich der Erschöpfung hin, schloss die Augen und hoffte, dass die flüsternden Stimmen in meinem Kopf mich schlafen lassen würden.

Ich starrte auf das Handy, das Emma auf meinem Bett hatte liegen lassen und das ich ihr eigentlich auf dem Weg zum Flughafen hatte vorbeibringen wollen. In der Hektik hatte ich es vollkommen vergessen. Ich schloss es an mein Ladegerät an und legte es auf den Schreibtisch.

Die Tür meines Hotelzimmers öffnete sich mit einem leisen Klicken, und herein kam Jared, in der Hand eine Reisetasche.

»Hey«, begrüßte ich ihn. »Was machst du denn hier?«

»Mom hat mich hergebeten. Sie meinte, dass ihr euch hier trefft und dass sie uns beiden etwas Wichtiges zu sagen hat.«

»Ach wirklich? Weißt du, worum es geht?«, fragte ich. Ich hätte mir denken können, dass Jared herkommen würde. Schließlich hatte meine Mutter ein Doppelzimmer mit zwei Betten gebucht. Aber ich war mit den Gedanken anderswo gewesen.

»Nein, keine Ahnung«, antwortete Jared. »Sie wollte, dass ich komme, also bin ich hier. Und ich dachte mir, ich fliege morgen mit dir zurück nach Santa Barbara.«

»Gern.«

Jared ließ sich auf dem Bett nieder und lehnte sich mit übereinandergeschlagenen Beinen ans Kopfende. »Und, wie läuft es mit deinem Masterplan? Ist er dir schon um die Ohren geflogen?«

»Ich habe gar keinen Plan«, erwiderte ich genervt.

»Du hast immer einen Plan, Evan«, meinte Jared. »So bist du eben. Du überlegst hin und her, manchmal viel zu viel, du planst jeden Schritt deines Lebens und hast immer eine Strategie parat. Mir kommt es ziemlich verpeilt vor, dass du ohne einen Plan nach Santa Barbara geflogen bist, vor allem angesichts dessen, was für dich auf dem Spiel steht.«

»Aber Emma kann ich nicht planen«, murmelte ich und starrte wieder auf ihr Handy.

Ich schreckte aus dem Schlaf hoch und sah mich hektisch im Zimmer um. Ich war allein.

Ich will nicht alleine sein. Bitte lass mich nicht allein.

Ich wälzte mich aus dem Bett und ging auf die Terrasse hinaus, um die verzweifelte Stimme meiner Mutter aus meinem Kopf zu verbannen. Die Sonne stand bereits tief und überzog den Himmel mit einem sanften orangegoldenen Schleier, der von schimmernden Rottönen durchzogen war. Obwohl ich fast den ganzen Nachmittag geschlafen hatte, hielt sich die Müdigkeit hartnäckig, als ich den Strand entlangschlenderte, vorbei an im Wasser spielenden Kindern und am Ufer sitzenden Erwachsenen.

Irgendwann stand ich an der Treppe, die den Hügel hinaufführte, und stieg sie hoch. Ich war mir nicht sicher, was genau ich Evan sagen würde – ich wollte einfach nicht allein sein, und außer ihm hatte ich niemanden, an den ich mich wenden konnte.

Als ich das Haus erreichte, kam TJ gerade mit einem Surfbrett über dem Kopf um die Ecke.

»Emma!«, rief er, als ich auf die Terrasse trat. Es klang, als würde er sich freuen, mich zu sehen. »Was führt dich hierher? Willst du uns besuchen?«

»Hey, TJ«, stammelte ich leicht durcheinander. »Ist Evan da?«

»Nein«, antwortete er und schüttelte den Kopf, als würde die Frage ihn verwirren. »Er ist weg.«

»Er ist weg?«

»Ja, Nate hat ihn vor ein paar Stunden zum Flughafen gebracht.«

»Er ist weg«, wiederholte ich leise. »Okay, danke.«

Wie betäubt, wandte ich mich ab und ließ mich von meinen Beinen forttragen.

»Du kannst gern hierbleiben«, rief TJ mir nach, doch ich winkte ihm nur zu, ohne mich umzudrehen, und verschwand die Treppe hinunter.

»Er ist weg«, murmelte ich vor mich hin, immer noch geschockt. Also hatte er tatsächlich beschlossen, mich gehenzulassen.

Rücklings kroch die Dunkelheit an mich heran und schlang sich um mein Herz. Ich ließ sie einsickern, ließ sie mein Herz zermalmen, bis ich das dumpfe Pochen nicht mehr fühlte. Bis ich gar nichts mehr fühlte. Nur noch Saras Worte hallten flüsternd durch die endlose Leere:

Du kannst nicht immer alle wegstoßen. Wenn du so weitermachst, wirst du eines Tages aufwachen und niemanden mehr haben.

Wie ich nach Hause gekommen war, wusste ich später nicht mehr, ich erinnerte mich an nichts. Irgendwann kauerte ich mich in eine Decke gehüllt auf die Couch und schloss die Augen.

Die flüsternden Worte überschwemmten mich, getrieben von Schuldgefühlen und von einer tiefen Traurigkeit, die mich reglos zu Boden drückte. Ich war unfähig, gegen sie anzukämpfen, und wartete einfach darauf, dass die Leere sich ausbreitete und mich in die Finsternis zog.

»Das war ein ereignisreicher Tag«, meinte meine Mutter und reichte dem Kellner, der gerade unsere Bestellungen aufgenommen hatte, ihre Speisekarte zurück.

»Danke, dass du mich darin unterstützt«, sagte ich. Ich wusste es wirklich zu schätzen, dass sie nicht versucht hatte, mich von meiner Entscheidung abzubringen. Dabei hatte ich ihr anfangs nicht einmal was davon gesagt.

»Ich verstehe, warum du gezögert hast, mich einzubeziehen, aber ich habe dir versprochen, dass ich dir nicht im Weg stehen werde, und dieses Versprechen halte ich«, erklärte sie. »Ich glaube, dass du tust, was du für das Beste hältst.«

Ich wollte ihr gerade antworten, da vibrierte mein Handy in der Hosentasche. Ich zog es heraus. Prompt warf mir meine Mutter einen ungehaltenen Blick zu. Sie hatte uns strikt verboten, beim Essen zu telefonieren.

»Ich weiß«, sagte ich, ehe sie mich zurechtweisen konnte, »aber dieses Gespräch muss ich annehmen. Entschuldigt mich bitte.«

Ich stand auf, meldete mich und zog mich dann in den etwas ruhigeren Gang zurück, der zu den Toiletten führte. »Ist alles okay?«

»Ich hatte gehofft, das könntest du mir sagen«, erwiderte Sara. »Hast du Emma heute gesehen?«

Ich zögerte – ihre Frage ergab überhaupt keinen Sinn. »Was? Bist du denn nicht bei ihr?«

Sara schwieg einen Moment lang. »Evan, wo bist du?«

»In San Francisco. Und du?«

»Auf der Beerdigung meines Großvaters in New Hampshire.«

»Oh, wow, Sara, das tut mir leid. Ich hatte ja keine Ahnung.«

»Danke«, sagte sie, ging aber nicht weiter auf meine Beileidsbekundungen ein. »Ich kann Emma nicht erreichen. Langsam fange ich an, mir Sorgen zu machen.«

»Ihr Handy ist bei mir. Sorry. Sie hat es in meinem Zimmer liegen lassen, und ich hab vergessen, es ihr zurückzugeben. Deswegen kannst du sie nicht erreichen. Aber sie ist doch bei Cole, oder nicht? Wenn du mit ihr reden willst, kannst du ihn anrufen.«

»Das hab ich schon versucht«, erklärte sie. »Er geht auch nicht dran.«

»Soll ich Nate bitten, nach ihr zu sehen? Dann kann sie dich mit seinem Telefon zurückrufen.«

»Ach nein, nicht nötig. Ihr geht es bestimmt gut. Ich hab ihr nur gesagt, dass ich mich melde, wenn ich angekommen bin. Seit meiner Abreise gestern hab ich nicht mehr mit ihr gesprochen.«

»Ich fliege morgen zurück und schaue bei ihr vorbei, sobald ich ankomme«, versicherte ich ihr. »Das mit deinem Großvater tut mir echt leid, Sara.«

»Danke, Evan.«

»Bis dann.«

Ich wollte gerade auflegen, als ich sie sagen hörte: »Hey, Evan?«

»Ja?«

»Ich weiß, dass es mich eigentlich nichts angeht, aber … ist zwischen dir und Emma alles in Ordnung? Ich meine … Natürlich ist nicht alles *in Ordnung*, aber du brichst nicht den Kontakt zu ihr ab, oder?

»Nein«, antwortete ich, völlig verblüfft. »Äh … wie kommst du denn auf die Idee?«

Sara seufzte. »Ach, schon gut.«

»Moment, hat Emma irgendwas zu dir gesagt? Denkt sie, ich bin wütend auf sie?«

Einen Augenblick lang herrschte Stille. »Nicht wirklich ... Ich hab nur so ein seltsames Gefühl. Bestimmt mache ich mir mal wieder zu viele Gedanken. Ich komme am Donnerstag zurück. Bis dann.«

Sie legte auf, bevor ich weiter nachfragen konnte. Aber plötzlich wusste ich, dass es ein Fehler gewesen war, vor meiner Abreise nicht noch einmal bei Emma vorbeizuschauen. Seit ihrer Beichte gestern Abend hatte ich nicht mehr mit ihr gesprochen. Die Sorge, die in Saras Stimme gelegen hatte, ließ mir keine Ruhe. Irgendetwas stimmte nicht mit Emma, das wusste ich ebenfalls.

Bevor ich zu unserem Tisch zurückging, rief ich Nate an und bat ihn, nach Emma zu sehen. Er verstand nicht, warum mir das so wichtig war, versprach es aber trotzdem.

»Alles in Ordnung?«, erkundigte sich meine Mutter, als ich mich wieder setzte. In Gedanken war ich immer noch bei der Nacht, in der Emma zu mir gekommen war, und bei dem, was ich getan oder nicht getan hatte.

Doch dann wandte ich mich wieder meiner Mutter zu und begegnete ihrem besorgten Blick. »Entschuldigt bitte. Das war Sara. Ihr Großvater ist gestorben, und jetzt ist sie bei ihrer Familie in New Hampshire.«

»Im Ernst?«, warf Jared ein. »Gus ist gestorben? Mann, ich mochte ihn so.« Er schaute zwischen mir und unserer Mutter hin und her, dann sagte er plötzlich: »Ich bin gleich zurück.« Ich sah, wie er sein Handy aus der Hosentasche zog, bevor er sich vom Tisch entfernte.

»Warum hat Sara dich angerufen?«, fragte meine Mutter, feinfühlig wie immer.

»Emma hat ihr Handy bei mir liegen lassen, deshalb konnte Sara sie nicht erreichen. Sie wollte wissen, ob ich etwas von ihr gehört habe. Sie wusste nicht, dass ich hier bin. Außer den Jungs wusste niemand davon«, erklärte ich, aber dann, ehe Jared zurückkam oder meine Mutter weiter nachbohren konnte, stellte ich die Frage, die mir auf den Nägeln brannte: »Was stand in dem Brief?«

Die blauen Augen meiner Mutter zuckten kaum merklich. »In welchem Brief?«

»In dem Brief, den Emma dir gegeben hat, bevor sie weggegangen ist. Ich habe den Umschlag gefunden. Was immer darinstand, hat dich dazu bewogen, mein Leben zu verändern. Also, was stand in dem Brief?«

Meine Mutter überlegte kurz. »Sie hat mir diesen Brief im Vertrauen gegeben. Es steht mir nicht zu, dir seinen Inhalt zu verraten. Tut mir leid.«

Sie hatte schon immer klare Prinzipien gehabt, und sosehr ich sie dafür auch bewunderte, manchmal frustrierte es mich enorm. »Ich verstehe.«

In diesem Moment kam Jared zurück und setzte sich wieder.

»Und, wie lange bleibst du noch?«, fragte unsere Mutter ihn.

»Eine Stunde«, antwortete Jared sichtlich unruhig.

»Bitte richte Sara und ihrer Familie mein herzliches Beileid aus«, sagte sie und nippte an ihrem Wein. Jared nickte. Sorgsam mied er meinen Blick.

»Nun, da wir also nicht viel Zeit haben, sage ich euch lieber gleich, warum ich euch hergebeten habe«, meinte meine Mutter. »Ich habe beschlossen, das Haus in Weslyn zu verkaufen.«

Jared reagierte nicht, was mich nicht wunderte, denn er war ohnehin nur noch selten zu Hause. Nein, dieses Statement galt mir. Mein Bruder diente nur als Puffer, falls ich widersprach. Was ich auch tat. »Das kannst du doch nicht machen.«

Meine Mutter ließ sich nicht aus der Fassung bringen. »Ich kaufe ein Haus in der Stadt – das alte ist einfach zu groß, jetzt, da ihr beide ausgezogen seid«, erklärte sie ruhig. »Tut mir leid, Evan.«

»Nein.« Ich schüttelte heftig den Kopf, und meine Stimme wurde lauter. »Es war der einzige Ort, an dem ich mich jemals wirklich zu Hause gefühlt habe. Du kannst es nicht einfach verkaufen.«

»Evan ...«, ermahnte mich Jared, dem mein Tonfall offensichtlich nicht gefiel – er erfüllte seine Rolle perfekt.

Auch jetzt, während ich mich zu beruhigen versuchte, blieb meine Mutter absolut gefasst und beobachtete uns schweigend – etwas, das sie sehr gut konnte.

In meiner Kindheit waren wir oft umgezogen. Keines der Häuser war mir je ans Herz gewachsen, und außer Nate und den anderen Jungs hatte ich auch keine richtigen Freunde. Meine Eltern hatten angeboten, mich wie Jared an einem Internat anzumelden, damit ich nicht dauernd die Schule wechseln musste und mir einen Freundeskreis aufbauen konnte, aber mir gefiel das Reisen, außerdem wollte ich meine Mutter nicht alleinlassen. Doch mit unserem Umzug nach Weslyn hatte sich alles geändert.

Ich durfte nicht zulassen, dass all die Erinnerungen, die mich mit diesem Haus verbanden, einfach verlorengingen. Die Vorstellung, nie wieder die alte Eiche zu sehen, nie wieder die Wiese am Bach entlangzuschlendern, war nahezu unerträglich. Ich war zwar nicht mehr mit Emma zusammen und wusste auch nicht, ob sich das je ändern würde, aber ich konnte sie trotzdem nicht loslassen. Genau danach fühlte es sich für mich jedoch an, wenn das Haus verkauft wurde – als würde alles ausgelöscht, was wir zusammen erlebt hatten.

Es musste einen anderen Weg geben.

»Würdest du mich das Haus kaufen lassen?«, fragte ich.

»Evan, Schatz, auf diese Geldmittel kannst du erst in vierzehn Jahren zugreifen«, erinnerte mich meine Mutter und sah mich mitfühlend an. »Früher geht das leider nicht ohne die Erlaubnis deines Vaters und ein ...«

»Ich weiß«, unterbrach ich sie. Ich konnte seine herablassende Stimme schon hören. »Aber vielleicht könnte ich es in Raten abbezahlen, oder ...« Sie schwieg. Ich wusste, dass sie diesen Vorschlag nicht unterstützen würde. Jedenfalls nicht heute Abend.

Zurück in meinem Hotelzimmer, ließ ich mein Jackett auf den Sessel fallen und lockerte meine Krawatte. Dann setzte ich mich aufs Bett und streckte die Beine aus. Ich würde das Haus in Weslyn nicht so einfach aufgeben – genauso wenig wie das, was zwischen mir und Emma vor sich ging. Sie fing gerade an, sich mir zu öffnen, und ich fand langsam einen Weg, ihr wieder zu vertrauen. Die Vorstellung, das Haus zu verlieren, hatte mir endgültig klargemacht, dass ich nicht ohne sie sein konnte. Ich wollte sie nicht loslassen.

Da vibrierte ihr Handy. Ich ging zum Schreibtisch, um es abzustellen, aber das Display leuchtete auf und zeigte eine ganze Liste von verpassten Anrufen und SMS an. Die meisten waren wie erwartet von Sara. Doch dann stockte mir beim Anblick einer anderen Nachricht der Atem. Sie bestand aus einem einzigen Wort: *Emma?*

Ich wusste, dass ich kein Recht hatte, in ihre Privatsphäre einzudringen, trotzdem klickte ich die SMS an, und unter ihr erschien auch die vorangegangene. Sie war länger. Oben stand nur eine Telefonnummer, kein Name, aber ich wusste, von wem sie war.

Hab Deine Mailbox-Nachrichten und SMS bekommen. Sorry, dass ich mich erst jetzt melde – mein Leben ist gerade ziemlich kompliziert. Leider können wir nicht einfach von vorn anfangen und andere Entscheidungen treffen, obwohl ich es mir wünschen würde. Ich verzeihe Dir. Du fehlst mir. Ich würde alles darum geben, Deine Stimme zu hören. Ab morgen bin ich nicht mehr erreichbar. Mein Telefon wird abgestellt. Bitte sag mir, dass Du mir verzeihst. Das würde mir sehr helfen. Du verdienst es, geliebt zu werden. Hoffentlich glaubst Du mir.

Ich wollte seine Nachricht löschen. Ich wollte ihn löschen. Aber das konnte ich nicht. Schweren Herzens schaltete ich das Handy aus.

Ich wusste nicht, was mehr weh tat: dass sie Jonathan um Verzeihung gebeten hatte oder dass sie es bei mir nicht getan und stattdessen darauf beharrt hatte, ich solle sie hassen. Weswegen bat er sie um Verzeihung? Was war zwischen den beiden vorgefallen?

Jetzt hatte ich die Wahl. Entweder ließ ich mich von ihr wegstoßen –

aus Angst, sie könnte mich sonst wieder verletzen –, oder ich kämpfte um uns und überzeugte sie davon, dass wir es wert waren. Kein Schmerz, den sie mir zufügte, konnte schlimmer sein als der Schmerz, ohne sie leben zu müssen. Nein, ich würde niemals aufgeben. Weder sie noch uns.

27
fort

Reglos starrte ich zum Fenster hinaus in den grauen Dunst. Ich wusste nicht, wie spät es war oder wie lange ich schon auf der Couch saß und von den verurteilenden Worten in meinem Innern gefangen gehalten wurde. Sie schlitzten mir mit ihrer Bosheit die Adern auf und vergifteten mein Blut mit Hass.

Du bist nichts anderes als ein wertloses, erbärmliches Flittchen.

Ich duckte mich, um der Verachtung zu entkommen, die meine Seele unerbittlich quälte. Doch es gab kein Entrinnen vor dem unablässigen Sperrfeuer an Grausamkeiten. Ganz gleich, wie verzweifelt ich mich abmühte, die Stimmen zu vertreiben, ich konnte nichts anderes mehr hören. Die Wunden mochten verheilt sein, die Narben verblasst, aber Hass und Zurückweisung hatten ihre Klauen tief in mein Inneres gegraben und ließen nicht los. Jedes hämische Wort traf mich mit einer Gewalt, die vernichtender war als der brutalste Schlag. Jede erniedrigende Bemerkung zerriss mich innerlich.

Du bist ein Nichts.

Es hatte eine Zeit gegeben, in der ich beinahe überzeugt davon gewesen war, dass meine Zielstrebigkeit und meine Leistungen die hasserfüllten Stimmen in meinem Kopf zum Schweigen bringen würden. Aber inzwischen hatte ich jeden Versuch aufgegeben. Ich konnte nicht sagen, wann genau das passiert war. Vielleicht in dem Moment, in dem ich Evan blutend und fast bewusstlos in jenem Haus zurückgelassen hatte. Vielleicht auch schon vorher.

Doch jetzt, da ich einsam und alleine war, erwachten die Stimmen zu neuem Leben.

Du denkst immer nur an dich selbst.

Mein Blick schweifte in die Ferne, wurde angezogen vom Rauschen der Wellen, dem einzigen Geräusch, das die mittlerweile unerträglich lauten Stimmen übertönen konnte. Durch den dichten Nebel ging ich zum Strand hinunter.

Du hast ihn mir weggenommen.

Ich stand an der Wasserkante, die heranrollenden Wellen zogen mich in ihren Bann. Sie bäumten sich auf, überschlugen sich und stürzten mit schwindelerregender Wucht in sich zusammen. Sie spülten den Sand unter meinen Füßen weg, so dass ich immer tiefer im unbeständigen Grund versank. Das Wasser kräuselte sich verführerisch.

Glaub ja nicht, dass du ihm am Herzen liegst.

Tränen schossen mir in die Augen, fielen von meinen Wimpern und rannen über meine Wangen. Ich hatte keine Kraft mehr zu kämpfen. Keine Kraft, den Kummer zu ertragen. Die Schuldgefühle würden mich niemals loslassen, und trotz all meiner Reue konnte ich meine Fehler nicht rückgängig machen. Ich wollte dieses Leben nicht. Zu oft hatte ich gehört, dass ich nie hätte geboren werden dürfen, und nun wünschte ich mir selbst, es wäre so.

Wenn du doch nie geboren worden wärst.

Ich setzte mich in Bewegung und ging auf den grauen Horizont zu, der mit dem dunklen Wasser zu verschmelzen schien. Die Tränen strömten mir übers Gesicht, mein Kinn zitterte. Die heranrollenden Wellen schubsten mich zum Ufer zurück, aber ich kämpfte mich vorwärts, tauchte unter ihnen hindurch und ließ die Kälte des Wassers tief unter meine Haut dringen, in die Knochen hinein, bis ich nichts mehr spürte.

Ist dir nicht klar, wie sehr du mich verletzt?

Ich schwamm über die Brandung hinweg, dorthin, wo das Wasser ruhiger war und mich sanft auf und ab wiegte. Ich drehte mich auf den Rücken, streckte die Arme weit von mir und ließ mich über die schaukelnde Wasseroberfläche treiben. Alles wurde still, ich hörte nur noch meinen Atem und unterwarf mich der Stille. Durch meine Fingerspitzen sickerte der Schmerz ins Wasser, trug die Stimmen mit sich fort, bis ich völlig leer war und nur noch eines übrig blieb … ich. Ein letztes Mal atmete ich ein, akzeptierte das Schicksal, das mich am Ende doch eingeholt hatte, und verschwand.

Zusammengekauert ließ ich mich unter die Oberfläche sinken und schloss die Augen; Wasser füllte meine Ohren und intensivierte die Stille.

Ich musste nichts weiter tun als aufgeben.

Gib auf.

Die Worte hallten in meinen Kopf wider, sie flehten mich an.

Atme, Emma. Gib einfach auf und … atme.

Meine Lungen verlangten nach der Luft, die es so dicht über mir gab, in unmittelbarer Reichweite. Mein Herz kämpfte um jeden Schlag. Es wollte sich nicht der Ruhe hingeben, die ich unter der Wasseroberfläche zu finden hoffte. Verzweifelt und mit unregelmäßigen Schlägen hämmerte es in meiner Brust. In der Stille um mich herum hörte ich seine Worte so deutlich, als würde er sie mir direkt ins Ohr flüstern.

Das Leben kann so schön sein, Emma. Und du bist so viel stärker, als du glaubst.

Und da wusste ich: Es war mir unmöglich, aufzugeben.

Nur einen einzigen Atemzug entfernt erwartete mich Frieden. Aber ich konnte nicht aufgeben. So war ich einfach nicht. Vielleicht war es nicht das Leben, das mir bestimmt gewesen war. Vielleicht hätte ich nie geboren werden dürfen. Aber solange ich existierte, würde ich um jeden Atemzug kämpfen, der mich am Leben erhielt.

Ich streckte mich, stieß mich kräftig vom Grund ab und brach mit einem herzzerreißenden Schrei an die Oberfläche. Das Wasser schlug gegen meinen Hals und spritzte mir ins Gesicht, während ich keuchend und schluchzend meinen Kummer übers Meer hinausbrüllte.

Ich zwang mich, aufs Ufer zuzuschwimmen, durchstieß mit den Armen die Oberfläche und trat kräftig aus, bis meine Füße schließlich den Boden berührten.

Im Laufschritt durchquerte ich das flache Wasser, bewegte mich immer schneller, bis ich das Ufer erreichte. Und dann fing ich an zu rennen. Stück für Stück ließ ich Teile meiner Vergangenheit, Teile meiner selbst, von mir abfallen. Ich streifte das kleine Mädchen ab, das sich jede Nacht davor fürchtete, in welchem Gemütszustand seine Mutter nach Hause kommen würde. Ich befreite mich von der Gewissheit, dass man mich müheloser lieben könnte, wenn ich nur perfekt wäre. Ich zertrat die Selbstzweifel, die mir das Gefühl gaben, nie gut genug zu sein. Und ich zerschlug die Schuld, die mich glauben ließ, dass ich den Menschen, die ich liebte, nichts als Kummer bescherte, weshalb ich letztlich nicht geliebt werden konnte.

Meine Beine trugen mich fort von diesem Mädchen. Ich sehnte mich so verzweifelt danach, es hinter mir zu lassen. Ich steigerte mein Tempo noch mehr, und die Tränen flossen zusammen mit dem Wasser und dem Schweiß an mir herunter. Ich weinte um das kleine Mädchen, das seinen Vater verloren und nie eine Mutter gehabt hatte. Ich weinte um das Mädchen, das nur akzeptiert werden wollte, selbst aber nie genügte. Ich weinte um das Mädchen, das durch die Hand einer hasserfüllten Frau unaussprechliche Schmerzen erlitten hatte. Ich weinte um das Mädchen, das es verdient hatte, geliebt zu werden, aber nie gelernt hatte, sich selbst zu lieben.

Irgendwann beruhigte sich mein Atem, und der Schmerz ließ

nach. Der Knoten in meiner Brust löste sich, Angst und Traurigkeit verflogen.

Mit jedem Schritt ließ ich einen Teil von mir zurück, ohne zu wissen, wer ich sein würde, wenn ich anhielt. Ich hatte Angst, es herauszufinden, also rannte ich weiter und immer weiter, obwohl meine Muskeln lautstark eine Pause verlangten. Ich lief über Sand und über Felsen, meine Lungen brannten, meine Sicht verschwamm. Mein Mund war ausgetrocknet, ich konnte kaum noch die Füße heben.

Ich musste anhalten. Als ich hochblickte, fiel mein Blick auf eine Gruppe von Surfern, die auf ihren Brettern auf dem Wasser trieben. Sie sollten mein Ziel sein. Wenn ich sie erreichte, konnte ich aufhören zu rennen – und einfach nur sein.

Mit letzter Kraft schleppte ich mich über meine selbstgesetzte Ziellinie und fiel auf die Knie. Ich zitterte am ganzen Körper, eine unglaubliche Hitze stieg von meiner Haut auf. Als ich mich setzen wollte, fiel ich flach auf den Rücken und starrte eine Weile regungslos in den strahlend blauen Himmel empor. Dann erschien auf einmal ein Gesicht über mir. Ich blinzelte, es fiel mir schwer, meinen Blick zu fokussieren.

»Emma?«, hörte ich das Mädchen fragen.

Angestrengt sah ich sie an, und endlich erkannte ich die blonden Haare und die großen braunen Augen. »Nika?«

»Was machst du hier? Wo bist du hergekommen?«, fragte sie und streckte mir die Hand entgegen, um mir aufzuhelfen.

Unfähig, mich zu rühren, starrte ich sie an. »Von Cole«, murmelte ich benommen.

»Hat sie Cole gesagt?«, fragte eine andere Stimme. »Das kann nicht sein – das ist verdammt weit weg.«

»Hier, trink das«, sagte ein anderes Mädchen, kniete sich neben mich und drückte mir eine kalte Flasche in die Hand.

Als das kühle Wasser meine Zunge berührte, stöhnte ich erleichtert auf. Mit zitternden Händen setzte ich die Flasche immer wieder an und nahm winzige Schlückchen – mehr bekam ich nicht herunter.

»Sollen wir dich zu Cole zurückfahren?«, erkundigte sich Nika.

Ich schüttelte nur stumm den Kopf.

»Wohin können wir dich dann bringen?«, fragte das brünette Mädchen neben mir.

»Zu Nate«, stieß ich heiser hervor und versuchte, mich zu orientieren, während die Welt um mich herum sich wild drehte.

Ich klopfte, aber niemand machte auf. Sofort überprüfte ich, ob die Tür verschlossen war, und als sie sich mühelos öffnen ließ, ging ich hinein. Irgendetwas stimmte nicht, davon war ich fest überzeugt. Schon seit letzter Nacht plagte mich dieses ungute Gefühl, und als Nate mir dann erzählt hatte, dass niemand an die Tür gegangen war, als er nach Emma hatte sehen wollen ...

Ich wünschte, er wäre einfach reingegangen.

Ich eilte von Raum zu Raum, konnte aber niemanden finden. Als ich das große Schlafzimmer betrat, zögerte ich. Coles Sachen waren verschwunden, nur die von Emma hingen noch im Kleiderschrank. Er war weg.

»Scheiße«, murmelte ich und ging ins Wohnzimmer zurück. Die Glastür zur Terrasse stand offen. Ich trat hinaus und ließ meinen Blick über die Decken und Handtücher schweifen, die am Strand ausgebreitet lagen. Als ich gerade die Treppe hinunterlaufen wollte, klingelte mein Handy.

»Evan, bist du schon zurück?«

»Ja, Nate. Ich bin bei Cole und suche Emma.« Ich schaute mich weiter am Strand nach ihr um.

»Sie ist hier bei uns«, sagte er. »Aber, hm ... sie ist ein bisschen dehydriert.«

Seine vorsichtige Formulierung ließ mich erschrocken innehalten.

»Was meinst du damit, sie ist ein bisschen dehydriert? Wo seid ihr? Und warum ist sie dehydriert?«

»Wir sind bei mir zu Hause. Nika hat sie ein ganzes Stück von hier entfernt am Strand gefunden und hergebracht«, erklärte er. »Dreh die Klimaanlage auf und sorg dafür, dass sie sich nicht hinlegt«, wies er irgendjemanden im Hintergrund an.

»Was hat sie, Nate?«, wollte ich wissen. Nervosität stieg in mir auf, und ich rannte los, das Handy immer noch am Ohr.

»Sie übergibt sich nicht«, meinte Nate, was mich nur noch mehr verwirrte. »Evan, sie ist einfach total dehydriert und überhitzt.«

»Du machst mir Angst«, sagte ich laut. »Ist sie okay? Muss sie ins Krankenhaus?«

»Ach du Scheiße, hast du ihre Füße gesehen?«, hörte ich TJ rufen.

»Was?!«, schrie ich jetzt panisch. »Was zum Teufel ist mit ihr los, Nate?! Muss sie ins Krankenhaus?«

»Er will wissen, ob wir sie ins Krankenhaus bringen sollen«, rief Nate vom Telefon weg.

»Nein, bloß kein Krankenhaus!« Die heftige Antwort kam von Emma.

»Sie will nicht ins Krankenhaus«, wiederholte Nate für mich.

»Ich hab es gehört«, seufzte ich, nicht wirklich überrascht. »Ich bin gleich da.«

Als ich Nates Haustür öffnete, sah ich Emma schon auf der Couch sitzen. Ihre Haut war rot und glänzte, ihre Haare klebten am Kopf. Vollkommen ausgepowert, hing sie in den Polstern.

»Hey«, begrüßte ich sie sanft und setzte mich neben sie.

Sie kniff die Augen zusammen. »Evan?«

»Ja, ich bin's.«

»Du warst weg.« Langsam drehte sie den Kopf und sah mich mit trüben Augen an.

»Ja, das stimmt.«

»Du warst weg«, wiederholte sie – ein heiseres, trauriges Flüstern.

»Aber ich bin zurück«, versicherte ich ihr. Ihre Reaktion beunruhigte mich. »Und ich hab dein Handy dabei.«

»Oh. Du bist hier, um mir mein Handy zurückzubringen.«

»Nein«, antwortete ich schnell. »Ich bin wegen dir hier … ich meine …« Ich biss die Zähne zusammen und verzog das Gesicht, weil mir die Wahrheit herausgerutscht war. Hoffentlich war sie zu weggetreten, um etwas davon mitzubekommen. »Ich war nur ein paar Tage weg, und jetzt bin ich wieder da. Okay?«

»Okay«, antwortete sie erschöpft, dann wiederholte sie mit dem Anflug eines Lächelns: »Du bist wieder da.«

Die Erleichterung in ihrer Stimme ließ auch mich lächeln. »Ja, ich bin bei dir«, raunte ich ihr zu und streichelte zärtlich ihre schweißnasse Wange.

»Im Kühlschrank ist noch was von diesem Elektrolytwasser«, sagte Nate zu TJ, der es sofort holen ging.

TJ reichte Emma die Flasche, aber ihre Hände zitterten zu sehr, um sie zu öffnen, also schraubte ich den Deckel für sie ab. Sie stützte den Kopf auf die Sofalehne und trank in kleinen, langsamen Schlucken.

Ich erhob mich, um mit Nate zu reden, der am Fußende der Couch stand. »Denkst du wirklich, sie erholt sich wieder?«, fragte ich leise und sah voller Sorge auf sie hinunter. Bevor er mir antworten konnte, schrie ich entsetzt auf: »Was zur Hölle?!«

Emmas Fußsohlen waren feuerrot und aufgeschürft, an ihrem Bein klebte Blut aus einer Wunde an der Ferse.

»Ich hab eine Freundin um Rat gefragt«, sagte Nate. »Sie trainiert mit mir und ist im letzten Jahr ihrer Schwesternausbildung. Ren holt gerade Wassereis und noch mehr Elektrolytgetränke. Ich weiß, dass du dir Sorgen machst, aber ich glaube, sie kommt wieder auf die Beine. Morgen hat sie wahrscheinlich einen ziemlich üblen Muskelkater, aber beim Marathon hab ich schon Schlimmeres gesehen.«

»Ich weiß nicht, ob mich das beruhigt, Nate«, meinte ich grimmig.

Emma saß auf einem Stuhl und lutschte an einem Wassereis. Sie hatte geduscht und trug jetzt verschiedene Männerklamotten – Nates T-Shirt, meine Shorts und TJs Kapuzenjacke. Der glasige Ausdruck in ihren Augen war verschwunden, und sie wirkte wacher.

»Lass mich deine Füße sehen«, bat ich sie. Ich hatte mir ein Handtuch auf den Schoß gelegt, das Verbandszeug stand neben mir auf dem Tisch.

Langsam hob Emma die Füße aus dem Wassereimer und legte sie vorsichtig auf meine Beine.

»Was für eine Geschmacksrichtung hast du?«, fragte TJ, der uns am Tisch gegenübersaß und ein gelbes Wassereis aß.

»Beere«, antwortete Emma. »Was hast du?«

»Ananas. Willst du mal lecken?«

»TJ!«, rief ich.

»Hey, ich wollte nur mit ihr teilen«, verteidigte er sich mit Unschuldsmiene, und Emma musste lachen. Der schönste Klang der Welt. Ich wünschte, ich würde ihn öfter hören.

Als ich gerade anfangen wollte, die Wunden an ihren Füßen zu säubern und zu verbinden, klingelte mein Handy. Saras Name erschien auf dem Display, und ich verzog schuldbewusst das Gesicht – ich hatte ganz vergessen, ihr Bescheid zu sagen.

»Hey, Sara«, meldete ich mich zaghaft.

»Da hat wohl jemand ein schlechtes Gewissen. Vielen Dank auch fürs Anrufen, Evan ...«, fuhr sie mich an, und ich fühlte mich noch mieser. »Hast du Emma gesehen?«

»Ja, sie ist hier. Moment, ich geb sie dir.«

Ich reichte Emma mein Handy und tauchte den Verbandsmull in Alkohol.

»Hi«, sagte ich. »Autsch! Evan, das tut höllisch weh!« Ich zog meinen Fuß mit einem Ruck weg.

»Emma? Was zum Henker macht er da?«, wollte Sara am anderen Ende der Leitung wissen.

»Ich muss das säubern«, erwiderte Evan und umfasste meinen Knöchel. »Ich bin ganz vorsichtig, versprochen.«

Als er anfing, die offenen Schürfwunden zu betupfen, schrie ich auf und entzog ihm meinen Fuß erneut. »Das fühlt sich an, als würdest du meine Haut mit Schmirgelpapier und Säure bearbeiten.«

»Emma!« Sara kämpfte um meine Aufmerksamkeit.

»Da musst du durch, wenn du barfuß einen Marathon läufst«, entgegnete Evan. »Gib mir deinen Fuß.«

»Warte wenigstens, bis ich fertig telefoniert habe«, bat ich ihn und streckte mein Bein wieder auf dem Handtuch aus.

»Na gut.« Er legte sein Folterinstrument auf dem Tisch ab.

»Sorry. Jetzt bin ich wieder da«, sagte ich ins Telefon.

»Erklärst du mir endlich, was bei euch los ist?«, fragte Sara völlig frustriert.

Ich senkte den Blick und zupfte an meinem Pulloverärmel herum. »Du warst weg. Evan war weg. Cole war weg. Also … bin ich laufen gegangen. Ich bin sehr weit gelaufen, und jetzt muss ich dafür büßen.« Aus dem Augenwinkel sah ich, wie Evan sich mir zuwandte.

»Cole ist weg?«, wiederholte Sara. »Oh, wow. Und du wusstest nicht, dass Evan für ein paar Tage nach San Francisco fährt?«

»Nein«, murmelte ich und vermied es, Evan anzusehen, der geduldig darauf wartete, mich weiter zu foltern.

»Tut mir echt leid, Emma. Ich hätte dich mitnehmen sollen. Ich wusste, dass du mitkommen wolltest, aber ich dachte, noch eine Beerdigung ist das Letzte, was du brauchst. Die sind echt ätzend. Aber ich wünschte wirklich, du wärst hier. Meine Familie ist völlig übergeschnappt.« Saras entnervtes Stöhnen brachte mich zum Lachen. »Geht's dir wirklich gut? Hört sich an, als hättest du einen wahnsinnigen Lauf hinter dir.«

»Ja, er hat mein Leben verändert.«

»Hm … okay«, sagte sie, hörbar verwirrt. »Dann müssen wir uns für den nächsten Monat wohl eine andere Bleibe suchen, was?«

»Das wäre wohl das Beste, ja«, stimmte ich zu. »Nate kennt eine Maklerin, mit der treffen wir uns morgen und sehen uns ein paar Häuser an.«

»Super. Sag mir Bescheid, wie es läuft. Evan kommt mit, richtig?«

»Ja, das ist der Plan.«

»Kann er vielleicht bei dir wohnen, bis ich zurückkomme? Es würde mich echt beruhigen, wenn ich weiß, dass du nicht alleine bist.«

Ich lächelte. Ihre Fürsorge rührte mich. »Von mir aus gern, aber du musst ihn fragen, ob er auch damit einverstanden ist.« Evan sah von den Jungs, mit denen er sich unterhielt, zu mir – offensichtlich hatte er zugehört.

»Lass mich kurz mit ihm reden. Wir sehen uns am Donnerstag. Und lade dein verdammtes Handy auf!«

»Okay.« Mit einem leisen Lachen reichte ich Evan sein Telefon zurück.

Emma beobachtete mich aufmerksam, als ich das Handy an mein Ohr drückte. »Ja?«

»Kannst du bitte bei ihr bleiben, bis ich zurückkomme?«, fragte Sara. Ich begegnete Emmas Blick.

»Ja, klar, kein Problem«, antwortete ich, und unwillkürlich wurde Emmas sonnenverbranntes Gesicht noch eine Spur röter.

»Evan, ich hab keine Ahnung, was passiert ist, aber gut war es bestimmt nicht«, fuhr Sara fort.

»Das sehe ich genauso«, meinte ich und blickte Emma weiter direkt in die Augen. »Aber mach dir keine Sorgen. Wir finden morgen eine Bleibe, und ich gehe nirgendwohin, bis ihr mich rauswerft.«

»Getrennte Schlafzimmer!«, ermahnte mich Sara, und ich lachte.

»Bis Donnerstag, Sara«, verabschiedete ich mich und steckte mein

Handy zurück in meine Tasche. Emma beobachtete mich immer noch. »Bereit?«, erkundigte ich mich.

Ein banger Ausdruck erschien auf ihrem Gesicht.

»Hier, Emma, du kannst meine Hand drücken«, bot Brent an.

Sie umfasste seine große Hand mit ihrer kleinen, und er grinste.

»Du kannst ihm auch einfach in den Bauch boxen, wenn es zu weh tut«, grummelte ich, womit ich mir einen bösen Blick von Brent einhandelte. Emma lachte leise.

Ich machte mich wieder daran, den Sand zu entfernen, der sich in ihre Ferse gegraben hatte.

»Ahh«, ächzte Brent, als sie seine Hand zusammendrückte. Ich kicherte schadenfroh.

»Emma, du bleibst heute Nacht hier, oder?«, erkundigte sich TJ, der die Eisstücke mampfte, die eigentlich für Emma gedacht waren.

Sie sah mich fragend an. »Wenn das okay ist …«

Bevor ich antworten konnte, platzte Brent heraus: »Klar ist das okay!«

»Wir könnten am Strand schlafen«, meldete sich Ren zu Wort. »Wir machen ein Feuer, und ich nehme meine Gitarre mit.«

Ich wollte gerade protestieren – was, wenn Emma sich auf dem Weg hinunter noch schlimmer verletzte oder Sand in ihre Wunde bekam? –, da sagte sie mit einem strahlenden Lächeln: »O ja, ich hab noch nie am Strand geschlafen.«

Ich hielt abrupt inne. Dieses Lächeln würde ich ihr ganz bestimmt nicht nehmen. Und außerdem würde ich mir keine Gelegenheit entgehen lassen, etwas Neues mit Emma zu erleben.

28

eiNen grund finDen

Wenn du sie fallen lässt, bring ich dich um«, sagte Evan warnend, als Brent mich auf dem Rücken die Treppe hinuntertrug. Die Drohung brachte mich zum Lachen. Die Zankerei der beiden wegen mir war ziemlich unterhaltsam.

Brent war harmlos, das wusste Evan genau. Aber trotzdem brachten ihn die scherzhaften Flirtversuche seines Kumpels immer wieder auf die Palme. Ich fand sie nur lustig.

Meine Füße waren in einen kilometerlangen Verband gewickelt, und weil Evan das nicht reichte, hatte ich zum Schutz zusätzlich noch ein Paar von Brents kniehohen Baumwollstrümpfen angezogen. Ich sah total albern aus, aber das war mir egal. Dieser Tag hatte mir sowohl emotional als auch körperlich alles abverlangt. Mir wurde flau im Magen, wenn ich daran dachte, wie dicht davor ich gewesen war, mich endgültig aus dem Leben zu verabschieden.

Ich hatte mich meinen Dämonen gestellt und ein Leben hinter mir gelassen, auf das ich am liebsten nie mehr zurückblicken wollte. Ich fürchtete zwar, dass es mich irgendwann wieder einholen würde, aber jetzt war ich hier.

»Emma, alles in Ordnung?«, fragte Evan, der neben uns am Strand entlangging, und ich wandte meine Aufmerksamkeit wieder ihm zu. Prüfend blickte er mich mit seinen graublauen Augen an.

»Äh, ja«, sagte ich und versuchte, ruhig zu klingen. »Ich bin nur müde.«

Brent trug mich zu einer Stelle am Strand, die windgeschützt am Hang lag. Evan ließ den Stapel Holz und die beiden Schlafsäcke, die er mitgebracht hatte, in den Sand fallen. Nate stellte die Kühlbox ab und half Ren und TJ, die Schlafsäcke an der Feuerstelle auszurollen, die Evan gerade aushob.

Brent kniete sich in den Sand und setzte mich vorsichtig auf einem der Schlafsäcke ab. Durch den Sonnenbrand, den ich mir bei meinem Marathon zugezogen hatte, war ich besonders kälteempfindlich und versteckte meine Beine gleich in dem warmen Futter.

Ren stimmte seine Gitarre, während Evan Feuer machte. TJ teilte Bier an seine Kumpels aus und bot mir eine Flasche Limonade an, die ich dankend annahm. Für heute hatte ich mehr als genug Wasser getrunken.

TJ winkte auf der anderen Seite des Feuers mit einem Flachmann. »Hey, Emma, wie wär's mit einem Schuss in deiner Limo?«

»Nein danke, TJ«, lehnte ich lachend ab. »Ich hab dem Wodka abgeschworen.«

»Ich kann keinen Jim Beam mehr trinken«, sagte TJ und schüttelte sich. »Wow, das war eine schlimme Nacht.«

Brent, der es sich auf dem Schlafsack zu meinen Füßen bequem gemacht hatte, lachte bei der Erinnerung. »Du bist mit dem Gesicht im Sand aufgewacht – splitterfasernackt.«

»Ja, genau. Und ich habe keinen blassen Schimmer, wie das passiert ist.«

»Ich schon«, schaltete sich jetzt auch Ren in das Gespräch ein. »Wir haben uns über diesen Typen unterhalten, der gerne nackt surfen geht, und du hast spontan beschlossen, das auch mal auszuprobieren. Ist aber nicht so gut gelaufen.«

»Hab ich auf ganzer Linie versagt?«, erkundigte sich TJ, als ginge es hier nicht um ihn.

»Du hast es nicht mal ins Wasser geschafft!«, rief Ren und prustete los. »Nachdem du deine Shorts ausgezogen hattest, bist du kopfüber in den Sand geplumpst und sofort weggepennt.«

TJ brach in gackerndes Gelächter aus. »Ich fasse es nicht, dass ich das echt gemacht habe. Das ist ja großartig!«

Ich sah Evan an, der lächelnd den Kopf schüttelte. Er begegnete meinem Blick, und jetzt galt sein Lächeln – dieses umwerfende Lächeln, das mein Herz jedes Mal höher schlagen ließ – ganz allein mir.

Hastig wandte ich die Augen ab und starrte ins Feuer. Ich strich mit dem Handrücken über meine Wangen, die sich so heiß anfühlten, als würden sie auch in Flammen stehen.

»Dieser Nacktsurfer war ein komischer Vogel«, erinnerte sich Ren.

»Das kannst du laut sagen«, pflichtete Nate ihm bei.

»Surfst du eigentlich, Emma?«, fragte TJ.

Ich wollte vorschlagen, es ihr beizubringen, aber sie antwortete: »Ja. Ich bin bestimmt nicht halb so gut wie ihr, aber ein bisschen was kann ich schon. Allerdings hab ich kein eigenes Brett.«

Fassungslos starrte ich sie an. »Du surfst?«

Sie lächelte verlegen und zuckte die Achseln.

»Ich glaube, du hast Evan gerade zum glücklichsten Mann der Welt gemacht«, meinte Ren, und Emmas Lächeln wurde breiter.

»Keins unserer Mädchen ist je gesurft«, erklärte Brent. Seine Wortwahl machte mich stutzig, was man mir wohl ansah, denn er fügte schnell hinzu: »Hey, du weißt, was ich meine.«

»Das liegt daran, dass die Mädchen, hinter denen du her bist, eine zu große Oberweite und nichts im Kopf haben«, meinte Nate.

Ich lachte. »Wann hattest du überhaupt zum letzten Mal eine Verabredung? Einen Rücken mit Sonnenlotion einzucremen zählt nicht.«

»Ich ... treffe mich mit Mädchen«, verteidigte Brent sich schwach.

»Nein, Mann, tust du nicht«, erwiderte TJ lachend. »Du denkst immer, du hast's voll drauf, aber dann wird doch wieder nichts draus. Lass es mich mal so ausdrücken – mit wem bist du nach der Poolparty letztes Wochenende im Bett gelandet?«

Ich spähte zu Emma hinüber, die der Diskussion mit ihrem wundervollen Lächeln folgte. Ihre Augen tanzten zwischen den Jungs hin und her, sie wirkte viel munterer und fröhlicher als noch heute früh. Ich hätte alles dafür geben, damit dieses Lächeln nie verblasste.

Ich lag auf meinem Kissen, den Schlafsack bis an mein Kinn hochgezogen, und lauschte den Geschichten der Jungs. Die meisten endeten damit, dass einer von ihnen versuchte, sich für irgendeine peinliche Aktion zu rechtfertigen. Ich konnte verstehen, warum Evan sie so gerne um sich hatte – ihre lockere Art erinnerte mich an meine Mädels.

Irgendwann verstummten die Gespräche, Ren spielte Gitarre und sang dazu einen entspannten Reggae-Song, der perfekt zum Hintergrund der rauschenden Wellen passte.

»Evan, du hättest deine Kamera mitbringen sollen«, bemerkte TJ plötzlich. »Mann, ich hab dich nicht mehr damit gesehen, seit du auf deine Elite-Uni gehst. Davor warst du nie ohne sie unterwegs.«

»Ich, äh …« Evan stockte. Ich drehte den Kopf, um ihn anzusehen. »Ich weiß nicht, wo sie ist. In letzter Zeit hatte ich irgendwie nie einen Grund, Fotos zu machen.«

Mein Herz krampfte sich zusammen.

»Vielleicht solltest du wieder einen Grund finden«, murmelte ich.

Niemand außer mir hatte sie gehört, und ich vermutete, dass ihre leise Bemerkung auch nicht für meine Ohren bestimmt gewesen war. Ein Lächeln breitete sich auf meinem Gesicht aus, als sie sich in ihren Schlafsack kuschelte und gedankenverloren ins Feuer starrte. Ihr Anblick erinnerte mich an das erste Bild, das ich von ihr gemacht hatte. Vielleicht hatte ich bereits einen Grund gefunden.

Ich sah zu, wie sie langsam einschlief, während Ren sang und TJ nach einer Weile mit einstimmte. Auf der anderen Seite des Feuers hob Nate die Augenbrauen, als hätte er meine Gedanken gelesen.

»Sei vorsichtig«, sagte er leise. »Okay?«

Nate passte auf mich auf, das wusste ich. Er hatte als Einziger wirklich mitbekommen, wie sehr Emmas Flucht mir zugesetzt hatte, und ich glaubte ihm, wenn er sagte, er würde sogar unsere Freundschaft riskieren, um zu verhindern, dass so etwas noch einmal passierte. Allerdings hoffte ich sehr, dazu würde es nie kommen.

Das Feuer brannte herunter, und zurück blieben nur die glühenden Kohlen im Sand. Einer nach dem anderen dösten wir ein. Ich legte mich so, dass ich Emma beim Schlafen zusehen konnte, bis ich schließlich selbst von Müdigkeit übermannt wurde.

Mit einem Ruck fuhr ich hoch und schaute mich verwirrt um – wo war ich? Im Sand um mich herum schnarchten die Jungs – bis auf Ren, der keinen Laut von sich gab. Sie schliefen fest in ihre Schlafsäcke eingekuschelt. Es dauerte einen Moment, aber schließlich schüttelte ich die Panik ab, die mich fast jeden Morgen aus dem Schlaf riss. Dann merkte ich, dass Emma verschwunden war. Sofort kam die Panik zurück, ich sprang auf und suchte mit den Augen den Strand ab.

Meine Schultern lockerten sich, als ich sie, eingehüllt in ihren Schlafsack, ein Stück näher am Wasser sitzen sah. »Ich muss echt aufhören, immer gleich das Schlimmste zu befürchten«, murmelte ich vor mich hin.

Durch den Nebel ging ich auf sie zu, bis ich direkt neben ihr stand und denselben Ausblick auf den morgendlichen Ozean hatte.

»Ich bin immer noch nicht davon überzeugt, dass du kein Morgenmensch bist«, sagte ich, und sie zuckte zusammen. »Entschuldige.« Die vertraute Reaktion ließ mich lächeln. Ich hatte wirklich ein Händchen dafür, sie gerade dann anzusprechen, wenn sie mit ihren Gedanken weit weg war.

»Du schleichst dich anscheinend gerne an mich ran«, beschwerte sie sich. »Man sieht es deutlich an dem dummen Grinsen in deinem Gesicht.«

Ich grinste breiter, setzte mich neben sie in den Sand und stützte die Ellbogen auf die Knie.

Die kühle Luft pfiff mir um die Ohren, und ich fröstelte. Emma bemerkte es sofort und streckte mir ein Stück von ihrem Schlafsack hin. »Danke«, sagte ich, zog den Zipfel um meine Schulter und versuchte, nicht an die Hitze zu denken, die ihr Körper ausstrahlte.

Einen Moment lang saßen wir schweigend nebeneinander und blickten aufs Meer hinaus, aber schließlich musste ich ihr eine der tausend Fragen stellen, die mir durch den Kopf gingen. »Was ist gestern passiert?«

Ich hatte schon geahnt, dass er mich irgendetwas fragen würde, aber ich hatte gehofft, er würde nicht ausgerechnet *damit* anfangen.

»Ich musste den Kopf freikriegen«, erklärte ich ausweichend.

»Wovor bist du weggelaufen, Emma?«, wollte er wissen – natürlich hatte er mich durchschaut.

»Vor mir selbst«, antwortete ich wahrheitsgemäß und mied seinen Blick. Er wartete geduldig darauf, dass ich weiterredete. »Ich will die Vergangenheit nicht länger mein Leben bestimmen lassen. Ich will nicht, dass meine schlechten Erfahrungen und falschen Entscheidungen mich davon abhalten, ein besserer Mensch zu werden. Denn ich will besser werden.«

Evan sagte kein Wort, aber mein Herz schlug schneller, als seine warme Hand im kühlen Sand sanft über meine strich. Die einfache Geste trieb mir Tränen in die Augen, und ich lehnte den Kopf an seine Schulter.

»Und, hast du die Vergangenheit hinter dir gelassen, Emma? Bist du schnell genug gelaufen?«, fragte er leise.

»Ich weiß es nicht.« Ich zögerte einen Moment lang. »Aber ich will nicht zurückblicken, um es herauszufinden. Ich gehe lieber weiter in die Zukunft und bin dankbar, dass ich noch eine Zukunft habe.«

Evan drückte zärtlich meine Hand.

»Mann!«, schrie Nate in diesem Moment, und wir drehten uns beide ruckartig um. »Ich kann dich sehen! Wenn du pissen musst, dann geh weit genug weg! Ich will nicht, dass du mir deinen nackten Arsch präsentierst!«

Mir blieb der Mund offen stehen. Doch so lustig ich das Ganze auch fand, ich wandte mich trotzdem schnell wieder ab. Ich wollte den Übeltäter auf gar keinen Fall selbst zu Gesicht bekommen.

»Sorry«, sagte Evan kopfschüttelnd.

»Schon okay«, versicherte ich ihm mit einem leisen Lachen. »Ist doch lustig.«

»Evan!«, rief Brent hinter uns. »Ich bin am Verhungern!«

Vorsichtig stellte ich mich auf meine wunden Füße, und sofort meldeten sich meine schmerzenden Muskeln. Evan nahm mir den Schlafsack ab und faltete ihn großzügig über dem Arm zusammen.

»Bist du das nicht immer?«, rief er zurück, dann sah er mich an und fragte: »Hast du auch Hunger?« Ich nickte. »Brauchst du Hilfe beim Laufen?«

»Nein, danke«, sagte ich und ging entschlossen auf unser provisorisches Lager zu. Als ich einen Blick zur Treppe hinüberwarf, kamen mir jedoch Zweifel. Würde ich es wirklich schaffen, da hinaufzukommen? Evan bemerkte mein Zögern und wollte gerade etwas sagen, als Brent meinte: »Wow, Emma, du siehst morgens ja noch umwerfender aus als sonst.«

»Also echt, Brent«, gab Evan genervt zurück.

Brent lachte; er wusste genau, was er tat. Blitzschnell bückte sich Evan und zog mit einem Ruck den Schlafsack unter ihm weg, so dass Brent im Sand landete. Nate lachte mit rauer Morgenstimme, Brent sprang auf und ging in Angriffsposition, die Knie gebeugt, die Arme ausgebreitet. Ich rechnete fest damit, dass er sich auf Evan stürzen würde.

Evan hob warnend die Augenbrauen. »Hast du dir das gut überlegt? Trau dich nur, aber dann kriegst du nichts zu essen.« Brent verharrte einen Moment lang in seiner gebückten Stellung und dachte nach, bevor er endlich kapitulierte und sich zögernd wieder aufrichtete.

»Na gut, dann mach ich eben das hier!«, rief er mit einem schelmischen Grinsen, lief hinter mich und holte mich mit einer blitzschnellen Bewegung von den Füßen. Ich schrie auf, landete hilflos in seinen Armen, und er rannte mit mir zur Treppe, wobei er sich immer wieder umschaute, ob Evan die Verfolgung aufnahm. Aber der verdrehte nur die Augen und sammelte die Schlafsäcke zusammen.

Auf der Treppe sah Brent mich mit einem strahlenden Lächeln an. »Guten Morgen, Emma.«

»Guten Morgen, Brent«, antwortete ich lachend. »Willst du mich den ganzen Weg zum Haus tragen?«

»Solange es Evan ärgert, ja – auf jeden Fall.« Wieder grinste er verschmitzt. »Außerdem hab ich dich wahrscheinlich nie wieder so nah bei mir.«

»Er versucht nur, dich zu provozieren«, meinte Nate.

»Ich weiß«, erwiderte ich und schaute mürrisch zu, wie Brent mit Emma im Arm zum Haus hinauflief.

Ren stöhnte im Schlaf und rollte sich auf die andere Seite – er schien völlig unempfänglich für den Tumult um ihn herum. TJ packte die Kühlbox und schlurfte damit die Treppe hoch.

»Machst du Waffeln, Evan?«, brummte er verschlafen, als ich zu ihm aufschloss.

»Ja, TJ, ich mache Waffeln«, antwortete ich und musste grinsen.

Wieder hörte ich Emma über etwas lachen, das Brent gesagt hatte. Ich dachte daran, wie sie sich mir am Strand für diesen einen Moment geöffnet hatte. Vor zwei Jahren wäre das undenkbar gewesen. Trotzdem verwirrte mich ihre kryptische Antwort. Aber sie gab sich Mühe, und das fühlte sich goldrichtig an.

»Haben Sie auch Häuser am Strand, mit mindestens drei Schlafzimmern?«, fragte Emma bei unserer zweiten Hausbesichtigung und beäugte mit grimmigem Gesicht das winzige Cottage, das an einer Seitenstraße etwa eine Meile vom Meer entfernt lag.

Die Maklerin warf einen abschätzigen Blick auf Emmas Füße, die in dicken weißen Socken und Sandalen steckten. Doch Emma ließ sich davon nicht beirren, sondern wartete geduldig auf eine Antwort.

»Nun, ja, das habe ich«, antwortete die Maklerin langsam und strich ihr blaues Leinenkleid glatt, »aber ich fürchte, das überschreitet Ihre finanziellen Mittel.«

»Meinen Sie?«, erwiderte Emma amüsiert. »Ich würde es trotzdem gerne sehen.« Ihre Beharrlichkeit überraschte mich.

»Na schön.« Die Maklerin seufzte, klappte ihren Ordner zu, und wir verließen das Haus.

»Was war das denn?«, erkundigte ich mich, als wir in Nates Pick-up stiegen.

»Was meinst du?«, gab sie zurück, obwohl sie genau wusste, wovon ich redete. »Ich möchte gern am Meer wohnen.« Ich lachte, und wir folgten dem goldenen Mercedes die Straße hinunter.

Schließlich hielten wir vor einem riesigen weißen Haus, allein die Größe war überwältigend. Ich wandte mich zu Emma um, und sie schmunzelte.

Ich wusste, dass die Maklerin mich in meine Schranken weisen wollte, indem sie uns dieses Haus zeigte. Aber ehrlich gesagt interessierte es mich nicht im Geringsten, wie groß es war.

Mit klackernden Absätzen stolzierte sie in ihrem hautengen Kleid vor uns die Auffahrt hinauf. Als sie die Tür aufschloss und uns hereinließ, warf sie mir einen geradezu hämischen Blick zu.

Als Erstes fiel mein Blick auf die Wand aus Glas, die aufs Meer hinausging, mehr brauchte ich nicht. »Sehr schön. Das nehmen wir.«

»Aber Sie haben das Haus doch noch gar nicht von innen gesehen«, erwiderte die Maklerin verblüfft.

»Wie viele Schlafzimmer?«, erkundigte ich mich.

»Drei.«

»Perfekt«, meinte ich und machte ein paar weitere Schritte ins Zimmer, ohne die Augen von dem hinreißenden Ausblick abzuwenden. »Wir brauchen es für einen Monat. Ich zahle die Kaution mit Kreditkarte, damit wir gleich einziehen können, der Rest wird Ihnen dann morgen überwiesen. Ein Herr namens Charles Stanley wird sich bei Ihnen melden. Er wird dafür sorgen, dass alles reibungslos vonstattengeht.«

Als ich mich umdrehte, sah ich, dass sowohl die Maklerin als auch Evan mich anstarrten, als hätte ich gerade ein Gedicht auf Gälisch rezitiert.

»Was ist?«, fragte ich und sah zwischen ihren verdutzten Gesichtern hin und her.

»Also gut«, erwiderte die Maklerin unwirsch und nahm die Karte, die ich ihr entgegenstreckte. »Ich lasse Ihnen alle nötigen Unterlagen zukommen, sobald ich mit diesem ... Charles Stanley gesprochen habe. Ich melde mich.«

»Danke«, sagte ich lächelnd und humpelte an ihr vorbei zurück zum Pick-up.

»Charles Stanley?«, fragte Evan, immer noch sichtlich verwirrt. »Und du weißt nicht mal, wie viel es kostet. Emma, was war das gerade?«

»Mir gefällt die Aussicht«, meinte ich schlicht und schnallte mich an.

»Emma«, sagte ich in eindringlichem Ton, und ihr Grinsen verblasste. Zögernd wandte sie sich mir zu. »Was verschweigst du mir?«, fragte ich.

Sie spielte nervös mit den Fingern, bevor sie antwortete: »Ich habe einen Treuhandfonds.«

Überrascht blinzelte ich sie an.

»Einen Treuhandfonds mit ziemlich viel Geld«, fuhr sie leise fort. »Mein Vater hat ihn für mich angelegt, als ich noch klein war, und Charles hat mich darüber informiert, kurz bevor ich achtzehn geworden bin. Er hilft mir bei meinen finanziellen Bedürfnissen, egal, ob es um die Schule, ein Auto oder was auch immer geht.« Sie hielt den Blick gesenkt, bis sie geendet hatte. Erst dann schaute sie zaghaft zu mir auf, als hätte sie Angst vor meiner Reaktion.

»Okay«, sagte ich gedehnt, während ich das alles zu verarbeiten versuchte. »Dann haben wir jetzt wohl ein Haus.« Ich wusste nicht, was ich sonst sagen sollte. Vielleicht war ich noch zu schockiert, aber es spielte für mich auch nicht wirklich eine Rolle, wie viel Geld sie hatte. Ihr plötzlicher Reichtum war ihr anscheinend nicht zu Kopf gestiegen, das hätte ich garantiert bemerkt. Zugegeben, sie hatte ziemlich ungehalten auf die Überheblichkeit der Maklerin reagiert, aber die hatte es auch nicht anders verdient. Und die Größe des Hauses war für Emma ganz offensichtlich zweitrangig. Der Ausblick aufs Meer war alles, was sie hatte sehen müssen, um eine Entscheidung zu treffen. »Holen wir unsere Sachen.« Ich ließ den Motor an, und wir fuhren zurück zu Nates Haus.

Ich rechnete fest damit, dass er wütend werden würde, weil ich ihm nichts von meinem Treuhandfonds und Charles Stanleys Besuch erzählt hatte. Aber er reagierte sehr verhalten. Ihn irritierte es eher, dass ich mich so hastig entschieden hatte, ohne wirklich etwas über das Haus zu wissen.

Evan reagierte nie so, wie ich es erwartete, das hatte ich schon immer anziehend gefunden. Und daran hatte sich nichts geändert.

29

NiCht wisseN

Ich strich über den glatten Marmor und ließ mir das Sonnenlicht, das durch das kleine Fenster über dem Jacuzzi hereinfiel, ins Gesicht scheinen.

»Schönes Haus«, sagte Evan von der Tür her, und ich wirbelte blitzschnell zu ihm herum.

»Das Bad ist echt unfassbar groß«, meinte ich und hörte das Echo meiner Stimme in dem riesigen Zimmer. Man hätte es ohne Übertreibung als luxuriösen Wellness-Bereich bezeichnen können. Es gab sogar einen Flachbildfernseher, eingebaut in den langen Spiegel über dem Doppelwaschbecken.

»Du staunst noch über das Bad? Hast du das große Schlafzimmer schon gesehen? Es hat einen offenen Kamin und eine eigene Terrasse.«

»Echt?« Ich folgte Evan durch das Hauptschlafzimmer, vorbei an dem großen Doppelbett, das mit einem Berg von Kissen ausstaffiert war, und durch die Glastür, an der ein hauchdünner Spitzenvorhang hing.

»Wow«, stieß ich atemlos hervor, als ich die Terrasse sah. An dem Zaun, der sie umgab, rankten sich rosafarbene Blumen empor, zwei Stühle und ein Tisch aus Teakholz standen vor einer kleinen Feuerstelle, und daneben befand sich tatsächlich eine Außendusche. »Wozu braucht man denn eine Dusche auf der Terrasse?«

»Um den Sand abzuspülen, wenn man am Meer war«, erklärte Evan und öffnete eine Art breite Tür in dem hohen Zaun, durch die wir auf die Hauptterrasse gelangten. Von dort führte eine Treppe hinunter zum Strand.

»Dieses Haus ist der Wahnsinn«, meinte ich mit einem ungläubigen Kopfschütteln.

»Du hast es ausgesucht.« Evan grinste bis über beide Ohren.

»Der Ausblick hat mir gefallen.«

»Und du hast noch sehr viel mehr bekommen.« Lachend ging Evan ins Haus zurück, und ich folgte ihm in das riesige Wohnzimmer mit der Kathedralendecke. »Ich gehe einkaufen. Du kannst dich solange nach draußen setzen und ein bisschen frische Luft an deine Füße lassen. Ich glaube, ich habe da eine Hängematte entdeckt.«

»Das klingt perfekt.«

»Soll ich dir irgendwas Besonderes mitbringen?«, erkundigte er sich und nahm sich seinen Autoschlüssel vom Tisch hinter der dick gepolsterten dunkelblauen Couch.

»Eiscreme?«

»Okay, das kriege ich hin«, meinte er mit einem Lächeln.

Ich sah ihm nach und versuchte, nicht daran zu denken, dass ich die nächsten vierundzwanzig Stunden bis zu Saras Rückkehr mit ihm allein sein würde. Bei der Vorstellung bekam ich unweigerlich Panik, aber gleichzeitig flatterte mein Herz vor Aufregung. Schließlich beschloss ich, mich mit einem Buch abzulenken.

Ich durchforstete das große Wandregal, in dem alle möglichen Taschenbücher und gebundenen Ausgaben standen. Dann erinnerte ich mich an das Buch in meiner Tasche, das ich seit meiner Reise nach Weslyn nicht mehr angerührt hatte. Wie hatte ich auch ernsthaft denken können, ich würde im Flugzeug nach Weslyn ruhig genug sein, um zu lesen?

Ich holte meine Tasche aus dem Schlafzimmerschrank und kramte darin herum, bis ich das Buch fand. Als ich es herauszog, fielen zwei Briefe zu Boden. Ich hob sie auf.

Bei dem einen handelte es sich um ein Angebot für ein Zeitschriftenabonnement, das ich aufs Bett legte, um es später wegzuwerfen. Doch als ich den anderen näher betrachtete, wurde mir flau im Magen. Auf dem weißen Umschlag stand in steifer, verschnörkelter Handschrift mein Name. Die Absenderadresse lautete: »Boca Raton, Florida«. Ich ließ den Brief aufs Bett fallen, als hätte ich mir die Finger daran verbrannt. Das war nicht Georges Handschrift. Ich atmete tief durch, um die Übelkeit in den Griff zu bekommen. Bestimmt war der Brief von meiner Großmutter. Ich würde mir nicht von ihr unterstellen lassen, ich hätte das Leben ihrer Söhne und ihrer Enkel ruiniert. Nie wieder würde ich jemandem erlauben, mir an etwas die Schuld zu geben, für das ich absolut nichts konnte.

Ich nahm mein Buch und zog mich damit auf die große Terrasse zurück, wo mich tatsächlich eine Hängematte aus blauem Segeltuch erwartete. Behutsam löste ich den Verband von meinen Füßen und ließ mich nieder.

Ich beobachtete die elegant übers Wasser gleitenden Möwen, konzentrierte mich auf die rhythmisch anbrandenden Wellen, und ganz allmählich beruhigte sich mein Herzschlag.

Als ich schließlich mein Buch aufschlug, fiel etwas heraus und flatterte zu Boden. Vorsichtig, um nicht aus der Hängematte zu fallen, beugte ich mich vor und hob es auf, dann ließ ich mich wieder zurücksinken. Nachdenklich drehte ich das grüne Eichenblatt zwischen den Fingern und lachte laut auf, als ich mich daran erinnerte, wie ich es von der Schaukel in Evans Garten aus abgepflückt hatte – in der Nacht, in der ich dort Zuflucht gesucht hatte. Mir war nicht klar gewesen, dass ich dieses Blatt aufbewahrt hatte.

Das Sonnenlicht drang hindurch, als ich es hochhielt, um es näher zu betrachten, und auf einmal erfüllte mich dieselbe Wärme wie an dem Tag, als Evan mich mit seiner selbstgebauten Schaukel überrascht hatte. Er hatte mir helfen wollen, mich an meinen Vater zu erinnern … und mich gleichzeitig dazu bewegen wollen, bei ihm zu bleiben.

Tränen traten mir in die Augen. Ich war nicht bei ihm geblieben.

»Was hast du getan?«, flüsterte ich und drängte die Gefühle zurück.

Nach einer Weile legte ich das Eichenblatt hinten ins Buch und schlug die erste Seite auf.

»Emma, ich habe Eis …« Als ich sah, dass sie mit einem Buch auf dem Bauch in der Hängematte eingeschlafen war, blieb ich auf der Terrasse stehen. Ich konnte den Blick nicht von ihr abwenden. Ihre Haare wehten sanft im Wind, einzelne Strähnen tanzten um ihr von der Sonne beschienenes Gesicht, und sie atmete tief durch die leicht geöffneten Lippen ein und aus.

»Wo soll das ganze Zeug denn hin?«, fragte Nate hinter mir. Ich drehte mich zu ihm um. Er stutzte, als er mich und Emma genauer musterte.

»Ich komme gleich«, antwortete ich leise.

Nate wusste, was zwischen uns vor sich ging. Das hatte er mir auf der Fahrt hierher, als ich ihn nach dem Einkaufen zu Hause abgeholt hatte, unmissverständlich klargemacht. Er hatte mir zu verstehen gegeben, dass er es für keine gute Idee hielt, einen Monat lang mit ihr zusammenzuziehen. Es schien ihn nicht zu interessieren, dass ab morgen Sara bei uns wohnen würde, die zehnmal besorgter um Emma war als Nate um mich.

Als ich das Buch vorsichtig hochhob, um es auf den Tisch neben der Hängematte zu legen, fiel etwas heraus. Ich bückte mich nach dem gepressten Eichenblatt und blickte lächelnd zu Emma. Anscheinend kamen wir immer wieder zurück zu diesem Baum … und zu ihrer Schaukel. Ich schob das Blatt wie ein Lesezeichen zwischen die Seiten und legte das Buch auf den Tisch.

Auf dem Weg ins Haus schickte ich eine SMS an meine Mutter: *Du kannst meine ganzen Ersparnisse haben, und ich überschreibe dir meinen Treuhandfonds. BITTE verkauf das Haus an mich.*

Nate räumte die Einkäufe aufs Geratewohl in die Schränke. Ich ließ ihn machen, obwohl ich wahrscheinlich später alles wieder umsortieren würde.

»Willst du zum Essen bleiben?«, erkundigte ich mich.

»Nein danke, aber ich nehme gerne ein Bier.«

»Klar.« Ich holte ihm eines aus dem Kühlschrank und versuchte, nicht allzu fröhlich dreinzuschauen.

»Du willst ja gar nicht, dass ich hierbleibe«, brummte Nate, der mich wie immer mühelos durchschaut hatte. »Aber Evan – weißt du, was du tust? Ich meine, sie macht diesen Sommer offensichtlich verdammt viel durch. Womöglich drängst du sie zu etwas, das ihr beide später bereuen werdet.«

»Wir finden eine Lösung«, versicherte ich ihm. »Ich mache es nicht noch schlimmer. Glaub mir, schlimmer kann es sowieso nicht mehr werden.«

Nate nickte gedankenverloren.

»Aber was auch immer zwischen uns vor sich geht, ich muss es zulassen. Vielleicht können wir so endlich über das hinwegkommen, was wir die letzten Jahre durchgemacht haben. Ich muss es wenigstens versuchen. Sie fängt an, sich mir zu öffnen, Nate. Das konnte sie noch nie – jedenfalls nicht so wie jetzt.«

Nate zuckte resigniert die Achseln und trank einen großen Schluck Bier.

»Meine Mutter und ihre Schwester fahren dieses Wochenende mit meinen Cousins nach Disneyland und kommen morgen unterwegs hier vorbei. Meine Mutter wollte, dass ich dich zum Abendessen einlade. Du kannst Emma ja mitbringen, wenn du magst.«

»Ich frage sie.«

»Ich muss dich allerdings warnen – meine Cousins sind echte Satansbraten.« Er machte ein angeekeltes Gesicht. »Aber um dieses Essen kommst du nicht herum, auf gar keinen Fall. Du wirst mich nicht mit diesen Rotzlöffeln alleinlassen.«

»TJ und Brent sind doch auch noch da«, erwiderte ich lachend.

»Aber die sind keine Hilfe«, meinte Nate. »Vertrau mir, Mann, du solltest lieber bewaffnet kommen, vor allem, wenn du Emma mitbringst.«

Ich lachte erneut. »Sara kommt morgen zurück, von daher kann es gut sein, dass Emma den Abend lieber mit ihr verbringen möchte – die beiden haben bestimmt eine Menge zu bequatschen.«

»Kommt Jared nicht mit ihr zurück?«

»Warum kommt Jared mit Sara zurück?«, fragte Emma aus dem Wohnzimmer.

Ich sah durch den rechteckigen Durchgang, der die beiden Zimmer verband. »Hi«, sagte ich mit einem Lächeln. »Hast du gut geschlafen?« Da fiel mir auf, dass sie barfuß war. »Solltest du deine Füße nicht lieber schützen?«

»Ich verbinde sie gleich, auch wenn sie sich gar nicht mehr so schlimm anfühlen. Und du hast meine Frage nicht beantwortet.«

Ich sah zu Nate hinüber, der mir mit hochgezogenen Augenbrauen wortlos viel Glück wünschte, bevor er sein Bier in einem langen Zug leerte. »Also, wir sehen uns dann morgen«, sagte er und klopfte mir auf die Schulter, als er an mir vorbeiging.

Ich folgte ihm ins Wohnzimmer. »Emma, das Haus ist toll«, meinte er mit einem bewundernden Blick. »Ein Stück die Straße runter wohnt Mick Slater, er ist hier in der Gegend ein total angesagter Immobilienmakler. Bei ihm gibt's am Unabhängigkeitstag immer ein tolles Feuerwerk. Du solltest eine Party schmeißen. Wenn du magst, helfen die Jungs und ich dir dabei.«

Emma nickte nur. Die Vorstellung, dass sie eine Party gab, brachte mich zum Lachen. »Wir können später darüber reden, Em«, bot ich ihr an.

»Okay«, antwortete sie etwas beklommen.

»Tschüs, Emma«, rief Nate auf dem Weg nach draußen.

»Tschüs, Nate«, gab ich zurück, ehe er die Tür hinter sich zuzog. Seit ein paar Tagen war er mir gegenüber deutlich zurückhaltender als sonst – er konnte mir kaum in die Augen sehen. Langsam begann ich mich zu fragen, ob ich ihn irgendwie verärgert hatte.

»Wir müssen keine Party schmeißen, wenn du nicht willst«, versicherte mir Evan, der meinen besorgten Gesichtsausdruck anscheinend falsch interpretiert hatte. »Aber die Jungs wissen genau, wie man so was schadenfrei über die Bühne bringt – falls du doch Lust bekommst. Ich glaube, das Feuerwerk, von dem er erzählt hat, hab ich auch schon mal gesehen – der Typ geht echt aufs Ganze. Ich weiß nicht, von wo aus er es abschießt, aber es sieht aus, als würde es direkt am Strand runterkommen. Und wir wohnen so nahe bei ihm, dass …«

»Evan«, unterbrach ich ihn mit einem strengen Blick. »Beantwortest du bitte meine Frage? Warum kommt Jared mit Sara hierher zurück?«

Evan rieb sich die Stirn und schaute zu Boden. »Er war mit ihr auf der Beerdigung«, murmelte er.

»Er war was?«, fragte ich fassungslos. »Warum zum Teufel macht er das? Das ist so …« Ich sah Evan direkt in die Augen. »… so typisch Mathews. Wow, euch beide kümmert es echt nicht, wenn man euch nicht dabeihaben will, oder?«

»Autsch«, sagte Evan, sichtlich bedrückt.

»Sorry, sorry«, entschuldigte ich mich sofort. »Tut mir leid. Das hätte ich nicht sagen sollen.«

»Du hast ja recht«, meinte Evan. »Du wolltest schließlich wirklich nicht, dass ich zur Beerdigung deiner Mutter komme. Und Sara wollte Jared bei der Beerdigung ihres Großvaters bestimmt auch nicht dabeihaben.«

Ich setzte mich auf die Couch. Ein dumpfer Schmerz pochte in meinen Füßen, und auch mein Muskelkater meldete sich durch das lange Stehen wieder. Ich legte die Füße hoch und lehnte mich so gegen das Dekokissen, dass ich Evan weiterhin direkt ansehen konnte. »Warum wollte er überhaupt auf die Beerdigung gehen?« Unwillkürlich musste ich an das Bild von ihm und diesem Mädchen denken, das Sara und ich in der Zeitung gesehen hatten. »Ist er nicht verlobt? Dann sollte er Sara doch in Ruhe lassen.«

»Verlobt?« Evan schien keinen blassen Schimmer zu haben, wovon ich redete. Dann weiteten sich seine Augen. »Oh! Scheiße. Habt ihr die Anzeige gesehen?«

»Ja. Und du hast keine Ahnung, was dieses Bild mit uns gemacht hat. Mit Sara, meine ich. Sie ist komplett ausgerastet.«

Verdammt, hoffentlich war ihm mein Versprecher nicht aufgefallen.

»Das kann ich mir vorstellen«, meinte Evan und setzte sich auf einen Sessel mir gegenüber. »Wow. Ich fasse es nicht, dass ihr das gesehen habt.« Er fuhr sich mit der Hand durch die Haare. »Jared wollte es ihr sagen, aber sie hat es ihn nie erklären lassen.«

»Was wollte er ihr sagen? Dass er den Rest seines Lebens mit einer anderen verbringen möchte? Er hätte ihr schon lange vorher sagen sollen, dass er eine andere hat – ganz zu schweigen davon, dass er sie *heiraten* will.«

»Hey!«, brauste Evan auf. »Sara hat mit ihm Schluss gemacht, bevor sie nach Frankreich gegangen ist. Sie sagt ihm zwar ständig, dass sie mit ihm zusammen sein will, aber sobald mehr als hundert Meilen zwischen ihnen liegen, trennt sie sich von ihm. Er hatte jedes Recht, sich anderweitig umzuschauen.«

»Aber er ist *verlobt*!«, erwiderte ich frustriert. »Das ist ein großer Unterschied.«

»Nein, er ist nicht verlobt!«

Verblüfft starrte ich ihn an.

»Was soll das heißen?«, stammelte ich. Mein Herz klopfte wie verrückt. Alles, was ich sehen konnte, war das Foto von Evan … mit Catherine im Arm.

»Jared ist nicht verlobt, Emma. Er war auch nie verlobt. Für ihn gab es nie eine andere Frau als Sara. Glaub mir … er hat es versucht. Daraus ist nichts geworden.«

»Aber das Bild …«

»Das war mein Vater«, erklärte Evan mit einem ärgerlichen Seufzen. »Trina Macalroy ist die Tochter eines Kunden, den er damals gewinnen wollte. Mein Vater hat Jared mit ihr verkuppelt. Sie hatten eine Weile was miteinander, aber es war nie was wirklich Ernstes. Sie hätte sich liebend gern mit Jared verlobt, und mein Vater hätte ihn mit seiner hinterlistigen Aktion auch fast so weit gehabt. Jared konnte sich nie gut gegen ihn wehren. Aber dann hat meine Mutter eingegriffen, und, na ja … zu der Verlobung ist es nie gekommen. Deswegen lassen sich meine Eltern jetzt scheiden.«

»Ernsthaft?« Mir schwirrte der Kopf.

»Ja, das hat das Fass endgültig zum Überlaufen gebracht«, antwortete ich und stützte die Ellbogen auf meine Oberschenkel. »Für meine Mutter ist das alles echt hart. Mein Vater fängt wegen jeder Kleinigkeit Streit an.«

»Das tut mir wirklich leid, Evan.«

Ich begegnete Emmas mitfühlendem Blick. »Das wird schon«, meinte ich ohne große Überzeugung. Wenn meine Eltern sich nicht scheiden lassen würden, dann müsste meine Mutter unser Haus in Weslyn nicht verkaufen … Obwohl sie es mir nicht gesagt hatte, wusste ich, dass mein Vater sie dazu zwang. Emma lehnte sich auf der Couch zurück, tief in Gedanken versunken.

»Hast du Hunger?«, erkundigte ich mich, um das Thema zu wechseln, stand auf und ging in Richtung Küche. »Ich hab Steaks für den tollen Grill da draußen geholt.«

»Okay«, antwortete sie mit ausdrucksloser Stimme, in Gedanken war sie offensichtlich immer noch weit weg.

»Woran denkst du, Emma?«, fragte ich. Ich wusste nicht, ob sie mir antworten würde, aber einen Versuch war es wert.

»Warum mochte er mich nie? Dein Vater. Warum dachte er, ich wäre nicht gut genug für dich? Er kannte mich doch überhaupt nicht.«

Wut stieg in mir hoch, als ich hörte, wie verletzt sie klang – warum war mein Vater nur so verdammt selbstsüchtig? Wie sollte ich das Innenleben von Stuart Mathews einem Mädchen erklären, das überzeugt war, niemals zu genügen und alles falsch zu machen? Trotz meiner Bemühungen, Emma vor ihm zu schützen, hatte er ihre Schwächen schamlos ausgenutzt, und das hatte ihr schwer zu schaffen gemacht.

Ich ging zur Couch, und sie zog die Beine an, damit ich mich zu ihr setzen konnte. »Du hast recht. Er hat dich überhaupt nicht gekannt. Und du hattest es nicht verdient, so behandelt zu werden. Das habe ich ihm nie verziehen.« Sie sah mich überrascht an. »Sein Image und sein Ruf waren ihm wichtiger als die Menschen um ihn herum – wichtiger sogar als seine eigene Familie. Er kommt nicht aus gutsituierten Verhältnissen wie meine Mutter. Deswegen hatte er immer das Gefühl, ihrer Familie etwas beweisen zu müssen. Egal, wie oft sie ihm auch versichert hat, dass ihre Eltern ihn allein schon deshalb lieben, weil sie ihn liebt. Er konnte das einfach nicht akzeptieren. Und als er dann Geschmack am Erfolg gefunden hat, konnte er nicht genug davon kriegen und hat rücksichtslos jeden aus dem Weg geräumt, der sich ihm entgegengestellt hat.

Du hast nichts falsch gemacht. Du bist einfach nicht das Mädchen, das er sich für mich gewünscht hat.«

»Aber Catherine schon?«, fragte sie leise.

Mein Rücken verkrampfte sich bei der Erwähnung ihres Namens, und ich musste wieder daran denken, dass Emma das Foto in der Zeitung gesehen hatte. Doch als ich in ihre sorgenvollen braunen Augen blickte, antwortete ich ruhig: »Ja.«

Sie zuckte zusammen.

»Das heißt nicht ...«

»Ich will es nicht wissen«, platzte sie heraus. »Ich kann nicht …« Sie zog die Beine noch dichter an den Körper und rückte so weit wie möglich von mir weg. Sie wusste, dass dieses Foto mehr zu bedeuten hatte, dass ich mich nicht nur dem Willen meines Vaters gebeugt hatte. Ich senkte den Kopf und sagte: »Wir waren nie zusammen.«

»Ich will das wirklich nicht wissen, Evan«, flehte sie mit einem heiseren Flüstern.

Ich wollte nicht über Catherine reden. Nicht jetzt. Und auch sonst nie. Ich wollte alles vergessen, was passiert war, nachdem ich Weslyn verlassen hatte. Ich wünschte, wir könnten einfach neu anfangen, das alles hinter uns lassen. Aber ich wusste, dass es unmöglich war. Irgendwann würde ich mich meinen Dämonen stellen müssen – ich konnte nicht ewig weglaufen.

30

EnTscheid*un*gen

Ich lag auf dem kleinen Sofa, die Füße auf der Armlehne, und konnte mich nicht wirklich auf den Film konzentrieren, der auf dem riesigen Flachbildschirm über dem Kamin lief. Ständig musste ich über die Schulter zu Evan hinüberschauen, der auf der großen Couch schlief.

Ich bemühte mich so, mich wieder zu fangen, ich wollte nicht mehr dieses Mädchen sein, das verloren und allein auf dem Wasser trieb und sich wünschte, die Gezeiten würden es aufs Meer hinaustragen. Ich kämpfte darum, mich besser zu fühlen, aber ich wusste nicht, wie ich es anstellen sollte.

Als Evan sich regte, sah ich schnell weg und tat so, als wäre ich in den Film vertieft.

»Hey«, sagte er heiser und mit vom Schlaf schwerer Stimme. »Du bist noch wach?«

Ich neigte mich zu ihm. »Ja, bin ich. Aber *du* bist eingeschlafen.«

»Stimmt«, gab er benommen zu. »Dann schläfern Filme dich also nicht mehr ein?«

»O doch«, antwortete ich grinsend. »Aber ich hab auch nicht wirklich hingeschaut.«

»Was hat dich dann wach gehalten?«

Ich drehte mich zu ihm um und sah ihm ins Gesicht.

»Das waren die intensivsten zweieinhalb Wochen meines ganzen Lebens«, gestand ich. »Und wir reden über mein Leben, das will also einiges heißen.«

Ich beugte mich vor und schaltete den Fernseher aus.

»Ich glaube ... ich bin ein bisschen überfordert und ... ich habe Angst.«

»Du hast Angst?«

Sie senkte den Blick und fummelte nervös an ihren Fingern herum. Ich wollte ihr vorschlagen, sich zu mir zu setzen, auf dem kleinen Sofa kam sie mir viel zu weit weg vor. Aber in Gedanken war sie noch viel weiter weg, und ich wollte wissen, wo sie war und wie ich sie zurückholen konnte.

»Da ist zum einen dieser Brief, der auf meinem Bett liegt«, erklärte sie mit zittriger Stimme. »Ich bin mir ziemlich sicher, dass er von meiner Großmutter ist, und ich möchte ihn nicht aufmachen.« Sie schloss die Augen, um ihre Gefühle zu verbergen, und ich ließ mich von der Couch gleiten, um mich zu ihr zu setzen. Als sie die Augen wieder öffnete, wirkte ihr Blick gequält. Ich kämpfte gegen den Impuls an, ihre Hand zu ergreifen.

»Deine Großmutter?«, fragte ich, denn ich hatte nicht gewusst, dass sie außer George und seinen Kindern noch Familie hatte.

»Ja, die Mutter meines Vaters«, erklärte sie schwach. »Sie hat ihn enterbt, als ich geboren wurde, weil er und Rachel nicht verheiratet waren.«

Ich bemühte mich, gelassen zu wirken. Sie hatte also wieder einmal etwas vor mir geheim gehalten.

»Evan, ich bin nicht stark genug, um diesen Brief zu lesen. Womöglich macht sie mir Vorwürfe, womöglich glaubt sie, ich wäre schuld an dem, was ihren Söhnen passiert ist. Ich kann nicht damit umgehen, dass noch jemand mir sagt, ich hätte nie geboren werden dürfen und wäre es nicht wert, geliebt zu werden. Ich ... ich kann das einfach nicht.«

Ich holte tief Luft und strengte mich an, ihr zuliebe ruhig zu bleiben. Genau das waren die Unsicherheiten, die ihr all die Jahre eingetrichtert worden waren – von der Frau, die ich über alle Maßen verabscheute. Das waren Emmas dunkelste Geheimnisse, und nun erlaubte sie mir endlich, einen Blick auf sie zu werfen. Ich würde nicht zulassen, dass noch jemand ihr weh tat.

»Ich lese den Brief für dich«, versprach ich. »Wenn er schlimm ist, brauchst du ihn dir gar nicht anzuschauen. Und wenn ich denke, du kannst den Inhalt verkraften, dann gebe ich ihn dir.«

»Okay«, antwortete sie und atmete schnell aus, als könnte sie so ihre Angst abschütteln. Als ich aufstand, rang sie weiter nervös die Hände, aber als ich mich an der Tür zum großen Schlafzimmer umdrehte, sah ich, dass sie mir folgte.

Meine Hände zitterten, und ich hatte keine Ahnung, wie ich sie dazu bringen sollte, damit aufzuhören. Eigentlich wollte ich Evan allein in dieses Zimmer gehen und den Brief lesen lassen, aber ich konnte nicht. Ich musste dabei sein, ich musste seine Reaktion sehen, selbst wenn er mir den Brief danach nicht zum Lesen geben würde.

Evan knipste das Licht an. Ich ließ mich vorsichtig auf dem Bett nieder, während er sich auf die Kante setzte, den schweren Leinenumschlag in die Hand nahm und mir dann fragend in die Augen sah. Ich biss mir auf die Lippen und nickte – er sollte ihn aufmachen.

Ruhig ließ er den Finger unter das Siegel gleiten und zog den Brief heraus. Das Papier war dick und präzise in der Mitte gefaltet. Ich konnte sehen, dass er von Hand geschrieben war. Ungeduldig und mit wild klopfendem Herzen beobachtete ich, wie Evans Augen über die Zeilen wanderten, immer weiter die Seite hinunter.

»Da steht nicht das, was du denkst«, sagte er. »Aber es wird dich schon berühren. Möchtest du, dass ich dir den Brief vorlese, oder möchtest du ihn selbst lesen?«

Nach kurzem Zögern antwortete ich: »Ich lese ihn selbst«, und streckte die Hand aus. »Aber bleib da. Bitte.« Evan rutschte neben mich, ich lehnte mich mit der Schulter an ihn.

Dann holte ich tief Luft und faltete den Papierbogen auseinander.

Liebe Emily,

ich hoffe, es geht Dir gut. Ich möchte mich dafür entschuldigen, dass unsere erste Begegnung so unpersönlich ist, aber ich dachte, unter den gegebenen Umständen wäre es so am besten. Mein Name ist Laura Thomas, ich bin Deine Großmutter väterlicherseits.

Nach den Ereignissen in Weslyn hat George sich dafür entschieden, mit den Kindern zu mir nach Florida zu ziehen, was mich sehr gefreut hat, denn ich hatte bis zu dieser Zeit nicht viel Kontakt zu meinen Enkelkindern. Die Begleitumstände ihres Umzugs waren bedauerlich, aber ich war fest entschlossen, ihnen trotz allem das Gefühl zu vermitteln, dass sie geliebt werden und willkommen sind.

In dieser Zeit haben die Kinder oft von Dir gesprochen. Sie haben nach Dir gefragt, wollten wissen, ob es Dir gutgeht und wann sie Dich wiedersehen dürfen. Wie Du Dir sicher vorstellen kannst, war das ein heikles Thema, und wir konnten solche Fragen nicht wirklich beantworten. George ist allem ausgewichen, was mit Dir zu tun hatte, und ich war zu keiner Antwort fähig, weil ich Dich leider nicht gut genug kenne.

Nach einiger Zeit hat Jack aufgehört, nach Dir zu fragen. Aber Leyla ließ sich nicht davon abbringen; sie hat unentwegt Bilder für Dich gemalt und sogar angefangen, sich Geschichten über Dich auszudenken und sie ihren Lehrern und Mitschülern zu erzählen. Beide Kinder sind bei einer wundervollen Therapeutin in Behandlung, die ihnen sehr geholfen hat, sich in das Leben ohne ihre Mutter einzufinden, und sie macht sich Sorgen.

Ich habe sie gefragt, ob es zuträglich sein könnte, eine Kommunikation mit Dir in die Wege zu leiten, und dieser Vorschlag stieß bei ihr sofort auf große Unterstützung. George weiß nichts von dieser Korrespondenz und würde dieser Idee sicher nicht positiv gegenüberstehen. Aber Leyla liegt mir sehr am Herzen, und Du, Emily, bist ihr offensichtlich sehr wichtig.

Deshalb möchte ich Dich freundlich bitten, Dir zu überlegen, ob Du Dir vorstellen könntest, mit Deiner Cousine und Deinem Cousin wieder in Kontakt zu treten. Wir könnten beispielsweise mit einer Korrespondenz in Briefform oder per E-Mail beginnen. Sollte sich das bewähren, könnten wir Tele-

fongespräche ins Auge fassen, und – falls es Dir recht wäre – irgendwann auch einen Besuch.

Ich habe Verständnis dafür, wenn Du bezüglich meines Anliegens Vorbehalte haben solltest. Ich schicke Dir diesen Brief vor allem Leyla zuliebe. Für eine Antwort steht Dir jederzeit die E-Mail- und die Postadresse zur Verfügung, die Du weiter unten auf diesem Brief vorfindest.

Herzlich,
Laura Thomas

Mit immer noch zitternden Händen faltete ich den Bogen wieder zusammen und legte ihn auf den Tisch neben dem Bett. Dann lehnte ich mich gegen das Kissen und ließ mir die nüchternen Worte meiner Großmutter noch einmal durch den Kopf gehen. Sie hatte den Kontakt zu mir nicht etwa deshalb aufgenommen, weil sie ein persönliches Interesse daran hatte, mich kennenzulernen, oder weil es ihr leidtat, dass sie bisher so wenig von meinem Leben mitbekommen hatte. Als der Schmerz darüber allmählich nachließ, erfüllte mich die tatsächliche Botschaft des Briefs mit großer Traurigkeit.

Ich sah, dass Emma ihre Gefühle niederzukämpfen versuchte, ihr Kinn zitterte. »Es ist okay«, tröstete ich sie. »Lass es einfach raus.«

Da brach sie zusammen, ließ sich an meine Brust sinken, und ich nahm sie in die Arme. Sie schluchzte zwar nicht so heftig, wie ich eigentlich erwartet hatte, aber ihre Wangen waren tränennass.

»Ich vermisse sie«, murmelte sie nach einer Weile. »Ich vermisse sie so sehr. Ich wollte doch immer nur, dass sie glücklich sind.«

»Ich weiß. Sie vermissen dich auch. Em, das bedeutet doch nur, dass sie dich genauso lieben, wie du sie liebst.«

Nun begann sie, richtig zu weinen, und ich hielt sie fest. Als sie allmählich wieder durchatmen konnte, entspannte sie sich ein bisschen und wischte sich ihre erhitzten Wangen trocken.

»Ich möchte nicht mehr weinen«, sagte sie. »Ich habe das Gefühl, dass ich in meinem Leben nichts anderes getan habe, als zusammenzubrechen und zu weinen.«

»Aber du kannst nicht alles in dich hineinfressen, Emma. Weine ruhig. Schrei, wenn es sein muss, aber lass nicht zu, dass es dich zerstört. Ich wünschte, du würdest deine Kraft nicht so unterschätzen.« Ich hob die Hand und fuhr mit dem Daumen über ihre immer noch feuchte Wange.

»Danke«, antwortete sie leise und versuchte zu lächeln – unsere Blicke trafen sich, und wir verharrten reglos, bis ich die Anziehungskraft zwischen uns in jedem Teil meines Körpers fühlte. Ich senkte die Hand und musste wegschauen, um nicht das zu tun, was ich am liebsten getan hätte. Emma drehte sich um, schob die Dekokissen auf den Boden und legte sich auf die Seite, damit sie mich anschauen konnte.

Evan folgte meinem Beispiel, warf die Kissen vom Bett und legte sich mir gegenüber.

»Fühlst du dich besser?«, fragte er, und seine blaugrauen Augen fixierten meine, fast so, als würde er in mich hineinschauen. Ich wollte den Blick abwenden, um ihm meine widersprüchlichen Gefühle nicht zeigen zu müssen, tat es aber nicht, sondern ließ ihn zu mir durchdringen.

»Ich weiß nicht, was ich tun soll«, sagte ich und legte die Hände unter den Kopf. »Ich möchte sie so gerne sehen. Aber ich habe Angst, dass dann alles noch schlimmer wird. Ich muss darüber nachdenken.«

»Okay«, antwortete er leise. Aber ich konnte sehen, dass er eigentlich viel mehr sagen wollte.

»Du möchtest mir raten, dass ich es tun soll, oder?«, hakte ich nach. »Dass es das Richtige ist, Leyla und Jack zu besuchen, und dass nichts – egal, was ich auch tun mag – sie mehr verletzen würde, als diesen Brief zu ignorieren und mich aus ihrem Leben rauszuhalten.«

Auf Evans Gesicht erschien ein Grinsen. »Ich musste es gar nicht erst sagen, was?« Er lachte, und auch ich rang mir ein Lächeln ab. »Entweder kannst du meine Gedanken lesen, oder du wusstest schon, was du tun willst.«

»Okay, du kannst jetzt aufhören«, meinte ich tadelnd und gab mir Mühe, das Lächeln zu unterdrücken. »Aber ich möchte wirklich nicht mehr weinen. Es ist so anstrengend.«

Wieder lachte Evan. »Das verstehe ich. Aber ich bin für dich da, wenn es mal nicht anders geht.«

»Danke.« Ich sah ihn an. »Solltest du jemals weinen müssen …«

Jetzt konnte er gar nicht mehr aufhören zu lachen – anscheinend fand er den Gedanken, dass ich ihn tröstete, unglaublich komisch.

»Was denn? Weinst du etwa nie?«, fuhr ich ihn an und knuffte ihn in die Schulter.

»Hast du mich jemals weinen sehen?«, fragte er und grinste breit.

»Ja, ein Mal«, antwortete ich automatisch. Auf einmal verrutschte sein Grinsen, und wir starrten einander an, versunken in die Erinnerung an jene Nacht. Die Nacht auf der Wiese unter den Sternen. Die Nacht, in der wir einander um Verzeihung gebeten hatten. Die Nacht, in der ich ihm alles gegeben hatte.

Ich hielt die Luft an, unfähig, mich seinem intensiven Blick zu entziehen.

»Ja, ein Mal«, murmelte ich, ohne wegzuschauen und damit die Verbindung zwischen uns abzubrechen. Meine Augen wanderten zu ihren Lippen, und mein Herz schlug schneller.

Ihre Augen wirkten groß und unsicher.

Ich wollte mich gerade zu ihr beugen, da fragte sie: »Wollen wir morgen was zusammen unternehmen?«

Überrumpelt legte ich mich zurück und versuchte, meinen Puls wieder zu beruhigen. »Was immer du willst.«

»Hilfst du mir, ein Surfbrett und einen Neoprenanzug auszusuchen?«

Mein Lächeln hätte kaum strahlender sein können. »Mit dem größten Vergnügen.«

Wir unterhielten uns noch eine Weile weiter übers Surfen, aber Emmas Lider wurden immer schwerer, und schließlich fielen ihr die Augen zu. Ich fasste über sie hinweg und löschte das Licht, doch gerade als ich vom Bett herunterklettern wollte, packte sie meinen Arm. Sie sagte nichts, rollte sich nur schläfrig auf die Seite, schlang meinen Arm um ihren Bauch – und ließ ihn nicht mehr los. So legte ich mich zu ihr und drückte sie an mich, atmete ihren Geruch ein, bis auch ich einschlief.

Ich fröstelte und griff nach der Decke, aber es war keine da. Verwundert öffnete ich die Augen und blinzelte in die Dunkelheit. Hinter mir hörte ich Evan atmen und spürte seinen Körper an meinem Rücken; unsere Hände waren ineinander verflochten. Behutsam zog ich meine Finger weg und glitt vom Bett, um zur Toilette zu gehen und ein Glas Wasser zu trinken.

Ich tastete mich blind an der Wand entlang Richtung Badezimmer. Endlich gelangte ich zur Tür und schloss sie hinter mir rasch wieder, ehe ich das Licht anknipste.

Während ich mir die Zähne putzte, überlegte ich, ob ich auf der anderen Seite des großen Betts schlafen sollte, damit wir uns nicht so nahe waren.

Heute Abend war Evan zweimal kurz davor gewesen, mich zu küssen, und ich hätte es fast zugelassen. Aber dann hatte ich plötzlich Angst bekommen und war zurückgewichen. Zwischen uns war noch immer so viel Schmerz. In Momenten der Verletzlichkeit, wenn wir uns zueinander hingezogen fühlten, vergaßen wir das leicht.

»Warum ist er dann in deinem Bett, Emma?«, fragte ich stumm

mein Spiegelbild, seufzte und füllte ein Glas von der Frisierkommode mit Wasser, ehe ich zurück ins Schlafzimmer schlich.

Als ich die Tür öffnete, sah ich, wie Evan im Bett auffuhr. »Emma?« Ich erschrak.

»Evan? Alles okay?« Mein Herz klopfte wild, sein Körper schien ganz starr.

Er machte einen völlig desorientierten Eindruck. »Em?«

»Ja, ich bin hier«, sagte ich, umfasste mein Wasserglas fester und blieb einen Moment lang im Türrahmen stehen. Evan hatte ganz eindeutig einen Albtraum gehabt. Seltsam, es aus dieser Perspektive zu erleben – die Panik, dann die Verwirrung und das schwere Atmen. Als Evan begriff, wo er war, ließ er die Schultern sacken.

»Sorry«, sagte er. Ich stand noch immer reglos in der Tür, die Hand auf dem Lichtschalter.

»Schon gut«, beruhigte ich ihn. »Würdest du bitte die Lampe neben dem Bett anmachen, damit ich das Badezimmerlicht ausschalten kann?« Er drückte auf den Lichtschalter, und ich bemerkte, dass seine Hand zitterte, als er sie wieder zurückzog.

Ich löschte das Badezimmerlicht und schlüpfte ins Bett zurück. Evan rutschte ein Stück zur Seite und legte sich auf den Rücken, den Arm über der Stirn. Ich beobachtete ihn weiter. Seine Brust hob und senkte sich langsam, er versuchte sich zu beruhigen.

»Worum ging es in dem Traum?«, fragte ich, obwohl ich wusste, dass ich solche Fragen selbst nie beantwortet hatte.

»Um dich«, flüsterte er.

Es rutschte mir heraus, und kaum war die Antwort über meine Lippen gekommen, wollte ich sie schon zurücknehmen. Ich wandte den Kopf zu ihr um, sie saß mucksmäuschenstill neben mir. »Es ist jedes Mal ein bisschen anders. Aber es geht immer darum, dass du weg bist. Und ich wache auf und habe Panik.«

Sie sah aus, als hätte ich ihr die Luft zum Atmen genommen. »Nicht, Em. Gib dir nicht auch noch daran die Schuld.«

»Aber ... wie soll ich das nicht tun?«, murmelte sie. »Du erwachst jede Nacht aus einem Albtraum, weil ich dir das angetan, weil ich dich verlassen habe. Wie soll ich da nicht denken, es ist meine Schuld?«

Bekümmert senkte sie die Augen und rutschte unter der Last ihrer Schuldgefühle tiefer ins Bett. Ich wünschte, ich hätte ihr diese Last nehmen können.

»Du hast die Schuld getragen wie eine eiserne Maske, in der Überzeugung, dass du verantwortlich dafür bist, was allen anderen passiert. Du quälst dich wegen Dingen, die du nicht zu verantworten hast. Und am Ende tust du den Menschen weh, die dir wichtig sind. Du stößt sie weg, in dem Glauben, sie vor dir schützen zu müssen.« Emma schwieg. »Du kannst diese Schuld nicht mehr mit dir herumschleppen. Du kannst dich nicht weiter vor allen anderen verschließen. Das ist kein Leben, Emma.«

»Ich weiß«, flüsterte sie und wischte sich die Tränen aus dem Gesicht.

»Es bringt dir nichts, in den Fehlern deiner Vergangenheit zu leben. Du zerstörst damit nur deine Zukunft.«

Seine Worte erschütterten mich zutiefst, denn sie waren die Wahrheit, und ich hielt sie mit geballten Fäusten fest, während meine Tränen das Kissen durchnässten.

Ich hatte gedacht, ich hätte die Dunkelheit in mir gut überspielt, aber er durchschaute meine Fassade – das gezwungene Lächeln, die ausweichenden Antworten. Er kannte mich.

Einen Moment lang wünschte ich, es wäre nicht so.

Doch dann sah ich ihm in die Augen. »Es tut mir leid, Evan. Es tut mir so leid, dass ich dich in diesem Haus auf dem Boden liegen gelassen habe. Dass ich dir nichts erklärt habe, als ich nach Kalifornien gegangen bin. Es war die schlechteste Entscheidung meines Lebens.«

»Mit der du mir meine Entscheidung genommen hast.«

Ich kniff die Augen zusammen und sah ihn fragend an.

»Du hast mir keine Wahl gelassen, Emma. Ich glaube, deshalb ist es für mich so schwer, dir zu verzeihen. Du hast einfach für mich entschieden. Genau wie mein Vater es den größten Teil meines Lebens getan hat – bis ich endlich fähig war, mich gegen ihn zu behaupten. Aber mit dir war es anders. Für dich hätte ich alles getan.«

Der Druck in meiner Brust nahm zu, je länger er sprach, bis ich fürchtete, meine Knochen könnten zerbrechen. Als er mich mit seinem Vater verglich, wollte ich am liebsten im Boden versinken.

Ich hatte ihm nie die Chance gegeben zu entscheiden, ob ich es wert war, geliebt zu werden. Ich hatte ihm diese Entscheidung abgenommen – weil ich mich davor gefürchtet hatte, wie er sich entscheiden würde.

»Dann sei wütend auf mich, Evan«, flehte ich ihn schließlich an. »Bitte. Schrei mich an. Sei böse auf mich. Tu irgendwas. Akzeptiere es nicht einfach, wenn ich mal wieder Mist gebaut habe. Hör auf, so verständnisvoll zu sein. Wenn du hin und wieder sauer auf mich geworden wärst, statt mir aus dem Weg zu gehen oder einfach zu verschwinden, dann hätte ich auch wählen müssen. Ich dachte, ich tue das Richtige, wenn ich dich vor mir schütze, so verrückt das jetzt klingen mag. Ich habe so ein verkorkstes Leben, ich wollte nicht, dass du das weißt … ich wollte nicht, dass du diese Seite von mir siehst.«

»Welche Seite?«

»Die Seite, die ich hasse«, antwortete sie mit gepresster Stimme. Sie war an ihre Grenzen geraten und wandte sich ab, weil sie mich nicht mehr ansehen konnte. Ich war sprachlos; ihre Ehrlichkeit, ihre Verletzlichkeit trafen mich wie ein Presslufthammer. Ich empfand Ehrfurcht, gleichzeitig aber auch eine große Erschöpfung und knipste die Lampe aus.

Dann rutschte ich näher zu ihr und sagte leise: »Ich werde sauer auf dich werden, versprochen. Aber nicht heute Abend. Dafür bin ich einfach zu müde.« Sie stieß ein heiseres Lachen aus. »Jetzt möchte ich dich einfach nur festhalten, weil du das brauchst, und ich auch. Okay?«

»Lässt du mir denn eine Wahl?«, fragte sie, und ein Hauch Sarkasmus brach durch ihre Tränen.

Ich lachte. »Ja, Emma, ich lasse dir eine Wahl.«

»Okay«, antwortete sie und rutschte näher zu mir, bis sie mich fühlen konnte. Ich schlang die Arme um sie, ihre Finger fanden meine, und ich drückte mein Gesicht in ihre Haare. »Ich werde dir deine Entscheidungen nicht mehr nehmen, das verspreche ich«, flüsterte sie.

31

waffenStillstand

die elfenbeinfarbenen Vorhänge an den Glastüren hielten das helle Morgenlicht nicht zurück. Ich drehte mich um und zog mir das Kissen über den Kopf, denn ich war nicht bereit aufzuwachen.

»Hey, Em«, rief Evan mir zu. Ich grummelte unter dem Kissen hervor. »Schön, dass du den Morgen wieder hasst. Möchtest du Frühstück?«

Ich hob das Kissen an und wollte ihm sagen, dass ich mir selbst mein Frühstück machen konnte, aber da verschlug es mir die Sprache. Evan stand in der halboffenen Tür, schweißüberströmt, nur in seinen Laufshorts, weiter nichts. Mühsam riss ich den Blick von seinem muskulösen Körper los und schaute stattdessen an die Decke. Was hatte er in den letzten zwei Jahren getan?

Mein Herz raste, mein ganzer Körper war erhitzt.

»Emma?«

»Ich, äh … meinetwegen«, beantwortete ich seine Frage, ohne ihn anzusehen.

»Ist irgendwas los?«

»Bitte, Evan, zieh ein Hemd an«, platzte ich heraus, und meine Wangen brannten.

Er lachte. »Im Ernst?«

»Ach, halt den Mund.« Schnell zog ich das Kissen wieder über den Kopf.

»Würdest du etwa auf mich hören, wenn ich dir sage, du sollst dir eine Hose anziehen?«, fragte er. Damit hatte ich nicht gerechnet.

»Was?« Ich setzte mich auf und strich mir die Haare hinter die Ohren.

Aber Evan grinste nur und ging davon. Vor mich hin brummelnd schlug ich die Decke zurück und trottete ins Bad.

Als Emma endlich aus dem Schlafzimmer kam, wollte ich gerade einen Löffel Müsli essen, traf jedoch nicht meinen Mund und beschmierte mir das ganze Kinn mit Milch.

»Was zur Hölle?!«, rief ich laut. »Das geht ja wohl höchstens als Unterwäsche durch.« Emma schlenderte durch die Küche in den knappsten Jeans-Shorts, die ich jemals gesehen hatte. Wie gebannt saß ich auf der Couch, als sie mit ihren schlanken, muskulösen und leicht gebräunten Beinen an mir vorbeistolzierte.

»Was hast du denn?«, fragte sie mit Unschuldsmiene. »Das sind Shorts. Es ist Sommer.«

»Hast du sie gerade abgeschnitten? Ich weiß nämlich genau, dass man dermaßen kurze Shorts nirgendwo kaufen kann. Im Ernst, die verhüllen … so gut wie nichts.« Als ich das sagte, zupfte sie ein bisschen an ihrer Hose herum, und ihre Wangen wurden rot. Ich grinste und hoffte, sie würde sich umziehen.

Ich musterte ihn wütend, wie er da frisch geduscht, mit feuchten Haaren auf der Couch saß. Immer noch ohne Hemd. Das tat er nur, um mich zu reizen. Deshalb hatte ich beschlossen, es ihm mit gleicher Münze heimzuzahlen – allerdings befürchtete ich mittlerweile, dass ich zu viel von der Jeans abgeschnitten hatte. Ich spürte, wie der Stoff nach oben rutschte, und wollte ihn wieder runterziehen, aber ich wusste, darauf wartete er nur. Also ging ich einfach weiter nach draußen.

»Emma!«, rief Evan und sprang von der Couch. »Okay. Ich ziehe ein Hemd über. Aber bitte komm jetzt rein und zieh Shorts an, die wirklich all das bedecken, was Shorts bedecken sollten.«

Mit einem stolzen Lächeln marschierte ich an ihm vorbei, als er sich ein T-Shirt über den Kopf zog. »Waffenstillstand?«

»Waffenstillstand«, echote er und zog das Shirt über seinen straffen Bauch. »Möchtest du immer noch in den Surfshop?«

»Ja«, rief ich und schloss die Schlafzimmertür hinter mir.

Als ich aus dem Haus trat, stand dort zu meiner Überraschung ein roter, kastenförmiger Truck mit einem schwarzen Segeltuchverdeck. Neugierig sah ich zu Evan hinüber.

»Wem gehört der denn?«, fragte ich, während ich hineinkletterte und auf dem Beifahrersitz Platz nahm. Das Führerhäuschen roch nach altem Leder, und ich begutachtete interessiert das glänzende rote Metall und die schwarzlederne Innenausstattung mit den kleinen runden Apparaturen und den Schalensitzen.

»Der gehört mir«, antwortete Evan und schloss hinter mir die Tür.

»Woher hast du ihn?«, fragte ich, als er auf seiner Seite eingestiegen war. Obwohl das Auto offensichtlich schon alt war, schien es in gutem Zustand und frisch lackiert zu sein.

»Die Werkstatt hat ihn heute Morgen bei mir abgeladen«, erklärte Evan und ließ den Motor an. »Sie haben ihn auf Biodiesel umgerüstet, deshalb musste ich eine Weile warten.«

Langsam fuhr er aus der Auffahrt. »Halt an, Evan«, verlangte ich. Er bremste und legte den Leerlauf ein. »Erklär mir das. Sofort. Und zwar alles.«

»Was soll ich dir denn erklären? Biodiesel?«, fragte er mit einem verschmitzten Grinsen.

»Evan«, schimpfte ich, er hörte auf zu grinsen, und ein nachdenklicher Ausdruck erschien auf seinem Gesicht.

»Raus damit«, drängte ich.

»Ich brauchte ein Auto, weil ich ab nächstem Quartal in Stanford studieren werde. Anfang der Woche war ich in San Francisco und habe mich mit meiner Mutter getroffen, weil sie meine Wohnung sehen wollte, ehe ich den Mietvertrag unterschreibe.«

Ich blinzelte, zu mehr war ich nicht fähig – ich war wie gelähmt. Erst nach einer Weile fand ich meine Sprache wieder: »Warum gehst du nach Stanford?«

»Das war immer meine erste Wahl«, antwortete er. Dann fuhr er weiter die Auffahrt hinunter, aber ich konnte mich nicht abwenden, sondern starrte ihn unverwandt von der Seite an.

»Okay«, stieß ich schließlich hervor. »Okay, es war deine erste Wahl. Okay.«

Ich hatte erwartet, sie würde mich anschreien oder wenigstens verärgert sein. Aber sie saß einfach nur da und sagte: »Okay«, immer wieder, als hätte sie Schwierigkeiten, meine Entscheidung anzunehmen.

»Was ist dein Hauptfach?«, fragte sie etwa fünf Minuten später.

»Ich habe zwei Hauptfächer, Wirtschaftswissenschaften und Pädagogik«, erklärte ich. »Zwischen den beiden habe ich mich noch nicht entschieden.«

»Oh.« Sie nickte bedächtig. »Pädagogik, was? Das macht Serenas Freund auch. Ich glaube, er kommt morgen vorbei. Dann kannst du ja mal mit ihm reden.«

Meine Schultern lockerten sich, und ich lächelte vor mich hin, während wir weiter in die Stadt fuhren.

Ich bemühte mich, ruhig zu bleiben. Ich war mir zwar nicht ganz sicher, ob ich das durchhalten würde, aber ich hoffte, ich würde nicht ausflippen, solange ich ihm Fragen stellte.

»Dann wohnst du also nicht auf dem Campus?«

»Nein«, antwortete er. »Ich hab eine Einzimmerwohnung gemietet. Sie ist ziemlich klein, aber ich habe keine Mitbewohner. Der Typ hat den Raum über seiner Garage ausgebaut und vermietet ihn.«

»Schön«, sagte ich mit einem lässigen Nicken, hinter dem ich hoffentlich das Chaos meiner Gedanken verbergen konnte. Evan hatte geschworen, dass er nicht hierhergekommen war, um mich zurückzugewinnen. Und ich wusste, dass der Anmeldeschluss für einen Wechsel schon vor Monaten gewesen war, also musste er das Ganze lange vor unserem Wiedersehen geplant haben.

Dann begriff ich plötzlich. Stanford war wirklich seine erste Wahl gewesen, und ich hatte es vermasselt, als ich einfach gegangen war. Als ich Vivian diesen Brief gegeben hatte … Schon wieder eine Entscheidung, die ich ihm genommen hatte.

»Ich glaube, es wird dir hier gefallen.« Ich lächelte und wischte mir die feuchten Handflächen an meinen Cargo-Shorts ab.

»Das glaube ich auch.«

Wir fuhren auf den Parkplatz des Surfshops. »Alles klar?«

Emma lachte mich an. »Bist du aufgeregt?«

»Und wie.« Ich grinste dämlich und sprang aus dem Truck.

Als ich zur Beifahrerseite hinüberkam, hatte Emma ihre Tür bereits geöffnet. Sie stieg aus, und ich bemerkte die Pflaster an ihren Füßen.

»Heute keine Socken?«, fragte ich.

»Es ist schon viel besser«, erklärte sie. »Sie sind längst nicht mehr so empfindlich, deshalb dachte ich, Pflaster reichen.«

Ich hielt ihr die Ladentür auf, und wir gingen direkt zum Verkaufstresen.

Evan strahlte übers ganze Gesicht, als wir uns die Surfbretter anschauten, und ich musste lächeln über seine Begeisterung.

Im ersten Moment überforderte mich die Auswahl, aber als ich ein Design von einem Künstler aus der Gegend entdeckte, wusste ich, dass ich genau dieses Brett haben wollte. Zu Evans großer Enttäuschung war das einzige Longboard mit diesem Design jedoch nur in der Zweigstelle in Cardiff vorrätig. Wir würden ein paar Tage auf die Lieferung warten müssen.

Als ich einen gut sitzenden Neoprenanzug und ein paar Lycra-Shirts gefunden hatte, fachsimpelte Evan immer noch mit dem Typen hinter dem Tresen, also beschloss ich, mir die Badeanzüge anzuschauen, denn ich brauchte einen, den ich auch beim Surfen tragen konnte.

Ich suchte mir ein paar aus, die den Anschein erweckten, als würden sie nicht verrutschen, wenn – falls – ich stürzte. Daneben hingen winzige String-Bikinis. Neugierig hielt ich ein besonders scharfes Exemplar in Rosa hoch und versuchte zu verstehen, für welche Körperteile die ganzen schmalen Bänder eigentlich gedacht waren.

»Das ist nicht dein Ernst«, hörte ich Evans Stimme hinter mir. Grinsend drehte ich mich um.

Ich hielt den Bikini an mich, als würde ich prüfen wollen, ob die Größe ungefähr stimmte. »Wie findest du ihn?«

»Den kannst du aber nicht zum Surfen anziehen«, sagte Evan kopfschüttelnd.

»Natürlich nicht«, sagte ich kichernd. »Der ist für die Poolpartys.«

Ihm blieb der Mund offen stehen. »Nein, Emma. Das ist keine gute Idee.«

Aber ich grinste nur noch breiter und neckte ihn weiter. »Ich glaube, den möchte ich anprobieren. Soll ich ihn dir vorführen?«

»Nein«, antwortete er entschieden, und sein Nacken lief rot an. »Den muss weder ich noch sonst jemand an dir sehen. Wenn du ihn einfach auf dem Bügel lassen möchtest, wäre das vollkommen in Ordnung.«

Lachend wandte ich mich ab und sah mich mit dem anstößigen Bikini in der Hand nach den Umkleidekabinen um.

Ich zog den Vorhang zu, probierte die Badeanzüge an, die mich wirklich interessierten, und wählte einen davon aus. Dann betrachtete ich nachdenklich das Modell, das praktisch gar nichts verhüllte. Evans Reaktion darauf war mehr als lustig gewesen.

Schließlich hängte ich alle Badeanzüge, die nicht in Frage kamen, wieder auf – auch das heiße rosa Nichts – und ging zur Kasse. »Dazu kommen noch das Board, die Lycra-Shirts und der Neoprenanzug«, erklärte ich dem Kassierer.

Dann schaute ich mich um. Evan war auf der anderen Seite des Geschäfts und probierte Sonnenbrillen an.

»Das Board ist bereits bezahlt«, stellte der Kassierer fest. »Sonntags haben wir geschlossen, aber Sie können es gleich Montagmorgen abholen, wenn Sie möchten. Wir machen um sieben auf.«

»Oh … danke«, stammelte ich.

Nachdem ich die restlichen Sachen bezahlt hatte, nahm ich meine Tüten und ging zur Tür.

»Evan …« Emma machte ein finsteres Gesicht, als wir den Shop verließen. »Warum hast du das gemacht?«

»Weil ich wollte«, antwortete ich. »Sagen wir einfach, damit möchte ich feiern, dass du surfst.« Ich wollte ihr nicht sagen, dass es ein Geschenk zu dem Tag war, den sie nie feierte. Das Board würde zwei Tage zu früh eintreffen, offiziell würde ich es ihr also vor ihrem Geburtstag schenken.

Zu Hause hängte sie den Neoprenanzug in den Wandschrank bei der Haustür und ging dann weiter zum Schlafzimmer. Ich folgte ihr und klopfte leise an die Tür, um auf mich aufmerksam zu machen. »Magst du mit mir zu Nate gehen, wenn Sara und Jared angekommen sind?« Sie faltete gerade den schwarzen Badeanzug zusammen. »Was? Hast du das rosa Teil etwa doch nicht gekauft?«, fragte ich.

Auf ihrem Gesicht erschien ein schelmisches Grinsen. »Das wünschst du dir wohl, was? Ich hätte ja zu gern ein Foto von dir gemacht, als ich ihn dir gezeigt habe.« Sie lachte und … hörte gar nicht wieder auf.

Meinetwegen hätte sie sich den ganzen Tag über mich lustig machen können, so sehr genoss ich ihre Leichtigkeit.

»Apropos«, sagte Emma, als sie sich wieder beruhigt hatte. »Wo hast du eigentlich deine Kamera?«

Ich zögerte, denn ich war mir nicht sicher, ob ich sie schon wieder in die Hand nehmen wollte. »Irgendwo.«

»Also, falls du Lust hast – die Sonnenuntergänge hier sind echt faszinierend. Ich wollte heute die Farben auf der Leinwand einfangen.«

Plötzlich spürte ich ein Lächeln um meine Mundwinkel. »Das wäre vielleicht ein Foto wert.«

»Der Sonnenuntergang?«

»Nein«, erwiderte ich, hielt kurz inne und fragte mich, wie sie auf meine Antwort reagieren würde. »Du beim Malen.«

Damit ging er davon. Ich stand da und starrte ihm nach, mit knallrotem Gesicht.

Während Evan die Treppe hochstieg, zog ich mir einen der Hocker vom Bistrotisch auf die Terrasse und baute meine Staffelei auf. Ich atmete die salzige Meeresluft ein und setzte mich hin. Ein perfekter Tag.

Als Evan tatsächlich mit seiner Kamera zurückkam und am Objektiv herumfummelte, war ich endgültig davon überzeugt, dass es nicht mehr besser werden konnte. Er ging an den Strand hinunter, um zu fotografieren, und ich visualisierte die Szene, die ich malen wollte, und begann, die Farbgrundierung aufzutragen.

Ich war so auf meine Arbeit konzentriert, dass ich nicht bemerkte, wann Evan zurückkam. Genaugenommen bemerkte ich so gut wie gar nichts, bis ich die Haustür zugehen hörte. Blitzschnell drehte ich mich auf meinem Hocker um.

»Hallo?«, erscholl Saras Stimme. »Emma?«

»Hier draußen!«, antwortete Evan, der in der Hängematte lag und in dem Buch las, das ich auf dem Tisch gelassen hatte. Mein Herz setzte einen Schlag aus, als ich das Eichenblatt auf seiner Brust liegen sah, und ich biss mir mit einem leichten Grinsen auf die Unterlippe. Als ich ihm in die Augen schaute, sah er mich vielsagend an.

Diese besondere Verbindung hatte es schon immer zwischen uns gegeben, seit dem ersten Tag – ein zartes Energieband, das uns zusammenhielt. Aber irgendetwas war anders geworden. Mit jedem ehrlichen Gespräch ließ ich ihn dichter an mich heran und entblößte meine verletzlichsten Seiten. Ich spürte, dass wir uns immer näherkamen. Mit jeder Berührung, jedem Blick und jedem kleinen Lächeln.

Leise wurde die Fliegengittertür zurückgeschoben, ich rutschte von meinem Hocker und wandte mich um. In einem leuchtend grüngelben Sommerkleid und mit einem strahlenden Lächeln auf den Lippen trat Sara auf die Terrasse. Sie wirkte eher, als käme sie aus dem Urlaub als von einer Beerdigung – und dann sah ich, dass sie Jareds Hand hielt.

Im nächsten Augenblick ließ sie ihn los, um die Arme auszubreiten, aber als sie die Farbe auf meinen Händen bemerkte, überlegte sie es sich anders und gab mir stattdessen nur einen vorsichtigen Kuss auf die Wange. »Hi! Ich freue mich so, wieder da zu sein. Dieses Haus ist perfekt, Em! Ich kann kaum glauben, dass wir einen ganzen Monat hier verbringen werden. Das Einzige, was fehlt, ist ein Pool.«

»Der ist oben auf dem Dach«, platzte Evan heraus, noch ehe ich etwas sagen konnte. »Echt?«, kreischte Sara begeistert.

»Nein«, antwortete Evan lachend.

Sara sah ihn böse an. »Du bist manchmal wirklich ein Arschloch, Evan.« Jared lachte leise auf, während Sara hinter meinen Hocker trat, um das Gemälde in Augenschein zu nehmen. »Wow, das ist ja beeindruckend.«

»Aber noch nicht fertig«, gab ich hastig zu bedenken und wurde unruhig, weil sie das Bild, das doch noch ein Chaos von Pinselstrichen war, so intensiv musterte.

»Es gefällt mir jetzt schon«, entgegnete Sara lächelnd.

»Ich weiß, ihr seid gerade erst angekommen, aber wir wollten gleich rüber zu Nate. Seine Mom hat uns zum Essen eingeladen. Ihr könnt gerne mitkommen«, verkündete Evan.

»Ach, wir gehen zu Nate?«, hakte ich nach, und Evan machte ein verlegenes Gesicht. Anscheinend wurde ihm jetzt erst klar, dass wir das nicht wirklich besprochen hatten.

»Wir kommen gerne mit«, erklärte Sara fröhlich. »Los, Em, ich suche dir was zum Anziehen raus, während du dir die Farbe abwäschst … von deinem Körper.«

Ich sah an mir herunter und stellte fest, dass jede unbedeckte Hautstelle zwischen Schultern und Knien voller Farbe war. Evan lachte. »Ich glaube, du bist die konzentrierteste Malerin, die ich je gesehen habe. Du kannst dich fertig machen, ich räum solange hier auf.«

»Danke«, antwortete ich und folgte Sara ins Haus, peinlich darum bemüht, nichts anzufassen.

»Ach du Scheiße!«, rief sie, als sie ins große Schlafzimmer trat. »In diesem Raum könnte ich mein gesamtes Leben verbringen!«

»Ziemlich hübsch, was?«, pflichtete ich ihr bei und drückte die Badezimmertür mit der Hüfte auf. »Aber erzähl mir von New Hampshire!«, rief ich ihr zu, während ich mich auszog.

»Gerne, sobald du wieder rauskommst«, antwortete sie aus dem begehbaren Wandschrank. »Du brauchst unbedingt mehr Kleider!«

»Ich glaube eher, *du* hättest gern mehr Kleider für mich!«

Als ich in ein Handtuch gewickelt ins Schlafzimmer zurückkehrte, saß Sara mit gekreuzten Beinen auf dem Sofa und schrieb eine SMS. Als sie mich sah, legte sie das Handy weg, und ich inspizierte das Outfit, das sie für mich aufs Bett gelegt hatte – weiße Leinenshorts und ein hellblaues Neckholder-Top, dazu Sandalen mit Keilabsatz.

»Ich wünschte, du würdest mit mir ein paar Kleider kaufen gehen.«

»Sara, bitte«, entgegnete ich flehend, denn auf dieses Gespräch hatte ich überhaupt keine Lust.

»Ich werde nicht aufgeben, Em.« Sie zog die Augenbrauen hoch, und ihre schimmernden Lippen verzogen sich zu einem gerissenen Lächeln.

»Schön, dass du wieder da bist, Sara«, sagte ich, während ich in die Sachen schlüpfte. »Aber jetzt erzähl endlich.«

Sara setzte sich ans Fußende des Betts und blickte mit funkelnden Augen zu mir auf. »Er ist bei der Beerdigung aufgetaucht.«

»Das weiß ich doch«, erwiderte ich ungeduldig. »Aber was ist dann passiert? Was hat Jared gesagt?«

»Wir sind erst gestern richtig zum Reden gekommen, weil mein Vater ihn praktisch aus der Kirche gejagt hat. Daraufhin hat Jared mich mit etwa einer Million SMS bombardiert, in denen er mich angefleht hat, mich mit ihm zu treffen und ihm zuzuhören. Schließlich hab ich nachgegeben und mich mit ihm in einem Buchladen verabredet. Ich glaube, er wollte mich irgendwo hinlocken, wo ich ihn nicht anschreien konnte. Jedenfalls hat er mir von seinem Vater erzählt, für den das Berufliche wichtiger ist als alles andere. Das wusste ich ja, ich meine, man muss sich ja nur anschauen, was er mit dir gemacht hat.« Ich verzog das Gesicht. »Oh, sorry, das war blöd …«, entschuldigte Sara sich sofort.

»Erzähl weiter«, ermunterte ich sie, denn ich wollte nicht auf der Tatsache rumreiten, dass Stuart Mathews mich nicht mochte.

»Er hatte wirklich was mit diesem Mädchen, ich musste fast kotzen, als ich das gehört habe. Aber du hättest mal sein Gesicht sehen sollen, als ich ihm dann von Jean-Luc erzählt habe. Vermutlich waren wir beide ganz schön dämlich. Sein Vater hat immer wieder angedeutet, was für eine große Zukunft Jared und dieses Mädchen zusammen hätten. Jared hat es einfach mit einem Achselzucken abgetan. Aber Stuart wollte die beiden unbedingt zusammenbringen, und die Zicke auf dem Foto wollte es auch. Als ich rausgekriegt habe, dass sie mit Catherine Jacobs befreundet ist, hätte ich gleich wissen müssen, dass sie eine hinterhältige Schlampe ist, schließlich ist Catherine ja die Schlimmste von allen.«

In diesem Moment fiel ihr auf, wie blass ich geworden war.

»Evan war nicht mit ihr zusammen, Emma«, versicherte sie mir hastig. »Okay?« Ich nickte, aber ich bekam immer noch eine Gänsehaut bei der Vorstellung, Evan könnte ihr auf irgendeine Weise näher gekommen sein.

»Sie wollte unbedingt zur Familie gehören, und Stuart hat ihr grünes Licht gegeben. Übrigens hat er gleichzeitig mit ihrem Vater einen guten Deal abgeschlossen. Bei der Party hat sie extra den Ring ihrer Großmutter an der linken Hand getragen, und Stuart hat einen Reporter organisiert. Wegen des Rings ist dann gleich die Nachricht von der ›Verlobung‹ in Umlauf geraten. Vivian hat eine Woche gebraucht, um die Sache aufzuklären – aber da war der Artikel dank Stuarts Beziehungen schon gedruckt. Er ist wirklich ein Mistkerl.« Voller Abscheu biss Sara die Zähne zusammen.

»Ich bin so froh, dass Vivian sich von ihm getrennt hat. Und Emma, sie war total aufgelöst wegen dem, was er dir angetan hat. Meine Mom hat mir erzählt, dass sie mit Vivian letzten Sommer essen war, und da kamen sie auch auf dich zu sprechen. Vivian ist sich nie hundertprozentig sicher gewesen, ob es das Richtige war, Evan von dir fernzuhalten. Und sie gibt zum Teil auch Stuart die Schuld an deiner Flucht nach Kalifornien.«

Ich bemühte mich um eine einigermaßen gelassene Miene, während Sara das alles erzählte, bekam aber die ganze Zeit schlecht Luft. »Und jetzt?«, fragte ich.

»Jetzt … sind wir zusammen. Ist das nicht toll?« Sara hüpfte auf dem Bett herum. »Em, es war total paranoid von mir, zu glauben, wir kämen mit der Entfernung nicht zurecht. Ich meine … er ist der Richtige für mich. Er ist der einzige Typ, der mir das Gefühl gibt, dass ich alles erreichen kann und der wichtigste Mensch auf der ganzen Welt bin. Bevor ich ihm begegnet bin, war ich nie ernsthaft verliebt. Und seit ich ihn kenne, in keinen anderen mehr.«

Glück drang aus jeder ihrer Poren, und das machte sie noch schöner, als sie es ohnehin war.

»Das ist die beste Geschichte, die du mir jemals erzählt hast«, stellte ich fest. Sara sprang auf und umarmte mich spontan. Obwohl ich nicht darauf vorbereitet war, schlang auch ich die Arme um sie und drückte sie an mich.

»Aber jetzt erzähl endlich von dir«, drängte Sara und versuchte, eine ernste Miene aufzusetzen. Doch ihre Freude durchströmte sie wie ein helles Licht. »Was ist mit Cole? Was hat er gesagt?«

»Nichts.« Ich zuckte die Achseln. »Er hat mir lediglich eine Nachricht auf einem Zettel hinterlassen.« Ich wandte mich ab und machte mich auf den Weg zum Badezimmer. »Aber ich muss mir jetzt schnell die Haare föhnen, ich glaube, die Jungs warten schon auf uns.«

»Emma«, erwiderte Sara tadelnd und folgte mir ins Bad. »Ich föhne dir die Haare, und du erzählst.«

Seufzend nahm ich vor der Frisierkommode Platz, während Sara Rundbürste und Föhn holte. »Da gibt es nicht viel zu erzählen. Es waren nur zwei Sätze. Du weißt ja, dass ich ihm gesagt habe, er soll gehen, bevor ich ihm weh tue, und das hat er getan. Er hat sich nicht von mir verletzen lassen.«

»Scheiße«, meinte Sara. »Cole hat es die ganze Zeit gewusst. Er hat gewusst, dass es vorbei ist, als Evan aus dem Flieger gestiegen ist.«

»Evan?«, fragte ich überrascht. »Nein, *ich* bin der Grund, warum er gegangen ist.«

»Wie auch immer«, meinte sie leichthin. »Deine Sicht auf die Dinge ist nicht unbedingt die objektivste, Em. Aber egal. Cole ist also weg. Und wie geht es dir damit?«

Ich wandte die Augen ab. »Gut.«

»Wie bitte?« hakte sie nach. »Bist du traurig, dass er weg ist?«

»Ich fand es nicht schön, dass wir so auseinandergegangen sind«, gab ich zu. »Er ist ein guter Typ. Wirklich.«

»Ich weiß«, bestätigte Sara. »Ich mochte ihn auch.«

Ich nickte. »Aber ich hab gewusst, dass es so kommen, dass es irgendwann zu Ende sein würde. Ich wollte bloß nicht, dass es kompliziert wird.«

»Ja«, entgegnete Sara spöttisch. »Wenn man es nicht kompliziert haben will, sollte man sich am besten von Typen fernhalten.«

Ich verzog das Gesicht.

»Und was ist mit Evan?«, fuhr sie fort. »Wie kommt ihr miteinander zurecht? War es seltsam, mit ihm letzte Nacht allein hier zu sein?«

Ich schüttelte den Kopf und versuchte, mich zu entspannen, aber die Hitze stieg mir trotzdem in die Wangen.

Sara schaltete den Föhn aus. »Was ist passiert?« Ich blickte auf, und sie starrte mich mit großen Augen an. »Hattest du etwa Sex mit ihm?«

»Was? O mein Gott, nein!«, antwortete ich schnell. Mittlerweile war mein Gesicht knallrot angelaufen. »Wir haben geredet, weiter nichts. Und ... na ja ...«

»Emma«, sagte Sara in ihrem belehrenden Tonfall, den ich so gut kannte. »Was habt ihr getan?«

»Er ist bei mir geblieben, hier, letzte Nacht«, erklärte ich leise.

»Und ihr habt vermutlich nicht auf entgegengesetzten Seiten dieses riesigen Betts geschlafen, oder?« Die Tatsache, dass ich ihr nicht in die Augen schauen konnte, genügte ihr als Antwort. »Was läuft da zwischen euch beiden?«

»Ich bin mir nicht sicher«, erwiderte ich wahrheitsgemäß. »Wir reden wirklich nur miteinander. Und das ist gut, denke ich. Jedenfalls ist es ehrlich. Aber ich weine viel zu viel. Das kommt mir irgendwie erbärmlich vor.«

»Es ist mit Sicherheit nicht erbärmlich«, tröstete Sara mich. »Du hast vermutlich in deinem bisherigen Leben einfach nicht genug geweint und holst es jetzt nach.«

»Na großartig«, murmelte ich und wünschte, ich könnte in meinem Innern einfach wieder den Schalter umlegen. »Aber ...«

»Seid ihr bald fertig?«, unterbrach uns Evans laute Stimme.

»Moment noch«, antwortete Sara und stellte den Föhn wieder an. »Unser Gespräch ist noch nicht beendet.« Sie warf mir einen strengen Blick zu, und ich nickte kleinlaut.

Sara kam vor Emma aus dem Schlafzimmer, mit einem Lächeln im Gesicht, das überhaupt nicht wieder verschwinden wollte. Ich warf einen Blick zu Jared hinüber, der sie so gebannt anstarrte, als hätte jemand ihm mit einem Hammer auf den Kopf geschlagen. Ihre Versöhnung würde bestimmt für peinliche Momente sorgen, Emma und ich fassten uns schließlich nicht einmal an ... nur wenn wir schlafen gingen.

»Wir müssen reden«, sagte Sara, hörte dabei aber nicht auf zu lächeln.

»Was hab ich denn jetzt schon wieder verbrochen?«, fragte ich. Sie sah an mir vorbei, und als ich mich umdrehte, entdeckte ich Emma, die sich an der Wand abstützte, um ihre Sandalen anzuziehen – ihre Füße waren immer noch voller Pflaster, aber die weißen Shorts waren kurz genug, um ihre Beine auf eine Art zu zeigen, die meine Knie weich werden ließ. Erst als sie errötete, wurde mir bewusst, dass ich sie angestarrt hatte. Sie lächelte mir verlegen zu.

»Äh, fertig?«, fragte sie schüchtern. Ich nickte und bemerkte, dass Jared und Sara schon an der Tür waren. Ich wollte ihre Hand nehmen, riss mich aber im letzten Moment zusammen, strich stattdessen meine Khakihose glatt und hoffte, dass niemand die Geste bemerkt hatte. Vielleicht war es doch nicht die beste Idee gewesen, Emma zu diesem Essen einzuladen. Die Situation glich viel zu sehr einem Date, und trotz der Verbindung, die wir spürten, waren wir dafür noch nicht bereit. Mit raschen Schritten ging ich zur Tür, während sie sich noch einen Pullover aus dem Schrank holte.

»Du siehst super aus«, sagte sie. »Das Hemd steht dir sehr gut.«

»Danke«, erwiderte ich, völlig überrumpelt. »Und du siehst ... mal wieder umwerfend aus.«

Sie lächelte verlegen. »Danke«, sagte sie nur und ging an mir vorbei zur Tür.

»Ach du lieber Himmel«, meinte Jared bewundernd, als er ins Auto stieg und hinter dem Fahrersitz Platz nahm. »Welches Jahr schreiben wir denn?«

»Neunundsechzig«, antwortete ich, während ich darauf wartete, die Tür hinter Emma zumachen zu können. Dabei bemerkte ich, wie Sara die Augen zusammenkniff, als würde sie sich dieselbe Frage stellen wie Emma heute Morgen. Aber ich überließ es lieber Emma, ihr die Nachricht von meinem Umzug zu überbringen, denn ich war mir nicht sicher, wie sie darauf reagieren würde. Sara wünschte sich zwar, dass Emma glücklich war, machte sich allerdings auch immer noch Sorgen um sie. Da war ich mir sicher. Ob es ihr dabei hauptsächlich um meine Beweggründe ging oder nur um den emotionalen Aufruhr, der Emmas Leben in diesem Sommer durcheinandergewirbelt hatte, wusste ich nicht. Wie auch immer – beides hatte ja mit mir zu tun.

Hätte ich Nates Warnung vor seinen teuflischen Cousins ernst genommen, hätte ich Sara und Emma ihnen nicht ausgesetzt. Irgendwie überlebten wir das Essen zwar, ohne dass jemandem ein Auge ausgestochen wurde oder einer von uns mit dem Gesicht nach unten im Pool endete, aber an Jareds drohendem Gesichtsausdruck erkannte ich, dass er solche Maßnahmen durchaus in Betracht zog. Sobald wir konnten, entschuldigten wir uns mit der Ausrede, noch ins Kino zu wollen, und ergriffen die Flucht. Nate und die Jungs verschwanden zu einer Party.

»Ich glaube, ich habe Grillsauce auf dem Rücken«, sagte Emma, als wir heimfuhren, und versuchte vergeblich, sich das Schulterblatt abzuwischen. »Ich hätte nie gedacht, dass Kinder dermaßen nerven können.«

»Mann, ich will bestimmt keine Kinder«, verkündete Jared. Ich warf einen Blick in den Rückspiegel und sah, dass Sara ihn vorwurfsvoll anstarrte. Tatsächlich fügte er hastig hinzu: »Solche jedenfalls nicht. Diese beiden müssen von irgendwelchen Kobolden ausgebrütet worden sein.«

Vorsichtig entfernte ich mit dem Finger den braunen Saucenfleck auf Emmas Rücken.

»Danke«, sagte sie und drehte den Kopf so, dass sie aus dem offenen Fenster schauen konnte.

»Wann kommen eigentlich Serena und Meg morgen?«, fragte Sara. Nun wandte Emma sich ihr zu, und ich grinste, als ich sah, dass sie schon wegen meiner leichten Berührung gerade eben errötet war.

»Sie kommen heute am späten Abend, also werden wir sie irgendwann morgen früh zu Gesicht kriegen. Anscheinend bringen sie auch James mit«, erklärte Emma, dann sah sie meine Miene und hielt irritiert inne. »Was ist?«

Ich zuckte unschuldig die Achseln, konnte aber mein Schmunzeln nicht unterdrücken, als wir in die Auffahrt bogen. Sie wurde noch röter, und ich lachte leise.

»Raus mit der Sprache«, forderte sie. »Hat dieser kleine Teufel vielleicht seine Initialen auf meinen Rücken gemalt, oder was?«

»Nein.« Ich schüttelte den Kopf.

»Aber er hat jedes Mal, wenn er seine Gabel absichtlich auf den Boden hat fallen lassen, versucht, von unten einen Blick in deine Shorts zu werfen«, mischte Jared sich ein.

Emma sah Sara an. »Wirklich?«

»Ja, er hat es versucht«, bestätigte Sara, »bis ich ihm mit dem Absatz auf die Hand getreten bin. Möglicherweise hat er jetzt für den Rest seines Lebens eine Narbe.«

»Gut gemacht«, sagte Jared stolz. Dann zog er Sara an sich und küsste sie auf die Stirn. Ich wandte den Blick vom Rückspiegel ab. Dieses Pärchengetue war unangenehm mit anzusehen.

»Sara, du bist grausam«, tadelte Emma sie im Scherz.

»Ja, das bin ich.« Sara grinste hämisch, und Jared lachte laut auf.

Als wir ins Haus traten, verkündete Sara: »Wir gehen ins Bett«, und zerrte Jared hinter sich die Treppe hinauf.

Emma und ich wechselten vielsagende Blicke. Uns war beiden klar, dass sie ganz sicher nicht schlafen würden. Und wie zur Bestätigung beugte Sara sich oben noch einmal übers Geländer und rief: »Vielleicht solltet ihr laute Musik auflegen oder den Fernseher anmachen.«

Ich riss die Augen auf, Jared lachte und folgte Sara.

»Wow«, sagte ich, »das war aber …«

»… peinlich«, vollendete Evan den Satz für mich. »Äh, also …«

»Wollen wir ein Stück spazieren gehen?«, schlug ich vor. Wir blickten beide auf meine Füße mit den vielen Pflastern hinunter.

»Wie wäre es, wenn wir stattdessen ein Feuer auf der Terrasse machen?«, erwiderte Evan.

Ich warf einen Blick auf die Uhr – es war später, als ich gedacht hatte. Und wenn ich ehrlich war, hatte ich wirklich keine Lust zu reden. Auf der Terrasse würden wir jedoch genau das tun.

»Weißt du was, ich glaube, ich gehe ins Bett«, erklärte ich. »Und lese noch ein bisschen.«

»Oh«, antwortete Evan enttäuscht. »Okay. Na ja …«

Wir hörten Sara oben lachen. Evan sah zur Treppe und machte ein unbehagliches Gesicht.

»Du kannst bei mir schlafen … wenn du willst«, bot ich ihm an.

»Bist du dir sicher?«, fragte er vorsichtig. »Ich möchte nicht, dass es sich anfühlt, als wären wir …«

»Ich weiß«, entgegnete ich. Mir war vollkommen klar, was wir nicht waren, ich musste es nicht noch einmal aus seinem Mund hören.

»Ich komme gleich«, erklärte er. »Ich muss nur schnell meine Tasche holen.«

Evan rannte die Treppe hinauf, wahrscheinlich, weil er nicht länger als unbedingt nötig in Jareds und Saras unmittelbarer Nähe bleiben wollte. Ich ging ins Schlafzimmer, um mich bettfertig zu machen. Als ich mir gerade die Zähne putzte, klopfte Evan an die Badezimmertür. »Ich ziehe mich im Zimmer um, gib mir bitte eine Minute Zeit, ehe du reinkommst.«

»Okay«, rief ich, den Mund voller Zahncreme. Und natürlich konnte ich an nichts anderes mehr denken als an Evan, der sich auszog.

Schließlich spülte ich mir den Mund aus, wusch mir das Gesicht und trocknete mich ab. Da klopfte er erneut.

»Komm ruhig rein«, rief ich. Evan öffnete die Tür, in Shorts und einem verwaschenen T-Shirt, das nicht viel von dem, was sich darunter befand, der Phantasie überließ. Ich stöhnte genervt, als ich an ihm vorbeiging.

»Was denn?«, fragte Evan lachend.

Ohne zu antworten, kroch ich ins Bett und knipste die Nachttischlampe an. Ich konnte das Wasser laufen hören, als Evan sich die Zähne putzte, und während ich seine Reisetasche auf der Couch betrachtete, überlegte ich, wie viele Nächte er wohl in diesem Zimmer zu verbringen gedachte.

Als er wieder aus dem Bad kam, schlug ich das Buch auf und legte das Eichenblatt neben mich aufs Kissen. Er schlüpfte auf der anderen Seite des Betts unter die Decke.

»Gutes Buch«, bemerkte er. »Ich hab heute früh darin gelesen.«

»Sollen wir es zusammen lesen?«, bot ich an, ohne richtig darüber nachzudenken.

»Hast du das schon mal gemacht?«, fragte er. »Ein Buch mit jemand anderem gelesen?«

»Nein. Du?«

»Nein, ich auch nicht.« Er lachte leise.

»Komm her«, sagte er dann, hob behutsam das Blatt auf und rutschte zum Kissen zwischen uns. Ich beobachtete ihn argwöhnisch. »Keine Sorge, komm einfach her.«

Ich zögerte.

»Emma, leg dich zu mir.«

Seufzend ließ ich den Kopf sinken, er passte genau in die Kuhle zwischen seiner Schulter und seiner Brust. Evan gab mir das Blatt und nahm mir das Buch weg. Unter meinem Ohr hörte ich sein Herz klopfen. Ich wusste nicht, wo ich meinen Arm hinlegen sollte, also ließ ich die Hand auf seinem Brustkorb ruhen und merkte sofort, wie sein Herzschlag sich bei meiner Berührung beschleunigte. Bei mir passierte das Gleiche. Ich atmete langsam und versuchte, mich auf die Worte zu konzentrieren, während er das Buch über unsere Köpfe hielt.

»Du bist ein paar Seiten weiter«, meinte er. »Macht es dir etwas aus, wenn ich schnell aufhole?«

»Nur zu«, sagte ich, hielt das Blatt am Stiel fest und strich damit sanft über seine Brust.

Während er las, lag ich ganz still da, fühlte die Wärme seines Körpers an meiner Haut und hörte seinen unregelmäßigen Herzschlag. Er übte eine unglaubliche Anziehungskraft auf mich aus, ich konnte es kaum noch aushalten. Doch gerade als ich mich von ihm lösen wollte, sagte Evan: »Ich werde dieses Haus vermissen.« Sein Blick fixierte das Blatt, mit dem ich immer noch nervös herumspielte. Er ließ das aufgeschlagene Buch auf seinen Bauch sinken und strich mit den Fingern zärtlich über meinen Arm. Ich stützte mich auf den Ellbogen, um ihm ins Gesicht sehen zu können. Noch immer war ich ihm viel zu nah.

»Was meinst du damit?«

»Meine Mutter will es verkaufen«, antwortete er mit schwerer, leiser Stimme.

»Das kann sie doch nicht tun!«, rief ich leidenschaftlich. Der Gedanke, dass jemand anderes in diesem Haus wohnte, brach mir fast das Herz.

»Ich versuche schon die ganze Zeit, es ihr auszureden«, versicherte er niedergeschlagen. »Leider ohne Erfolg bisher.«

Nachdenklich ließ ich den Kopf wieder auf seine Brust sinken.«

»Ich liebe diesen Baum«, sagte ich leise. »Und die Schaukel.« Ich starrte auf das Blatt, um meine Gefühle vor ihm zu verbergen.

»Ich auch«, pflichtete er mir bei. »Und die Scheune. Sie war immer ein wunderbarer Rückzugsort.«

»Ja.« Ich drehte und wendete das Blatt auf seiner Brust. »Wenn ihre Wände sprechen könnten …«

Evan lachte. »Ich würde ihnen auf jeden Fall zuhören.« Auch ich lächelte beim Gedanken an das, was sie alles zu erzählen hätten.

»Aber der Wald hat mir immer Angst gemacht«, erinnerte ich mich. »Oder vielleicht auch nur deine Fahrweise.«

»Hey«, protestierte er. »Ich fand mich ziemlich gut auf dem Motorrad. Hattest du kein Vertrauen zu mir?«

»Nur wenn ich die Augen ganz fest zugemacht habe«, neckte ich ihn.

»Und ich *liebe* die Küche«, lenkte Evan ab. »Ich hab sie genauso eingerichtet, wie ich sie haben wollte.«

»Echt? Die Küche?« Ich lachte. »Natürlich liebst du die Küche.«

»Wenn ich mich recht erinnere, fandest du sie auch toll.«

»Mir ging es mehr ums Essen als um die Küche«, korrigierte ich. Ich hielt inne und wanderte in Gedanken durch die Gänge des Hauses, atmete den Geruch von Holz und Politur ein. »Du hast nie Klavier für mich gespielt.«

»Nein«, antwortete er hastig. »Das wird auch niemals passieren. Meine Eltern haben mich gezwungen, Klavierunterricht zu nehmen, aber diese Finger hier sind definitiv nicht fürs Klavierspielen gemacht.« Er spreizte die Finger vor mir, und ich legte mich grinsend auf seine Schulter zurück, um sie besser betrachten zu können.

»Ja, du hast recht, sie sehen nicht aus, als wären sie einem Klavier gewachsen«, spottete ich.

»Ich wünschte, ich wäre wenigstens ein Mal in diesem Pool geschwommen.«

»Ich glaube immer noch nicht, dass es einen Pool gab. Es war bestimmt bloß ein Loch – warum sonst habt ihr nie die Abdeckung entfernt?«

»Vermutlich werden wir es nie erfahren«, seufzte Evan. »Aber ich kann einfach nicht glauben, dass sie verkaufen will. Meine glücklichsten Momente habe ich in diesem Haus erlebt.«

»Ich auch«, flüsterte ich, versunken in die Erinnerung an all die lebensverändernden Dinge, die passiert waren, während ich Schutz gefunden hatte hinter den Mauern dieses Grundstücks. Evan schwieg, und auf einmal begriff ich, was wir einander *wirklich* sagten.

»Hast du mich eingeholt?«, fragte ich, um das Thema zu wechseln, und räusperte mich.

Evan hob das Buch wieder hoch. »Ja.«

Wir begannen zu lesen. Da ich langsamer war als er, gab ich das Zeichen zum Umblättern, wenn ich mit einer Seite fertig war – vielleicht las Evan aber auch schon gar nicht mehr.

Auf einmal drehte er sich um. Ich spürte seinen warmen Atem an meinem Hals und konnte mich nicht mehr aufs Lesen konzentrieren. Mein Herz raste, Hitze durchströmte meinen Körper.

Ich schloss die Augen und wehrte mich gegen das Verlangen, zu ihm hochzuschauen. Ich wusste, dass er direkt neben mir war. Ich fühlte ihn. Aber ich presste die Lippen zusammen und holte tief Luft. Als ich die Augen wieder öffnete, war das Buch verschwunden, und Evan nahm mir behutsam das Blatt aus der Hand.

»Ich weiß, es ist schwer«, sagte er und rollte sich auf die Seite, den Arm noch immer unter meinem Nacken. Ich starrte an die Decke und versuchte verzweifelt, meinen Atem zu beruhigen. Mir war klar, dass ich von ihm wegmusste, aber ich konnte nicht. »Ich fühle es auch«, fuhr er fort. »Und es fällt mir genauso schwer zu widerstehen, Emma. Aber ich möchte nichts tun, wozu wir noch nicht bereit sind.«

Wieder schloss ich die Augen, und mir wurde eng um die Brust. Zumindest *ich* war noch nicht bereit, das wusste ich. Doch sein fester Körper an meiner Seite und sein Geruch hielten mich gefangen und machten es mir unmöglich, auch nur einen einzigen Muskel zu bewegen. Ich hatte Angst, dies alles zu verlieren – seine Berührung, seine Wärme. Zärtlich strich seine Hand über meinen Bauch, und ich musste nach Luft schnappen.

»O Emma«, murmelte er an meinem Ohr, und ich biss mir auf die Lippe. Auf meinem Bauch ballte seine Hand sich zur Faust, sein Arm spannte sich an. »Vielleicht sollte ich doch lieber nach oben gehen.«

Aber als er sich auf den Rücken drehte, sagte ich: »Nein, geh nicht.« Auf einmal lag er ganz still da. »Du hast recht«, fügte ich leise hinzu. »Wir sind noch nicht so weit, und ich weiß auch nicht, was genau zwischen uns vor sich geht. Aber … könntest du einfach mit mir hier liegen bleiben? Wenn es nicht geht, dann …«

»Doch, es geht, ich kann es.«

Er atmete tief aus. Ich begriff, dass er ein bisschen Abstand brauchte, also rollte ich mich zur Seite und löschte das Licht. Ein paar Minuten später glitt Evan hinter mich, ich fand seine Hand, ergriff sie fest und zog sie zu mir.

»Gute Nacht, Emma«, flüsterte er mir ins Ohr, dann küsste er mich auf den Kopf. Mir stockte der Atem, ich drückte seine Hand, und obwohl es mir unmöglich erschien, schlief ich ein.

32

unErbittlich

Ich glaubte, Stimmen zu hören. Ich versuchte, sie zu ignorieren, aber sie kicherten … kreischten beinahe. Ich legte mich anders hin. Evan murmelte etwas, ohne den Arm von meiner Taille zu heben. »Evan?«, fragte ich leise, doch er schlief anscheinend noch tief und fest.

Erneut lauschte ich, und jetzt hörte ich jemanden sagen: »Es freut mich echt, dass ihr hier seid. Das Wochenende wird bestimmt toll.« Erschrocken fuhr ich im Bett hoch. Evan rollte sich mit einem leisen Brummen auf die andere Seite.

»Evan, wach auf«, drängte ich ihn panisch.

»Ja, Emma schläft noch«, hörte ich Sara sagen. »Ihr Zimmer ist da drüben, wenn ihr sie wecken wollt.«

»Scheiße. Evan!« Erst als ich ihn schubste, öffnete er blinzelnd die Augen. »Die Mädels sind hier«, zischte ich. »Du musst raus aus meinem Bett.«

»Was?«, murmelte er und rieb sich die Augen.

»Raus aus dem Bett. Sofort.« Ich schob ihn weg. »Sie kommen bestimmt gleich rein.« Endlich verstand er, was los war, im selben Moment klopfte es an meiner Tür. Evan wälzte sich aus dem Bett, verhedderte sich mit den Beinen in der Decke und wäre um ein Haar hingefallen. Er war gerade im Bad verschwunden, als Serena den Kopf ins Zimmer streckte.

»Emma?« Ein Lächeln breitete sich auf ihrem Gesicht aus, als sie sah, dass ich wach war. »Hi.«

»Hi«, antwortete ich, lächelte zurück und versuchte, die Panik abzuschütteln. Möglichst unauffällig spähte ich zum Bad hinüber. Mein Lächeln verrutschte etwas, als ich feststellte, dass die Tür einen Spaltbreit offen stand. Ich wollte Evan am liebsten etwas an den Kopf werfen, wandte meine Aufmerksamkeit aber schnell wieder Serena zu, bevor sie etwas bemerkte.

»Guten Morgen«, sagte Meg, als sie ins Zimmer kam. »Du hast lange geschlafen.«

»Wie viel Uhr ist es denn?«, fragte ich und kämpfte gegen den Drang an, erneut zum Bad hinüberzusehen.

»Halb elf.« Meg setzte sich auf die Bettkante.

»Wie war die Fahrt?«, erkundigte ich mich. Mein Herz pochte so heftig, dass es in meinen Ohren dröhnte. Ich musste sie irgendwie dazu kriegen, aus meinem Zimmer zu verschwinden, ohne dass sie Verdacht schöpften.

»Ganz gut«, antwortete Serena und setzte sich neben mich aufs Bett, wo gerade noch Evan gelegen hatte. »Dieses Haus ist übrigens der absolute Hammer. Da hast du einen guten Fang gemacht.«

»Danke«, sagte ich und zupfte unter der Decke nervös am Laken herum. »Ich wollte gerade …«

»Na endlich!«, unterbrach mich Sara, kam ebenfalls herein und schloss die Tür hinter sich. Ich stöhnte innerlich, denn jetzt würde ich die Mädels ganz sicher nicht mehr dazu kriegen, mein Zimmer zu verlassen. »Ich dachte schon, du wachst gar nicht mehr auf. Jetzt, da wir alle hier sind, können wir endlich unser Gespräch von gestern Abend weiterführen.« Ich öffnete den Mund, um zu protestieren, aber sie kam mir zuvor. »Wag es nicht, dich zu drücken. Das ist eine echt große Sache.«

»Was ist eine große Sache?«, fragte Meg und schaute von Sara zu mir.

»Was genau läuft zwischen dir und Evan?«, begann Sara das Verhör.

Ich machte mich auf eine Herzattacke gefasst – ehrlich gesagt wünschte ich mir beinahe eine, denn so hätte ich ihren neugierigen Fragen entkommen können.

Serena stürzte sich sofort auf das Thema. »Warum? Was ist passiert?«

Ich konnte es nicht lassen – ich sah zur Tür hinüber, und obwohl ich Evan nicht sehen konnte, war ich mir sicher, dass er zuhörte.

»Äh … das weiß ich auch nicht so genau«, antwortete ich ausweichend und gab mir alle Mühe, ruhig zu klingen. »Wir … reden miteinander.«

»Ach komm, ihr redet doch bestimmt nicht nur«, erwiderte Sara. »Ich hab euch gestern Abend beim Essen gesehen.«

Ich schluckte und wäre am liebsten im Boden versunken.

»Hat er dich geküsst?«, wollte Serena wissen.

»Nein«, antwortete ich schnell und versuchte, nicht daran zu denken, dass er mich letzte Nacht auf den Kopf geküsst hatte. Aber meine Wangen glühten verräterisch.

»Lügst du?«, fragte Sara vorwurfsvoll. »Hast du ihn geküsst und mir nichts davon erzählt?«

»Nein, ich schwöre, ich hab ihn nicht geküsst«, wehrte ich mich beharrlich.

»Also, was empfindest du denn für ihn?«, fragte Meg. Die Mädchen wurden ganz still und beugten sich gespannt vor. Ich hätte schwören können, dass die Badezimmertür ein Stück weiter aufging.

»Ich weiß nicht, was ich antworten soll«, erklärte ich ehrlich. Ich musste mich wohl oder übel damit abfinden, dass ich dieses Gespräch nicht ewig aufschieben konnte … und dass Evan zuhörte. »Die letzten Wochen waren ziemlich turbulent. Es ist eine Menge passiert, und das muss ich in meinem Kopf erst mal sortieren. Es wäre weder ihm noch mir gegenüber fair, wenn wir irgendwas überstürzen, ohne vorher das in Ordnung zu bringen, was unsere Beziehung von Anfang an belastet hat.«

»Und was genau ist das?«, fragte Meg.

»Ich«, antwortete ich leise und konnte dabei keiner meiner Freundinnen ins Gesicht sehen.

»Er vertraut mir nicht mehr. Dieses Vertrauen muss ich zurückgewinnen, wenn wir es noch mal miteinander versuchen wollen.«

»Willst du es denn noch mal mit ihm versuchen?«, erkundigte sich Serena aufgeregt.

Auf diese Frage wollte ich nicht antworten, also sagte ich nur: »Ich bin noch nicht so weit.« Das war das Einzige, was ich sicher wusste.

Alle schwiegen. »Okay«, sagte ich schließlich, wechselte das Thema und tat mein Bestes, fröhlich zu klingen. »Was machen wir denn heute? Ich werde euch gleich alle rausschmeißen, ich muss nämlich dringend zur Toilette. Aber vorher will ich wissen, was auf dem Plan steht – damit ich mich entsprechend anziehen kann.«

»Wir gehen shoppen«, verkündete Sara. »Und fang jetzt bloß nicht an zu jammern. Du brauchst ein paar neue Kleider.«

»Das sehe ich anders, aber … na gut.«

Meg stand auf. »Dann los, beeil dich. Wir wollen vor unserer Shoppingtour noch brunchen gehen.«

Serena erhob sich ebenfalls und folgte den anderen aus dem Zimmer. Aber an der Tür drehte sie sich noch einmal zu mir um und sagte: »Ich mag ihn, Emma … sehr sogar. Und ich glaube, du weißt genau, was du für ihn empfindest. Hör auf, dagegen anzukämpfen.«

Damit schloss sie die Tür und ließ mich allein mit meiner Verblüffung.

Kaum waren alle draußen, öffnete sich die Badezimmertür, und

Evan trat ins Zimmer. Wutentbrannt schleuderte ich ein Kissen nach ihm.

»Hey!« Er fing es mühelos auf. »Womit hab ich das denn verdient?«

»Du hast uns belauscht, Evan!«, zischte ich und gab mir alle Mühe, nicht laut zu werden.

»Ihr habt über mich geredet«, erwiderte er mit einem verschmitzten Grinsen. »Das musste ich mir doch anhören.«

Die Röte in ihrem Gesicht breitete sich über den ganzen Hals aus.

»Deine Freundinnen sind unerbittlich, was?«, meinte ich kopfschüttelnd. »Mann, bin ich froh, dass ich kein Mädchen bin.«

Emma schlug die Bettdecke zurück und stand auf. »Ich fasse es nicht, dass du das alles mitgehört hast.«

Es fiel mir schwer, nicht über ihre dramatische Reaktion zu lachen. »Du wusstest doch, dass ich hinter der Tür stehe, Emma. Und es war schön zu hören, dass sie mich nicht hassen.«

»Warum sollten sie dich denn auch hassen?«, fragte sie. »Du hast nichts falsch gemacht.«

Ich zuckte die Achseln. »Ich weiß, aber sie sind deine Freundinnen, und wenn sie mich nicht mögen würden, wäre das echt blöd.«

Ein Grinsen erschien auf ihrem Gesicht. »Wofür brauchst du denn ihre Bestätigung?«

Ich hatte zu viel gesagt. »Einfach so.«

»Lügner.«

»Ich schleiche mich unauffällig über die Terrasse runter zum Strand und mache einen Spaziergang«, wechselte ich abrupt das Thema. »Wir wollen doch nicht, dass sie mich aus deinem Zimmer kommen sehen, oder? Sonst denken sie noch, wir hätten uns geküsst oder so.« Emma warf ein zweites Kissen nach mir.

»Halt den Mund, Evan.« Ihre Wangen waren knallrot.

Leise lachend nahm ich meine Kamera von der Kommode.

»Viel Spaß beim Shoppen.« Sie streckte mir die Zunge raus, und im selben Moment drückte ich auf den Auslöser. Wütend rannte sie ins Badezimmer und schlug krachend die Tür hinter sich zu – wie sehr ich ihr Temperament liebte, das ich so häufig weckte.

Es überraschte mich, dass die Mädchen weder meine Kamera noch meine Tasche in dem Zimmer bemerkt hatten. Wahrscheinlich waren sie einfach zu sehr damit beschäftigt gewesen, Emma mit Fragen zu löchern.

Ich schob das Gartentor zur Terrasse auf und vergewisserte mich mit einem raschen Blick, dass niemand draußen war, dann lief ich schnell zur Treppe. Ich hatte gerade den Strand erreicht, da hörte ich, wie hinter mir die Fliegengittertür aufgeschoben wurde.

»Hey!«, rief Sara, und ich blieb abrupt stehen.

Widerstrebend drehte ich mich zu ihr um – es gab sowieso kein Entkommen.

»Du hast dich aus Emmas Zimmer geschlichen, oder?«, fragte sie in vorwurfsvollem Ton, die Hände in die Hüften gestemmt. Ich zuckte schuldbewusst die Achseln. »Evan, können wir kurz reden?«

»Klar«, antwortete ich seufzend.

Sara kam die Treppe herunter, und als wir zusammen weitergingen, machte ich mich auf alles gefasst.

»Ist in meiner Abwesenheit irgendwas zwischen dir und Emma passiert, das ich wissen sollte?«

»Nein«, meinte ich. »Nichts, wovon du wissen solltest.«

»Evan.« Sie warf mir einen genervten Blick zu. »Ich will doch nur dafür sorgen, dass es ihr gutgeht – das weißt du.«

»Ja, das weiß ich, Sara. Wirklich. Ich hab alles gehört.«

»Warum hast du in ihrem Zimmer übernachtet? Ich verstehe nicht, was zwischen euch beiden vor sich geht.«

»Ich auch nicht«, musste ich zugeben. »Und deshalb kann ich dir nur dasselbe antworten wie Emma: Wir reden. Weiter nichts. Ich habe wirklich keine Ahnung, wo uns das hinführt, aber bitte, dräng sie nicht dazu, herauszufinden, was sie für mich empfindet. Ich will sie nicht wieder verlieren, vor allem jetzt nicht – ich lerne sie zum ersten Mal richtig kennen.«

Sara sah mich irritiert an. »Was meinst du damit?«

Ich überlegte, wie ich es ihr am besten erklären konnte. »Emma hat sich in den letzten Wochen verändert. Ihr Blick ist nicht mehr leer. Sie macht nicht mehr den Anschein, als könnte sie jede Sekunde zusammenbrechen. Ich kann nicht genau sagen, was passiert ist, aber sie öffnet sich mir endlich und ...«

»... wird wieder zu der Emma, die wir kannten?«

»Nein.« Ich schüttelte den Kopf. »Sie ist nicht mehr die Emma von früher. Ich glaube, die wird sie nie wieder sein. Aber ich denke, sie bemüht sich darum, gesund zu werden – sie will, dass es ihr bessergeht. Sie vertraut sich mir an, und das hat sie noch nie getan. Dieses Vertrauen will ich nicht verlieren, weil sie sich vor dem fürchtet, was möglicherweise zwischen uns vor sich geht oder nicht vor sich geht. Ich weiß, wie sehr sie dir am Herzen liegt, mir geht es genauso. Ich bitte dich nur, uns ein bisschen Freiraum zu geben. Lass uns selbst herausfinden, was wir einander bedeuten.«

»Vertraust du ihr denn?«, wollte Sara wissen.

Ich starrte hinaus aufs Meer, während wir weitergingen. »Das möchte ich«, antwortete ich. »Das möchte ich wirklich.«

»Aber du tust es nicht«, schlussfolgerte Sara. »Das ist nicht fair, Evan. Du musst ihr wenigstens so weit vertrauen, dass du ihr sagen kannst, wie sehr sie dich damals verletzt hat. Wenn du ihr das nicht sagst, tust du ihr im Grunde das Gleiche an wie sie dir. Sie sollte es wissen.«

»Sie ist sowieso schon kurz davor, unter all den Schuldgefühlen zusammenzubrechen, die man ihr das ganze Leben lang eingeredet hat«, erwiderte ich. »Sie weiß bereits, dass ich Albträume habe. Das reicht fürs Erste.«

Sara kniff die Augen zusammen. Hoffentlich bohrte sie jetzt nicht weiter nach ...

»Aber du kannst nicht erwarten, dass sie dir Gefühle und Gedanken anvertraut, über die sie wahrscheinlich noch nie mit jemandem gesprochen hat, wenn du ihr nicht dasselbe Vertrauen entgegenbringst.«

Manchmal hasste ich es, wenn Sara recht hatte.

Ich rastete fast aus, als ich Evan und Sara zusammen zurückkommen sah. Sie wusste, dass er in meinem Zimmer gewesen war, das sah ich an der Art, wie sie mich anschaute und den Kopf schüttelte, als sie neben ihm die Treppe zur Terrasse hochkam. Ich sank etwas tiefer in meinen Stuhl und wandte den Blick ab. Leider hatte ich keine Gelegenheit, Evan zu fragen, worüber sie geredet hatten, bevor er mit James und Jared zu Nate aufbrach. Sie wollten ihm bei den Vorbereitungen einer weiteren seiner berühmt-berüchtigten Partys helfen.

Nach unserer Shoppingtour verbrachten die Mädels und ich den Rest des Tages am Strand. Für die Party am Abend schlüpfte ich in Jeans, ein Trägertop und meine schwarzen Sneakers. Als Sara mich sah, taxierte sie mich missbilligend von oben bis unten.

»Wir haben gerade ein paar wirklich tolle Kleider gekauft, und dir fällt nichts Besseres ein, als deine üblichen Jeans anzuziehen? Was soll ich bloß mit dir machen?«, seufzte sie.

»Du sollst mich lieben, wie ich bin«, erwiderte ich schmunzelnd.

»Ich tue das«, mischte sich Serena ein.

»Jetzt ermutige sie nicht auch noch, Serena«, rief Sara. »Nebenbei ist deine Garderobe ja auch nicht gerade einfallsreich – Schwarz, Schwarz und noch mal Schwarz.«

»Also, ich finde, Serena zieht sich total schick an«, meinte ich.

»Das finde ich auch«, fügte Serena leicht gekränkt hinzu.

»Okay, ihr habt ja recht. Entschuldige, Serena. Du verstehst es zumindest, Abwechslung in das ganze Schwarz zu bringen. Aber so leid es mir tut, Em – so kann es nicht mit dir weitergehen.«

»Hat James dein Auto, Serena, oder sind die Jungs mit dem Scout zu Nate gefahren?«, fragte Meg und wechselte das Thema.

»Wem gehört der Scout eigentlich?«, erkundigte sich Serena. »Der hat echt was.«

Ich zögerte, eigentlich wollte ich ihre Frage lieber nicht beantworten. Sara kniff argwöhnisch die Augen zusammen, weil ich mit ungewöhnlicher Sorgfalt meine Schuhe zuband.

»Emma Thomas, raus mit der Sprache«, forderte sie mich ungeduldig auf.

»Er gehört Evan«, murmelte ich und erhob mich langsam.

»Das hab ich mir schon fast gedacht, als wir gestern Abend zu Nate gefahren sind. Aber wozu braucht Evan hier in Kalifornien ein Auto?«

Die Tatsache, dass ich die Luft anhielt, genügte ihr als Antwort. »Das kann doch nicht wahr sein!«

»Was?«, fragte Meg, völlig verwirrt.

»Super!« Serena machte einen regelrechten Luftsprung. »Er bleibt hier.«

»Er tut was?« Meg starrte mich mit großen Augen an.

»Evan hat an die Stanford University gewechselt«, erklärte Sara, ohne den Blick auch nur eine Sekunde von mir abzuwenden. »Natürlich.«

»Was meinst du damit?«, wollte ich wissen.

»Langsam begreife ich alles«, sagte sie mit einem nachdenklichen Nicken. »Letzten Sommer hat Vivian meiner Mutter erzählt, dass sie Evan nach Stanford hätte gehenlassen sollen, als er sie darum gebeten hat. Sie meinte, sie würde ihm nicht länger im Weg stehen, ganz so, als wollte er immer noch weg. Aber das war letztes Jahr, und als er dann im Herbst die Uni immer noch nicht gewechselt hatte, dachte ich, es hätte sich erledigt.«

»Dann hat er das schon seit einer Weile geplant?«, schlussfolgerte Meg.

»Stanford war von Anfang an seine erste Wahl«, erklärte ich.

»Und du auch«, meinte Sara, und mir stockte der Atem. »Schau mich nicht so an, Emma. Ich glaube, er wäre schon viel früher hergekommen, wenn seine Eltern ihn nicht praktisch eingesperrt hätten.«

»Wovon redest du da?«

»Sie haben ihn nicht an sein Geld gelassen«, erklärte Sara. »Er hatte nicht mal ein Auto auf dem Campus. Sie haben ihn quasi unter Arrest gestellt.«

»Er durfte nicht reisen?«, fragte ich erschüttert, denn ich wusste, wie schlimm das für ihn gewesen sein musste. Evan reiste oft und gerne, wann immer sich die Gelegenheit dazu bot. In Connecticut festzusitzen hatte sich für ihn bestimmt angefühlt, als wäre er im Gefängnis.

»Ja, und zwar eine ganze Weile nicht. Soweit ich von meiner Mutter weiß, durfte er erst letzten Sommer wieder reisen.«

»Wow«, sagte ich lautlos. Ich hatte sein Leben viel drastischer verändert, als ich je beabsichtigt hatte.

»Emma, das ist nicht deine Schuld«, tröstete mich Sara. »Das war die Entscheidung seiner Eltern. Du hast das nicht zu verantworten, okay? Also hör auf, dir Vorwürfe zu machen.«

Ich nickte und versuchte, die nagenden Schuldgefühle abzuschütteln.

»Aber du solltest das alles lieber von ihm selbst hören.« Sara seufzte. »Nicht von mir. Er muss es dir selbst sagen, auch wenn du es schon weißt. Wenn du zu dem Schluss kommst, dass du es noch mal mit ihm versuchen möchtest, dann muss auch er ehrlich zu dir sein.«

Ich ließ die Schultern hängen. »Du hast recht.«

Wie meistens.

33

dIe SachE miT dem Pool

Als wir bei Nate ankamen, war die Straße schon mit Autos vollgeparkt. Wir waren spät dran wegen unseres Gesprächs über Evan.

»Ich liebe diese Party jetzt schon«, verkündete Serena und steuerte durch die Menschenmenge im Haus auf die Gitarrenmusik zu, die von der Terrasse hereindrang.

»Hey, Emma!«, rief Ren, der hinter der Bar auf der anderen Seite des Raums stand.

»Hey, Ren!« Ich winkte ihm nur zu, denn ich wollte mit Serena Schritt halten.

Als wir auf die Terrasse hinaustraten, sahen wir um den Pool herum wieder eine Menge mehr oder weniger spärlich bekleideter Mädchen.

»Wow, ein paar von denen haben anscheinend überhaupt kein Schamgefühl«, mutmaßte Meg und musterte all die eingeölte nackte Haut, die im Sonnenlicht glänzte.

»Ich glaube, sie sind einfach selbstbewusst«, erwiderte Serena. »Warum sollten sie sich denn schämen?«

»Sagt das Mädchen mit der makellosen Alabasterhaut«, neckte Meg sie.

»Das sich nicht scheut, nackt im ganzen Haus rumzulaufen«, fügte ich hinzu.

»Das macht sie nur, um Peyton auf die Palme zu bringen.« Meg lachte.

»Emma!«, rief in diesem Moment TJ von der unteren Terrasse, mit einem breiten Grinsen im Gesicht. »Du bist tatsächlich gekommen!«

»Ja, bin ich!«, rief ich lachend zurück.

»Ist das ein Freund von Evan?«, fragte Sara.

Ich nickte.

»Endlich mal eine Party mit guter Musik«, stellte Serena begeistert fest und bewegte den Kopf im Rhythmus der Band, die auf der Terrasse spielte. »Kommt, suchen wir die Jungs.« Sie nahm meine Hand und zog mich die Treppe hinunter.

»Wollt ihr was trinken?«, erkundigte sich Meg, als wir unten ankamen.

»Ja«, antwortete Sara für uns alle und ging vor in Richtung Bar.

»Hey«, sagte ich zu Nate und Brent, als wir endlich dran waren.

»Hey, wir haben uns schon gefragt, wann du auftauchst«, antwortete Nate, dann bemerkte er die Mädels neben mir. »Hi, ich bin Nate. Und das ist Brent.«

Brent lächelte auf seine charmante Art und gab den anderen die Hand, während ich sie vorstellte.

»Emma, du siehst mal wieder umwerfend aus«, meinte er dann.

»Danke.« Ich lächelte zurück. Die Mädels warfen mir verwunderte Blicke zu.

»Was kann ich euch hübschen Damen denn servieren?«, erkundigte sich Brent und rieb sich die Hände.

»Überrasch uns«, antwortete Serena.

»Evan ist bei James und Jared. Die drei müssten hier irgendwo sein«, sagte Nate, während Brent unsere Drinks auf den Tresen stellte.

»Danke für die Info!« Serena umfasste meinen Arm und angelte sich mit der anderen Hand ihren bläulichen Drink.

Wir mussten nicht lange suchen. Anscheinend wurden Evan,

James und Jared von sämtlichen Mädchen angestarrt, außerdem waren sie größer als fast alle anderen.

»Hey«, sagte ich, als ich zu Evan trat.

Auf seinem Gesicht erschien sein typisches atemberaubendes Lächeln. »Hi. Ich freu mich, dass du da bist.«

»Oh! Zu diesem Lied *müssen* wir tanzen!«, rief Serena in diesem Moment, nahm mir meinen Drink ab und drückte ihn Evan in die Hand, bevor sie mich durch die Menschenmasse zur Bühne zog. Ich warf ihm über die Schulter einen entschuldigenden Blick zu, doch er zuckte nur grinsend die Achseln. Innerhalb weniger Sekunden wurden wir von der wogenden Menge verschlungen.

Serena erkämpfte uns einen Platz direkt vor der Band und begann, zu dem gecoverten Rocksong auf und ab zu hüpfen.

Ich war mir nicht ganz sicher, wie empfindlich die Kratzer und Blasen an meinen Füßen noch waren, und wiegte mich deshalb nur vorsichtig vor und zurück.

»Jetzt komm schon, Emma!«

Ich stieß mich etwas fester vom Boden ab, begann dann ebenfalls zu hüpfen und wie Serena die Arme in die Luft zu recken. Kurz darauf kam auch Sara mit wild fliegenden roten Haaren auf uns zugehopst. Meg, die ihre Füße lieber auf dem Boden behielt, lachte über unseren ausgelassenen Tanzstil und schwang die Hüften.

»Ich glaube nicht, dass sie noch mal herkommen«, meinte Jared mit Blick zu Sara, die wild herumhüpfte und ihre rote Haarmähne hin und her schleuderte.

»Die Band muss ja irgendwann mal Pause machen«, beruhigte ich ihn.

»Was ist das für ein Zeug?«, fragte James und hielt Serenas Becher hoch, den sie bei ihm zurückgelassen hatte.

»Das ist ein Mädchengetränk«, erklärte ich. »Nate und die anderen Jungs kreieren den Mädels bei jeder Party einen neuen Cocktail. Normalerweise ist er total süß und ziemlich hochprozentig.«

James trank einen Schluck und verzog das Gesicht. »Okay, ich bleibe lieber beim Bier.«

Ich lachte.

»Und, wie läuft es so mit Emma?«, erkundigte sich Jared, ohne den Blick von Sara abzuwenden.

»Das ist kompliziert«, antwortete ich und trank einen Schluck aus meiner Bierflasche.

»Das ist es doch meistens bei euch beiden«, meinte Jared, und James lachte leise.

»Dich überrascht das also nicht?«, fragte ich James.

»Sie ist ... anders.« Er wählte seine Worte mit Bedacht. »Aber ich mag sie. Sie ist unberechenbar.«

»O ja, das kannst du laut sagen.«

»Genau deshalb mag Evan sie so sehr«, meinte Jared mit einem schiefen Grinsen, und ich musste lachen – wie wahr! »Was auch immer du mit ihr machst, es scheint zu funktionieren. Sie sieht längst nicht mehr so fertig aus wie in den letzten Wochen. Genaugenommen sieht sie echt super aus.«

»Äh, danke, Jared«, sagte ich kopfschüttelnd. Aber er hatte recht. Lachend und mit erhitzten Wangen sah sie zu, wie Serena neben ihr immer höher in die Luft sprang. Ich konnte nicht leugnen, dass sie wunderschön war, selbst in Jeans und Trägertop. Genau dasselbe dachte ich auch jeden Morgen, an dem sie neben mir aufwachte, mit zerzausten Haaren und einem Kissenabdruck im Gesicht.

»Hey, Evan«, rief TJ von der anderen Seite des Pools und lenkte mich von Emmas Anblick ab. »Ren könnte oben deine Hilfe brauchen.«

»Bin gleich da«, rief ich zurück. »Wir sehen uns später, Jungs.« Ich warf einen Blick auf den Drink in meiner Hand. »Könnt ihr den nachher Emma geben?« Ich reichte ihn James, der die beiden Drinks geschickt auf einer Handfläche balancierte.

Ich ging ins Haus, wo ich eine Weile mit allen möglichen Dingen beschäftigt war. Heute waren noch mehr Leute da als auf allen anderen

Partys bisher, und ich hatte mich von den Jungs wieder einmal einspannen lassen. Dabei hatte ich nichts mit der Planung zu tun gehabt. Ich wohnte ja nicht einmal mehr hier.

Emma schaute vorbei, um hallo zu sagen, aber ich konnte mich nicht mit ihr unterhalten, weil ich alle Hände voll zu tun hatte. Ich versuchte mehrmals wegzukommen, aber es löste mich niemand an der Bar ab. Ich hielt nach einem der Jungs Ausschau – mit jeder Minute, die verstrich, wuchs meine Ungeduld.

»Hi«, sprach mich eine schlanke Blondine auf der anderen Seite der Bar an.

»Hi«, antwortete ich geistesabwesend, immer noch auf der Suche nach jemandem, der für mich einspringen konnte. »Was möchtest du trinken?«

»Ein Bier bitte.« Während ich ihr eine Flasche aus der Eiswanne holte, fuhr sie fort: »Du bist Evan, richtig?«

»Ja«, nickte ich, öffnete die Flasche und reichte sie ihr.

»Ich bin Nika. Ich bin ein paarmal mit dir und deinen Kumpels surfen gewesen.«

Ich sah sie genauer an. Ihre braunen Augen und die sonnengebleichten blonden Haare kamen mir vage bekannt vor. Ich war mir ziemlich sicher, dass sie eins der Mädchen war, deren Nummer Brent unbedingt haben wollte. »Ja, richtig. Freut mich, dass du gekommen bist.«

»Mich auch.« Sie lächelte. »Vielleicht sehen wir uns ja später.«

»Okay«, antwortete ich betont unverbindlich, sah an ihr vorbei und hielt Ausschau nach meiner Ablösung. Da entdeckte ich Ren mit seiner Baseballmütze.

»Volltreffer, Evan«, meinte er mit einem verschmitzten Grinsen und kippte neues Eis in die Wanne.

»Was soll das heißen, und wo zur Hölle hast du gesteckt? Ich muss dringend eine Weile weg von der Bar.«

»Ach, das musst du doch gemerkt haben«, erwiderte er lachend. »Das Mädel, mit dem du gerade geredet hast, fährt voll auf dich ab.«

»Mir egal. Also, springst du für mich ein?«

»Ich muss noch mehr Eis holen, bin aber gleich wieder da«, versprach er.

Als ich endlich abgelöst wurde, drängte ich mich so schnell wie möglich durch das überfüllte Zimmer auf die Terrasse. Ich ließ meinen Blick über die Menge schweifen und entdeckte Emma schließlich mit Meg auf der anderen Seite des Pools: Die beiden unterhielten sich angeregt und lachten über irgendetwas.

Ich ging die Treppe hinunter auf sie zu, doch als ich gerade die letzte Stufe erreicht hatte, erschien Nika vor mir. »Ich hab mich schon gefragt, ob du je hinter deinem Tresen hervorkommen würdest.«

»Oh, hey. Schön, dich wiederzusehen«, sagte ich, suchte mit den Augen aber schon wieder die dichtgedrängte Menge ab. Mist, wo war Emma geblieben?

»Wohnst du mit den anderen Jungs hier?«, fragte sie, offenbar fest entschlossen, sich mit mir zu unterhalten.

»Nein, ich wohne in einem anderen Haus, etwa fünf Minuten entfernt.«

»Ist es da auch so schön?«

»Ja, es ist ein tolles Haus – direkt am Strand.« Ich versuchte, ihr oft genug in die Augen zu sehen, um sie nicht zu kränken, während ich gleichzeitig den Beckenrand nach einem lilafarbenen Trägertop und kurzen braunen Haaren absuchte.

»Ich würde es total gerne mal sehen«, sagte Nika.

Sie war sehr attraktiv, und wenn ich Brent gewesen wäre, hätte ich mich wahnsinnig über ihr Interesse gefreut – aber ich war nicht Brent, und sie war das falsche Mädchen.

»Vielleicht geben wir auch mal eine Party«, meinte ich. »Kennst du Emma Thomas ... vom Surfen?«

»Äh, ja, ich hab sie vor ein paar Tagen hergebracht, als sie am Strand zusammengebrochen ist.«

»Ach ja, genau. Ich bin echt froh, dass du ihr geholfen hast.«

»Sie ist Coles Freundin, oder?«

»Nein. Ist sie nicht.« Mein Kiefer verkrampfte sich schon, wenn ich nur daran dachte, dass die beiden etwas miteinander gehabt hatten. »Sie wohnt im selben Haus wie ich. Hat sie deine Nummer?«

»Ich glaube schon«, antwortete sie, sichtlich enttäuscht. »Bist du ...«

»Evan!«, rief in diesem Moment Sara, die hinter Nika aufgetaucht war. Serena blickte argwöhnisch zwischen uns hin und her, als würde sie die Situation einzuschätzen versuchen. »Wir haben dich schon gesucht.«

»Sorry, ich bin nicht weggekommen von der Bar«, erklärte ich.

»Hi, ich bin Serena«, sagte sie zu Nika, trat neben mich und hakte sich bei mir unter. Ohne Nikas Antwort abzuwarten, fuhr sie fort: »Ich werde dir Evan jetzt entführen.«

Bevor sie mich davonzerren konnte, hörte ich einen spitzen Schrei, gefolgt von einem Platschen.

»O nein«, stöhnte Serena und zog mich schnell weg.

»Und ich habe es noch nicht mal kommen sehen!«, keuchte ich, als Meg neben mir aus dem Wasser auftauchte.

»Du warst wohl ein bisschen abgelenkt«, sagte sie lachend.

»Ich habe keine Ahnung, wovon du redest«, behauptete ich, wurde jedoch sofort rot, weil sie mich dabei erwischt hatte, wie ich Evan und Nika beobachtete.

Nicht weit von uns spritzte Wasser auf, als noch jemand in den Pool sprang. Einen Moment später tauchte TJ auf, mit seinem typischen charismatischen Grinsen im Gesicht.

»Ein bisschen Gesellschaft gefällig?«, fragte er und schwamm zu uns herüber.

Plötzlich stürzten sich überall um uns herum Leute in den Pool, manche mit lauten Jubelschreien, andere unter heftigem Protest. Typen warfen einander ins Wasser und landeten nicht selten auf kreischenden Mädchen. Ich tauchte unter und versuchte, ungesehen zur Leiter zu kommen, um dem Chaos zu entfliehen.

Gerade als ich nach dem Geländer griff, packte jemand mein Fußgelenk und zog mich unter Wasser. Mit einem kräftigen Tritt tauchte ich wieder auf, und als ich mich nach dem Übeltäter umdrehte, sah ich Brent davonschwimmen. Ich wandte mich wieder ab und sah mich auf einmal Evan gegenüber. Er wirkte genauso überrascht wie ich.

»Hi.« Wasser tropfte aus seinen zerzausten Haaren über sein kantiges Gesicht. Als er lächelte, blieb mein Herz fast stehen.

»Hi«, antwortete ich mit einem verlegenen Grinsen.

»Ich hab gehört, du hast das angezettelt.« Er machte eine Kopfbewegung in Richtung des Tumults.

»Das geht auf Megs Kappe!«, verteidigte ich mich. Hinter mir rangelten zwei Typen miteinander, stießen mich an, und ich trieb auf Evan zu. Er wich ihnen in eine Ecke aus, und ich folgte ihm.

»Meg kommt mir nicht wie eine Unruhestifterin vor«, meinte er und schwamm ein Stück zur Seite, um mir Platz zu machen.

»Oh, aber ich schon?« Ich versuchte, gekränkt zu klingen.

»Ja, du hast deinen Ruf weg. Und das ist nicht das erste Mal, dass ich deinetwegen in voller Montur in einem Pool lande.«

»Stimmt wohl.« Ich wurde rot, konnte aber den Blick nicht von seinen graublauen Augen abwenden, als er sich mir näherte. Direkt vor mir hielt er inne und musterte mein Gesicht, als suchte er darin nach einer Antwort … oder einer Erlaubnis. Mein Puls begann zu rasen, als seine Hand meine Taille umfasste. Ich griff nach dem Beckenrand, um mich über Wasser zu halten. Mir stockte der Atem, als er noch näher kam – und dann war er plötzlich weg. Ich wirbelte herum.

»Hey, Emma.« Dort, wo Evan gerade noch gewesen war, schwamm jetzt Brent und lächelte mich an. Im nächsten Moment wurde er unter Wasser gezogen. Höchste Zeit, mich aus dem Staub zu machen. Ich brauchte ohnehin ein bisschen Abstand, nachdem ich schon wieder einen dieser *Momente* mit Evan gehabt hatte.

»Wie habt ihr es geschafft, nicht in den Pool geworfen zu werden?«, fragte ich Sara und Serena, die an einem Tisch saßen und den Tumult aus sicherer Entfernung beobachteten.

Saras Augen funkelten. »Das trauen die sich nicht.«

»Du siehst total lächerlich aus«, sagte Serena lachend und zeigte auf meine nasse Jeans, die mir die Hüfte runterrutschte und weit über meine Schuhe hing. Ich versuchte, sie hochzuziehen, aber es war zwecklos.

»Wollen wir gehen?«, fragte Meg hinter mir.

»Ich glaube, ihr habt euren Beitrag zur Party geleistet«, meinte Serena und reichte Meg ihre Schlüssel. »Aber ich bleib noch ein bisschen.«

»Ich auch«, schloss Sara sich an.

»Okay. Viel Spaß noch«, sagte ich und ging mit Meg am Haus entlang.

»Ihr wollt schon weg?« Im Laufschritt holte Evan uns ein.

Ich zupfte leicht an meiner unkooperativen Jeans und sagte: »So kann ich nicht hierbleiben. Wir gehen nach Hause. Wir sehen uns dann da, okay?«

»Ich komme mit. Wartet ihr vor dem Haus auf mich? Ich bringe Sara noch schnell meinen Schlüssel, damit sie und die anderen später irgendwie nach Hause kommen.«

»Okay«, antwortete Emma und ging weiter.

Sara und Serena saßen in der Nähe des Terrassengeländers und beobachteten lachend das Spektakel im Pool.

»Sara, ihr könnt meinen Truck nehmen, wenn ihr nachher fahrt«, sagte ich und gab ihr die Schlüssel.

»Wie kommst du dann nach Hause?«, wollte Sara wissen.

»Ich gehe jetzt, mit Emma und Meg.«

Serena grinste. Ich konnte mir nur zu gut vorstellen, was sie sich dachte.

»Okay, dann bis später«, antwortete Sara. Ich machte mich auf den

Weg zu Emma und Meg, doch als ich auf den Gehweg trat, blieb ich wie angewurzelt stehen. Die beiden zogen gerade ihre Jeans aus und steckten sie in eine schwarze Mülltüte.

»Hey, Evan«, sagte Meg. »Keine nassen Hosen im Auto – das ist unsere Regel.«

»Hm?«, machte ich und hatte Schwierigkeiten, den Blick von Emmas entblößten Beinen abzuwenden. Ich blinzelte und konzentrierte mich auf Megs Gesicht.

»Du musst deine Jeans ausziehen, bevor du ins Auto steigst«, erklärte sie.

Ich hob die Augenbrauen.

»Du musst nicht mitkommen, wenn du nicht willst«, fügte Emma hinzu. Sie hatte mit Sicherheit meine Reaktion auf ihren Anblick bemerkt. Vermutlich würde diese Fahrt mich umbringen.

»Nein, ist schon ... okay«, gab ich mich geschlagen und holte entschlossen Luft. Dann streifte ich meine klitschnassen Jeans ab, warf sie in die Tüte, die Meg für mich aufhielt, und legte meine Schuhe zu den Fußballschuhen und Bällen im Kofferraum. Den Blick auf Emma gerichtet, sagte ich zu Meg: »Ach, eigentlich kannst du mein T-Shirt auch gleich haben.«

Emma starrte mich mit offenem Mund an. Meg sah zwischen uns hin und her und schüttelte den Kopf. »Meinetwegen.«

»Du bist bösartig«, grummelte Emma.

»Hey, du hast den Waffenstillstand gebrochen«, erwiderte ich grinsend und zog mein T-Shirt aus. Ich musste lachen, als Emma sich blitzschnell wegdrehte.

»Du kannst fahren«, sagte Meg und reichte mir den Schlüssel, bevor sie die Mülltüte in den Kofferraum warf.

Emma wartete schon auf dem Beifahrersitz. Ich erhaschte einen Blick auf ihre schlanken, muskulösen Beine und ihren schwarzen Slip. Rasch klappte ich meinen Sitz nach vorn, damit Meg auf die Rückbank klettern konnte, aber ich nahm kaum wahr, wie sich ihr spärlich bekleideter Körper an mir vorbeischob, so fasziniert war ich von dem halbnackten Mädchen direkt vor mir.

»Warum fährst *du*?«, fragte Emma panisch, als ich einstieg.

Ich zuckte die Achseln. »Meg hat mich darum gebeten.«

»Meg!«, stöhnte Emma.

»Was?« Meg klang ehrlich verwirrt. »Was ist denn los mit euch beiden? Ihr sitzt doch nicht nackt nebeneinander. Also lass die Albernheiten und fahr los, Evan.«

Emma starrte aus dem Fenster.

Als ich den Motor startete, dröhnte sofort laute Musik aus dem Radio. Emma drehte sich um, schrie im selben Moment wie Meg: »David Bowie!«, und fügte ohne die kleinste Denkpause hinzu: »Young Americans!«

»Ach, Mist«, murrte Meg. »Ich hab den Songtitel nicht schnell genug gesagt.«

Ich hatte keine Ahnung, was da gerade vor sich gegangen war, ich wusste nur, dass Emmas Oberschenkel plötzlich bloß noch ein paar Zentimeter von meiner Hand an der Gangschaltung entfernt war – und konnte nicht atmen. Aber ich zwang mich, auf die Straße zu sehen, denn in meinem momentanen Aufzug wäre jede Ablenkung fatal gewesen. »Was war das denn gerade?«

»Wenn jemand das Radio anmacht oder den Sender wechselt, versucht jede von uns, den Interpreten und den Songtitel zuerst zu nennen«, erklärte Meg. »Ist bloß so ein Spielchen zwischen Emma und mir.«

»Wie die Sache mit dem Pool?«

»Genau.« Emma lachte. »Wie die Sache mit dem Pool.«

Verstohlen sah ich zu ihr hinüber – eine schlechte Idee. Überall nur nackte Haut. Ich umfasste das Lenkrad fester und rang um Fassung. Was zur Hölle sollte ich nur machen, wenn ich sie im Bikini sah?

Als wir endlich in die Auffahrt bogen, atmete ich erleichtert auf. Ich bot an, die Kleidertüte aus dem Kofferraum zu holen, und ließ Emma und Meg vorgehen, um mich wieder etwas zu beruhigen. Als ich mich schließlich umgezogen hatte, saßen die beiden Mädchen schon im Wohnzimmer.

»Evan, hast du Lust, einen Film anzuschauen, wenn die anderen wieder da sind?«, erkundigte sich Meg.

»Klar, gern«, meinte ich. »Habt ihr Hunger?«

»Willst du was kochen?«, fragte Emma aufgeregt.

»Nein«, antwortete ich mit einem leisen Lachen. »Ich dachte, wir bestellen uns Pizza. Oder vielleicht könntest du was kochen?«

»Nein, wir bestellen Pizza!«, rief Meg. »Emma fackelt nur das Haus ab.«

»Hey!«, beschwerte sich Emma. »Überbackenen Käsetoast hab ich hinbekommen.«

»Wow, eine echte Meisterleistung«, neckte ich sie lachend. Emma schnappte sich ein Kissen und warf es nach mir, aber ich fing es mühelos auf.

Auf einmal musste ich an die Kissenschlacht denken, die Emma und ich uns vor Jahren geliefert hatten. Ich war versucht, das Kissen zurückzuwerfen, nur um die Situation von damals noch einmal heraufzubeschwören.

»Evan, ich hab gehört, du bist jetzt in Stanford«, sagte Meg und holte mich in die Gegenwart zurück.

Evan wandte sich Meg zu, und sein verschmitztes Grinsen verschwand aus meinem Blickfeld. Ich glaubte zu wissen, woran er dachte, während er das Kissen umklammerte. »Ja, das stimmt.«

Kurz nachdem unsere Pizza geliefert wurde, trudelten auch die anderen ein. Zum Glück hatten wir genug bestellt, denn Jared und James aßen jeweils fast eine ganze Pizza allein.

Als alle satt waren, setzte ich mich auf den weichen Teppich vor der Couch, während Evan am Fernseher stand und die Filme in Saras Medienbibliothek durchsah.

»Komm, setz dich zu uns, Meg«, rief Serena, machte es sich auf

James' Schoß gemütlich und legte ihre langen Beine über die Armlehne.

Sara kicherte über irgendetwas, das Jared ihr ins Ohr geflüstert hatte – genau deswegen hatte ich mich lieber auf den Boden gesetzt. Meg ließ sich mit einer großen Schüssel Popcorn neben ihnen aufs Sofa sinken, während Evan den Film wählte.

»Du kannst dich in den Sessel setzen«, meinte er, als er mich auf dem Boden kauern sah.

»Nein, danke, ich hab's hier bequem«, versicherte ich ihm und drückte mein Kissen an die Brust. Evan zögerte, setzte sich dann aber selbst in den Sessel und löschte das Licht.

Die Bilder auf dem Bildschirm tauchten das Zimmer in flackerndes Licht. Hinter mir erklang erneut ein leises Kichern, ich rutschte näher an Evan heran und lehnte mich an die Sesselkante neben seinem Bein.

Während des Films wurde ich immer müder, bis ich schließlich mit dem Kopf an Evans Bein einschlief.

Als ich aufwachte, war das Zimmer dunkel, und ich lag im Bett. Ich spürte Evans Atem im Nacken, und mit einem kleinen Lächeln auf den Lippen döste ich in seinen Armen wieder ein.

34

einFach nichT daRan denken

Ich glaube, ich sollte nicht mehr hier schlafen«, verkündete Evan, als ich aus dem Badezimmer kam.

Ich starrte ihn verwirrt an. »Du willst nicht mehr bei mir schlafen?«

Evan stieß ein unbehagliches Lachen aus. »Genau das ist das Problem.«

»Wie meinst du das?«, fragte ich.

Evan strich die Decke über seinen Beinen glatt, lehnte sich an das Kopfende des Betts und legte den Kopf zurück – offensichtlich wusste er nicht recht, wie er es mir erklären sollte.

»Du kannst es mir sagen.« Ich setzte mich auf die Bettkante neben seinen Füßen.

»Das ist … nicht leicht«, murmelte er. »Wir wollen es langsam angehen lassen … erst mal rausfinden, was wir füreinander empfinden … Aber wenn ich dich nur hier im Bett berühren kann, während ich deinem Atem lausche, den Duft deiner Haare rieche und spüre, wie sich dein … dann ist das … schwer.«

»Oh«, hauchte ich, als mir schlagartig klar wurde, wovon er sprach. Allein der Gedanke, wie sein warmer Körper sich an meinen Rücken presste, ließ mein Herz schneller schlagen. »Ja, ich weiß.«

»Deshalb wäre es wohl das Beste, wenn ich von jetzt an im Schlafzimmer oben übernachte«, meinte er.

»Hm. Okay«, sagte ich zögernd. »Wenn dir das lieber ist.«

»Dir nicht?«, fragte er überrascht. »Bin ich der Einzige, für den das hier die reinste Folter ist?«

Hitze stieg mir ins Gesicht, und ich schüttelte den Kopf.

»Es ist schon schwer genug, dich nicht zu küssen …«, setzte Evan an.

»Okay, ich hab's verstanden«, unterbrach ich ihn hastig – ich wollte nicht, dass er weiterredete, ich wollte nicht, dass er mich daran erinnerte, wie es sich anfühlte, wenn er mich küsste. Ich kniff die Augen zu – aber es war zu spät.

»Also, dann bringe ich mal meine Sachen nach oben.« Er formulierte es zwar als Ankündigung, aber ich hörte den fragenden Tonfall in seiner Stimme.

»Ja«, antwortete ich betreten. Evan nahm seine Tasche von der Couch und seine Kamera von der Kommode.

An der Tür blieb er kurz stehen und setzte ein verkniffenes Lächeln auf, bevor er das Zimmer verließ.

Ich ließ mich rücklings aufs Bett fallen und erlaubte mir wieder zu atmen – während unseres Gesprächs war mir die Luft weggeblieben. Was war da gerade passiert? Wir hatten uns eingestanden, dass wir Sehnsucht nacheinander hatten, es jedoch nicht direkt ausgesprochen. Ein furchtbar peinlicher Moment.

Sara kam herein, ohne anzuklopfen, schloss die Tür hinter sich und setzte sich neben mich.

»Ich hab gerade Evan mit seiner Tasche hier rauskommen sehen«, sagte sie. »Habt ihr euch gestritten?«

»Nein.« Ich seufzte.

»Was ist dann los?«

Ich antwortete nicht gleich. Schließlich sagte ich: »Erinnerst du dich noch, wie du mich in der Highschool gefragt hast, ob ich gerne mit Evan schlafen würde? Damals waren wir frisch zusammen. Danach konnte ich an nichts anderes mehr denken, weil *du* mir den Gedanken eingepflanzt hast«, erklärte ich schließlich.

Sara brach in Gelächter aus. »Ja, das war urkomisch. Du konntest eine Woche oder so nicht mal mehr normal mit ihm reden. Ich war überzeugt, dein Gesicht würde für immer knallrot bleiben.«

»Ja«, murmelte ich. »Also, ich …«

»Warte mal – hast du mit Evan geschlafen?«

»Nein!«, entgegnete ich heftig.

»Aber du würdest es gerne?«, platzte sie heraus und gab mir damit wieder keine Möglichkeit, es ihr zu erklären.

Ich vergrub mein Gesicht in der Bettdecke und stieß einen frustrierten Schrei aus.

»O mein Gott, ja, du willst es!«, schlussfolgerte Sara. »Wow. Ich hatte keine Ahnung, dass ihr beide schon an *dem* Punkt angekommen seid.«

»Eigentlich sind wir noch nirgendwo so richtig angekommen«, erwiderte ich. »Es ist nur … na ja, jetzt wird er nicht mehr hier übernachten.«

Sara grinste breit. »Verstehe.«

»Sara, hör auf, mich so anzusehen.«

»Ihr zwei benehmt euch total lächerlich. Seht zu, dass ihr die Dinge zwischen euch endlich klärt und euer gemeinsames Leben in Angriff nehmt.« Sie bedachte mich mit einem seltsam mitfühlenden Blick, dann stand sie auf. »Die Mädels werden bald hier sein. Wir dachten, wir verbringen den Tag am Strand.«

Ich nickte verdattert – wie konnte sie so freimütig über Dinge reden, die ich mir selbst immer noch nicht eingestehen konnte?

Und einfach so … war es wieder wie in der Highschool. Ich konnte Evan nicht ansehen oder mich näher als einen Meter an ihn heranwagen, ohne dass mein Körper in höchste Alarmbereitschaft geriet. Ich konnte nicht aufhören, an ihn zu denken, selbst wenn er direkt vor mir stand. Und mein völlig verwirrtes Gehirn war nicht in der Lage, irgendetwas dagegen zu unternehmen.

»Emma?«, rief ich erneut, als sie weiterhin in die Ferne starrte. Sie blinzelte, und der entrückte Ausdruck wich aus ihrem Gesicht.

»Hm?« Mit großen Augen und geröteten Wangen sah sie zu mir hoch.

»Die Mädels suchen dich«, erklärte ich ihr. »Sie sind in der Küche und bereiten eure Lunchpakete vor.«

»Okay, danke«, sagte sie, wandte sich schnell wieder von mir ab und kletterte aus der Hängematte. Sie fuhr sich mit den Fingern durch die Haare und mied dabei meinen Blick. Ich sah ihr verwundert nach, als sie im Haus verschwand.

»Emma«, hörte ich Sara ungeduldig rufen, »geh duschen und dann komm schnell wieder her und hilf uns.«

»Bin schon unterwegs«, antwortete Emma.

Als ich ins Haus zurückging, hörte ich die Mädels in der Küche herumwerkeln.

»Die beiden kommen doch klar, oder?«, fragte Serena.

Anscheinend hatten sie mich wegen der Musik, die ziemlich laut aus dem Wohnzimmer herüberschallte, nicht hereinkommen hören. Ich wusste nicht, was ich machen sollte, drehte mich um und ging zur Treppe.

»Sie kommen schon irgendwann dahinter, dass sie nicht ohne einander leben können«, meinte Sara. Offensichtlich dachten sie überhaupt nicht daran, dass ihre Stimmen durch die geöffnete Küchentür drangen und von den hohen Decken widerhallten. Sie hatten keine Ahnung, dass ich sie hier draußen deutlich verstehen konnte.

»Du meinst, das Ganze wird einfach vergeben und vergessen sein?«, fragte Meg skeptisch. »Ich glaube, sie werden einander nur weiter verletzen, wenn sie nicht irgendwann lernen, ehrlich zu sein. Emma muss sich endlich jemandem öffnen und Hilfe annehmen. Sie ist so kurz davor, völlig den Boden unter den Füßen zu verlieren.«

Ich stolperte und musste mich am Geländer festhalten.

»Das ist nicht wahr. Es geht ihr langsam besser, da bin ich mir sicher«, widersprach Serena im Brustton der Überzeugung. »Und außerdem sind die beiden total verliebt ineinander. Ich meine, sieh sie dir doch an. Emma war nur ein halber Mensch, als sie von ihm getrennt war. Jetzt ist sie wie ausgewechselt.«

»Und was wird passieren, wenn er ihr nicht verzeiht? Und letztlich doch verschwindet?«, gab Meg zu bedenken.

»Mann, was machst du denn da?«, fragte in diesem Moment Jared, der am oberen Treppenabsatz erschienen war. Erschrocken starrte ich zu ihm hoch, biss die Zähne zusammen und flehte ihn innerlich an, still zu sein. Aus der Küche drang Saras Stimme: »Ich wünschte, wir könnten die beiden einfach dazu zwingen, vollkommen ehrlich zueinander zu sein.«

Jared lachte. »Du belauschst ihr Gespräch über dich. Nett.«

Ich eilte hastig die Treppe hinauf – bestimmt hatten sie ihn gehört! »Halt die Klappe, Jared. Das war keine Absicht.«

»Quatsch«, entgegnete er. »Du hast sie belauscht. Aber versteh mich nicht falsch, ich mache dir keinen Vorwurf. Wenn sie über mich reden würden, hätte ich auch gelauscht. Moment. Haben sie über mich geredet?«

»Nein«, sagte ich mit einem Kopfschütteln. »Du bist offensichtlich nicht so durchgeknallt wie Emma und ich und bietest ihnen deshalb nicht genügend Gesprächsstoff. Außerdem würde ich hier bestimmt nicht rumhängen und Sara dabei belauschen, wie sie von dir schwärmt.«

»Sie hat von mir geschwärmt?« Er grinste selbstzufrieden.

»Nein«, schnaubte ich.

»Bist du mit dem Lauschen fertig? Ich hab die riesige Tasche mit den Sportsachen mitgebracht, die du haben wolltest – Lust, ein bisschen Football zu spielen? Ich glaube, James ist schon am Strand.«

»Gern, aber ich sehe erst mal nach, ob die Mädels auch schon so weit sind.« Lautstark polterte ich die Treppe hinunter, damit sie uns diesmal kommen hörten.

Die Mädchen waren beunruhigend still, als ich den Kopf in die Küche streckte. »Braucht ihr Hilfe?«

Meg und Sara sahen mich gleichmütig an, aber Serenas Augen funkelten schelmisch. Als ich ihr einen fragenden Blick zuwarf, breitete sich ein Lächeln auf ihrem Gesicht aus. Prompt stieß Meg ihr in die Rippen. »Au! Was soll das?«

»Nein, wir sind so gut wie fertig«, beantwortete Sara meine Frage. »Wir brauchen nur noch einen kurzen Moment, dann könnt ihr die Sachen rausbringen.«

»Okay, wir warten am Strand«, sagte ich und ließ sie weiter über unser Schicksal beratschlagen.

Ich beäugte das Kleid, das Sara an der Badezimmertür aufgehängt hatte. Früher hatte ich gerne Saras Kleiderschrank durchforstet und mich von ihr stylen lassen – so beängstigend das auch manchmal gewesen war. Aber ich hatte mich verändert. Seit *jener Nacht* hatte ich kein Kleid mehr getragen – außer zur Beerdigung meiner Mutter. Aber damals war ich so fertiggewesen, dass ich mich nicht wirklich dafür entschieden hatte.

Ich wusste, dass Sara mir helfen wollte – sie wollte, dass es mir besserging. »O Sara«, seufzte ich und zog das Kleid vom Bügel. »Okay, ich ziehe es an.«

Nachdem ich mir die Haare geföhnt und das kurze Kleid ein letztes Mal zurechtgezupft hatte, ging ich zu den Mädchen in die Küche.

Saras Augen leuchteten auf, als sie mich sah – ihre Freude war das Unbehagen wert.

»Und, was soll ich machen?«

»Nimm das mit zum Tisch nach draußen«, wies Meg mich an und reichte mir einen Krug Wasser und einige Becher.

»Hey.« Jared stand im Terrasseneingang. »Sara, ich hab deine SMS gekriegt. Womit braucht ihr Hilfe?«

»Wir wollen gleich essen. Könnt ihr alles raustragen und schon mal den Sonnenschirm aufstellen?«

»Klar, kein Problem.«

Jared sagte uns Bescheid, dass das Essen fertig war, und ich ging die Treppe hinauf. Als ich Emma entdeckte, die auf Zehenspitzen oben stand und Jared beim Befestigen des Sonnenschirms half, stockte mir fast der Atem, so umwerfend sah sie aus. Sie trug ein weißes schulterfreies Kleid mit gelbem Blumenmuster. Ich ließ meinen Blick sehnsüchtig über ihre hochgereckten schlanken Arme hinunter zur sanften Wölbung ihrer Schultern gleiten. Der Stoff umschmeichelte ihre Rundungen, der Rock wurde nach unten hin etwas weiter und bedeckte kaum ihre wohlgeformten Beine.

»Braucht ihr Hilfe?«, brachte ich schließlich hervor, aber sie waren schon fertig. Emma wandte sich mir zu; ihre Wangen röteten sich leicht, und sie lächelte. Ich grinste und verlor mich einen Moment lang in ihren Augen, doch da hörte ich Jared ungeduldig sagen: »Evan? Hallo? Geh rein, du kannst helfen, das Essen rauszutragen.«

»Okay«, antwortete ich. »Dein Kleid gefällt mir«, flüsterte ich Emma zu, als ich an ihr vorbeiging. Sie strich mit der Hand über den Rock, als könnte sie ihn so ein paar Zentimeter länger machen.

»Evan, du kannst die Platte mit den Sandwiches rausbringen«, ordnete Sara an. Die anderen Mädchen waren ebenfalls mit dem Auftischen der Speisen beschäftigt. Als ich mit der Sandwichplatte nach draußen kam, war nur noch ein Platz frei, und wie nicht anders zu erwarten, war es der neben Emma.

Wenn die Mädchen das unter Zurückhaltung verstanden, dann brauchten sie dringend ein paar Tipps in Sachen Subtilität.

Emma lehnte sich von mir weg, als ich mich hinsetzte. Ich beobachtete aus dem Augenwinkel, wie sie auf ihrem Stuhl herumrutschte, als mache es sie nervös, mir so nahe zu sein. Es erinnerte mich an eine bestimmte Zeit in der Highschool ...

Ich musste lachen.

»Was ist so lustig?«, fragte Serena sofort.

»Nichts«, antwortete ich mit einem Kopfschütteln. »Gibst du mir bitte mal den Wasserkrug?«

Wir räumten gerade den Tisch ab, als er sich über mich beugte und nach der Schüssel mit den Chips griff. Seine Brust streifte meinen Rücken.

»Entschuldige«, flüsterte er mir ins Ohr, und ein Schauer der Erregung lief mir über den Rücken. Ich warf ihm einen Blick zu, und auf seinem Gesicht erschien dieses verschmitzte Grinsen, das mir immer einen Adrenalinstoß direkt ins Herz jagte. Mit weichen Knien drängte ich mich, so schnell ich konnte, an ihm vorbei. Ich brauchte dringend Abstand. Sein Grinsen wurde breiter.

»Verrätst du mir, was dich so amüsiert?«, fragte ich.

»Du«, antwortete er und ging ohne ein weiteres Wort davon.

Ich sah ihm aufgebracht nach – diese Antwort gefiel mir überhaupt nicht.

»Was ist los?«, erkundigte sich Meg, die meinem Blick gefolgt war. Ich winkte ab und reichte ihr einen Stapel Teller.

Als die Mädchen aus dem Haus zurückkamen, hielt Sara einen kleinen Metallkoffer in der Hand. Einen Moment später erschienen auch Jared, James und Evan, der einen Football auf der Handfläche kreisen ließ.

»Habt ihr Lust, mit uns Football zu spielen, Mädels?«, erkundigte sich Evan.

Ich wollte gerade ja sagen, da kam Sara mir zuvor: »Nein, danke. Wir haben Mädelssachen zu erledigen.«

»Mädelssachen?«, fragte ich argwöhnisch.

»Ja«, antwortete Meg. »Wir lackieren uns die Zehennägel. Was für eine Farbe möchtest du, Emma?«

Ich sah voller Neid zu, wie die Jungs zum Strand hinuntergingen und Jared vorausjoggte, um einen Pass anzunehmen.

»Wie wär's mit Rosa?«, schlug Sara vor.

»Mit Rosa hab ich nichts mehr am Hut«, platzte ich heraus. Und das wusste Sara genau.

»Vielleicht ist es an der Zeit, es noch einmal zu versuchen«, meinte sie und sah mir dabei direkt in die Augen.

»Ich denke, Rosa würde dir gut stehen«, merkte Serena in zuckersüßem Ton an.

»Ich denke, dir würde etwas Farbe gut stehen«, erwiderte Sara an Serena gewandt. »Kann ich dich bitte ein bisschen umstylen?«

»Nein, danke, Sara. Mir gefällt meine einfarbige Individualität.«

Sara seufzte. »Lässt du mich wenigstens deine Zehennägel lackieren?«

»Ja, das geht in Ordnung«, antwortete Serena lächelnd.

»Wie wär's mit Lila für mich?«, fragte ich Meg, die Saras Nagellack-Sortiment durchsah. »Wer außer dir nimmt eine ganze Kiste voller Nagellack mit in den Urlaub, Sara?«

»Was machen wir heute Abend?«, erkundigte sich Meg.

»Fragen wir die Jungs, ob sie einfach rumhängen wollen«, meinte Sara. »Vielleicht haben sie ja Lust, Karten zu spielen oder so.«

»Wir könnten auch Wahrheit oder Pflicht spielen«, schlug Serena vor.

»Wir sind doch keine zwölf mehr!«, protestierte Meg.

»Warum pokern wir nicht einfach?«, schlug ich vor und lehnte mich in meinem Liegestuhl zurück, damit Meg besser an meine Zehen kam.

»Oh, und Meg – lass mich deine Nägel lackieren. Emma kann das überhaupt nicht«, meinte Sara.

Womit sie recht hatte. Ich konnte nicht mal meine eigenen Zehennägel lackieren, ohne die Haut ringsum anzumalen, ganz gleich, wie sehr ich mich auch konzentrierte. Ich konnte zwar einen Baum bis ins kleinste Detail auf eine Leinwand malen, aber mit meinen Zehen war ich überfordert – so erbärmlich das auch war.

»Wie wär's mit Strip-Poker?«, fragte Serena fröhlich.

»Was findest du nur an solchen Spielen?«, wollte Meg wissen. »Du hast doch einen Freund. Warum willst du dich vor anderen Typen ausziehen oder zusehen, wie sie sich ausziehen?«

»Mir geht's mehr um die Wahrheiten, die dabei ans Licht kommen«, erklärte Serena.

Sara hielt plötzlich in der Bewegung inne. »Komm mit, Serena. Em, du bleibst hier und lackierst deine Nägel fertig. Wir sind gleich wieder da.«

»Ich komme sofort«, antwortete Serena. »Ich hole nur schnell James.«

»Was zur Hölle war das?«, fragte ich, völlig verwirrt und leicht genervt.

»Wir haben vergessen, Nachtisch zu machen, und da du nicht kochen kannst, bleibst du besser hier«, erklärte Meg. Sie war eine schlechte Lügnerin.

Die Mädels hatten irgendeinen Plan, von dem ich nichts wissen sollte, so viel war offensichtlich. Aber mir graute davor, herauszufinden, was dahintersteckte.

Als ich auf die Terrasse zurücklief, um Wasser zu holen, saß Emma mit angewinkelten Knien auf einem Liegestuhl, ihr kurzes Kleid zwischen die Beine geklemmt, und lackierte sich mit einem Ausdruck höchster Konzentration die Zehennägel. Dann verzog sie frustriert das Gesicht und wischte die Farbe mit einem feuchten Tuch wieder ab.

»Blöde Zehen. Wen kümmert es überhaupt, ob ich sie mir lackiere?«, knurrte sie. Ich musste grinsen.

»Wo sind die anderen Mädels?«, erkundigte ich mich.

»Woher soll ich das wissen? Wahrscheinlich hecken sie mal wieder irgendwas aus.«

»Brauchst du Hilfe?«, fragte ich und deutete auf ihre Zehen.

»Willst du mir echt die Zehennägel lackieren?«

»Wahrscheinlich kriege ich es besser hin als du«, neckte ich sie und fing mir prompt einen bösen Blick ein.

»Okay, dann zeig mal, was du kannst«, sagte sie und hielt mir das Fläschchen hin.

Ich setzte mich aufs untere Ende des Liegestuhls. »Lila, hm?«, fragte ich. »Warum nicht rosa?«

Ihre Wangen röteten sich. »Ich wollte nicht ...« Sie wandte den Blick ab. »Rosa ist meine Schokolade«, flüsterte sie.

Ich schaute ihr in die Augen – sie so traurig zu sehen war nicht leicht. Ich wusste nicht, was ich sagen sollte, also nickte ich nur verständnisvoll und senkte den Blick wieder auf ihre Zehen.

Zärtlich hob ich ihren Fuß auf meinen Schoß und tauchte den Pinsel in den Nagellack. »Hier.« Ich reichte ihr das Fläschchen, damit ich ihren Zeh festhalten konnte, beugte mich vor und machte mich ans Werk, wobei ich mir die größte Mühe gab, mich nicht von ihrem nackten Bein ablenken zu lassen.

Als ich aufblickte, um den Pinsel erneut in das Fläschchen zu tauchen, sah ich, dass Emma ganz still dasaß und mich beobachtete. Ich grinste, und ein Hauch von Rosa überzog ihre Wangen. Die Farbe sah immer noch phantastisch an ihr aus.

»Du kannst ruhig atmen, Emma«, meinte ich mit einem schelmischen Grinsen. »Hör auf, mich dir nackt vorzustellen, und atme durch.«

»Evan!«, rief sie entsetzt und zog ihren Fuß mit einem Ruck zurück. Ich brach in schallendes Gelächter aus. Mir war klar, dass sie mir zu gern etwas an den Kopf geworfen hätte. Aber es war nichts Passendes in Reichweite. Dann sah ich das Nagellackfläschchen in ihrer Hand und sprang auf.

»Bewirf mich bitte nicht damit«, flehte ich. »Ich hab nur Spaß gemacht. Du bist so angespannt seit unserem Gespräch heute Morgen, ich wollte dich nur ein bisschen aufmuntern.«

»Aber doch nicht so«, erwiderte sie und verschränkte trotzig die Arme vor der Brust. Ich lachte leise.

»Hör auf, darüber nachzudenken«, riet ich ihr und bemühte mich um einen lockeren Tonfall. »Das macht es nur schlimmer. Denk lieber an all die Gründe, warum ich dich nicht küssen werde.«

Sie schlug die Augen nieder. »Ja«, flüsterte sie und ließ die Schultern hängen.

Verdammt. Ich hatte mich ungeschickt ausgedrückt. »So war das nicht gemeint. Ich wollte nur ...«

»Schon okay«, sagte sie und sah wieder zu mir hoch. Ich lächelte entschuldigend. »Lackierst du bitte meine Nägel fertig?«

»Klar, gern. Sind ja nur noch ein paar übrig.« Ich setzte mich zurück auf den Liegestuhl und legte Emmas Fuß sachte auf meinen Oberschenkel.

»Was zur Hölle machst du da, Evan?«

Ich sah auf und begegnete Saras Blick. Sie funkelte mich so wütend an, als hätte ich irgendeine geheime Mädchen-Regel gebrochen.

»Ich beende, was ihr angefangen habt«, antwortete ich, während ich den letzten Zehennagel lackierte, dann setzte ich Emmas Fuß auf dem Stuhl ab und tunkte den Pinsel wieder in das Fläschchen. »So, geschafft. Alles ... lila.«

Emma lächelte, und unsere Blicke trafen sich. »Danke«, sagte sie. Ich nickte und ging ins Haus zurück.

»Hey, Evan«, rief Meg, als ich an der Couch vorbeikam, auf der sie mit Serena saß. »Denkst du, die anderen Jungs hätten Lust, heute Abend Karten zu spielen?«

»Ich kann sie gerne fragen.«

Die beiden wechselten einen schelmischen Blick, und mir wurde klar, dass Emma recht hatte: Sie führten irgendetwas im Schilde.

35
brUtale EhrlichKeit

TJ, wir hören uns diesen Mist nicht den ganzen Abend an«, drohte Jared und stellte den Lautsprecher aus dem Freizeitraum auf der Terrasse ab.

»Lassen wir das die Mädels entscheiden«, schlug TJ vor. »Wo sind sie überhaupt? Ich dachte, ihr würdet zusammen kommen.«

»Sie sind unterwegs. Und du wirst überstimmt werden, TJ«, versprach ich ihm. »Meg ist die Einzige, die du auf deiner Seite haben wirst.«

»Sara ...«

»Hat eine ganze Wand voller elektrischer Gitarren«, beendete Jared den Satz.

»Wie auch immer. Wir legen deine Musik auf, sobald sie hier sind«, gab TJ widerwillig nach.

»Willkommen, Ladies«, hörte ich Brents Stimme aus der Küche. Wie immer versuchte er – nicht sonderlich erfolgreich – zu flirten. »Ich hoffe, ihr seid bereit für Margaritas und Poker.«

»Es ist so weit.« Jared grinste TJ an, und sofort änderte sich die Musik.

Die Fliegengittertür öffnete sich, und Brent geleitete die Mädchen auf die Terrasse hinunter, in der Hand zwei große Krüge. Ich schob gerade die Stühle an den Pokertisch, als ich Emma entdeckte. Ich wusste, dass ich Abstand zu ihr halten musste, aber das war so gut wie unmöglich. Ich fühlte mich unwiderstehlich zu ihr hingezogen, ich musste in ihrer Nähe sein, ganz gleich, ob es richtig war oder nicht.

»Hi«, sagte ich und lächelte, als sie die unterste Stufe erreicht hatte.

»Hi.« Sie erwiderte mein Lächeln.

»Ich finde immer noch, wir sollten Strip-Poker spielen«, verkündete Brent und stellte je einen Margarita-Krug auf die beiden Pokertische.

»Gute Idee«, rief Serena. Emma sah die beiden an, als wären sie verrückt. »Was denn, Em? Normales Pokern kann tierisch langweilig sein, wenn man es nicht richtig beherrscht. So wird es bestimmt interessanter.«

»Ich hab dir gesagt, wie sehr ich dich liebe, stimmt's?«, sagte Brent zu Serena und legte ihr den Arm um die Schulter. Doch als er merkte, dass James ihn wütend anstarrte, rückte er sofort ein Stück von ihr ab. »Entschuldige, Mann.«

»Wollt ihr tatsächlich Strip-Poker spielen?«, fragte ich und wartete gespannt darauf, was James dazu sagen würde. Aber er reagierte überhaupt nicht.

»Serena hat nichts dagegen, nackt rumzulaufen«, meinte Meg erklärend.

»Strip-Poker?«, fragte Jared, offenbar auch nicht sonderlich begeistert.

»Aber mit einem besonderen Kniff«, fügte Serena unvermittelt hinzu.

Jetzt erwachte James plötzlich aus seiner Starre und erklärte: »Wir spielen *Five Card Draw*. Man kann alle Karten ersetzen bis auf eine, dann legen alle ihr Blatt auf den Tisch, und wer gewinnt, wählt zwei Leute aus. Die beiden können dann entweder ein Kleidungsstück ihrer Wahl ausziehen oder eine knifflige Frage beantworten.«

»Du steckst also mit ihnen unter einer Decke?«, platzte ich heraus.

»Serena hatte die Idee, und ich hab ein paar Regeländerungen vorgeschlagen, damit man auch die Möglichkeit hat, seine Klamotten anzubehalten«, meinte er locker. »Ich bin nicht gerade begeistert von der Idee, dass meine Freundin nackt vor diesen Jungs hier

sitzt, ganz egal, wie wohl sie sich dabei in ihrer Haut fühlt. Und noch eine Regel: Wenn einer ein Mädchen anfasst, poliere ich ihm die Fresse.« Er starrte Brent an, und prompt verblasste sein erwartungsvolles Lächeln.

»Klar, warum nicht.« Emma und Jared sahen beide nicht glücklich aus, als Sara der Idee zustimmte. »Keine Sorge, ich bin gut im Pokern, erinnerst du dich?«, beruhigte sie Jared.

»Du solltest dich heute Abend am besten darauf einstellen, absolut ehrlich zu sein«, meinte Jared. Sara küsste ihn auf die Wange und grinste.

»Ich hab gleich gewusst, dass sie was im Schilde führen«, murmelte Emma vor sich hin.

»Wir müssen nicht mitmachen«, warf ich ein.

»Schon gut«, erwiderte sie beschwichtigend. »Alle scheinen Lust dazu zu haben, also warum nicht? Ich kann ein paar Fragen beantworten.«

Wahrscheinlich fiel es Emma schwerer, ehrlich zu sein, als sich auszuziehen.

»Bist du dir sicher?«

»Ja, es wird sicher lustig«, antwortete sie ohne große Überzeugung.

»TJ!«, kreischten plötzlich zwei Mädchen von der obersten Treppenstufe.

»Hey!«, schrie TJ zurück. »Perfektes Timing. Wir wollen ein neues Spiel spielen. Eine Art Strip-Poker, aber gemischt mit Wahrheit oder Pflicht.«

»Strippen oder Wahrheit«, stellte Nate vor.

»Oh, das klingt toll!«, rief das Mädchen, das einen hohen Pferdeschwanz trug, übertrieben begeistert.

»Siehst du, man kann sehr wohl so kurze Shorts kaufen«, murmelte Emma neben mir.

»An dir sehen sie aber besser aus«, erwiderte ich automatisch. Sie schlug nach meinem Arm und ließ mich stehen.

»Wer sind denn diese Mädels?«, erkundigte sich Sara gerade bei Meg, als ich mich am Pokertisch zu ihnen gesellte.

»Keine Ahnung. Vermutlich Freundinnen von TJ«, antwortete Meg. »Wollen wir uns wirklich darauf einlassen?«

»Wenn ihr auf diese Weise meine Beziehung zu Evan verbessern wollt, dann finde ich das jedenfalls beschissen«, warf ich ein.

»Es ist doch bloß ein Spiel«, versuchte Sara, mich zu überzeugen. »Es wird kein gequältes Sündenbeichten, das verspreche ich dir.«

Alle nahmen an den Tischen Platz, während TJ die beiden Mädels vorstellte. »Das sind Darcy und Kim. Darcy und Kim, das sind ... alle.«

»Hi!« Die zwei winkten rechts und links von TJ synchron in die Runde.

»Können wir das Licht ausschalten?«, fragte Emma.

Nate knipste die Lichter auf der Terrasse und beim Pool aus, und wir saßen im Dunkeln, bis er ein paar Kerzen angezündet hatte. Jetzt sahen wir zwar die Gesichter von allen, aber nur eine Andeutung dessen, was sich unterhalb der Schultern befand.

»Besser so?«, fragte Sara. »Spielst du mit, Emma?«

Ich biss mir auf die Unterlippe und nickte. Ich wusste nicht, was qualvoller sein würde – Evan ohne Hemd zu sehen oder absolut ehrlich über unangenehme Momente meines Lebens sprechen zu müssen.

»Wollen wir beide immer nur die Fragen nehmen?«, fragte ich Evan, der neben mir saß.

Er grinste. »Ja, einverstanden.«

Ich versuchte, mich den nicht sonderlich subtilen Bemühungen der Mädels zu widersetzen – sie wollten die Dinge zwischen Evan und mir ins Rollen bringen. Doch so schön ich es auch fand, dass ihnen mein Glück am Herzen lag, sie hatten keine Ahnung, wie kompliziert alles war.

»Es gibt ein Limit von fünf Kleidungsstücken, und Jungs und Mädels müssen immer abwechselnd nebeneinander sitzen«, erklärte Serena.

»Aber ich hab nur ein Kleidungsstück an«, sagte die Blondine im gelben Kleid schmollend.

Sara setzte zu einer Antwort an, und an dem Funkeln in ihren Augen war deutlich zu erkennen, dass sie ihr ganz sicher kein zusätzliches Kleidungsstück anbieten wollte. Aber TJ kam ihr zuvor. »Du kannst auch Schuhe und Ohrringe mitzählen, Kim«, meinte er versöhnlich.

»Oh, gute Idee. Danke, TJ!«

Emma hielt sich die Hand vor den Mund, um das Lachen zu unterdrücken.

Nate mischte zwei Kartenspiele; ich sah, dass Emma nervös mit dem Bein wippte und auf der Lippe kaute.

»Hier, das beruhigt bestimmt deine Nerven«, sagte Brent hilfsbereit, reichte ihr eine Margarita und zog seinen Stuhl so dicht an ihren, dass die beiden Stühle sich berührten. Emma zögerte und trank dann einen großen Schluck.

Ich warf Brent einen warnenden Blick zu, und er rückte mit seinem Stuhl näher zu Kim.

TJs »Freundinnen« schienen mehr daran interessiert zu sein, sich auszuziehen, als daran, Fragen zu beantworten. Entsprechend schnell saßen sie nackt im Pool. TJ und Brent folgten ihnen im Handumdrehen. Bisher waren die Fragen nicht sonderlich peinlich gewesen, aber ich war ohnehin noch nichts gefragt worden.

Als Serena zum ersten Mal gewann, war es so weit. »Emma und Evan – Strippen oder Wahrheit?«

Ich wappnete mich innerlich. »Wahrheit.«

»Wahrheit«, pflichtete Evan mir bei.

»Was war euer tollster Moment in der Highschool?«, fragte Serena und beäugte uns neugierig.

Das konnte doch nicht ihr Ernst sein!

»Die Frage ist aber nicht gerade heikel«, beschwerte sich Darcy.

»Hey! Bitte keine Zwischenrufe von nackten Verlierern im Pool«, rief Sara.

Ich wusste, dass sie mich dazu bringen wollte, mich an einen besonderen Augenblick mit Evan zu erinnern, aber ich machte ihr einen Strich durch die Rechnung. »Der Abend, an dem ich mein erstes Footballspiel gesehen habe. Ich hab bei Sara übernachtet, und sie hat mich einem ihrer berüchtigten Umstylings unterzogen. Ich hab ihr sogar erlaubt, mir die Haare zu schneiden.«

»Ach, das warst du?«, hakte Evan bei Sara nach.

»Allerdings«, antwortete Sara stolz.

»Gut gemacht.« Evan nickte, und seine Augen blickten versonnen in die Vergangenheit. »An diesem Abend ist Rosa zu meiner Lieblingsfarbe geworden.«

Ich saß ganz still da und bemühte mich, nicht darauf zu reagieren. Sara lächelte, ihre Augen blitzten. »Das war meine Schuld.«

Evan lachte leise. Ich musste meine Wangen mit dem kalten Drink abkühlen. Evan spielte den Mädels direkt in die Hände.

»Was machst du denn da?«, fragte ich flehend. Verwirrt sah er mich an.

»Evan?«, drängte Serena, und er wandte seine Aufmerksamkeit wieder von mir ab. »Was war dein schönster Moment?«

»Der hatte eigentlich nicht direkt etwas mit der Schule zu tun, es war der Abend vor den Zulassungstests für die Uni.« Bevor ich mehr sagen konnte, begann Emma, laut zu husten. Als sie aufsprang und sich entschuldigte, folgte ich ihr.

Sobald ich sie eingeholt hatte, hörte das Husten auf.

»Im Ernst, Evan – was tust du da?«

»Was meinst du denn? Du hast gesagt, ich soll die Fragen beantworten.«

»Aber so ehrlich musst du nun auch nicht sein«, erwiderte sie laut flüsternd.

»Emma, die haben doch keine Ahnung, worüber ich spreche. Außerdem glaube ich, dass uns ein bisschen Ehrlichkeit ganz guttut«, entgegnete ich. »Was haben wir denn zu verlieren?«

Schockiert starrte sie mich an. Offensichtlich konnte sie nicht fassen, was ich da sagte. Eigentlich fragte ich mich selbst, wo das auf einmal hergekommen war.

»Du möchtest also, dass wir ehrlich sind?«, fragte sie herausfordernd. Dann drehte sie sich um, ging zurück zum Tisch und verkündete: »Ich möchte meine Antwort korrigieren.«

»Ich wusste doch, dass das nicht dein schönster Highschool-Moment war!« Sara grinste vielsagend.

»Ja, den hatte ich nämlich im Kunstraum. Evan war gerade aus Kalifornien zurückgekommen und ...«

»Mehr braucht niemand zu erfahren«, unterbrach ich sie. Auf einmal verstand ich ihre Vorbehalte gegen zu viel Ehrlichkeit.

»Ich hab es kapiert«, flüsterte ich, als wir uns wieder setzten.

»Dachte ich mir«, erwiderte sie spöttisch.

»Na schön«, schaltete Jared sich ein. »Wer gibt?«

»Ich«, meldete ich mich.

Meg gewann die nächste Hand und wählte Evan und Jared. Jared zog sein Hemd aus, Evan entschied sich dafür, eine Frage zu beantworten. Mittlerweile wäre es mir lieber gewesen, wenn Evan einfach das Hemd ausgezogen hätte.

»Wenn du dich zwischen Jared und Emma entscheiden müsstest, wen würdest du wählen?«

Evan starrte sie fassungslos an. »Was ist das denn für eine Frage?«

»Es ist eine knifflige Frage, aber darum geht es doch.«

Evan zögerte, sein Blick wanderte zwischen mir und Jared hin und her. Jedes Mal, wenn er den Mund aufmachte, hielt er schnell wieder inne, und nichts kam heraus.

»Meg, die Frage ist unmöglich«, meinte Sara vorwurfsvoll. Offenbar gefiel es ihr nicht, dass Evan so unter Druck geriet.

Jared begriff Evans Konflikt im selben Moment wie ich, und wir starrten ihn beide an.

»Er ist dein Bruder«, drängte ich ihn mit leiser Stimme. »Sag es ruhig, das ist okay, Evan.«

Aber er kämpfte weiter mit der Antwort.

»Tja, wie gut, dass wir nicht in einem brennenden Haus festsitzen«, sagte Jared lachend. »Wenn Evan jetzt draußen stehen würde und sich nicht entscheiden könnte, wären wir beide erledigt.«

»Vergiss die Frage, Evan«, lenkte Meg ein und lächelte. »Wir wollen ja nicht, dass du dir vor lauter Stress ein Aneurysma einhandelst. Wie wäre es damit: Was war dein erster Eindruck von Emma?«

»Meg!«, jaulte ich. Sie grinste breit.

Auch Serena wartete gespannt auf die Antwort. Ich drehte die Karte, die vor mir auf dem Tisch lag, hin und her, unfähig, irgendjemanden anzusehen.

»Noch eine Margarita?«, bot Nate an und schwenkte einen frischen Krug vor meiner Nase.

»Ja, bitte«, sagte ich, obwohl ich schon die Wirkung der ersten beiden Gläser spürte. Aber sie hatten es nicht geschafft, meinen nervösen Magen zu beruhigen.

»Bei unserem ersten Gespräch hat sie mich runtergemacht«, sagte Evan.

»Ich hab dich überhaupt nicht runtergemacht«, verteidigte ich mich.

»Doch, das hast du«, warf Sara ein, und die anderen lachten. »Es war das erste Mal, dass ich dich mit jemandem habe streiten hören. Es war irre.« Sie blickte zu Evan und sagte: »Sorry. Ich hab dich unterbrochen.«

»Sie hat mich von Anfang an interessiert. Ihre Entschlossenheit hat mich fasziniert, ich wollte alles über sie wissen«, sagte Evan. »Das will ich übrigens immer noch«, fügte er so leise hinzu, dass nur ich ihn hören konnte. Ich nippte an meinem Glas.

Meg gewann auch die nächste Runde – vollständig bekleidet.

»Was weißt du über Sara, das sonst niemand weiß?«, fragte sie Jared, der nur noch seine Shorts anhatte.

»Sie hat ein Muttermal am Innenschenkel«, platzte Jared heraus, ohne nachzudenken. Sara zuckte die Achseln.

»Sara, was weißt du über Emma, das sonst keiner weiß?«

Sara musterte Emma und ließ sich offensichtlich alle Geheimnisse durch den Kopf gehen, die sie von Emma kannte, während Emma vor Aufregung knallrot wurde.

»In der siebten Klasse, kurz nachdem sie nach Weslyn gezogen ist, hat sie aus Versehen Ms Flynns Pullover in Brand gesetzt, als wir nach der Schule im Biolabor gearbeitet haben, um zusätzliche Leistungspunkte zu kriegen.« Emma sank in sich zusammen und legte sich verlegen die Hand über die Augen. »Sie hat den Brand zwar gelöscht, bevor Ms Flynn zurückgekommen ist, aber das Beste war, dass sie den Pullover einfach über die Stuhllehne gehängt hat, als wäre nichts passiert. Am nächsten Tag stand Ms Flynn mit einem Brandloch hinten im Pullover vor der Klasse.«

Jared lachte. »Wie kann man denn einen Pullover in Brand setzen?«

»Emma wollte mir zeigen, wie man Fusseln abbrennen kann. Zuerst hat es auch wunderbar funktioniert, aber dann hat der Pullover plötzlich Feuer gefangen.« Sara kicherte.

»Ja, daran erinnere ich mich auch«, gab Emma zu und sah aus dem Augenwinkel zu mir herüber.

»Ich hab mir den Bauch gehalten vor Lachen«, erinnerte sich Sara. »Danach wusste ich, dass ich unbedingt ihre Freundin werden wollte.«

»Wow«, sagte ich und grinste. Emma biss sich auf die Unterlippe.

Wir spielten weiter, ich gewann die nächste Hand und wählte Meg und Sara aus, die unbeirrt ihre Shorts fallen ließ. Als ausgleichende Gerechtigkeit nahm Jared, der nach mir an der Reihe war, sich Emma und Serena vor. Als Serena ihre Shorts auszog und ihre langen blassen Beine entblößte, legte James schützend seine Hand auf ihren Oberschenkel.

»Wahrheit«, forderte ich, erleichtert, dass Jared mich fragen würde.

»Wenn du mit irgendetwas Illegalem ungestraft davonkommen könntest, was wäre das?«, fragte er ausgelassen.

Blitzartig sah ich nur noch Blut vor mir, Blut und das entstellte Gesicht, reglos auf dem Boden. Ich wurde bleich. Neugierig sah Meg mich an. Ich wischte meine feuchten Handflächen an meinem Kleid ab.

Kalter Schweiß rann mir über den Rücken. Langsam stand ich auf und ging wortlos davon.

»Emma!«, rief Sara mir nach.

Aber ich blickte nicht zurück, ich war damit beschäftigt, die Bilderflut in meinem Kopf unter Kontrolle zu bekommen. Jonathan, der dem Kerl ins Gesicht schlug, immer wieder. Das Blut, das den Boden besudelte, als er ihn hochhob. Meine Hände, die das Lenkrad umklammerten, als Jonathan die Fingerabdrücke vom Auto wischte. Es war das einzige Geheimnis, das ich hatte verdrängen können, das in den tiefsten Tiefen meines Inneren versteckt gewesen war – nur um von einer einzigen harmlosen Frage freigesetzt zu werden.

»Emma!«, rief Sara noch einmal und holte mich ein, als ich gerade den Gehweg erreicht hatte. »Was war das denn? Was ist los?«

Aber ich konnte es ihr nicht sagen, ich schüttelte nur den Kopf, ging weiter und schottete mich, so schnell ich konnte, von allem ab.

»Emma, jetzt bleib doch endlich stehen«, verlangte sie verzweifelt. »Bitte! Bitte sag mir, was passiert ist!« Sie griff nach meinem Arm, und ich wirbelte herum. Sara zuckte zusammen, als sie meinen harten Gesichtsausdruck sah. »Bitte sag mir, was passiert ist«, flehte sie.

Aus dem Augenwinkel sah ich, dass Evan uns beobachtete.

»Ich gehe nach Hause«, stieß ich hervor und wandte mich ab. »Ich spiele nicht mehr mit.«

»Okay«, antwortete sie. »Kann ich mitkommen?«

»Wenn du möchtest. Aber ich spreche nicht darüber«, erklärte ich mit fester Stimme.

»In Ordnung«, sagte Sara. Dann rief sie Evan zu: »Emma und ich gehen nach Hause!«

Er nickte, blieb aber auf dem Gehweg stehen und sah uns nach. Ich ging immer weiter, Sara begleitete mich stumm.

Gerade als ich gedacht hatte, ich könnte meine unguten Entscheidungen vielleicht endlich hinter mir lassen, war ich schmerzlich an die eine erinnert worden, vor der ich nie würde weglaufen können.

36

immeR du

Schon vor mehreren Stunden war Sara aus Emmas Zimmer gekommen und hatte mir gesagt, alles wäre in Ordnung. Weiter nichts. Dann war sie mit Jared nach oben gegangen.

Aber das Entsetzen in Emmas Augen, als Jared diese Frage gestellt hatte, war alles andere als in Ordnung gewesen. Er hatte sich mehrmals dafür entschuldigt, aber ich konnte immer noch nicht mit ihm sprechen. Von allen möglichen Fragen hatte er dem Mädchen, das einen Mordversuch überlebt hatte, ausgerechnet *diese* Frage gestellt. Dem Mädchen, das jahrelang von einer Sadistin gequält worden war.

Aber ich konnte nicht ewig wütend auf ihn sein. Er hatte nicht an Emmas Vergangenheit gedacht, sondern nur an die witzigen Antworten, die jeder andere Mensch sich hätte einfallen lassen. Er hatte ehrlich keine Ahnung gehabt, dass sie so reagieren würde. Als sie aufgestanden war, hatte sie am ganzen Körper gezittert. Sara hatte sie vor mir eingeholt und sich um sie gekümmert, ich war im Hintergrund geblieben.

Aber jetzt konnte ich nicht schlafen. Ich wollte nach ihr sehen. Neben ihr liegen und sie festhalten. Ich wusste, dass ich sie beschützen konnte, wenn sie mich nur ließe. Aber irgendetwas hielt mich in der Hängematte fest, und statt an ihre Tür zu klopfen, starrte ich hinauf zu den Sternen. Es gab immer noch zu viel, was wir einander nicht erzählt hatten.

Ich schaukelte leicht und ließ den Blick über den dunklen Himmel wandern, an dem die Sterne unter dem rasch vorüberziehenden Wolkenschleier blinkten. Ich freute mich nicht darauf, ihr zu erzählen, was mit mir passiert war, nachdem sie mich verlassen hatte. Ich wusste, dass sie es erfahren musste, aber das machte es nicht leichter. Doch wenn ich mich ihr öffnete, würde sie vielleicht dasselbe tun und mir erzählen, was sie jetzt noch vor mir verbarg.

Beim Gedanken an Jonathans SMS drehte sich mir immer noch der Magen um. Seit ich die Nachricht gelesen hatte, ging sie mir nicht mehr aus dem Kopf.

Ich verzeihe Dir. Du fehlst mir. Ich würde alles darum geben, Deine Stimme zu hören.

Ich hatte ihn nie gemocht ... und ihm auch nie vertraut. Anscheinend gab es gute Gründe dafür. Aber Emma hatte sich ihm anvertraut. Sie hatte ihm auf eine Art vertraut, auf die sie mir nicht vertrauen konnte. Doch da war noch mehr ... *Bitte sag mir, dass Du mir verzeihst?*

Irgendetwas war passiert, und wir würden die Vergangenheit erst hinter uns lassen, würden einander erst vollständig verzeihen können, wenn Emma mir erklärte, was das war. Jetzt war Jonathan nicht für sie da. Und es hörte sich auch nicht so an, als würde er wieder ein Teil ihres Lebens werden wollen. Aber was auch immer er getan haben mochte – es hatte sie verändert.

Ich konnte nicht schlafen, starrte in die Dunkelheit und dachte an Jonathan. Mein Herz pochte laut in meiner Brust, die Gewalt, die ich mit angesehen hatte, ließ mich nicht los. Zwei Jahre lang hatte ich sie verdrängt und es vermieden, mich dem zu stellen, was wir getan hatten. Ich wollte glauben, dass es richtig gewesen war, ihn zu schützen. Ich hatte Jonathans Geheimnis bewahrt, als wäre es mein eigenes, so, wie ich es versprochen hatte – ich hatte mich davon überzeugt, dass mein Schweigen gerechtfertigt war. Mir lief ein Schauer über den Rücken bei der Erinnerung an die verkohlte Ruine des Hauses, in dem seine Familie bei lebendigem Leibe verbrannt war. Noch immer sah ich die Qual in seinen Augen vor mir, als er mir die Brandstiftung gestanden hatte. Es gab keine Strafe, die ihn schlimmer zerstören konnte als sein eigenes Gewissen, sein eigener Kummer. Ich wusste, was ein solcher Hass mit einem Menschen anrichtete. Das gleiche Gift verunreinigte noch immer mein Inneres.

Ich brauchte frische Luft, griff mir eine Decke vom Fußende des Betts und ging hinaus auf die Terrasse. Obwohl ich die Decke eng um mich schlang, half sie wenig gegen das Frösteln. Ich starrte in den bedeckten Himmel hinauf und fragte mich, wo Jonathan jetzt wohl sein mochte, ob die Schreie seiner Angehörigen ihn noch immer bei Nacht heimsuchten. Ein ängstlicher Teil von mir konnte ihn nicht gehenlassen. Ein Teil von mir wollte ihn noch immer finden, obwohl ich keine Ahnung hatte, wo ich anfangen sollte zu suchen.

Ein leises Quietschen ließ mich innehalten. Als ich es gleich darauf noch einmal hörte, schob ich leise das Gartentor auf und ging um das Haus herum zur Hauptterrasse. Evan lag in der Hängematte und wiegte sich sanft vor und zurück.

»Hi«, sagte ich. Er schrak zusammen und wäre fast aus der Hängematte gekippt. Ich zuckte zurück. »Sorry.«

»Schon in Ordnung«, beruhigte er mich und versuchte, den Schreck schnell wieder abzuschütteln. »Jetzt weiß ich wenigstens, wie sich das anfühlt.«

»Sehr lustig«, bemerkte ich und verzog das Gesicht. »Kannst du nicht schlafen?«

»Nein. Ich muss nachdenken«, erklärte ich. »Und du?«

»Ich auch«, antwortete sie und kam näher, eine hellgrüne Decke um die Schultern geschlungen.

»Möchtest du über das reden, was heute Abend passiert ist?«, fragte ich, als sie neben der Hängematte stand.

Ein nachdenklicher Ausdruck flackerte im Halbdunkel über ihre Augen. »Ich bin mir nicht sicher, ob ich es kann.«

»Du kannst dich ans andere Ende setzen, wenn du magst.« Ich rutschte in der Hängematte zurück.

Emma manövrierte sich behutsam zur Mitte hin, damit wir einigermaßen im Gleichgewicht blieben. Dann lehnte sie sich zurück und beugte die Knie, die Füße zu meinen Seiten.

»Verrätst du mir etwas, das ich schon immer wissen wollte?«, fragte ich. Über diese Sache hatte ich im Laufe der Jahre ständig nachgegrübelt.

»Was denn?« Ihre Stimme klang zurückhaltend und leise. Ich spürte, wie sie sich anspannte. Sie zog die Decke enger um sich, als wollte sie sich schützen.

»Worum ging es in deinen Albträumen?«, fragte ich und dachte an die gemeinsamen Nächte, in denen sie schweißgebadet und schreiend erwacht war. Ihre Qual hatte mir schrecklich zu schaffen gemacht, denn ich konnte sie nicht vor dem beschützen, was sie im Schlaf erwartete.

Emma atmete gepresst aus.

Seit über einem Jahr hatte ich keinen Albtraum mehr gehabt. Doch mit ihrem Verschwinden hatte sich eine immer größere Leere in mir ausgebreitet. Ich hatte keine Angst mehr vor dem Tod, also konnten mich Bilder vom Sterben nicht mehr quälen.

»Es ging immer ums Sterben«, erklärte ich und bemühte mich, ruhig zu klingen. »Darum, dass ich auf verschiedene Arten immer wieder umgebracht wurde. Jedes Mal bin ich direkt vor meinem letzten Atemzug aufgewacht. Aber es hat sich so real angefühlt, die Angst, die Hilflosigkeit. Ich konnte ihr einfach nicht entkommen.«

»Ihr?«, wiederholte Evan, und seine Stimme klang scharf. »In deinen Träumen ging es also um Carol?«

Ich fröstelte, ihr Name durchdrang mich wie eine Messerklinge. »Ja, meistens.«

»Ich hasse diese Frau«, sagte er, noch schärfer. »Ich kann dir gar nicht sagen, wie dicht ich in jener Nacht davor war, ihr etwas anzutun.«

Ich stützte mich auf die Ellbogen. Die Hängematte wackelte.

»George wusste es. Er hat es mir angesehen und stand zwischen uns, voller Angst, ich würde die Beherrschung verlieren. Ich habe mich gezwungen, ruhig zu bleiben. Aber wenn du nicht wieder geatmet hättest, wenn du …« Er schluckte. Ich spürte, wie sein Körper erstarrte.

»Hey«, sagte ich leise und holte ihn behutsam in die Gegenwart zurück. »Aber ich bin hier.« Ich legte die Hand auf sein Bein.

»Warum hat sie dich so gehasst? Was hat sie dazu gebracht, dir weh tun zu wollen?«

Ich sog die kühle, feuchte Luft tief in meine Lungen. »Das weiß ich nicht.«

»Möchtest du es denn nicht wissen? Willst du nicht verstehen, was sie zu einem psychopatischen Biest gemacht hat?« Evans Worte waren schwer vor aufgestauter Wut.

»Nein«, antwortete ich leise. »Auf der ganzen Welt gibt es keine Entschuldigung oder Erklärung, die es wiedergutmachen oder mir helfen könnte, es zu verstehen. Ich brauche ihr nicht zu vergeben. Ich muss nur herausfinden, wie ich weiterleben kann – denn sonst hätte sie mich lieber töten sollen.«

Ich hob den Kopf. »Was? Warum sagst du so was? Du glaubst doch nicht etwa, du hättest es verdient? Oder doch, Emma?«, fragte ich, und mein Herz klopfte wild.

»So würde ich es nicht ausdrücken«, erwiderte sie mit distanzierter Stimme, als rede sie über jemand anderen als sich selbst. »Ich bin mir nicht sicher, was ich verdiene. Aber ich weiß, dass ich mit dem Leben nicht sonderlich gut zurechtkomme.«

Ihr abgrundtief pessimistischer Tonfall beunruhigte mich, aber ehe ich etwas dazu sagen konnte, fügte sie hinzu: »Ich habe ein Tattoo, das mich daran erinnern soll. Ich habe es gezeichnet, als ich die Albträume noch hatte. Dieses Tattoo soll verhindern, dass ich verlorengehe. Es soll mir helfen weiterzumachen.«

»Darf ich es sehen?«

Emma richtete sich auf, ich setzte mich rittlings auf die Hängematte und stützte die Füße auf dem Boden ab, um uns zu stabilisieren. Sie rutschte zwischen meine Beine, so dass sie mir ihre linke Seite zuwandte, zog ihr T-Shirt hoch und entblößte den Schriftzug unterhalb der Rippen. Ich nahm mein Handy aus der Tasche und beleuchtete die filigranen Einzelheiten des abnehmenden Mondes mit dem männlichen Profil. Die Umrisse bestanden aus den immer gleichen Worten: »Es ist nur ein Traum.« Die Schrift war sehr fein und floss zusammen zu einer Art zyklischem Spruchband, bis hinunter zum tiefsten Punkt. Dort unterbrach ein einzelner Satz die perfekte Komposition: »Öffne die Augen und lebe.«

Ich streckte die Hand aus und fuhr mit dem Finger die Linien der zierlichen Schaukel nach, die an diesen Worten hing, und unter meiner Berührung bekam sie eine Gänsehaut.

»Vielleicht sollte ich mir ein Tattoo stechen lassen, auf dem steht: ›Sie atmet noch‹«, murmelte ich, als Emma ihr Shirt wieder herunterzog. Mit einer abrupten Bewegung wandte sie sich mir zu.

»Du hast gesagt, du hättest Albträume, in denen ich nicht mehr da bin. Meintest du damit, du hast geträumt, dass ich tot wäre?«

Ich dachte nicht gern an all die Nächte, in denen ich im Traum zu spät gekommen war und sie schlaff und totenbleich vorgefunden hatte. »Nicht immer«, gab ich zögernd zu. »Manchmal kann ich dich gar nicht finden, ganz gleich, wo ich dich suche. Für gewöhnlich wache ich dann völlig panisch auf. Die anderen Male ... wenn ich nicht rechtzeitig bei dir bin ... fühlt es sich an, als würde mir jemand das Herz aus der Brust reißen.«

Mir stockte der Atem, als er sich diese verzweifelten Nächte noch einmal vor Augen führte. Ich konnte nachempfinden, wie es war, von einem Albtraum geweckt zu werden, nur um zu erkennen, dass er der Realität entsprach. Behutsam strich ich mit der Hand über seine Wange. Er sah mir in die Augen, überrascht von der Berührung.

»Ich möchte nicht, dass du mich hasst. Ich wünsche mir so, dass du mir verzeihst«, stieß ich hervor. »Ich möchte, dass du mich wieder liebst.« Seine Augen glänzten. »Aber ich weiß nicht, wie ich das zulassen soll, solange ich es nicht schaffe, mir selbst zu vergeben.« Ich hielt inne, meine Lippen zitterten. »Letztlich geht es immer wieder ums Verzeihen, oder?«

»Ja«, seufzte er, nahm meine Hand und drückte sie an seine warme Haut. »Ich habe nie aufgehört, dich zu lieben, Emma. Ich weiß nur nicht, wie ich dich genug lieben soll.«

Eine Träne rollte über meine Wange. »Warum sagst du das?«

»Wenn ich es könnte, dann würdest du mir uneingeschränkt vertrauen.«

Ich senkte den Kopf und zog die Hand weg. »Ich habe Angst. So große Angst, dass du mich hasst, wenn du siehst, wer ich wirklich bin. Das kann ich nicht zulassen. Ich existiere nur deinetwegen, Evan. Du hast mich öfter gerettet, als du weißt. Ich habe solche Angst, dass ich den Atem nicht wert bin, den du mir geschenkt hast. Ich möchte so viel besser sein als dieses Mädchen, das vor dir sitzt. Ich möchte so sein, dass ich dich verdiene, ich möchte dich mich lieben lassen. Ich weiß nur nicht, wie.«

»Du musst mich nicht *lassen,* Emma. Ich tu es doch schon. Du musst mich nur auch lieben. Mit allem, was zu dir gehört. Mehr brauche ich nicht. Ich brauche dich. Ganz und gar.«

Die Heftigkeit unserer unverfälschten Worte erschöpfte mich. Ich war voller Angst und gleichzeitig voller Freude. Endlich öffnete sie sich, zeigte sich mir, war noch ehrlicher, als ich es mir je hätte wünschen können. Aber das, was sie sagte, beunruhigte mich auch. Ich war besorgt, wohin das alles führen würde.

In ihren Augen war eine herzzerreißende Traurigkeit. Langsam rutschte sie weg von mir und aus der Hängematte. Ich sah ihr nach, während sie zur Treppe ging, wo sie sich umwandte und auf mich wartete. Ich folgte ihr zum Strand hinunter, begleitet vom Rauschen der flüchtigen Wellen, die ans Ufer schlugen. Eine ganze Weile wanderten wir nebeneinanderher, den Blick auf unsere Füße gerichtet.

»Ich will ehrlich mit dir sein«, durchbrach ich schließlich das Schweigen. »Wenn wir eine Chance haben sollen, nach vorn zu blicken, dann muss ich dir alles erzählen, was passiert ist, nachdem du weggegangen bist. Es wird nicht leicht für dich sein, aber du musst es dir bitte anhören ... alles.«

»Okay«, antwortete sie leise, und die Meeresbrise trug ihre Stimme fast ganz davon.

Ich setzte mich in den Sand, sie nahm neben mir Platz, lehnte sich an mich, und ich starrte hinaus in die sich leise wiegenden Wellen.

»Als du mich damals zurückgelassen hast, in diesem Haus, diesem schrecklichen Haus, war ich furchtbar wütend. Ich habe einfach nicht verstanden, wie du ohne ein Wort aus meinem Leben verschwinden konntest. Diese Wut hat alle anderen Gefühle überwältigt, die ich für dich hatte. Ich wollte dich gehenlassen. Ich war überzeugt, dass du dich für ihn entschieden hattest.«

»Für Jonathan?«

»Ja«, antwortete ich und versuchte, meine Schultern zu lockern. »Ich wusste nicht, was ich denken sollte. Aber nachdem er in jener Nacht gesagt hatte, dass du dich ihm anvertraut hast, dass du ihm Geheimnisse erzählt hast, die du mir nie sagen konntest ... da habe ich das einfach angenommen.«

»So war es aber nicht«, beharrte sie.

»Aber wie war es dann, Emma? Was ist zwischen euch geschehen? Hast du ihn geliebt?«

»Nein, ich habe ihn nicht geliebt.« Ihre Augen glänzten.

»Aber er hat dich geliebt«, flüsterte ich.

»Das hat er jedenfalls geglaubt.« Sie sah weg. »Und er liegt mir auch wirklich am Herzen.«

»Immer noch?«, fragte ich. Sie antwortete nicht, und ich ballte die Fäuste, während mir wieder diese SMS durch den Kopf ging.

»Warum durfte er dir verzeihen und ich nicht?«, fragte ich und hörte selbst, wie scharf meine Stimme klang. Emma wandte sich mir erschrocken zu, und in ihren Augen flackerte Angst auf. Ich wollte, dass sie es mir sagte, ich musste es wissen. »Erzählst du mir, was passiert ist?«

Emmas Augen füllten sich mit Tränen, aber sie schüttelte den Kopf und blickte wieder hinaus aufs Wasser.

Ich schloss die Augen, um mich zu sammeln, und stellte eine andere Frage, die mich schon lange plagte. »Was stand in diesem Brief, Emma?«

Noch immer war der Ärger in Evans Stimme deutlich zu hören.

»Du weißt von dem Brief?« Mein Magen fühlte sich hohl an. Evan wusste mehr, als er eigentlich sollte … und zwar von allem.

»Ich habe den Umschlag gefunden und auf der Suche nach dem Brief das Büro meiner Mutter auf den Kopf gestellt. Wir haben nie darüber geredet, sie hat es mir nie gesagt. Erst letzte Woche hat sie zugegeben, dass der Brief überhaupt existiert. Er hat mein Leben verändert. Ich finde, ich habe es verdient zu wissen, was darinstand.«

Ich drückte die Stirn gegen meine angezogenen Knie. »Es spielt jetzt keine Rolle mehr.«

»Ich möchte nicht wütend sein, Em. Ich möchte dir verzeihen. Aber zuerst müssen wir ehrlich miteinander sein … in jeder Hinsicht. Ich verstehe immer noch nicht, wie du glauben konntest, es wäre besser für mich, wenn du mich verlässt. Denn es hat mich vernichtet. Schlimmer hättest du mich nicht verletzen können.«

Ich unterdrückte ein Schluchzen und umklammerte meine Knie noch fester.

»Ich weiß, das ist schwer. Aber du musst mir bitte zuhören, okay?«

»Ich höre dir ja zu«, murmelte ich kaum hörbar.

»Nachdem du weg warst, ist in der Schule das Gerücht rumgegangen, dass du schon früher nach Stanford gegangen wärst und bei der Abschlussfeier nicht da sein würdest. Aber alle wussten, was los war. Alle waren auf der Party, auf der wir nicht aufgetaucht sind. Alle haben mein Gesicht gesehen, als ich ein paar Tage später aus Cornell zurückgekommen bin. Meine Verletzungen waren bis zur Abschlussfeier nur notdürftig verheilt. Keiner kannte die Details, aber sie haben sich zusammengereimt, dass das, was mir passiert war, irgendwie mit deinem Weggehen zusammenhing. Und dann … dann musste ich diese verfluchte Rede halten, die Abschiedsrede des Jahrgangsbesten, die du hättest halten sollen.«

»Was war mit Ben? Er war doch der Zweitbeste«, wollte ich wissen. Mir wurde immer übler.

»Er hat sich geweigert.« Evan zuckte die Achseln. »Ich erinnere mich nicht mehr an die Einzelheiten, aber am Ende musste ich eine Rede halten, die alle dazu ermuntern sollte, ihre Träume zu verwirklichen. Wie sollte ich irgendjemanden dazu bringen, sich auf die Zukunft zu freuen, wo ich doch selbst keine zwei Schritte weit nach vorn sehen konnte? Es war eine Katastrophe.

Und dann bin ich nach Yale gegangen. Ich wollte nichts mit dir zu tun haben, deshalb habe ich mich zuerst nicht dagegen gewehrt. Nichts hat mich mehr gekümmert. Unter der Woche habe ich die Vorlesungen besucht, und die Wochenenden habe ich zu Hause verbracht … mit Analise.«

»Mit Analise?« Meine Stimme brach.

Ich hob die Augen zum Himmel, an dem die Wolken vorbeizogen, und sammelte mich. Es brachte mich fast um, zu wissen, wie weh ich ihr tat – genau aus diesem Grund wollte ich es ihr nicht erzählen. Aber ich war fest davon überzeugt, dass es sein musste, wenn wir uns retten wollten.

»Sie war schon lange eine Freundin, und ich war ihr wichtig. Wir haben uns getroffen, und sie hat alles getan, um mich von dir abzulenken. Und ich hab es zugelassen. Bis Weihnachten war meine Wut größtenteils verschwunden, aber jetzt suchte ich nach Antworten. Ich wollte dich sehen, um dich zu fragen. Ich wollte in den Ferien hierherkommen, aber meine Eltern haben mich nicht an meine Ersparnisse gelassen. Mein Vater hat mir schließlich sogar mein Auto weggenommen, als er gemerkt hat, wie entschlossen ich war.

Ich konnte dich nicht erreichen. Die McKinleys waren genauso ausweichend zu mir wie alle anderen, und Sara hat nicht mal meine Anrufe entgegengenommen. Ich war so fies zu ihr, nachdem du weg warst, ich hab praktisch meine ganze Wut an ihr ausgelassen und sie dazu gezwungen, mich zu meiden – auch, als sie und Jared noch zusammen waren. Ich war nicht ich selbst, und ich habe alle anderen in mein Elend reingezogen.«

Ich stockte und sah Emma an. Sie hatte ihre Knie eng an die Brust gezogen und zitterte.

»Alles okay?«, fragte ich und wollte sie am liebsten trösten. Aber ich brachte es nicht über mich, sie anzufassen ... noch nicht.

»Mach weiter«, murmelte sie angestrengt.

Das Ganze quälte sie. Schuldgefühle waren wie ein Gift für sie, und ich pumpte es ihr gerade ununterbrochen in die Venen. Trotzdem erzählte ich weiter, blieb ehrlich und hoffte, dass Emma sich am Ende von allem befreien konnte.

»Analise hat versucht, mir vernünftig zu erklären, dass ich deine Entscheidung akzeptieren und dich in Ruhe lassen musste. Aber sie kannte dich nicht – nicht so wie ich. Es war schwer für sie, mit anzusehen, was ich durchmachte. Ich glaube, es war Anfang des nächsten Jahres, als wir begannen, uns zu verabreden. Sie stand kurz vor dem Abschluss, und ich ... na ja, ich machte nicht viel. Wenn sie mich nicht dazu brachte, gab es Tage, an denen ich es nicht mal schaffte, aus dem Bett zu kommen. Ich mag mir gar nicht vorstellen, wie das für sie gewesen sein muss. Ich habe keine Ahnung, warum sie überhaupt etwas mit mir zu tun haben wollte.»

Der Gedanke, dass Analise ihn tröstete, ihm zuredete, mich ge-

henzulassen, schnürte mir die Brust zusammen. Ich drückte meine Beine noch enger an mich, um nicht völlig die Fassung zu verlieren.

»Sie hat es versucht«, fuhr er fort, sosehr ich mir auch wünschte, er würde endlich aufhören. »Aber sie war nicht du. Und solange du irgendwo dort draußen warst … ich konnte dich nicht gehenlassen, bis ich die Antworten hatte, die ich brauchte. Zumindest redete ich mir das ein. Als Analise meinen Antrag für einen Studienplatzwechsel nach Stanford sah, war sie am Ende. Sie dachte, ich würde dir nachlaufen, und in gewisser Hinsicht habe ich das auch getan. Sie hatte jedes Recht, mich zu hassen. Aber aus irgendeinem unerfindlichen Grund hat sie mir verziehen.

Doch dann ist mit dem Wechsel irgendetwas schiefgegangen. Eigentlich hätte ich gleich Verdacht schöpfen müssen, aber ich hab es nicht getan. Schließlich hat Analise zugegeben, dass sie den Antrag ohne mein Wissen zurückgezogen hat, weil sie mich davor bewahren wollte, erneut verletzt zu werden. Ich war furchtbar wütend. Schon wieder war ein Mensch dabei, über meinen Kopf hinweg Entscheidungen für mich zu treffen. Ich habe nicht mehr mit ihr gesprochen, und wir haben uns auch nicht mehr gesehen … na ja, bis sie am Tag von Rachels Beerdigung bei mir zu Hause aufgetaucht ist.«

»Ach ja?«, fragte ich geschockt. »Warum?«

»Sie wusste, dass du zur Trauerfeier in Weslyn bist. Vielleicht wollte sie für mich da sein, falls ich … aber … ich wollte für dich da sein.«

»Hast du … hast du sie geliebt? Ach, vergiss es. Ich will nicht …« Ich stockte und biss die Zähne zusammen. »Ich möchte mir euch beide zusammen nicht einmal vorstellen.«

»Es tut mir sehr leid«, versuchte er, mich zu besänftigen. »Ich weiß, dass ich es unbewusst deshalb getan habe. Um dir weh zu tun. Und das ist dermaßen verkorkst. Aber sie war eine gute Freundin, Em, auch wenn du sie nie mochtest.«

»Ich weiß«, murmelte ich.

»Also, ich habe mich alles andere als perfekt verhalten. Ich bin mit Menschen, die mir am Herzen lagen, ziemlich grausam umgesprungen. Ich habe meine Freundschaft mit Analise zerstört. Ich habe mit Catherine geschlafen, obwohl sie mir nie wichtig war – ich mag sie nicht einmal besonders. Das war eine von vielen falschen Entscheidungen, die im Grunde alle nur der Versuch waren, irgendwie über dich hinwegzukommen, Emma. Aber es waren meine Entscheidungen. Du hast dich entschieden wegzugehen. Für den Rest bin ich allein verantwortlich.«

Zitternd sank ich in mich zusammen, schlug die Hände vors Gesicht und weinte.

Ich wollte ihr nicht mehr weh tun. Offensichtlich hatte sie ihr Limit erreicht, mehr Ehrlichkeit konnte sie nicht ertragen. Aber ich war noch nicht fertig, und ich wusste, wenn ich jetzt nicht reinen Tisch machte, würde sie es nicht verstehen, und ich würde riskieren, sie für immer zu verlieren.

»Die Albträume fingen letzten Sommer an, als mir klar wurde, dass ich im Herbst nicht nach Stanford gehen würde. Ich hatte den Kontakt zu Analise abgebrochen und war überzeugt, du würdest nie mehr zurückkommen. Ich wollte die Vergangenheit hinter mir lassen, ein Leben ohne dich führen, aber es war kein Leben. Emma ...« Sie hob ihr tränennasses Gesicht. »Ich bin nicht dafür gemacht, ohne dich zu leben. Und du bist nicht dafür gemacht, ohne mich zu leben. Wir sind zusammen in diesem Leben. Ohne einander leben wir nicht wirklich.«

»Warum musste ich das alles unbedingt erfahren?«, fragte ich mit gebrochener Stimme. »Es tut nämlich weh, mir vorzustellen, dass du ... mit diesen Frauen zusammen warst, es tut weh zu wissen, was ich dir angetan habe. Es fühlt sich an, als würdest du mein Herz mit bloßen Händen zerquetschen. Ich weiß, ich habe es verdient. Aber warum erzählst du es mir?«

»Weil wir ehrlich miteinander sein müssen, selbst wenn es weh tut. Und du musst wissen, dass auch ich nicht perfekt bin. Ich habe es vermasselt, und das tut mir sehr leid. Aber es ist vorbei, wir können es nicht ändern. Und ich möchte, dass du mir alles erzählen kannst, dass du nichts vor mir geheim halten musst, weil du denkst, ich würde dich hassen, wenn ich es erfahre. Du sollst wissen, dass ich nicht weggehe, selbst wenn es mir weh tut.«

»Das kannst du nicht wissen«, argumentierte ich. »Was, wenn ich etwas ganz Schreckliches getan habe – das Schrecklichste, was du dir überhaupt vorstellen kannst? Ich weiß nicht, ob du mich dann noch lieben könntest.«

»Aber ich kenne dich doch, Emma. Ich kenne dich wirklich. Dein Herz lässt nicht zu, dass du etwas tust, das mich dazu bringen könnte, dich nicht zu lieben. Und ich habe auch deine grausame Seite erlebt. Ich war dabei, als du Rachel zur Rede gestellt hast. Ich habe gesehen, wie gnadenlos du sein kannst. Diese Seite mag ich zwar nicht an dir, aber du magst sie ja auch nicht. Deshalb glaube ich nicht, dass du im Grunde wirklich so bist. Denn das bist du nicht. In solchen Momenten ergreifen Kummer und Schmerz die Oberhand und haben nur noch eins im Sinn, nämlich, dass jemand anderes sich so fühlt, wie du dich all die Jahre lang gefühlt hast. Das ist nicht gut, Em. Aber es ist nicht das, was dich im Innern ausmacht.«

Mein Herz klopfte, wild und unregelmäßig. Er bot mir einen sicheren Ort an, an dem wir uns öffnen und einander Dinge sagen konnten, die weh taten. An dem wir uns unsere Schuld eingestehen, sie irgendwann ad acta legen und nach vorn blicken konnten. Ein Ort, an dem wir über unsere schlimmsten Fehler sprechen konnten. Aber ich hielt in mir etwas noch viel Dunkleres verborgen, als er sich vorstellen konnte, und dieses Geheimnis würde seinen Blick auf mich verändern. Ich durfte sein Angebot nicht annehmen. Ich wusste, wenn ich es täte, würde ich ihn für immer verlieren, und dann wäre ich weniger als ein Nichts.

»Ich bin nicht bereit dazu«, flüsterte ich. »Tut mir leid.«

Ich sah, wie sie mit der Entscheidung kämpfte, mir das zu sagen, was sie gefangen und von mir fernhielt. Mit jeder Faser meines Körpers wusste ich, dass es etwas mit Jonathan zu tun hatte. Zwischen ihnen war irgendetwas vorgefallen. Aber sie musste diejenige sein, die es mir erzählte. Solange dieses Geheimnis zwischen uns stand, würde ich ihr nicht vollständig vergeben können. Und mit derselben Gewissheit wusste ich, dass ich ohne sie nicht atmen konnte.

»Ich lasse dir Zeit. Aber wir werden uns der Zukunft nicht zuwenden können, solange du mir nicht alles sagen kannst.« Traurig senkte sie den Blick. »Komm her.« Ich breitete die Arme aus, und sie rutschte zu mir, setzte sich zwischen meine Beine und lehnte sich mit dem Rücken an mich, so dass ich die Arme um sie legen konnte. Sie ließ den Kopf auf meinem Arm ruhen, und ich küsste sie aufs Haar. »Wir stehen das durch. Ich glaube an uns.«

Emma schlang die Arme um meine und drückte sie. »Das möchte ich auch.«

»Schau mich an.«

Sie drehte sich zu mir um. Ihre Augen waren vom Weinen gerötet, sie holte zitternd Luft. Ich strich mit dem Finger über ihre feuchten Wangen. »Ich liebe dich.«

Ich starrte in seine intensiven graublauen Augen, die mir das Verletzliche und Reine in ihm zeigten. Den Teil, der mich beschützen, der mich ermutigen wollte, ein besserer Mensch zu werden. Und der mich glücklich machen wollte. Ich sah das so deutlich, dass mir warm ums Herz wurde und meine Brust sich weitete. Wenn ich irgendetwas wusste, dann, dass er mich liebte.

»Und du liebst mich auch.« Er stellte es fest als die Wahrheit, die es war.

»Ja, das tue ich. Dich zu lieben ist die einzige Gewissheit in meinem Leben. Ich werde nie damit aufhören. Aber weil ich dich so liebe, habe ich dich am Ende so sehr verletzt. Ich wollte nur, dass du glücklich bist und die Last meines zerstörerischen Lebens nicht mehr tragen musst. Du bist so schön und wunderbar – selbst mit deinen Fehlern. Ich möchte dich niemals zerstören.«

Evan umfasste mein Gesicht mit den Händen. »Hör auf, mich vor deinem Leben beschützen zu wollen. Ich habe immer gewusst, worauf ich mich einlasse. Ich habe nie daran gezweifelt, dass du mich liebst, niemals. Ich will nicht mehr und nicht weniger von dir, als dass du mir vertraust, Emma. Bitte.«

»Vertrauen wird mich nicht retten«, erwiderte ich und legte meine Stirn an seinen Brustkorb, während er mich umarmte.

»Lass uns ins Haus zurückgehen«, sagte er und grub sein Kinn in meine Haare.

Ich half ihr beim Aufstehen und drückte sie fest an mich, während wir zum Haus zurückgingen. Enthüllungen waren anstrengend. Mir tat alles weh.

»Bleibst du heute Nacht bei mir?«, fragte sie leise und schmiegte sich an mich. Ich spürte, wie die Kraft aus ihr wich.

»Ich könnte nicht schlafen, ohne bei dir zu sein«, antwortete ich, und auf ihrem erschöpften Gesicht erschien die Andeutung eines Lächelns. Ich führte sie ins Zimmer. Sie brach praktisch auf dem Bett zusammen und streifte nur noch ihre Schuhe ab. Vorsichtig zog ich die Decke unter ihr hervor, schlüpfte aus Shorts und Schuhen, legte mich neben sie und zog sie an mich, so dass ich ihr Herz an meiner Brust schlagen spürte. »Emma?«

»Hm?«, murmelte sie, bereits halb im Schlaf.

»Wann darf ich dich küssen?«

Gerade eben war ich noch zu müde gewesen, um mich zu rühren, aber diese Frage löste einen unerwarteten Energieschub in mir aus. Auf einmal war ich hellwach. Ich drehte mich zu ihm um, und er grinste mich an. »Hi.«

»Hi.« Ich erwiderte sein Lächeln und strich ihm durch die Haare. »Du kannst mich jetzt küssen.«

Mein Herz stolperte, als seine Lippen sich auf meine legten. So vertraut und gleichzeitig so anders. Unsere Leidenschaft wuchs, als er meine Lippe in seinen Mund zog und seine Zunge in meinen Mund glitt.

Hitze stieg in mir auf. Ihre Lippen fuhren über meine, und ihre Zunge bewegte sich zärtlich in meinem Mund. Unwillkürlich packte ich sie fester, ich hatte mich so lange danach gesehnt, sie zu schmecken. Sie keuchte, unsere Körper drückten sich aneinander, und ich liebkoste mit meiner Zunge die Stelle unter ihrem Ohr. Ihr leises lustvolles Stöhnen machte mich fast verrückt, mein Atem wurde schneller, ich suchte erneut ihre Lippen und küsste sie leidenschaftlich.

Ich wusste, dass wir aufhören mussten, aber je schneller ihr Atem wurde, desto mehr reagierte auch mein Körper und wollte sich nicht zurückziehen. Sie vergrub die Finger in meinen Haaren und überwältigte mich mit ihren weichen Lippen, mit der Berührung ihrer Zunge, mit ihrem leichten Blumenduft. Als sie ein Bein um mich schlang, den Kopf in den Nacken legte und mir ihren Hals darbot, ließ ich meinen Mund darübergleiten und schmeckte ihre süße Haut.

Doch als sie nach meinen Boxershorts griff, wusste ich plötzlich, dass jetzt nicht der richtige Moment war. Wir waren noch zu mitgenommen, zu verletzt, und unsere Leidenschaft würde uns nicht heilen. Sanft schob ich ihre Hand weg und flüsterte ihr ins Ohr: »Ich will dich so sehr, aber wir müssen aufhören.«

Ich sank aufs Bett zurück. »Ich weiß«, hauchte ich und strengte mich an, wieder ruhig zu atmen. Meine Sehnsucht nach ihm hatte mich so gefangengenommen, dass ich nicht in der Lage gewesen war aufzuhören, obwohl eine laute Stimme in mir gesagt hatte: *Noch nicht.*

Langsam beugte ich mich über ihn, um ihm ins Gesicht zu sehen, fuhr mit der Hand über seine Wange und streichelte mit dem Daumen über seine Lippen. Ich starrte in die Tiefen seiner Augen, und auf einmal war meine Welt im Gleichgewicht, denn ich lag in seinen Armen, genau dort, wo ich hingehörte.

37

AlleS üBer morgeN

Was möchtest du morgen machen?«, fragte Sara, die in der Hängematte lag.

»Evan ist vorhin losgefahren, um mein Surfbrett zu holen, deshalb würde ich morgen gerne surfen gehen«, antwortete ich und lehnte mich auf meinem Hocker zurück, um das Gemälde zu betrachten, an dem ich gerade arbeitete. Dann nahm ich den feinen Pinsel in die Hand und tippte ihn in die dunkelblaue Farbe.

»Hast du das Brett nicht schon letzte Woche gekauft?«

»Ja, sie mussten es aus einem anderen Laden kommen lassen. Wir hätten es eigentlich gestern abholen sollen, aber irgendwas ist bei der Lieferung schiefgelaufen. Evan war total enttäuscht, weil es nicht da war.« Lächelnd erinnerte ich mich an sein niedergeschmettertes Gesicht, als der Typ im Surfshop ihm gesagt hatte, er müsse bis heute Nachmittag warten. Man hätte denken können, ihm wäre gerade schonend beigebracht worden, dass es keinen Weihnachtsmann gab.

»Darf ich euch beim Surfen zuschauen?«, fragte Sara, das Gesicht im Schatten ihrer Zeitschrift.

»Na klar.«

»Wollen wir danach was essen gehen? Nur wir vier?«

»Gern«, stimmte ich zu. Eigentlich wollte ich nicht an morgen denken. Es war kein Tag, an den ich überhaupt je einen Gedanken verschwenden wollte.

»Ich hab es!«, brüllte Evan aufgeregt durchs ganze Haus.

Dann tauchte er bei uns auf, seine Augen strahlten, und er lächelte hinreißend. »Jetzt hast du offiziell dein erstes Surfbrett.«

»Großartig«, sagte ich lachend. »Und morgen gehen wir surfen.«

»Morgen erst?« Er ließ enttäuscht die Schultern hängen.

Ich grinste breiter und genoss in vollen Zügen, wie wichtig es ihm war, mich auf diesem Brett zu sehen. »Es ist schon spät. Aber wir ziehen gleich morgen früh los, versprochen.«

»Morgen«, wiederholte Evan resigniert, stellte sich hinter mich, legte seine Hände auf meine Taille, und sofort begann meine Haut zu prickeln. Er beugte sich zu mir herunter und küsste meine nackte Schulter, dann stützte er das Kinn darauf, um meine Malerei zu begutachten. Ich lehnte mich gegen ihn, und er umschlang mich mit beiden Armen.

»Es ist noch nicht fertig«, erklärte ich hastig. Meine Wangen fühlten sich so rot an wie die Schattierungen auf der Leinwand. Ich spürte, dass er jeden meiner Pinselstriche sorgfältig interpretierte.

»Es ist sehr intensiv.«

Es war ein kraftvolles Bild, aber gleichzeitig auch beunruhigend. Das wollte ich ihr zwar nicht sagen, aber ich war mir sicher, sie wusste es ohnehin. Die Verzweiflung, die sie mit ihrem Pinsel freisetzte, war nicht zu übersehen. Ein Wirbel von Farben und Texturen, der sich mit der Bewegung der Wellen vermischte und den Eindruck verstärkte, dass irgendwo tief in ihr der Wunsch schlummerte, dieses Leben aufzugeben. Es war nicht das erste Mal, dass ich diese Angst empfand.

»Ich wollte eigentlich gern mit dir über etwas sprechen«, sagte ich leise an ihrem Hals, ehe ich die Lippen auf ihre pulsierende Haut drückte.

»Über was denn?«, fragte sie so hauchzart, dass ich sie am liebsten ans Geländer gedrückt und ihren ganzen Körper zum Erröten gebracht hätte. Dann bemerkte ich Sara, die in der Hängematte lag und las. Schnell wich ich ein Stück zurück und bezähmte meine Gedanken.

»Wenn du fertig bist, gehen wir spazieren«, sagte ich.

»Wie wäre es mit einer Runde joggen? Das Fußball-Konditionstraining fängt in ein paar Wochen an, und ich muss mich vorbereiten.«

»In Ordnung«, sagte ich. »Aber du musst mit mir zusammen laufen, damit wir uns unterhalten können.«

Sie lachte. »Na gut, ich bremse mich ein bisschen für dich.«

Ich band mir gerade in der Hocke die Schuhe zu, als Evan in Shorts und Laufschuhen aus der Tür kam.

»Evan«, schimpfte ich, denn bei seinem Anblick fing mein Herz zu klopfen und mein ganzer Körper zu kribbeln an. »Du musst ein T-Shirt anziehen.«

»Ach, machen wir dieses Spielchen immer noch?«, fragte er. »Ehrlich?«

»Ich falle auf die Nase, wenn ich so neben dir herlaufen muss.«

»Ich sehe nicht anders aus als die meisten Typen am Strand«, versuchte er, mich zu überreden.

»Aber die sind nicht du«, entgegnete ich. »Jeder andere könnte meinetwegen ohne Hemd rumlaufen, egal, wie er aussieht, aber du ohne Hemd bringst mich komplett um den Verstand.«

Er lachte.

»Was denn? Ich bin bloß ehrlich«, gab ich zurück und wurde knallrot.

Ich stand auf, und Evan zog mich an sich. »Wenn ich ehrlich sein soll«, sagte er, und seine Worte kitzelten an meiner Lippe, »dann möchte ich lieber …«

»Ich muss das wirklich nicht sehen«, verkündete Jared, der gerade aus der Küche kam.

»Gehen wir«, sagte Evan und packte schnell ein Shirt, das er auf dem Sofa liegen gelassen hatte.

Am Ufer verfielen wir in einen lockeren Laufrhythmus. Ich wartete ein bisschen, ehe ich anfing zu reden, denn ich wollte sichergehen, dass ich ein Gespräch führen und gleichzeitig mit ihr Schritt halten konnte.

»Also, ich habe überlegt, ob ich wegen meiner Albträume vielleicht mit jemandem sprechen sollte.« Aus dem Augenwinkel beobachtete ich ihre Reaktion. »Ich habe gehofft, wir könnten das vielleicht zusammen machen.«

Ich hatte mir den Kopf zerbrochen, wie ich ihr meinen Vorschlag unterbreiten sollte, seit ich gestern die Anrufe gemacht hatte. Schließlich wusste ich, wie sehr sie es hasste, über ihre Gefühle zu sprechen, vor allem mit Fremden. Es war schwer genug, sie dazu zu bringen, sich mir oder Sara zu öffnen.

»Paartherapie?«, meinte sie spöttisch.

»Äh, nein, aber das wäre vielleicht auch gar keine schlechte Idee für uns.« Ich lachte leise, und sie knuffte mich in die Schulter. »Ich habe einen Psychologen gefunden, der mit traumatisierten Menschen arbeitet, und dachte, es wäre vielleicht einfacher, wenn wir für ein paar Sitzungen gemeinsam zu ihm gehen.«

Emma schwieg, die Augen zu Boden gerichtet.

Allein der Gedanke an eine Therapie verursachte mir Magenkrämpfe. Ich hatte schon ein paar Versuche hinter mir und nie das Gefühl gehabt, dass es mir etwas nützte. Sicher, beim ersten Mal – nach dem Tod meines Vaters – war ich sehr jung gewesen, aber darüber zu reden hatte ihn auch nicht zurückgebracht. Deshalb hatte ich der Frau mit den großen Schneidezähnen, die immer nach Kirschen roch, genau das erzählt, was sie hören wollte, bis sie meiner Mutter schließlich mitteilte, mit mir sei alles wieder in Ordnung.

Im Rückblick überraschte es mich, dass meine Mutter mich überhaupt zu einer Therapie geschickt hatte. Sonst hatte sie sich nie um das Gefühlsleben anderer Menschen gekümmert, es war immer nur um sie gegangen. Vielleicht war sie hin und wieder doch tatsächlich eine Mutter für mich gewesen. Vielleicht hatte aber auch der Schulpsychologe die Sache in die Wege geleitet. Ehrlich gesagt erschien mir Letzteres wahrscheinlicher.

Die zweite Therapie hatte ich angefangen, nachdem ich aus dem Krankenhaus gekommen war, in der elften Klasse, als meine Welt komplett kopfgestanden hatte. Damals brachte ich es nicht über mich, der Therapeutin überhaupt irgendetwas zu erzählen. Es war, als hätte sich meine Seele einfach verschlossen, damit ich kein Gefühl preisgeben und mich auch an keinen einzigen traumatischen Moment erinnern musste – nur in meinen Albträumen. Mechanisch machte ich alles mit, erfüllte die vom Gericht verordneten Stunden und fühlte mich am Ende genauso schlecht wie zuvor. Deshalb war ich skeptisch – um es vorsichtig auszudrücken.

»Würdest du bitte zumindest darüber nachdenken?«, fragte Evan, als ich lange genug geschwiegen hatte. »Du würdest mir damit auch helfen.«

Ich warf ihm einen Blick zu, und meine Nervosität stieg. Aber ich konnte seine Bitte nicht einfach ausschlagen. »Okay, ich lasse es mir durch den Kopf gehen.«

»Danke.«

»War es das, was du mir sagen wolltest?«, fragte ich mit einem kleinen Grinsen.

»Ja.«

»Dann laufe ich jetzt mal ein bisschen schneller«, erklärte ich und zog die Augenbrauen hoch. »Hol mich ein, wenn du kannst.« Damit sauste ich los, denn ich brauchte den Adrenalinrausch, der mich beruhigte und mich die Dinge wieder klarer sehen ließ.

»Danke, dass du mit mir läufst!«, rief ich, als sich die Distanz zwischen uns vergrößerte. Ihr Versprechen, sich meinen Vorschlag durch den Kopf gehen zu lassen, war mehr, als ich erwartet hatte. Ich beobachtete, wie sie den Strand hinunterrannte, und wusste, dass mit Sicherheit unser Gespräch ihre Schritte so beschleunigt hatte.

Als ich am Haus ankam, wartete sie schon ungeduldig auf mich, die Hände in die Hüfte gestemmt. Ich schüttelte lachend den Kopf.

»Ich bin einfach zu langsam für dich, Emma!«

»Es ist ja nicht deine Schuld, dass du nicht schneller läufst«, stichelte sie.

»Vielleicht kann ich nicht mit dir mithalten, aber ich kann dich fangen«, verkündete ich, packte sie, ohne mein Tempo zu verringern, und hob sie hoch in die Luft.

»Lass mich runter, Evan«, brüllte sie lachend.

Ich hielt ihre Schenkel fest, die vom Schweiß glitschig waren, und stolperte mit ihr zum Wasser. Ich kam allerdings nicht sehr weit, ehe eine Welle uns umwarf.

Japsend tauchte Emma wieder auf und wischte sich übers Gesicht. »Ich fasse es nicht!« Sie spritzte mich an, konnte ein Lächeln aber nicht unterdrücken.

Ich stand auf und setzte ihr erneut nach, während sie lachend und kreischend ans Ufer zu entkommen versuchte. Im knietiefen Wasser kam sie nur langsam voran.

»Nicht so schnell!«, rief ich, packte sie an der Taille, und der Schwung warf uns beide um.

Ich drehte sie zu mir. Ihre Haare hatten sich auf dem Sand ausgebreitet, ihre Augen funkelten, und sie lächelte zu mir empor.

»Du hast da ein bisschen Sand ...« Ich fuhr mit der Hand über ihre Wange, packte sie wieder um die Taille und zog sie an mich. Sie schloss die Augen, als ich mich über sie beugte, um das Salz auf ihren Lippen zu schmecken. Ich hätte sie den Rest meines Lebens küssen können und trotzdem nie genug bekommen. Die Hitze ihres Atems ließ mich meine Lippen öffnen, ich liebkoste ihren Mund mit meiner Zunge und zog sie noch dichter zu mir.

Wir lagen im nassen, groben Sand, und als ich mein Bein um seines schlang, glitt seine Hand über meinen Oberschenkel. Ich stöhnte leise, legte den Kopf in den Nacken – und blickte mitten in ein Paar große braune Augen. Hastig schob ich Evan weg. Auch er blickte auf und ließ mich sofort los, als er den kleinen Jungen sah, der uns, in der Hand ein gelbes Eimerchen, unverwandt aus nächster Nähe anstarrte.

Ich setzte mich auf, strich mir über die Haare, mein Gesicht brannte vor Verlegenheit.

»Oh, wir sind ... ganz schön sandig«, meinte Evan und sah auf den Sand, der an seinen nassen Sachen und auf seiner Haut klebte. »Vielleicht sollten wir lieber wieder ins Wasser gehen.«

Mein Puls ging noch unregelmäßig von seinem Kuss, und ich wandte mich ihm grinsend zu. »Die Dusche auf der Terrasse?«

Er lächelte mich umwerfend an, und ich rappelte mich auf, um den Wettlauf zum Haus zu beginnen. Im letzten Moment bekam er meinen Knöchel zu fassen, so dass ich bäuchlings im Sand landete. Lachend sprintete er an mir vorbei.

»Hey!«, rief ich, sprang auf und rannte ihm nach.

Ich hörte sie näher kommen und legte mit einem leisen Lachen an Tempo zu. Auf Langstrecken ließ sie mich hinter sich, aber bei einem Sprint konnte ich sie schlagen, und so rannte ich die Stufen hinauf, zum Gartentor und hatte noch Zeit, meine Laufschuhe und Socken abzustreifen, ehe Emma das Tor hinter sich zuschlug.

Dann stand sie keuchend am Zaun, ein äußerst sinnliches Lächeln auf den Lippen. Ich drehte das Wasser auf, damit es warm wurde, sie schlüpfte wortlos aus Schuhen und Socken. Dann kam sie auf mich zu, immer noch mit diesem verführerischen Lächeln auf den Lippen, und zog sich ihr nasses, sandiges Shirt über den Kopf.

Als sie nach dem Bund ihrer Shorts griff, hielt sie inne und sah mich fragend an. Ich schüttelte den Kopf, denn mit den Shorts würde auch meine Selbstbeherrschung verschwinden. Emma stand vor mir und ließ mich keine Sekunde lang aus den Augen, während sie die Hand unter mein Shirt gleiten ließ. Bei ihrer Berührung zogen sich meine Bauchmuskeln zusammen.

Ich hob die Arme, zog mein Shirt aus und ließ es auf die Holzlatten fallen. Emma stellte sich auf die Zehenspitzen, als ich mich herabbeugte, um sie zu küssen. Ich umschlang ihre Taille. Heiß presste sich ihre Haut an meinen Bauch; vorsichtig ging ich rückwärts weiter zur Dusche und hoffte, die Wassertemperatur würde unsere Nähe nicht zerstören.

Zum Glück plätscherte mir das Wasser warm auf den Rücken, also zog ich sie mit unter den Strahl. Das Wasser umgab uns, während unsere Lippen sich öffneten und wir die Luft zwischen uns austauschten. Ich ließ meinen Mund über ihren Hals gleiten und schmeckte das Salz auf ihrer Haut. Mit einem Stöhnen legte sie den Kopf in den Nacken, mein Rücken spannte sich an, mein ganzer Körper reagierte darauf.

Sie küsste meine Brust, und ich vergrub die Finger in ihren Haaren, bog ihren Kopf ein Stück zurück und küsste ihre nassen Lippen mit einem Verlangen, das ich nur schwer unter Kontrolle halten konnte. Als ich die Steinbank an meinen Waden fühlte, zog ich Emmas rechtes Bein in die Höhe und setzte ihren Fuß auf die Kante.

Seine Hand glitt an meinem Schenkel empor und unter meine Shorts. Ich musste tief Luft holen, eine Hitzewelle durchströmte meine Brust. Überwältigt schloss ich die Augen. Mein Atem ging stoßweise, ich vergrub den Kopf an seinem Hals, liebkoste seine Haut mit der Zunge und streifte mit den Lippen über sein Kinn, bis ich wieder seinen Mund fand und in seine leicht geöffneten Lippen keuchte. Seine Berührung ließ mich alles vergessen. Ich krallte mich an seinen Rücken, umschloss ihn fester. Und dann verlor ich mich in den Wellen, die durch meinen Körper rollten, bis ich schließlich schwer atmend gegen ihn sank.

»Aber ich kann immer noch schneller laufen«, murmelte ich, meine Lippen an seine glatte Haut gepresst.

Evan lachte leise an meinem Ohr und flüsterte: »Aber du wirst mich nie verlieren.«

Ein Kissen flog mir an den Kopf. Ich grummelte ungehalten und wollte die Augen nicht aufmachen.

»Steh auf, Evan«, beharrte Emma.

Meine Lider öffneten sich zu einem schmalen Schlitz. Es war noch dunkel. »Wie spät ist es denn?«

»Theoretisch ist es schon Morgen«, sagte sie und klang viel zu wach, als dass es wahr sein konnte.

»Warum schläfst du denn nicht?«, murmelte ich und zog mir die Decke bis ans Kinn.

»Weil ich nicht konnte. Deshalb habe ich beschlossen, dass wir jetzt surfen gehen.«

Blinzelnd öffnete ich die Augen. »Was?«

»Ich dachte, wir könnten die Ersten im Wasser sein. Nur du und ich«, erklärte sie, schon in Kapuzenjacke und Shorts.

Ich brauchte einen Moment, um zu begreifen, was sie da sagte. Als es mir klar wurde, warf ich die Decke zurück. »Ich bin schon wach. Gib mir fünf Minuten.«

»Dachte ich's mir doch.« Sie strahlte.

Ich schloss die Tür zum Badezimmer. Ich war zwar noch ziemlich müde, aber gleichzeitig beschwingte mich ihre Begeisterung. Jetzt erkannte ich, dass dieses Vorhaben wichtiger war, als sie selbst es ahnte – vor allem am heutigen Tag.

Ich war zappelig und wollte so schnell wie möglich los. Als Evan endlich aus dem Schlafzimmer kam, warf ich ihm einen Müsliriegel zu, den er ungeschickt auffing, und machte mich auf den Weg nach draußen, während er hinter mir hertrödelte.

»Wow, du hast echt eine schizophrene Beziehung zum frühen Morgen«, bemerkte Evan, als er die Tür hinter sich schloss. »Du hast schon alles eingeladen?«

»Ich konnte nicht schlafen«, erklärte ich noch einmal. An diesem Tag war Schlaf immer ein Ding der Unmöglichkeit.

»Möchtest du mir sagen, warum?«, fragte er wie erwartet.

»Ich bin nervös wegen heute«, antwortete ich. »Ich möchte unbedingt, dass es ein guter Tag wird.«

Er nickte, ohne weiter nachzufragen, und sagte: »Es wird ein guter Tag.« Dann breitete er die Arme aus, und ich trat zu ihm und drückte ihn fest. Er hob mein Kinn mit den Fingern an und küsste mich zärtlich. »Guten Morgen, Emma.«

»Guten Morgen.« Ich lächelte, denn es war wirklich ein guter Morgen.

Ich gab Evan die Schlüssel, und er fuhr uns zu dem abgelegenen Surfspot, den die Jungs ausfindig gemacht hatten. Wir trugen unsere Bretter und Neoprenanzüge über dem Kopf den Pfad hinunter. Er endete an einem steinigen Strand. Die Wellenbrecher hier sorgten für ausgezeichnete Surfbedingungen.

Der Himmel war grau, Morgendunst hing über dem dunklen Wasser. Es war noch zu neblig zum Surfen, also lehnte ich mein Brett und meinen Anzug an einen Felsen und ließ die Finger über das bezaubernde Bild auf meinem Board gleiten: eine weibliche Figur, die mit einer kühnen Bewegung die Brandung durchschnitt. Als ich das Design entdeckt hatte, war mir sofort klar gewesen, dass ich kein anderes Brett wollte – Evans Überzeugungsversuchen zum Trotz.

Ich öffnete den Reißverschluss meiner Kapuzenjacke und zog sie aus. Darunter trug ich meinen neuen Badeanzug. »Was machst du denn da?«, wollte Evan wissen.

»Ich gehe schwimmen«, erklärte sie, als wäre das vollkommen offensichtlich.

»Das Wasser ist kalt, erinnerst du dich?«, wandte ich ein, als sie ihre Shorts in den Sand fallen ließ. Ich war sprachlos.

»Hör auf zu glotzen und komm mit ins Wasser«, sagte sie und boxte mich in den Bauch. »Dann wirst du wach.«

Ohne zu zögern, lief sie los und warf sich in die Wellen.

»Scheiße«, stöhnte ich, denn ich wusste, dass es unangenehm werden würde – und das war es auch. Als das Wasser meine Schienbeine erreichte, waren meine Zehen bereits taub vor Kälte.

Ich suchte nach Emma. Dunkelheit und Nebel trübten die Sicht, aber dann sah ich, dass sie sich weiter draußen auf dem Rücken treiben ließ.

Mit einem tiefen Atemzug stürzte ich mich ins kalte Wasser. Nach Atem ringend kam ich wieder an die Oberfläche, schwamm hinaus zu Emma und bewunderte ihre friedliche Haltung. Mit ausgebreiteten Armen trieb sie auf dem Wasser, ihre Augen waren geschlossen, und sie atmete durch ihre leicht geöffneten Lippen, als träumte sie. Doch dann spürte sie meine Gegenwart, hob den Kopf, und ihr Körper sank ein Stück nach unten.

»Hi«, sagte sie, und ihr Gesicht leuchtete trotz der Dunkelheit. »Ich hab mich schon gefragt, wann du kommen würdest.«

»Das Wasser ist eiskalt, Em«, sagte ich. »Wärm mich auf, bitte.« Ich zog sie zu mir, und ihr nackter Bauch glitt über meine Haut. »Deine Lippen sind ja schon ganz blau.«

»Echt?«, fragte sie und sah mir skeptisch in die Augen. »Sollen wir lieber wieder raus aus dem Wasser?« Sie schlang die Arme um meinen Hals und fuhr mit den Fingern durch meine nassen Haare.

»Ich glaube, mir wird schon wärmer«, sagte ich, und mein Herz pochte, als sie sich an mich presste, um meine Lippen zu erreichen.

Ich küsste ihn, und er schnappte erschrocken nach Luft. »Deine Lippen sind ja eisig!«

»Dann wärme sie«, forderte ich ihn auf und ließ den Mund über seine Wange gleiten. Evan wandte den Kopf, aber ehe er mich küssen konnte, rief er: »Halt die Luft an.« Eine hohe Wasserwand ragte über uns auf, ich atmete blitzschnell ein und ließ mich unter die Oberfläche sinken. Die mächtige Strömung trennte mich von Evan. Als ich wieder auftauchte, entdeckte ich ihn etwas weiter draußen. Meine Muskeln brannten vom eisigen Wasser, also ließ ich mich von der nächsten Welle an den Strand tragen.

Als ich herauskam, hörte ich eine Stimme fragen: »Wie ist das Wasser?« Offensichtlich hatten auch ein paar andere Surfer die

Ersten hier sein wollen, was meine Pläne, mich am Strand mit Evan aufzuwärmen, leider durchkreuzte.

»Eiskalt«, antwortete ich, als Evan gerade aus der Brandung trat. Er begrüßte die Neuankömmlinge und sah mich an. Sein enttäuschtes Gesicht sagte mir, dass er ähnliche Pläne gehabt hatte wie ich. »Anscheinend ist es Zeit für die Neoprenanzüge.«

»Ja, anscheinend.«

Der Himmel blieb noch ein paar Stunden grau, aber die Wellen waren ideal zum Surfen. Zuerst schaffte ich es gar nicht auf mein Brett, so fasziniert war ich von Emma, die auf ihrem saß und eine passende Welle abwartete. Als sie dann die erste nahm, konnte ich erst recht nicht wegschauen. Ihre Haltung war einfach unglaublich, sie glitt auf der Welle entlang, als hätte sie seit Jahren nichts anderes getan.

»Willst du den ganzen Tag da sitzen?«, spottete sie, als sie wieder hinauspaddelte.

»Ich hab nur dein Talent bewundert«, erklärte ich. »Ich muss zugeben, dass ich ein bisschen enttäuscht bin, weil ich es dir nicht beibringen konnte.«

»So ist es aber besser«, beteuerte sie mit einem verlegenen Lächeln, da wir unbeabsichtigt über Cole redeten. »wir können einfach nur surfen. Ich hab eine Weile gebraucht, bis ich stehen konnte, vom eigentlichen Wellenreiten ganz zu schweigen. Deshalb ist es mir so lieber.«

Ich sah ein, was sie meinte, und nickte. Es war perfekt, nur sie und ich – und ein paar andere Typen, die wir nicht kannten. Dieses Erlebnis hätte ich nicht besser planen können. Dafür musste ich Cole wenigstens ein bisschen dankbar sein. Gar nicht dankbar war ich ihm allerdings dafür, dass er etwas mit ihr gehabt hatte.

Offenbar hatte Emma bemerkt, woran ich dachte, denn sie paddelte zu mir herüber und packte mich am Bein. »Es tut mir leid wegen Cole – dass du uns zusammen sehen musstest. Mir hat es schon so weh getan, nur von einer anderen zu hören und ... na ja, ich mag mir gar nicht vorstellen, wie es ist, das auch noch zu sehen.«

»Ich will nicht lügen, es war nicht leicht, in seiner Nähe zu sein, obwohl ich ihn eigentlich mag. Obwohl ich wusste, dass es nicht von Dauer sein würde«, erklärte ich ihr grinsend und schüttelte die üble Erinnerung daran ab, wie sie ihn geküsst hatte.

»Was?«, fragte sie überrascht. »Wir hatten keine Beziehung, Evan.«

»Wie du es auch nennen willst, ihr wart jedenfalls zusammen«, meinte ich wegwerfend. »Aber du gehörst zu mir, deswegen muss sowieso jeder andere Kerl die Segel streichen.«

Ich beugte mich vorsichtig zu ihr und küsste sie. Als ich mich zurückzog, sagte sie leise: »Ich liebe dich, Evan.« Diese Worte aus ihrem Mund gaben mir das Gefühl, dass ich alles schaffen konnte. Ich lächelte und sagte: »Du und ich, Em – wir gehören zusammen, ganz gleich, was passiert.« Ich verfing mich in dem Licht, das sich in ihren Augen widerspiegelte – den Augen, die so leer und ausdruckslos gewesen waren, dass ich gefürchtet hatte, ich hätte Emma verloren. Aber jetzt saß sie mit einem hinreißenden Lächeln auf ihrem Surfbrett und machte sich bereit für die nächste Welle.

Wir surften weiter, bis meine Arme sich anfühlten, als würden sie gleich abfallen, und meine Beine zitterten. Als die Sonne am Vormittag das Grau durchbrach, gesellten sich die Jungs zusammen mit Jared und Sara zu uns. Sie hatten eine Kühltasche mit Essen dabei, so dass wir den ganzen Tag am Strand verbringen konnten. Nichts anderes zählte heute. Ich lebte im Augenblick – weder klammerte ich mich an die Vergangenheit, noch fürchtete ich mich vor der Zukunft. Ich ließ den Tag einfach auf mich zukommen, und er hätte nicht besser sein können.

Sara nahm meine Hand und lehnte den Kopf an meine Schulter, als wir das gemütliche Restaurant verließen. Es lag versteckt in einem Wäldchen, dessen Bäume mit Lichterketten geschmückt waren.

Wie sie es sich gewünscht hatte, waren wir zusammen essen gegangen, nur wir vier. Wir hatten Evan und Jared vorgeschickt und selbst noch schnell die Toilette aufgesucht – hauptsächlich, um uns über die beiden zu unterhalten.

»Ich freue mich so für dich«, sagte Sara und lächelte mir zu. »Endlich hast du ihn wiedergefunden.« Voller Zuneigung sah sie die beiden Jungs an, die in ein Gespräch vertieft neben dem Auto standen. »So sollte es immer sein … Wow, wir waren echt dumm früher.«

»Ich weiß«, sagte ich leise.

Sie drückte meine Hand und fügte hinzu: »Mehr als über alles andere freue ich mich darüber, dich so zu sehen. Evan ist der Einzige, der dich zum Strahlen bringt. Ich habe diesen lächerlichen Ausdruck in deinem Gesicht sehr vermisst.«

Ich blinzelte meine Rührung mit einem Lachen weg. »Danke, Sara. Und danke, dass du mich ertragen hast. Ich weiß, die letzten zwei Jahre waren für dich auch nicht immer leicht.«

»Dafür sind Schwestern doch da«, meinte sie und stieß mich mit der Schulter an.

Als ich Emma lachen hörte, drehte ich mich um, und sie merkte sofort, dass ich sie ansah. Langsam ging ich auf sie zu, und sie ließ Saras Hand los, um meine zu nehmen. Ich küsste sie zärtlich auf den Kopf.

»Und, wie war dein Geburtstag, Emma?« Zum ersten Mal heute riskierte ich es, diesen Tag zu erwähnen.

Sie blieb stehen. Ich wandte mich ihr zu und fragte mich ein bisschen ängstlich, wie sie wohl reagieren würde. Aber Emma stellte sich auf die Zehenspitzen und küsste mich auf die Wange. Ich lächelte. Sie schlang die Arme um meinen Hals und flüsterte mir ins Ohr: »Es ist der schönste Geburtstag, den ich seit dreizehn Jahren gehabt habe. Danke.«

38
das VerSprechen

Mir lief eine Gänsehaut über den Rücken, als er meinen Hals streichelte.

»Die Mädels sind drauf und dran, hier reinzukommen und aufs Bett zu springen«, sagte Evan mit leiser Stimme in mein Ohr. »Vielleicht möchtest du doch darüber nachdenken, aufzustehen.«

Als seine warmen Lippen sich an meine Schulter pressten, musste ich lächeln. Ich drückte mich an ihn, um ihn zu fühlen, weigerte mich aber immer noch, die Augen zu öffnen.

»Emma!« Sara hämmerte an meine Tür. »Steh auf! Du musst uns helfen!«

Evan lachte, und ich fluchte leise in mein Kissen.

»Ich hab's dir doch gesagt.«

»Wie konnte ich bloß denken, diese Party wäre eine gute Idee?«

Seine Hand glitt unter mein Shirt und über meinen Bauch. Ich atmete tief ein.

»Niemand hat dich dazu überredet«, murmelte Evan und küsste meinen Nacken. »Letzte Woche, an deinem Geburtstag, warst du ganz begeistert von der Idee. Erinnerst du dich?«

»Ja. Das war … ein komischer Tag. Ich meine … ein schöner Tag.« Ich seufzte, unfähig, mich auf unser Gespräch zu konzentrieren. »Der Unabhängigkeitstag … sollte erst anfangen … wenn es dunkel ist.« Ich packte Evans Hand und drückte sie fest, während seine Küsse wohlige Schauer durch meinen Körper jagten.

»Emma!«, brüllte Sara wieder. Evan lachte leise und rollte sich weg.

»Ich steh ja schon auf«, rief ich und setzte leise hinzu: »Leider.« Evan rutschte vom Bett, als ich die Decke zurückschlug. Er trug bereits Shorts und ein T-Shirt.

»Ich hab mich bereit erklärt, Eis zu holen«, sagte er. Ich setzte mich auf die Bettkante und ließ den Kopf auf seinen Bauch sinken. »Ich bin bald wieder da, okay?«, versprach er und strich mir über die Haare.

Ich nickte. Er zog mich hoch und schloss mich in die Arme. Dann ging er, und ich schleppte mich ins Bad.

»Bitte sag mir, dass sie aufgestanden ist«, forderte Sara, als ich aus dem Zimmer kam.

»Ja«, erwiderte ich lachend. »Sie ist im Bad.«

»Hi, Evan«, rief Serena mit einem strahlenden Lächeln. »Hast du einen iPod? Sara hat mir die Verantwortung für die Musik übertragen.«

Ich sah Sara an, die mit den Achseln zuckte. »Ja, draußen in meinem Truck. Ich bring ihn nachher mit, wenn ich Nate abgeholt habe.«

»Kannst du unterwegs auch ein paar Zitronen kaufen?«, rief Meg aus der Küche.

»Na klar«, antwortete ich auf dem Weg zur Tür.

»Wie läuft's denn bei euch im Haus?«, fragte Nate, als wir zum Laden fuhren.

»Sara organisiert ... so ziemlich alles«, erklärte ich. »Serena ist für die Musik zuständig, Meg macht das Essen. Und James und Jared bauen die Tische und draußen ein Volleyballnetz auf.« Was bedeutete, dass die Jungs und ich für die Getränke zuständig waren.

»Und Emma?«

»Äh ...« Ich lachte. »Sie wünscht sich, es wäre schon morgen.«

»Ich hab mich gewundert, dass sie sich zu dieser Party entschlossen hat. Ich hab ihr Gesicht gesehen, als ich es vorgeschlagen habe.«

»Wir haben sie an einem guten Tag erwischt, als wir letzte Woche darüber geredet haben.«

Nate sah mich neugierig an.

»Es war ihr Geburtstag.«

»Oh.« Er nickte. »Das wusste ich nicht. Wie kommt es, dass wir nichts ...« Er hielt inne. Offensichtlich fiel ihm auf einmal wieder ein, warum niemand von Emmas Geburtstag gewusst hatte und warum sie ihn nicht feierte. Weil vor dreizehn Jahren an diesem Tag ihr Vater bei einem Verkehrsunfall ums Leben gekommen war. »Vergiss es.«

»Wie läuft es denn zwischen euch? Ich weiß, dass es auf jeden Fall ernster geworden ist. Hast du ihr schon ... alles erzählt?«

»Ja«, antwortete ich, war aber nicht wirklich bereit für dieses Gespräch.

»Und war sie hundertprozentig ehrlich mit dir?« Genau diese Frage war der Grund, weshalb ich nicht über Emma und mich sprechen wollte.

»Nicht ganz«, antwortete ich ausweichend.

»Mann! Echt? Was machst du nun?«

»Ich lasse ihr Zeit«, antwortete ich.

»Sie hatte volle zwei Jahre Zeit«, gab er zu bedenken.

Wir fuhren auf den Parkplatz. Ich stellte eilig den Motor ab und stieg aus, um das Gespräch zu beenden ... für den Augenblick. Nate war sich wirklich nicht sicher, ob Emma mir nicht doch wieder weh tun würde. Und ich hätte es zwar niemals vor ihm zugegeben, aber ... ich war mir ebenfalls nicht sicher.

»Was soll ich tun?«, fragte ich.

»Du kannst die Wassermelone schneiden«, schlug Meg vor. Sara stand draußen auf der Terrasse und zeigte den Jungs, wo sie alles aufbauen sollten.

»Emma, wo ist dein iPod?«, fragte Serena, die bei der Anlage stand.

»In meinem Zimmer«, antwortete ich. »Irgendwo in meiner Tasche. Die liegt im Wandschrank.«

Serena verschwand in meinem Zimmer, während ich mich daranmachte, die Wassermelone zu zerteilen. Das tat ich zwar zum ersten Mal, aber es konnte ja nicht so schwer sein. Ich stach mit dem langen Messer in die Schale und … konnte es nicht mehr bewegen. In einem äußerst seltsamen Winkel ragte die Klinge aus der Melone heraus. Ich versuchte es noch einmal mit all meiner Kraft, und sie rutschte einen halben Zentimeter weiter.

Als ich mich umschaute, sah ich, dass Meg mich fassungslos anstarrte.

»Also wirklich, Emma«, sagte sie. Meine Unfähigkeit erstaunte und belustigte sie gleichermaßen. »Ich dachte, du würdest das schaffen.«

»Ich schaff es ja auch«, behauptete ich und unternahm einen weiteren vergeblichen Versuch, das Messer in Bewegung zu setzen.

»Stich es nicht so weit rein und tu so, als wolltest du sägen«, wies sie mich an.

»Emma!«, rief Serena aus meinem Zimmer. »Komm doch mal kurz her!«

»Ich mach das schon«, sagte Meg, während ich noch darüber nachdachte, ob ich die Wassermelone mit dem feststeckenden Messer einfach so liegen lassen konnte. Aber Meg übernahm meinen Platz, und ehe ich die Küche verlassen hatte, war die Melone auch schon halbiert.

»Ich hab den Anfang gemacht«, meinte ich.

»Ja, genau«, stimmte Meg kopfschüttelnd zu.

Als ich in mein Zimmer trat, erwartete mich dort Serena mit verschränkten Armen.

»Hey«, sagte ich vorsichtig. »Was ist denn los?«

»Was ist das?«, fauchte sie und hielt den Brief in die Höhe. Ich öffnete den Mund, um etwas zu sagen, brachte aber kein Wort heraus. »Planst du, mit Evan Schluss zu machen? Was ist denn los, Em? Ich meine … ich dachte, ihr seid endlich wieder zusammen.« Es klang, als hätte ich sie betrogen.

Ich seufzte tief. »Das hab ich vor zwei Jahren geschrieben, ehe ich abgehauen bin. Seine Mutter hat mir den Brief vor gut einem Jahr zurückgeschickt. Sie meinte, dass Evan bestimmt irgendwann wissen wollen würde, was drinsteht, und dass es meine Entscheidung sei, ob ich es ihm zeige oder nicht.«

»Du bist gegangen und hast ihm bloß einen Brief hinterlassen?«, fragte sie schockiert. »Du hast nicht mit ihm geredet?«

»Nein, jedenfalls nicht richtig.« Ich seufzte und schlug die Augen nieder. »Und ja, es war falsch, ihn einfach so sitzenzulassen. Aber ich hab damals gedacht, es wäre das Beste für ihn.«

»Du hättest ihn überhaupt nicht verlassen sollen, Em«, sagte Serena traurig. Ich senkte den Kopf, denn es war die Wahrheit. »Wirst du ihm den Brief zeigen?«

»Ich weiß es nicht«, antwortete ich leise. »Warum würde er ihn jetzt sehen wollen? Ich meine, wir versuchen doch, nach vorn zu blicken.«

»Aber er sollte darüber Bescheid wissen. Du hast versprochen, ehrlich zu sein, oder nicht? Außerdem hast du ja nichts reingeschrieben, von dem du nicht geglaubt hast, es wäre wahr.«

»Ja, das stimmt«, flüsterte ich.

Nachdem Nate und ich die Gefriertruhe in der Garage mit Eistüten gefüllt hatten, ging ich in die Küche. »Wo ist Emma?«

»Sara hat sie unter die Dusche geschickt, damit sie sich fertig macht«, erklärte Meg. »Du solltest das wahrscheinlich auch tun. In einer Stunde oder so kommen die Leute.«

»iPod, bitte«, forderte Serena und streckte die Hand aus. Ich holte das Gerät aus der Tasche und gab es ihr. »Danke.«

Dann ging ich in Emmas Zimmer und fand sie in einem blau-weißen Kleid auf der Bettkante sitzend vor. Sie zog sich gerade ein Paar rote Sandalen an. Als sie mich hereinkommen hörte, hob sie den Kopf, und ich lächelte. Sie reagierte etwas zögerlich. Ich musterte sie genauer und sah die Unruhe in ihren Augen.

»Hi«, sagte ich. »Alles in Ordnung?«

Sie nickte nur schwach. Dann stand sie vom Bett auf und strich ihren kurzen Rock glatt. Ich stellte mich vor sie, und als sie die Augen abwandte, legte ich einen Finger unter ihr Kinn, damit sie mich ansah.

»Du kannst es mir ruhig sagen, weißt du«, redete ich ihr sanft zu.

»Ich weiß«, murmelte sie. »Ich sage es dir auch. Aber später, okay? Wenn alle wieder weg sind.« Ich kniff die Augen zusammen, denn die Art, wie sie das sagte, gefiel mir ganz und gar nicht.

»Okay«, erwiderte ich trotzdem und beugte mich zu ihr, um sie zu küssen. Sie erwiderte den Kuss zärtlich, strich mir durch die Haare und zog mich enger an sich. Dann wich sie kurz zurück. In ihren Augen flackerten heftige Gefühle auf.

Einen Moment lang hatte ich mit diesem Anblick zu kämpfen, doch sie zog mich aufs Bett und küsste mich so leidenschaftlich, als hinge ihr Leben davon ab. Mein Körper reagierte sofort, als sie die Hände unter meinem Hemd über meinen Rücken gleiten ließ. Ich drückte mich an sie, küsste ihre zarte Haut, liebkoste ihren Hals, ihre Schulter.

»Emma, bist du fertig?«, rief Sara durch die Tür. Schwer atmend hielten wir inne. »Emma?«

Sie blickte mich entschuldigend an. »Komme gleich!«, antwortete sie.

Ich streckte die Hand aus, um ihr beim Aufstehen zu helfen. »Später?«, fragte ich. Es fiel mir schwer, mich zusammenzureißen.

Sie nickte mit einem verführerischen Lächeln. »Ja, später.« Noch immer war eine Spur Traurigkeit in ihren Augen, aber ihr Lächeln erschien mir ehrlich.

»Emma!«, brüllte TJ übertrieben laut, während er das Eis in den Behälter an der Bar schüttete.

»Hallo, TJ«, antwortete ich lächelnd. James und Jared bastelten am Volleyballnetz herum und zogen die Seile stramm.

Ein paar Minuten später erschienen Ren und Brent mit Kisten vom Getränkeladen und einem großen Behälter des roten Getränks, das sie für die Party zusammengemixt hatten.

Als die Gäste einzutrudeln begannen, wurde mir schnell klar, dass ich keine Lust hatte, jemals wieder eine Party zu veranstalten. Ich war so damit beschäftigt, Essen nachzufüllen, den Leuten den Weg zur Toilette zu erklären und den Jungs neue Tüten mit Eis zu bringen, dass ich mich nicht wirklich amüsieren konnte. Und es war auch nicht gerade förderlich für meine Stimmung, dass Evan zum Grill abkommandiert worden war. Wir hatten kaum eine Sekunde Zeit füreinander.

Als ich zum x-ten Mal einen Salat auf den langen Tisch stellte, sah ich ihn mit Nate und Jared am Grill stehen. Im Licht der Sonne glänzten die hellen Strähnen seiner wie immer gut geschnittenen Haare, die im Laufe des Sommers deutlich blonder geworden waren. Sein kurzärmeliges kariertes Button-down-Hemd brachte die verschiedenen Blauschattierungen seiner Augen zur Geltung. Er lachte über etwas, das Jared gesagt hatte, und sein hinreißendes Lächeln ließ mein Herz wie immer fast zerspringen.

»Em?« Serena, die meinen Blick bemerkt hatte, winkte mir zu und grinste. »Er steht ja nicht den ganzen Nachmittag am Grill.«

»Emma, kannst du die Tüte mit den Brötchen aus der Küche holen?«, rief Meg im selben Moment.

Ich seufzte, und Serena lachte, als ich ins Haus trottete.

Evan begegnete mir, als ich mit den Brötchen im Arm wieder herauskam.

»Und, wann sehen wir uns?«

»Ich werde dich finden«, versprach er und legte mir die Hand auf die Taille. Aber ehe er sich zu mir beugen und mich küssen konnte, ging die Haustür auf, und neue Gäste strömten herein. Er gab mir nur ein flüchtiges Küsschen und ging dann rasch weiter.

»Evan, spiel mit Volleyball!«, rief Jared vom Strand. Ich hatte gerade den Grill abgeschaltet und wollte mich auf die Suche nach Emma machen, die ich im Gedränge der Gäste aus den Augen verloren hatte. Eigentlich war ich mir ziemlich sicher, dass wir etwa vierzig Leute eingeladen hatten, aber diese Zahl war schon im Laufe der ersten Stunde bei weitem überschritten worden. »Komm endlich, Evan, uns fehlt ein Mann!«

»Bin gleich bei euch!«, antwortete ich und sah mich noch einmal nach Emma um.

Dann ging ich hinunter zum Volleyballnetz und gesellte mich zu der Mannschaft, die aus Jared, ein paar anderen Jungs und einem Mädchen bestand. Um mein Hemd nicht durchzuschwitzen, knöpfte ich es auf und warf es in den Sand.

»Hey, Evan«, sagte das Mädchen, aber es dauerte einen Moment, bis ich wusste, woher ich sie kannte. Gerade, als es mir einfiel, half sie mir auf die Sprünge. »Ich bin Nika, wir haben uns bei Nate gesehen. Du wohnst also hier, richtig?«

»Oh. Hey«, antwortete ich. »Ja, das ist das Haus, von dem ich dir erzählt habe.«

»Echt schön«, meinte sie bewundernd.

Jared forderte uns auf, unsere Positionen einzunehmen, und machte sich bereit für den Aufschlag. Nika ging neben mir in Stellung. Brent stand auf der anderen Seite des Netzes und konnte den Blick nicht von ihr abwenden. Einen Moment lang war ich versucht, das Team zu wechseln, aber nach Jareds Aufschlag wurde ich sofort ins Spiel verwickelt.

»Wohnst du hier nur mit Emma?«, fragte Nika.

»Nein«, antwortete ich und sah zu, wie TJ wegrannte, um den Ball zu holen, den er weit ins Aus geschlagen hatte. »Nein, wir wohnen mit noch einem anderen Pärchen zusammen.«

»Oh, ihr seid also zusammen?«

Ich nickte und sah ihren überraschten Gesichtsausdruck, dann konzentrierte ich mich auf den nächsten Aufschlag.

Auf einmal entdeckte ich aus dem Augenwinkel das blau-weiße Kleid. Emma stand am Geländer und beobachtete uns. Neben ihr war ein Typ ... der ihr ziemlich auf die Pelle rückte.

»Evan«, brüllte Jared, als der Ball an mir vorbeisauste. »Jetzt konzentrier dich mal gefälligst.«

»Was studierst du denn in Stanford?«, fragte Paul. Obwohl ich ihm deutlich zu verstehen gab, dass ich kein Interesse hatte, drängte er sich immer näher an mich.

»Medizin«, erklärte ich, ohne das Volleyballspiel aus den Augen zu lassen – mich faszinierte die Bewegung von Evans Rückenmuskeln, wenn er Jared den Ball vorlegte, damit er ihn von oben übers Netz schlagen konnte. Da Brent ihn nicht mehr erwischte, landete der Ball im Sand, und die beiden Brüder stießen triumphierend die Fäuste in die Luft. Auch Nika hob die Hand, um Evan abzuklatschen, was er widerstandslos geschehen ließ. Sie redete praktisch ununterbrochen mit ihm.

»Das ist ganz schön heftig«, bemerkte Paul, nachdem er die ganze Zeit davon geschwärmt hatte, dass er als Assistent einer Talentagentur in L. A. Kontakt zu allerlei Prominenten hatte.

»Hey, Emma.« Ich drehte mich um und sah Nate hinter mir stehen.

»Oh, Nate! Was gibt's?«, begrüßte ich ihn in überschwänglicher TJ-Manier. Er sah mich seltsam an, begriff dann aber, als Paul ein Stück näher an mich heranrückte.

»Ich wollte eigentlich kurz unter vier Augen mit dir reden«, sagte er, und ich war sehr froh, dass er mich rettete.

»Na klar«, antwortete ich ein bisschen zu eifrig. »War nett, mit dir zu reden«, sagte ich zu Paul und folgte Nate.

»Danke«, sagte ich, als wir außer Hörweite waren. »Ich hab

schon eine ganze Weile versucht, ihn loszuwerden, aber er versteht leider selbst einen Wink mit dem Zaunpfahl nicht.«

»Es war mir ein Vergnügen, dir zu helfen. Aber ich wollte wirklich mit dir reden.«

»Okay«, sagte ich überrascht. Wir ließen das Gedränge hinter uns und gingen ein Stück am Strand entlang. Mein Magen grummelte nervös. Bestimmt wollte er mit mir über Evan sprechen.

»Ren, hast du Emma gesehen?« Ich hatte das Gefühl, ich würde diese Frage schon den ganzen Tag stellen.

»Ich glaube, ich hab sie mit Nate am Strand gesehen.« Ren lag mit einem Bier in der Hängematte.

»Mit Nate?« Dann ging mir plötzlich ein Licht auf. Nate wollte mit Emma reden. Und sie würde nicht besonders gut mit dem Verhör meines besten Freundes zurechtkommen. Die letzte Woche mit ihr war wundervoll gewesen. Natürlich war zwischen uns nicht auf Knopfdruck alles wieder in Ordnung, aber ich konnte es jetzt wirklich nicht gebrauchen, dass Nate sie zwang, mit etwas herauszurücken, für das sie nicht bereit war. Er war nicht so geduldig wie ich.

»Wohin sind sie denn gegangen?«

Ren deutete in eine Richtung, und ich eilte los.

Ich ging neben Nate her und wartete ängstlich darauf, dass er endlich etwas sagte. Auf einmal piepte mein Handy, und als ich es aus der Tasche zog, entdeckte ich eine SMS von Evan: *Wo bist du?*

Ich sah zu Nate hoch. »Sorry, aber Evan sucht mich.« Ich schrieb zurück. Nachdem ich auf *Senden* gedrückt hatte, klickte ich auf die Nachrichtenliste und wäre um ein Haar gestolpert. Dort stand eine SMS, die nur ein einziges Wort beinhaltete: *Emma?*

»Alles in Ordnung, Emma?«, fragte Nate und zog meine Aufmerksamkeit auf sich, ehe ich die SMS öffnen konnte.

»Ja«, flüsterte ich. Auf einmal war mein Mund ganz trocken. »Was wolltest du mir denn sagen, Nate?«

»Ich sollte mich ja eigentlich nicht einmischen, aber … ich kann nicht mit ansehen, wie es wieder passiert.«

Er blickte über meinen Kopf hinweg in den dunkler werdenden Himmel und suchte nach den richtigen Worten. Ich konnte das wilde Pochen in meiner Brust nicht beruhigen, allmählich wurde mir schwindlig. Hoffentlich gaben meine Beine jetzt nicht unter mir nach.

»Evan ist ein Planer. Was ich damit sagen will – er versucht immer, seinen nächsten Zug genau vorzubereiten, wie ein Schachspieler. Er tut alles aus einem bestimmten Grund. Er hat alles durchdacht, manchmal sogar schon die nächsten drei Schritte. Nur nicht, wenn es um dich geht.« Er hielt inne und warf mir einen kurzen Blick zu. Ich schwieg, hielt die Luft an … und wartete.

»Du bist wie … Blitzschach. Er hat keine Ahnung, was du als Nächstes tust. Ganz egal, was er vorhat, es kann immer sein, dass er sich ganz schnell umentscheiden muss. Denn du tust unerwartete Dinge. Du forderst ihn heraus, und das ist garantiert einer der Gründe, warum er sich zu dir hingezogen fühlt.« Nate holte tief Luft und druckste eine Weile unbehaglich herum, ehe er endlich meinem ebenfalls nervösen Blick begegnete.

»Im ersten Jahr nach eurer Trennung ging es ihm gar nicht gut. So habe ich ihn noch nie erlebt, und so möchte ich ihn auch nie wieder erleben. Er hatte sich damit abgefunden, in Yale zu sein, und hat allen erzählt, dass er sich an ein Leben ohne dich gewöhnt. Aber als er den Wechsel nach Stanford in die Wege geleitet hat, wusste ich gleich, dass er es deinetwegen tut. Egal, wie sehr er sich auch darum bemüht, die anderen davon zu überzeugen, er ist nie über dich hinweggekommen.«

Eine Weile schwieg Nate nachdenklich, dann fuhr er fort: »Das alles erzähle ich dir nur aus einem bestimmten Grund: Evan schöpft immer mehr Hoffnung, je mehr Zeit er mit dir zusammen verbringt. Aber Emma, tu das bitte nur, wenn du wirklich vorhast, absolut ehrlich mit ihm zu sein. Das zumindest hat er verdient. Ich weiß nicht, was du ihm alles noch nicht erzählt hast, aber er muss es erfahren. Auch wenn es dazu führt, dass er dich nie wiedersehen will – dieses Risiko musst du eingehen. Ich werde nicht zulassen, dass du ihn so kaputtmachst wie vor zwei Jahren.«

Ich erwiderte seinen entschlossenen Blick und nickte schwach. »Ich werde ehrlich mit ihm sein. Das verspreche ich.« Und ich wusste genau, was dieses Versprechen bedeutete. Meine Knie wurden weich.

»Danke«, sagte Nate aufrichtig. »Hey, wir sollten zurückgehen. Bald fängt das Feuerwerk an.«

»Ich komme gleich nach«, stieß ich heiser hervor, denn ich wusste, wenn ich mich bewegte, würde ich zusammenbrechen. Stattdessen zog ich mein Handy aus der Tasche und starrte auf Jonathans SMS, die auf dem Display aufleuchtete. Mein Herz stockte.

»Da seid ihr ja!«, rief ich, als ich um die Ecke bog. »Ich hab …« Nate ging hastig an mir vorbei, ohne mich anzusehen. Hinter ihm stand Emma und starrte auf ihr Handy.

»Emma?« Aber sie fiel kraftlos auf die Knie. Ich kam zu spät.

39

KeIne GeheimniSSe meHr

Ich hielt Emmas zitternde Hand fest und führte sie zurück zum Haus. Nate hatte seine Schritte beschleunigt und war bereits in der Menge verschwunden. Er wusste, dass ich wütend war, aber ich wollte mich nicht vor Emma mit ihm streiten. Ihr fiel es sowieso schon schwer, mich auch nur anzusehen.

Mit stolpernden Schritten ging sie neben mir her, als ich uns einen Weg durchs Gedränge bahnte. Wir gingen direkt ins Schlafzimmer. Ich schloss die Tür hinter uns ab, während Emma hinaus auf die Terrasse trat. Als ich sie einholte, saß sie auf der Kante des Teakholzsessels, den Blick zu Boden gerichtet, die Arme um sich geschlungen.

»Was hat er zu dir gesagt?«, fragte ich leise. »Was auch immer es war ...«

Ihre herzzerreißenden dunklen Augen blickten zu mir empor. Sie waren voller Tränen.

»Er möchte nur, dass ich ehrlich mit dir bin. Weiter nichts. Er hat nichts Falsches gesagt, Evan. Sei nicht böse auf ihn. Er hat das getan, was er als dein bester Freund tun muss. Und er hat mich um nichts gebeten, was du nicht reichlich verdient hättest.«

Ich schlang die Arme fester um mich, holte zittrig Luft und fügte hinzu: »Ich hab solche Angst.« Verzweifelt versuchte ich, den Kloß in meinem Hals hinunterzuschlucken. »Ich werde dich verlieren, Evan.«

»Hey«, sagte er beschwichtigend und kauerte sich vor mich. »Nein, das wirst du nicht. Ich gehe nirgendwohin. Versprochen.«

»Das kannst du nicht versprechen. Du hast ja keine Ahnung …« Ich verstummte.

»Dann sag es mir, Em. Bitte erklär mir einfach, was passiert ist, und hör auf, dich selbst zu quälen«, flehte er mich leidenschaftlich an. »Ich werde es verstehen, ganz gleich, was es ist.«

Ich hob die Augen und verspürte den Wunsch, mich ihm zu öffnen. Ich würde nicht mehr dagegen ankämpfen.

Mit einer Intensität, die ich noch niemals erlebt hatte, grub sich ihr Blick in meinen. Fest und voller Überzeugung sah sie mich an. »Ich möchte, dass du mich siehst. Alles von mir. Wie du es dir immer gewünscht hast. Aber es wird dir nicht gefallen. Ein Teil von mir ist dunkel und … wütend. Und ich weiß nicht, ob ich diesen Teil jemals loswerde.«

Sie hielt inne, als wolle sie mir Zeit geben, mich zu wappnen. Aber auf das, was nun kam, war ich nicht gefasst.

»Ich bin meiner Mutter ähnlicher, als ich jemals zugeben wollte. Ich bin genauso hassenswert wie sie. Genauso selbstzerstörerisch. Und genauso kaputt. Sie hatte recht, als sie gesagt hat, es wäre besser, wenn ich nie geboren worden wäre.«

»Sag das nicht, Emma.«

»Du bist jetzt dran mit Zuhören, Evan«, erwiderte sie ruhig, ihre Stimme klang fern und eisig. »Ich habe sie gehasst. Ich habe meine Mutter gehasst, und ich bin froh, dass sie tot ist.« Ich zuckte zusammen, schwieg aber. »Meinetwegen kann sie in der Hölle schmoren, denn da gehört sie hin. Mir ist das scheißegal.«

Ich stand auf und trat einen Schritt von ihr weg, erschrocken über den Hass in ihren dunklen Augen.

Ich reagierte nicht, als er vor mir zurückwich. Er wollte alles wissen, also würde ich mich nicht mehr zusammennehmen. Er schüttelte den Kopf, als wolle er erneut abstreiten, dass ich wirklich so war.

»Jonathan hat das verstanden«, fuhr ich unbeirrt fort. »Er

wusste, wie es ist, so von Hass zerfressen zu werden, dass er irgendwann ein Teil von dir wird. Unser Schmerz hat uns verbunden – er hat uns erlaubt, ehrlich zueinander zu sein. Jonathan hat mich nicht verurteilt, als ich ihm gesagt habe, dass ich meine Mutter hasse. Er hat mich nicht so angeschaut, wie du mich jetzt anschaust – als wäre ich ein Monster. Und das bin ich, ich weiß es. Deshalb solltest *du* mich hassen, Evan.« Die Gefühle überwältigten mich, und meine Entschlossenheit zerbrach. »Du solltest mich genauso hassen, wie ich mich selbst hasse.«

Die Qual gewann die Oberhand, zerschlug ihren eisigen Ton und löschte den Hass in ihren Augen. Ich ging einen Schritt auf sie zu, um sie zu trösten, um sie davon zu überzeugen, dass ich sie keineswegs hasste und das auch niemals tun würde. Es brach mir das Herz, wie unerschütterlich sie daran glaubte, dass sie all den Hass verdiente, mit dem sie im Laufe ihres Lebens überschüttet worden war.

»Ich habe fast aufgegeben.«

Ich erstarrte. »Was?«

»Dieser Tag ... als ich so weit gelaufen bin. Da hätte ich um ein Haar aufgegeben.« Mein Herz schlug schneller. »Ich bin ins Meer hinausgegangen, immer weiter. Ich wollte, dass es mich verschlingt. Ich wollte, dass es meine Schuld wegwäscht. Ich wollte den Schmerz nicht mehr spüren müssen. Ich wollte nicht mehr gehasst werden. Ich wollte nicht mehr atmen.«

Ich hatte das Gefühl zu ersticken. »Emma.« Sie sank auf die Knie, ich fing sie auf und schloss sie in die Arme. »Du darfst nicht aufgeben, denn du würdest mich mit dir nehmen. Und das kannst du uns nicht antun.«

Tränen brannten in meinen Augen, als sie sich an meine Brust fallen ließ. »Ich kann nicht ...« Ihre Stimme brach. »Ich kann das nicht mehr.«

»Dann tue ich es für dich«, stieß ich heiser hervor, denn mein Hals war wie zugeschnürt. »Lass mich dich lieben. Lass mich dich so lieben, dass es für uns beide genügt, bis du akzeptieren kannst, dass du es wert bist. Denn das bist du, Emma. Ich weiß nicht, wie ich dich davon überzeugen kann, aber ich werde den Rest meines Lebens damit verbringen, es zu versuchen. Du darfst jetzt nicht aufgeben. Ich werde das nicht zulassen.«

Ich konnte kaum atmen und vergrub das Gesicht in seinem Hemd. Er war der Sinn meines Lebens. Seine Worte zogen mich an die Oberfläche, sein Atem rettete mich. Und jetzt hielten seine Arme mich in diesem Leben fest, machten es mir unmöglich, aufzugeben. Er war meine Kraft, er war die Liebe, die ich nicht für mich selbst empfand. Und ich konnte genauso wenig ohne ihn leben, wie er mich gehenlassen konnte.

Als ich den Kopf von seiner Brust hob, lockerte er seine Umarmung. Ich legte meine Hand auf seine feuchte Wange, er beugte sich zu mir, und sein Atem fing meinen ein. Der plötzliche Druck seiner Lippen auf meinen erfüllte mich mit einer Liebe, die durch jede Pore meines Körpers drang. Er küsste mich, als könnte seine Berührung mich wieder ganz machen. Und in diesem Augenblick war ich überzeugt, dass es auch so war.

Ich ließ meinen Mund auf ihrem ruhen, denn sie musste spüren, wie ernst mir jedes Wort war, das ich gesagt hatte. Ich konnte sie nicht gehenlassen, nicht jetzt und auch nicht in Zukunft. Sie keuchte unter der Heftigkeit, mit der meine Lippen über ihre glitten, und vergrub ihre Finger in meinen Haaren. Mein Herz pochte wild, als ihre warme Zunge über meine strich.

Ich konnte nicht genug von ihr bekommen, wollte in ihre Haut sickern und ihr Herz in meiner Brust schlagen fühlen. Das Pochen in meinem Inneren gab mir die Gewissheit, dass es so war, dass wir denselben Pulsschlag teilten. Ihre Finger zitterten, sie fing an, die Knöpfe meines Hemds zu lösen. Ich schob die Träger von ihren Schultern und strich das Kleid von ihrer weichen Haut, sie streifte mir das Hemd ab und fuhr sanft mit den Händen über meine Brust. Ihr Blick, so voller Liebe und Angst, zog mich in seinen Bann.

»Ich liebe dich, Emma Thomas«, flüsterte ich. »Jede Sekunde deines Lebens sollst du das wissen.«

Sie hatte den Kopf auf das dunkelblaue Kissen gelegt, eine stumme Träne sickerte aus ihrem Augenwinkel und rollte in ihre Haare. Mit dem Daumen wischte ich sie weg.

Eine plötzliche Explosion über unseren Köpfen ließ uns zusammenzucken und lenkte Emmas Blick auf das Feuerwerk, das sich am Himmel ausbreitete. Aber ich sah fest in ihre Augen und beobachtete, wie sich die Farben in ihnen widerspiegelten. Sie holte tief Luft, als ich meine Fingerspitzen sanft über ihren Bauch gleiten ließ.

Ich strich über ihre nackten Beine hinunter bis zum Knöchelriemen ihrer Sandale, löste ihn, und die Schuhe fielen zu Boden. Ihr Atem vertiefte sich, als ich mich wieder nach oben zu ihren weichen Lippen vorarbeitete, jeden Zentimeter ihrer Haut mit Küssen bedeckte und dabei meine Shorts aufknöpfte. Schließlich öffnete ich ihren BH. Kühle Luft drang an ihre zarte Haut, und ihr Atem stockte.

Langsam bewegte ich mich wieder nach unten, schmeckte ihre Haut, und Emma packte meine Schultern. Nachdem ich auch das letzte Kleidungsstück entfernt hatte, zog ich mich ein Stück zurück, um ihren Körper mit all seinen Kurven und Rundungen zu bewundern. Ich streichelte über ihren Schenkel, fühlte die Hitze ihrer Haut, und sie keuchte leise.

Mein Puls beschleunigte sich, als ich sah, wie sich ihre Lippen öffneten. Ihre Augen blieben geschlossen, sie war versunken in meine Berührung, und selbst im schwachen Licht konnte ich die Röte sehen, die sich von ihrem Brustkorb bis hinauf in ihre Wangen ausbreitete. Ich beugte mich hinab und küsste sie wieder. Sie wandte mir den Kopf zu, und ich spürte den Atem, der mit einem Stöhnen über ihre weichen Lippen kam. Fast unmerklich wölbte sich ihr Rücken durch, und sie erzitterte unter mir. Blinzelnd öffneten sich ihre Augen, ihre wunderschönen vollen Lippen kräuselten sich.

Ohne meinen Blick von ihrem zu trennen, legte ich mich auf sie, und sie schlang das Bein von hinten um meine Schenkel, um mich sanft in sich zu lenken. Als wir uns vereinten und sie mich ganz umschloss, spürte ich nichts anderes mehr, nur noch sie. Ich vergrub mein Gesicht an ihrem Hals und küsste ihn sanft, während sie lustvoll den Kopf in den Nacken legte.

Dann drückte sie die Lippen fest an meine Schulter, legte eine Hand auf meinen Nacken und strich mit der anderen über meinen Rücken. Ich verstärkte den Griff um ihre Hüften und nahm jede ihrer Bewegungen, jeden Geruch, jede Empfindung in mich auf. Noch nie hatte ich sie so gebraucht wie in diesem Augenblick – und noch nie hatte sie mir so viel gegeben wie jetzt.

Die Hitze steigerte sich, das Verlangen wurde immer größer, bis sie mir schließlich ihre Hüfte entgegenneigte und mit zitternden Beinen nach Atem rang. Überwältigt von den Wogen, die mich durchfluteten, schloss ich die Augen und verlor mich in der atemlosen Brandung. Das Gesicht fest an ihre Schulter gepresst, sog ich ihren süßen Geruch ein, bis ich nichts mehr zurückhalten konnte.

Behutsam ließ ich mich auf sie sinken und drückte meine Lippen in ihre Haare. Als ich mich ein wenig aufrichtete, um sie anzusehen, sah ich, dass ihre Augen strahlten.

Er lag neben mir, ich schmiegte mich an ihn, konnte aber meine Stimme nicht finden. Alle möglichen Gefühle überschwemmten mich – diesen Moment würde ich für den Rest meines Lebens in mir bewahren.

Wir verharrten in unserer stummen Umarmung und beobachteten die bunten Lichter, die über den Nachthimmel regneten. Ich fröstelte, und Evan entfernte sich gerade lange genug, um eine Decke zu holen.

»Alles in Ordnung?«, fragte er und nahm mich wieder in die Arme.

Ich wandte mich ihm zu, fuhr mit dem Daumen über seine Unterlippe und sagte: »Ich atme allein deinetwegen.« Seine Augen flackerten und blickten immer noch tief in meine. »Selbst als du nicht da warst, um mich zu retten, warst du der Grund, weshalb ich geatmet habe. Und dafür werde ich dich immer lieben. Immer und ewig.«

»Emma?«, rief Evan aus dem dunklen Zimmer. Ich schloss die Tür. Mein Herz war gebrochen, mein Körper schwach.

Er knipste die Nachttischlampe an. Verwirrung breitete sich auf seinem Gesicht aus, als er mich angezogen am Fußende des Betts stehen sah.

»Wie viel Uhr ist es?«, fragte er.

»Sehr früh«, antwortete ich mit zittriger Stimme.

»Was ist denn los, Emma?«, fragte er angespannt. »Was soll das?«

»Das ist der Moment, in dem ich dir das Herz breche«, flüsterte ich. »Und in dem du endlich verstehst, warum du mich hassen solltest.«

Ich rannte die Treppe hinauf und hämmerte an die Tür. Jeder einzelne Muskel meines Körpers war angespannt.

»Sara!«

Einen Moment später erschien Jared, verschlafen rieb er sich die Augen. Sara saß auf dem Bett hinter ihm, ebenfalls nur halbwach.

»Evan? Was ist denn los?«

Ich ging an Jared vorbei ins Zimmer. »Du musst deinen Vater anrufen und ihm sagen, dass Emma weg ist.«

»Was?« Sie schleuderte die Decke von sich. »Wie meinst du das, ›sie ist weg‹?«

»Sie hat mir gerade etwas gesagt ...« Ich musste innehalten. Allein beim Gedanken daran füllte sich mein Magen mit Säure. »Sie hat mir etwas gebeichtet, und ich weiß nicht, was ich glauben soll. Ich muss wissen, ob es stimmt. Und außer deinem Vater fällt mir niemand ein, der es uns sagen kann.«

»Wovon redest du?«, wollte sie wissen und runzelte die Stirn. »Wohin ist Emma gegangen?«

»Nach New York«, erklärte ich. »Sie sucht Jonathan.« Ich holte tief Luft und erzählte, was Emma mir endlich gestanden hatte – das fehlende Stück Ehrlichkeit. Es hatte eine so tiefe Wunde in mich gerissen, dass ich zu verbluten drohte.

»Emma, das ergibt doch überhaupt keinen Sinn.« Ich schob die Decke zurück. »Was hast du mir nicht erzählt?« Dann bemerkte ich das Handy, das sie umklammert hielt. »Die SMS.«

»Du wusstest davon?«, fragte sie, und ihre Augen zuckten. »Wie? Ich meine ... warum hast du mir nichts davon gesagt?«

»Ich dachte, du würdest sie sehen, wenn ich dir dein Handy zurückgebe«, antwortete ich. »Ich hab es nicht fertiggebracht, darüber zu sprechen. Ich weiß nicht, was zwischen dir und Jonathan passiert ist und warum ihr einander vergeben müsst, aber ...« Ich brach ab und schlug die Hand vors Gesicht. »Ich verabscheue ihn, Em. Ich bedaure es ganz ehrlich, dass du ihm je begegnet bist.«

Sie senkte den Kopf, die Augen fest geschlossen.

»Es geht um ihn, richtig?«

Sie nickte.

»Warum musste er dir verzeihen?«

»Weil ich ihm weh getan habe, genau wie dir. Ich habe sein Vertrauen missbraucht und es gegen ihn verwendet, weil ich wusste, dass ich ihn so vernichten konnte. Und das habe ich getan.«

»Er ruft jemanden an«, sagte Sara. Ich hörte auf, nervös hin und her zu wandern, und blieb abrupt stehen. »Ich bin mir sicher, dass da noch mehr an der Sache dran ist.«

»Sie hat dir also nie etwas davon erzählt?« Sara schüttelte den Kopf. »Sie hat so etwas volle zwei Jahre für sich behalten?« Ich biss die Zähne zusammen und begann wieder, auf und ab zu gehen.

»Evan, lass uns erst mal rausfinden, was wirklich passiert ist, ja?«

»Der Abend, an dem dieser Kerl in unser Haus eingebrochen ist«, begann sie, noch immer mit gesenktem Kopf. »Da hat Jonathan mich gegen ihn verteidigt. Aber er hat den Typen so übel zusammengeschlagen, dass er sich nicht mehr gerührt hat. Als ich Jonathan endlich dazu gebracht habe, aufzuhören, hat er nicht mal mehr ausgesehen wie ein Mensch. Überall war ... Blut.« Sie stockte, ihre Hände zitterten. Ich blieb neben ihr auf dem Bett sitzen und versuchte, ruhig zu atmen.

»Danach hab ich ihm geholfen, die Leiche wegzuschaffen, und wir haben die Polizei angelogen, um die Sache zu vertuschen.«

»Der Kerl war also tot?«, hakte ich nach. Sie nickte.

»Jonathan hat diesen Drogendealer nicht getötet«, verkündete Sara eine gute Stunde später und legte erschöpft und zittrig das Telefon weg. »Er hat ihn übel verprügelt, aber man hat ihn später auf diesem Parkplatz mit einer Kugel im Kopf gefunden. Sie konnten die Waffe bei einer anderen Schießerei ungefähr sechs Monate darauf sicherstellen. Vermutlich ist noch ein anderer Idiot in der Bar gewesen, dieser Dealer hatte wohl auch nicht den besten Ruf. Der andere Kerl hat ihn erschossen und ist mit einem Kofferraum voller Geld und Drogen abgehauen.«

»Sie glaubt, sie hat Jonathan dabei geholfen, ihn zu töten. Sie glaubt, sie hat Beihilfe zu einem Mord geleistet.«

»Hat er dich deshalb gebeten, ihm zu verzeihen – weil er diesen Kerl umgebracht hat?«, fragte ich, starr vor Wut.

»Nein«, antwortete sie so leise, dass ich sie kaum hören konnte.

»Aber Jonathan hat seine Familie getötet«, erklärte Sara, und ich biss voller Abscheu die Zähne zusammen. »Er hat sich schuldig bekannt, das Feuer gelegt zu haben, in dem seine Mutter, sein Vater und sein Bruder ums Leben gekommen sind. Der Prozess wurde im Eilverfahren durchgezogen, das Urteil ist vor drei Tagen gefallen. Mein Dad hat erzählt, dass Jonathan den größten Teil seines Lebens von seinem Vater ziemlich übel misshandelt worden ist und schwere psychische Schäden davongetragen hat. Sein Psychotherapeut hat für ihn ausgesagt, und er ist wegen Totschlags zu zwanzig Jahren verurteilt worden, von denen er zehn absitzen muss. Er ist in einem New Yorker Gefängnis mit mittlerer Sicherheitsstufe.«

»Du hast es gewusst und nichts unternommen?« Meine Stimme wurde lauter. »Du wolltest ihn damit davonkommen lassen?«

»Ich hab es versprochen. Und ich weiß, er würde dasselbe auch für mich tun.«

Nach einem Moment ohrenbetäubender Stille stand sie vom Bett auf.

»Wo willst du hin?«

»Ich muss ihn finden. Ich weiß, dass etwas Schlimmes passiert ist, und ich könnte mir selbst nicht mehr in die Augen schauen, wenn ich nicht nach ihm sehe. Tut mir leid, aber ich muss gehen.«

Emma hatte Jonathans Geheimnis wie versprochen für sich behalten – bis heute Abend. Ich hatte ihn zwar schon vorher gehasst, aber die Wut, die ich jetzt empfand, drohte mich zu verbrennen.

Ich setzte mich auf den Boden, lehnte mich an die Wand und stützte den Kopf in die Hände. »Sie hat es gewusst«, murmelte ich. »Sie hat es gewusst und beschlossen, ihn zu schützen. Er hat seine Familie umgebracht, und sie hat niemandem ein Wort davon verraten.«

»Evan«, beschwor Sara mich. Ich weigerte mich, aufzublicken.

»Welcher Mensch tut so etwas?«

»Ich bin nicht das Mädchen, in das du dich damals verliebt hast. Dieses Mädchen gibt es nicht mehr. Du musst dir überlegen, ob du mich noch lieben kannst. Das ist jetzt deine Entscheidung.«

Und dann ging sie.

»Sara, du musst sie anrufen und ihr die Wahrheit über diesen Drogendealer erzählen. Und auch, wo Jonathan jetzt ist.«

»Willst du sie nicht lieber anrufen?«, fragte sie.

»Ich kann nicht mit ihr sprechen.« Damit verließ ich das Zimmer und schlug die Tür hinter mir zu.

40

Was dIr geHört

Ich saß am Tisch und zupfte nervös an meiner Jeans herum, während ich auf ihn wartete. Mein Herz klopfte wild, in meinem Kopf drehte sich alles. Als die Tür sich öffnete, breitete sich erwartungsvolle Unruhe im Raum aus. Ich betrachtete die Gesichter der Männer in den grünen Overalls. Männer, mit denen ich nicht allein in einem Zimmer hätte sein wollen. Als ich Jonathan entdeckte, stand ich auf. Seine Augen begannen zu leuchten, als er mich sah.

»Hi, Jonathan«, sagte ich etwas unbeholfen. Ich wusste nicht genau, wie ich mit dieser Situation umgehen sollte.

»Ich kann gar nicht glauben, dass du wirklich gekommen bist«, sagte er. Seine Erleichterung war ihm mehr als deutlich anzusehen. »Ich dachte, du hasst mich.«

Bei seiner Wortwahl spürte ich einen Stich in der Brust. »Nein. Ich glaube, es ist an der Zeit, dass wir anfangen zu verzeihen.«

Die Begegnung mit Jonathan war zwar auf gewisse Weise befreiend gewesen, aber ihn in diesem beklemmenden Gefängnis zu sehen, lag mir immer noch schwer im Magen. Mein Handy piepte und riss mich aus meiner Grübelei. Ich sah nach und entdeckte einen verpassten Anruf von Evan. Eine Nervositätswelle rollte durch meinen Körper, als ich seinen Namen auf dem Display sah. Ich hatte nichts von ihm gehört, seit ich Santa Barbara vor fünf Tagen verlassen hatte. Ich wusste, was dieser Anruf bedeutete, und umklammerte das Lenkrad unwillkürlich ein wenig fester. Nun hatte er also seine Entscheidung getroffen.

Ich fuhr auf einen Rastplatz und parkte den Leihwagen. Dann holte ich tief Luft und hörte seine Nachricht ab.

»Hi, Em. Bitte ruf mich an.« Seine Stimme klang leise und traurig.

Ich schloss die Augen. Das Pochen meines Herzens erfüllte meine Ohren, und sosehr ich mich auch darum bemühte, es zu beruhigen, ich schaffte es nicht. Gleich würde mir der einzige Mensch, den ich jemals lieben würde, mitteilen, dass er nicht mit mir zusammen sein konnte. Davon würde ich mich niemals erholen, unmöglich.

Es gab keine Geheimnisse mehr zwischen uns. Er wusste alles. Ich hatte mich ihm vollkommen ausgeliefert, hatte mich ihm vorbehaltlos geöffnet, und es war das Schwerste gewesen, was ich je in meinem Leben getan hatte. Ich hatte mich, verletzlich, wie ich war, seinem Urteil ausgesetzt. Genauso gut hätte ich ihm mein Herz auf einem Silbertablett servieren können – wenn ich nicht bei ihm sein konnte, brauchte ich mein Herz auch nicht mehr.

Voller Grauen starrte ich auf das Telefon. Auf diesen Anruf hatte ich mich seit dem Augenblick vorbereitet, in dem ich ihn – zum zweiten Mal – verlassen hatte. Ich lauschte dem Klingeln und konzentrierte mich auf meinen Atem.

»Hi.«

»Hi«, antwortete ich schwach.

»Ich bin sehr froh, dass du anrufst, ich hatte nämlich Angst, du würdest es nicht tun.«

»Ich hab mir gedacht, dass du bestimmt deine Entscheidung getroffen hast.« Ich stockte, und mein Herz schlug wie verrückt.

»Das habe ich auch. Ich … ich musste eine Weile nachdenken. Ich war so wütend und konnte überhaupt nicht verstehen, warum du so etwas Schreckliches geheim gehalten hast. Und ich bin auch noch nicht drüber weg.«

Mir wurde eng um die Brust. Ich schloss die Augen und wartete.

»Aber ich hatte nicht wirklich eine Wahl, Emma. Ich werde mich immer für dich entscheiden. Immer.«

Mir verschlug es die Sprache. Eine volle Minute lang konnte ich nichts sagen. »Was?«, fragte ich dann.

»Ich bin nicht mit dem einverstanden, was du getan hast«, erklärte er. »Und ich bin sauer, dass du mit niemandem darüber gesprochen hast. Da hast du richtig Mist gebaut, Em. Aber das wusstest du auch. Deshalb hast du dich so gequält. Über meine Wut werde ich irgendwann hinwegkommen, aber ich würde es niemals verkraften, dich zu verlieren. Wenn wir ehrlich sind, wenn du dich mir anvertraust, dann können wir alles bewältigen. Kannst du mir versprechen, dass du nichts mehr vor mir geheim hältst? Wirst du mir alles sagen, ganz gleich, wie sehr du dich davor fürchtest, dass es weh tun könnte?«

Auf diese Worte war ich nicht vorbereitet gewesen.

»Emma?«

»Ich verstehe nicht. Du … du liebst mich noch?«

Er lachte leise. »Ja, das tue ich. Und ich weiß, du bist nicht dieselbe wie damals, als wir uns kennengelernt haben. Aber ich liebe *dich*, Emma. In diesem Sommer habe ich mich noch mal ganz neu in dich verliebt. Menschen verändern sich. Das weiß ich. Und wir werden uns auch weiterhin verändern. Das bedeutet aber nur, dass ich mich immer wieder neu in dich verlieben darf. Denn ganz gleich, was in unserem Leben auch geschieht – das, was ich für dich empfinde, wird alles überstehen.«

Ich hatte solche Angst gehabt, dass ich ihn verloren hatte, dass er mich niemals würde lieben können. Die Möglichkeit, dass er mir verzeihen und mich genauso sehr lieben könnte wie ich ihn, war mir nie in den Sinn gekommen. Hatte er das gerade wirklich gesagt? Wie war das möglich? Es konnte doch nicht sein, dass er mir verzieh! Aber er tat es. Schluchzend sank ich aufs Lenkrad, das Telefon rutschte mir aus der Hand.

»Emma?«, hörte ich Evan rufen und tastete nach dem Telefon, um es aufzuheben. »Emma?«

Zwischen Schluchzern brachte ich hervor: »Ja, ich bin hier.«

»Du musst mehr Vertrauen in mich haben«, sagte er leichthin.

»Sorry, ich hab nur …«

»Ich weiß«, unterbrach er mich. »Aber zweifle trotzdem nie wieder an mir.«

»Nie wieder«, wiederholte ich und atmete lange aus. »Und keine Geheimnisse mehr.«

»Keine Geheimnisse. Und, wo bist du gerade?«

»Auf einem Rastplatz, irgendwo in Oklahoma«, antwortete ich und sah mich auf dem belebten Gelände um.

»Oklahoma? Warum bist du in Oklahoma?«

»Ich hab mich einfach danach gefühlt, ins Auto zu steigen und loszufahren.«

»Wie lange wolltest du weiterfahren?«

»So lange, bis ich etwas finde, für das es sich anzuhalten lohnt«, antwortete ich, wischte mir über mein tränennasses Gesicht und ließ mich in den Sitz zurückfallen.

»Und jetzt hast du angehalten, richtig?«

Ich lächelte. »Ja.«

»Ich nehme das als Bestätigung dafür, dass ich es wert bin«, scherzte er, und ich musste lächeln. »Hast du vor, die ganze Strecke hierher zurückzufahren?«

»Ich hab darüber nachgedacht«, antwortete ich. »Dann wäre ich dieses Wochenende zurück.«

»Ich fliege am Wochenende nach Connecticut«, erklärte Evan. »Ich muss meine Sachen abholen. Meine Mutter hat das Haus verkauft, bis Sonntag muss alles raus sein.«

»Echt?«

»Ja«, murmelte er. »Aber es spielt keine Rolle mehr. Ich hab ja dich.« Dann hielt er inne. »Richtig?«

Ich lachte und wischte mir über die Augen. »Ja. Ja, du hast mich.«

»Gut. Rufst du mich an, wenn du heute Abend haltmachst? Bitte?«

»Mach ich«, versprach ich. »Tschüs, Evan.«

»Tschüs, Emma.« Ich lachte laut auf vor Erleichterung, dass sie mich zurückgerufen hatte. Dann hielt ich den Brief hoch, den sie mir auf dem Nachttisch hinterlassen hatte, und strich lächelnd mit dem Finger über die Tinte – über den Brief, der zum zweiten Mal mein Leben verändert hatte.

Ich liebe ihn mehr, als er jemals wissen wird. Und deshalb entscheide ich mich für sein Glück.

Diese beiden Zeilen nur, mehr hatte sie nicht geschrieben. Es war ein Anruf bei meiner Mutter nötig gewesen, um sie zu verstehen. Meine Mutter hatte für mich wiederholt, was Emma ihr geschworen hatte: »Ich liebe ihn, aber ich würde ihn eher verlassen, als sein Glück aufs Spiel zu setzen.« Meine Mutter behauptete, dieser Brief hätte sie dazu gebracht, eine der schwersten Entscheidungen ihres Lebens zu treffen.

Ich ging ins Wohnzimmer. Sara saß mit ihrem Handy auf dem Sofa und schrieb eine SMS. Neugierig sah sie mich an, dann fing sie an zu strahlen. »Du hast mit Emma gesprochen.« Ich nickte und konnte mein Lächeln nicht länger zurückhalten. »Gut.«

»Danke, dass du mit mir geredet hast. Ich weiß nicht, ob ich in der Lage gewesen wäre, einen Schritt zurückzutreten und zu begreifen, was sie gerade durchmacht, wenn du mir nicht geholfen hättest.«

»Du warst wütend, und das ist mehr als verständlich«, erwiderte sie schlicht. »Es ist schwer, klarzusehen, wenn man richtig wütend ist.

Glaub mir, ich bin schon lange mit Emma befreundet und auf diesem Gebiet sozusagen eine Expertin.«

Ich bog in die Auffahrt ein und blickte mit schwerem Herzen zu dem großen weißen Farmhaus empor.

Mit meinem Schlüssel, den ich auf der Küchentheke liegen lassen sollte, wenn ich heute wieder ging, schloss ich auf. Meine Schritte hallten durch die Küche. Ausgeräumt erschien sie mir noch größer als sonst.

Nachdenklich strich ich über die Marmorplatte der Theke und erinnerte mich daran, wie viele Gespräche und Mahlzeiten ich hier mit jemandem gehabt hatte – nicht nur mit Emma, sondern auch mit meiner Familie. Langsam ging ich weiter ins ebenfalls leere Wohnzimmer. Nur der kleine kristallene Kronleuchter hing noch mitten im Raum. Durch das große Panoramafenster fielen bereits die Schatten der hereinbrechenden Dämmerung.

Ich machte mir nicht die Mühe, das Licht anzuschalten, als ich den Korridor hinunterging, sondern ließ meine traurige Stimmung vom Halbdunkel widerspiegeln. Das Klavier stand an derselben Stelle wie immer, als wollte es mich verspotten – das Letzte, was abgesehen von meinen Sachen noch da war. Die Klavierspedition wurde erst für den nächsten Tag erwartet. Ich stieg die Wendeltreppe hinauf, die ich Emma hochgetragen hatte, als sie am Knie verletzt gewesen war. Die Erinnerung an ihren irritierten Gesichtsausdruck, als ich sie einfach auf den Arm genommen hatte, ließ mich lächeln.

Vor meiner Zimmertür zögerte ich einen Moment lang. Dies war das erste Haus, in dem ich jede Kiste ausgepackt hatte, das erste Haus, in dem ich hatte bleiben wollen. Alles wegen eines Mädchens mit einem feurigen Temperament und einer Röte, die mich direkt wissen ließ, was sie von mir hielt. Mehr hatte ich nicht gebraucht, um mich hoffnungslos zu verlieben. Und jetzt verlor ich den einzigen Ort, der jemals ein Zuhause für mich gewesen war.

Schließlich öffnete ich die Tür und knipste das Licht in dem großen dunklen Zimmer an. Ich blieb im Türrahmen stehen und blickte mich neugierig um. Das Zimmer sah genauso aus, wie ich es verlassen hatte. Nichts war gepackt.

Über dem Bett lag ein Smoking und darauf ein Zettel. Ich ging hinüber, um ihn mir anzusehen.

Zieh mich an und komm nach draußen.

Ich grinste.

Als er endlich herauskam, saß ich schon auf der Schaukel, umgeben von den kleinen Lichtern, die wie tausend Glühwürmchen von den Ästen der Eiche herabschimmerten. Es sah zauberhaft aus. Genau wie ich es beabsichtigt hatte.

Lächelnd blickte ich dem wunderschönen Typen im Smoking entgegen. Seine goldbraunen Haare waren ordentlich zur Seite gekämmt, und sein Lächeln setzte wieder einmal meinen ganzen Körper unter Strom.

»Hi«, sagte er, und die Lichter glitzerten in seinen Augen. »Wie schön, dass du hier bist. Ich hab dich vermisst.«

»Hi«, antwortete ich und schaukelte dabei sanft hin und her. »Ich hab dich auch vermisst.«

Ich bemühte mich gar nicht erst, ruhig zu atmen, als ich sie auf der Schaukel sitzen sah, in einem schulterfreien rosa Kleid, das sich um ihre Beine bauschte. Ihre kurzen braunen Haare umrahmten ihr hübsches Gesicht, die kleinen Lichter ließen ihre Haut glänzen. Ich war hingerissen von diesem Mädchen vor mir.

»Ein Typ hat mir mal gesagt, dass ein Mädchen Zeit braucht, um sich auf so etwas vorzubereiten«, sagte sie. »Ich glaube, wir haben lange genug gewartet. Evan Mathews, gehst du mit mir zum Abschlussball?«

Ich lachte, und plötzlich hörte ich die Musik, die vom Pool herüberwehte. »Ja, Emma, ich würde sehr gern mit dir zum Abschlussball gehen.« Sie hüpfte von der Schaukel und ergriff meine Hand, die ich ihr schon entgegenstreckte. Ich nahm sie in die Arme und drückte meine Nase in ihre Haare. Nach allem, was diesen Sommer geschehen war, musste ich sie einfach festhalten. Und sie musste merken, dass sie mir gehörte – und ich ihr. So standen wir eng umschlungen, bis ihre Schultern sich entspannten und sie sich an mich schmiegte.

Ich sah in ihr strahlendes Gesicht. »Ist das dein Werk?«, fragte ich mit einer Geste zu den Lichtern hinauf.

»Nein«, antwortete sie mit einem Lachen. »Ich hab Leute kommen lassen, sonst hätte ich mir wahrscheinlich den Hals gebrochen. Aber ich habe alles geplant. Freust du dich über die Überraschung?«

»Und wie.« Lachend beugte ich mich zu ihr und wollte sie küssen, aber sie wandte sich schnell ab und öffnete das Gartentor. Im selben Augenblick sah ich den Widerschein auf dem Wasser und wandte den Kopf.

Emma strahlte. »Siehst du, es ist ein Pool!«

Kerzen trieben auf dem Wasser, der ganze Terrassenbereich war mit bunten Papierlaternen geschmückt, und ich musste sofort an die Lampions denken, die Emmas Vater an ihrem Geburtstag im Garten aufgehängt hatte.

Meine Lippen formten ein stummes »Wow«, und ich sagte: »Das ist unglaublich, Emma.«

»Ich weiß, ich bin selbst ziemlich beeindruckt.«

Evan lachte, legte den Arm um meine Taille, zog mich zu sich und küsste mich so zärtlich, dass es sich anfühlte wie ein Flüstern an meinen Lippen. Als der Kuss endete, hielt ich die Augen geschlossen.

»Atme, Emma.« Seine Stimme trieb in der lauen Brise zu mir, ich öffnete die Augen und atmete aus. Er ließ mich nicht los, und wir begannen, uns zu der hypnotischen Frauenstimme zu wiegen, deren Klang die Luft erfüllte.

»Danke, dass du das getan hast«, sagte Evan und küsste mich auf die Schläfe. »Es bedeutet mir so viel, dass du hier bist und die letzte Nacht in diesem Haus mit mir verbringst.«

»Die letzte Nacht?«, wiederholte sie und sah zu mir hoch. »Warum sollte es heute deine letzte Nacht hier sein?«

Ich sah in ihr Gesicht, und ihre Augen schimmerten im sanften Licht. »Was verschweigst du mir, Emma?« Ihr Lächeln war überwältigend. »Verrat es mir.«

»Na ja ... sagen wir mal, ich habe etwas in meine Zukunft investiert.«

»Du hast dieses Haus gekauft.« Inzwischen bewegten wir uns nicht mehr zu der ätherischen Frauenstimme.

»Genaugenommen gehört es zum Teil auch dir«, erklärte sie. »Deine Mutter hat etwas von deinen Ersparnissen als Anzahlung angenommen, und Charles hat den Rest arrangiert. Deshalb gehört dir dein Zimmer.« Sie lachte. Ich packte ihre Taille und schwang sie im Kreis, bis sie vor Vergnügen lachte und kreischte.

Ich küsste sie auf den Nacken. »Wir haben ein Haus!«

»Du hast ein Zimmer«, verbesserte sie mich lachend. »*Ich* habe ein Haus. Äh ... und das Klavier bleibt.«

»Aber ich werde nicht darauf spielen«, rief er hastig.

»Dann muss ich es wohl lernen«, entgegnete ich grinsend, legte meinen Kopf an seine Brust, und wir begannen, uns wieder im Takt der Musik zu wiegen.

Die Freude drang ihm aus allen Poren, ich hatte fast Angst, er würde platzen, und ich lächelte so breit, dass es beinahe weh tat. Ich war dankbar, dass Vivian kein anderes Angebot angenommen hatte vor unserem Treffen letztes Wochenende – obwohl ich zu diesem Zeitpunkt nicht gewusst hatte, dass ich auch in diesem Haus wohnen würde. Gemeinsam hatten sie und ich einen Moment lang über Entscheidungen und über die Liebe nachgedacht.

Die Liebe war einfach. Um das zu wissen, brauchte ich nur in Evans Augen zu schauen.

In der ungleichen Balance meines Lebens hatte ich Liebe und Verlust erlebt. Die Verluste forderten mich heraus, stark zu sein, aber es war die Liebe, die mich unterstützte, wenn ich schwach war. Ich war eine Überlebende. Und jetzt wollte ich mich darauf konzentrieren, mein Leben zu *leben.*

Dies war erst der Beginn unseres Heilungsprozesses. Des gegenseitigen Verzeihens. Ich wusste, dass es mir immer wieder einmal schwerfallen und dass ich manchmal das Gefühl haben würde, ich müsste um jeden Atemzug kämpfen. Aber dann musste ich daran denken, dass es immer eine Wahl gab. Und ich entschied mich zu leben. Ich entschied mich zu lieben. Ich entschied mich zu atmen.

ePiLog

Nervös verschränkte ich die Hände auf dem Schoß. Mein Herz klopfte, als wollte es aus meiner Brust springen.

»Stopp!«, rief ich keuchend. »Ich kann das nicht. Ich kann nicht.«

Schweigen. Keine aufmunternden Worte. Kein Drängen. Kein Überredungsversuch.

Ich schloss die Augen und holte tief Luft. Wenn mein Herz so weiterraste, würde mein Kleid in null Komma nichts durchgeschwitzt sein. Und ich wollte doch gern einen guten Eindruck machen. Ich atmete noch einmal tief durch.

Ich kann das. Ich kann das. Ich muss nur hingehen. Und lächeln. Und vielleicht etwas sagen. Ich kann das.

Ich öffnete die Augen wieder und sagte: »Okay, ich bin so weit.«

Evan warf mir aus dem Augenwinkel einen Blick zu. »Bist du dir diesmal sicher?«

»Bitte sei still und fahr weiter«, bat ich ihn, und er lachte leise. Als wir hielten, ließ ich meine Schultern sacken.

Das große, in hellem Korallenrot gestrichene Haus stand direkt vor mir. Allmählich beruhigte sich mein Atem, die Panik ließ nach. Noch ehe ich aus dem Auto steigen konnte, ging die Haustür auf, und ein kleines Mädchen in einem rosafarbenen Rüschenkleid kam herausgestürmt. »Emma!«

Sie prallte gegen mich, und ihre Arme schlangen sich um meine Mitte. »Hi, Leyla«, sagte ich mit Tränen in den Augen und hielt sie fest. »Du siehst wundervoll aus.«

»Ich wusste, dass du etwas Rosafarbenes anhaben würdest«, rief sie fröhlich. »Das ist doch unsere Lieblingsfarbe.«

»Meine auch«, warf Evan ein, und Leyla kicherte.

»Jack, du kannst Evan helfen, das Gepäck reinzutragen«, ordnete die Frau mit den gut frisierten grauen Haaren freundlich an.

Der Junge mit der runden Nickelbrille ging zögernd auf Evan zu.

»Hey, Jack«, begrüßte Evan ihn und streckte ihm die Hand hin. »Ich bin Evan.« Jack schüttelte sie, und auf seinem Gesicht erschien ein schüchternes Lächeln. »Du kannst diesen Karton hier nehmen, denn der gehört sowieso dir.« Jacks Augen leuchteten auf, und er nahm das weihnachtlich verpackte Geschenk entgegen. »Ich musste es einwickeln, denn Emma kann absolut keine Ecken falten.«

Jack lachte.

»Ja, das stimmt leider«, seufzte ich.

»Hallo, Emily …« Meine Großmutter stockte. »Emma. Ich freue mich, dass wir uns endlich persönlich kennenlernen.« Ich hob den Kopf und sah die Frau an, die vor mir stand und der ich ein bisschen ähnlich sah. Die Frau, die mir meine Familie zurückgegeben hatte.

Zaghaft streckte sie die Hand aus, hielt aber mitten in der Bewegung inne, weil sie sich offensichtlich nicht entscheiden konnte, wie sie mich begrüßen sollte. Ich ließ Leyla los.

»Danke«, sagte ich schlicht, schloss meine Großmutter in die Arme, und sie hielt mich ganz fest.

daNk

Vor fast vier Jahren ist mir eine Geschichte zugeflogen, die unbedingt erzählt werden wollte. In diesen Jahren habe ich mich geöffnet und einen Teil meiner Seele auf diese Seiten strömen lassen. Verletzlich und ungeschützt blieb ich zurück, gab alles, was ich hatte, damit die Geschichte so werden konnte, wie sie es sollte. Und ich bin stolz auf den Teil meiner selbst, den ich auf diese Seiten gebannt habe. Im Lauf des Prozesses habe ich so viel über mich gelernt – und das Wichtigste davon war, dass ich viel stärker bin, als ich jemals gedacht hätte.

Natürlich habe ich das alles nicht allein geschafft, denn das ist unmöglich. In meinem Leben gibt es viele Menschen, denen ich dankbar bin. Dafür, dass sie mich lieben und an mich glauben; dafür, dass sie genau diejenigen sind, die ich an diesem Punkt meines Lebens gebraucht habe. Ich liebe sie alle, und sie wissen alle, wen ich meine.

Dann gibt es noch diese auserlesene Gruppe von Menschen, die mit ihrer Zeit, ihrer Geduld und ihrer Zuneigung dazu beigetragen haben, dass die letzten Kapitel dieser Trilogie wahrhaft atemberaubend geworden sind …

Zuerst möchte ich Emily danken, die so rückhaltlos an mich geglaubt hat. Sie hat ihr Leben verändert und ist damit zu einem Teil meines Lebens geworden. Es gibt keine wahrhaftigere Freundin und kein liebevolleres menschliches Wesen.

Elizabeth, meine Partnerin, meine Sicherheitsleine zum gesunden Menschenverstand, die Stimme, ohne die ich niemals leben könnte – Danke! Wie viel Glück ich habe, einen so wundervollen Menschen und eine so hingebungsvolle Schreibpartnerin zu kennen, die bei allem, was sie tut, so unendlich talentiert ist.

Ich danke Faith, die strikt darauf geachtet hat, dass diese Geschichte ehrlich und wahr ist, wodurch ich meinerseits eine bessere Autorin geworden bin.

Mein Dank gilt auch Courtney, die dafür gesorgt hat, dass jedes Gefühl echt und jedes Wort so kraftvoll ist, wie es sein muss.

Ein großer Dank geht an Nicole, die mir mehr gegeben hat, als ihr selbst bewusst ist – vor allem ihre Freundschaft und ihre Liebe.

Amy, meinem ehrfurchtgebietenden weiblichen Guru, danke ich dafür, dass sie die wunderbare Kunst des Schreibens mit mir teilt und mir dazu verhilft, sie aus einer anderen Perspektive zu betrachten.

Ich danke Jenn, meiner Schicksalsfreundin, mit der ich die Leidenschaft für das Geschichtenerzählen teile und die mir geholfen hat, Emmas Stimme zu finden, als sie gehört werden musste.

Ich danke Sarah, ohne die ich niemals meinen Weg zurück an den Anfang gefunden hätte, um diese Geschichte mehr werden zu lassen als nur »eine Geschichte«.

Ich danke Tracey, Colleen und Tammara, meinen inspirierenden und begabten Freundinnen, dafür, dass sie meine Worte gelesen haben und mich im Gegenzug an den ihren teilhaben ließen. Sie haben mein Leben mehr berührt, als ich ausdrücken kann!

Auch dem engagierten Team der Trident Media Group, vor allem meiner Agentin Erica, die mir bei jedem Schritt auf dem Weg zur Seite stand, danke ich ebenfalls sehr herzlich – selbst wenn ich das Gefühl hatte, ich würde gleich von der Klippe stürzen, hat sie meine Hand nicht losgelassen.

Tim, Amy und der ganzen Crew bei Amazon Publishing danke ich dafür, dass sie meine Worte gehört und all das akzeptiert haben, was mich zu einer leidenschaftlichen Autorin macht. Ich bin dankbar für alles, was sie für dieses Abenteuer riskiert haben. Im letzten Jahr durfte ich viele talentierte Autoren und Autorinnen und auch etliche Blogger und Bloggerinnen kennenlernen. Dadurch, dass sie in mein Leben getreten sind, bin ich ein besserer Mensch geworden. Wir leben alle in der Welt, die wir erschaffen, und laden unsere Leser ein, an unserer Phantasie teilzuhaben. Wie glücklich wir uns schätzen können, Menschen zu berühren, die wir nie getroffen haben, sie bei jedem Umblättern mit unseren Worten zu inspirieren und Gefühle in ihnen hervorzurufen. Es ist mir eine Ehre, zu ihnen zu gehören.

Und damit bleibt noch der Grund für all das, was ich tue, nämlich … meine Leser. Wenn sie nicht wären, wenn sie nicht an meiner Welt teilhätten, würde sie nicht wirklich existieren. Ich bin dankbar, sie als Teil meines Lebens willkommen zu heißen – es wird niemals mehr das gleiche sein wie vorher.

Zuletzt muss ich meinen Respekt und meine Bewunderung für die Kraft und das Durchhaltevermögen eines jeden Einzelnen ausdrücken, der Misshandlung und Missbrauch überlebt hat. Es gibt Hoffnung. Es gibt Liebe. Es gibt Hilfe. Ihr seid nicht allein.